한국한문학의 전개와 탐색

한국한문학의 전개와 탐색

강동석 지음

역락

영국BBC 선정, 반드시 읽어야 할 책 가운데 하나인 『오만과 편견』에는 "교만은 정말 아주 일반적이고, 인간은 본성상 특히 교만해지기 쉬우며, 자기가 실제로 갖고 있는 소질이건 자기가 갖고 있다고 상상하는 소질이건 간에 자기의 소질에 대해서 자만심을 느끼지 않는 사람은 우리 중에 거의 없어."라는 구절이 있습니다. 송나라 학자 주자 또한 『대학집주』에서 "오만은 인간에게 있어서 본래부터 가지고 있는 당연한 법칙"이라고까지 언급한 바 있습니다.

학문에 대한 자부심을 갖되 '자만'하지 말자는 연구자로서 초심을 지니고 오늘에까지 이르렀지만, 자만은커녕 매년 공부를 할수록 더욱 어렵고 더욱 조심스러워지는 데까지 이르고 있습니다. 뭐든 알면 알수록 어렵다는 말을 실감하고 있습니다.

대학원 재학 시절, 한 은사님께서는 책에 여러 종류가 있으나 논문을 엮어 만든 책은 실제 저서로 인정받기에 부족한 감이 없지 않다고 말씀하신 적이 있습니다. 그분의 학문에 조금이라도 견줄 수 없는 제가, 유사한 종류의 책을 출간하면서 이와 같은 말이 떠오른 건, 어쩌면 너무도 부끄럽고 조심스러운 마음이 가득하여 그러한 것 같습니다.

이 책은 박사논문을 전후로 하여, 그간 학계에 보고했던 논문을 시간의 흐름에 따라 고려시대는 Ⅰ부로 엮고, 조선시대는 Ⅱ부로 묶은 것입니다.

부끄러운 마음이 가득하지만 세상에 내놓는 이유는, 논문으로만 남겨두기보다는 열에 한두 편은 학자이든 일반 독자이든 그럭저럭 도움이 될 만한 글이 있다는 확신이 생겼기 때문입니다.

이를테면, 「고산별곡」의 저자인 장복겸에 대한 연구라든지, 근현대 한문학자인 추연 권용현의 삶과 시문학이라든지, 그리고 요즘으로 치면 보훈처에서 발간한 「계하사목」 등이 그러합니다. 곧 학계에 보고된 바 없는 조선시대 문인의 한시, 근현대 학자에 대한 소개, 지금도 어느 집에 소장되고 있을지도 모르는 「계하사목」에 대해 번역과 내용을 소개한다는 점 등이 책을 출간해도 충분히 괜찮을 것이라는 판단이 들었습니다. 모쪼록 한문학을 공부하는 분이건 관심이 있는 분이건 조금이라도 도움이 되었으면 합니다.

책의 출간을 위해 애써 주신 역락 출판사의 이대현 대표님과 이태곤 이사님, 졸고를 섬세하게 고쳐주신 권분옥 편집장님, 그리고 많은 조언과 도움을 주신 전주대학교 국어교육과의 김승우 선생님에게 감사의 말씀 올립니다. 마지막으로 늘 존경하는 양가의 부모님들, 저를 응원해 주는 아내 경미, 아들 건후에게도 고마운 마음을 여기에 둡니다.

저자 씀

제Ⅰ부 고려시대의 문인들과 작품세계

제Ⅱ부 조선시대의 문인들과 작품세계

제 I 부
고려시대의 문인들과 작품세계

제1장

안축(安軸)의 시에 있어서 의식세계와 주제의식

1. 고려시대와 안축

안축(安軸, 1282~1348)의 시를 감상하다 보면, 굵직한 두 선의 의식세계와 주제의식이 또렷이 드러나 있음을 확인할 수 있다. 그중 하나는 이제현이 "그가 감동하고 분개하며 지은 작품이 풍속의 바른 것과 그른 것, 백성의 기쁜 일과 슬픈 일에 관한 것이 열에 아홉으로 그것을 읽으면 사람을 슬프게 한다."[1]라고 했던 언급처럼, 백성의 풍속을 살피고 감개한 바를 적은 작품군이다. 이것은 그의 시세계의 정수라고 해도 과언이 아닐 것이다.[2]

---

[1] 『關東瓦注』, 「序文」, "其感憤之作, 關乎風俗之得失, 生民之休戚者, 十篇而九, 讀之使人慘然." (『韓國文集叢刊』卷2, 451面) (이하 출전에 대해서는 모두 동일하므로 생략하고 권수와 면수만 표기한다. 아울러 본고의 번역은 한국고전번역원에서 제공하는 웹DB와, 정우상 외 『(國譯)謹齋先生文集』을 참고하였음을 밝혀둔다.)

[2] 일찍부터 연구자들은 이러한 점에 주목하여 논의를 진행하였다. 김종진, 「안축의 시세계」, 『泰東古典硏究』 10, 태동고전연구소, 1993, 65~82面.; 최용수, 「안축과 그의 자연관」, 『배달말』 22, 배달말학회, 1997, 185~207面.; 유호진, 「고려후기 사대부 한시에 나타난 정신 지향에 대한 연구」, 『민족문화연구』 39, 고려대학교 민족문화연구원, 2003, 31~66面.; 이의강, 「근재 안축의 시문에 투영된 성리학적 사유체계」, 『한문학보』 13, 우리한문학회,

그리고 다른 한 작품군은 자연의 유구함이나 아름다움 혹은 그를 통한 어떤 초세적 정신지향이 엿보이는 것들이다. 어떻게 보면 이러한 작품들은 현실주의[3]를 지향했던 그의 시세계와 다소 상충적 모습을 보이는 것이라 할 수 있다. 결국 이를 배제하고서는 그의 시세계를 타당하게 평가할 수 없을 것이라 생각되었다.[4]

처음 필자는 이 두 의식세계와 주제의식이 당대 다른 사대부와의 어떤 변별성을 가질 수 있느냐에 대해 회의적이었다. 하지만 시를 감상할수록 이제현, 이곡 등 당대 문인들에게서 보이는 문학적 면모와는 다른 노선을 걷고 있음을 확인할 수 있었다. 기존 논문과의 동어반복을 피하기 위해서 시에 대해 면밀하게 분석해 보고, 특히 시 말미에 자주(自注)를 통해 밝힌 작가의 지향점, 그리고 수사적 특성 등에 초점을 맞춰 논의를 진행해 나가도록 하겠다.

2. 현실주의와 반성적 선언

고려후기 문학은 성리학의 도입으로 인하여 문인들이 현실을 비판하고 이를 문학에 적극 반영하고 있다는 데에서 문학사적 의의를 찾을 수 있다. 이는 그간 단순히 구호에 머물렀던 충효(忠孝)와 같은 도덕적 덕목의

2005, 43~62面.

3) 본고에서 말하는 현실주의란 이상이나 관념보다 현실을 중시하는 사유 또는 행동 양식을 가리키는 것으로 보다 넓은 범주를 가진다.

4) 최근 들어 앞선 연구를 바탕으로 진일보한 일련의 노력이 있어 왔다. 하정승은 意境과 意象을 통해 안축의 미적 특질에 관하여 연구하였으며(「안축 시의 표현 양식과 미적 특질」, 『동방한문학』 34, 동방한문학회, 2008, 143~170面), 원주용은 안축의 시문에 나타난 신의(新意) 양상을 밝히기도 하였다.(「근재 안축 시문에 나타난 신의의 양상 고찰」, 『동방한문학』 45, 동방한문학회, 2011, 189~211面)

강조를 비롯하여, 백성들의 고충을 살피고 함께 아파했던 애민의식이 비로소 문학이라는 도구를 통해 사회에 고개를 들었다는 것을 의미한다.

전언한 것처럼, 이제현은 안축의 시세계에 대해 이러한 사상을 적극 반영한 인물로 평가하고 있다. 물론 현재 우리가 살필 수 있는 안축의 시가 온전히 다 남아 있지 않고, 그가 강릉도 존무사로 부임하며 지었던 2년간의 저작, 즉 119제(題) 147수(首)를 가지고 이를 판단한다는 것은 논리적으로 완전할 수 없다. 하지만 단면을 보고 지층 전체를 유추할 수 있듯이 그의 시세계의 정수가 이에 있음도 부정할 수는 없을 것이다.

소금집

내 들으니 옛날의 성인은
몸소 밥 지으며 나라를 다스렸다지
백성들은 다만 밭 갈고 우물 파니
어떻게 일찍이 제왕의 힘을 알았겠는가
후세에 이익을 얻는 길이 열리니
유능한 신하가 다투어 계책 올렸네
소금 전매하는 일이 언제부터 생겼나
오래도록 그 법이 개혁되지 않았네
우리나라 고려의 법 가장 엄하여
해마다 세금이 농사 수확보다 많았네
내가 관동존무사로 나오면서부터
바닷가를 다니며 몸소 독려하였지
누추한 살림은 오두막집 같았고
쑥대 엮은 문에 자리조차 깔지 않았네
늙은이는 아들과 손자를 거느리고
잠깐이라도 쉴 수가 없었네
살을 째는 추위에 바닷물 길러오고
짐 무거워 어깨 등은 다 빨개졌네

지독한 열기에 타는 연기와 그을음
끓이는 훈기에 눈썹은 검어졌네
문 앞에 열 수레나 되는 나무도
하룻저녁 땔감도 되지 못하네
하루에 백 섬의 물을 끓여도
소금 한 섬을 채울 수 없으니
만약 기한 내에 대지 못한다면
혹독한 관리는 성내고 꾸짖으리
수송하는 관리는 산처럼 쌓아놓고
돌려 팔아 베와 비단으로 바꾸네
임금은 공신을 중히 여기는지라
상금을 주는 데는 아끼지 않네
한 사람이 몸에 걸친 옷에는
만백성의 괴로움이 깊이 쌓인 것
슬프구나 저 소금 만드는 집이여
해어진 옷은 등조차도 가리지 못하는구나
괴로움 견디지 못하기 때문에
도망하여 자취를 감추어 버리네
만약 동해의 푸른 물결 가지고
뭉쳐 눈산처럼 흰 소금 만든다면
관가에서 마음대로 가져다 쓸 것이니
백성과 함께 이득 되겠지만
그렇지 못한다면 이 백성을 딱하게 여겨
때때로 자애로운 혜택이나 내려주게 하소서
이런 생각하며 가는 말을 멈추니
임금의 대궐은 아홉 겹이나 막혔네5)

---

5) 上揭書, 463面. 吾聞古聖人, 饔飧而理國. 生民但耕鑿, 豈曾知帝力. 後世利門開, 能臣爭獻策. 榷鹽起何時, 歷代沿不革. 本國法最嚴, 歲課踰稼穡. 自我出關東, 傍海親督役. 陋居如楣廬, 蓬門不掛席. 老翁率子孫, 寸刻不休息. 洌寒汲滄溟, 負重肩背赤. 酷熱燒煙煤, 熏煮眉目黑. 門前十車柴, 不能供一夕. 日煎百斛水, 未能盈一石. 若不及期程, 毒吏來怒責. 輸官委如山, 轉賣爲布帛. 君王重功臣, 賞賜不屯惜. 一人身上衣, 萬民苦深積. 哀哉彼塩戶, 破衣不掩脊. 所以困難堪, 逋逃晦形

당시 고려의 풍속에 대해 낱낱이 비판하는 시각이 담겨 있으며, 한편으로 관직에 몸을 담고 있는 자신이기에 자신에 대한 반성과 더불어 애민의식이 잘 표현된 작품이다.

우선 작가가 소재로 채택한 것은 염호(塩戶)이다. 이는 곧 백성에게 시선이 가고 있음을 의미한다. 그리고 작품의 서막을 「격양가(擊壤歌)」[6]로 하고 있는데, 이는 태평시대에 대한 염원을 엿볼 수 있다. 하지만 현실은 이상과 달라, 세금은 수확보다 많고 이를 수송하는 관리는 온갖 부정과 부패를 일삼고 있으며, 이를 알 리가 없는 임금은 공훈을 쌓은 신하에게만 포상하고 있는 현실에 대해 작가는 비판하고 있다.

이러한 비판은 소금을 생산하는 서민의 해진 옷과 만백성의 괴로움이 깊이 쌓인 비단옷을 의도적으로 대비시킴으로써 더 잘 드러난다. 특히 살을 째는 듯한 추위와 혹독한 더위에도 불구하고 바닷물을 길러오는 백성의 모습을 입체적으로 보여줌으로써 세금으로 인한 백성의 삶이 얼마나 고달픈지 극적으로 보여주고 있다.

작품은 다시 앞서 태평시대를 염원했던 것처럼, 동해의 푸른 물결이 눈 산처럼 되어 관가나 백성 모두에게 이익이 되었으면 좋겠다는 희구로 치닫는다. 설령 그렇게 되지 못하더라도 때때로 자애로운 은택이나 받게 해 달라는 바람을 싣는 내용으로 귀결되고 있다. 풍속에 대한 성찰과 애민의식이 잘 드러나 있는 작품으로, 이제현이 『관동와주』 서문에 적은 내용과 일치한다.

당시 안축은 매우 바쁘게 남북을 오가며 자신의 직분에 충실했음을 고백한 바 있다.[7] 하지만 시의 내용처럼 태평성대를 간절히 원하지만, 뜻대

跡. 若爲東海波, 凝作雪山白, 官家恣取用, 與民俱有益. 不然恤爾生, 時時霑慈澤. 念此駐行驂, 君門九重隔

6) "日出而作, 日入而息.. 鑿井而飮, 耕田而食. 帝力于我, 何有哉."

7) 上揭書, 462面, "水旱相仍値歲荒, 推擠未去久遑遑. 力微任重今方困, 北去南來太似忙. 鷺立碧池

로 되지는 않았다. 이러한 자괴감과 삶에 대한 반성은 작품으로 승화되며 곳곳에서 발견할 수 있다.

> **천력 3년 5월에 강릉 존무사의 명을 받잡고, 그달 30일에 송경을 떠나 백령역에서 자는데, 밤중에 비가 오매 느낌이 있어**
>
> 글을 읽어 도를 구해도 끝내 이룬 것 없었으니
> 밝은 시대에 이 행차가 스스로 부끄럽구나
> 다만 최선을 다해 실학을 시행해야만 하니
> 감히 남들과 어긋나 헛된 명성을 훔치면 안 되지
> 백성은 도탄에 빠져 구제할 길은 막막한데
> 고황에 든 나라 근심은 생각만 해도 놀랄만하네
> 베개에 기대어 잠 못 들고 누웠으려니
> 누운 채 들리는 산의 빗소리는 더욱 심하구나[8]

인용문은 제목에서 설명하고 있듯이, 안축이 강릉 존무사로 명을 받고 가는 도중 백령역에서 묵으며 밤중에 비가 내리기에 그 감회를 읊은 작품이다.

한 가지 흥미로운 점은 아직 존무사로 부임하기도 전인데 이처럼 자괴감과 반성적 태도를 드러내고 있다는 것이다. 이를 입증이라도 하듯 수련부터 '자괴(自愧)'라는 시어를 채택하여 반성적 태도를 단적으로 보여주고 있다. 다시 말해 평생토록 도를 구하고 이를 실천하려 했지만 이제까지 이룬 것이 없어 너무도 부끄럽다는 것이다. 이러한 부끄러움은 결국 도탄에 빠진 백성들을 구할 길 없는 자신의 무능함으로 이어지고, 이러저러한 생각에 잠을 이루지 못한다고 말하고 있다. 관료로서 가지는 막중한 책임

荷背側, 燕飛黃壟麥頭昂. 新晴尚有薄陰在, 疏雨過山生晚涼."
8) 上揭書, 451面. 「天曆三年五月 受江陵道存撫使之命 是月三十日發松京 宿白嶺驛 夜半雨作有懷」 "讀書求道竟無成, 自愧明時有此行. 但盡迂疎施實學, 敢將崖異盜虛名. 民生塗炭知難救, 國病膏肓念可驚. 耿耿枕前眠未穩, 臥聞山雨注深更"

감과 부담감, 그리고 어떻게든 백성의 안위를 성취하려 하는 마음, 거기
에서 오는 고뇌 등을 읽을 수 있는 작품이다.

　인용된 작품이 존무사로 발령을 받고서 가는 도중에 지은 작품이라면
다음 작품은 임기를 마치며 지은 작품으로 이를 통해 작가가 어떠한 심적
변화가 있었는지 확인할 수 있다.

> **지순 2년 9월 17일 임기를 마치고 서울로 가다가 순충관을 지나다**
>
> 의장과 부절로 관동에 들어왔다가
> 도로 이 길을 따라 돌아가고 있네
> 북풍은 열을 지어 창끝에 불고
> 낙엽은 나그네의 옷에 가득 내리네
> 백성들 괴로움을 구하지 못하였으니
> 어찌 나라에 보탬이 되었겠는가
> 비록 동해의 물을 기울인다 해도
> 두 해의 잘못을 씻기는 어려우리[9]

　수련은 문면 그대로 처음 관동에 들어왔을 때의 모습과 현재 다시 돌
아가고 있는 모습을 추억하며 서서히 글을 시작하고 있다. 다시 작가는
자신의 처량한 모습으로 시선을 돌려 늦가을 부는 북풍과, 쓸쓸히 자신의
옷에 떨어지는 낙엽을 묘사한다. 시절도 그러하지만 북풍과 낙엽이라는
쓸쓸한 이미지를 그려냄으로써 자신의 심회를 투사하고 있는 것이다.

　경련에서는 다시 나라와 백성에게 시선을 돌린다. 존무사 부임 시절 백
성의 괴로움을 구하지 못했다는 반성적 사유와 그것이 나라에 도움이 되
지 못했다는 죄책감으로 이어지는 것이다. 이러한 마음은 미련에 이르러

---

9) 上揭書, 467面. 「至順二年九月十七日 罷任如京 過順忠關」 "杖節入關口, 還從此路歸. 朔風吹列
　戟, 落葉滿征衣. 未救民間病, 寧敎國體肥. 縱傾東海水, 難洗二年非."

절정에 이른다. 이를 작가는 동해의 물을 쏟아붓는다고 하여도 자신이 부임했던 2년간의 잘못은 결코 씻지 못할 것이라 표현하였다. 다소 과장된 듯 보이는 표현이지만 반성적 선언이 극명하게 드러난 작품이라 하겠다.

안축의 이러한 시적 경향은 부임이 끝날 무렵, 즉 이 작품을 쓰기 두 달 전에도 절절히 묻어나 있으며,10) 이러한 작품을 그의 시세계에서 찾아보기란 어렵지 않다.11) 그리고 앞선 작품에서도 그렇지만 안축의 시세계에서 주목되는 반성적 사유 안에는 반드시 백성들의 풍속을 살피는 것과 긴밀하게 연결되어 있다.

송간역을 지나가다

한 구역은 깊은 시내로 막혀 있고
두 고개는 높은 산이 껴안고 있구나
담장 북쪽으로 여우와 이리가 내달리고
문 앞에는 꿩과 토끼가 지나가는구나
땅은 메말라 가을 수확은 적은데
동네는 깊숙하여 저녁 추위가 매섭구나
듣자니 저들의 삶이란
머뭇거리다 홀로 탄식만 한다 하네12)

안축의 시에는 유독 역이나 정자에서 차운한 작품이 많다. 물론 앞서

---

10) 上揭書, 465面.「七月雨中發江陵府 二首」"才疏無術救斯民, 衆責紛紛在此身. 解負今朝歸意迫, 雨師那得少留人. / 二載劬勞但爲民, 豈曾求媚自謀身. 寒松片月知吾意, 時逐征鞍遠送人."
11) 가장 대표적인 작품을 들면 다음과 같다. 上揭書, 451面.「六月三日 入鐵嶺關望和州作」, "路八關門眼暫開, 紅旗黑槊共徘徊. 忽驚職是憂民寄, 還愧身無濟世才. / 煙火里閭多索寞, 草萊城壘久摧頹. 可憐聚散邊鄕吏, 猶具衣冠禮往來."; 453面.「在和州始見二毛有感」"壯健光陰夢裏經, 百年身世亦堪驚. 忙多開小靑山遠, 謬算狂謀白髮生. 沐罷塵冠漸羞澁, 曉來菱鑑太分明. 自知貴賤難逃事, 有底未禁悲感情."
12) 上揭書, 459面.「過松澗驛」"一區幽澗隘, 雙嶺擁嵯峨. 墻北狐貍走, 門前雉兎過. 地磽秋穫少, 洞密暮寒多. 聞說渠生理, 趑趄獨自嗟."

말한 것처럼 온전치 않은 문집의 일부만 가지고 평가하기란 온당치 않으나 그가 남긴 작품 내에서는 그렇다. 그리고 그 작품 안에는 반드시 풍속을 살피고 이를 작품화한다는 데에 특징이 있다.

작가는 전반부에서는 송간역 주변을 아무런 시적 장치 없이 묘사하고 있다. 하지만 후반부에서는 완전히 다른 작품으로의 전이를 시도한다. 다시 말해 전반부에서는 산수의 모습과 그 안에 평화롭게 노니는 동물을 평화롭게 묘사하고 있지만, 후반부에서는 메마른 땅에 매서운 추위가 감싸는 척박한 지리적 환경에다 백성의 생리가 머뭇거리며 탄식만 하는 모습을 그리고 있다.

백성의 풍속을 살피는 것과 관련해서 유자의 경전이라 불리는『주역』13)이나『예기』14) 등에서 자세히 다루고 있기에 유학을 공부했던 안축에게 이러한 사상이 자연히 몸에 배어 있는 것은 당연하다. 그렇기에 풍속을 살피며 애민의식을 작품에 담아내기도 하였지만, 한번 박한 풍속은 되돌리기 어렵다며, "풍속이 박하니 누가 내 가르침 따르며, 폐단이 깊어 이 시대 구할 재간 없네."15)라고 하여 어그러진 풍속과 깊은 폐단은 자신도 어쩔 수 없다고 한 점을 보아, 지리적 환경을 무시하지 못한다는 데에 어느 정도는 인정하고 있다.

앞서 관리로서의 책무를 다하지 못했다는 자괴감과 달리 환경적 요소가 풍속에 결정적인 영향을 끼친다는 점을 지속적으로 노출시키고 있는 것이다.

---

13) 『周易』,「觀卦」에 "백성의 풍속을 관찰하여 교화를 베푼다."라고 하였다.
14) 『禮記』,「王制」에도 "천자가 5년에 한 번씩 천하를 巡守할 적에, 太史에게 명하여 시를 채집하게 한 뒤에, 백성의 풍속을 관찰하는 자료로 삼았다."라고 하였다.
15) 上揭書, 453面.「次韻許正言見寄」"俗薄何人遵我教, 弊深無計救今時."

천도시

작은 섬이 큰 파도에 나와 있어
가로로 뚫려서 굴을 이루고 있네
남북으로 바닷물 서로 이어져
부딪쳐 부서져 눈처럼 날리네
(…중략…)
사신도 빈객도 멀리서 소문 듣고
오고 가기를 때를 가리지 않네
어찌 배 젓는 수고만 하겠는가
백성의 고혈을 짜내고 있네
벼락도 사납게 치지 않으니
이 폐해를 어느 때 끊을 것인가16)

인용된 작품은 강원도 통천군 북부 흡곡현 남쪽에 있는 천도(穿島)에 대해 읊은 것이다. 서문을 보면 섬은 국도(國島)와 총석(叢石)의 한 자락으로서 섬 가운데 바위가 있는데 바위 중간에 굴이 뚫려 있기 때문에 그렇게 이름을 지은 것이라 하였다. 하지만 그로 인해 사람들이 좋아하고 많은 왕래로 인하여 뱃사공은 말할 것도 없고 섬 주변 사람들이 받는 고통을 적나라하게 묘사하고 있다.

이러한 표현 기법은 그가 금강산에 대해 읊은 작품에서도 금강산의 풍경을 전반부에서 묘사하다가 돌연 시선을 인간 세상에 돌려서, "어찌하여 산 아래 사는 백성들은, 쳐다보고 때때로 얼굴을 찌푸리는가."17)라고 하였는데, 멋진 경치보다 백성의 근심에 더 무게를 두고 있다는 데에 핵심이 있다.

---

16) 上揭書, 457面.「穿島詩」"小島出洪波, 橫穿作通穴. 南北水互連, 相激碎飛雪. … 使賓遠聞名, 來往無時節. 豈惟舟楫勞, 亦浚民膏血. 霹靂不摧殘, 此害何時絶."
17) 上揭書, 458面.「金剛山」"立峯巒劍戟明, 居僧齋罷坐無營. 如何山下生民類, 瞻望時時蹙頻行."

안축은 인용된 시 말미에 주석을 달아 놓았는데, "국도시, 총석정시, 천도시 세 작품은 ■(글자 빠짐) 끝의 뜻이 모두 한 가지로 같다. 이는 내가 귀착하는 곳이기에 감히 그렇게 하지 않을 수 없다.[國島叢石穿島三詩, ■終之意一同. 此余志所歸不敢不然.]"라고 하여 그가 이러한 작품들을 통해 무엇을 지향하고자 하는지 직접 밝혀놓았다.

이를 확인하기 위해 「국도시」 서문을 보면, "그러나 일 꾸미기를 좋아하는 사람들이 다 말하기를 관동의 명승으로는 국도가 가장 좋다 하고 유람하는 사람들로 하여금 배와 노를 갖추어 술과 음식과 기생과 악기를 싣고 가야 한다고 한다. 그러나 농사를 방해하고 괴롭히는 것이니, 이 지방 사람들이 그것을 괴로워한다. 그래서 장구 육언시 한 편을 지어 훗날 사람들의 경계를 삼고자 한다."[18]라고 하였다. 또 「총석정」 시에, "창연히 바라보니 신선들 이미 흩어졌고, 보기 싫은 세속 사람 구름처럼 따르네. 정자 앞 갈매기와 해오라기 짝이 된다면, 인간 티끌세상 자취 씻어서 버릴 것을."[19]라고 했다. 또 "총석정 아름답다는 말 사방에 퍼져, 사신과 빈객이 다투어 찾아오네. 이웃 고을 보내고 맞이하는 관행으로, 분주하게 잔치 자리 옮기고 있네. 정자 아래 아전들 '아휴' 하고 한숨 쉬고, 술동이 앞 고운 기생은 노래 부르네. 백성들은 지금도 농사일 잃으니, 아내와 자식 먹여 살릴 수 없네. 적은 곡식이나마 이미 비었으니, 한 번의 잔치가 원수보다 더하네. 어느 누가 그림으로 그려서, 임금과 재상에게 갖다 바칠까."[20]라고 하였다.

---

18) 上揭書, 454面. 「國島詩」 "然好事者, 皆曰, 關東形勝, 國島爲最. 使遊賞者, 具舟楫, 載酒飡妓樂而妨農害民, 一方苦之. 因作長句六韻詩一篇, 以爲後來者之誡."
19) 上揭書, 456面. 「次叢石亭詩韻」 "悵望仙徒已雨散, 厭看俗子如雲從. 若爲亭前伴鷗鷺, 掃却人間塵土蹤."
20) 上揭書, 457面. 「叢石亭宴使臣有作」 "嘉言遍四方, 使賓競來訪. 傍邑慣送迎, 奔走移供帳. 亭下吏呀咻, 樽前仙妓唱. 民今失農業, 妻子不能養. 斗蓄已殫空, 一宴勝仇餉. 何人寫作圖, 持獻君與相."

세 작품을 통해 우리가 확인할 수 있는 공통점은 지리적 환경으로 인해 고통스러운 삶을 살고 있는 백성의 모습과 이를 혁파하고자 노력했던 안축의 현실주의적 의식세계이며, 그가 주석에서 밝히고 있듯 그가 시를 통해 드러내고자 했던 주된 의식과 주제라 할 수 있다.

3. 내면주의와 초세적(超世的) 태도

안축의 시에는 현실주의와 반성적 선언 외에도 자연의 유구함이나 아름다움에 대해 읊은 자연시,21) 지인과 주고받은 증별시, 그리고 역(驛)이나 정자에 차운한 작품도 다른 하나의 축을 이루고 있다. 본 장에서는 이러한 작품들이 지니고 있는 함의를 밝혀 안축의 시세계의 일면을 밝히고자 한다.

> **다시 삼일포시에 차운하다**
> 바다 위 금거북이 머리에 영주섬을 이고 있다기에
> 이날 용궁으로 향해 문 안으로 들어와 봤지
> 작은 배로 붉은 글씨 있는 골짝에 다가서니
> 푸른 안개가 고운 풀의 물가에 가볍게 나는구나22)

시의 문면만을 본다면 작가의 감정 개입이 없는 것처럼 보이는, 여정을 서술하고 있는 편안하고 한가로운 분위기의 작품임을 확인할 수 있다. 이

---

21) 본고에서 말하는 자연시란 자연에 대한 본질이나 아름다움, 또는 전원생활의 정취를 시의 중심제재로 삼고 있는 작품을 말한다. 山水詩, 田園詩, 題畵詩, 詠物詩, 遊覽詩 등을 모두 포함한 개념이라 할 수 있다.
22) 上揭書, 462面.「又次三日浦詩韻」"海上金龜頭戴瀛, 珠宮此日入門屛. 蘭舟泊近丹書洞, 綠霧輕飛瑤草汀."

는 앞선 작품에서 확인할 수 없었던 성향으로, 늘 바쁘게 쫓기며 살았던 자신을 표현했던 작품들과 반대편의 것이다.

우선 작품의 창작 배경이 되는 삼일포는 고성(高城) 부근에 있는 호수로 서 그 규모는 크지 않지만 서북쪽에는 암석으로 된 빼어난 봉우리가 있고 기암의 구릉이 있으며 동쪽으로는 고성 촌락을 바라볼 수 있다고 한다.23) 또한 전구의 붉은 글씨란 '영랑도남석행(永郎徒南石行)'을 말하는 것으로 신 라 화랑도가 이곳을 지나며 기념으로 적은 글씨를 말한다. 작가는 이 글 씨를 보고자 배를 이동하고 있었는데 마침 수초와 맞닿은 푸른빛의 안개 가 시야에 들어온 것이고, 자연스럽게 자연과의 접촉을 시도하며 이를 작 품화한 것이다.

인용된 작품을 짓기 전에도 삼일포를 소재로 지은 작품이 있는데, 여기 에서 작가는 삼일포의 빼어난 정경, 즉 유리 같은 맑은 물, 연꽃 같은 봉 래섬, 어여쁘고 아리따운 물속의 달, 훤칠한 소나무 등을 읊고 있으면서, 마지막에 "슬프구나, 내 생의 늦은 고생이여, 눈에 가득 수심이 겨운 구 름만 짙네."24)라고 하였다. 이러한 작품들을 보면, 분명 자연을 매개로 지난 삶에 대해 회의하며 자연의 유구함과 아름다움에 의도적으로 시선 을 돌리고 있다는 사실을 알 수 있다.

안축이 자연의 유구함과 아름다움에 대해 읊은 작품이 적지 않은데, 이 러한 작품군이 안축의 시의 특징임을 확인하려면 이 작품의 창작 배경과 더불어 유사한 작품들과의 개연성, 그리고 작품의 정치한 해석에서 찾아 야 한다.

---

23) 李晬光, 『芝峰類說』 卷18.
24) 上揭書, 462面. 「三日浦詩」 "仙境藏洞中, 琉璃水溶溶. 團欒小蓬島, 出水如芙蓉. 飛亭鳥斯革, 金碧混玲瓏. 憑欄四回眄, 三十六奇峯. 石仏在石龕, 萬古蒼苔封. 仙人駕黃鶴, 峨洋千萬重. 斷 碣沒沙際, 丹書留筆蹤. 乘舟挹清芬, 簪履無由從. 娟娟水中月, 落落石上松. 嗟余生苦晚, 滿目 愁雲濃."

안청역 정자의 허정언 시에 차운하여

바다 위에 푸른 놀 붉은 안개 사이로
동쪽 바라보며 신선에게 읍하고 삼신산을 묻네
난간에 기댄 사람은 잠시도 머물지 못하건만
영원히 유구한 자연만은 절로 한가롭구나[25]

우선 바다라는 창작 배경과, 푸른 빛[靑], 자줏빛[紫]이라는 색채감,[26] 놀[霞]과 안개[霧]가 덧대어지고 있는 풍경을 볼 수 있다. 그리고 이는 뒤 구절의 신선[仙]과 삼신산[三山]에 조응하여 시너지 효과를 발휘한다.

그런데 갑자기 시적 동선은 자신에게 향하여 반전을 시도한다. 저렇게 아름다운 자연을 앞에 두고도 잠시 쉴 겨를조차 없는 자신을 애석하게 바라보고 있다. 그리고 다시 시선은 유구한 자연으로 향하고, 바쁜 자신과는 대조적인 자연의 한가함을 부러워하고 있다.

작가는 원수대에서도 이러한 작품과 유사한 작품을 남긴다.[27] 역시 자연의 유구함에 대해 노래하고 찬미하고 있는데, 흥미로운 것은 그가 남기고 있는 메시지가 현실에서 벗어난 선계에 대한 동경이며 이를 많은 작품에 담고 있다는 것이다. 물론 이러한 작품, 즉 현실세계에 대한 괴로움으로 인하여 이를 벗어나고픈 귀거래 의식[28]이나 선계를 지향하는 작품은

---

25) 上揭書, 451面.「次安昌驛亭許正言詩韻」"海上靑霞紫霧間, 揖仙東望問三山. 倚欄人未須臾駐, 萬古千秋物自閒."

26) 안축의 시에는 인용된 작품 외에도 색채감이 뛰어난 작품을 곳곳에서 볼 수 있다. 대표적인 작품으로는 「永郎浦泛舟」(上揭書, 461面)가 있다. "平湖鏡面澄, 滄波凝不流. 蘭舟縱所如, 泛泛隨輕鷗. 浩然發淸興, 泝洄入深幽. 丹崖抱瓊石, 玉洞藏瓊洲. 循山泊松下, 空翠涼生秋. 荷葉淨如洗, 蕈糸滑且柔. 向晩欲廻棹, 風煙千古愁. 古仙若可作, 於此從之遊."

27) 上揭書, 455面.「元帥臺詩」"滄海支流作鏡湖, 靑峯四擁水平鋪. 中藏別島非塵土, 上有高臺作畫圖. 日映波心跳尺鯉, 雨晴沙觜戱雙鳧. 百年前輩風流散, 惟有長松老不枯."

28) 이 외에도 그가 귀거래를 지향한 작품은 적지 않게 보이지만, 대표적인 작품은 다음과 같다. 上揭書, 461面.「次韻寄題張秀才幽居」"勝地千金不易求, 山禽野鶴混沙鷗. 若爲卜築滄波上, 同把漁竿萬事休.";「次韻杆城客館詩」, 462面, "重岡四擁地幽幽, 歲久松鱗百尺脩. 官道樹深風滿院, 海門霞霽水明樓. 雨蓑漁艇平生約, 塵秩征鞍早晩休. 若賜城南鏡湖月, 舊居何必戀

안축 외에 많은 사대부들에게서도 나타난다. 안축의 작품이 이들과 변별성을 지니는 것은 소재나 문학적 수사이다. 예를 들면 다음과 같은 작품이 그렇다.

매화를 읊다

관동 곳곳에서 강가 핀 매화를 감상해 봤건만
새로 난 가지에 마지막 핀 이 매화가 사랑스럽구나
인간 세상에 비바람 불어 봄이 이곳 쓸었으니
세속 떠난 신선의 고움이 아름다운 누대에 비추는구나[29]

작가가 소재로 삼은 것은 매화이다. 그리고 그 매화는 관동에서 본 매화 가운데 가장 늦게 피었고 더군다나 새로 난 가지에서 싹트고 있다. 그렇기에 작가의 눈에 유독 띄었고 이를 '사랑스럽다'라고 표현하고 있다. 작가는 매화가 늦게 핀 이유에 대해 봄이 왔기 때문이라고 하며 '봄이 이곳을 쓸었다'고 하는 빼어난 문학적 수사를 동원하고 있다. 그리고 '세속을 떠난 신선의 고움'으로 매화를 치환시켜 시적 분위기를 절정으로 올려놓고 이 매화가 누대를 비춘다고 하였다.

평범한 듯 보이는 이 작품에는 과장법을 비롯하여 의인법 등 다양한 수사가 쓰이고 있다. 하지만 무엇보다 중요한 것은 바로 소재를 통해 드러내고자 하는 주제의식이다. 매화의 상징성은 오상고절(傲霜孤節)에 있다고 할 수 있다. 물론 인용된 작품에 이러한 속성이 녹아 있지 않은 것은 아니지만, 여기서는 인간 세상에서의 꼿꼿한 자태를 넘어서서 선계에서의 고운 자태로 매화를 그리고 있다는 점이 주목된다.

그렇다면 앞서 살펴본 것처럼 작가가 지속적으로 자연과의 접촉을 시

吾州."
29) 上揭書, 452面. 「詠梅」 "關東處處賞江梅, 愛此新枝最後開. 風雨人間春掃地, 出塵仙艶映粧臺."

도하고 선계로의 동경 등을 주제로 하고 있는 이유는 무엇인지, 다음 작품을 통해 확인해 보도록 하겠다.

관목역 정자에서 짓다

붉디붉은 구름과 태양은 불타는 하늘에 있고
언덕 가에 초가집은 내 눈 안에 들어오네
진중히 오랜 나무들이 숲을 이루어
앉았으니 한 아름 바람이 내게 불어오네[30]

흥부역 정자의 시에 차운하여

넓은 논밭 벼와 기장이 바람에 일렁이고
농가의 큰 풍년을 기뻐하며 바라보네
꽤 오래 그늘진 마루에서 쉬니 시원하기 그지없고
물새들은 작은 시내의 안개 사이를 날아다니는구나[31]

앞서 언급한 것처럼 안축의 작품에는 정자에 차운한 작품이 많다. 대부분 풍속을 읊고 현실을 비판하였지만 인용된 작품들은 이와 상반된 작품들이다.

우선 전자의 작품은 자연의 유구함과 이에 따른 정신적 정화를 주제로 하고 있다. 1, 2구의 색체감은 그가 자연시에서 주로 사용하는 수사 방식으로 빼어난 색채감의 표현과 자연스러운 시각적 이동이 돋보이는 작품이라 할 수 있다. 대개 시적 분위기의 전환을 꾀하는 전구에서 다른 작품이 인간을 표현했다면, 여기에서는 자연의 영원한 속성을 먼저 언급하고

---

30) 上揭書, 461面. 「題灌木驛亭」 "肜雲赤日火鎭空, 傍岸団茅在眼中. 珍重成林百年樹, 坐來分我一襟風."

31) 上揭書, 452面. 「次興富驛亭詩韻」 "千畦禾黍舞風前, 喜見農家大有年. 久倚陰軒淸爽足, 水禽飛過小溪煙."

이에 따른 심적 쾌유를 결구에 둔 것으로 보아 자연에 초점을 맞춘 것이 아니라 자신의 정신적 자유를 우선하고 있음을 알 수 있다.

후자의 작품 역시 시적 배경이나 주제의식이 앞 장에서 다루어진 것과 대조를 이루고 있음을 알 수 있다. 즉 그가 풍속을 살피며 백성들의 괴로운 삶에 대해 비관적이며 애통해했던 것과는 달리, 풍년이 들고 살기 좋은 마을에 뿌듯해하고 있음을 표면으로 읽을 수 있다. 특히 여유를 가지고 쉬고 있을 때의 상쾌함과 마침 안개 사이를 후비며 날고 있는 물새들이 시야에 들어와 이를 묘사한 부분은 앞서 보았던 여유가 없고 늘 한탄하던 작품들과는 전혀 다른 분위기를 느낄 수 있다.

두 작품 모두 자연이 주는 상쾌함과 고된 현실에서 벗어나고자 하는 초세적 자세가 읽힌다. 이뿐만 아니라 앞에서 볼 수 없었던 비관적 태도와는 대조적으로 희망적 메시지를 담고 있는, 태평성대에 대한 희구 역시 엿보인다. 이러한 작품들은 모두 자연을 통해 촉발된 고도의 정신지향이며 실제 그가 추구한 정신경계이기도 하다.

6월 17일 밤 삼척 죽서루에 앉아

밤빛은 환하게 밝고 물 기운도 맑아
누대 올라 난간에 기대어 강물 소리 듣노라
바로 앉아 내 자신 잊으니 보이는 이 없고
바람과 이슬은 허공에 가득하고 산 달이 뜨네32)

작품의 전반부는 고요하고 맑은 풍경에 대한 묘사이며, 후반부는 이로 인해 감발된 정신세계를 묘사하고 있다. 즉 전반부에서는 맑고 환한 밤빛과 물, 그리고 고요함 속에 들리는 강물 소리를 묘사하고 있으며, 후반부

---

32) 上揭書, 463面.「六月十七日 三陟西樓夜坐」"夜色虛明水氣淸, 登樓俯檻聽江聲. 兀然忘我無人見, 風露滿空山月生."

에서는 자연과 하나 된 정신경계로서, 보이는 사람 하나 없고 마침 바람과 이슬 자욱한 하늘과 산 위에 떠오르는 달을 묘사함으로써 작가가 지향하고자 하는 바를 잘 표현하고 있는 것이다.

특히, '명(明)'과 '청(淸)' 시어는 '올연망아(兀然忘我)'로 표현된 물아일체의 정신경계로 가는 매개적 역할을 한다. '올연망아'는 '좌망(坐忘)'과도 같은 말로서, 장자(莊子)가 일체의 사물에 얽매이지 않고 말을 잊은 채 세상을 한가하게 자적(自適)한다는 의미의 뜻이다. 결국 자연과 하나 된, 물아일체라는 고도의 정신세계를 경험한 작가가 이를 작품화한 것이다.

사실 물아일체란 유불도(儒仏道) 삼가(三家)가 궁극적으로 도달하고자 하는 정신경계이며, 이는 현실에서 벗어나고자 하는 것이 아니라 현실과 직접적으로 맞닿아 있다. 따라서 그가 자연의 아름다움이나, 유구함 그리고 귀거래 의식을 노래한 작품들, 선계를 동경하거나 희구했던 작품들은 결국 괴로운 현실에서 벗어나고자 했던 것이 아니라 현실의 이면, 즉 태평시대 희구한 작품으로 봐야 온당할 것이다.33) 이로 본다면 결국 그가 시에서 담아냈던 현실주의와 반성적 선언의 작품군, 그리고 내면주의와 초세적 태도를 보였던 작품군이 서로 층위만 달리할 뿐 사대부로서의 일관된 태도를 보여준 결과물이라 할 수 있다.

---

33) 최용수는 안축의 자연관을 연구하며, 안축이 동경했던 선계, 즉 이상적 공간은 현실을 도피하고자 하는 은둔적 공간의 자연이 아니라 현실에서의 있어야 할 당위를 절실하게 인식한 대상으로서의 자연이라고 한 바 있다.(최용수, 앞의 논문, 204面)

4. 안축 시의 변별점

본고는 안축의 시세계의 중심축을 이루고 있는 두 의식세계와 그 작품화를 고찰한 글이다. 내용을 요약하고 앞으로의 과제를 제시하는 것으로써 결론을 대신하고자 한다.

우선 안축의 시는 "풍속의 바른 것과 그른 것, 백성의 기쁜 일과 슬픈 일에 관한 것이 열에 아홉이다."라고 했던 이제현의 언급처럼, 풍속과 백성에 관계되는 것이 주를 이룬다. 특히 지리적 환경으로 인해 고통스러운 삶을 살고 있는 백성의 모습과, 관료로서의 책임감을 통감하며 보이는 반성적 선언, 그리고 사회를 혁파하고자 노력했던 모습 등은 그의 대표적인 시세계의 모습이다. 이러한 시세계의 기저에는 성리학의 수입이 있으며 결국 이와 같은 의식과 주제가 녹아 있는 결과라 할 수 있다.

한편 그의 시세계에는 현실주의와 층위를 달리하는 내면주의적 작품 성향도 하나의 중심축을 이룬다. 이는 외부 세계나 주위환경의 영향을 내면적인 경험이나 정신에 적용시키려는 문학적 경향으로서, 그가 자연과의 접촉을 시도하고 자연의 아름다움, 자연의 유구함을 작품화하는가 하면, 현실과 거리가 있는 선계를 동경하는 작품을 남겼던 이유이기도 하다. 특히 작가가 지속적으로 자연과의 접촉을 시도하고 선계로의 동경 등을 주제로 하고 있는 이유는 자연이 주는 심적 안정에서 기인한 것이며 이는 현실세계에서의 고뇌로 인한 초세적 태도를 견지하려는 의도로 파악된다.

본고를 통해 도출된 안축의 두 의식세계와 주제의식이 다른 문인과 크게 변별을 가지는가에 대해서는 필자도 만족스럽지는 못했지만, 굵직한 두 의식과 주제가 안축의 시세계를 대변하며, 다른 듯 보이지만 선을 같이하고 있다는 점에 동의하여 글을 쓰게 되었다. 다만 이러한 결론을 안축의 시대적 상황이나 사상 그리고 가치체계 등과 세세하게 연관시키지 못한 점은 훗날 안축의 시세계와 고려 후기의 문학을 논하면서 보완하도록 하겠다.

○
제2장
이곡(李穀)의 시세계와 자아의식

1. 이곡 문학의 선행연구와 문제 도출

본 논문은 고려 후기의 문인 가정(稼亭) 이곡(1298~1351)의 시세계를 분석하여 거기에 내포된 세계관을 포착하고, 그것이 자아의식과 어떻게 맞닿아 작품에 형상화되고 있는지를 해명하는 데에 목적을 둔 것이다.

주지하듯 이곡은 고려 후기에 시문(詩文)으로 한 시대를 풍미하였고, 중국에까지 문명이 널리 알려진 인물이다. 특히 문장을 통하여 성리학적 이데올로기를 천발(闡發)하였던 신흥사대부의 중심이 되는 인물이기에[1] 그에 대한 평가는 선인들에 의해 끊임없이 거론되어왔을 뿐만 아니라,[2] 현재까지도 많은 연구자들에 의해서 다기(多岐)하게 고찰되어 왔다.[3]

---

1) 박성규(2003).
2) 鄭道傳, 『三峯集』 3卷, 「陶隱文集序」 "入本朝曰 金侍中富軾, 李學士奎報, 其尤者也. 近世大儒, 有若雞林益齋李公, 始以古文之學倡焉, 韓山稼亭李公, 京山樵隱李公, 從而和之." 『韓國文集叢刊』 卷5, 279面. 민족문화추진회. (이하 출전은 모두 이를 따랐으므로 생략하고 권수만을 표기하기로 한다.) 이 외에도 權近, 『陽村集』 16卷, 「鄭三峯文集序」.; 金宗直, 『佔畢齋文集』 1卷, 「亨齋先生詩集序」.; 成俔 『虛白堂集』 13卷, 「文變」 등이 이곡의 문학적 성과 및 문인으로서의 위치에 대해 언급하였다.

필자는 이제 선배들의 많은 연구 성과를 바탕으로 하여, 이곡 시에 있어서 끊임없이 자아에 대해 고민하고 반성하는 사유가 중요한 부분임을 간파하고 이를 면밀히 고구하고자 한다. 물론 시가 내면의식에 대한 표출이며 이를 언외지의로 표현하고자 하는 것은 시의 근본적인 문학관이다. 그러한 점을 감안하면, 이것이 새로운 논지라 보기는 어렵다. 다만 다른 문인들과 변별되는 마치 한 권의 일기를 써 내려가듯 창작한 이곡의 시 작품을 통해서 당시 이곡이 지녔던 자아관, 정치관, 사회관, 자연관 등을 살필 수 있고, 이것이 어떻게 현실에 반영되고 있는지, 어떻게 문학적으로 형상화되었는지를 살필 수 있기 때문에 이를 논지의 출발점으로 삼은 것이다.

특히, 이곡의 정치관이 원(元)나라에서 수학하였던 성리학과 다른, 한대 (漢代) 동중서(董仲舒)의 천인상관론(天人相關論)과 깊은 관련이 깊다는 사실이 보이는바, 그것은 대표작으로 손꼽는 「원수한(原水旱)」에 대한 명쾌한 해석이 될 것으로 기대하며, 당시 사대부의 정치관 가운데 새로운 부분을 확인할 수 있을 것으로 보인다.

아울러 이곡의 작품은 독자들마저 확신할 수 없을 정도로 끊임없이 출처에 대해 고민하는 모습이 눈에 띄게 보이는데, 당시 제2품의 반열에 오른 그가 왜 이러한 모습을 작품에 담아내고 있는지 확인할 필요가 있다. 이는 문학작품을 통해 당대 사회상을 살필 수 있을 뿐 아니라 고려와 원의 양국을 다니며 유학과 벼슬생활을 했던 한 문인의 삶의 궤적과 문학적 형상화 방식 등을 살필 수 있을 것이라 생각된다.

또한 이곡의 시문학에는 자연시가 적지 않은 비중을 차지하고 있다. 이

---

3) 이곡에 대한 연구 성과 가운데 주제에 대한 중복을 피하여 대표할 수 있는 것을 거론하면 다음과 같다. 김현용(1983), 황재국(1985), 고혜령(1988), 송재소(1999), 홍성욱(1999), 유호진(2000), 박성규(2003).

자연시를 살펴보면 그가 자연을 관념적으로 이해하기보다는 순수 자연에 대한 관조와 이를 통해 위로받고 의지하는 모습을 확인할 수 있는데, 이는 그의 아들 목은 이색의 자연관과는 확연히 다른 것으로, 이를 통해 고려 후기 자연관의 동향을 파악하는 데 도움이 될 것으로 보인다.

2. 현실에 대한 인식과 자아의 상충적인 모습

(1) 하늘과 인간의 상관론적 정치관과 사대부로서의 책임감

고려왕조는 통일 이후 군주권의 신성성과 왕조의 안정적 운영을 위해 천명을 받은 왕조임을 자임하였다. 고려 초 태조가 부세와 부역을 감하고 왕의 수덕을 강조한 것은 그러한 천명을 수행할 덕이 자신과 고려 왕실에 있음을 인식한 때문이었다. 이러한 이해 위에 고려전기 재이관(災異觀)과 왕권의 상관관계는 재이와 왕권의 감응에 기초한 천인감응적 재이관으로 이루어졌다고 하겠다.[4]

소위 '천인상관론', 또는 '천인감응론'이라 불리는 철학적 체계는 한대의 동중서에 의해 그 이론적 토대가 완성된 것으로, 주재자로서의 하늘의 존재를 확립하고 아울러 이러한 하늘과 인간의 감응관계를 통해 그 관계를 짓는 것을 시도하고, 나아가 이러한 관계를 바탕으로 상서와 재이 같은 하늘의 구체적인 감응형태를 도출하여 최종적으로 군주가 올바른 모습을 가지도록 하는 것이라 축약할 수 있겠다.[5] 고려전기에 유행하였던 이 천인감응설이 한동안 주춤하다 이곡에 의해 본격적으로 거론되고 있

---

4) 한정수(2006).
5) 김동민(2004).

는 점은 주목하지 않을 수 없다.

천력 기사년(1329, 충숙왕16) 유월에 예성강에서 배를 타고 출발하여 남쪽으로 한산에 가려다가 강어귀에서 바람에 막히다

땅을 흔드는 폭풍 속에 동남쪽 하늘 새까만데
사방의 산들이 배꼬리 옆에서 오르락내리락
아득하구나 물결 속에 나부끼는 조각배여
목숨은 오직 밧줄의 힘에 달려 있으니
빗소리 쏴아 하고 배 밑바닥 적시면서
사흘 내내 퍼붓더니 아직도 북쪽으로
단지 원기가 화기를 상하지 않게 해야 하리니
사람의 잘잘못 따라 천지도 그대로 응하니라
어느 때나 바람과 비가 열흘과 닷새의 때에 맞아
만국이 모두 달려와서 황극에 귀의하게 할꼬6)

이 작품은 제목을 통해서도 알 수 있듯이, 6월 어느 날 예성강에 배를 띄워 고향인 한산으로 가려는데 강어귀에서 바람에 막힌 심사를 토로하고 있는 작품이다. 독특하게도 이곡은 이러한 상황, 즉 비로 인해 길이 막히거나,7) 바람에 길이 막힌 상황8) 등을 노래한 작품들이 눈에 띄는데, 이는 대개 자신의 인생이 뜻대로 잘 풀리지 않는 모습을 투영한 것들이다. 그런데 위의 작품처럼 하늘과 인간의 상관관계에 대해 언급하고 있는 점은 주목해야 할 것이다.

---

6) 『稼亭集』卷14.「天曆己巳六月舟發禮成江南往韓山江口阻風」其二 "驚風動地東南黑, 四山低昂船尾側. 蒼茫一葉浪花中, 性命只憑舵艄力. 雨聲颼颼濕蓬底, 三日一雨猶向北. 但令元氣不傷和, 逆順於人互失得. 何時風雨占十五, 爲驅萬國歸皇極." 이에 대한 번역과 각주는 한국고전번역원에서 출간한 『국역 가정집』(이상현 역, 2006)을 참고하였음을 밝혀 둔다.(이하 작품 모두 동일하므로 생략하기로 한다)
7) 上揭書, 卷17.「阻雨書懷寄鄭仲孚」
8) 上揭書, 卷20.「京浦阻風」

근체시가 아닌 고시로 창작된 이 작품을 내용상 구분해 본다면 1구에서 6구까지를 전반부로, 7구부터 10구까지를 후반부로 나눌 수 있다. 전반부는 대개 현재의 상황을 매우 사실감 있게 묘사하고 있는 부분이다. 맹렬한 바람을 묘사하고 있는 '경풍(驚風)'이나 그 모습을 형용한 '동(動)', 그리고 천지를 '흑(黑)'으로 색채감 있게 묘사하고 있는 부분 등은 당시 급박한 상황을 잘 묘사하고 있는 시어라 하겠다. 또한 배 위에서 본 주변의 산들을 배꼬리에서 오르락내리락한다는 구절 역시 거센 물결을 매우 역동적으로 그려내고 있다. 그렇기에 작자는 소식(蘇軾)의 「적벽부(赤壁賦)」를 연상한 듯 거대한 천지 속에서 하나의 조각배에 의지하고 있는 작은 존재인 인간의 모습을 3, 4구에서 묘사하고 있다.

그런데 돌연 7, 8구에 이르러 인간의 시비에 따라 하늘이 그대로 응한다는 천인감응론을 언급한다. 현재 자신이 처한 상황, 즉 사흘 내내 그칠 줄 모르는 맹렬한 비바람의 원인에 대하여 인간의 잘못과 연결시킨 것이다. 그리고 인간의 잘못이란 구체적으로 정사를 잘못 펼치고 있는 군주로 지목하기에 이른다. 이는 9구에서 말한 '바람과 비가 열흘과 닷새의 때에 맞아야 한다'고 말한 대목에서 확인할 수 있다. 한나라 왕충(王充)의 『논형(論衡)』을 인용하여 임금이 선정을 베풀어 날씨도 때를 잃지 않게 해야 함을 강조하고 있는 것이다.[9] 물론 왕충은 천인감응설을 전면에서 비판한 인물로 알려져 있지만, 이곡은 여기에서 임금의 선정을 중시하는 것으로 이를 취한 것이고 무엇보다 중요한 것은 고려후기 문학 작품에서 이곡이 이러한 사상을 흡수하고 형상화하고 있다는 것이다.

---

9) 『論衡』「明雩」에 "열흘 만에 한 번 바람이 불고 닷새 만에 한 번 비가 와야 한다. 비가 그보다 오래 내리면 홍수의 조짐이라고 할 것이요, 볕이 그보다 오래 들면 가뭄의 조짐이라고 할 것이다.[十日者一雨 五日者一風 雨頗留 湛之兆也 暘頗久 旱之兆也]"라는 말이 나온다. 물론 『書經』「洪範」의 "五. 皇極. 皇建其有極."에서 보편적인 유자의 정치관을 펼친 것과 무관하지 않으나, 필자는 천인감응론과 더욱 관련이 깊은 구절로 파악하였다.

이렇듯 당시 자신이 처한 급박한 상황, 즉 하늘이 내린 자연의 재이를 인간의 관계와 관련시키고 임금의 정사를 다소 우회적으로 비판하고 있는 작품을 통해 그의 정치관이 동중서의 천인감응론과 깊은 관계를 맺고 있다는 것을 알 수 있다. 이러한 정치관이 단적으로 드러나 있는 작품은 대표작으로 손꼽히는 「원수한」10)이다.

여기에서 이곡은 홍수와 가뭄의 재이를 논지의 출발점으로 삼아, 이것이 하늘이 내린 재앙인지, 인간이 초래한 재앙인지에 대한 물음을 던진다. 설의법으로 시작한 논지는 중간 부분에 이르러 유사, 감사, 감찰 등 구체적 인물의 폐단을 언급하며 글을 잇는다. 그리고 마지막 부분에서는 임금에게 탐관오리를 제거할 것을 말하며, 그 방법은 국가의 법에 명시되어 있고 그 법을 적용하여 시행하는 것은 천하를 주재하는 사람의 손, 즉 임금에게 있다고 강조한다. 애당초 설의법을 통해 언급한 그의 질문은 자연의 재앙은 하늘이 내린 것이 아니라 정사를 제대로 펼치지 못한 인간에게 책임이 있다고 말하기 위함이었을 뿐이다. 다시 말해, 하늘의 재이는 인간의 행동에 대한 대응 방식으로 보고 있는 것이다.

인용된 시나 「원수한」 외에도 "근년에 그 나라에 홍수와 가뭄이 서로 잇따라서 굶어 죽는 백성들이 매우 많다고 하는데, 어쩌면 그들의 원망과 탄식이 화기(和氣)를 상하게 해서 그런 것은 아닐까 하는 생각이 들기도 합니다.11)"와 같은 언급은 이곡의 정치관이 천인감응설과 깊은 관련이 있다는 또 다른 근거다.

아울러 이곡의 천인감응론과 관련하여 그 속에 늘 백성이 있다는 점을 강조한 부분은 이곡의 천인감응론에 있어서 핵심적인 부분이다. 즉, 하늘

---

10) 上揭書, 卷1.
11) 上揭書, 卷8. 「代言官請罷取童女書」 "比年其國水旱相仍, 民之飢殍者甚衆, 豈其怨嘆能傷和氣乎."

과 인간의 관계는 바로 백성들을 위한 조건이라는 것이다.[12]

> 철갑 기병들 강 언덕에 배치되었고
> 홍색 깃발들이 성곽문을 나서네
> 이곳에 수령이 와 귀빈의 수레 보내지니
> 수행원 또한 어찌 그리 붐비는가
>
> 물빛은 노래하는 부채 따라 일렁이고
> 꽃향기는 술동이 스치는구나
> 과객이 조석으로 떠들지만 않는다면
> 순박하여 살기 좋은 산마을인걸[13]

위 작품은 사체(詞體)로 쓰인 작품이다. 한문학사에서 사체의 작품이 많지 않은 이유는, 중국의 운율이 우리와 잘 맞지 않을 뿐만 아니라 그 창작 방법 또한 어려워서이다. 이러한 면에서 본다면 이곡의 좌주였던 이제현의 사 작품과 이곡의 사 작품은 한문학사에서 매우 의미 있는 작품이라 할 수 있다.

작자는 만년에 관동을 유람하며 잠시 누정에 들렀다. 그런데 보이는 것은 수려한 자연이 아닌 철갑의 기병들과 홍색 깃발들, 그리고 수많은 수

---

12) 물론 백성을 위한 정치가 유학적 정치관의 보편적인 특징임을 감안한다면 여기에서의 천임감응론이 특별한 것이 아니고, 이곡의 시를 포함한 유자들의 시에는 백성을 위한 정치사상이 담겨 있다고 볼 수 있다. 그렇다 하더라도 이곡의 정치관은 분명 천인감응론과 깊은 관련을 지니고 있다. 그러한 측면에서 본다면 이곡의 정치관과 천인감응론은 보편적인 유자들의 정치관과 차별을 두는 특징이라 할 수 있을 것이다.

13) 上揭書, 20卷. 「次鄭仲孚蔚州八詠－巫山一段雲·大和樓」 "鐵騎排江岸, 紅旗出郭門. 遨頭來此送賓軒, 賓從亦何繁. 水色搖歌扇, 花香撲酒尊. 但無過客鬧晨昏, 淳朴好山村." 여기에서 무산일단운은 쌍조 44자, 전 후단 각 4구 3평운체에 따른 것으로, 전후단 제3구가 7언으로 되어 있는 것 이외에는 모두 5언으로 되어 있는 것이 특징이다. 또 전 후단 제1, 2구는 대구(대구)를 이루는 것이 통례다. (『국역 가정집』 참고) 시와 사는 장르 자체가 다르기 때문에 본고의 주제인 '시세계'와 부합되지는 않지만, 시문학이 운문문학을 대표하는 용어로 일반화되어 있어 본고에서 역시 이를 따라 사도 포함시켜 거론하기로 하겠다.

행원들뿐이다. 이곡의 누정제영시가 자연의 아름다움에 대해 노래한 작품이 많은 반면, 인용문은 철저하게 이것이 배제되어 있다. 인용문에서 아름다운 물빛은 노래하는 부채에 따라 일고, 꽃향기마저 술동이에 머물러 있다는 표현을 통해 확인된다. 작품의 핵심은 마지막 두 구절에 있다. 살기 좋은 마을에 관료들의 연회로 인하여 피해를 입고 있다는 것을 지적하고 있는 대목이다.

이 같은 지적은 「동유기(東游記)」에서도 같은 방식으로 서술되고 있다. 작자는 "한송정에서 전별주를 마셨다. 이 정자 역시 사선이 노닐었던 곳인데, 유람객이 많이 찾아오는 것을 고을 사람들이 싫어하여 건물을 철거하였으며, 소나무도 들불에 연소되었다고 한다."[14]라고 하여 유람시에 늘 백성들이 느꼈을 고충을 서술하고 백성들과 함께 아파하고 있다. 이곡의 관심이 어디에 있었는지 단적으로 보여주는 예라 하겠다. 문제는 이곡 자신도 관료이기에 비판의 대상에서 빠질 수 없는 데 있다.

금성현에 묵으며

가을이 금성에 드니 비단도 이보단 못해
일천 단애 일만 나무 처음 서리 맞는 때
주인은 떠나고 없는 숲 사이의 낡은 집이요
세금에 뺏기고 남은 산 위의 척박한 땅이로세
뻔질나게 다니는 사자들 굳이 짜증 낼 것 있소
교묘하게 침탈하는 아전의 행패가 더욱 싫다오
한가히 노니는 나 같은 자도 폐 끼치긴 마찬가지
유독 오두막 사랑한 연명에게 부끄럽기 그지없네[15]

---

14) 上揭書, 5卷.「東游記」"飮餞于寒松亭. 亭亦四仙所遊之地, 郡人厭其遊賞者多, 撤去屋, 松亦爲野火所燒."
15) 上揭書, 卷19.「宿金城縣」"秋入金城錦不如, 千崖萬樹得霜初. 林間老屋流亡外, 山上磽田賦稅餘. 莫厭使華紛傳遽, 惟嫌吏弊巧侵漁. 閑遊似我猶相擾, 深愧淵明獨愛廬."

수련에서 보이는 가을 정경의 회화성은, 함련에서의 주인도 없고 척박한 땅의 모습과 대비되어 작자의 의도가 다른 곳에 말해 준다. 즉 금성이라는 곳의 뛰어난 가을의 모습, 서리가 내려 붉은 단풍의 나무들은 주인없는 낡은 집과 척박한 땅을 강조하기 위한 예비적 모습으로 사용되고 있을 뿐이다.

함련의 이러한 묘사는 경련에서 사자와 아전의 행위와 결합한다. 여기에서 사자보다도 교묘하게 침탈하는 아전의 행태를 고발하고 있는데, 이는 앞서 「원수한」이라는 작품에서 탐관오리의 출척을 강조한 부분과 맥을 같이한다. 그런데 미련에서는 돌연 시적 동선이 자신으로 회귀한다. 즉, 관직에 있지만 이들을 보살피지 못하는 자신에게 책임을 묻고 있다. 자연의 아름다움에서 척박한 땅으로, 그리고 이렇게 만들었던 사신과 아전에게로, 마지막으로 자신에게 돌아오는 동선에서 관인으로서의 자책과 한편으로는 백성들을 사랑하는 마음이 잘 드러난 작품이다.

이 밖에도 고려의 처녀 징발을 중지하도록 원(元) 순제(順帝)에게 건의하여 그것을 현실화시킨 사실은16) 이곡의 애민의식을 단적으로 보여준 예이다. 하지만 스스로가 "가난한 동네의 궁한 선비"17)라고 말할 정도로 출신의 한계, 실제 현실적 한계 등에 막혀 자신의 포부를 모두 펼치지는 못한 것으로 보인다. 그러므로 이곡의 시에는 현실적 개혁 의지를 표명한 작품은 소수에 불과하고, 현실적 한계에서 오는 좌절감, 타향살이의 고독함, 고향에 대한 그리움 등이 다수를 차지하고 있다.

---

16) 上揭書, 卷8. 「代言官請罷取童女書」
17) 上揭書, 卷8. 「與同年趙中書崔獻納書」 "寒門窮巷之士"

(2) 현실적 한계에서 오는 냉담한 사회관과 회귀의식

이곡의 생애를 대략 네 부분으로 분류해 보면, 출생부터 20세 거자과 (擧子科)에 합격하기까지인 수학기, 20세부터 36세 원나라 회시에 합격할 때까지인 출사기, 37세부터 49세까지 활약기, 50세부터 사망시까지 만년 기 등으로 나누어 볼 수 있다.18) 그가 남긴 시작품의 비율은 수학기와 출 사기의 작품은 소수에 불과하고 활약기와 만년기의 작품이 대부분이다. 특히 그 활약기 가운데에서도 40대 후반의 작품이 많고 대부분은 현실적 한계에 부딪혀 고향으로 돌아가고픈 마음을 노래한 작품이 많다. 우선 이 곡 당시의 사회상을 보여주는 작품을 살피고 그 이후에 왜 작자가 귀거래 를 지향한 작품을 많이 남겼는지 확인해 보도록 하겠다.

경신년 봄날 느낀 바 있어

청전이 낡았다 하더라도 도둑은 미리 막아야지
옥촉이 항상 조화로우면 홀로 빈궁하게 놔두리오
하고많은 세상일에 대해 하늘은 말하지 않는데
한쪽을 서로 원망하다니 어떻게 된 사람들인지19)

창작 시기가 명확히 밝혀진 작품이다. 여기에서 경진년은 충혜왕 복위 1년인 1340년이며, 이곡의 나이 43세 때이다. 주지하듯, 고려 후기의 사 회는 대외적으로는 원나라에 속국이나 다름없이 심한 간섭을 받았으며, 대내적으로는 충렬왕과 충선왕, 충숙왕과 충혜왕의 부자간을 둘러싼 권 신들의 파벌과 치열한 싸움이 끊이지 않았던 시대다. 마침 이곡의 생애가

---

18) 이에 대해서는 황재국(2006)이 시기를 나누어 논의한 바 있는데, 필자 역시 이에 의견 차 이가 없으므로 이를 참조하여 그대로 따랐다.

19) 上揭書, 卷15. 「庚辰春日有感」 "青氈雖舊防他盜, 玉燭常和任獨貧. 世事悠悠天不語, 一方相怨 是何人."

'충(忠)' 자 임금 여섯 분의 치세기간이었다는 점을 감안해 본다면, 이곡이 험난했던 시대를 살았던 인물이었다는 사실을 짐작할 수 있다.

우선 기구만 보더라도 이러한 시대적 상황은 알 수 있다. 청전이 낡았 다는 것은 국가의 기강이 흔들리고 위태로운 상황을 묘사한 것이고, 도둑 을 막아야 한다는 것은 부원파의 입성 운동을 막아야 한다는 말이다. 당 시 충혜왕은 황음무도했을 뿐만 아니라 사악한 무리들과 어울려 국정을 어지럽힌 인물이다. 이러한 상황에서 작자는 성군이 선정을 베풀어 태평 성대를 이룬다면 홀로 빈궁하게 남겨지겠느냐고 반문하고 있는 것이다.

또 한쪽을 서로 원망한다는 말은, 사악한 무리들이 충혜왕에게 상이나 관작을 나눠 받고서도 뜻에 차지 않아 서로 불평하며 원망하는 것을 말한 다. 임금과 신하의 불신에 대해 언급하고 있는 구절이다.

이렇듯 이곡의 사회에 대한 시선은 아주 차갑다. 이러한 상황에서는 출 사가 어려울 뿐만 아니라 설령 벼슬에 임한다 하여도 자신의 포부를 제대 로 펼칠 수 없거니와 숱한 시련만 당할 것임을 작자 스스로 잘 알고 있었 던 것이다.

비교적 젊은 시절 창작하였던 「운명이 기박한 첩」[20]은 작자의 이러한 심사를 단적으로 보여주고 있는 작품이다. 작품에 등장하고 있는 첩은 한 미한 집안에서 태어났지만 아름다운 자질을 지니고 있다. 또 천금을 준다 해도 응하지 않을 정도로 세상 사람들과 사귀지 않는 인물로 묘사되고 있 다. 결국, 좋은 시절 다 지나가면 아무 소용도 없다는 안타까운 마음을 마 무리 부분에 표현하고 있는데 상황을 조목조목 살펴보면, 그 첩은 이곡 자신에 대한 투영임을 쉽게 알 수 있다.

---

20) 上揭書, 卷14. 「妾薄命用太白韻」

동년 장사승에게 부치다

범을 타고야 알았지 내리기 어렵다는 것을
나귀 등에서 시나 읊지 벼슬은 왜 구했는가
괴이해라 조물은 어째서 그렇게 장난이 심하신지
사람의 모자와 신발을 슬쩍 뒤바꾸어 놓으니[21)

자조적인 시이지만 냉담한 사회관과 무관하지 않은 작품이다. 기구와
승구는 전거를 활용하여 벼슬길에 들어선 것을 후회하고 있는 부분이다.
흥미로운 것은 전구와 결구의 표현인데, 이는 위에 있어야 할 고귀한 사
람이 비천한 아랫자리에 있고, 아래에 있어야 할 비천한 사람이 고귀한
윗자리에 있는, 즉 불합리한 현실에 대해 개탄하고 있는 구절이다.

물론 여기에는 중의성도 있다. 한편으로는 자신을 비유하고 있기 때문
이다. 자신처럼 능력이 있는 사람이 고위직에 가지 못하고, 수단과 방법
을 가리지 않는 간신배들이 자신보다 높은 곳에 있음을 한탄하고 있는 구
절로도 해석이 가능하다. 이는 이곡이 동년들에게 보낸 시나 산문에서 이
와 같은 표현이 자주 등장하고 있다는 데 근거가 있다. 특히 자신을 부재
(不才)라는 겸사로 표현하고 있지만, 실제로는 뛰어난 재주를 지니고 있어
언젠가는 문재를 인정해 줄 것이라는 기대를 표현한 작품들이 산견되기
때문이다.[22)

인용된 시는 사상도 뛰어나지만 많은 전거를 활용하여 자신의 반성 및
사회 비판 등 복합적인 심사를 간명하게 표현하고 있는 작품이라 하겠다.
이처럼 이곡이 벼슬길에 대한 험난함과 이에 대한 회의가 교차하면 할수

---

21) 上揭書, 卷19.「寄同年張寺丞」其一 "騎虎方知却下難, 吟詩驢背苦求官. 怪哉造物多機變, 暗
　　裏教人倒屣冠."

22) 上揭書, 卷15.「寄同年柳翰林」世事微才百不堪, 徇身聊夏事耕蚕. 詩場苦戰思良將, 交道重逢
　　憶破衫. 魂夢尋君到亭北, 雲山挽我滯江南. 何時和取紲衣什, 櫪馬聲中更盍簪.

록 그가 지녔던 젊은 시절의 출사 의지는 더욱 후회와 반성으로 바뀌게
되고, 시간이 흐를수록 귀거래 지향으로까지 나아가게 된다.

차운하여 백화보에게 답하다

나는 원래 멀리 나돌아 다니길 좋아하고
산과 물도 깊고 그윽한 곳만 찾는지라
도하에선 겨우 몇 개월을 지냈을 뿐
강남에서 가을을 열 번이나 보냈다오
스스로도 이상해라 오늘의 이 계책이여
방을 빌려 오래도록 죽치고 있다니 원
빈궁과 영달에는 운명이 개재할 터인데
뻔뻔스럽게 무엇을 구하려 한단 말인가
홀로 된 모친 역시 이미 늙으셨고
고향 산천도 꿈속에 자꾸만 어른어른
그대도 알다시피 부잣집 문 두드려도
우리들을 어디 아는 척이나 합니까[23]

이 작품은 백문보가 먼저 시를 보내어 이에 답한 시로서, 이곡이 평소
지녔던 생각을 어떤 시적 장치를 거치지 않고 바로 드러낸 작품으로 볼
수 있다.

1, 2구에 대한 해석은 문면 그대로 보아도 되고, 유자들이 늘 말하는
환로의식의 일환으로 봐도 무방하다. 즉 세상에 도가 없기에 산수에서 유
람하며 은거하겠다는 것이 작자의 취지이다. 3, 4구는 작품의 창작연대를
확인할 수 있는 대목이다. 여기에서 '도하(都下)'는 연경(燕京)을 말한다. 작
자가 겨우 몇 개월만 지냈다는 것과, 강남에서 가을을 열 번이나 보냈다

---

23) 上揭書, 卷14.「次韻答白和父」"吾生好遠游, 山水極深幽. 都下數閱月, 江南十經秋. 自訝今日
計, 賃屋久淹留. 窮通要有命, 强顔何所求. 孀親亦已老, 故山歸夢稠. 君看富兒門, 不容吾輩流."

는 대목을 통해, 이곡이 정동성 향시에 합격하기 전인 33세 이전 10년간
의 시간임을 알 수 있다.

실제 이곡은 사록참군(司錄參軍)에서 예문검열(藝文檢閱)로 옮기기까지 무
려 11년이나 걸린다. 이 같은 배경을 이곡은 "오랜 세월 동안 싫증나도록
진흙탕 속에 똬리를 틀고서 항상 물결을 치며 하늘로 날아오르기를 희망
하였지만, 사해 안에서 아직 지기를 만나지 못한 채 10년 동안이나 계속
해서 수재의 신분으로 남아 있습니다."24)라고 말한 것과 같이, 결국 신진
사류들의 진출이 쉽지 않다는 사실을 말해 주고 있다. 10년간 벼슬이 없
었으니 위 작품처럼 말하는 것은 어쩌면 당연한 것으로 보인다.

5, 6구는 출사에 늘 마음이 있는 자신을 반성하는 구절이다. 마음대로
되지 않은 작자는 결국 7, 8구에서와 같이 이를 운명론적 태도로 바꿔버
린다. 그렇기에 후반부에서는 고향에 대한 그리움과 사친(思親)의 정으로
귀결시키고 한미한 가문은 출세하지 못함을 애통하게 여기는 것으로 작
품을 끝낸다.

대개 귀거래에 대한 지향은 사대부라면 누구나 가지고 있는 마음이다.
다만 조정에 몸을 담고 있으면서 귀향하지 않고 마음으로만 노래하는 경
우도 있으며, 실제 환로에 대한 염증으로 인해 진심으로 귀거래를 지향하
는 경우도 많다. 이곡의 경우에는 이 두 가지 상황을 끊임없이 반복하기
에 독자로 하여금 그의 출처관이 매우 혼란스러움을 느낄 것이다. 당연한
논의겠지만 필자가 살펴본 바로는 시기가 중요한데 젊은 시절의 경우에
는 전자에 해당하고 만년에 경우에는 후자에 해당된다. 이는 그가 만년에
귀국 후 산수자연을 유람하며 창작한 자연시를 통해서 보다 구체적으로
파악할 수 있다.

---

24) 上揭書, 卷8. 「上政堂啓」 "久厭泥蟠, 常希水擊, 四海未逢知己, 十年長作秀才."

3. 자연과 자아의식

(1) 자연을 매개로 한 인생의 회고와 반성

이곡의 시문학은 그의 전체 작품 20권 가운데 7권을 차지하고 있는데, 그 안에는 자연을 소재로 노래한 작품이 많은 양을 차지하고 있다. 근본적으로는 시가 자연을 매개로 노래한다는 특성이 있기는 하지만, 특히 이곡의 경우에는 원나라와 고려를 6번이나 왕래하는 동안 자연과 접할 기회가 많았기 때문이기도 하고 힘든 시간을 보낼 때마다 자연을 통해 위로를 받거나 마음을 정화하였던 것에 원인이 있다.

자연을 매개로 한 작품 가운데, 「난경기행(灤京紀行)」[25]은 처음으로 '기행'이라는 표제를 사용한 기행시이며, 정중부의 「울주팔영」에 차운한 작품은 우리나라에서 몇 안 되는 사체(詞體)의 작품으로 연구의 가치가 높다고 할 수 있다. 결국 모두 자연을 매개로 하고 있는바, 본 절에서는 이곡이 자연을 어떻게 바라보고 있으며 이를 통해 그것이 가지는 의미가 무엇인지 살펴보고자 한다.

> **삼척의 서루 팔영시에 차운하다**
>
> 흰 깁 같은 장강 그 위에 베낀 가을 하늘
> 굽어보며 시 읊노라니 날은 어느새 석양녘
> 물고기 셀 만큼 맑다고 말하면 그만이지
> 한 마리 두 마리 센다면 천치나 마찬가지[26]

이 작품은 「삼척서루팔영(三陟西樓八詠)」 가운데 한 작품으로 만년에 지

---

25) 上揭書, 卷18.

26) 上揭書, 卷20. 「次三陟西樓八詠詩韻－臨流數魚」 "長江如練寫秋空, 俯瞰吟詩日已紅. 但道游魚淸可數, 區區屈指與痴同."

은 시다. 이곡은 충정왕 3년에 동지공거(同知貢擧)로 과거를 주관한 적이 있었는데, 당시 충목왕의 후사로 공민왕을 지지하며 그를 세울 것을 청한 적이 있다. 당시 과거를 주관하면서 세가의 자제들을 합격시켰다는 죄목에 걸리고 만다. 또한 공민왕을 세우는 일에 왕후(王煦)가 앞장서고 이곡이 표문을 작성하였다는 이유로 충정왕 즉위 시 신변의 안위를 느낀다.[27] 결국 이곡의 선택은 환로에서 물러나 관동을 유람하는 것이었는데, 위의 작품은 당시 창작한 작품이다.

먼저 기구는 작자가 포착한 자연의 아름다운 모습이다. 긴 강물을 비단에 비유하였고 그 위에 비친 가을 하늘의 모습을 마치 '베낀 것[寫]과 같다'고 말한 것은 시적 이미지나 표현이 뛰어난 구절이라 하겠다. 그 아름다운 물을 바라보고 있으니 시간은 어느덧 저녁이 되었고, 아쉽지만 이제는 더 볼 수 없을 정도로 어두워지고 있음을 '석양녘'이라는 시어를 통해 표현하였다. 문면에 보이는 작자의 모습은 그간 관직 생활로 인해 바쁜 시간을 보이는 것이 아니라 강물만을 바라보고 있는 여유로운 모습으로 묘사되고 있는 것이다.

이처럼 여유로운 모습은 전구와 결구처럼 물이 맑다고 하면 그만인데 한 마리, 두 마리 세고 있다면 필시 바보라고 말하는 자조적인 모습에서 안타까운 모습을 포착할 수 있다. 이는 예전처럼 바쁜 일상이라면 분명 '저 물이 참 맑다'라고만 말했을 텐데, 이제는 할 일도 없어 온종일 물만 바라보고 있는 신세가 되었고, 그래서 그 물고기나 세고 있는 신세가 된 자신을 천치[痴]로 치환해 버린 것이다.

이처럼 자학에 가까운 작자의 태도는 곳곳에서 확인된다. 그는 "나이 오십 지났으면 잘못된 걸 알 만한데, 아직 허명 고집하니 얼마나 큰 바보

---

27) 李穡, 『牧隱文藁』 卷18. 「有元高麗國忠勤節義贊化功臣重大匡瑞寧君諡文僖柳公墓誌銘」 이 에 대해서는 마종락(2008)의 논문을 참고하였음.

인가"28)라고 하거나, "생계는 매우 졸렬해서 가난함이 병자와 같고, 도는
성취함이 없이 늙을수록 바보가 되네"29)라 말한 것처럼 인생에 대한 회
고와 반성적 사유를 곳곳에서 표출하고 있었다. 중요한 것은 이러한 작자
의 태도가 자연을 매개로 하여 배가되고 있다는 것이다.

울진 객사의 시에 차운하다

말 머리 향한 관동 길 이젠 끝나려 하는데
경도 지나고 나면 언제 내가 보았는지
나의 등불 고관에 강 가득 빗줄기요
구월 황성에 낙엽 지는 바람이라
피리 소리 듣자니 적막해라 옛 친구들
누대에 기대노니 뜻 같지 않은 세상일
진토에서 청아한 정취 느낄 자 몇이나 될까
연못 속의 물고기요 새장 속의 학과 같은걸30)

이 작품은 작자가 평생을 회고하며 만년에 지은 시다. 대략 충정왕 3년
(1351) 이후에 지은 작품이라는 사실이 수련을 통해 확인된다. 작자가 관
동 유람을 마치는 아쉬움을 토로하고 있는 대목 때문이다. 수련에서 절경
을 보아도 언제 보았는지 알 수 없다는 것은 아름다운 풍경을 다시 못 볼
아쉬움에 대한 표현이지만, 나이 든 노년의 심사와 현실적 위험마저 가미
한 것으로도 해석할 수 있다. 이것은 함련에서 하나의 등불과 만추의 계
절, 그리고 낙엽 등의 시어와 관련지어 보면 더욱 그렇다. 물론 근체시의
특성인 대우를 인식하며 사용했겠지만, 이들은 모두 꺼져가는 생명력에

---

28) 上揭書, 卷19.「自詠」年過五十可知非, 尙爾馳名何大痴.
29) 上揭書, 卷17.「病中遣懷」理生甚拙貧如病, 學道無成老漸痴.
30) 上揭書, 卷20.「次蔚珍客舍詩韻」"馬首關東路欲窮, 奇觀過眼旋成空. 一灯古館連江雨, 九月荒
城落木風. 寂寞舊交聞笛裏, 蹉跎世事倚樓中. 幾人塵土懷淸賞, 魚在深池鶴在籠."

대한 이미지들이기 때문이다.

이들은 다시 경련과 조응한다. 평생을 회고해 보는 구절이 그렇다. 진(晉)나라 상수(向秀)가 혜강(嵇康)을 그리워하며 불었던 피리처럼 옛 친구들도 생각해보고 뜻대로 되지 않았던 원 유학길이나 벼슬길 등이 자연히 떠오른 것이다.

이 작품에서 강한 어조를 내뿜는 구절은 단연 미련이다. 세상 사람들을 연못 속의 물고기와 새장 속의 학에 비유한 것은 단지 반악(潘岳)의 「추흥부(秋興賦)」에 의지해서 표현한 것이라기보다는 자유에 대한 구속적 삶을 살았던 자신의 회고로 봐야 마땅할 것이다. 이 구속은 다른 것이 아니라 모순된 사회구조와 그 안에서 행해졌던 관료 생활이다.

그렇기에 이곡은 자연을 통해 자신을 반성하기도 하고 때로는 자연이 주는, 아무 이유 없는 치유에 눈을 뜨기도 한다. 주목할 점은 그가 묘사하고 있는 이미지들이 한결같이 맑고 트인 것들이라는 것이다.

(2) 맑고 트인 의상을 통한 내면의 정화

이곡이 자연을 매개로 창작한 작품들의 시적 배경은 대부분 누대나 누각, 그리고 높이 솟은 바위, 산봉우리 등이다. 표면으로만 보아도 이러한 배경은 대개 트인 공간임을 알 수 있다. 또 작품 안에 등장하고 있는 색채 역시 맑고 푸른 것들이 대부분이다. 여기에서는 이곡의 시문학에 이와 같은 시어들이 자주 사용되고 있는 동인을 밝히고, 그것이 작자에게 어떤 의미가 있는지 살피고자 한다.

동선역 관란정의 시에 차운하다

정자 밖 산봉우리는 현문을 에워싸고

> 난간 앞 모래펄은 어촌을 품에 안고
> 푸른 물결은 쇠해서 흰 수염을 물들일 듯
> 맑은 풍경은 병들어 흐린 눈을 낫게 할 듯
> 망망해라 삼신산은 하늘과 함께 아득하고
> 호호해라 백천은 바다가 모조리 삼키는구나
> 어떡하면 이를 마주해 기심 잊고 앉아서
> 인간 세상의 달존 따위 따지지 않고 살아 볼꼬31)

이곡 시의 풍격을 한 마디로 규정하기는 어려운 점이 없지 않지만32) 이 작품에서 풍기는 분위기는 자못 호방하기까지 하다.

자연시는 대개 전반부에서는 자연의 모습을, 후반부에서는 그곳으로 말미암은 시인의 심사를 묘사하고 있지만, 여기에서 작자는 자연의 모습을 실경 그대로 묘사하기보다는 이를 자신의 심사에 녹여 묘사하고 있다는 것이 주목된다.

우선 수련에서 그려지고 있는 그림은 정자 밖에 펼쳐진 산과 강가에 대한 것이다. 시인은 산봉우리가 현문을 에워싸고 강가 앞 모래가 어촌을 품고 있다고 하였다. 그런데 실경에 그치지 않고 한 발 더 나아가 이 주변 경관이 주는 포근함, 마음의 편안함마저 묘사하고 있는 것이다. 물론 실경이 그러할 수도 있지만 '옹(擁)'과 '포(抱)'를 시어로 채택한 것은 이유가 있다.

수련은 함련과 조응한다. 마치 푸른 물결이 수염을 타고 올라 하얗던 수염이 푸르게 되어 젊은 시절로 돌아가는 것 같다고 하였으며, 그간 힘든 시간으로 인해 병들었던 몸과 흐린 눈이 낫는다고 하였다. 작자가 여

---

31) 上揭書, 卷19, 「次洞仙驛觀瀾亭詩韻」 "亭外峯巒擁縣門, 檻前洲渚抱漁村. 碧波可染衰鬚白, 淸
   景能病海眼昏. 三島茫茫天共遠, 百川浩浩海幷吞. 若爲對此忘機坐, 不校人間有達尊."
32) 서거정은 이곡의 시를 "精深平淡"이라 평한 바 있다. 유호진(2006) 참고.

기에서 목도하고 있는 '벽파(碧波)'와 '청경(淸景)'은 수련을 다시 끌어들인 것으로 1구는 4구와 조응하고, 2구는 3구와 조응하며 밝고 아름다운 승경에서 시인의 마음과 합쳐진 새로운 의상으로 전개되고 있다.

경련은 앞서 등장시켰던 눈앞의 산과 강을 삼신산과 바다로까지 확대하여 나간다. 너무 커서 하늘과 함께하는 삼신산을 '원(遠)'으로 표현하여 위대하고 큰 것을, 뭇 시내가 바다로 흘러 모이는 것을 '탄(呑)'이라 하여 역시 거대함을 묘사하였으니 천지와 산수를 대비시키고 확장시킨 호방한 구절이라 하겠다.

미련은, 작자가 자연을 통해 구체적으로 얻고자 하는 정신에 대해 언급하고 있다. 천지의 위대함 속에서 한갓 인간으로 사는 자신이 차분하게 자연을 마주하며 어떻게 하면 온갖 걱정거리를 떨쳐내고 부귀와 명리에 구속해 사는 자신을 구해낼까 하는 고민을 진지하게 하고 있다.

결국 앞서 살펴보았던 자신의 삶에 대한 회고와 반성은 이처럼 내면의 치유와 더불어 자유를 누리기 위함이었던 것이다. 이는 위의 작품에서도 드러나듯이 인간으로 살 때 수반되는 여러 구속에서 벗어나고자 노력하는 작자의 시적 태도를 통해 확인된다.

정중부의 「울주팔영」에 차운하여 −무산일단운의 사체로 짓다

하늘엔 구름 말끔히 걷히고
계수나무에는 달빛 넘쳐흐르는 밤
고봉이 달을 가리려 일부러 우뚝 솟았나
달그림자 기울 때까지 기다리지도 않는구나

청야 경치를 만난 빼어난 흥치요
낙하의 구절에 부끄러운 읊조림이라
항아는 약을 훔쳐 집에 가지 못하고서

달에서 바람과 이슬에 젖고 있으리라[33]

　우선 전반부부터 살펴보자. '옥엽(玉葉)'이란 시어는 구름의 이칭이다.
즉 구름이 은하수가 떠 있는 하늘로부터 말끔히 걷혔다는 말이다. '빙륜
(氷輪)' 역시 달의 이칭으로 달빛을 받은 계수나무가 너무도 아름답게 눈
에 보인다는 것이다. 구름과 달은 늘 하늘에 같이 떠있는 것이지만 구름
이 걷혀야 달이 빛나듯이 탁 트인 승경을 자신의 마음에 투사하고 있다.
　언뜻 보면 이들이 주인공처럼 보일 만큼 맑고 깨끗한 이미지들이 초반
에 등장하였지만, 제목이 '은월봉'인 것을 감안한다면 산봉우리를 부각시
키기 위한 복선에 불과하다. 결국 다음 구에서 '달을 가리려 일부러 그렇
게 솟았는가'나 '달그림자 기울 때까지 기다리지도 않는다'는 익살적인
표현을 통해 맑은 하늘과 달빛이 우뚝 솟은 봉우리와 잘 어울려 봉우리는
작자 자신을, 하늘의 달과 깨끗한 은하수는 이를 갈망하는 시인의 마음을
대비시켜 노래하고 있음을 알 수 있다.
　이러한 구도는 후반부에서도 그대로 적용된다. 맑은 밤에 이를 만끽하
고 있는 시인의 일흥(逸興)이 첫 구절의 내용이다. 하지만 자신이 이러한
멋진 풍경을 노래한다 한들 '낙하(落霞)'를 멋지게 표현했던 왕발(王勃)에게
는 어쩔 수 없다는 겸사로 다음 구절을 잇는다. 이 역시 전반부에서와 마
찬가지로 이 1, 2구는 3, 4구를 언급하기 위한 하나의 복선적 역할을 한
다. 결국 '월선(月仙)'이라 불리는 항아(姮娥)를 언급하기 위함인데, 즉 아름
답고 맑은 가을밤 이를 비추고 있는 달, 그리고 이에 닿을 듯 높이 솟은
봉우리 등이 서로 조응하여 작자의 정신지향을 담아내고 있다. 다시 말
해, 전반부와 동일하게 봉우리는 작자 자신을, 하늘의 달과 깨끗한 은하

---

33) 上揭書, 卷20.「次鄭仲孚蔚州八詠－巫山一段雲」, "玉葉收銀漢, 氷輪溢桂華. 高峯碍月故峨峨,
　　不待影欹斜. 逸興逢淸夜, 高吟愧落霞. 恒娥竊藥不歸家, 風露濕纖阿."

수는 이를 갈망하는 시인의 마음으로 형상화되고 있는 것이다.

앞서 인용한 작품과 이 작품을 통해서도 알 수 있듯이 이곡의 시적 배경에 등장하는 자연 경물은 모두가 고원(高遠)한 것들, 맑고 깨끗한 이미지들이다. 작자가 이러한 경물을 선택하고 이에 심사를 투영하고자 했던 이유는 자신의 마음을 깨끗하게 하고 그간 힘들었던 순간들을 잊어 정신적으로 자유롭고자 했던 것에 다름 아니다.

이러한 자연관은 그의 아들인 목은 이색이 성리학적 사유를 본격적으로 드러내어 자연을 통해 도덕적 덕목을 유추하거나, 청명한 자연을 통해 내면을 수양하는 단계까지 이르러 자연을 관념적으로 해석했던 것과34) 상당한 차이가 있다. 이곡은 단지 아름다운 자연을 있는 그대로 보고자 하였고, 이를 통해 정신적 위로와 자유를 지향했던 것일 뿐 관념적으로 해석하지는 않았다. 이는 고려의 성리학이 이색에 와서야 좀 더 구체적이며 체계를 갖추어 갔던 것이지, 이곡 당시는 성리학이 수입의 단계에 머무른 것을 방증하는 것이다.

4. 이곡 시의 특징

이곡의 시세계의 특징은 자아의식을 끊임없이 표출하는 데 있다. 물론 시라는 장르가 내면의식의 표출이며 그것을 언외지의로 잘 표현하는 것에 핵심이 있기는 하지만 모든 소재나 주제가 그렇지는 않다. 그러한 점에서 이곡의 시문학은 대개 이 자아의식과 맞물려 있다는 데 특징이 있는 것이다. 특히 전시기에 걸쳐 표현되고 있는 그의 작품들은 마치 일기를

---

34) 이에 대해서는 강동석(2007)의 논문 참조.

읽고 있는 듯 삶에 대한 회고와 반성이 주를 이루고 있기에 이를 논의의
출발점으로 삼은 것이다.

　우선 이곡의 현실 인식은 그의 정치관인 천인상관론에서 확인할 수 있
다. 사실 성리학적 사고를 지닌 문인들에게서 확인하기 어려운 한대 동중
서의 천인상관론의 이론을 끌어들여 하늘과 인간의 관계를 설정, 재이가
인간의 정치와 관련이 있다고 생각한 것이다. 그리고 그 중심점에 백성을
두고서 선정의 이유를 여기에 두었다. 그렇기에 그의 시세계에는 늘 애민
의식이 담겨 있으며, 현실과 이상으로부터 상충하는 관료로서의 고뇌가
형상화되고 있는 것이라 하겠다.

　아울러 이곡의 시세계에는 자연을 소재로 노래한 작품군이 많다. 이 작
품들에서 확인되는 것은 자연을 매개로 자연스레 발산되는 인생무상적
태도, 인생에 대한 회고, 내면의 정화 등이다. 이는 고려와 원나라 양국에
서 벼슬을 하던 한 문인의 당시 환로에 대한 염증, 고향에 대한 향수, 부
모에 대한 그리움 등이 모두 녹아 있는 형상화로 보인다. 한편 이곡의 이
러한 자연관은 그의 아들 목은 이색이 보여주었던 성리학적 자연관과 다
른 형태의 것으로 여전히 성리학이 깊이 자리 잡지 않은 것을 방증하는
자연관이기도 하다.

제3장

이색(李穡)의 자연관과 그 정신적 의미

1. 이색과 자연시

　본 논문은 고려 후기의 문인 목은(牧隱) 이색(李穡, 1328~1396)의 자연시를 분석하여 작가의 자연에 대한 인식 양상과 그 정신적 의미를 해명하는 데에 목적을 둔 것이다.

　목은은 고려 후기를 대표하는 정치가·유학자·교육자로서 한 시대를 풍미한 인물이다. 그러나 무엇보다도 두드러진 그의 업적이나 활약은 문학에 있다고 할 수 있다. 그러므로 권근(權近)이 "우리 동방에 문학이 일어난 이후로 선생보다 훌륭한 사람은 없었다."[1]라고 격찬한 이래 이첨(李詹), 서거정(徐居正), 최립(崔岦), 이수광(李睟光), 허균(許筠), 김창협(金昌協), 신위(申緯), 이건창(李建昌) 등 당대를 대표하는 문인들 또한 목은 문학의 가치를 크게 인정한 바 있다.[2]

---

1) 權近, 「恩門牧隱先生文集序」, 『陽村集』 20卷, 200面. "自吾東方文學以來, 未有盛於先生者也." 『韓國文集叢刊』 7, 민족문화추진회. (이하 동일 출전에 대해서는 『叢刊』으로 약칭한다.)
2) 이에 대해서는 여운필의 『李穡의 詩文學 研究』(태학사, 1993)와 유호진의 『李穡 詩의 藝術境界와 그 精神的 意味』(경인문화사, 2004)를 참고하였다.

이러한 목은 문학의 가치와 선인들의 평가는 많은 연구자들에 의해 주목을 받았다. 그 결과 50여 편이라는 다대(多大)한 연구 성과가 이루어져 목은 문학에 대한 윤곽과 실체는 이제 어느 정도 밝혀졌다고 할 수 있다.

하지만 이러한 연구 업적에 비하여 목은 자연시에 대한 연구는 매우 소략한 편이다. 목은 자연시가 다른 작품에 비해 사상적 기저가 또렷이 드러나 있을 뿐만 아니라 예술적 완성도가 높은 작품들이 많다는 사실을 감안해 볼 때 이는 보완해야 할 필요가 있다고 생각한다. 즉, 자연시에 나타난 목은의 자연관을 통해 그것이 도가에서의 심미정신 위주의 자연관인지, 불가의 광대무변함을 강조하는 자연관인지, 아니면 유가에서의 심성 수양을 위한 자연관인지 그 사상을 확인할 수 있으며,3) 또한 문학적 예술성이 높은 자연시를 통해 목은의 내면 의식 및 문예적 특성을 조망하는 데 유효하다는 것이다. 사상과 문학이 인간과 자연과의 관계를 통한 사고의 축적에서 비롯되며 특히, 시문학은 그 발상의 원천을 자연에 두거나 자연을 소재로 시상을 전개하는 경우가 대부분이므로,4) 자연시 연구는 의미 있는 작업이라 할 수 있다. 따라서 본고는 목은 자연시를 통해 목은의 사상과 문학에 대한 일면을 고찰하여 작가에 대한 이해를 확충하고, 아울러 한국 한시 연구에 있어서 자연에 대한 인식의 변모 양상 및 자연시사(自然詩史)를 살펴보는 데 일조하고자 한다.

여기에서 말하는 자연시란 자연에 대한 본질이나 아름다움, 또는 전원 생활의 정취를 시의 중심제재로 삼고 있는 작품을 말한다. 산수시, 전원시, 제화시, 영물시, 유람시 등을 모두 포함한 개념이라 할 수 있다.5)

---

3) 이에 대해서는 심경호 外 6人 共同硏究, 「韓國文學에 나타난 韓國人의 自然觀 硏究」 8~9面 (『韓國學論集』 第32輯, 1998)와 오윤숙의 『劉長卿·韋応物 自然詩 比較 硏究』(32~51面, 성균관대 박사논문, 1998)를 참고 하였다.

4) 인권환, 「고려시대 불교시의 연구」, 207面, 고려대 박사논문, 1982.

5) 자연시 개념에 대해서 심경호는 "시인이 산수 자연의 생명력을 자신의 영혼으로 재구성하

목은이 창작한 시 작품은 3504여제(餘題) 5970여수(餘首)이다. 이 가운데 자연시로 구분할 수 있는 작품은 300여수 정도 된다.6) 목은의 시 작품 전체의 분량에 비하면 적은 비중을 차지하고 있지만, 여기에는 전술한 것과 같이 목은의 사상적 기저가 또렷이 나타나 있으며, 문학적 예술성이 높은 작품이 산재해 있다. 그러므로 이를 통해 목은의 사상과 문학에 대한 단면을 확인할 수 있을 것이다.

2. 유추적 해석을 통한 도덕적 덕목 강조

목은은 국화나 구름, 소나무, 연꽃 등과 같은 자연물을 마주하고서 대화를 나누는가 하면 그 안에서 깊은 의미를 발견하여 이를 형상화하였다. 이는 일상생활에서 스치고 지나갈 수 있는 자연물에 대하여 관심을 갖고 그것을 유의미하게 해석해 낸 유추적 수용의 결과라 할 수 있다. 따라서 목은이 자연을 통해 유추하고 있는 것들이 무엇인지 살펴보고자 하는 것이 본 절의 내용이다. 먼저, 국화를 바라보고 창작한 작품을 인용해 본다.

는 시를 산수시라고도 하고 자연시라고도 한다."라 하였다.(『한시의 세계』, 33面, 문학동네, 2006); 유호진은 "자연시란 자연의 아름다움과 전원생활을 시의 중심 제재로 삼고 있는 작품을 가리킨다. 산수시와 전원시를 포괄하는 개념인 것이다. 이러한 자연시는 六朝의 도연명과 사령운에 의해 개척되어 盛唐에 이르러 크게 유행한 바 있다."라 하였다.(「曹偉詩의 天機描出樣相과 그 意味 – 정신적 자유에의 지향을 중심으로」, 『한국 한시의 인생 이상』, 244面, 태학사, 2006)

6) 여운필은 『牧隱稿』의 2~5卷, 6~9卷, 31~34卷에 실려 있는 1900여 수의 작품을 살펴본 결과, 약 600여 수의 자연시가 있다고 하였다. 필자와 많은 차이가 나는 것은 자연시의 개념과 범주에 대한 견해 때문이다. 일례로, 여운필은 누각이나 사찰 등을 노래한 작품까지 자연시로 구분하고 있다. 그러나 필자가 생각하기에는 누각이나 사찰 등은 인간의 구조물로서 자연으로 보기는 곤란하기 때문에 이를 소재로 한 작품을 자연시로 구분하는 것은 온당치 않다고 판단된다.

느낌이 있어

노란 국화가 남은 향기를 머금고
가을날 물가에 젖은 듯 밝게 피어있네
서리와 이슬은 나날이 더해가고
날리는 눈은 점점 더해져만 가네
초목은 모두 시들어 떨어져도
금빛 꽃잎은 꽃술을 토해내네
사람들을 감동시키려는 것이 너의 뜻은 아니지만
사람들은 절로 생각에 사악함이 없어지네
(…후략…)7)

시인이 주목하고 있는 것은 가을날 물가에 핀 노란 국화다. 서리와 이슬, 눈까지 더해져 다른 초목들은 모두 시들고 말라 그 생명력을 다하고 있지만, 홀로 금빛 꽃술을 토해내는 노란 국화의 생명력과 아름다움에 시인은 감동하고 있는 것이다. 시인은 이러한 자연의 모습을 공자가 시 삼백 편을 한 마디로 집약했던 '사무사(思無邪)'의 정신으로 유추하고 있다.

여기서 시인이 이해하고 있는 사무사는 시론에서 강조하는 사무사가 아니다. 그는 한대(漢代)의 정치적 효용의 해석과도 달리하였고 주자(朱子)처럼 독자의 사무사로 보려고 하지도 않았다. 그는 자연을 바라보는 모든 사람의 성정의 사무사로 이해하고 있었던 것이다.8) 결국, 이 작품은 「유감(有感)」이라는 시제가 말해 주듯, 늦가을에 핀 국화의 모습, 더 나아가 자연의 신비스러운 모습에 감화한 시인의 마음을 표현한 것이라 할 수 있다.

그런데 앞서 언급한 것과 같이, 이 사무사란 용어가 고려 후기에 이르

---

7) 『詩稿』 19卷, 248面. 「有感」 "黃花含餘香, 耿耿秋潤涯. 霜露日以重, 飛雪仍來加. 草木盡凋落, 芳心吐金葩. 感人非渠意, 人自思無邪. …"
8) 안병학, 앞의 논문, 171面.

러 처음 문집에 등장하고 있다는 점은 흥미로운 사실이다. 물론, 기존의 문집이 상당수 유실된 점을 감안한다 하더라도 고려 후기에 등장하고 있다는 점과, 목은에 와서야 본격적으로 사용되고 있다는 사실은 주목하지 않을 수 없다. 목은은 국화뿐 아니라 맑은 바람을 통해 사무사의 정신을 유추하고 있었으며,9) 매화를 통해서도 이를 강조하였다.10) 또 호소(湖沼)에 핀 연꽃을 바라보며 이와 유사한 감정을 표출하였다.11) 문제는 시인이 맑은 바람이나 국화, 매화, 연꽃을 통해 어떻게 사무사의 정신을 읽어냈는가 하는 것이다. 맑은 바람을 제외하면, 초목이 말라가는데도 금빛 꽃술을 토하고 있는 국화나 늦겨울에 핀 청절한 매화, 그리고 물결 속에 새로 핀 연꽃 등에서 공통적으로 발견되는 것은 바로 자연의 생명성이다. 속세에 물들지 않은, 고결한 생명의 탄생을 통해 목은이 사무사라는 정신을 유추하고 있었던 것이다.

사무사와 유사한 개념으로는 무심을 상정할 수 있을 것이다. 한시에서는 늘 구름에 비유되기도 하는데, 목은 역시 "오래도록 구름을 무심에 비의하였다."12), "본래 무심한 물건이다."13)라고 언급한 바 있다. 목은이 구름을 통해 무심이라는 정신경지를 유추한 작품을 본다.

---

9) 上揭書, 30卷, 425面.「淸風詩」(其一) 淸風來有時, 去也誰能追. 無心忽相觸, 愛之如我私. 久闊勞我心, 寫之以歌詩. 歌詩如淸風, 自然無邪思. 何人被琴瑟, 廣我淸風詩. (其二) 淸風在何處, 我今思共之. 吉甫頌已久, 大雅何其衰. 子陵釣臺高, 漢鼎終亦移. 房杜敞黃閣, 繼者知爲誰. 悲哉後來者, 讀我淸風詩.

10) 上揭書, 7卷, 24面.「有感」窮冬吐冷蕊, 淸絶唯梅花. 梅花亦俗態, 不肯來貧家. 却恐主人惡, 浼彼氷雪葩. 主人頗知愧, 勉矣思無邪. 無邪定何處, 香動影橫斜.

11) 上揭書, 3卷, 547面.「步屨海子傍」步屨隨長堤, 尋涼日將夕. 新荷映淪漪, 幽芳吐叢薄. 隔岸好樓臺, 波間倒紅壁. 主人游不歸, 庭草凝寒碧. 徘徊久瞻望, 使我多感激.

12) 上揭書, 10卷, 84面.「自詠」"久擬無心一片雲."

13) 上揭書, 25卷, 349面.「浮雲」"雖然本無心."

홀로 있는 밤

어젯밤에 온 저 흰 구름
아마도 먼 곳으로부터 왔으리
오늘 아침 붉은 해 떠오르자
다시 온 산을 향해 날아갔네
그림자가 있을 뿐 그 누가 짝하랴
무심 같은 구름은 세상에 드문 것이리
구름 걷히고 펴지는 곳을 살펴
다만 빨리 세상일을 잊어야겠네14)

인용된 작품은 시공에 구애받지 않는 자유로운 구름을 바라보며 구름
에 내재해 있는 본질적 요소로서 무심이라는 정신경계를 상정하고 이를
지향한 작품이다.

수련과 함련에서 묘사하고 있는 구름의 종적이 바로 자유로운 모습을
표현한 것이다. 시인은 먼 곳으로부터 날아온 하얀 구름이 하룻밤 묵고서
날이 밝자, 다시 온 산으로 날아가는 모습을 바라보고 있다. 그리고 이러
한 구름의 모습을 통해 '무심(無心)'이라는 정신을 유추한다. 아무런 사심
없이 어느 곳에도 얽매이지 않는 자유스러운 모습을 포착하고 있는 것이
다. 그런데 시인은 그림자가 있을 뿐 형체가 없으며, 무심이란 세상에 드
물다고 하였다. 이는 무심과 같은 정신을 갖추기 어려움을 인식하고 있는
것으로 이해된다. 그러므로 시인은 미련에서 묘사하고 있는 것과 같이 무
심이라는 정신을 지향하며, 속세의 물욕과 허명을 잊겠다는 도덕적 의지
를 표출하고 있다. 이 외에도 작품 곳곳에 이러한 표현들이 산견되는 것
으로 보면,15) 무심이라는 정신은 시인의 인생관 확립과 태도에 있어서

---

14) 上揭書, 7卷, 41面. 「獨夜」 八首 中 其四. "昨夜白雲來, 応從萬里歸. 今朝紅日出, 却向四山飛.
有影誰能伴, 無心世所稀. 看渠卷舒處, 祇是早忘機."
15) 上揭書, 19卷, 238面. 「望三角山上雲」 (其一) 華山絶頂白雲飛, 自負無心何處歸. 我豈不知巖下

중요한 역할을 하였음을 알 수 있다.

　시인은 꽃이나 구름과 같이 눈에 보이는 자연물을 통해 사무사나 무심과 같은 정신을 발견하고 이를 지향하고 있었을 뿐만 아니라, 눈에 보이지 않는 자연 현상, 일례로 봄바람과 같은 자연물을 통해서도 '자면(自勉)'이라는 덕목을 유추하고 강조하였다.

스스로 면려하다

　봄바람은 어디에서 왔는가
　밤낮으로 봄빛을 재촉하네
　수풀은 절로 떠서 움직이고
　연둣빛은 못에서 피어나네
　새소리가 내 마음을 흥기시키니
　이리저리 보며 기뻐 미칠 듯하네
　놓칠 수 없는 좋은 때이니
　젊은이들이 노니는 곳으로 가리라16)

　이 작품은 전반부인 수련과 함련에서는 봄날의 경치를 묘사하고, 후반부인 경련과 미련에서는 시인의 내면을 묘사한 작품으로 선경후정(先景後情)의 구도를 갖춘 작품이다. 운자 또한 전반부에서는 당운(唐韻)을 사용하였고, 후반부에서는 양운(陽韻)을 사용하고 있다.

　자연에 대한 흥취가 전반적인 분위기를 이끌고 있어 마치 봄날의 아름다운 경치를 완상하며 창작된 시로 보이지만, 시제(詩題)와 미련에서 확인할 수 있듯이 봄바람을 통해 자신을 면려하는 작품으로 이해해야 한다.

　宿, 只嫌絶學道人稀. (其二) 我生行止儘悠悠, 消息盈虛摠不憂. 且問無心如可學, 商山四皓豈難求. (其三) 問雲答語皆眞, 我亦當時洒落人. 莫道心中有査滓, 邇來無處避風塵.
16) 上揭書, 3卷, 536面.「自勉」, "春風何處來, 日夕催韶光. 樹林自浮動, 微綠生池塘. 鳥聲起人意, 游眺喜欲狂. 時哉不可失, 往結少年場."

좀 더 구체적으로 살펴보면, 수련과 함련에서는 봄이 되어 부는 따뜻한 봄바람과, 사방에서 생겨나는 작고 연한 풀빛의 묘사가 서로 호응하여 전형적인 봄날의 풍경을 자아내고 있다. 이러한 풍경은 경련에서와 같이 새 소리에 흥이 일어나고, 이리저리 상춘하는 시인의 마음과 잘 어울린다. 이렇듯 봄바람에서 풀빛으로, 풀빛에서 새 소리로, 새 소리에서 다시 유쾌한 시인의 마음으로 이어지고 있다.

그리고 미련에서는 '놓칠 수 없는 좋은 때 젊은이들이 노니는 곳으로 가리라.'라는 다짐을 하는데, 이는 따뜻한 봄바람을 통해 소년들과의 교유나 봄을 감사하며 즐기는 데에 의미 비중이 있는 것이 아니라 자신의 정신적 고양을 희구하는 시인의 태도를 시사하고 있어 제목인 「자면(自勉)」에 부합하게 되는 것이다.[17]

그런데 목은이 정신적 고양을 위해 유추한 자연 경물 가운데, 물을 통해 절조를 강조하고 있는 점은 주목할 만하다. 물이라는 자연물은 그것이 가지고 있는 고유의 특성, 고요함, 맑음, 깨끗함, 영원함 등 다양한 특질을 지니고 있어 자연시에 있어서 많이 활용되는 소재 가운데 하나다. 그렇다면 이러한 물의 다양한 속성에서 목은이 무엇을 유추하고 있는지 다음 작품을 감상해 본다.

그윽하고 평온한 물결

맑디맑은 가을 물결 넘실거리고
밝은 것이 변하지도 않네
태양빛이 그 가운데 쏟아지니
구름과 해는 어찌 그리 선명한가
거센 바람 불어 혹 부딪쳐

---

17) 유호진, 上揭書, 58面.

물결이 일어도 오히려 그대로구나
고요한 것은 심성의 맑은 것
사물이 이르면 따라서 달려가네
그러나 이리저리 요동하지 않으니
진실로 무너뜨리기 어려운 의가 있네
바라건대 스스로 경계하여
오늘의 시를 잊지 말아야지18)

이 작품은 가을날의 맑은 물을 바라보며 그것의 미적인 속성과 시인 자신의 인생관 확립에 필요한 것을 유추적으로 수용한 두 양태가 잘 표현되고 있는 시라 할 수 있다.

먼저, 시인의 시야에 포착된 것은 가을날의 맑은 물결이다. 이를 강조하기 위해 시인은 '담담(淡淡)'이나 '동연(炯然)'과 같은 시어를 사용하고, 또한 그곳에 선명하게 비친 구름과 태양을 묘사하고 있다. 이처럼 아름다운 물결에 대해 묘사한 시인은 '광풍(狂風)'이나 '랑(浪)' 같은 방해물을 등장시키고, '변하지도 않네', '오히려 그대로구나', '요동하지 않네'와 같은 표현들을 반복하며 변하지 않는 물의 속성을 강조하고 있다. 그리고 물의 변하지 않는 속성을 통해 절조의 정신을 유추한다. 현실적 어려움이 이른다 하더라도 흔들리지 않고 살아가겠다는 인생관을 피력하고 있는 것이다.

목은이 절조를 강조하기 위해 소나무와의 대화를 시도하고 있는 시는 다소 흥미로운 작품이다.19) 여기서 시인은 소나무와 대화를 시도하다가 대신 산신령과 대화를 나눈다. 그리고 오래도록 변하지 않는 소나무를 통

---

18) 上揭書, 26卷, 362面. "淡淡秋水坡, 炯然無轉移. 天光瀉其中, 雲日何陸離. 狂風或相触, 浪作猶
逶迤. 靜者心源澄, 事至隨以馳. 然而不流蕩, 有義誠難隳. 願言自儆戒, 無忘今日詩."

19) 上揭書, 6卷, 31面. 「古風」長松參靑天, 問渠生何年. 山靈從旁對, 恐是在我前. 我生形旣具, 結
根在我肩. 衆卉自榮悴, 顏色無變遷. 植物亦如此, 君子當勉旃.

해 '식물도 이와 같으니, 군자는 마땅히 힘써야 하리.'라는 다짐을 한다. 특히, 목은 자연시에는 성인이나 군자를 작품에 등장시켜 이를 본받으려는 유자로서의 태도가 반영된 작품이 많다. 이와 같은 유자로서의 태도는 앞서 「한산팔영」이라는 작품을 통해서도 확인하였지만, 맑고 깨끗한 동산에서 꾀꼬리의 울음소리를 듣고서 '지지(知止)'라는 정신을 떠올리며 창작한 작품에서도 확인할 수 있다.[20]

이제까지 목은이 자연을 유추적으로 수용하여 도덕적 덕목을 강조하고 있는 작품에 대해서 살펴보았다. 이러한 작품들은 전대(前代)에 발견되지 않았던 자연의 새로운 해석이라는 데에 그 의의가 있다고 하겠다.

3. 청명한 자연에 대한 주시와 내면 수양

목은 자연시에는 청명한 자연을 묘사한 작품들을 쉽게 발견할 수 있다. 산수와 같은 아름다운 공간, 봄이나 새벽과 같이 청신한 시간적 공간, 풍우와 같이 세상을 맑게 하는 자연물, 일월과 같이 세상을 밝게 하는 자연물이 그것이다. 그러므로 선행연구자들은, 목은이 산수, 춘효, 풍우, 일월 등을 주로 묘사하였다고 한 것이다. 본 절에서는 이러한 묘사들이 지니고 있는 함의를 밝히고자 한다. 이를 위해, 먼저 산을 배경으로 읊은 작품들에 대해서 살펴보도록 한다.

석벽채리를 지나다

구불구불한 높은 고개를 올라가고

---

20) 上揭書, 9卷, 65面. 「詠鶯」綿蠻黃鳥兩三聲, 滿目園林雨氣淸. 最是曾門誰耳順, 一章知止甚分明.

또다시 깊은 숲을 다 지나가네
자규새 울음에 끝없는 눈물이 흐르고
푸른 산에 한없는 마음이 생기네
흰 바위에 걸터앉아 서로 마주보고 있으니
갑자기 녹음이 옮겨 가네
즐겁도다 어디로 가는가
먼지 낀 가슴이 맑아짐에 절로 만족하네21)

제시된 자료는 시인이 여정 중에 갑자기 북받친 고뇌에 괴로워하다가 주변의 아름다운 자연을 통해 상쾌해진 마음을 표출하고 있는 작품이다.

수련에서 구불구불한 높은 고개를 올라간다는 표현과, 다시 깊은 숲을 지난다는 묘사는 고난을 암시한다. 여정에 대한 어려움일 수도 있고, 현실 세계에 대한 괴로움일 수도 있다. 이와 같은 괴로운 심사는 함련의 묘사와 조응한다. 자규새의 울음소리를 듣고 있으니 어느새 하염없이 눈물이 흐르고, 푸른 산을 바라보고 있노라니 한없는 마음이 생긴다는 표현이 그것이다.

그러나 이러한 괴로움도 아름다운 자연을 통해 말끔히 사라진다고 하였다. 잠깐 바위에 걸터앉아 쉬고 있는 시인에게 녹음이 옮겨가고, 이에 즐겁고 상쾌해진 마음을, 시인은 '즐겁도다, 어디로 가는가'라고 하며 현재 있는 곳에 머물기를 희망하고 있다. 특히, '먼지 낀 가슴이 맑아짐에 절로 만족하네'라는 표현에서 알 수 있듯이 시인은 세속에서의 더럽고 추한 마음이 맑게 정화되고 있어 그 기쁜 마음을 감추지 못하고 있다.

이처럼 목은은 청명한 산속의 모습을 통해 내면을 맑게 하고 있었다. 그런데 한 가지 주목되는 것은, 목은이 청명한 자연을 통해 내면을 맑게

---

21) 上揭書, 2卷, 528面. 「過石壁塞里」二首 中 其二. "崎嶇登峻嶺, 亦夏窮深林. 子規不盡淚, 青山無限心. 相將踞白石, 忽爾移綠陰. 樂哉何所去, 自足清塵襟."

하듯이, 그가 지향하고 있는 신선 세계나 전원이라는 공간이 청명한 자연을 통해 떠오르고 지향한다는 것이다. 물론, 이러한 시들 역시 그것이 궁극적으로 추구하고 있는 함의는 내면 수양에 있다.

송산

소나무 삼나무 그림자 속에서 옷깃에는 바람 가득 불고
무성한 초목의 흐릿한 기운 속에 이리저리 왔다 갔다
수없이 굴러가는 시내는 달빛을 부수며 흐르고
무수히 층진 산봉우리는 허공을 밀치고 솟았네
자란 생황 소리는 아득히 아직 남아 있고
황학루는 높아도 뜻은 다하지 않았네
다만 다생에 도골이 없음을 한하니
흰 구름이 깊은 곳에 선궁을 짓고 싶네[22]

이 작품은 자란, 황학, 도골, 선궁 등과 같이 작품에 사용된 시어를 통해서도 시인이 신선의 세계를 동경하고 있음을 쉽게 알 수 있다. 그런데 이러한 선계를 동경하는 원인이 바로 청명한 자연에 있다는 점이 주목된다.

시인은 비 기운이 여전히 남아 있는 소나무와 삼나무 수풀을 배회한다. 그리고 송산에서 바라본 시냇물과 산봉우리에 대해 '끝없이 굴러가는 시내는 달빛을 부수며 흐르고, 수 없이 층진 산봉우리는 허공을 밀치고 솟았네.'라고 하였다. 물에 비친 달빛의 모습과 비구름이 지나간 산의 형상을 뛰어난 시적 감각으로 표현하고 있다. 이처럼 시인은 맑고 깨끗함 속에서 신선 세계를 떠올리고, 이를 동경하고 있다. 심지어 자신이 신선이

---

22) 『詩藁』8卷, 53面. 「松山」三首 中 其一 "松杉影裏滿衣風, 徙倚溟濛積翠中. 百轉回溪流碎月, 千層疊嶂聳排空. 紫鸞笙遠聲猶在, 黃鶴樓高意莫窮. 只恨多生無道骨, 白雲深處築琳宮."

아닌 것을 한스럽다고 하였으며, 흰 구름 깊은 곳에 선궁을 지어 살고 싶
다고 말하고 있다.

이 작품 외에도 선계를 동경하고 있는 작품은 산재해 있는데, 이들은
대체적으로 현실세계와의 비교 속에서 탈속적 의지를 반영하고 있다.23)
그러나 청명한 자연을 통해 신선 세계를 떠올리고, 이에 내면을 되돌아보
는 수양적 측면이 발견되는 것을 보면,24) 목은이 창작한 선계 지향의 작
품들 역시 청명한 자연을 통해 내면을 수양하는 작품의 형상화임을 알 수
있다. 이러한 사실은 유선시와 함께 탈속적 의지를 반영하고 있는 귀거래
시에서도 확인할 수 있다. 목은 시에서 적지 않은 부분을 차지하고 있는
이 작품 역시 청명한 자연을 통해서 전원이라는 공간을 발견하고 지향하
고 있다.

절구 한 수

소나기가 막 지나가고 해가 지려는데
숲 가득히 바람이 일어나 남은 빗방울을 흩뿌리네
시원하게 뼈에 스미니 물처럼 맑은데
어느 날이나 돌아가서 푸른 도롱이와 삿갓을 쓸까25)

---

23) 上揭書, 6卷, 31面.「幽居」老境心無累, 幽居味更長. 溪山微媚嫵, 風雪愈疏狂. 早識乾坤大, 誰
爭日月光. 邇來親藥物, 漸欲學仙方. 氣火甘中伏, 心旌恨外揚. 浩然元自足, 何必更茫茫.; 上揭
書, 24卷, 329面.「曉吟」二首 中 其二. 心似長江帶素秋, 寄懷仙境當高游. 煉丹有鼎學九轉,
落筆成章名百憂. 水出谷中溪已漲, 雲行天際雨初收. 老翁獨坐風塵外, 浮世茫茫儘謬悠.; 上揭
書, 32卷, 467面.「秋雲」秋雲白如雪, 隨風向東海. 東海有蓬萊, 茫茫何所在. 欲去我無翼, 年
華改又改. 何時冷然行, 俯視但塵滓. 上界多神仙, 葳蕤接飛蓋. 朗詠步虛詞, 逍遙飱沆瀣.

24) 上揭書, 4卷, 560面.「夏日 與諸公游金鍾寺」二首 中 其二. 已愛金鍾樓, 更愛金鍾樹. 簾櫳懸
虛空, 朝夕生煙霧. 仰看赤日避, 俯見飛雲度. 況聞幽澗奧, 悠然發奇趣. 眞堪追冥搜, 直欲到玄
圃. 笑彼山下人, 紅塵吹白羽. 摩挲頭上簪, 亦夏內自顧.

25) 上揭書, 22卷, 307面.「絶句」"驟雨初過欲落暉, 滿林風動散餘霏. 爽然入骨淸如水, 靑箬綠蓑
何日歸."

시인은 소나기가 지나간 황혼녘을 바라보며 숲속에 서 있다. 그런데 어디에선가 바람이 불자 수풀에 남아 있던 작은 빗방울들이 시인의 온몸을 적신다. 너무도 맑고 상쾌하여 마치 뼛속까지 시원해진다고 하였다. 청명한 자연을 통해 내면이 맑아지고 있음을 표현하고 있다. 그리고 이를 통해 시인은 귀거래 의지를 표출한다.

이 작품에서도 청명한 자연은 시인에게 고향으로 돌아가고픈 원인을 제공하고 있다. 앞선 작품과 거의 유사한 느낌을 주는 작품이지만, 마지막 구절에서 지향하는 곳이 선계냐 전원이냐 하는 차이뿐이다. 결국 두 공간인 선계와 전원은 더럽고 추한 현실세계로부터 벗어나고 싶은 동일한 장소로서 내면을 맑게 하는 곳이다.

그런데 목은은 그가 창작한 귀거래시 가운데 「회귀(懷歸)」라는 작품에서 다음과 같은 말을 한다. "내 어찌 감히 이 삶을 스스로 결단하겠는가, 임금 은혜 갚지 못하고 백발이 되었는걸."26) 여기서 '자단(自斷)'이라는 말은 두보가 일찍이 사용했던 구절로서 목은이 평생 스승으로 삼을 정도로 가치관에 두었던 말이다.27) 결국, 목은은 임금에 대한 은혜, 사대부로서의 책임을 통감하고 있었기 때문에 이룰 수 없는 '반자아(反自我)'로서 귀거래 의지와 선계를 지향하고 있었던 것이다.

목은은 육신이 움직이기 힘든 61세의 나이에도 불구하고, 아무도 자처하고 가지 않던 명나라에 가서 고려의 처지를 소상하게 밝히는 일을 하는 현실 지향적인 인물이었다.28) 그렇기 때문에 "성시라고 어찌 경영만 하

---

26) 上揭書, 26卷, 357面. 「懷歸」 "此生自斷吾何敢, 未報主恩今白鬚."
27) 上揭書, 15卷, 165面. 「風雨行」 二首 中 其一. 吾師工部一語好, 自斷此生休問天. 여기에서 두보의 작품은 다음과 같다. 「曲江」 三章章五句 中 其三. 自斷此生休問天, 杜曲幸有桑麻田, 故將移住南山邊. 短衣匹馬隨李廣, 看射猛虎終殘年.
28) 공민왕의 승하 이후 명에서는 줄곧 고려의 집정대신의 입조를 요구해 왔으나, 모두 두려워 감히 明 나라로 가는 자가 없었는데, 직접 재상인 자신이 가야한다고 주장하며, 李崇仁, 金士安, 李芳遠 등을 데리고 明 나라로 가서 고려의 처지를 소상하게 밝힌 바 있다.

는 곳이며, 산림이라고 어찌 은거하는 곳인가?"29), "산림이라고 궁벽한
곳이 아니요, 조시(朝市) 또한 한적한 거처라네. 두 무릎을 용납할 수 있다
면, 때마다 즐거움이 넘치리."30), "세상을 피하는 것은 마치 그림자를 피
하는 것과 같고, 세상에 대한 마음을 잊는 것은 마치 술을 깨는 것 같이
어렵다."31)라고 하는 등 현실 속에서 이상을 실천하고 행동으로 드러내
어, 다시 위대한 인격을 성취하는 등 성현을 닮고자 노력한 인물이었다.
그러므로 목은은 자연을 청명하게 바라보고 이를 통해 내면을 수양하고
있었다.

이상에서 산을 소재로 창작한 작품에 대해서 살펴보았다. 이제 새벽과
같은 시간적 공간을 소재로 창작한 작품을 살펴보도록 한다.

새벽에 일어나

새벽에 길을 나서니 마음속 시원하여
속세의 구속은 엄습하지 않네
온종일 쌓인 비루함과 인색함 사라지고
마음에는 충허가 모이네
더욱 가늘어진 물소리를 듣겠고
젖을 듯한 산빛을 바라보네
다만 이렇게 매우 맑은 때는
백이와 숙제도 홀로서기 어려웠으리32)

인용된 작품은 맑고 깨끗한 새벽 기운을 통해 심성의 수양적 측면을

『太祖實錄』・「總序」 참고.
29) 上揭書, 3卷, 554面. 二首 中 其二.「君子」 "城市何所營, 山林何所隱."
30) 上揭書, 6卷, 21面.「偶題」 "山林非僻處, 朝市亦閑居. 雙膝如容得, 隨時樂有餘."
31) 上揭書, 6卷, 25面.「卽事」 "避世如逃影, 忘情似解醒."
32) 上揭書, 5卷, 16面.「早起」 二首 中 其二. "晨行爽肝肺, 不受塵累襲. 夜旦鄙吝消, 方寸沖虛集.
水聲聞更細, 山光望如濕. 秖此淸甚時, 夷齊難獨立."

노래하고 있는 작품이다. 이러한 수양은 근본적으로 인간다운 삶에 대한 모색에 있다는 데에 의의가 있다고 할 수 있다.

수련에서 시인은 맑은 마음의 상태를 '상간폐(爽肝肺)'이라 하고, 자유를 구속하는 장애요소로써 '진루습(塵累襲)'이라는 반대되는 시어를 선택하고 있다. 그리고 청명한 새벽 기운에 대한 자정적(自淨的) 역할을 '충허(沖虛)'로 말하고 있는데, 이 역시 상반되는 '비린(鄙吝)'을 선택하여 청명한 자연의 효용을 극대화시키고 있다. 이 '충허'는 사심이 없는 '무심'의 마음 상태와 일맥상통하는 정신을 말한다. 그러므로 이러한 정신을 깨달은 시인은 경련에서와 같이 물소리는 더욱 가늘어짐을 듣고, 젖을 듯한 산빛과 같이 자신의 마음도 동화되고 있음을 표현하고 있다. 결국 이것이 의미하는 바는, 거의 들리지 않을 정도의 마음의 화평함을 느끼고, 산빛과 같이 자신의 마음도 깨끗해지는, 자정적 역할의 자연을 강조하고 있는 것이다.

목은은 이 외에도 심성을 맑게 하는 자연물로서 바람이나 비와 같은 소재를 작품에 활용한다. 이러한 자연물은 그 특성상 세상을 맑고 깨끗하게 하기 때문에 이를 통해 시인의 마음도 맑아지는, 내면 수양과 연결시킨 것으로 생각된다. 먼저 맑은 바람을 노래한 작품을 인용해 본다.

맑은 바람

맑은 바람은 어디에서 불어와
이렇게 금세 시원하게 해 주는가
한 점 티끌 없이 하늘은 공활하고
무더위도 교외 들판에서 사라지네
나의 한 치 가슴속에도
홀연히 얼음과 눈이 들어앉은 듯
옛날 군자를 청풍에 견주었으니
덕을 갖추고 이름도 헛되지 않는구나

> 그 명성 듣기만 하여도
> 속된 마음을 털어낼 수도 있으리라
> 밝디밝게 빛나는 가을밤의 달과
> 맑디맑게 담겨 있는 가을날의 물
> 그 속에 다만 미묘한 맛이 있으니
> 제대로 아는 이 누구인가[33]

이 작품은 가을날 시인에게 부는 맑은 바람을 통해 시인의 내면이 맑아지고 그에 대한 기쁨을 노래하고 있는 시이다.

첫 구에서 시인은 '하(何)'라는 의문사를 이용하여 바람의 내원지를 묻는다. 그런데 마지막 구에서도 '수(誰)'라는 시어를 선택하여 가을바람의 맑은 이미지를 더욱 강조하고 있음을 알 수 있다. 이와 같은 감탄형 의문사는 감탄과 찬미, 독자에게의 호소 등으로 목은이 자주 사용하는 표현 방식이다.

맑은 바람에 대한 감탄은 다음 구절에서 효용으로 전개된다. 하늘을 티끌 하나 없이 깨끗하게 만들어 주고, 들판의 더운 기운을 시원하게 해주고 있다고 한 것이 그것이다.

자연을 맑고 깨끗하게 하는 청풍은 이제 '빙설(氷雪)'과 '군자(君子)'에 비유된다. 청풍이라는 것이 그 이름만 들어도 시원해지듯이, 명실상부한 군자 역시 덕을 갖추어 이름이 헛되지 않으니 굳이 불지 않아도 그 이름만으로 속된 마음이 모두 사라진다는 것이다.

이러한 진미를 발견한 시인은 마지막 네 구에서 그 자부심을 표출하고 있다. 여기서 '밝디밝게 빛나는 가을밤의 달과, 맑디맑게 담겨 있는 가을

---

33) 上揭書, 32卷, 468面. 「淸風」 "淸風何處來, 灑然相遇初. 纖塵淨寥廓, 溽暑收郊墟. 而吾方寸間, 忽疑氷雪如. 比之古君子, 有德名不虛. 聲聞之所觸, 客消仍或袪. 明明秋月輝, 淡淡秋水渠. 兩間只一味, 會此其誰歟."

날의 물'과 같은 표현은 정확한 대를 맞추어 마치 노래하는 느낌을 주고
있다. 또한 '명명(明明)'과 '담담(淡淡)'은 '추월(秋月)'과 '추수(秋水)'를 꾸며
주는 수식어로서의 기능을 하고 있으며, 각각의 받침을 'ㅇ'과 'ㅁ'이라
는 비음을 사용하여 리듬감을 더하고 있다. 이는 청풍의 묘한 매력을 느
낀 시인이 그 즐거운 마음을 노래하듯 표현하고 있는 것이다.

　바람과 함께 내면을 맑게 하는 자연물로는 비와 같은 소재가 있다. 특
히, 목은은 비를 소재로 작품을 상당수 창작하였는데,[34] 일상생활에서의
비를 노래한 작품들을 제외하면, 다음 작품과 같이 시원하고 상쾌해진 마
음을 표현한 작품이 대부분이다.

비바람에 느낌이 있어

　　천둥소리 울리고 바람 부니 마침내 사람들 놀라고
　　하늘 거리에는 말이 달리고 수레바퀴는 삐걱거리네
　　순식간에 가랑비가 누각을 씻어 주니
　　푸른 그늘 꾀꼬리는 옹기종기 모여 있네
　　모든 꽃 만발한 걸 어찌 좋아하지 않으랴
　　전광석화처럼 눈길을 스쳐가니 봄을 감추기 어렵구나
　　수풀의 옅은 녹음에 눈길 보내 상쾌하니
　　사람을 화나게 하는 속물은 없다네
　　장편이든 단편이든 진실로 손길 가는 대로 짓고
　　풍경을 거두어들이니 정신이 시원해지도다
　　사월의 맑고 화창함 또한 가까워지니
　　해바라기는 해를 향해 해마다 새로 피겠지[35]

---

34) 李秀煥은 『牧隱 漢詩硏究─吟雨詩를 中心으로』에서 목은이 비를 노래한 작품은 655수라
　　고 하며, 이는 목은이 창작한 전체 6천여수의 9분의 1정도를 차지하는 분량이라고 하였
　　다.(31面, 고려대 교육대학원 석사논문, 1976)
35) 上揭書, 21卷, 288面.「風雨有感」"雷鳴風動初驚人, 天街馬馳車轔轔. 須臾細雨洒樓閣, 綠陰
　　黃鳥連芳隣. 花開如海豈不好, 石火過眼難藏春. 千林嫩綠快遊眺, 更無俗物令人嗔. 長篇短篇信
　　手搗, 收拾光景通精神. 四月淸和亦云近, 葵花向日年年新."

이 작품은 사월의 화창한 어느 봄날에 내린 가랑비로 인해 꽃이 활짝 피고 싱그러운 녹음이 가득하자, 시인이 그러한 자연과 교감하며 상쾌해진 마음이 표출된 작품이다.

작품은 4구씩 세 부분으로 나누어 살펴볼 수 있다. 먼저, 처음 두 구에서 시인은 비 오기 전의 을씨년스러운 분위기로 작품의 서막을 연다. 천둥소리 울리고 바람이 부는 모습과, 놀란 사람들로 인해 부산한 도성의 모습에 대한 묘사가 그것이다. 마치 폭우가 쏟아질 듯한 분위기와는 달리 가랑비가 내리고, 이로 인해 풀빛은 더욱 푸르게 되고 꾀꼬리들은 옹기종기 모여 지저귀고 있다. 여기에서 시인은 의도적으로 1, 2구와 3, 4구의 반전된 분위기를 이용하여 일순간 벌어지는 자연의 변화를 회명(晦明)과 동정(動靜)으로 묘사하고 있다.

두 번째 부분에서는 빠르게 스쳐 가는 봄날에 대한 시인의 아쉬움이 나타나 있다. 그리고 이제 막 파릇파릇 자라고 있는 '눈록(嫩綠)'을 통해서 시인은 사람들로 하여금 화나게 하는 것은 없다고 하며 사무사(思無邪)의 정신을 표현한다. 앞서 살펴보았듯이 생명성을 통해 사무사의 정신을 유추한 것이다.

세 번째 부분에서 시인은 아름다운 광경에 상쾌해진 마음을 표현하고, 아울러 해마다 새롭게 피는 해바라기를 통해 자연의 연속성에 대해서 묘사하고 있다. 다시 말해, '광경을 거두어들이니 정신이 통창해 지도다.'라고 말한 것처럼 마음이 맑아지고 있음을 표현하고, 사월의 화창함에 해마다 피는 해바라기를 생각하며 자연의 무한함, 연속성을 떠올린 것이다. 다음해에는 이와 같은 자연의 맑고 상쾌함을 느낄 수 있을지 모를 자신과는 달리, 해마다 새롭게 피는 해바라기를 통해 자연의 무한함을 깨닫고 있는 것이다.

또한 이 작품은 첫 두 구의 분위기와는 다르게 3구부터 마지막 구까지는 화사하고 청명한 봄날을 묘사하고 있다. 처음부터 아름다운 자연을 묘사하는 것이 아니라 어두운 하늘이나 검은 구름, 비바람과 같은 것들을 먼저 등장시키고, 자연의 변화에 따라 화사하고 깨끗한 자연을 묘사하는 방식을 시인은 사용하고 있다.36) 이러한 방식은 다음과 같이 청명함을 가로막는 자연물로서 안개를 설정하고 그것이 사라진 뒤의 청명한 자연을 묘사하는 작품을 통해서도 단적으로 확인할 수 있다.

새벽안개

새벽에 일어나 갑자기 즐겁지 않아
담장을 대하고는 내 얼굴을 숙이네
어찌 골짜기 입구의 안개가
내 담장 모퉁이의 산을 빼앗을 것을 기약했으랴
핀 꽃은 비단 장막처럼 펼쳐지고
고요한 하늘에서는 산이 솟아오르네
멀고 가까운 곳이 절로 사랑할 만하니
어둡고 밝은 것이 순식간이구나37)

시인은 안개에 대하여 "지기를 하늘이 응하지 않으면 안개가 되고, 천기를 땅이 응하지 않으면 안개가 되네."38)라 하였다. 천기나 또는 지기가 서로 하늘과 땅에 응하지 않았기 때문에 시원한 비가 되지 못하고 안개가 되었다는 얘기다. 시인은 이러한 안개의 속성과 관련하여 인용된 작품과

---

36) 上揭書, 8卷, 59面.「雨過」雨過長空斂碧羅, 行雲濃淡尙嵯峨. 秋容新沐山如畫, 細履樊川放短歌.; 上揭書, 31卷, 452面.「雨」小雨濛濛止又來, 群花爛熳錦成堆. 欲登高閣將游目, 便得新詩已奪胎. 春色滿天收不盡, 年光逐水挽難回. 曉看紅濕思工部, 臘馥遺芳徧八垓.; 上揭書, 32卷, 467面.「急雨」急雨來清曉, 輕雷隱遠空. 苔痕方滑澤, 山色更蔥蘢. 坐對東窓日, 吟來北牖風. 有懷誰與語, 思見鹿皮翁.

37) 上揭書, 22卷, 249面.「曉霧」"曉起忽不樂, 面墻低我顏. 何期谷口霧, 奪我墻角山. 花開列錦璋, 天靜抽雲鬢. 遠近自可愛, 晦明呼吸間."

38) 上揭書, 25卷, 356面.「曉霧後篇」"地氣天不應爲霧, 天氣地不應爲霧."

같이 현실 세계의 장애가 되는 것들을 안개로 표현하고 있었다.

작품을 네 구로 나누면, 전반부는 새벽안개로 인하여 평상시 즐겨 보았던 산의 가경을 볼 수 없는 안타까움에 대해서 말하고 있으며, 후반부는 어느새 안개가 걷히고 아름다운 자연의 모습을 볼 수 있게 되자, 그 기쁜 마음을 노래하고 있다.

청명한 자연의 장애물로 안개를 설정하고 있으나, 순식간에 밝아진 자연의 모습을 강조하고 있는 이 작품은 자신의 수양이나 세태도 이처럼 순식간에 바뀔 수 있음을 염두하며 창작한 작품이 아닌가 추정된다. 왜냐하면, 인용된 작품은 물론이고 앞서 살펴보았던 비를 소재로 창작한 작품들, 그리고 다른 청명한 자연을 묘사한 작품들이 이러한 방식을 대체로 사용하고 있기 때문이다.

이제까지 산수와 새벽, 맑은 바람, 비와 같은 소재를 이용한 자연 묘사와 그 함의를 살펴보았다. 이제 해와 달과 같은 광휘경계의 소재를 중심으로 읊은 시에 대해서 살펴보고자 한다. 이러한 작품 가운데 태양을 소재로 창작한 작품보다는 달에 대해 읊은 시가 대부분이다. 이는 야기(夜氣)와 관련이 있을 것으로 생각된다. 그 근거는, 목은이 물욕이 생기는 주기(晝氣)를 경계하고 있었으며, 청명한 야기를 통해 심성을 맑게 하기 때문이다.[39] 그러므로 은하와 달을 소재로 한 작품을 많이 창작하였고, 이러한 작품들의 함의 역시 내면 수양과 깊은 관련이 있다.

(1) 즉석에서 짓다

가을 기운이 맑기가 물과 같아
마음은 잠잠해 출렁이지 않네

---

39) 上揭書, 8卷, 61面. 「卽事」三首 中 其一. 雲盡靑天曉色淸, 朝暉欲上遠山明. 支持病骨仍梳洗, 夜氣將闌物欲生.

바야흐로 밝은 달을 희롱하고파
곧장 뗏목 타고 은하를 오르고 싶네
산색은 병풍을 막 펼친 듯하고
천광은 이미 연마한 거울 같은데
가련도 해라 얼굴에 먼지 가득한 채
동화문을 분주함과 흡사한 꼴이40)

(2) 달을 기다리다

달은 기다려도 달은 뜨지 않고
오래도록 서서 하늘을 보니 별이 많음을 알겠네
은하수는 씻은 듯이 깨끗하고
수많은 집은 시끄러운 소리 없이 고요하네
잠깐 사이에 달빛을 쏟아내니
바위 골짜기에 남아 있던 어둠이 걷히네
청아함을 완상하니 마음 깊은 뜻까지 흡족한데
상쾌하다고 누구에게 말할까41)

두 작품이 시인의 내면 수양과 관련이 있다는 사실은 문면을 통해서도 쉽게 포착할 수 있다. 먼저, 제시된 자료 (1)을 보면, 시인은 수련에서 맑고 깨끗한 가을 기운을 감지하고 이로 인해 어느새 마음은 평온해진다고 하였다. 그러므로 뗏목이라도 타고서 은하로 가고 싶다고 한 것이다. 이는 맑고 깨끗한 하늘의 모습처럼 자신의 마음도 깨끗해지기를 희구하는 모습이다. 이러한 시인의 태도는 경련의 '이제 막 갈은 거울 같다'고 묘사한 달을 통해서도 확인할 수 있다. 하지만 대낮에는 얼굴에 먼지만이 가

---

40) 上揭書, 24卷, 341面.「卽事」“秋氣淸如水, 人心湛不波. 方將弄明月, 直欲上靈槎. 山色屛初展, 天光鏡已磨. 獨憐塵滿面, 宛似走東華.”

41) 上揭書, 5卷, 5面.「待月」“待月月未出, 久立天星繁. 河漢淨如洗, 萬家寂無喧. 須臾寫銀浪, 岩谷收餘昏. 淸賞愜幽意, 快哉誰與言.”

득한 채 동분서주 뛰어다니는 자신의 모습을 안타까워하고 있다. 그렇기에 시인은 밤하늘 가득한 은하를 보고서 하루 동안에 피로를 잊고 내면을 맑게 하고 있다.

자료 (2) 또한 수련부터 미련까지 깨끗한 자연으로 인해 시인의 마음이 맑게 정화되고 있는 묘사가 일관하고 있다. 씻은 듯이 깨끗한 은하수는 시인의 마음이 그렇게 되고자 하는 맑고 깨끗한 마음이고, 고요한 주변 환경은 마음을 깨끗하게 하기 위한 수양의 공간인 것이다. 그리고 잠깐 사이 쏟아지는 달빛에 깊은 골짜기까지 환해지듯, 시인의 마음 깊은 곳까지도 밝고 깨끗해짐을 노래하고 있다.

이제까지 살펴본 것과 같이, 목은은 청명한 자연을 주시하고 내면을 수양하고 있었다. 목은은 산수와 같은 공간이나, 새벽과 같은 시간적 공간, 바람이나 세상을 정화하는 자연물, 그리고 해나 달과 같은 세상을 밝게 하는 자연물들을 주시하고 이를 통해 마음을 맑고 깨끗하게 정화하고 있었던 것이다. 이러한 목은의 자연관은 도가나 불가에서 추구하는 심미정신 위주의 자연관이나 불법의 무변광대함을 추구하는 자연관과는 확연히 구분되는 자연관이라는 데에 의의가 있다.

4. 생명 본질에 대한 응시와 자연과의 합일

목은 자연시에는 꽃이나 풀, 벌레와 같은 미물, 그리고 봄을 소재로 창작한 작품들이 산재한다. 이러한 소재들의 공통점은 생명성과 관계가 있으며, 그 가운데에서도 봄과의 관련은 두드러지게 나타난다. 주지하듯, 유자들의 관념에서 봄은 인(仁)에 배속되어 있다. 인이 모든 존재들에 대한 사랑이고 생명력을 북돋아 주는 덕목인 것처럼, 생생의 기운이 동지를 지나 점차 왕성해져서 모든 생명을 활짝 피어나게 하는 것이 바로 봄이기 때문이다.[42] 그러므로 목은이 봄이라는 소재로 다작하였으며, 자연을 통해 인과 지와 같은 도덕적 덕목을 유추하고 있음도 이와 무관하지 않다. 그렇다면 봄을 소재로 창작한 다음 작품을 먼저 살펴보기로 한다.

이른 봄날 즉석에서 짓다

그늘진 골짜기의 얼음도 녹으려 하고
양지바른 기슭엔 풀이 솟아날 듯
산빛은 이미 문을 밀치고 들어오고
물기운은 배를 띄우려 하네
기쁜 소식을 단작은 전하지만
맹세를 어겨 백구에게 부끄럽구나
봄바람은 절로 와서 옮겨 다니니
우리들 또한 편안해지네[43]

시의 문면만을 살펴보면 이른 봄날 아름다운 주변의 경관을 묘사하고, 시인의 편안한 마음을 서술한 것으로 보인다. 그러나 이면에는 잠재되어 있는 생명의 역동성과 자연의 질서가 표현되어 있음을 알아야 한다.

수련에 묘사되고 있는 풍경은 마치 금방이라도 일어날 듯한 느낌을 준다. '장(將)'과 '욕(欲)'이라는 시어를 통해 아직 전개되지 않았음을 알 수 있지만, 겨울에서 봄으로 빠르게 진행되는 자연의 모습을 묘사하고 있는 것이다.

그런데 함련에서는 이미 산빛이 문을 밀치고 들어와 있다고 한 것으로

---

42) 안병학, 「金淨 詩世界에서 삶의 無常性과 그 克復의 形象化」, 『한국한문학의 새 지평』, 184面, 소명, 2005.
43) 上揭書, 28卷, 393面. 「早春卽事」 "陰壑氷將泮, 陽崖草欲抽. 山光已排闥, 水氣欲浮舟. 喜報聞丹雀, 寒盟愧白鷗. 春風自流動, 我輩亦優然."

보아, 깊은 골짜기는 아니더라도 어느새 시인의 주변에는 봄이 찾아왔음을 알 수 있다. 다시 말해, 시인은 문 틈새로 보이는 산빛을 통해 어느새 봄이 왔음을 감지하고 있다. 따라서 앞서 언급했던, 그늘진 골짜기의 녹는 물과 기슭을 타고 올라올 듯한 풀빛은 목은이 상상했던 것임을 알 수 있다. 여기서 '음학(陰壑)'과 '양애(陽崖)', 그리고 '산광(山光)'과 '수기(水氣)'가 등장하는데, 이것은 정형시의 대우를 넘어 음과 양, 그리고 산과 수를 조화시킨 천지의 질서를 표현하였고, 여기에서 바로 생명력이 표양되고 있음을 표현한 것이다.

시인은 이처럼 생명력을 얻은 자연의 모습에 아름다움을 느끼고 있지만, 관직에 묶여 있는 자신의 모습에 한탄한다. 전설상의 상서로운 새인 '단작(丹雀)'이 기쁜 소식을 전하러 오지만, 귀거래를 하지 못한 자신이 물새와의 약속을 저버려 부끄럽다고 말하는 태도가 그것이다.

그러나 봄바람은 다시 절로 불어오고, 이에 시인의 마음은 편안해진다고 하였다. 계절이 순환하여 다시 찾아오는 자연의 법칙과 순리를 말하며, 이러한 자연의 모습에 편안해진 마음을 표현하고 있는 것이다.

자연에 내재한 생명력은 단연 주위에서 쉽게 찾아볼 수 있는 꽃이나 풀, 미물과 같은 것들에게서 발견할 수 있을 것이다. 목은 역시 이러한 것들에게서 생명의 본질을 응시하고 이를 형상화하였다.[44]

이른 봄에 백부님께 부쳐 드리다

풀빛은 파릇파릇하고 버들빛은 누런데
날마다 봄을 찾아다니느라 마치 미친 듯하네
정녕 꽃이 다 피게 하지 마소서

---

44) 생명 본질에 대한 인식과 물아일체의 정신경계에 대해서는 유호진에 의해 이미 논의 된 바 있다.(위의 책) 필자는 이러한 연구 성과를 기반으로 구체적인 시적 형상화와 정신적 의미에 중점을 두어 고찰하기로 한다.

꽃이 피려 할 때 그 홍취 가장 좋으니45)

먼저, 시인이 주목하고 있는 것은 들판의 풀잎과 버들개지의 잎이다. 어느새 봄이 되어 텅 빈 대지에서 파릇파릇한 풀잎이 생겨나고, 누런 버들개지에서는 잎이 자라고 있다. 즉, 이른 봄날에 새로운 생명이 시작되고 있음을 감지하고 있는 것이다. 그리고 생명이 태어날 듯 맺힌 꽃망울의 탄생과 그 아름다움에 매료되어 봄을 감상하고 있다.

요컨대, 이 작품은 푸른 풀빛 가득한 이른 봄날, 꽃이 피려 할 때의 홍취를 노래함으로써 시인이 생명의 본질에 주시하고 있음을 드러낸 시라 볼 수 있다. 여기에서 시인은 '청청(靑靑)'과 '일일(日日)'이라는 반복되는 단어를 사용함으로써 봄날의 푸름과 그러한 경치에 빠져 있는 자신을 표현하고, 전구와 결구를 도치시킴으로써 꽃이 피려는 순간의 아름다운 생명을 강조하고 있다.

목은은 대지와 숲뿐 아니라 아무도 주목하지 않는 담장 위의 풀에 대해서도 주목하고 이를 노래하였다.

담 위의 풀을 읊다

담 위가 평평한 땅도 아닌데도
너의 삶은 다른 생물과 같구나
하늘이 비와 이슬을 고루 내리니
드리운 이삭이 가을바람에 아양을 떠네46)

시인이 마주하며 노래하고 있는 대상은 대궐에 우뚝 솟은 소나무도 아니며, 정원에 핀 화려한 꽃도 아니다. 그는 담장을 따라 조그맣게 자란 풀

---

45) 上揭書, 5卷, 3面. 「早春寄呈伯父」 "草色靑靑柳色黃, 尋春日日祇顚狂. 丁寧莫遣花開盡, 花欲開時興最長."
46) 上揭書, 11卷, 203面. 「詠墻上草」 "墻上非平地, 渠生與物同. 一天均雨露, 垂穎媚秋風."

에 주시하고 있다. 이렇게 보잘것없는 담장의 조그마한 풀에서도 시인은
생명의 존재를 감지하고 있었다. 다시 말해, 평평한 땅이 아닌데도 다른
생물과 똑같이 담 위에서 생명을 유지하고 있는 것을 보고 조물주의 공평
함을 느끼고 있었다. 기구와 승구에서 묘사한 자연의 질서와 법칙은 '하
늘은 비와 이슬을 고루 내리네.'라고 말한 전구로 이어진다. 이때의 하늘
은 주재자, 조물주로서 생명력을 배양시켜주는 역할을 하는 존재를 말한
다. 그리고 결구에서는 가볍게 흔들리는 모습이 마치 아양을 떨고 있는
것과 같다며, 문학적 표현으로 그 생명력을 더하고 있다.

　시인은 담장 위에 돋아난 풀 뿐만이 아니라 들에 핀 꽃을 통해 자연의
공평함과 질서에 대해 언급한 바 있다.47) 여기에서 시인은 흔히 볼 수 있
는 야화(野花)를 의도적으로 등장시킨다. 그리고 들판에 핀 이름도 모르는
꽃이라 하더라도 나무하는 노인과 아이의 시야를 밝게 하는 생명체로서
그 소중함과 아름다움을 강조하고 있다. 이를 통해 시인이 자연에 존재하
는 생명의 본질과 그 안에 부귀와 존비가 존재하지 않는, 오로지 공평하
고 질서정연한 자연의 법칙을 인식하고 있다는 사실을 알 수 있다.

　이 밖에도 그가 생명의 본질에 응시하고 있는 작품으로는 「책충음(責蟲
吟)」,48) 「유감(有感)」49) 같은 작품들이 있지만 그리 많은 양을 창작한 것
은 아니다. 그러나 이러한 생명 본질에 대한 응시는 만물이 모두 통하고
있다는 물아일체의 정신경계를 확인할 수 있는 단서가 된다.

　물아일체의 정신경계란 자연과 시적 자아가 하나라는, 만물의 이법(理

---

47) 上揭書, 23卷, 317面. 「野花」 "野花隨處不知名, 蕘叟樵童眼界明. 豈必上林爲富貴, 天公用意
自均平."
48) 上揭書, 2卷, 529面. 有蟲有蟲小如蚕, 養出軀幹天地深. 不與玄蟬蛻汚濁, 淸風湛露爲腹心. 形
形色色萬不齊, 父乾母坤同一忱. 所以聖人贊化育, 匹夫匹婦皆自足.
49) 上揭書, 29卷, 248面. 緣墻有秋草, 嫩綠誠可憐. 寒日正照耀, 生意懸蒼天. 君子抱幽獨, 對之方
悠然. 南山松與柏, 鬱鬱當益堅.

法)이 서로 통하고 있다는 사실을 체득한 정신세계를 말한다. 특히, 동양에 있어서 인간과 자연의 관계는 언제나 조화와 합일을 추구하였으며, 물아일체(物我一體)의 경지를 심미 이상으로 꿈꾸어 왔다.50) 자연시가 추구하는 지향점은 바로 자연과의 조화와 합일에 있으며,51) 목은 또한 이를 체득하여 형상화했다.

그렇다면, 목은이 물아일체의 정신경계를 어떻게 표현하고 있는지 목은의 대표작이라 할 수 있는 「관어대부(觀魚臺賦)」를 통해 확인해 본다.

> 대가 있어 그곳에 올라보면 시야에 다른 것은 없고 위에는 온통 하늘이 있고 아래에는 온통 물이 있을 뿐 그 사이가 아득하여 천리요 만리이다. 그런데 오직 대의 아래만은 파도가 일어나지 않고 잠잠하여 물고기 떼를 굽어보면 서로 같은 것도 있고 다른 것들이 느릿느릿한 것이나 빠르게 헤엄치는 것이나 저마다의 제 뜻대로 헤엄쳐 노닌다. 강태공의 미끼는 크니 내가 감히 엄두도 못 내겠고, 태공의 낚시는 곧으니 내가 감히 바랄 바 아니다. 아, 우리네 사람이란 만물의 영장으로 자기 몸을 잊고 그 즐거움을 즐기며 그 즐거움을 즐기다가 편안하게 생을 마치네. 외물과 만물과 내가 한 마음이며, 옛날과 지금이 오직 한 이치일 뿐이니, 뉘라서 입과 배 속을 채우느라 급급하여 군자에게 버림받는 것을 달게 여기겠는가.
>
> ─「관어대소부」 부분52)

작자는 동해 영해부에 있는 관어대에 올라53) 아득한 천지를 바라보고,

---

50) 沈慶昊 外 6人 共同硏究, 앞 논문, 8面.

51) 葛曉音은 중국의 모든 산수전원시가 자연과의 조화와 합일을 추구하고 있었다고 하였다. 『중국의 山水田園詩』, 김영국 譯, 41面, 계백, 2002.

52) 上揭書, 1卷, 520面. 「觀魚臺小賦」 "有臺俯焉, 目中無地. 上有一天, 下有一水, 茫茫其間, 千里萬里. 惟臺之下, 波伏不起, 俯見群魚, 有同有異, 圉圉洋洋, 各得其志. 任公之餌夸矣, 非吾之所敢擬. 太公之釣直矣, 非吾之所敢冀. 嗟夫我人, 萬物之靈. 忘吾形以樂其樂, 樂其樂以歿吾寧. 物我一心, 古今一理, 孰口腹之營營, 而甘君子之所棄."

53) 上揭書, 1卷, 520面. 「觀魚臺小賦」 序文. '觀魚臺在寧海府, 臨東海, 石崖下游魚可數, 故以名之.'

다시 대 아래에서 노니고 있는 물고기들을 주시한다. 작자는 그 물고기들이 종류와 크기가 같은 것도 있고 다른 것도 있지만 저마다의 뜻을 가지고 자유롭게 헤엄치고 다님을 깨닫는다. 그리고 '지어락(知魚樂)', '망형(忘形)', '락기락이몰오녕(樂其樂以歿吾寧)'으로 논의를 확대하여 물아일체의 정신경계를 표명한다.

　주지하듯, '지어락'은 장자(莊子)가 물고기의 모습을 통해 물아일체를 형용한 대표적인 예이다. 그리고 '망형' 역시 『장자』에 어원을 둔, 자연과 하나 되어 자신의 형체마저도 잊었다는 의미다. '망형'과 관련하여 "곧장 곡신과 세상 밖에서 놀고자 하니, 형체를 잊고 도달한 곳이 바로 홍몽이라네."[54]라고 한 목은의 언급은 주목된다. 송나라 주돈이(周惇頤, 1017~1073)의 태극도가 도가의 무극도(無極圖)로부터 나온 것이라고 주장하였던 황종염(黃宗炎, 1816~1886)은, 곡신은 주돈이의 「태극도」에서 만물(萬物) 화생(化生)에 해당하는 부분을 '원빈지문(元牝之門)'이라 하고, 이는 곡신을 가리킨다고 한 바 있다.[55] 성리학이라는 사상이 유가를 모태로 도가와 불가의 종합된 기초 위에서 잉태되고 발전되어 왔음을 이 부분에서 목은이 증명하고 있다. 또한 '忘吾形以樂其樂, 樂其樂以歿吾寧.'은 장자의 '호상관어(濠上觀魚)', 정이(程頤, 1033~1107)의 '분어관찰(盆魚觀察)', 장재(張載) 「서명(西銘)」의 취지를 한 문맥으로 결합시켰으며, 이는 '물아일심(物我一心)'의 유열경(愉悅境)에의 도달을 그 함의로 가진 관어의 유형이다.[56] 그리고 그 근거로써 '일심(一心)'과 '일리(一理)'를 분명하게 제시하고 있다. 이처럼 작자는 관어대 아래에서 노닐고 있는 물고기의 모습을 통해 물아일체의 정신경계를 언급하고 있었다.

---

54) 上揭書, 19卷, 233面. 「秋日」 "直欲谷神游物表, 忘形到處是鴻濛."
55) 候外廬 외, 박완식 옮김, 『宋明理學史』, 66~74面, 이론과 실천, 1993.
56) 李東歡, 「牧隱에게서의 道學思想의 文學的 闡發−賦와 文에서의 경우」, 『한국문학연구』 3, 4~13面, 고려대학교 민족문화연구원 한국문학연구소, 2002.

그렇다면 여기에서 물아일체의 근거로 제시하고 있는 '이(理)'에 대해서 살펴보기로 한다. 이학에서 가장 근본적인 문제가 본체론과 관련되기 때문이다. 이학가(理學家)들은 모두 이 문제부터 착수하여 그의 이학사상의 체계를 세워나갔다.57) 따라서 목은의 자연관을 언급함에 있어서 본체론에 대한 문제는 간과할 수 없는 부분이다. 현대에 그 의의를 확보하지 못하고 있는 본체론이 재차 논의되는 이유는 '물아일체'의 근거를 여기에서 찾을 수 있기 때문이다.

먼저, 목은이 만물의 근원을 인식하고 있는 예문을 보기로 한다. 목은은 산수도의 그림을 보고 "깊은 숲속의 뜻은 끝이 없는데, 오래된 나무는 기력이 다하네. 화평한 기운이 아득한 외곽을 감싸니, 애처로이 홍몽사이를 들어가는구나."58)라고 하였고, 달을 마주하고는 "중추에 은하수가 맑으니, 금빛 물결이 실로 이와 같으리. 비로소 알았으니 하늘과 땅 사이에, 호연한 하나의 기운뿐임을. (…중략…) 고상하게 태소(太素) 가운데에서 노닐며, 물욕의 허물을 깨끗이 씻으리."라고 하였다.59) 여기에서 확인할 수 있듯이, 시인은 홍몽이나 태소, 그리고 태극과 같은 만물의 근원을 인식하고 있었다. 그리고 목은은 그 근원에서 산출된 이와 기를 통해 자연의 존재 근거를 찾는다.

(1)

밤에 어찌하여 그 밝음이 더하는가
하늘이 곧 이(理)이니 어둡지 않다네60)

---

57) 候外廬 외, 박완식 옮김, 上揭書, 114面.
58) 上揭書, 5卷, 11面. 「題山水圖」 "深林意無極, 老木勢若頑. 平呑渺莽外, 慘入鴻濛間."
59) 上揭書, 4卷, 561面. 「對月遣興」 二首 中 其一, "高秋河漢澄, 金波政如此. 始知天壤間, 浩然一氣爾. 「中略」 高游太素中, 淨洗物欲累."
60) 上揭書, 26卷, 366面. 「夜聞風聲有作 曉起錄之」 "夜如何其倍耿耿, 天卽理也非冥冥."

'하늘은 곧 이(理)이다.'라고 말한 뒤에야 비로소 사람과 사물 모두가 하늘 아닌 것이 없다는 사실을 인식하게 되었다. (…중략…) 이처럼 성(性)을 동일하게 지니고 있고 보면 천(天)을 동일하게 지니고 있는 것을 또 의심할 것이 뭐가 있겠는가?61)

(2)

천지는 본래 하나의 기이며, 산하초목도 본래 하나의 기이다.62)

호연지기는 천지의 시초이니 천지가 그로써 자리 잡는다. 만물의 근원이니 만물이 이로써 길러진다.63)

자료 (1)은 목은이 우주 만물의 탄생과 운행의 까닭을 이(理)에 의한 것이라고 주장하는 글이다. 이는 일찍이 남송의 정이(程頤)가 "하늘이 곧 이(理)이다."64)라고 주장한 이래로 대부분의 성리학자들이 주장하고 있는 '천즉리설(天則理說)'이다. 이와 같은 주장은 인용된 자료 이외에도 「자영(自詠)」에서 "이(理)라고 하는 것은 사물과 나의 구분이 없으나, 태어나면서 남과 나의 구분이 생겼다네."65)라고 하였고, 「규헌기(葵軒記)」에서 "만물에 형상이 있는 것은 곧 이(理)가 있기 때문이다."66)라는 자료에서도 나타난다.

반면, 자료 (2)에서는 천지가 본래 하나의 기(氣)이며, 그 안에 내재해 있는 개별적 속성까지 하나의 기라고 인식하고 있는, '기'를 만물의 근원

---

61) 『文稿』10卷, 77面. 「直說三篇」 '天則理也', 然後, 人始知人事之無非天矣. 「中略」 同一性也, 則同一天也, 奚疑焉?
62) 『文稿』3卷, 21面. 「菊潤記」 天地, 本一氣也, 山河草木, 本一氣也.
63) 『文稿』10卷, 83面. 「浩然說 贈鄭甫州別」 浩然之氣, 其天地之初乎, 天地以之位. 其萬物之原乎, 萬物以之育.
64) 『遺書』11卷, 「語錄」
65) 上揭書, 6卷, 19面. 「自詠」 三首 中 其三, "理也無物我, 生而有人己."
66) 『文稿』3卷, 20面. 「葵軒記」 "夫理無形也, 寓於物, 物之象也, 理之著也."

이자 내재적 속성으로 파악하고 있는 글이다.

결국, 목은은 이(理)와 기(氣) 모두를 상정하고 있는, 이기이원론(理氣二元論) 입장을 표명하고 있었던 것이다. 이처럼 목은이 이와 기 모두를 상정하고 있었다는 데에는 이견을 보이고 있지 않으나, 이와 기 가운데 무엇을 중심으로 세계를 바라보고 있었는가는 여전히 분분하다.67) 그렇다면 자료를 통해서 목은이 주리론과 주기론 가운데 어느 쪽을 주장하고 있는지 확인하도록 하겠다.

(1) 여러 가지를 읊다

기에는 청명과 탁혼이 있는데
하늘은 만물을 포용하는 하나의 이름난 동산이라네
봄가을이 오고가며 영고성쇠를 다투니
정영이 본원으로 되돌아감을 반드시 믿네68)

(2)

도가 태허의 상태에 있을 때는 본래 형체가 없지만, 이 세상에 다양한 사물의 현상이 존재하게 되는 것은 오직 그 태허의 기가 그렇게 작용하기 때문이다. 그러므로 크게는 천지가 되고, 밝게는 일월이 되며, 흩어져서는 풍우와 상로가 되고, 치솟아서는 산악이 되며, 흘러서는 강산이 되는 것이다. 그런가 하면 질서 정연하게 군신과 부자의 윤기(倫紀)가 있게끔 하고, 찬란하게 예악과 형정의 도구가 가끔 있게끔 하고, 세도와 관련해서는 청명해져

---

67) 윤사순, 여운필, 정재철은 목은이 主理論的 입장을 표명하고 있다고 주장하는 반면에, 금장태, 김충렬, 유호진은 主氣論的 입장을 취하고 있다고 하였다. (윤사순,『한국유학사상론』54~62면, 집문당, 1996.; 여운필,『李穡의 詩文學 研究』28~30면, 태학사, 1995.; 정재철,『李穡 詩의 思想的 照明』, 9~26面, 집문당, 2002).; 금장태,「牧隱 李穡의 儒學思想」, 138~144面,『牧隱 李穡의 生涯와 思想』, 일조각, 1996.; 김충렬,『高麗儒學史』182~184面, 고려대출판부, 1984.; 유호진, 上揭書, 49~70面.

68) 上揭書, 13卷, 140面.「雜詠」四首 中 其四. "氣有清明與濁昏, 天包萬物一名園. 春來秋去爭榮悴, 須信精英返本元."

서 치세를 이루게 하기도 하고, 혼탁해져서 난세를 이루기도 하는데, 이 모
두가 기의 작용으로 나타나는 현상이다.[69]

자료 (1)은 자주에서도 밝혔듯이, 시인이 기를 중심으로 세상을 바라보
고, 소멸된 기가 다시 본원으로 돌아간다고 하는 '기의 변화'에 대해서 노
래한 작품이다. 여기에서 한 가지 흥미로운 사실은 당시 대부분의 성리학
자들이 수용했던 이정형제의 '이본기화설(理本氣化說)'과 목은의 입장이 다
르다는 것이다. 즉 이정형제는 기가 형체를 다하면 소멸된다고 본 반면,
목은은 소멸된 기가 다시 생성된다는 입장을 표명하고 있는 것이다.[70]
이러한 사실은 이와 기를 만물의 근원으로 상정하고 있었지만, 그는 기의
순환과 변화를 주시하고 있었으며, 성리학을 수용함에 있어서도 자신만
의 독창적인 학문세계를 구축해 나가고 있었음을 입증한다.

그리고 자료 (2)에서 작자는 만물에 나타난 기의 변화로서, '천지, 일
월, 풍우, 상로, 산악, 강산' 등을 설명하고, '윤기, 예악, 형정, 세도'와 같
이 인간 세상에 관련된 일까지도 모두가 기의 작용으로 나타난다고 하였
다. 결국 두 자료를 통해 목은이 만물의 형상 및 인간세상의 모든 일과
관련하여 기를 중심으로 세계를 바라보고 있음을 확인할 수 있었다. 이와
같은 주기론적(主氣論的) 세계관을 지니고 있었던 목은에게 다음 자료는 또
다른 중요한 단서를 제공한다.

  (1)
  천지는 상제의 용광로

---

69) 『文稿』 1卷, 8面. 「西京風月樓記」 雖道之在大虛本無形也, 而能形之者, 惟氣爲然. 是以, 大而
   爲天地, 明而爲日月, 散而爲風雨霜露, 峙而爲山嶽, 流而爲江河. 秩然而爲君臣父子之倫, 粲然
   而爲禮樂刑政之具, 其於世道也, 淸明而爲理, 穢濁而爲亂, 皆氣之所形也.
70) 여기에 대해서는 張立文의 『理의 철학』과 『氣의 철학』 참고.(『理의 哲學』은 안유경 외
   譯, 『氣의 哲學』은 김교빈 외 譯 참고. 예문서원, 2004)

두드려 주조함이 얼마나 수고로운지
이로써 주인을 삼고
기로써 무리를 나누네
적으면 간혹 기린의 뿔과 같지만
많으면 어찌 다만 소의 털에 그치랴
인과 의는 고기와 곡식이요
예와 법은 홑과 솜옷이라네[71]

(2)

사람은 기라는 것을 받아서 생명을 영위하는데, 그것은 바로 강건한 건 (乾) 즉 양의 기운과 유순한 곤(坤) 즉 음의 기운이요, 이것을 다시 구체적으로 나누어서 말한다면 '수화목금토' 즉 오행의 기운이 바로 그것이다. 그리고 양기음우(陽奇陰耦)와 양변음화(陽變陰化)의 근원을 찾아낸다면 무극의 참됨으로 귀결된다고 하겠는데, 이 무극의 참됨에 대해서는 언어와 문자를 가지고 표현하기는 어려우나, 『시경』에서 '하늘의 일은 소리도 없고 냄새도 없다.'라고 한 것이 바로 무극의 소재를 암시한 것이 아닌가 싶다. 그래서 주돈이가 태극도를 지을 때에도 '무극이태극(無極而太極)'이라고 하였으니, 이는 대개 태극이 하나의 무극이라는 것을 찬양하기 위한 것이라고 하겠다.[72]

자료 (1)에서 목은은 천지를 용광로에 비유하고, 조물주가 그곳에서 사물을 하나씩 주조한다고 하였다. 그리고 그 과정에서 '이를 주인으로 삼고, 기로서 그 무리를 나눈다.'라고 하였는데, 이 구절은 목은의 본체론을 설명하는 데에 있어 명확한 단서를 제공한다. 즉, 목은은 하늘의 도(여기에

---

71) 上揭書, 22卷, 299面. 「有感」二首 中 其一. "天地帝洪爐, 鼓鑄一何勞. 理以爲之主, 氣以分其曹. 少或似麟角, 多奚啻皮毛. 仁義是膏粱, 禮法爲芴袍. (後略)"

72) 『文稿』 3卷, 23面. 「養眞齋記」 夫人之受是氣以生也, 乾健坤順而已矣. 分而言之, 則水火木金土而已矣. 求其陽奇陰耦, 陽變陰化之原, 則歸於無極之眞而已矣. 無極之眞, 難乎名言矣. 詩曰: '上天之載 無聲無臭', 其無極之所在乎. 故周子作太極圖, 亦曰: '無極而太極', 蓋所以贊太極之一無極耳.

서는 '상제(上帝)'로 표현)는 존재 근거인 이와 생성하는 실제로서의 기에 의해 천하에 밝게 드러난 것으로, 이를 순응하고 체현하는 것이 바로 인간의 도리라고 생각했다.73) 이러한 태도는 자료 (2)에서 구체적으로 설명되고 있는바, 생명의 근원을 '이(理)'로 상정하고 그 활동은 기에 있다고 이해했던 것이다.

여기에서 한 가지 유의해야 할 것은, 목은이 주돈이의 「태극도설」74)에 대하여 깊이 참구한 바 있으나75) 그와 다른 견해를 가지고 있었다는 것이다. 즉, 주돈이가 '무극의 진'을 기의 입장에서 바라본 것에 비해, 목은은 이(理)의 입장에서 바라보고 있었기 때문이다. 이는 "'하늘의 일은 소리도 없고 냄새도 없다.(上天之載, 無聲無臭.)'라고 한 것이 바로 무극의 소재를 암시한 것이 아닐까?"라고 서술한 것을 통해 알 수 있다. 『시경』의 이 구절은 『중용』의 '천명지위성(天命之謂性)'을 말하는 것으로, 목은이 무극의 소재를 바로 이 이(理)로 이해하고 있었으며, 이에 의해 음양과 오행이 순환하며 기를 발현시켜 만물의 형상을 갖췄다는 것이다.

정리하면, 목은은 생명의 본질을 인식하고 태극이나 홍몽과 같은 만물의 근원을 탐색하였으며, 그곳에 내재한 이와 기 모두를 상정하는, 소위 이기이원론(理氣二元論)을 주장하고 있었다. 그리고 기를 중심으로 만물의 존재와 현상을 설명하고 있는 주기론적 입장에 있었으나, 그 근원은 이에 있다고 주장하였던 것이다. 그러므로 앞서 「관어대부」에서 물아일체의 근거로 제시한 '일심(一心)', '일리(一理)'와 부합하게 되는 것이다.

---

73) 정재철, 上揭書, 26面.
74) 周敦頤, 「太極圖說」 無極而太極, 太極動而生陽, 動極而靜, 靜而生陰, 靜極夏動. 一動一靜, 互爲其根, 分陰分陽, 兩儀立焉. 陽變陰合而生水火木金土. 五氣順布, 四時行焉. 五行一陰陽也, 陰陽一太極也, 太極本無極也. 五行之生也, 各一其性, 無極之眞, 二五之精, 妙合而凝, 乾道成男, 坤道成女. 二氣交感, 化生萬物, 萬物生生, 而變化無窮焉.
75) 上揭書, 8卷, 54面. 「有感」 靜坐深參太極圖.

목은은 다양한 방식으로 물아일체의 정신경계를 표현하고 있지만, 다음 작품을 위시한 『논어』의 '무우의 고사'를 이용한 작품들은 주목할 만하다.76) 이는 자연시에 있어서 거의 빠지지 않고 등장하는 표현이며, 이를 통해 목은이 자연시에서 궁극적으로 말하고자 하는 바가 무엇인지를 확인할 수 있기 때문이다.

유동의 깊은 곳을 노래하다

구름이 만 겹이나 덮인 깊은 산에서
때로는 꼭대기에 올라 원숭이 울음소리를 듣고
푸른 물결이 만 길이나 되는 깊은 바다에서
때로는 바다에 들어가 용이 잠긴 것을 엿보네
도성의 남쪽 한 구역인 깊숙한 유동에는
한 해가 다하도록 쓸쓸히 찾아오는 사람이 없네
인간세상 봉래산에 선경이 있다지만
봄바람과 가을 달은 어찌 그리 빠른가
늙은 목은은 평소에 궁벽한 곳을 사랑하여
산림과 같이 곳곳에 집을 지었네
거친 길을 열어 소나무와 국화를 심고
누대에 올라 아득히 높은 산봉우리를 바라보네
높은 노래와 긴 휘파람에 절로 오만해지고
절구와 단률을 부질없이 읊조리네
스물네 번 고과한 중서령을 부러워하지 않고
북두성에 가지런히 높이 쌓인 황금을 부러워하지 않는다네
다만 바라노라 무우에서 읊으며 돌아오는 곳에서
어른 5, 6인과 아이 6, 7인 모두 마음을 같이 하기를

---

76) 上揭書, 2卷, 526面. 「午涼」兩岸微風柳影移, 單衫更好午涼吹. 舞雩高興悠然起, 誰識征夫怡得詩.; 上揭書, 10卷, 91面. 「又吟」二首 中 其二. 稊米吾生天壤間, 須敎大德不嫌閑. 終身更蓄三年艾, 一簣無虧九仞山. 豈信由求能改德, 由來滕薛好爭班. 舞雩自有詠歸處, 寂寂門庭苔蘚斑.

간사한 음악과 음란한 얼굴빛을 깨끗이 쓸어내면
유동의 깊음이 장차 천지의 깊음과 같아지리[77)]

 먼저, 작품에서 나타난 시인의 시선을 따라가 보자. 시인은 구름이 만 겹이나 둘러싼 깊은 산에서, 푸른 물결이 만장이나 되는 깊은 바다로, 그 리고 유동이라는 조그만 마을로 시선을 옮겨 간다. 멀고 광대한 곳에서부 터 가깝고 작은 부분으로 축소시켜 자신의 거처도 천지의 일부라는 사실 을 인식하고 있는 것이다.

 그리고 시인은 원숭이의 울음소리, 물속 깊은 곳에 잠긴 용 등을 묘사 하여 인적 끊긴, 깊고 적막한 자신의 거처를 구체적으로 묘사하고 있다. 고요하고 궁벽진 곳을 사랑하기 때문에 이러한 거처를 삼은 것이라 설명 하고 있다. 그러한 환경 속에서 시인은 친자연(親自然)을 노래한다. 거친 길을 열어 소나무와 국화를 심고, 누대에 올라 높은 산봉우리를 바라보는 등 전원생활에서의 전형적인 모습을 묘사하고 있다.

 친자연을 노래하고 있노라니 중서령을 오래 맡아 스물네 차례나 관리 의 성적을 고과하였던 당나라의 곽자의(郭子儀)도 부럽지 않으며, 북두성까 지 높이 쌓인 황금마저도 부러워하지 않는다고 하였다. 인간이면 누구나 꿈꾸고 얻고자 하는 부와 명예를 마다하고 있는 것이다. 실제 시인은 "평 생 도를 걱정할 뿐 가난을 걱정하지 않으며, 출처를 응당 고인과 같이 하 리."[78)]라고 말할 정도로 부귀보다 도를 중시하였던 인물이었다.

 시인이 부와 명예보다도 진심으로 바라고 있었던 것은 '지원(只願)'으로

---

77) 上揭書, 15卷, 164面.「柳洞深行」"白雲萬重山之深, 有時上頂聞猿吟. 碧波萬丈海之深, 有時 入底窺龍潛. 城南一區柳洞深, 終歲寂寂無人尋. 人間蓬萊有眞境, 春風秋月何駸駸. 老牧平生愛 幽僻, 卜築到處如山林. 開徑荒涼種松菊, 登樓縹渺臨雲岑. 高歌長嘯自傲睨, 絶句短律徒謳吟. 不羨二十四考中書令, 不羨高齊北斗堆黃金. 只願舞雩詠歸處, 五六六七皆同心. 姦聲亂色淨掃 去, 柳洞深將天地深."
78) 上揭書, 3卷, 536面.「殿試後自詠」二首 中 其一. "平生憂道不憂貧, 出處応須似古人."

시작되는 17~20구까지 언급한 자연과 하나 된 물아일체의 정신경계에 있다. 이 부분에서 언급하고 있는 이 '기수의 무우'에 대하여 주희는 『논어집주』에서 자세하게 설명하고 있는데,79) 주희가 깨달은 것은 바로 증점이 가야금을 타면서 나타냈던 '가장 큰 즐거움은 천지자연과 조화를 함께 한다.'는 것이라 할 수 있다. 이는 바로 개인의 정신이 최고의 예술경계 속에 깊이 침잠하여 녹아들 때 생기는 "물아합일(物我合一)", "물아양망(物我兩忘)"과 같은 말로 서술할 수 있다.80)

이 외에도 물아일체의 정신경계를 체득하고 시화한 구절은 곳곳에 보인다. "말없이 집에 앉아 있으니, 마음이 천지와 서로 통하네. 옛사람은 목격을 소중하게 여겼기에, 세상의 도의가 대동에 올랐네."81), "인경을 다 잊으니 뛰어난 맛이 참된데, 또 어느 곳에서 가는 티끌을 찾을 수 있으랴? 누가 알까, 사물에 접함에 도리어 거울과 같아져서, 형상과 그림자가 서로 융화되어 온갖 모습이 새롭게 되는 것을."82), "천지와 내 몸은 단지 하나의 마음이니, 다른 물건은 감히 침노할 수 없느니라."83)와 같은 자료들이 그것이다. 그런데 물아일체의 정신경계를 형상화한 작품 가운데 눈에 띄는 것 중 하나는 목은이 '좌망(坐忘)'을 최고의 경지로 강조하고 있다는 것이다.

---

79) 『論語集註』 曾点之學, 蓋有以見夫人欲盡處, 天理流行, 隨處充滿, 無少缺闕. 故其動靜之際, 從容如此. 而其言志, 則又不過卽其所居之位, 樂其日用之常, 初無舍己爲人之意. 而其胸次悠然, 直與天地萬物上下同流, 各得其所之妙, 隱然自見於言外. 視三子之規規於事爲之末者, 其氣象不侔矣, 故夫子歎息而深許之.

80) 徐復觀, 권덕주 옮김, 『中國藝術精神』, 45~46面, 동문선, 2000.

81) 上揭書, 15卷, 161面. 「古風」 三首 中 其三. "靜默坐一室, 心與天地通, 古人重目擊, 世道升大同."

82) 上揭書, 20卷, 258面. 「十五日午後, 日光穿漏, 南窓明甚」 二首 中 其二. "人境俱忘一味眞, 更從何處覓纖塵. 誰知接物還如鏡, 形影相交百態新."

83) 上揭書, 28卷, 400面. 「奉簡韓尙書」 "天地吾身只一心, 更無餘物敢相侵."

(1) 즉석에서 짓다

조용한 대낮 빈집에 시원한 바람 불고
고요한 마음에 깜빡 꿈나라로
조그만 새소리에 잠시 놀라 일어나니
평생토록 바라던 좌망을 경험했다네[84]

(2) 즉석에서 짓다

산비둘기 우는 곳에 녹음이 짙은데
가랑비는 바람을 따라 벽라를 씻어주네
좌망이 가장 진실로 즐길만한 일이니
늘그막에는 다시 중화를 강론할 것 없네[85]

　제시된 자료 (1)은 연작시 가운데 두 번째 작품이다. 이 작품의 이해를
돕기 위해 첫 번째 작품을 먼저 살펴보면 다음과 같다. "단정히 앉은 늙
은이는 참으로 마음이 재와 같은데, 참새는 침략당한 듯이 날아오네. 이
제부터 뜰에서 자주 먹을 것을 얻겠지만, 저들의 본성이 산림을 사랑하는
것을 아네."[86] 여기에서 시인은 자신의 마음을 '회심(灰心)'이라 표현하고
있는데, 이는 '망형(忘形)'의 다른 표현이다. 그리고 이것의 함의는 전술한
바 있는 자연과의 합일이다. 첫수는 자연과의 합일을 노래하고 있으며,
두 번째 작품에서도 시인은 표현만을 달리하였지 자연과의 합일을 노래
하고 있다. 시인은 한적한 집에서 시원한 바람에 그만 깜빡 잠이 들고 만
다. 그런데 새의 울음소리에 순간 잠에서 깨고 보니, 자연과 하나 된 경지

---

84) 上揭書, 32卷, 473面. 「卽事」 "晝靜虛堂生嫩涼, 冥心誤入黑甛鄕. 一聲啼鳥俄驚起, 驗得平生
得坐忘."
85) 上揭書, 17卷, 209面. 「卽事」 二首 中 其二. "山鳩啼處綠陰多, 微雨隨風灑薜蘿. 最是坐忘眞樂
事, 白頭無夏講中和."
86) 같은 작품. 二首 中 其一. "老翁危坐政灰心, 鳥雀飛來似見侵. 自是庭除頻得食, 知渠本性愛山
林."

를 체득하였다는 것이다.

그리고 자료 (2)에서는 좌망이 가장 즐길만한 일이라 늘그막에 중화를 강론할 것 없다고 하였다. 중용의 대지(大旨)마저 초극한 물아일체를 최고의 정신으로 상정하여 강조하고 있는 것이다.

좌망과 함께 물아일체의 정신경계를 마른 나무의 그루터기에 비유한 다음 작품은 생명성에 대한 주시와 함께 청명한 자연 묘사, 한적한 정취 등이 모두 표현되어 있어 그 유관한 관계를 살펴볼 수 있다.

이른 봄

> 깊은 숲속의 새들이 술잔을 권한다고 하지 마시오
> 자세히 들으면 도리어 돌아가라고 재촉하는 듯하니
> 먼지 없는 시냇물은 맑게 절로 빛나고
> 눈을 마주한 들판의 매화는 차갑게 서로 부축하네
> 차가운 소리 상에 불어오니 바람이 대나무를 두들김을 알겠고
> 비췻빛이 창에 비치니 햇빛이 오동나무로 옮겨감을 알겠네
> 감정과 풍경을 둘 다 잊음을 누가 할 수 있겠는가
> 입 다물고 단정하게 앉아 있으니 마른 나무의 그루터기와 같네[87]

시인은 수련에서 사람들이 흔히 이야기하는 '제호(提壺)'에 대하여 잘못된 인식을 지적한다. 일반적으로 '제호'는 새가 '제호! 제호!'와 같은 소리로 운다고 하여 술잔을 권한다는 의미로 해석되어 왔다. 목은의 스승인 익재(益齋) 이제현(李齊賢, 1287~1367)의 시에 "풍류를 아는 새는 술잔을 권하네."와 같은 자료가 대표적인 예다.[88] 그러나 목은은 자세히 들으면 인

---

87) 上揭書, 8卷, 51面.「早春」"幽禽且莫勸提壺, 細聽還疑促返塗. 溪水無塵淸自照, 野梅對雪冷相扶. 寒聲入榻風敲竹, 翠影當窓日轉梧. 情境兩忘誰領得, 然危坐似枯株."
88) 李齊賢,『益齋亂稿』, 3卷,『叢刊』2, 523面.「龍野尋春」偶到溪邊藉碧蕪, 春禽好事勸提壺, 起來欲覓花開處, 度水幽香近却無.

간 본래의 길로 돌아가라고 말하는 것 같다며 해석을 달리한다. 명리에
사로잡혀 참다운 도의 길로 가지 못하는 인간에 대한 비판의 목소리인 것
이다. '반도(返逢)' 역시 같은 의미로서 인간 본래의 길로 돌아가라는, 참
다운 도를 탐득하여 물아일체의 정신세계로 나아가라는 말이다.

　그리고 함련과 경련에서는 풍경과 감정을 융합시키고 있다. 시인은 먼
지 하나 없는 시냇물의 맑음과, 차가운 눈을 마주하고 피어있는 들판의
매화를 주시하고 있다. 생명 본질에 대한 인식과 청명한 자연에 대한 주
시가 동시에 표현되고 있다. 또한 한적한 오후에 불어오는 바람의 움직임
과 창가에 들어오는 비췻빛 햇살이 물아일체의 정신경계를 위한 예비 단
계를 표현하고 있는 것이라 할 수 있다.

　이러한 청명하고 고요한 자연 속에서 시인은 물아일체의 정신경계를
체득하고 이를 직설과 비유를 사용하여 미련에서 묘사한다. '정경을 모두
잊어 하나가 되었다'가 전자이며, '마른 나무의 그루터기'에 비유한 것이
후자이다. 특히, 후자는 『장자』에서 마른 나무와 같이 외물을 잊고, 마음
을 만물의 시초에서 노닐게 한다는 정신세계를 말하는 것으로, 물아일체
의 또 다른 형상화인 것이다.

　이처럼 목은은 새의 울음소리를 풍류로 연결시키지 않고 인간 본래의
길로 돌아가기를 바라고 있었으며, 생명의 본질과 청명한 자연을 통해 물
아일체의 정신경계를 희구하고, 때로는 체득함을 노래하고 있었다.

　그러나 이와 같은 정신경계가 꾸준한 상태로 지속되는 것은 아니다. 개
인의 꾸준한 노력 없이는 불가능한 것이며, 어느 순간 체득하였다가도 다
시 잊기도 하는 것이기 때문이다. 이에 대해 목은은 다음과 같이 말하고
있다.

　　밤기운은 아직 청량함이 남았는데

새벽빛은 벌써 희미하게 밝아오네
국화가 찬란하게 서로 비칠 때
내 마음은 본디 기심을 잊네
담박하게 물아가 일체를 이루니
성현도 진실로 기대할만 했는데
청아한 흥과 운치는 오래 갖기 어려우니
아! 잠시 뒤에 벌써 어긋났다네[89]

청신한 새벽에 국화를 마주한 시인이 세속과 관련된 일체를 잊은 마음의 상태에서 국화가 지니고 있는 생명의 본질과 자신의 생명의 본질이 같음을 깨닫는, 물아일체에 대해 언급하고 있다. 그러나 청아한 홍취는 오래 갖기 어려우니, 잠시 뒤에 어긋났다는 시인의 언급처럼, 이는 지속되지 않음을 깨닫고 있다. 만물과 자신이 하나라는 생각을 하다가도 꽃의 모습을 확인하는 순간 꽃은 꽃으로, 시인 자신은 자신으로 서로 분리되어 인식하게 되는 것이다. 따라서 목은은 자연을 유추적으로 수용하여 인간의 삶에 필요한 도덕적 덕목을 강조하고 있었으며, 청명한 자연을 주시하고 내면을 수양하고 있었던 것이다.

그렇다면, 물아일체라는 정신경계가 삶의 방향과 자세에 어떤 영향을 주고 있는지 살펴, 그 인간적인 의미를 확인해 보기로 한다.

(1) 즉석에서 짓다

하늘이 늙은 목은을 청정하게 하여
강산에 홀로 서니 눈을 비빈 듯이 밝네
흡사 정경을 잊어버린 경지에 이른 듯한데
신세가 덧없는 인생임을 알지 못하겠네[90]

---

89) 上揭書, 25卷, 356面. "夜氣尙余淸, 晨光已熹微. 菊花粲相照, 吾心本忘機. 淡然物我共, 聖賢端可希. 淸興持久難, 少選嗟已非. (…후략…)"

(2) 즉석에서 짓다

산빛은 어찌하여 수고롭게 문을 미는가
버드나무 그늘은 절로 뜰을 채울 만하네
늙은 목은은 이제부터 활달하게
천지의 맑고 편안함을 소요하리라[91]

자료 (1)은 청명한 자연 속에서 물아일체의 정신세계를 체득한 시인의
높은 정신세계를 보여주는 작품이다. 시인은 청명한 자연을 통하여 내면
을 맑게 하고, 이를 통해 도달한 정신경계에 대하여 '정경양망(情境兩忘)'이
라 하고 있다. 여기에서 시인은 인생이 덧없는 것이 아니라고 하며, 자연
과의 합일이 바로 인생의 진정한 즐거움이요, 최고의 행복이라고 말하고
있다.

인간이면 누구나 인생을 덧없음에 비유하기도 한다. 앞서 목은이 인용
한 바 있는 「춘야연도리원서(春夜宴桃李園序)」라는 작품에서도 '부생약몽(浮
生若夢)'이라 하였다. 하지만 물아일체의 정신경계를 체득한 시인은 이러
한 사유와 현실적 고통마저 초월하여, 하늘에 대한 원망이나 자책보다는
삶의 정신적 풍요와 여유를 갖고 있음을 보여주고 있다.

또한 자료 (2)에서 시인은 자연과 하나 되어 여생을 그곳에서 소요하며
보내겠다는 시인의 태도가 나타나 있다. 먼저, 시인은 '산빛은 어찌하여
수고롭게 문을 미는가?'라는 독백을 통해 파릇파릇한 봄날의 산의 빛깔
이 어느덧 집 앞까지 찾아왔음을 묘사하고 있다. 여기에서 그는 시간이
흘러 당연히 찾아오는 봄을 '수고롭게'라는 시어를 사용하여 자연의 순리
를 인간적인 모습으로 그려내어 자연과의 교감을 시도하고 있다.

---

90) 上揭書, 8卷, 61面. 「卽事」三首 中 其二. "天敎老牧十分淸, 獨立江山刮眼明. 恰到頓忘情境
   處, 不知身世是浮生."
91) 上揭書, 7卷, 39面. 「卽事」"山色何勞排闥, 柳陰自可充庭. 老牧從今豁達, 逍遙天地淸寧."

그리고 승구에서 산빛이 아니더라도 정원의 버드나무로 인해 충분히 봄날의 정취를 만끽할 수 있다는 소박한 태도를 보인다. 여기서 '유음(柳陰)'은 햇볕을 피할 수 있는 공간으로 묘사하고 있지만, 그 반대편에는 봄날의 따가운 햇볕과 더불어 녹음이 가득함을 암시하고 있다. 이처럼 시인은 봄날의 모습을 직접적으로 드러내지 않고, 독백과 '유음'을 사용하는 섬세함을 보이고 있다.

시인은 전구와 결구에서 맑고 편안하게 넓은 천지를 마음껏 소요하겠다고 하였는데, 여기에 사용된 '청녕(淸寧)'은 단순히 맑고 편안함을 뜻하는 것이 아니다. 물론, 어원은 『장자』에 두고 있지만, 이는 상하가 모두 제자리를 찾은 안정된 상태로서 성리학에서 말하는 '일가천지위(一家天地位)'라는 중화의 다른 표현으로 해석할 수 있다.[92] 다시 말해, 단순히 자연에서의 소요의지를 표명한 것이 아니라 자연과 하나 된 고도의 정신경계를 말하는 것이며, 천지 질서와 안녕을 표현하고 있었던 것이다. 이는 앞선 작품들에서 확인되었듯이, 존심양성(存心養性)과 경세제민(經世濟民)이라는 두 양태를 인생의 목표로 살고 있었던 시인의 태도가 단적으로 나타나는 부분이라 할 수 있다.

이상 살펴본 것과 같이, 목은은 형체를 잊고서 외물과 자아, 물질과 정신이 하나가 된 물아일체라는 고도의 정신경계를 표명하고 있었다. 이는 유불도에서 궁극적으로 추구하는 절대 지향점으로 목은은 꾸준한 자기 성찰과 수양을 반복한 결과 고도의 정신세계에 이르게 되고 이를 문학작

---

92) 시인이 이를 강조하고 있는 부분은 곳곳에서 확인된다. 上揭書, 14卷, 153面. 「卽事」 畏寒不出聳雙肩, 日照南牕興杳然. 魏晉淸談雖自絶, 程朱道學竟誰傳. 茫茫韓土望寧海, 臙臙漆原歸醴泉. 敢道**一家天地位,** 本支百世儘綿綿.; 上揭書, 24卷, 340面. 「小雨」 靜坐忘機事, 殘生養性靈. 黑雲携小雨, 白日酒空庭. 身世何蕭爽, 江山自杳冥. **一家天地位,** 隨分亦淸寧.; 上揭書, 30卷, 432面. 「歸而又唫」 八仙宮觀俯崔嵬, 飮福微醺得意回. 痴霧頑雲忽開霽, 祥風瑞月共徘徊. 存心久擬希瓢巷, 抗志終當問釣臺. 儻見**一家天地位,** 何疑萬世大平開.

품에 반영한 것이다. 주목되는 것은 그가 '무위, 주정, 천진, 망기, 망형, 좌망, 청녕' 같은 도가의 내용 및 어휘를 자주 사용하고 있다는 것이다. 이는 앞서 언급한 것과 같이 성리학이라는 사상이 도가와 불가의 영향 아래 생겨났기 때문이기도 하지만 목은의 융통무애(融通無碍)한 학문적 세계를 반영한 것이기도 하다.[93]

다시 말해, 목은의 사상적 기저에 있었던 성리학의 특성은 다른 한편으로는 불가와 도가의 출세간주의를 배척하고자 노력하는 동시에, 불가와 도가가 정신생활을 발전시킨 풍부한 경험을 흡수하고 정신의 수양·발전·완성 등 여러 과제와 경지를 탐구하여, 인문주의에 기초하면서도 종교성도 함께 지닌 정신성을 건립하는 일이었던 것이다.[94]

5. 이색 자연시의 문학사적 의의

본 논문은 고려 후기의 문인 목은 이색의 자연시를 분석하여 작가의 자연에 대한 인식 양상과 그 정신적 의미를 해명하는 데에 목표를 두어 작성된 글이다.

목은 문학에 대한 다대한 연구에도 불구하고 자연시에 대한 논의는 매우 소략한 편이다. 목은 자연시가 다른 작품에 비해 사상적 기저가 또렷이 드러나 있을 뿐만 아니라 예술적 완성도가 높은 작품들이 많다는 사실

---

93) 목은은 자신의 道家的 기풍에 대해 언급한 바 있으나, 儒者로서의 입장을 분명히 하였다. "仙風이 李太白과 같음을 자부하지만, 사람들은 누추한 마을의 顔回라고 하네. 다행스럽도다. 다행스럽도다.", (上揭書, 15卷, 168面. 「小雨」 自負仙風如太白, 人言陋巷有顔回. 自註-幸哉幸哉.) "옆으로 莊子와 老子의 학문을 찾다가, 멀리 주공과 공자의 말로 이어졌다." (上揭書, 10卷, 87面. 「對友自詠」 三首 中 其一. 旁探莊老學, 遠繋周孔辭.)

94) 陳來, 안재호 옮김, 『송명성리학』, 44面, 예문서원, 1997.

을 감안해 볼 때 이는 보완해야 할 필요가 있다고 생각한다. 따라서 본고는 목은 자연시를 통해 목은의 사상과 문학에 대한 일면을 고찰하여 작가에 대한 이해를 확충하고, 아울러 한국 한시 연구에 있어서 자연에 대한 인식의 변모 양상 및 자연시사(自然詩史)를 살펴보는 데 일조하고자 작성되었다. 이제까지의 논의를 정리하고 목은 자연시가 지니고 있는 문학사적 의의와 앞으로의 과제를 제시하는 것으로 글을 마무리하도록 한다.

목은은 자연을 유추적으로 해석하여 인간에게 필요한 도덕적 덕목을 강조하고 있었다. 국화나 매화, 구름, 바람, 물 등과 같은 자연물들을 통해 인간에게 필요한 도덕적 덕목들, 이를테면, '사무사, 무심, 자면, 절조' 등을 유추하여 이를 형상화하였다. 특히, 사무사와 같은 정신을 문학 작품에 본격적으로 사용한 문인이 목은이며, 이것이 자연을 통해 발견되고 있다는 사실이 주목되었다. 목은은 초목이 말라가는데도 금빛 꽃술을 토하고 있는 국화나, 늦겨울에 핀 청절한 매화, 그리고 물결 속에 새로 핀 연꽃 등에서 바로 사무사의 정신을 유추하고 이를 작품에 반영하고 있었다.

그리고 목은은 청명한 자연을 주시하고 이를 통해 내면을 수양하고 있었다. 목은이 주로 묘사하고 있는 청명한 자연은 산수와 같이 아름다운 공간, 이른 봄날이나 새벽과 같이 청신한 시간적 공간, 맑은 바람이나 시원한 비와 같이 세상을 맑게 하는 자연물, 달이나 태양과 같이 세상을 밝게 하는 자연물들이다. 여기에서 주목되는 것은 묘사 방식에 있었다. 목은은 봄을 묘사한 작품보다도 이른 봄을 묘사한 작품이, 아침보다도 새벽을 묘사한 작품이 현저하게 많았다. 또한 '일출'을 묘사함에 있어서도 안개를 등장시키는가 하면, 비를 소재로 창작한 작품에서도 비가 지나간 뒤의 맑고 화사한 자연을 묘사하고 있었다. 겨울을 이겨내고 새 생명이 시작되는 이른 봄, 어둠이 걷히는 밝은 새벽, 뿌연 안개가 걷히고 밝아진 세상, 비가 뿌리가 지난 맑은 세상 등을 묘사하고 있었던 것이다. 이러한 묘사 방식은 청명한 자연을 통해 내면이 맑아지고 있음을 형상화한 것이다. 또한 목은은 청명한 자연을 통해 선계와 전원이라는 공간을 떠올리며 이를 지향하고 있었다. 탈속적 의지를 반영하고 있는, 유선시(遊仙詩)와 귀거래시(歸去來詩)에 나타난 이 두 공간은 목은이 추구하는 동일한 장소이며 내면을 수양하는 공간이었다.

또한 목은은 생명의 본질을 응시하고 그로 인해 만물이 하나로 연결되어 있다는 물아일체의 정신경계를 표명하고 있었다. 목은은 생명력과 관련이 깊은 봄을 소재로 노래하는가 하면, 아무도 주목하지 않는 담장의 풀, 들판에 핀 꽃, 작은 벌레와 같은 미물 등을 통해 생명의 본질을 인식하고 이를 형상화하였다. 목은은 이에 머무르지 않고, 태극이나 홍몽 같은 만물의 근원을 탐색하였으며, 그곳에 내재한 이(理)와 기(氣) 모두를 상정하였다. 그리고 만물이 하나로 연결되어 있다는 물아일체의 근거로서 이(理)를 제시하였다. 자연과 하나 된 물아일체의 정신경계를 체득한 시인은 좌망(坐忘)이나 망형(忘形), 마른 나무의 그루터기, 무우의 고사 등을 통해 그 즐거움을 시화(詩化)하고 있었다. 특히, 무우의 고사는, 증점이 가야금을 타면서 나타냈던 가장 큰 즐거움은 천지자연과 조화를 함께 한다는 것이며, 이는 바로 개인의 정신이 최고의 예술경계 속에 깊이 침잠하여 녹아들 때 생기는 '물아합일(物我合一)', '물아양망(物我兩忘)' 같은 말로 서술할 수 있는 정신으로서, 목은이 자연을 통해 궁극적으로 지향하는 목표이기도 하였다.

이상과 같은 검토를 통해 목은 자연시에 나타난 자연관과 그 정신적 의미에 대해서 살펴보았다. 본 논문은 성리학적 자연시의 연구로 편중되었다는 한계를 극복하지 못하고 있다. 그러나 성리학이라는 사상이 도가와 불가의 영향아래 잉태되고 발전되었으며, 실제 목은의 경우에 있어서는 이러한 경향이 강하게 나타나고 있었다는 사실은 간과할 수 없었다. 자연을 통해 사무사와 같은 정신을 유추한다거나, 청명한 자연을 통해 심성 수양을 하는 자연관은 도가의 심미정신 위주의 자연관이나 불가의 불법의 광대무변을 강조하는 자연관과 변별되는 자연관인 것이다. 뿐만 아니라 생명의 본질을 인식하고 만물의 이법(理法)이 서로 통하고 있다는 물아일체의 정신경계 등은 전대에 나타나지 않았던 새로운 자연관과 시적 형상화로서, 목은으로부터 성리학적 사유가 반영된 자연시가 천발되고 있었던 것이다. 바로 이 점이 목은 자연시가 지니고 있는 문학사적 의의인 것이다.

이제 고려 후기 목은으로부터 돌출적으로 나타났던 성리학적 자연관과 시적 형상화가 목은 주변의 작가들과 그 이후의 문인들에게 어떤 영향을 주고 있는지 살펴봐야 할 것이다. 이는 추후 과제로 남겨 두기로 한다.

제4장

이집(李集) 시에 있어서
고한(孤閒)의 정서와 시은(市隱)의 추구

1. 이집의 문학적 위상과 특색

본고는 둔촌 이집(1327~1387)의 시세계에 관철되어있는 고한(孤閒)의 정
서와, 귀거래 의식 가운데 하나인 시은(市隱)을 파악하고 그러한 시세계가
표출된 동인과 그 의미가 무엇인지를 고구하고자 한다.

둔촌의 시에 대해 일찍이 하륜(河崙, 1347~1416)은, "꽉 짜이면서 준수하
고 옥을 굴리는 듯하며, 명확함과 유창함이 모두 그 성률 속에 나타나 있
었다."[1]라고 하였고, 성현(成俔, 1439~1504)은 "둔촌선생은 문장으로 세상
에 이름이 나서 사귀는 사람 모두 당시에 영웅호걸이었다."[2]라고 한 바
있다. 이는 둔촌 문학의 빼어남을 언급함과 동시에, 그가 고려 후기 문단
의 중요한 인물임을 언급한 말이다.

하지만 이러한 선현들의 칭송과는 걸맞지 않게, 그에 대한 문학 연구는

---

1) 『村雜詠』, 「序文」, 『叢刊』 3. (이하 같은 책이므로 생략하여 면수만을 표기한다.)
2) 『慵齋叢話』 卷9.

여전히 소원한 편이라 할 수 있다.3) 이는 현전하는 작품이 많지 않고, 다양한 소재나 장르 역시 보이지 않는 것이 하나의 이유로 작용했을 것이다. 본고는 기존의 연구 성과를 바탕으로 좀 더 세밀하게 이집 시에 관류하는 고한의 정서와 언뜻 보면 비슷해 보이지만 다소 다른 귀거래 의식에 초점을 맞춰 연구를 진행하고자 한다.

이를테면, "가을바람도 쓸쓸하기 짝이 없는데, 세상일은 쉽게 어긋나기만 하구나."4), "시골로 다시 오니 뉘와 함께 벗하랴, 자연을 벗 삼음이 이게 나의 생애로다"5)라고 한 것을 보면 고한의 정서가 잘 드러나 있으며 귀거래 의식 또한 쉽게 읽을 수 있다. 그러나 "유랑해 온 헛된 자취 기러기와 도리어 같고, 강개한 슬픈 노래는 농어 때문은 아니라네."6), "이별하는 정자에서 한잔 술 또 마시게 되었으니, 그대여 부디 굴원의 '성(醒)' 일랑은 배우지 마시오."7)처럼 그의 귀거래 의식이 도연명의 진은(眞隱)이나 고려 후기 문인들에게 쉽게 보이는 환은(宦隱)의 방식과는 다른 양상을 취하고 있음을 확인할 수 있다.

본고는 이와 같은 문제의식을 기저로, 둔촌 시에 있어서 관철되고 있는 고한의 정서에 대하여 왜 그러한 시세계가 주를 이루고 있는지에 대한 동인과, 다른 한 축을 담당하고 있는 귀거래 의식이 다른 문인들과 어떠한 차이가 있는지 밝히고자 한다.

---

3) 둔촌에 대한 논문은 임종욱(1988), 김정인(1995), 여운필(1996), 박동환(2002), 하정승(2002), 최광범(2005) 등이 있으며, 김은미(1995), 서은영(1995), 정도상(1995), 이희영(2008) 등의 석사논문이 있다.
4) 上揭書, 350面「病中書懷」"秋風又蕭瑟, 世事易蹉跎."
5) 上揭書, 352面.「寄陶隱」"却到江湖誰與友, 白鷗煙月是生涯."
6) 上揭書, 351面.「立秋日寄陶隱」"流離浪迹還同雁, 慷慨悲歌不爲鱸."
7) 上揭書, 340面.「廣陵別鄭三峯 兼寄中原崔全州」"且飮離亭一杯酒, 勸君莫學屈原醒."

2. 고한의 정서와 그 대내외적 제요소

둔촌의 시를 보면 맑거나, 밝고 환한 심상을 찾아보기 어렵다. 반대로 어둡고 우울하며, 고독한 심사를 표출한 시가 많다. 심지어 자괴감마저 읽히는 구절이 많다. 이를테면, "병든 이 오직 아는 건 한 언덕이나 지키는 일, 세간의 영욕이야 뜬구름과도 같은 것."8), "늙어 가니 걸음걸이는 점차 비틀비틀, 행동거지는 도리어 상갓집의 개와 같다네."9)와 같은 구절들이 그러하다. 이처럼 둔촌의 시에서 흔히 볼 수 있는 심상에 대해 우선 자세히 들여다보고, 그러한 시가 왜 창작되었는지 그 동인에 대해 확인하기 위해 교유시 가운데 한 작품을 살펴보기로 하겠다.

도은에게 부치다

쇠약한 몸 억지로 일으켜 서울에 들어와
교유한 이들 만나보니 역시 자랑할 만해
남은 다른 이들 모두다 이미 배반했는데
그대만은 나를 살펴주니 다시 무엇 더하리오
등불 켜고 원공의 탑상에서 옛일 얘기했고
술잔 들고 포은 집에서 정담도 나눴었지
강호로 돌아가면 그 누구와 벗을 할까
갈매기와 안개 낀 달만이 나의 삶이로다10)

증별과 수화(酬和), 이른바 교유시라 불리는 장르는 한시 전통에서 가장 흔한 양상이자 내용 가운데 하나다. 하지만 둔촌 시에서의 교유시는 상당

---

8) 上揭書, 339面. 「寄圃隱」 "病客唯知守一丘, 世間榮辱等雲浮."
9) 上揭書, 340面. 「自貽」 "老來步步漸欹斜, 行止還如狗喪家."
10) 上揭書, 352面. 「寄陶隱」 "强扶衰憊入京華, 謁見交遊亦可誇. 餘子從他皆已背, 唯君顧我更無加. 挑燈話舊圓公榻, 把酒論情圃隱家. 却到江湖誰與友, 白鷗煙月是生涯."

히 많은 양을 차지할 뿐 아니라 내용상 중요하다.

『둔촌잡영(遁村雜詠)』은 간기(簡寄)로 편명을 시작하여, 두 번째가 수화(酬和)인데 현전하는 3권 가운데 1권을 이 부분이 차지하고 있다. 또한 2권에 절서(節序), 심방(尋訪), 송별 등의 편을 두었으나 여기에도 기증시가 많은 양을 차지하고 있다. 물론 이지직(李之直)이 1410년 공주에서 처음으로 간행한 초간본이 현전하고 있지 않아 『둔촌잡영』의 완전한 형태를 알 수는 없지만, 현전하는 작품으로만 보면 대부분 기증시나 차운시로서 목은과 포은, 도은, 척약재, 삼봉과 주고받은 시이다. 따라서 둔촌의 교유시를 잘 살피는 것은 다른 문인들과는 다르게 그의 시세계를 이해하는 데 있어서 중요한 단서를 제공해 준다.

인용된 작품은 그 가운데 하나로, 도은에게 현재 자신의 모습과 심사를 표현하여 부친 시이다. 수련의 '쇠비(衰憊)'는 현재 작자 자신의 모습을 잘 표현하고 있는 시어이며, 함련의 '개이배(皆己背)'는 자신을 둘러싼 상황을 직접적으로 표현한 글이다.

둔촌은 1355년(공민왕 4) 예부시 병과에 급제한 이후 그가 공부했던 경세제민의 포부를 실천하고자 하였으나, 1367년(공민왕 17), 둔촌의 나이 42세에 신돈을 논죄한 일로 화를 입게 된다. 그러자 부친과 함께 경상도 영천에 피신하여 최원도(崔元道) 집에 우거한다. 당시 둔촌뿐 아니라 정추(鄭樞, 1333~1382)와 이존오(李存吾, 1341~1371) 역시 소를 올려 신돈을 책망하다가 좌천되기도 하였는데[11] 함련은 이를 두고 한 말이다.

경련은 당시 교유했던 사람들을 회상하며 그리움을 표현한 구절이며, 미련은 외로운 자신의 신세를 토로한 시구이다. 특히 흰 갈매기와 안개 낀 달만이 삶의 전부로 인식하는 구절에 이르러 그의 외로움은 절정에 이

---

11) 『高麗史』卷41, 左司議大夫鄭樞右正言李存吾上疏論辛旽, 王大怒, 貶樞爲東萊縣令, 存吾爲長沙監務.

른다.

이러한 시적 구도는 그가 즐겨 사용하던 방식인데, 특히 교유시에서 가장 많이 쓰이는 수사 가운데 하나다. 그가, "그대들 다시 생각이 나, 서쪽을 바라보니 길만 아득하여라."12), "가난 싫고 부귀를 얻고자 함은 인지상정이요, 친구들이 늙은 나 버림을 괴이하다 하겠는가."13), "늙어가니 친구들도 왕래조차 없어지고, 살면서 좋은 외포 풀 곳조차 없구나"14) 등은 모두 끊어진 교유에 대해 안타까운 심사를 토로한 구절이다.

이처럼 고독함과 외로움이 둔촌 시의 한 축이라면, 한가로움에 대한 추구 역시 이와 대등한 중심축이라 할 수 있다.

야당에게 드리다

세상 명예와 이곳 속에서
거마 북적이지만 나는 가난하다네
연일창 앞에서 약물이나 기다리고
첨성대 곁에서 소나무 바람소리 듣네
가을 되니 머리 짧아지나 시가 고와지고
병든 몸 쇠한 얼굴은 술 때문에 붉어지네
어젯밤 꿈에 강가의 집에 돌아와
저녁에는 한가로이 낚시하며 지낸다오15)

'세상 명예와 이곳 속에서'와 '거마 북적이지만'으로 시작된 작품은 '어젯밤 꿈에 강가의 집에 돌아와'와 '저녁에는 한가로이 낚시하며 지낸다오'라는 정반대 상황을 묘사하여 작품을 끝맺음으로써 작가의 의도를

---

12) 上揭書, 356面. 「奉寄京華故舊」 "相思二三子, 西望路悠悠."
13) 上揭書, 349面. 「寄同年崔散騎」 "厭貧求富是人情, 何怪交游棄老生."
14) 上揭書, 440面. 「贈金敬之」 "老去交遊莫往來, 人生無處好懷開."
15) 上揭書, 353面. 「呈埜堂」 "世間名利有無中, 車馬紛紛我屢空. 曦日牕前須藥物, 瞻星臺畔聽松風. 秋來短髮詩添白, 病裡衰顔酒借紅. 昨夜夢歸江上宅, 夕陽閑卷釣魚筒."

충분히 전달한, 즉 한가로운 강호의 생활이라는 주제의식이 잘 드러난 작품이다.

우선 서두를 살펴보면 세상 사람들은 명예와 이끗을 추구하지만 자신은 가난하게 살고 있음을 말한다. 하지만 '빈(貧)'이나 '한(寒)' 같은 시어를 선택하지 않고 '누공(屢空)'을 쓴 것으로 보면 단순히 가난한 삶을 말하기보다 안연(顏淵)처럼 안빈낙도의 높은 정신경계를 지향하고자 했던 작가의 의도도 읽을 수 있다. 다음 연의 '약물(藥物)'과 '송풍(松風)'은 인위적인 것과 자연적인 것을 대비시켜 힘든 자신의 몸을 자연과 함께 하겠다는 다짐을 의미한다.

후반부에 들어 시는 자연에서의 즐거운 삶의 모습이 어떠한가로 바뀐다. 비록 나이를 먹어 한두 해 지날 때마다 머리는 짧아지지만, 짓는 시마다 고와진다고 하여 '첨백(添白)'이라 하였다. 여기서 백은 순백의 뜻으로 순수함과 고결함을 상징한다. 그간 관료 생활의 고달픔, 심신의 피폐함을 떨쳐내고자 하는 바람이 담겨 있다. 이러한 바람은 마지막 '한(閑)'과 조응하여 만년에 지향하고픈 삶의 자세를 드러낸다. 시 전체적인 분위기도 한가로움을 자아내고 있지만 직접적인 시어를 사용함으로써 주제의식을 표출하고 있는 것이다.

그가, "인간세상의 풍파는 부침도 잦은데, 어느새 쉰둘의 나이가 되었구려. 지는 해 기러기 소리에 강촌은 저무는데, 한가히 신시 읊으며 다락에 기대섰네."[16), "세간의 부귀는 뜬구름과 같은 것, 한가로운 삶에 오만함 부쳐 몰래 가을을 보내네. 낮잠 깰 때 똑똑 소리 들리더니, 온 산 단풍 들고 누런 잎 서재에 떨어지네."[17)와 같은 작품들은 모두 한가로운

---

16) 上揭書, 340面.「贈金敬之」"老去交遊莫往來, 人生無處好懷開. 勝山南畔知音在, 白首相尋得幾回."

17) 上揭書, 337面.「次牧隱先生見寄詩韻」"世間富貴等雲浮, 寄傲閑居穩送秋. 午睡覺來聞剝喙, 滿山黃葉下書樓"

정서를 읊은 것으로 만년에 벼슬에서 물러나 한가로운 삶을 지향한 작품들이다.

그렇다면 이러한 고독함과 한가로움의 정서가 둔촌 시의 주축이 되는데, 그 동인이 무엇인지 작품을 통해 하나씩 살펴보기로 하겠다.

목은 선생께 삼가 부치다

왜놈들 멀리 내달려 몇 고을이나 휩쓸었던가
한강 이남은 어딜 가나 머무를 곳 없네
천령 강상의 승창 가에서
앓아누워 산만 보고 또 한 해를 보내네[18]

시인이 내면을 함축하여 작품성 있는 시를 창작하기도 하지만, 인용된 작품처럼 시라는 장르를 활용하여 일기처럼 묘사한 경우도 많다. 둔촌의 작품에는 유독 이와 같은 작품이 상당량 있는데, 이는 둔촌이 살았던 당시 대내외적으로 혼란한 시기, 즉 홍건적의 난을 비롯하여 잦은 왜구의 침입, 공민왕 시해 사건 등이 있었기에 그에 따른 문학적 형상화 방식으로 이해하면 될 것이다.

우선 제목을 살펴보면, 둔촌이 목은과 교유했음을 알 수 있는데, 목은은 「둔촌기(遁村記)」와 「호연자명(浩然字銘)」, 「이씨삼자명자설(李氏三子名字說)」 등을 지어 줄 정도로 둔촌과 돈독한 사이였다. 또한 둔촌은 병들고 지친 자신을 위로해 주는 이는 오로지 목은이라고 말할 정도로 신뢰하였다.[19]

시의 전반부에서는 당시 혼란한 상황을 설명하고 있다. 우선 작가는

---

18) 上揭書, 335面. 「奉寄牧隱先生」 "倭騎長驅耗幾州, 漢南無處可淹留. 川寧江上僧牕畔, 臥病看山又一秋."
19) 上揭書, 341面. 「寄呈牧隱」 "只応牧老知蕭索.數寄新詩慰病懷".

'왜(倭)' 자를 선택하여 직접적인 침입에 대해 언급하고 있으며, '기(騎)'와 '구(驅)'를 통해 상황을 생생하게 묘사하고 있고, 마지막으로 '모기주(耗幾 州)'라는 시어를 사용함으로써 그들의 행위에 대해 비판하고 있다. 기구가 왜구 즉 타인의 행위라면, 승구는 이에 따른 자신의 행위이다. 다시 말해 한강 이남은 어디를 가나 왜구의 침입이 있으니 이곳을 피해야 한다는 의지를 내비치고 있다.

후반부에서는 앞서 보인 혼란기로 인한 부득이한 자신의 처지를 읊고 있다. 구체적인 장소인 '천령'이 등장한 것으로 보아 이 작품의 창작 연대가 1380년(우왕 6) 이후라는 것을 알 수 있다. 실제 둔촌은 54세에 천령(현 천안)에 기거하였다.20) 마지막으로 작가는 병든 몸을 연명하며 산만 바라보며 시간을 보내고 있음을 탄식하면서 글을 맺는다.

다소 상투적으로 보이는 수사와 내용이지만, 여기에는 작가가 인식하고 있는 상황과 자신의 심사가 그대로 투영되고 있다. 즉 왜구의 침입으로 인한 당시 상황과 어긋난 세사로 인한 병, 그리고 무료하게 보내고 있는 만년의 생활상이 바로 그것이다.

이로 본다면 둔촌의 시세계에 있어 암울한 심사의 1차적 요인을 우리는 전쟁에서 찾을 수 있다. 그가 "여름부터 가을까지 전쟁은 그치지 않고, 관군은 적을 깔보며 부질없는 자랑질만 하네."21), "도적들이 더욱 깊이 침범해 와서, 토민들 이 때문에 뿔뿔이 고향을 떠났다네."22), "원융은 동수 서정하면서, 황량한 옛 철성까지 들어왔노라."23)와 같이 끊임없이 적의 침입을 노래한 것은 모두 전쟁으로 인한 울분을 표출한 구절들이다.

---

20) 上揭書, 335面.「敍懷四絶 奉寄宗工鄭相國」라는 작품을 보면, "時避海寇, 寓川寧道美寺作." 라는 주석이 있다.
21) 上揭書, 351面.「病中寄敬之」"自夏及秋征不止, 官軍驕敵謾雄誇."
22) 上揭書, 353面.「贈交州李按廉」"海寇邐來寀入阻, 土人從此各離鄕."
23) 上揭書, 354面.「固城感懷二首 時從埜隱幕」"元戎東狩夏西征, 寀入荒涼古鐵城."

실제 1359년과 1361년 두 차례에 걸친 홍건적의 침입이라든지 1377년
과 1379년 등에 걸친 왜구의 침입 등 둔촌이 살던 시기에 전쟁은 끊이지
않고 있었다. 이러한 상황 속에서 위와 같은 시세계는 어쩌면 당연한 것
이다. 이상이 대외적인 상황이라면 대내적 혼란 역시 둔촌 시세계를 형성
하는 중요한 작품들이다.

도은 간의의 방문에 기뻐

도성 거리에서 책건도 하였지만
진정 훗날에는 호연이 되었지
비록 밝은 군주에게 버림받았을지라도
오히려 고인들의 동정은 얻었지
여관에서 술잔 나누며 취해도 봤고
숙직하며 이불을 함께 덮고 잠도 잤었지
무단히 사귀는 도가 깊어져서
언제부터인지 망년의 나이 되었네[24]

굴곡이 심한 둔촌의 생애를 한눈에 잘 볼 수 있는 작품이다. 수련부터
살펴보면 '책건(策蹇)'이라는 시어에서 알 수 있듯 순탄치 않았던 벼슬길
과 겸손한 삶의 자세를 읽을 수 있다. 전언한 것처럼 둔촌은 29세의 나이
에 예부시에 합격하여 그간 공부했던 경세제민의 포부를 실천하고자 하
였다. 자신의 능력을 '책건'이라는 시어에 빗댐으로써 한발 물러난 선비
의 겸손한 모습을 표현하고 있다.

하지만 수련의 대구에서 보듯 훗날 '호연'으로 자를 삼음으로써 은거자
의 길을 걷게 된다. 1371년(공민왕 20) 겨울, 신돈이 축출되자 개성으로 돌

---

24) 上揭書, 359面.「謝陶隱諫議見訪」"策蹇京華路, 眞爲後浩然. 雖云明主棄, 猶得故人憐. 旅舍含
杯醉, 直廬共被眠. 無端交道熟, 不覺到忘年."

아와 용수산 아래에 기거하며 이름을 '집(集)'으로 고치고 자를 호연(浩然), 호를 둔촌(遁村)으로 삼았다.25) 그가 "벼슬길 높고 험하여 태행산과 비슷하다 하니, 수레바퀴 쉬이 꺾이는 것을 이 눈으로 보았다네."26)라고 한 것을 보면 둔촌의 관료생활이 순탄하지만은 않았음을 쉽게 알 수 있다. 주목할 점은 함련에서 군주에게 버림받은 사실을 직접 거론하고 있는 부분이다. 이처럼 대내적인 정권의 불안정은 그로 하여금 은둔자를 만들었으며, 이러한 심사가 그의 시세계에 녹아들고 있는 것이다.

한편 작가는 열악한 상황, 즉 군주에게 버림은 받았지만 고인들의 동정은 얻었다며 스스로를 위안하고 있다. 이러한 결과물로 그는 많은 사람들과 교유할 수 있었고, 사귀는 도가 돈독해졌음에 만족하며 글을 마친다. 이러한 친분과 교유가 깊었기에 그의 시에는 이에 대한 아쉬움과 더불어 상대적인 고독함이 산재한다. 이는 전쟁과 내란으로 인한 외적인 환경보다는 내적 자아의식으로서 보이는 시세계로 또 다른 면모인 것이다.

병중에 회포를 적다

늙어 가니 가난에 병마저 들고
근심 생기니 슬픈 마음과 노래뿐
가을바람조차 소슬하게 느껴지니
세상일은 쉽게도 어긋나는구나27)

앞선 작품들에게서 보이는 외적 요소인 전쟁과 내란이 둔촌 심사에 큰 영향을 주었다면 이로 인한 심리적인 불안, 즉 세상과 맞지 않는 자아의

---

25) 上揭書, 367面. 「送李浩然赴合浦幕序 陶隱」 "身者, 名所寄也, 而今再初矣. 名獨可以仍舊乎. 吾名元齡, 今改以集, 字浩然, 吾子其著名字序, 予諾之, 不卽爲也."
26) 上揭書, 352面. 「杏村書事」 "宦路崢嶸幾太行, 眼看車轂易摧傷."
27) 上揭書, 350面. 「病中書懷」 "老去貧兼病, 憂來悲且歌. 秋風又蕭瑟, 世事易蹉跎."

모습을 잘 묘사한 작품이다. 시 전체에 사용된 시어들, '노(老), 빈(貧), 병(病), 우(憂), 비(悲), 추풍(秋風), 소슬(蕭瑟), 차타(蹉跎)'만으로도 충분히 이러한 심상을 읽을 수 있다.

특히 결구에서 세상일이 자신과 맞지 않다는 표현은 이 작품 외에 박통헌에게 드리는 시에서 "세월은 기다려 주지 않으며, 세상일은 어긋나기 쉬운 것일세."28)라고 하여 똑같은 구절을 다시 사용하며 강조하는데, 이로 보면 세상과 맞지 않는 자신을 인지하고 귀거래를 지향한 것으로 보인다. 또 "노쇠한 나는 인간세에 맞지 않으니, 아무래도 방공 따라 녹문산에나 들어가야겠네"29), "내게는 한 말의 술도 있고, 용수산의 가을빛 곱기만 하네. 세월은 빌릴 수 있는 것도 아닌데, 세상일은 자꾸만 어긋나기 일쑤로다."30)라고 노래한 바 있는데, 모두 인간 세상과 맞지 않는 자신을 표현, 그리고 은둔 지향에 대한 모습이다.

주지하듯 녹문산은 한(漢)나라 말엽 방덕공(龐德公)이 처자를 거느리고 그곳에 올라가 약을 캐며 돌아오지 않았다 하여 은거지의 대명사로 쓰이며, 후자의 용수산은 전언한 것처럼 개성에 있는 것으로 1371년(공민왕 20)에 신돈이 축출되자 둔촌은 이로 돌아와 이름을 고치고 자를 호연, 호를 둔촌으로 삼은 곳이다. 이로써 그는 환로(宦路)에서 벗어나 은둔의 길을 선택하며 그의 문학론 및 작품관도 현저히 바뀐다.

---

28) 上揭書, 350面.「贈朴通憲」"歲月不相貸, 世事易蹉跎."
29) 上揭書, 345面.「次陶隱詩韻」"吾衰不合人間世, 要與龐公入鹿門."
30) 上揭書, 350面.「贈朴通憲」"我有一斗酒, 龍首秋光多. 歲月不相貸, 世事易蹉跎."

3. 둔세(遁世)와 시은(市隱)의 추구와 그 의미

둔촌은 일찍이 계림군에게, "뻔뻔스럽게 세상을 사는 것이 어찌 천성이리오, 벼슬을 돌려주고 한적함을 취한 것은 잘한 일이라."[31]라고 말하며 환로에서 벗어난 선택에 대해 조금의 후회도 없음을 말한 바 있다. 대개 한시가 내면의 정서를 함축하여 언외지의(言外之意)로 남긴다면, 이는 강개한 자신의 울분과 좋은 선택이 용수철처럼 튕겨 직설적으로 표출한 구절로 강한 인상을 주는 시구이다. 둔촌의 한적함을 취한다는 말은 어떤 의미로 쓰이고 있으며 귀거래 지향이 어떤 의미인지 살펴보기로 하겠다.

> **양헌에게 드리다 −세 번째 수**
>
> 한 굽이 강 마을에 세상 티끌은 없고
> 사립문은 적적하여 다니는 사람 적지
> 늙고 병든 몸 의지할 벗 없다 말 마소
> 벌써 어초들과 어울려 이웃했으니[32]

강촌(江村)과 세진(世塵) 사이에 '격(隔)' 자를 놓고, 시형(柴荊)과 행인(行人) 사이에 놓인 '소(少)' 자를 놓음으로써 한적함과 은둔자로서의 모습을 잘 표현한 작품이다.

문면만을 보면 병들고 힘없는 노인이 어초들과 어울리는 다소 생동감 있는 모습으로 보일 수 있지만, 둔촌의 작품을 읽다보면 이러한 이미지는 슬픈 이미지의 역설일 뿐 즐겁게 즐기며 사는 모습이 아니다. 왜냐하면 그의 시에 등장하는 어초들과 전원생활의 모습들이 모두 슬픈 모습으로

---

31) 上揭書, 338面.「寄呈鷄林君」"强顔於世豈天然, 還笏求閑也自賢."
32) 上揭書, 341面.「贈陽軒 其三」"一曲江村隔世塵, 柴荊寂寂少行人. 莫言老病無朋援, 已與漁樵共卜鄰."

그려지기 때문이다.33) 그렇기에 그의 시에는 세상과 어긋남, 단절 등이 많은 주제로 쓰인다.

다시 앞의 운자를 써서

병에 누우니 쑥대 풀은 쓸쓸한 집에 가득하고
곤궁함이 원헌 같아 먹을 것이 없구나
쇠약한 몸 일으켜서 장차 어디 간단 말인가
세상만사 나는 지금 이미 모두 잊었노라34)

둔촌의 시세계에 있어서 가장 많은 주제와 내용이 바로 인용된 시와 같다. '와병(臥病)'은 시인의 현재 자신의 몸상태요, '봉호만삭거(蓬蒿滿索居)'는 현재 자신의 거주지의 모습이다. 이러한 자신의 모습을 원헌에 비겼다. 주지하듯 원헌은 춘추 시대 노나라 사람으로 자가 자사이며 공자의 제자로 유명하다. 그는 너무 가난하여 토담집에 거적을 치고 깨진 독으로 구멍을 내서 문을 삼았는데, 지붕이 새어 축축한 방에서 바르게 앉아 금슬을 연주하였다 한다. 가난한 삶을 공자의 제자로 비긴 것이 흥미롭긴 하지만, 원헌의 안빈낙도와는 다른 그저 가난한 삶을 언급한 구절로 봐야 한다.

다음 구절의 '쇠비'라는 시어는 앞서 쓴 '와병'의 다른 표현일 뿐 같은 말이다. 이처럼 둔촌의 시에 유독 병든 자신을 언급한 구절이 많은데 이를테면, "병위에 병이 더쳐 우의 덮고 누웠는데, 문병하러 판지문 두드린 사람 하나 없구나. 적막한 게 어가를 알아들을 이 아무도 없어서, 강두에는 조용히 낚싯배만 돌아오고 있나보다.35)"라고 한 시구들이 많은 것을

---

33) 上揭書, 356面. 대표적인 작품으로는 「城南村舍書懷 四首 錄呈霽亭 重九日」이 있다.
34) 上揭書. 348面. 「夏賦前韻」 "臥病蓬蒿滿索居, 固窮原憲食無餘. 强扶衰儜將安往, 事吾今已掃除."

보면 실제 몸 상태가 여의치 않았음을 알 수 있다. 대개 한시의 전통 특성상 관료 생활의 힘듦, 가정 경제의 불안정 등으로 인하여 병든 몸을 흔히 사용하는 것과는 다른 양상으로, 둔촌의 실제 모습과 이것이 문학적 형상화로 표현된 것이다. 하지만 "새로 지은 시 두세 번 읊었더니, 앓던 두풍이 모두 다 나았네."[36]라고 한 것을 보면 역시 문인으로서의 기질과 천성이 있었음을 알 수 있다.

성남 촌사에서 심회를 적은 네 수를 제정에게 적어 보내다 −두 번째 수

마을 이름을 기곡이라 부르며
강산 모두 그대와 같이 하지
천명을 즐기면서 진정 도를 얻었고
세상 피해 살며 형체조차 잊었네
나 자신을 돌아보니 머리가 흰데
오직 그대만이 여전히 청안이구나
이웃하며 살자 일찍이 기약했으니
같이 늙으매 남은 날을 보내보세[37]

제정에게 올린 시이기는 하지만 주제와 내용, 표현 모두 결국 자신이 추구하는 지향점이라는 것을 쉽게 알 수 있다. 자연과 함께하는 모습, 천명을 즐기며 도를 얻음, 세상을 피해 살면서 형체를 잊음, 백발이지만 청안으로의 삶 등 수련부터 경련에 이르기까지의 모습은 결국 자신이 추구하고자 하는 모습으로 해석할 수 있다.

여기에서 작가가 지목하는 자안(字眼)은 단연 '낙천(樂天)'과 '망형(忘形)'

---

35) 上揭書, 338面. 「寄敬之」 "病中加病臥牛衣, 問疾無人扣板扉. 寂寞歌魚誰解聽, 江頭空見釣船歸."

36) 上揭書, 360面. 「夏用前韻 呈諸君子」 "新詩再三讀, 令我愈頭風."

37) 上揭書, 356面. 「城南村舍書懷 四首 錄呈霽亭 重九日」 "洞府稱箕谷, 江山共霽亭. 樂天眞得道, 遯世已忘形. 顧我頭將白, 唯公眼尙靑. 卜隣曾有約, 偕老送餘齡."

에 있다. 천명을 즐기며 살겠다는 마음은 말할 것도 없고, 앞서 인용되었
던 '세사오금이소제(世事吾今已掃除)'라는 시구가 단순히 세상과의 단절을
의미하는 것이 아니라 둔세 이후 '망형'을 하며 살겠다는 궁극적 추구임
을 알 수 있다. 이 '형체를 잊는다[忘形]'는 말은『장자』에 어원을 둔 것으
로, 자연과 하나 되어 자신의 형체마저도 잊었다는 의미이다. 이러한 표
현을 쓴 것을 보면 둔촌의 사상은 유가에 근본을 두기는 했으나 무척 자
유로웠음을 알 수 있다.

당연히 성리학이라는 사상이 유가를 모태로 도가와 불가의 종합된 기
초 위에서 잉태되고 발전되어 왔음은 말할 것도 없지만 이러한 시어를 두
고 성리학에 대해 언급하기에는 무리가 있다. 그것은 둔촌이 성리학에 대
해 직간접적으로 말한 기록도 없고 다른 문인을 통해 언급된 글도 없기
때문이다.

또 둔촌이 "용수산 앞쪽 동원 서편에, 앞으로 살아갈 조용한 거처를 마
련했다네. 향산거사는 몹시도 비웃겠지, 늙어가지고 구구하게 불서나 배
우려 한다고."38)라고 한 것을 봐도, 그가 도가뿐 아니라 불가에 이르기까
지 폭넓게 공부한 것을 알 수 있다.

하지만 이러한 폭넓은 공부에 비해 그가 할 수 있는 일은 그리 많지
않았고 앞서 살펴본 것처럼 전쟁과 내란, 잦은 질병, 현실에 대한 괴리감
등으로 인하여 귀거래 할 수밖에 없었다. 따라서 둔촌이 앞서 사용한 시
어 '망형'은 자연과 하나 된 고도의 정신경계를 말하는 본의에서 약간 비
낀 '둔세'를 의미하는 표현으로 썼으며, 유가사상에서 말하는 안빈낙도의
정신을 실천하기보다는 현실을 직시한 삶의 태도를 보인 것이다. 그가
"가난한 살림이 옛 은거는 아닌데, 이 강가에서 늙음을 보내게 되었구

---

38) 上揭書, 346面.「九日敍懷 三首 呈牧隱」"龍首山前東院西, 已將生計結安居. 香山居士眞堪笑,
晚歲區區學仏書."

나."39)라고 한 것을 보면 역시 전원에서의 삶, 은거의 생활과 가난은 별 개의 문제로 봤다. 따라서 그가 지향한 귀거래는 당대 교유했던 목은과 도은의 귀거래 지향과는 다르며, 도연명의 진은(眞隱)과도 다른 층위인 것 이다.

성남 촌사에서 심회를 적은 네 수를 제정에게 적어 보내다 –세 번째 수

농촌 생활이 어찌 즐겁다 하리오
왔다 갔다 하면서 그럭저럭 살지
초가집은 산 밑에 희게 보이고
관솔불은 비 사이로 밝게 보인다
어초들은 서로 해맑게 웃고
동복들 역시 환영해 주네
노비들이 죽 먹으라 권하니
슬프구나 시골 정이라는 게40)

첫 구절부터 전원의 아름답고 여유로운 모습을 과감히 탈피하고 있다. 전원생활이 즐겁지 않음을 설의법을 통해 한탄하고 있는 것이다. 이러한 태도는 다음 구절의 왕래하며 삶만을 영위하고 있다는 말과 조응하여 전 원생활의 현실, 실제 생활과 작가의 대하는 태도를 잘 반영하고 있다.

수련의 비관적인 태도는 함련과 경련에서 다소 밝은 이미지로 그려지 고 있으나 곧 미련의 '가련(可憐)'으로 이어지는 것으로 보아 크게 달라지 고 있지는 않다. 즉 산 아래 밝게 비치는 초가집, 비 사이 밝게 보이는 관솔불, 해맑게 웃어주며 어초들과 즐거이 맞아주는 동복들의 모습은 귀 전원 시 느낄 수 있는 여유롭고 한가한 모습들이다. 하지만 전원생활이라

---

39) 上揭書, 356面. 「杏村病中書事」 "貧居非舊隱, 送老此江邊."
40) 上揭書, 356面. 「城南村舍書懷 四首 錄呈霽亭 重九日」 "田家豈云樂, 來往爲營生. 茅屋山前 白, 松灯雨外明. 漁樵相解笑, 僮僕亦歡迎. 老婢勸饐粥, 可憐丘壑情."

는 게 경제적으로 풍요롭지 않음을 증명이라도 하듯 노비들은 죽 먹기를
권하는 것이 현실이다. 그렇기에 작가는 시골에서의 삶이라는 것이 안타
깝고 슬프다는 것으로 작품을 끝맺는다.

인용된 시와 같은 내용의 작품은, 그가 1379년(우왕5) 9월 16일 눈이 내
리는 가운데 회포를 푼 작품에서, "갈보리며 콩과 조는 밭두둑에 가득한
데 어느 겨를에 걷어들까, 현관(縣官)의 조세 독촉만 바야흐로 급하구나.
삼 년 동안 흉년 들어 백성들은 끼니도 못 잇는데, 또다시 이 지경에 이
르다니 참으로 가엾기도 하여라."41)라고 하여 백성들의 고통에 대해 언
급하기도 하였는데, 고려 후기 사대부 문학에서 흔히 볼 수 있는 애민시
이지만 둔촌의 작품에서는 위에 언급한 두 작품 외에 몇 수 되지 않는다.
이는 고려 후기 근재(謹齋)의 풍속의 바른 것과 그른 것, 백성의 기쁜 일과
슬픈 일에 관한 것이 대부분이었다는 점과,42) 가정(稼亭)과 목은(牧隱)의 수
많은 애민시(愛民詩)와는 또 다른 양상인 것이다.43)

가을 심회를 적다

가을 소리 우수수 사람을 놀래키는데
병중에도 유달리 해가 쉽게 지는 줄 알겠도다
바람 부는 숲을 바라보며 비단 잎새 가엾어하고
국화 길을 찾아가 금빛 꽃송이 꺾어도 보네
구슬픈 벌레 소리 으슥한 방에 울리고
외로운 기러기 울면서 해 저문 모래에 내리네
나그네 오래인데 어찌 돌아가지 못하는가
서쪽으로 고산 바라보면 길도 멀지 않은데44)

---

41) 上揭書, 350面.「己未九月十六日 雪中書懷」"菽粟盈疇何暇收, 縣官租稅方急索. 三年不熟民
　　艱食, 又至於此眞可惜."
42) 『關東瓦注』,「序文」, "其感憤之作, 關乎風俗之得失, 生民之休戚者, 十篇而九, 讀之使人慘
　　然."『叢刊』2, 451面.
43) 姜東錫(2007, 2011).

인용된 작품의 전작이 정묘년(1387)으로 기재되어 있고, 후작이 병인년(1386)으로 기재되어 있기 때문에, 이 시는 둔촌의 나이 73세 전후에나 지은 것으로 추측된다. 따라서 거의 만년 가운데에서도 영면 전의 작품이라는 것을 알 수 있다.

이 작품에는 둔촌이 지닌 고한의 정서를 비롯하여 귀거래의 갈등 등이 잘 드러나 있다. 우선 주목되는 것은 그가 젊었을 때 지은 고독함과는 또 다른 고독함이라는 것을 알 수 있다. 특히 소슬한 가을, 가엾은 잎새, 구슬픈 벌레 소리, 외로운 기러기 등은 작가가 죽음을 예견한 듯 지은 것으로도 해석된다.

문제는 미련의 '호위귀부득(胡爲歸不得)' 시구이다. 도연명의 「귀거래사」의 '호불귀'를 변개하여 자신의 심사를 곧 말한 것으로 귀거래 할 수 없음을 말하고 있다. 이러한 그의 태도는 한양으로 가는 도중에 지은 시에서 "머리 돌려 송산 밑 바라보니, 임금 계신 궁궐문 생각 속에 아득하네."[45]라고 했으니 오히려 어느 때이고 벼슬에 나갈 것이라는 의사를 표명하고 있는 것으로 보인다.

하지만 앞서 인용된 작품에서와 같이 한적함을 추구하고 귀거래를 노래한 시를 비롯하여, "어느 사람 오호에 치이자 뒤를 이을는지, 나는야 동해의 관유안 따르리라.[46]"라고 한 것을 보면 그의 귀거래 의지는 분명 있었다. '유안'은 관녕의 자이다. 후한 영제 때 피난하여 요동에 이른 뒤 초당을 짓고 은거하면서 여러 차례나 조정의 부름을 받고도 나아가지 않았으며, 항상 오사모(烏紗帽)를 쓰고 목탑에 앉아 고결한 모습을 보였으므로 세상에서 현자로 칭송했다는 고사가 전한다.

---

44) 上揭書, 353面. 「秋懷」 "秋聲摵摵可驚嗟, 病裡偏諳日易斜. 坐看楓林憐錦葉, 去尋菊徑折金葩. 悲蟲唧唧鳴幽室, 斷雁嗷嗷下晚沙. 客久胡爲歸不得, 故山西望路非賒."

45) 上揭書, 356面. 「漢陽途中」 "回首松山下, 君門縹渺中."

46) 上揭書, 345面. 「遣興題龍欒主人壁 二首」 "五湖誰繼鷗夷子, 東海吾從管幼安."

하지만 그가 포은에게 준 시에 "음이 다하고 양이 생겨 세율이 새로우니, 군자의 행도할 때라 짐작되네. 이제부터 나도 관을 털고 가려는데, 주행에는 백발노인 몇 사람이나 있는지."[47]라고 하거나, 최전주에게 주는 시에 "이별하는 정자에서 한잔 술 또 마시게 되었으니, 그대여 부디 굴원의 성(醒)일랑은 배우지 마시오."[48], 또 "병든 후에 남 만나면 늙어 추함 부끄럽고, 꿈속에서 벗 만나면 세상 걱정하는구나. 유랑해 온 헛된 자취 기러기와 도리어 같고, 강개한 슬픈 노래는 농어 때문은 아니라네."[49]라고 한 시구들은 한결같이 그의 귀거래 지향이 진은과 환은이 아닌 시은(市隱)임을 보이는 단서들이다.

둔촌은 시에서 '둔노(遁老)', '둔부(遁夫)' 등 다양하게 자신을 일컬었다. 여기에서 둔(遁)은 지언(知言) 중의 하나인 둔사(遁辭)를 뜻하지만, 도피의 개념으로 사용하지 않았음은 자명하다. 호를 봐도 그러하지만 둔촌의 귀거래 지향은 세상과의 단절도 아니며 환로에서의 귀향을 의미하는 것도 아님을 확인할 수 있다.

4. 시세계의 변천과 동인

본고는 둔촌 이집의 시세계에 관철되어 있는 고한의 정서와 귀거래 의식 가운데 하나인 시은을 파악하고 그러한 시세계가 표출된 동인과 그 의미가 무엇인지를 고구한 글이다. 이상의 논지를 정리하는 것으로 결론을

47) 上揭書, 339面. 「立春日 書懷 (三首) 寄京都故舊」. "陰極陽生歲律新, 故知君子可行辰. 從今我欲彈冠去, 白髮周行有幾人."
48) 上揭書, 340面. 「廣陵別鄭三峯 兼寄中原崔全州」 "且飲離亭一杯酒, 勸君莫學屈原醒"
49) 上揭書, 351面. 「立秋日寄陶隱」 "病後逢人羞老醜, 夢中尋友說艱虞. 流離浪迹還同雁, 慷慨悲歌不爲鱸."

대신하고자 한다.

둔촌의 작품은 기증시나 차운시로서 목은과 포은, 도은, 척약재, 삼봉과 주고받은 글이 대부분이다. 이를 자세히 들여다보면 맑거나, 밝고 환한 심상을 찾아보기 어렵다. 반대로 어둡고 우울하며, 고독한 심사를 표출한 시가 많다. 심지어 자괴감마저 읽히는 구절이 많다. 이러한 시세계의 주요한 동인 가운데 하나가 바로 1359년과 1361년 두 차례에 걸친 홍건적의 침입, 1377년과 1379년 등에 걸친 왜구의 침입 등 끊임없는 전쟁이다. 또 대내적으로 신돈의 월권과 어지러운 국내 정서를 들 수 있는데, 실제 둔촌은 42세에 신돈을 논죄한 일로 화를 입게 된다. 그러자 부친과 함께 경상도 영천에 피신하여 최원도 집에 우거하며 시를 짓는데 당시의 심사가 그의 문집에 고스란히 녹아들어 있다.

한편 1371년(공민왕 20) 겨울, 신돈이 축출되자 둔촌은 개성으로 돌아와 용수산 아래에 기거하며 이름을 '집(集)'으로 고치고 자를 호연, 호를 둔촌으로 삼는다. 둔촌의 시작(詩作)은 이때를 기점으로 다작하게 되는데 여기에 고독함과 한적함이라는 정서가 깊이 드러나고 있다.

아울러 고한의 정서는 귀거래 지향과 밀접한 관련을 지니고 있는데, 둔촌 시의 한 축을 담당하고 있는 것이 바로 이 부분이다. 귀거래 지향이야 사대부뿐 아니라 수많은 문인들에게서 나타나는 흔한 내용인데 반해, 둔촌의 귀거래 지향은 시은이라는 독특한 형태를 취하고 있다. 즉 도연명으로부터 시작된 진은도 아니며, 다른 사대부들에서 보이는 환은의 형태가 아닌 그 중간 형태로써, 혼란한 대내외적 상황과 아픈 몸, 피폐된 정신 등으로 인한 부득이한 귀거래 지향일 뿐 그 안을 들여다보면 사대부로서의 덕목 가운데 하나인 경세제민을 추구하는 모습을 보이고 있다.

제5장

고려후기 희작적 성향의 한시와 그 의미

1. 고려후기 이색적 한시

주지하듯 고려 후기의 문학은 성리학이라는 사상적 유입으로 인해 전기의 문학과는 다른 새 지평을 열었다. 성리학적 관념이 문학에 깊숙이 침투하여 민생에 대한 안녕과 도덕적 덕목들을 구호에 그치지 않고 적극적으로 사회를 개혁하는 도구로 쓰인 것이다.

이를테면 안축(安軸)의 글에는 풍속의 바른 것과 그른 것, 백성의 기쁜 일과 슬픈 일에 관한 것이 열에 아홉의 비중을 차지하고 있어 공리공론보다 민생을 살피는 데에 초점이 있었으며, 이곡(李穀)은 외교문서를 통해 원나라의 고려 동녀징발을 실제로 막아내는 업적을 남기기도 하였다. 이 모두 성리학적 이데올로기가 문학에 반영되어 실제 현실에 깊게 관여한 결과라 할 수 있다.

그런데 이러한 사상으로 무장한 그들의 문학에는 이와 대조적인 작품군을 쉽게 발견할 수 있다. 예를 들면 중국 문인 황정견(黃庭堅)로부터 본격적으로 시작된 연아체 한시가 이곡에 의해서 창작되는가 하면, 그 아들인 이색(李穡)으로부터는 금조(琴操)가 지어진 것이 바로 그것이다.

장르뿐 아니라 내용면에서도 술이나 대나무 등 사물의 의인화 기법이 사용되기 시작하여 고려후기 문학을 살찌우게 하는가 하면, 해학과 기지를 통해 삶의 여유를 마음껏 표출하고 있음을 확인할 수 있다. 장르와 내용 모두 새로운 시도를 한 것들인데 이러한 작품들은 모두 희작적 성향이 짙다는 공통분모를 가지고 있다.

필자는 고려후기 한시에서의 위와 같은 특성에 주목하여 그 현상을 밝히고 그러한 현상이 나타나게 된 동인과 그 의미에 주목하여 이를 탐구하고자 한다.

2. 새로운 장르의 시도와 사회 비판

고려후기 문학에서 주목해야 할 부분은 바로 다양한 장르의 시도라는 점이다. 특히 당나라 한유로부터 시작된 원체 - 원도를 비롯한 소위 오원 - 가 이곡에 의해서 처음 시도되는가 하면,[1] 송나라 황정견으로부터 본격적으로 창작되었다고 하는 연아체도 그의 손에서부터 창작되었다.

그간 연아체 한시에 대한 논의는 몇 있었지만[2] 왜 그러한 작품을 지었는지에 대한 논의와 이를 사적(史的)으로 탐색한 글은 찾기 어렵기 때문에 이 글에서는 이를 주로 다루려 한다.

---

1) 李穀, 「原水旱」, 『稼亭集』 卷1, 『韓國文集叢刊』 卷3, 101面.(이하 인용은 같은 책이므로 생략함)
2) 연아체 한시에 대한 연구는 하정승의 「演雅體 漢詩 研究 - 15·16세기를 중심으로」, 『退溪學과 韓國文化』 31卷, 2002. 69~92面과 정도상의 「演雅體詩 考察」, 『漢文學論集』 16, 1998, 379~397面, 송희준의 「演雅體 漢詩에 대하여」, 『安東漢文學論集』 6, 1997, 29~59面 등이 있다.

우선 연아의 사전적 의미를 보면, 『이아(爾雅)』에서 '내용을 부연한다[演]'고 밝히고 있다. 또한 '연기하다', '꾸며내다'라는 의미로서 연희를 염두에 두고 비틀어 쓴 글이라는 설도 지배적이다. 조선시대 조위한(趙緯韓)이 연아시에 관심을 갖고 그 정의를 내리고자 하였으니, 그는 「연아체로 장률십이운을 지어 양 정 두 벗에게 부치다」에서 연아에 대해 정의를 내리기 쉽지 않을뿐더러, 이를 짓기조차 어려웠음을 간접적으로 드러내고 있다.3)

종합해보면, 연아체 한시는 여러 동물과 곤충 그리고 새의 이름과 행태 등을 정확하고 자세한 관찰을 바탕으로 하여 시인의 재치를 기반으로 한 유희체 한시의 한 장르라 할 수 있다. 대개 좌천되어 한가한 곳에 머물러 여러 사물의 모습을 자세히 살피고 이를 인간 세상에 비유한 풍자시이기도 하다.

효시는 중국 송나라의 황정견이며, 실제 그가 좌천당하여 지은 것으로 유래하였다. 우리나라 문인 가운데는 고려 후기 이곡에 의해 시작되었고 아들 이색을 거쳐 원천석, 권근, 유방선, 최항, 서거정, 성간, 김종직 등 많은 문인들에게 이어졌다. 우선 처음 연아시를 지었던 이곡의 작품을 살펴보기로 하자.

연아

당랑은 매미 잡으려 어찌 뒤를 돌아보나
매가 참새 쫓듯 마땅히 앞으로 나가야지
사자가 한번 포효하면 뭇 짐승 꼼짝 못하는데

---

3) 趙緯韓, 「演雅體長律十二韻寄梁鄭二友 幷引」, 『玄谷集』 卷10. "演雅者, 演出爾雅也. 爾雅, 記蟲魚禽獸之名, 而猶有闕失. 故古人作詩, 以遺落蟲鳥之名, 綴以爲辭, 命之曰演雅體. 而古今詩人, 多以牛馬龜字, 苟充成篇. 此則屋上架屋也, 安在演出之義乎. 余考山海經及他書, 提出不載爾雅之名且若不似蟲鳥者, 遂成一篇, 以繼山谷焉."

사서와 성호만이 더욱 가련하여라4)

한시는 파제(破題)라 하여 제목만으로도 의미를 읽을 수 있어야 하는데 연아라는 장르만을 알려 줄 뿐 어떠한 정보도 보이지 않는다. 장르가 주어줬다면 희작시답게 시감상이 쉬워야 하지만 그렇지도 않다.

기구는 『장자』의 이야기를 전용한 것으로5) 후환을 생각하지도 않고 눈앞의 이익만을 좇는 세상 사람들을 비유한 말로 해석할 수 있다. 당랑은 매미를, 까치는 당랑을, 사람은 까치를 잡으려 하지만 그 각기 모두 이를 모르는 풍조를 비판한 것이다.

승구 역시 『좌전』의 고사를 전용하여6) 임금에게 무례하게 구는 자들, 여기에선 구체적으로 간사한 무리를 과감하게 소탕해야 한다는 말로 이해하면 된다. 한시라는 특성상 언외지의(言外之意)가 용납되지만 명확한 전고가 사용되었기 때문에 어떻게 보면 용사(用事)의 전용적인 수사법으로 보인다.

전구에서는 임금을 사자로, 신화와 백성을 뭇 짐승에 비유하였다. 결구의 '사서성호(社鼠城狐)'는 국가 권력의 비호를 받으면서 온갖 농간을 부리는 간사한 소인들을 상징한다. 따라서 이 두 구를 해석해보면 임금의 기강확립에 국가를 좀먹는 간소한 소인들을 비판한 구절로 볼 수 있다. 작품은 '당(螳)'과 '선(蟬)', '응(鷹)'과 '작(雀)', '일사자(一師子)'와 '백수(百獸)'를

---

4) 上揭書, 卷19. "螳欲捕蟬寧顧後, 鷹如逐雀要當前 . 一聲師子百獸廢, 社鼠城狐尤可憐."이하 문집의 번역과 주석은 한국고전번역원 웹DB를 참고하였음을 밝혀 둔다.

5) 『莊子』「山木」에, "당랑은 매미를 잡으려 하고, 까치는 당랑을 잡으려 하고, 사람은 까치를 잡으려 하는데, 각자 자기를 노리는 다른 존재가 있다는 것은 까마득히 모르고 있다." 라고 하였다.

6) 『左傳』文公 18년 기사에 "자기 임금에게 예를 지키는 자를 보거든, 효자가 부모를 봉양할 때처럼 그를 섬기고, 자기 임금에게 무례하게 구는 자를 보거든, 매가 참새를 모는 것처럼 사정없이 처벌해야 한다.[見有禮於其君者, 事之如孝子之養父母也, 見無禮於其君者, 誅之如鷹鸇之逐鳥雀也.]"

조리 있게 배치하고 그 사이사이 고사를 삽입하여 세태를 비판하고 풍자한 작품으로 해석할 수 있다.

이처럼 이곡의 연아시에서는 비유와 상징이라는 수사를 사용하여 사회 비판을 가하고 있다. 이는 『시경』의 육의(六義) 가운데 '비(比)'의 수법을 사용한 것으로 고전적 한시 수사의 사용으로 볼 수 있다. 비록 이곡은 이 연아시를 한 수만 지었으므로 그 전모를 알 수는 없지만, 그의 아들인 이색 대에 이르러 풍자와 세태 비판이 아닌 내면을 표출시키는 작품으로까지 발전됨을 확인할 수 있다.

연아

> 당년엔 송아지처럼 천 번이나 달렸었는데
> 백발의 오늘엔 등에 검버섯까지 피었구려
> 말은 물결 소리 보내어 낮잠을 깨우고
> 뱀은 활 그림자를 따라 술잔에 떨어졌네
> 그루터기서 토끼 기다림은 옛말을 들었거니와
> 나무에 올라 물고기 구함은 뒤탈은 없다더구려
> 내 일찍이 조관의 반열 속에 끼었었는데
> 이젠 사슴을 벗 삼아 산으로 들어가고 싶네[7]

1구는 두보의 시구에 착안,[8] 젊은 시절 열심히 살았다는 얘기를 하고 있는 반면, 2구에서는 이젠 백발에 검버섯마저 생긴 늙은 자신을 형용하고 있다. 3구와 4구는 좀처럼 찾아보기 힘든 험벽한 고사를 이용하여[9]

---

7) 上揭書, 卷9. "當年黃犢走千回, 鶴髮如今背又鮐. 馬送浪聲喧午枕, 蛇從弓影落深杯. 守株待免 聞前語, 緣木求魚絶後災. 鵷鷺行中曾箇跡, 欲尋麋鹿入崔嵬."

8) 杜甫의 「百憂集行」에, "내 옛날 15세 때 마음 아직 어리어, 송아지처럼 건장하여 달려가고 오곤 하면서, 팔월이라 뜰 앞의 배와 대추가 익거든, 하루에도 천 번이나 나무를 올라갔었네.[憶年十五心尙孩 健如黃犢走復來 庭前八月梨棗熟 一日上樹能千回]" 한 데서 온 말이다.

9) 3구는, 宋나라 張耒의 「出都晚泊」시에, "말의 종적은 눈에 보이지 않고, 물결 소리는 처음

현재 자신의 한가롭고 여유로운 모습을 그리고 있다.

5와 6구는 『한비자』의 '수주대토'와 『맹자』의 '연목구어' 고사를 이용하였으며, 7구와 8구에 이르러서는 고향으로 돌아가고픈 마음을 미록(麋鹿)에 의지하여 표출하고 있다. 앞서 이곡이 사회를 풍자했다면, 이색은 이처럼 내면의 심회를 읊고 있다는 것을 특징으로 하고 있다.

이 작품 외에 이색은 연아시 4수를 더 창작했는데 세태를 비판한 작품이 2수, 자신의 내면을 표출한 작품이 3수를 지어, 연아시가 단순히 세태를 풍자하고 비판하는 시체로서가 아닌 내면의식을 표출하는 데에 이르고 있음을 알 수 있다.

이러한 표현형식과 내용은 권근에게 직접 영향을 끼쳐, 권근 역시 익숙하지 않은 작법과 다소 어려움으로 인해 한 수밖에 창작하지는 않았지만 이색처럼 내면을 표출하는 데에 사용하고 세태비판에는 이르지 않는다.10)

서거정에 이르러서는 연아시를 활용하여 증시(贈詩)로까지 발전하게 되는데 주목할 점은 그렇지 않아도 까다로운 장르를 다시 올려 읽거나 어느 쪽에서 읽어도 다 말이 되게 짓는 회문시와 접합시킨 새로운 장르를 개척하기에 이른다.11) 역시 그의 시가 현전하는 문집 가운데 가장 많은 이유를 여기에서도 찾을 수 있다.

연아체 한시와 더불어 조체(操體)라 불리는 금조(琴操)가 이색으로부터

배를 치누나.[馬跡不在眼 浪聲初拍船]" 한 데서 온 말이다. 4구는, 晉나라 때 樂廣이 河南尹으로 있을 적에 항상 친하게 지낸 손이 있었는데, 한참 동안 그 손이 다시 오지 않으므로 그 까닭을 물으니, 대답하기를, "지난번에 베풀어 준 술자리에서 갑자기 잔 속에 뱀이 있는 것을 보고는 몹시 혐오감을 느꼈는데, 그 술을 마신 뒤 병을 얻었다."라고 하였다. 사실은 廳事의 벽 위에 걸린 角弓의 그림자가 술잔에 뱀의 모양처럼 비쳤던 것이라, 다시 술자리를 마련하고 그 손에게 그 까닭을 일러 주니, 손의 병이 대번에 나았다는 고사에서 온 말이다.

10) 權近, 「演雅 次鄭摠郎韻」, 『權近集』 卷5.
11) 徐居正, 「演雅回文六言 贈李次公」, 『四佳集』 卷14.

나와 유행하기도 하였다는 점은 문학사에서 다시금 되짚어 볼 필요가 있다. 우선 금조의 사전적 의미로는 거문고에 맞추어 부르는 노래를 말한다. 유래를 소급해 보면 문왕이 지었다는 「구유조(拘幽操)」로부터 시작하여, 공자가 일찍이 위(衛)나라로부터 노(魯)나라에 돌아와서 때를 만나지 못해 도를 행할 수 없음을 상심하여 지었다는 「의란조(猗蘭操)」, 그리고 동한시대 채옹(蔡邕)이 쓴 「금조(琴操)」, 한유가 편집한 「금조십수(琴操十首)」가 유명하다. 우리나라에서는 이색의 작품이 효시이다.

소보를 읊조리다

하늘은 밝디밝아 아득하기만 하고
내 도는 텅 비어 내 마음 편안하여라
바람이 시원하니 난 돌아갈 일 잊었는데
저들은 어찌하여 애면글면 살려하는가[12]

우선 작품 내용을 살펴보기 전에, 제목에 등장하는 소보는 요임금 시대의 은사로서 세상일에 관여하지 않고 나무 위에 둥지를 만들고서 거처하여 지어진 이름이다. 그는 허유(許由)가 일찍이 요임금으로부터 천하를 선양하겠다는 말을 듣고 귀가 더러워졌다 하여 영수(潁水)에서 귀를 씻자, 때마침 소보가 송아지에게 물을 먹이려고 영수에 왔다가 허유가 여기에 귀를 씻는 것을 보고는 "내 송아지 입을 더럽히겠다." 하고 상류로 올라간 고사로도 유명하다. 결국 제목을 통해서 주제를 밝히고 있듯 세상일에 연연하지 않고 편안히 여생을 마치리라 다짐하는 은자 소보의 입장에서 이를 노래하고 있음을 알 수 있다.

인용된 작품의 글자 수는 6,7,7,6이다. 또 중간에 어조사 '혜(兮)' 자를

---

12) 上揭書, 卷1. "天昭昭兮冥冥, 我道曠兮吾心寧. 風泠然兮澹忘歸, 彼奚爲兮營營."

사용한 것으로 보면 초사 형식을 취한 것임을 알 수 있다. 내용은 밝고 아득한 하늘 아래 텅 빈 도와 편안한 마음에 대한 자족이다. 따라서 이 작품은 훗날 변이된 초사 형식에다가 편안한 자신의 심회를 읊고 있는 작품으로 해석할 수 있다. 이 외에 천하를 걱정하며 지은 작품도 있으니 다음과 같다.

태공을 노래하다

위수는 흐르고 미풍도 살랑 불며
물고기는 깊이 들고 얼음 얼듯 차갑네
천하가 돌아가는데 나는 장차 어디로 갈까
주나라로 가니 해가 막 돋는 듯하여라[13]

가장 먼저 눈에 띄는 것은 글자 수의 변화다 7,7,8,7을 취했으며 역시 어조사 '혜(兮)' 자를 넣어 초사 형식에 내면의 심회를 담았다. 「소조보(巢父操)」가 첫 구[冥冥]와 마지막 구[營營]에 첩자를 사용하여 생동감을 불어 넣었다면, 이 「태공조(太公操)」에서는 '흥(興)'과 '승(昇)'을 이용하여 미풍과 해를 역시 생동감 있게 표현하고 있다. 단순히 악보에 글자를 끼워 넣기보다 예술성과 입체성마저 고려한 수사기법이라 할 수 있다.

이색의 금조 6편은 세상이 다스려지기를 생각하는 뜻에서 지은 것을 특징으로 한다. 이는 시 마지막에 "이상 금조 육편은 세상이 다스려지기를 생각하는 뜻에서 지은 것인데, 『춘추』로 끝을 맺었으니, 어쩌면 그리도 슬픈가. 이 글을 읽는 이는 경홀히 여기지 말라."고 주를 내어 경각심까지 갖도록 한 사대부의 전형적인 문학 양식이다.

다만 이러한 금조가 큰 변화가 이뤄지지 않았고 당시 다른 문인들에게

---

13) 上揭書. "渭水流兮微風興, 魚就深兮寒欲冰. 天下歸兮我將安歸, 歸于周兮日之昇."

지어지지 않았다는 사실은 금조를 살펴보기에 커다란 아쉬움으로 남는다. 조선시대 서거정(徐居正)에 이르러 8편이 창작되고,[14] 김시습(金時習)이 다시 그 명맥을 이어 가며,[15] 신흠(申欽)에게도 작품이 이어지고 있으니[16] 문학사에서 재조명할 필요가 있다.

이상 이곡과 이색에게서 나타난 연아시와 금조에 대해 살펴보았다. 이들은 모두 고려시대 한국한문학의 중심에 있다고 볼 수 있는 죽림고회나 이규보 시대에 나타나지 않던 장르다. 다시 말해 이곡과 이색은 이러한 점을 중시하여 한국한문학을 살찌우기 위해 다각적인 노력을 기울여 그 일환으로 이상과 같은 희작적 성향의 작품을 만든 것이라 할 수 있다.

이는 고려 후기의 문학이 전기와는 달리 형식면에 있어서 황정견의 시체를 모방한 점, 내용면에 있어서는 사회비판과 더불어 주체적인 내면의식을 표출시켰다는 점에서 그 의의를 찾을 수 있을 것이다.

3. 사물의 의인화를 통한 사대부의 정신지향

한국한문학에서 의인화 작품은 단연 「화왕계」를 남상(濫觴)으로 한다. 그리고 그 명맥을 임춘(林椿)의 「공방전」과 「국순전」, 그리고 이규보(李奎報)의 「국선생전」, 이곡(李穀)의 「죽부인전」에서 잇고 있다. 이미 잘 알려진 전(傳)에 대해서는 중언부언(重言復言)할 필요가 없지만 한시로 창작된 의인화 기법에 대해서는 밝힌 글이 보이지 않기에 여기에서 다루고자 한다. 우선 이색의 의인화 한시 한 작품을 감상해 보자.

---

14) 徐居正, 「梅操爲梅隱權先生作」, 「枕流操」, 「佩韋操」, 「四知金操」, 「鐵腸操」, 「金人操」, 「悲秋操」 등. 『四佳集』卷1.
15) 金時習, 「琴操, 哀箕子操 三首」, 『梅月堂文集』卷22.
16) 申欽, 「拘幽操」, 「文王操」, 「箕子操」, 『象村集』卷3.

　국생이 전일 길을 떠날 제 온 도성이 나가 전송을 했는데, 이날 해가 저물어서 미처 전송하지 못하고 그다음 날에야 추후로 전송한 이도 많았다. 나는 국생에 대해서 비록 깊이 알지는 못하지만, 그렇다고 이 사람에게 전혀 뜻이 없다고 말할 수는 없는 입장인데, 병 때문에 문을 닫고 들어앉아서 끝내 그의 떠나는 행색을 바라보지 못한 채 한 수를 읊어 이루니, 후일에 국생이 조정에 돌아오거든 의당 그를 위하여 외워주련다

국생의 도성 떠나는 길 더디고 더뎌
온 도성이 다투어 나가 전송하네
날이 저물도록 자리가 끝나지 않고
풍류와는 이별 많음을 애석하게 여겼네
밤새도록 주고받다가 닭이 우니
추후로 전송한 이는 원로들이라네
원로들의 석별의 정이 어제보다 더하여
예절은 근엄하고 마음은 지성스러웠지
백발로 조정에 앉아 백성 편하기만 바랐으며
언제 국생과 함께 경거망동 일삼았던가
국생이 내 혈기 조화시킨 게 사랑스럽고
국생이 우리 강상 도와준 게 사랑스럽네
군신 간에 아주 즐거움은 국생의 공이요
붕우 간에 의리로 합함은 국생의 풍류라
명당의 대례는 치른 지 이미 오래이지만
종묘의 제사는 지금도 풍성히 지내네
누구와 세속 밖에 충분히 즐길 수 있으랴
일찍이 상국을 따라서 노래도 불렀었지
무회씨 갈천씨는 이미 자리를 떠났지만
방장산 봉래도는 병 속에 죽 감췄었더니
나는 지금 가는 행차 전송할 힘도 없이
홀로 앉아 읊자니 마음이 편안치 않구나
국생이여 빨리 돌아와 내 늙음 위로해 주오
내 삭신은 아직도 마냥 쑤시고 아프다네
나는야 국생을 따라서 무궁문에 들어가

추위 더위 다 잊고 야록처럼 달리고파라
어찌 이 마음을 사물의 노예로 삼을쏜가
천지간에 풍진이 깜깜해진 지 오래인걸[17)

제목이 서(序)의 역할을 하고 있어 이를 통해 작자의 창작 의도가 술을
의인화하고 있음을 알 수 있다. 정리하면 국생이 어떤 사람인지 잘 모르
겠다고 하였지만 많은 사람들의 전송을 받고 자신도 그를 위해 시를 짓는
다고 동기를 밝힌 것을 보면, 도덕을 겸비한 훌륭한 인물로 국생을 설정
하고 있음을 이면에 드러내고 있다.

시는 크게 세 부분으로 나뉜다. 첫 번째 부분은 1구부터 8구까지로 전
송의 상황과 석별의 정을 드러내고 있다. 온 도성의 사람들이 나가 전송
하며, 밤을 지새우고 애석한 마음을 달래는 상황은 국생의 됨됨이를 밝힌
것이다.

두 번째 부분은 9구부터 18구까지로 국생에 대한 직접적 칭송이다. 특
히 강상을 돕고 군신 간, 붕우 간의 의를 돈독히 하였으며 제사에 있어
빠질 수 없는 존재임을 밝히는 부분은 국생이 바로 군자, 즉 도전덕비(道
全德備)의 전형적인 인물로 설정하고 있음을 알 수 있다.

세 번째 부분은 18구부터 28구까지로 전송하는 작자의 이별의 정을 표
출하고 있다. 국생의 심신은 건강한 반면, 정신과 육체 모두 피폐한 자신
을 대조하며 자신의 안타까운 상황을 드러내고 있다. 즉 국생에 대한 부

17) 上揭書,「麴生前日發程 傾都出餞 日晩不能行 翌日追而送者尙多 予於麴生 知雖不深 亦不可謂
無意於斯人者也 以病閉門 竟不得望行色 吟成 一首 異日麴生還朝 當爲誦之」,『牧隱稿』卷22.
"麴生去國■遲遲, 傾都出餞爭先馳. 日云莫矣席未罷, 共惜風流多別離. 獻酬徹夜鷄已鳴, 追而
餞者尤耆英. 耆英惜別甚於昨, 禮數謹嚴心至誠. 白頭廊廟望民康, 何曾與生同輕狂. 愛生調和我
血氣, 愛生翊贊我綱常. 君臣樂甚生之功, 朋友義合生之風. 明堂大禮旣云遠, 太室精禋今尙豐.
誰能物外足淸娛, 曹隨相國能歌呼. 無懷葛天宛移席, 方丈蓬島森藏壺. 我今無力送征鞍, 我坐我
嘯心難安. 生乎遄歸慰我老, 我骨尙爾多辛酸. 從生欲入無窮門, 走如野鹿忘寒溫. 那將方寸爲物
役, 久矣天地風塵昏."

러움은 곧 그와 동일시되고픈 자신의 마음인 것이다.

주지하듯 술에 대한 의인화는 임춘과 이규보에 의해 시도된 바 있다. 군신 간의 관계 설정이라는 공통분모를 가지고 있으면서도, 한 사람은 술의 장단점을 모두 얘기하지만, 국순은 결국 배척당한 신하를 묘사한 반면, 다른 한 사람은 술의 장점을 통해 훌륭한 신하는 소인배들도 어떻게 할 수 없음을 묘사하고 있다. 문학이 내면과 현실을 반영하듯 모두 자신이 처한 현실 인식과 그 소회를 문학이라는 도구를 통해 드러낸 작품인 것이다.

위의 작품도 이러한 해석과 궤를 같이 한다. 임춘과 이규보가 살았던 시대의 풍파와는 그 파고가 다른 시대에 이색이 살았던 것이다. 어려움이야 어느 시대를 막론하고 모두 있었지만 상대적으로 전대의 두 문인들보다 사대부로서 혜택도 더 많이 누렸기에 위와 같은 작품이 그의 손에서 나온 것으로 볼 수 있다. 다른 작품 한 수를 더 감상하기로 하자.

> **한 정당에게 종이를 내오라 하고, 인하여 내가 아프기 전에 매양 술을 내오게 해서 마셨던 일을 기억하여 이 시를 짓다.**
>
> 저생의 옥 같은 청결함과 국생의 순박함
> 이 모두가 서원의 문하들이지
> 종이에 먹 뿌려라 때론 붓끝에 비가 오고
> 깊이 취해라 나날이 항아리 속의 술이라
> 서로 만나 반가움은 황연히 전과 같고
> 자못 기쁨은 흰머리로 새로움을 면한 거지
> 근래에 세속의 변화가 심하다고 누가 말했나
> 점차 풍속을 다시 진실하게 해야겠네[18]

---

18) 上揭書,「從韓政堂索紙 因記病前每索酒 嘗而有此作」楮生玉潔麴生醇, 摠是西原門下人. 霄灑
　　時時筆端雨, 沈酣日日甕中春. 相逢靑眼悅如奮, 頗喜白頭能免新. 誰道近來多世變, 漸敎風俗更
　　趨眞.

널리 알려진 것처럼 수련의 저생과 국생은 각기 종이와 술을 말한다. 그런데 이 모두 서원의 문하들이라고 한 것을 보면 역시 의인화 한 작품 임을 알 수 있다. 흥미로운 사실은 여기의 '서원(西原)'이 바로 청주(淸州)의 옛 명칭으로 한씨(韓氏) 관향을 일컫는다. 따라서 한정당의 집에 있는 종이와 술을 해학적으로 일컬을 말이다.

함련은 때때로 종이에다가 마음껏 글을 써 본다는 뜻이고, 병이 들기 전에는 날마다 항아리 속의 술을 마시면서 마음껏 취하면서 살았다는 의미이다. 경련에서는 국순과의 반가움과 기쁨에 대해 노래하고 있다. 완적의 고사를 이용하여 '청안(靑眼)'이라는 시어를 놓고, '백두(白頭)'를 써서 기쁜 심회와 더불어 청각적인 대비를 함과 동시에 예전이나 지금이 모두 좋기만 한 마음을 표출하고 있는 것이다.

미련에서는 사대부로서의 마음가짐이 직설적으로 표출되어 있다. 많이 변한, 쇠퇴한 도에 대한 안타까움을 언급함과 동시에 관료로서의 책임, 풍속을 변화시켜야 되는 사명감을 아울러 노출시키고 있다. 앞서 편하고 재밌게 시작된 시적 분위기가 후반부에 들어 자못 진지하게 변하고 있다.

이러한 의인화 수사 기법과 내용이 이색에게만 발견되는 것이 아니다. 이색과 교유했던 정추(鄭樞, 1333~1382)에게서도 나타난다.

정사 10월 11일 병인의 일을 적다

겨울비 자주 내리니 근심마저 쌓이고
돌풍이 몰아치니 나무가 뽑힐 듯하구나
공방과 나는 매번 서로 어긋나니
국생은 내게 왜 그리 뜸하냐고 핀잔을 주네19)

---

19) 鄭樞,「丁巳十月二十一日丙寅書事」,『圓齋槀』中. "冬雨頻來百憂集, 顚風橫吹木欲拔. 孔方 與我每相違, 麴生媿尒間何闊."

정추의 부친은 정포(鄭誧, 1309~1345)이다. 이색의 부친인 이곡이 정포와 가깝게 지낸 것처럼 정추 또한 이색과 절친한 사이였다. 그가 1366년 이존오 등과 함께 신돈의 죄를 간언하다가 왕의 노여움을 사 죽을 위기에 처했으나 이색의 도움으로 죽음을 면한 것은 너무도 유명한 일화다.

인용된 작품은 위의 이러한 상황과 무관하지 않다. 기구와 승구의 '겨울비'와 '돌풍' 등이 이를 잘 대변하고 있다. 구체적으로 밝히지는 않았지만 사대부로서의 한계나 국내외의 혼란 등 복잡하게 얽힌 내면의 심사를 투영한 비유사인 것이다. 그리고 이들의 구체적 모습을 '집(集)'과 '발(拔)'을 사용함으로써 흡입력과 폭발력을 더하고 있다.

전구와 결구는 각기 공방과 국생이라는 의인화 기법을 사용하여 자신의 현 상황을 드러내고 있다. 즉 '공방과 매번 어긋난다'는 말은 경제적 상황이 좋지 않은 현재의 모습을 표현한 것이고, '국생이 요즘 뜸하다고 핀잔을 준다'는 말은 기분 좋게 술 한 잔 기울일만한 여유가 없음을 표현하고 있다.

이상 살펴본 세 작품을 비롯하여 그 외 이곡이, "형체를 잊고 너 나 하며 천지를 도외시하니, 국생이야말로 우리들에게 참으로 공이 있다 하리."[20]라고 한 구절이나, 이색이, "평생에 하나뿐인 유익한 친구는, 생각에 사특함 없는 국생뿐이다"[21]라고 한 구절, 원천석의 "나는 국생 순을 사랑하니, 나로 하여금 어긋나지 않게 해서이지."[22] 등을 보면, 고려 후기의 의인화 한시에는 전대 전(傳)에서 보였던 사회비판보다는 사대부로서의 한계를 통탄하거나, 고결한 정신지향에 초점이 맞춰져 있는 것을 특징으로 함을 알 수 있다.

---

20) 李穀, 「飮酒一首 同白和父 禹德麟作」, 『稼亭集』 卷14. "忘形爾汝外天地, 麴生於我良有功."
21) 李穡, 「自戲」, 『牧隱稿』 卷22. "平生一益友, 麴生思無邪"
22) 元天錫, 「送麴生 次牧隱先生詩韻」, 『柳巷先生詩集』. "我愛麴生醇, 令我願不違"

이는 의인화라는 장르를 빌려 사회를 비판하고 풍자했던 형식을 답습하기보다는, 보다 현실적인 방안을 모색하고 현실에 참여하고픈 사대부 문학 양식의 하나로 이해하면 될 것이다.

의인화 한시에도 해학성이 나타났지만 희작적 한시 가운데 해학과 기지를 특성으로 하는 한시에 대해 장을 달리하여 구체적 모습을 살펴보기로 하자.

4. 해학과 기지로 인한 삶의 여유와 교유

유머(humour)나, 위트(wit), 우스개, 넉살, 익살, 농담, 해학은 모두 유사한 말이다. 이는 외국어와 모국어에서 빚어지는 표현 방식의 차이일 뿐 이를 적확하게 구분하기란 쉽지 않은 작업이다. 다만 여기에서는 유머와 위트를 해학과 기지로 옮겨,23) 고려 후기 희작적 성향의 한시의 일부분을 파헤쳐보고자 한다.

술병으로 일어나지 못하는 벗에게 희롱삼아 지어 주다

내가 바로 노숙한 의원으로 병을 잘 진단한다네
누가 빌미를 제공했는가 하면 틀림없이 누룩 귀신이지
새벽에 아황주 다섯 말을 단숨에 마셔야 하니

---

23) 이에 대해 이상섭은 "이 두 낱말은 대조를 이루는 한 쌍을 붙어 다니는 것이 보통이며 둘은 상호 대비에 의하여 그 차이가 잘 드러난다. 유머는 성격적, 기질적인 것이고, 위트는 지적인 것이라 할 수 있다. 따라서 유머는 태도, 동작 등에 광범위하게 나타난 반면, 위트는 언어적 표현을 떠나서는 존재하지 않는다. 유머는 동료 인간에 대하여 선의를 가지고 그 약점, 실수, 부족을 같이 즐겁게 시인하는 공감적인 태도이며, 위트는 서로 다른 사물에서 남이 보지 못하는 유사점을 찾아내고 그것을 경구나 격언 같은 압축되고 정리된 말로 능숙히 표현하는 지적 능력이다." 하였다.『문학비평용어사전』, 민음사, 1976, 290면.

이 약은 유백륜에게서 전해온 비방이라네[24]

이 작품은 「국선생전」으로 유명한 이규보가 창작한 것이다. 자칫 딱딱하게만 느껴지는 한시에서 큰 웃음을 주는, 쉼표와 같은 작품이다. 전체적인 분위기가 매우 장난스럽다.

우선 1구에서 작가는 자신을 '노의(老醫)'라 소개하고 병을 잘 진단한다고 자부한다. 그리고 이내 그 병의 근원을 '국신(麴神)'이라 하였다. 또 한시에서는 잘 사용하지 않는 '필(必)' 자를 더하여 확신에 찬 표현은 이 작품이 희작적 성격을 지니고 있음을 잘 말해 주고 있다.

3구는 처방전에 속한다. 아황주는 두보나 소식의 시에서도 자주 등장하는데, 거위 새끼의 빛깔처럼 노란 술을 가리킨다. 문제는 이를 단숨에 마신다는[輕服] 것이다. 술병이 난 친구에게 다시 술 닷 말을 단숨에 들이키라는 처방을 내린 것이다. 그리고 그 비법을 유령(劉伶)에게 전수 받았다고 하며 구체적인 근거로 맺고 있으니 이 시를 읽는 자가 웃지 않을 수 없을 것이다. 유백륜(劉伯倫)은 유령을 말하는데 백륜이 그의 자(字)이므로 이렇게 말한 것이다. 그는 평소 술 1곡(斛)씩을 마시고 5두(斗)로 해장한 인물로 유명하다. 따라서 벗에게 이를 권한 것이다. 술에 대한 이와 같은 사랑은 그의 작품에 산재한다.

> **시랑 이미수가 박사 권경중의 벽곡을 나무란 시운에 차하다 -3수 중 세 번째**
>
> 나는 한평생 술 즐기니 누룩의 봉군이라
> 취할 맨 기린도 굽고 용도 회하고 싶어
> 그대는 무슨 일로 오래도록 벽곡하여
> 좋은 얼굴 소나무보다 더 여위게 하나[25]

---

24) 李奎報, 「戲友人病酒未起」, 『東國李相國集』 卷2. "我是老疾能診病, 誰爲崇者必麴神. 鵝黃五斗晨輕服, 此藥傳從劉伯倫."

주지하듯 미수는 죽림고회로 유명한 이인로이다. 그가 권경중에게 벽곡하는 것을 나무라는 시를 지은 적이 있었는데, 이 시를 차운한 것이 위의 작품이다. '벽곡'이란 익힌 음식을 먹지 않고 생식만 하는 것을 말한다. 원시가 있다면 내용을 비교해보며 볼 수 있겠지만 인용된 작품만을 보면 매우 희학적으로 썼음을 알 수 있다.

우선 작자는 한평생 술을 즐겨 국(麴)으로써 봉해졌으니 '국씨, 국선생'이 바로 자신임을 밝히고 있다. 따라서 술에 취할 때면 기린을 구워 먹기도 하고 용으로 회를 떠서 먹는다고 했다. 일반적으로 알고 있는 고사인 '팽룡포봉(烹龍炮鳳)'이다.

이제 작품은 후정(後情)에 속하는 부분으로 실제 작자가 하고 싶은 말로 나아간다. 즉 좋은 얼굴을 가지고 생식하며 소나무보다 더 야윈 얼굴이 되어가는 것을 안타깝게 여기고 있는 것이다. 문면만으로 본다면야 건강을 위해 아등바등하기보다 술도 마시고 맛있는 음식을 즐기며 사는 것이 어떻겠느냐는 말이지만, 이면에는 세상일이 힘들어도 즐기면서 마음을 편히 갖는 것이 차라리 나을지도 모르겠다는 의미가 담겨 있다.

이러한 희작시 외에도 이규보는 하루 동안 술을 마시지 않고 희롱삼아 지은 작품,[26] 비를 맞고 있는 작은 모란꽃을 두고 장난삼아 짓는다든지,[27] 소재와 주제면에서 다양한 희작시를 창작한다.

이러한 이규보의 문학 양상은 사실 그의 처세방식과 맞닿아 있다. 무인집권기에 문인으로서 승승장구했던 그는 죽림고회 일원과 친했음에도 불구하고 모임에 가담하지 않은 점만 보아도 그의 원만한 처세관을 볼 수 있는데 이러한 처세관이 그가 희작적 성향의 작품을 많이 창작한 동인이

25) 李奎報, 「次韻李侍郎眉叟寄權博士敬仲責辟穀 其三」, 『東國李相國集』 卷14. "我生嗜酒麴成封, 醉欲炮麟更膾龍. 何事權君長辟穀, 忍敎形貌瘦於松 ."

26) 上揭書, 「一日不飲戱作」, 『東國李相國集』 卷3.

27) 上揭書, 「戱作雨中小牡丹歌」, 『東國李相國集』 卷10.

된다. 이규보와는 시대적 거리가 있지만, 해학과 기지가 문학 수사법의
특징 가운데 하나로 손꼽히는 이곡의 작품을 살펴보자.

식무외의 염주에 대해서 장난삼아 짓다

항하의 모래 숫자만큼 다 돌리려 한다 해도
일어나는 생각만은 여전히 없애기 어려울 터
그보다는 차라리 마음과 손을 모두 잊고
술잔 숫자나 세도록 우리들에게 주셨으면

끝과 시작은 분명히 꼬리와 머리라 할 것인데
돌리면 돌릴수록 어디가 꼬리이고 머리인지
셀 수 없이 많은 날을 스님이 염불한 뒤에야
우리에게 일백 주나 아래인 것을 면하리라

삼라만상이 실상의 도리를 드러내고 있으니
한 생각 초연하면 자연 두루 통하리라
일 있을 때마다 염주 쥐고 세어야 한다면
종일 아주를 손에 쥔 것과 무엇이 다르리오[28]

처음부터 끝까지 유쾌한 어조가 이어지며 웃음을 유발시키는 것이 희
작시의 본령이라면 인용된 작품이 바로 이러한 성격과 가장 잘 부합한다.
우선 첫 번째 작품의 첫 구는 '항아의 모래'로 시작되며 끝 구절은 '술
잔의 숫자'로 끝난다. 항아의 모래란 불교의 발원지인 인도의 항하의 모
래로, 곧 한없는 수를 이른다. 그리고 그 숫자만큼 다 돌려도 일어나는 생
각은 어쩔 수 없다는 익살로 표현하고 있다. 다시 작자는 차라리 그럴 바

---

28) 李穀, 「戲賦式無外念珠」, 『稼亭集』 卷16. "數到恒沙欲盡頭, 須知此念尙難周. 不如心手渾忘
了, 付與吾曹當酒籌. 終始端如尾與頭, 循環轉覺未能周. 待師數盡微塵日, 可免輪吾一百籌. 塵
塵利利露頭頭, 一念超然已自周. 逐物若須枚數去, 何殊終日執牙籌."

에는 우리들 술잔이나 세도록 염주나 달라는 결정적인 농담을 던진다. 친분이 없다면 오해를 살만한 장난 섞인 작품이다.

　두 번째 작품은 작자의 시에 대한 자부심이 느껴지는 시다. 전구와 결구에서 바로 이러한 점을 감지할 수 있는데, 이는 식무외가 시를 무척 좋아하여 시인을 찾아다니곤 했는데,[29] 염주를 수없이 돌리며 공덕을 쌓은 뒤에야 시를 짓는 실력이 지금보다 조금 나아질 것이라는 뜻의 해학적인 표현 때문이다.

　소식(蘇軾)의 "흰머리는 그대가 나보다 삼천 장이나 위이고, 시율은 내가 그대보다 일백 주나 아래이다."[30]라는 표현을 전용하여 자신의 시를 자부하고 있는 것이다. 또한 기구와 승구의 익살적 표현은 단연 압권이다. 아무리 돌려도 시작과 끝이 없는 염주를 저렇게 표현하고 있는 것이다.

　세 번째 작품에서는, 일이 있을 때마다 염주를 돌려서 감정을 조절하려고 한다면, 이는 돈을 좋아하는 사람이 재물이 들어올 때마다 수판을 놓는 것과 차이가 없음을 꼬집고 있다.[31] 출가한 사람에게 가장 경계해야 할 재물을 끌어들여 이것을 염주와 연결시키고 이를 해학적인 방식으로 작품화하고 있는 것이다. 이렇듯 세 수는 모두 염주를 소재로 익살스럽게 표현한 작품이다.

　주지하듯 이곡은 불교에 대해 그 수양법이나 정신적인 측면은 옹호하는 데 반해, 불교의 폐단에 대해서는 과감하게 지적하며 객관적인 태도를

---

29) 上揭書, 「跋福山詩卷」, 『稼亭集』 卷7. "式無外, 嗜詩者也. 曾走京師, 求詩公卿間, 今中書許公, 翰林謝公, 搢紳知名者, 皆有贈焉. 自是苟有能詩聲, 無問遠近, 必就而徵之, 東國士大夫亦以此愛之也."

30) 蘇軾, 「九日次韻王鞏」, 『蘇東坡詩集』 卷17. "鬢霜饒我三千丈 詩律輸君一百籌"

31) 시어 '牙籌'는 象牙로 만든 수판을 가리키는데, 晉나라 때 竹林七賢의 한 사람인 王戎이 한때 재물 모으기를 좋아하여 아주를 손에 쥐고 밤낮으로 돈을 계산했다는 고사가 있다. 「儉嗇」, 『世說新語』

보인 인물이다.32) 따라서 승려와의 교유가 자연스러웠음은 물론이며, 위에 인용한 희작시에서 볼 수 있듯이 친분 또한 상당히 두터웠던 것으로 보인다. 그렇기에 다소 비아냥거릴 수 있는 표현까지 서슴없이 할 수 있었던 것이다.

그리고 더 나아가 이 작품의 이면에는 사상적 지향이 자신이 공부한 유학과 거리가 있음도 내비치고 있음을 볼 수 있다. 이것이 바로 이규보의 희작시와는 다소 차이가 있는 부분이다. 이규보의 경우 스님이 술에 취해 있는 모습을 단순한 희작적 성격으로만 묘사했지 종교적인 이념을 도입시키지는 않았다. 특히 '성인(聖人)'이라는 시어를 사용했으면서도 이것이 유가의 성인이 아닌 술을 지칭했기 때문에 차이가 있다고 볼 수 있다.33)

이는 희작시의 본령인 웃음과 희학에다 비판의식까지 더해지고 있는 형태로 변하고 있음을 의미한다. 즉 단순히 희작시가 교유관계를 넘어 하나의 비판양식으로 확대될 가능성이 있음을 암시하며 활용하기에도 좋은 문예방식인 것이다.

또한 희작시의 좋은 활용 가운데 하나가 바로 교유에 있어서 적합하다는 것이다. 또래 사람이나 손위 사람에게도 유용하지만 손아래 사람에게까지 부끄러움을 감출 수 있는 좋은 양식인 것이다.

장난삼아 민중회 선생에게 올림

세상 피해 살려는데 노병이 찾아오니
버선은 때만 끼고 문 닫은 베개 신세
성문에는 날마다 공적 업무 많지만
쇠약한 늙은이 위해 기꺼이 문안 오네34)

---

32) 姜東錫, 「李穀文學硏究」, 고려대 박사논문, 2011 참조.
33) 李奎報, 「戲路上醉臥僧」, 『東國李相國集』 卷7.

둔촌 이집(李集)의 작품이다. 앞서 보였던 이규보나 이곡의 작품보다는 완연히 희작적 성향이 줄어든 느낌을 받는다. 이 시를 받는 민재(閔齋-仲晦)가 이집보다도 20살 이상 아래인데도 불구하고 희작적 면모가 감소했음을 한 눈에 볼 수 있다.

1구는 여말의 문인답게 은둔을 지향한 작가의 의식을 엿볼 수 있다. 특히 시어 '비둔(肥遯)'과 '노병(老病)'은 호응하며 그 의식을 또렷이 드러내고 있다. 다음 2구는 이러한 의식의 구체적 모습을 노래하고 있다. 두문불출하며 지내고 있는 자신의 모습을 언급한 부분인데, 베개만 끼고 산다는 것과 버선에 때만 끼었다는 표현이 바로 그것이다.

3구는 민재 선생에 대한 언급이다. 매일 쌓이는 공무에 자신을 찾아줄 여가가 없을 것이라 말하고 있다. 하지만 4구에서 말한 것처럼 기꺼이 찾아와 주는 그에 대한 고마움을 시로 드러내 주고 있다. 사실 이집의 시를 정독하다 보면 적적함, 쓸쓸함 등을 쉽게 읽을 수 있다. 그러나 인용된 작품처럼 유희적인 교유시 또한 적지 않은 분량을 창작하여 남겼다. 이는 답답한 현실 속에서 은둔을 지향하면서도, 한편으로는 현실에 참여해야 한다는 사대부의 책임의식이 공존하고 있는 현상이기도 하다.[35]

이상에서 고려 후기 희작적 성향의 한시 가운데 해학과 기지를 주로 하여 삶의 여유를 찾고 교유관계를 유지하려는 작품을 살펴보았다. 이규보의 작품에서는 술병이 난 친구에게 낫는 방법으로 술을 권유하는가 하면, 생식을 하려는 벗에게 자신은 기린도 구워 먹고 용을 회로 떠서 먹는다는 황당한 얘기까지 작품에 담아내고 있었다. 이곡의 경우 스님에게 술잔을 셀 수 있도록 염주나 빌려달라는 언사까지 서슴없이 한다. 이 외에

---

34) 李集, 「戱呈閔仲晦先生」, "肥遯年來老病催, 杜門伏枕襪生埃, 城門日日多公事, 肯爲衰翁問疾來."

35) 姜東錫, 「李集 시에 있어서 孤閑의 정서와 市隱의 추구」, 『동양한문학 연구』, 2014 참조.

이색이나 이집 등 많은 문인들에게서 나타나는 해학과 기지의 수사를 주로 한 작품들 역시 돈독한 교유관계를 유지하는 동시에 답답한 현실에 대한 돌파구로서 삶에 대한 여유를 찾고자 노력하기 위한 작품 활동이었다. 아울러 이들 작품에는 문학의 다양한 주제의식마저 담겨 있어 고려 후기 문학의 다양성을 확인할 수 있기에 문학사적 의미가 있다고 하겠다.

5. 희작적 한시의 층위

고려 후기는 소동파를 비롯하여 진사도 황정견 등 송나라의 영향을 많이 받은 시기다. 그 결과로 고려 후기에는 연아체, 금조 등이 창작되고 조선시대에까지 그 명맥이 이어진다. 주목할 점은 두 장르 모두 이전에 시도되지 않은 새로운 장르에 대한 모색이며, 장르뿐 아닌 사회비판적인 내용을 희작적 한시에서 보인다는 데 있다.

한편 고려시대 유행하였던 탁전이 아닌 한시를 이용한 의인화 방식도 고려 후기 문학사에서 다시 조명되어야 할 부분이다. 이유는 고려 후기 의인화 한시는 전대 전(傳)에서 보였던 사회비판보다는 사대부로서의 고결한 정신지향에 초점이 맞춰져 있는 것을 특징으로 하기 때문이다. 이는 의인화라는 장르를 빌려 사회를 비판하고 풍자했던 형식을 답습하기보다는, 사대부로서의 새로운 군자상을 제시하고 보다 현실적인 방안 모색과 현실 참여를 위한 문학의 한 형태로 보면 될 것이다.

또한 희작적 한시에 있어서 해학과 기지의 수사 기법은 그 본령에 가깝다고 할 수 있는데 이를 중심으로 한 작품이 이규보로부터 시작하여 이곡과 이색, 그리고 이집에 이르기까지 고려 후기 문인들에게 다양하게 나타나고 있다. 이는 그들의 어려운 환경에서도 삶의 여유를 잃지 않고 살아가려는 정신을 형상화 한 것이며 또한 교유관계를 원만하게 하여 세상을 살고자 하는 처세관과도 맞닿아 있다.

이처럼 고려 후기는 사상적인 측면은 물론이고 형식 및 내용 면에서도 자유로웠기에 다양한 주제와 내용의 작품이 많다. 정체에서 벗어난 유희의 한시이기에 그간 주목을 받지 못한 면도 있었다. 본고에서는 이를 다뤄 작품을 정치하게 살펴보고 유희적 한시를 지은 현상보다는 그 원인을 밝히고자 했으나 미흡한 면도 없지 않다. 테마 연구의 한계를 꾸준히 극복하고자 더욱 노력하여 후속 연구에는 이러한 과오를 줄이도록 할 것이다.

제6장

고려후기 자연관의 변모 양상에 관한 연구

1. 자연시의 정의와 고려후기의 자연시

인간의 사상과 문학은 자연과의 관계를 통한 사고의 축적에서 비롯되며 특히, 시문학은 그 발상의 원천을 자연에 두거나 자연을 소재로 시상을 전개하는 경우가 대부분이다.[1] 따라서 작가의 내면을 또렷이 파악하기 위하여, 나아가 문학사에서의 자연관이 어떻게 변화하고 있는지 살피는 것은 필요한 과제가 아닐 수 없다.

일찍이 중국이나 일본에서는 이러한 문제의식이 쟁점화되면서 이미 많은 연구가 진행되어 왔었다. 우리가 한국한문학에서 가장 많이 인용되고 있는 일본 학자 소미교일(小尾郊一)의 『중국문학과 자연미학』이라든지,[2] 중국 학자 갈효음(葛曉音)의 『중국의 산수전원시』[3] 등은 이러한 예를 잘 보여주고 있다. 한국한문학에서 많은 분야에 걸쳐 활발한 연구가 이루어지고 있는 실정에 비교한다면, 자연관, 자연미학, 자연시에 대한 연구가

---

1) 인권환(1982), 207面 참조.
2) 小尾郊一, 윤수영 譯(1992).
3) 葛曉音, 김영국 譯(2002).

소략하다고 할 수 있다. 본고는 이러한 문제의식에서 출발하여 그 출발점으로 고려 후기의 자연시를 중심으로 자연관을 파악하고자 한다.

본고에서 말하는 자연시란 자연에 대한 본질이나 아름다움, 또는 전원생활의 정취를 시의 중심제재로 삼고 있는 작품을 말한다. 산수시, 전원시, 제화시, 영물시, 유람시 등을 모두 포함한 개념이라 할 수 있다.4) 산수에 대한 아름다움을 노래한 시를 산수시라 하고, 전원생활의 정취를 노래한 작품을 전원시라고 한다. 그리고 이 두 양태가 동시에 나타나는 작품을 산수전원시라고 하며 이들은 자연시의 큰 범주를 차지하고 있다. 또한 많은 비중은 아니나 제화시 역시 인물이나 사물묘사가 많은 서양의 그림과는 달리 자연을 주로 묘사하는 동양의 그림에서 실제 시인이 가 보았던 장소이거나 혹은 작가의 상상력이 더해져 작품에 표출되고 있는 경우, 자연에 대한 아름다움이나 전원생활의 정취를 작품의 중심 제재로 삼고 있으므로 자연시의 범주로 포함시킬 수 있다.5) 영물시는 자연물에 감흥한 시인이 이를 통해 자연의 본질이나 아름다움을 유추하여 시의 중심 제재로 삼고 있는 경우 자연시의 범주에 포함된다고 할 수 있으며, 유람시는 시인이 여정 중에 발견한 산수의 아름다움이나 전원에서의 한적한 정취를 시의 중심 제재로 삼아 노래하는 경우에 자연시의 범주에 넣을 수 있다.6)

필자가 연구 범주를 나말려초(羅末麗初)로 정하지 않고 고려 후기로 한

---

4) 자연시 개념에 대해서 심경호(2006)는 "시인이 산수 자연의 생명력을 자신의 영혼으로 재구성하는 시를 산수시라고도 하고 자연시라고도 한다."라 하였다. 유호진(2006)은 "자연시란 자연의 아름다움과 전원생활을 시의 중심 제재로 삼고 있는 작품을 가리킨다. 산수시와 전원시를 포괄하는 개념인 것이다. 이러한 자연시는 六朝의 도연명과 사령운에 의해 개척되어 盛唐에 이르러 크게 유행한 바 있다."라 하였다.

5) 이혜순(1987)은 이색의 제화시를 분석한 결과, "이색의 제화시와 자연시 사이에는 큰 차이가 나타나지 않는다."라는 결론을 내린 바 있다. 그 이유는 "이색이 그림을 자연의 살아있는 재현으로 보면서 일체의식을 갖고 그것을 묘사했기 때문"이라 하였다.

6) 강동석(2007).

것은 한국한문학에 있어서 나말려초의 문헌이 현저히 부족할 뿐만 아니라, 그 시기의 문학에서 나타나는 자연미의 발견이나 심화된 자연애(自然愛)가 실제 작품상에서 발견하기 어렵다는 판단 때문이다.

또한 고려전기의 자연관은 자연의 본성을 깨달아서 인간이 설정한 미적 기준으로 자연을 이해하고 적의하게 해석하는 가운데에서도 자연을 있는 그대로 관조하여 그 속에 내재해 있는 아름다움을 발견하는 데 관심을 기울인 것에 불과한 것으로 큰 의미를 발견하기 어렵다. 이는 당대의 사회현실이 어느 시대보다도 사상적으로 자유롭고 개방된 분위기를 견지하고 있었기 때문에 문인들의 생각이 지나치게 도덕률에 구속되지 않으므로 해서 자연인식에 있어서도 자연의 내면세계를 파악할 수 있는 여유를 가진 것에 기인되었기 때문으로 해석된다.[7] 하지만 고려 후기에 들어서면서 이규보를 비롯하여 이제현, 이색의 작품들을 살펴보면 자연시의 작품 창작이 활발하게 이루어질 뿐만 아니라, 그것들에서 나타나는 자연관이 또렷한 변모양상을 보이고 있음을 확인할 수 있다. 세 작가를 통해서 당대의 자연관 전체를 대변할 수는 없지만 그 시대의 대문호임을 감안한다면 어느 정도의 대표성을 지니고 있음을 인정할 수 있기에 이들의 자연관을 통해 고려후기 자연관의 변모양상을 살펴보기로 하겠다.

2. 이규보의 지(知)·미(美)의 추구와 순응적 자연관

이규보의 자연관에 대한 논의는 그의 문학을 논함에 있어서 빠지지 않고 언급되었다. 이는 이규보의 자연시가 적지 않은 비중을 차지하고 있으

---

7) 박성규(1982), 99~142면 참조.

며, 시수로 인한 비중뿐 아니라 그의 문학과 사상을 이해하는 데 있어서 매우 중요한 자료라는 사실을 방증하고 있는 것이다. 특히, "이규보의 자연미의 발견에서 특이한 사실이 영물시에서 나타나고 있다."[8]고 논의한 바와 같이, 그의 영물시는 자연관을 살피는 데 유용한 자료이다.

지당화

잎은 청옥을 마름질한 듯 꽃보다 앞서 나고
꽃은 황금을 오린 듯 잎보다 뒤에 피네
세상에선 지당이라 하지만 그 뜻은 알 수 없어
글자를 잘못 알아 그리된 지 누가 알리요[9]

이규보의 자연시를 살펴보면 홍미로운 사실 하나를 발견하게 되는데, 그것은 자연물에 대한 지극한 관심과 명칭에 대한 호기심이 여느 작가에 비해 월등히 많다는 사실이다. 위의 시에서도 알 수 있듯이 시인은 왜 '지당화'라는 명칭이 붙었는지에 대해 의심을 품는다. 이러한 의심은 사물을 깊이 관찰하는 태도가 기저에 자리하고 있음을 뜻한다. 유자로서의 '격물(格物)'이 바로 이에 해당할 수도 있고, 사상적 기저를 차치하더라도 이규보는 자연에 대한 지적 호기심이 왕성한 것으로 보인다.

인용된 작품에서도 시인은 지당화의 잎과 꽃을 꼼꼼히 살펴보고 있음을 확인할 수 있다. '청옥'과 '황금'이라는 비유를 통해 자연물에 대한 심미성을 부각시킬 뿐만 아니라 그 명칭에 대한 이견(異見)을 제시하고 있다.

---

8) 박성규(1982).
9) 李奎報, 『東國李相國集』 後集 卷3, 160面. 「地棠花」 "葉裁靑玉先花秀, 花剪黃金後葉敷. 世號地棠難會意, 那知不作字訛呼."(이는 『韓國文集叢刊』 卷2에 수록되어 있는 『東國李相國集』 160면을 말한다. 이하 출전이 같은 경우 『한국문집총간』은 생략하고, 각 문집의 이름과 권수, 그리고 『한국문집총간』의 면수만을 기록하도록 하겠다. 번역은 한국고전번역원에서 제공하는 한국고전종합DB를 참고하였음을 밝혀둔다.)

인용된 시에서 전구와 결구와 같이 말한 이유를 우리는 다른 작품에서 확
인할 수 있다. 「지당화를 논하여 소경 이수에게 부치다」10)와 「아경 이수
가 지당화 시에 화답해 보낸 것에 차운하다」11)를 살펴보면 '지당(地棠)'을
'출단(黜壇)'이라 논한 것은 모두 잘못이며 '치당(置堂)'이라 명명하는 것이
옳다고 주장한다. 이러한 사실은, 이규보가 '지당화'의 이름에 대한 의문
을 제기하며 '치당'이라는 이름이 옳다는, 나름대로의 소견을 제시하고
있음을 시사한다. 이와 같은 이규보의 지적 호기심은 다른 작가들에서 보
이지 않는 독특한 것으로 특히 자연물에 대한 것이 많다.

　그런데 이규보는 이러한 지적 호기심에 머무르지 않고 있다. 자연에 대
한 완상을 희구하는 작품 역시 곳곳에 남기고 있다. 물론 자연에 대한 희
구가 이규보만의 특성이라고 말하기는 곤란하나 다른 문인들보다 애틋한
심상을 표현하고 있으며 그 작품 수도 적지 않다.

여섯 수의 '어쩌면 좋을까' 첫 번째 작품

어쩌면 좋을까 저 푸른 버들
휘늘어져 살구꽃 곁에 있네
기를 짝하여 주막에서 흔들리고
춤을 시새워 창가에서 흔들거린다
비 온 뒤에 걷잡을 수 없이 휘늘어지고
바람결에 멋대로 휘날린다

---

10) 上揭書, 後集3, 161面「論地棠花寄李少卿需－幷序」, 世號地棠花者, 其花穠黃可愛, 未知古人
　詩集中是何花也, 有賦之者耶. 又未識世之所稱之意, 豈字之或訛耶. 因作詩一絶云云. 明日, 君
　見訪, 予以此言之, 君曰, 予所聞者, 昔君王之選花, 帝所留者曰御留, 時此花見黜, 故名黜壇. 予
　曰, 予亦似有所見而未詳者, 幾乎予所言而有異也. 俱不可的信, 今皆不取, 以別意釋之, 有以慰
　花之見擯之意耳. 地棠地棠是何花, 命名之意又如何. 將名索實了無謂, 恐此二字傳之訛, 人間花
　卉何物不由地, 而於地也偏擧似, 色與海棠棠棣略不侔, 稱之以棠亦非是, 君言伊昔君王乘政閑,
　養花壇上選花看, 帝所留者是御留, 此花見黜名黜壇.
11) 上揭書, 後集3, 162面.「次韻李亞卿需和寄地棠花詩－幷序」伏承佳作, 感荷感荷. 前所論地棠
　黜壇, 皆未免乎訛. 予更以置堂名之.

이 봄에 구경하지 못하면
시절은 지나가고 말리라[12)]

시인은 푸른 버들의 모습을 주변의 경관과 잘 어울리게 묘사하며 자연에 대한 완상의 태도를 애절하게 표현하고 있다. 즉, 살구꽃과 이웃한 버들, 주막과 창가를 운치 있게 만드는 버들, 그리고 비와 바람에 휘늘어진 버들의 모습을 묘사하고는, 이 시절 구경하지 않으면 다시 볼 수 없기에 지금 마음껏 감상하고 싶다고 말하고 있다.

인용된 작품은 비슷한 내용으로 시어만을 달리 취한 여섯 수 가운데 첫 번째 작품이다. 다시 말해, 첫 구가 어쩌면 좋을까[無奈~何]로 시작하여 미련의 전구에서 "이 봄에 구경하지 못하면[趁春如未賞]"과 같은 구성으로 되어 있다. 이 작품에서 시인은 푸른 버들을 주목하고 있고, 나머지 다섯 수에서는 '방초', '살구꽃', '복숭아꽃', '오얏꽃', '앵두꽃' 등을 노래하며 자연을 완상하는 시인의 모습을 볼 수 있다. 이렇듯 자연을 완상하고자 하는 시인의 마음은 바로 자연의 아름다움을 발견하는 것, 즉 심미성의 다름 아니다.

여기에서 알 수 있듯이, 이규보는 버들이라는 자연물을 통해 그가 봄날에 태어나는 어떤 자연의 생명에 대해 노래하는 것도 아니고, 자연물을 통한 마음의 수양을 노래하는 것도 아니며, 도덕적 덕목을 유추하지도 않았다. 이는 고려 말의 이색의 자연관과는 확연히 다르다는 것을 알 수 있다.[13)] 단지 자연의 아름다움을 발견하고 그곳에서의 완상만을 노래하고 있는 것이다.

---

12) 上揭書, 322面.「六無奈何 其一」"無奈綠楊何, 依依傍杏花. 伴旗搖酒店, 妬舞拂倡家. 雨後難勝嚲, 風前自任斜. 趁春如未賞, 時節急蹉跎."
13) 姜東錫(2007).

매화

> 유령에 추위 닥치자 언 입술이 터지니
> 붉은빛 지닌 채 참다운 모습 변하지 않네
> 갑자기 강적 속에 떨어지지 말고
> 잘 기다리다가 역사를 따라와야 하리라
> 눈을 띠고 다시 많은 눈꽃을 꾸미고서
> 봄 오기 전에 미리 피어 또 한 봄을 이뤘네
> 옥 같은 꽃송이 향기롭고 깨끗함은
> 약 훔쳐 먹던 항아의 전신인 듯하네[14]

　수련에 등장하는 유령(庾嶺)은 중국 강서성에 있는 매화의 명소로 잘 알려져 있다. 물론 시인이 이곳을 방문한 것은 아니나 그의 머릿속에선 유령이란 곳을 바라보고 있으며 추위에도 그 꽃술을 터뜨리는 모습을 그려내고 있는 것이다. 함련의 강적(羌笛)은 일종의 호가(胡笳)로서 이백의 "황학루에서 옥피리 부니 오월 강성에 매화가 떨어지네."[15]를 모의한 것으로 보이나, 시인이 추구하는 것은 추위를 잘 견뎌 오래도록 피어 있기를 희망하고 있는 것이다. 경련에 이르러 시인은 눈에 덮인 눈꽃을 꾸미고 봄 이전에도 그 꽃을 펴서 겨울에도 봄에도 매화를 감상하고픈 마음을 전하고 있다. 결국 미련에선 매화의 찬미로 시를 마무리하고 있는데, 즉 항아는 달의 이칭이므로 달의 전신처럼 향기롭고 깨끗한 매화를 칭송하고 있다. 시인이 자연을 완상하고픈 심상의 기저에 이처럼 심미성에 대한 열의가 있었기에 이와 같은 자연시가 창작되었던 것이다.

　다음으로 이규보가 자주 작품에 노출시키고 있는 자연물을 만든 조물

---

14) 上揭書, 201面.「梅花」"庾嶺侵寒拆凍脣, 不將紅粉損天眞. 莫敎驚落羌兒笛, 好待來隨驛使塵. 帶雪更粧千点雪, 先春偸作一番春. 玉肌尙有淸香在, 竊藥姮娥月裏身."

15) 李白,『李太白文集』卷20,「與史郎中飮聽黃鶴樓上吹笛」(文淵閣 四庫全書 電子版, 迪志文化出版有限公司, 1999) "黃鶴樓中吹玉笛, 江城五月落梅花."

주에 대한 생각을 파악하고자 한다.

눈을 읊다 -첫 번째 수

겨울 신령이 온갖 꽃 부러워하여
동군의 조각하는 솜씨 배워
곧바로 봄의 조화옹 이기려 하여
여섯 모난 꽃을 만들어 새 재주를 보이네16)

이규보뿐 아니라 많은 시인들이 자연을 언급할 때 늘 조화옹을 등장시
키는 것은 일반적인 시적 태도다. 하지만 이규보에 있어서 조화옹 또는
조물주의 등장은 다른 문인들과는 다르다. 이규보의 대표작이라 할 수 있
는 「문조물」17)에서 작자는 모순기법을 사용하여 조물주의 존재를 부정
하고 자연의 운행원리는 저절로 그렇게 되었고, 되어가고 있는 것일 뿐이
라고 역설하고 있는 데 바로 그 특성이 있다. 즉, 그의 문학에 많이 등장
하는 조물주는 존재하지 않는 형상이며, 자연의 운행은 자연히 그렇게 되
는 것이라는 것이 그의 관점인 것이다. 따라서 인용시에서 등장하는 '겨
울신령', '동군' 등은 모두 무존재로 보는 것이 타당하다. 결국, 이 작품은

---

16) 上揭書, 後集1, 144面. 「詠雪 其一」 "北皇応美百花叢, 故學東君剪刻工. 直欲凌他春造化, 剩裁
   六出示新工."
17) 上揭書, 246面. 「問造物」. 予問造物者曰, 夫天之生蒸人也, 旣生之, 隨而生五穀, 故人得而食
   焉, 隨而生桑麻, 故人得而衣焉, 則天若愛人而欲其生之也, 何夏隨之以含毒之物. 大若熊虎豺貙,
   小若蚊蝱蚤蝨之類, 害人斯甚, 則天若憎人而欲其死之也. 其憎愛之靡常, 何也. 造物曰, 子之所
   問, 人與物之生, 皆定於冥兆, 發於自然, 天不自知, 造物亦不知也. 夫蒸人之生, 夫固自生而已,
   天不使之生也. 五穀桑麻之産, 夫固自産也, 天不使之産也, 況夏分別利毒, 措置於其間哉. 唯有
   道者, 利之來也, 受焉而勿苟喜, 毒之至也, 當焉而勿苟憚, 遇物如虛, 故物亦莫之害也. 予又問
   曰, 元氣肇判, 上爲天下爲地, 人在其中, 曰三才, 三才一揆, 天上亦有斯毒乎. 造物曰, 予旣言有
   道者, 物莫之害也, 天旣不若有道者而有是也哉. 予曰, 苟如是, 得道則其得至三天玉境乎. 造物
   曰, 可. 予曰, 吾已判然釋疑矣. 但不知子言天不自知也, 予亦不知也. 且天則無爲, 宜其不自知
   也. 汝造物者, 何得不知耶. 曰, 予以手造其物, 汝見之乎. 夫物自生自化耳, 予何造哉, 予何知
   哉. 名予爲造物, 吾又不知也.

눈의 형상, 즉 '여섯 개의 모난 꽃'의 아름다움은 절로 그렇게 된 것이며 그 아름다움을 형상화한 것이다. 자연의 아름다움에 대한 안목과 시인의 시안(詩眼) 등이 잘 묻어나는 작품이라 하겠다. 이규보의 조물주에 대한 관점과 자연의 순응적 모습을 잘 보여주는 작품은 다음 시이다.

병이 들어

조물주는 그윽하여 보이지 않으니
무엇으로도 형상할 수 없네
반드시 스스로 생긴 것뿐이니
나를 병들게 한 자 그 누구인가
성인은 물건을 물건으로 잘 대하여
한 번도 사물의 부림 당하지 않네
나는 사물에 사로잡히게 되어
행동을 내 마음대로 하지 못하고
네 조화의 손에 걸려
이렇듯 곤욕을 치르네
사대는 본래 없는 것인데
이들이 어디에서 왔는가
뜬구름 나타났다가 다시 사라지는 듯
끝내 근원을 알 수 없네
그윽이 관조하면 모두가 공이니
그 누가 태어나고 늙고 죽는가
나는 자연으로 뭉쳐진 몸
본성대로 순리에 따를 뿐이니
저놈의 조물주야
어찌 여기에 관여하는가[18]

---

18) 上揭書, 後集1, 142面. 「病中」 "造物在冥冥, 形狀復何似. 必爾生自身, 病我者誰是. 聖人能物物, 未始爲物使. 我爲物所物, 行止不由己. 遭爾造化手, 折困致如此. 四大本非有, 適從何處至. 浮雲起復滅, 了莫知所自. 冥觀則皆空, 孰爲生老死. 我皆堆自然, 因性循理耳. 咄彼造物兒, 何

첫 구절과 중간 부분만 본다면 조물주는 어딘가 보이지 않는 세계에서 군림하고 있는 것처럼 보인다. 하지만 전술한 바와 같이 이규보에 있어서 조물주는 무존재(無存在)이다. 시인은 끊임없이 조물주와 우주에 대해서 생각해보지만 결국 허상일 뿐 자신은 절로 그렇게 생겨난 것이며 병 역시 조물주의 뜻이 아니라는 것이다. 결국 본성의 순리대로 따르겠다는 것이 시인의 태도인 것이다. 이 밖에도 이규보의 자연 순응적 태도는 그의 문집 곳곳에 산재하여 보인다. 이렇듯 이규보의 기본적인 자연관은 '인간은 자연을 반드시 순응해야만 한다는 것과 자연의 운행은 자연히 그렇게 되는 것'[19]으로 규정지을 수 있을 것이다.

3. 이제현의 허(虛)·실(實)의 조화와 이상 세계에 대한 희구

이제현 시의 상당 부분은 중원을 유람할 적에 고적과 승경을 배경으로 노래하거나 거기에서 촉발된 흥취를 읊은 작품이 많으며, 자연이 중요한 요소로 개재되는 경우가 많다.[20] 특히, 1314년 연경으로 출발하여 1324년(이제현의 나이 27세부터 36세까지) 대륙에서의 대장정을 마치고 금강산에 이르기까지 남긴 작품들은 그의 자연관을 살피는 데 유용한 자료다. 먼저 그 여정 가운데 시작점에 있는 작품 하나를 감상해 보자.

아미산에 올라

푸른 구름 땅 위에 떠 있고
밝은 해는 산허리로 굴러가네

與於此矣."
19) 신용호(1990).
20) 김성기(1978).

만상이 무극으로 돌아가니
먼 허공은 절로 고요하기만 하다[21]

이제현의 자연시에는 여느 작가와 마찬가지로 자연을 바라보다가 거기에서 촉발된 감정으로 인해 백성의 안위를 걱정한다거나,[22] 벗을 그리워하거나,[23] 자신의 원대한 포부를 드러내거나,[24] 지난날에 대한 회한[25]에 대해 읊은 작품들이 있다.

하지만 인용된 작품은 주변 상황이나 현실에서 벗어나 어떤 간섭 없이 자연을 바라보는 관점이 드러나 있다. 젊은 시절 아미산 여정에서 지은 것으로 추정되는 이 작품에서, 시인은 아미산에 올라 우주의 삼라만상과의 만남을 시도하고 있음을 확인할 수 있다. 즉, '푸른 구름'이 땅 위에 떠 있음과 '밝은 해'가 하늘에서 내려오는 광경을 목격하면서 천지의 조화를 생각하고, 그것을 통해 삼라만상이 무극으로 돌아가고 있음을 감지하고 있는 것이다.

주지하듯, 무극은 모든 만물의 원리이므로 우주의 만상이 무극에서 나와 무극으로 귀결된다는 뜻이다. 다소 성리학적 관점이 엿보이는 작품으로 역시 성리학의 유입과 맞닿아 있다고 할 수 있으나 성리학적 요소가 깊이 침잠한 작품으로는 보이지 않는다.

---

21) 李齊賢, 『益齋亂藁』 卷1, 507面. 「登峨眉山」 "蒼雲浮地面, 白日轉山腰. 萬像歸無極, 長空自寂寥."

22) 上揭書, 505面. 「鳳州龍湫」 山前翠石雙扉啓, 石底澄潭萬丈深. 明浸日光紛閃閃, 冷涵林影淨沈沈. 斯民政要滋湯旱, 彼相誰堪作說霖. 出沒魚兒休察見, 龍応先遣試人心.

23) 上揭書, 505面. 「楊花」 似花非雪最顛狂, 空闊風微轉渺茫. 晴日欲迷深院落, 春波不動小池塘. 飄來鉛砌輕無影, 吹入紗窓細有香. 却憶東皐讀書處, 半隨紅雨撲空床.

24) 上揭書, 515面. 「望海」 早聞觀水在觀瀾, 測管洪溟得一斑. 白日九跳呼吸裏, 靑天鰲轉激揚間. 不隨鵬翼搏千里, 誰見鰲頭冠五山. 可惜區區精衛鳥, 一生銜石不知難.

25) 上揭書, 512面. 「多景樓雪後」 樓高正喜雪漫空, 晴後奇觀更不同. 萬里天囲銀色界, 六朝山擁水精宮. 光搖翠眼滄溟日, 淸透詩膓草木風. 却笑區區何事業, 十年揮汗九街中.

한 가지 흥미로운 사실은 이제현의 자연시에 실경과 허경이 늘 같이 등장한다는 것이다. 물론 이러한 서술 기법이 한시의 일반적인 특성인 것은 주지하는 바이다.

하지만 이제현의 자연시에는 나름 독특한 특성을 지니고 있으며 분명 의도된 것으로 보인다. 인용된 작품에서도 그렇듯이 기구와 승구는 실경이며 전구와 결구는 허경이다. 또한 이러한 실경과 허경의 묘사와 함께 주목되는 것은 결구에서도 말한 바, 허정한 마음의 상태를 표출하고 있다는 데 있다.26) 허정이라는 표현은 도가에서 많이 사용되는 것으로 지인(至人) 또는 성인(聖人)의 마음을 말한다.27) 따라서 이제현 역시 허정의 마음을 표출하고 있는 것은 자연을 통해 높은 정신경계를 추구하고 있는 것에 다름 아니다.

결국 허경과 실경의 조화란 높은 정신경계에 대한 추구이며, 그가 어딘가 안착하고 싶은 이상향의 추구임을 확인할 수 있다. 이러한 시적 태도는 다음 작품을 통해서도 확인할 수 있다.

연기 낀 절 들려오는 저녁 종소리

달을 흔들며 빈 골짜기에 퍼져와
바람 따라 먼 산봉우리로 건너가고
다리 위엔 한 나그네 대지팡이 짚고 가는데
한 가닥 길이 구름 속 소나무 사이로 들어간다28)

이 작품은 '소상팔경' 가운데 하나로 사(詞)라는 장르의 작품이다. 『사보(詞譜)』에 의하면 "이 작품은 「무산일단운(巫山一段雲)」이란 제목으로 쌍

---

26) 유호진(2001).
27) 이강수(2005).
28) 上揭書, 608面. 「煙寺暮鐘」 "搖月傳空谷, 隨風度遠峯. 溪橋有客倚寒筇, 一逕入雲松."

조 44자, 전후단 각 4구 3평운체에 따른 것이다. 전후단 제3구가 7언구로 되어 있는 것 이외에는 다 5언구로 되어 있다. 전후단 제1, 2구는 대구를 이루는 것이 통례다. 이제현은 무산일단운조에 의해 소상팔경과 송도팔경 각 2편을 써서 이 땅의 사경사(寫景詞)의 전통을 수립하였다. 조선 시대까지 무산일단운조로 사경사가 여러 문사에 의해 지어졌다."²⁹)고 하였다.

사체라는 장르에 시를 남겼다는 것은 그가 시인으로서 천부적인 자질을 가졌다는 것으로, 이는 한국한시사에서도 높이 평가받는다. 한편 이 작품은 「송도팔영」과 더불어 우리나라 방방곡곡의 '팔경제영'의 모체가 되었다는 점 역시 주목된다. 물론, 김극기의 「강릉팔영」이 그 효시라 할 수 있으나 그 이후 130년 이상 '팔경제영'을 남긴 사람이 없었는데, 이제현의 「송도팔경」과 이 작품이 나오면서 팔경의 제영을 짓는 일이 갑자기 유행하였다는 점은 문학사에 있어서 주목할 만하다.³⁰)

인용된 작품에서 시인은 종소리에 귀를 기울인다. 물론, 종소리는 실경이 아니다. 보이지 않는 대상에 주목한 시인은 종소리의 궤적을 작품에서 사실성 있게 묘사하고 있다. 그 종소리는 달과 골짜기 그리고 산봉우리를 지나 시인 자신에게 이르고, 그 종소리를 들은 시인은 자신이 가고 있는 한 길이 구름 속 소나무 사이로 들어간다는 모호한 표현을 남기며 작품을 마무리한다. 이 역시 허경과 실경의 조화가 이루고 있는데, 여기에서의 '종소리'는 시인이 추구하는 어떤 이상향의 매개물로, '소나무 사이로 들어가는 길'이 바로 시인의 이상향으로 표현하고 있다. 이는 이제현 시의 대표작이라 할 수 있는 「산중설야」에서 보다 구체적으로 드러나며 그의 작품 세계를 이해하는 데 결정적인 단서를 제공한다.

---

29) 『詞譜』 卷6.(고전번역원DB 참고)
30) 지영재(2003).

눈 내리는 밤 산속에서

> 종이 이불 썰렁하고 불등은 침침하기만 한데
> 사미승 밤새도록 종을 치지 않는구나
> 묵은 길손 일찍이 문 연다 꾸짖겠지만
> 암자 앞 눈 쌓인 소나무 보려 함이라 말하리[31]

　이 작품에 대하여 서거정은 『동인시화(東人詩話)』에서 "산가의 눈 온 밤의 기이한 풍취를 그려냈는데, 이를 읽으면 사람으로 하여금 어금니와 뺨 사이에 군침이 생기게 한다. 일찍이 최자(崔滋)는 '익재의 반평생 시법이 이 시에 다 들어 있다.'라고 하였다."[32]는 작품 평을 남겼다. 인구에 회자되는 이 작품의 해석도 다양한 여지가 있다.

　이 작품의 시안(詩眼)은 '설압송'에 있다고 할 수 있겠는데, 이에 따라 작품의 해석이 크게 달라진다. 우선 '외세에 눌린 국가'를 상징한다는 견해가 있다.[33] 이렇게 보는 관점은 '침침한 등불'이 암담한 현실로, '종을 치지 못하는 사미승'은 힘없는 고려인의 모습으로, '문을 여는 시인'은 민족사적 위기에 처한 관인으로서 억압된 현실에 굴복하지 않고 현실을 수용하면서도 이를 좌시하지 않겠다는 의지의 표출로 보기 때문이다. 반면, '설압송'을 시인이 도달하고자 하는 정신적 지표로 보는 견해도 있다.[34]

---

31) 上揭書, 528面. 「山中雪夜」 "紙被生寒仏灯暗, 沙弥一夜不鳴鍾. 応嗔宿客開門早, 要看庵前雪壓松."

32) 徐居正, 『東人詩話』, 卷上, "益齋山中雪夜詩, 能寫出山家雪夜奇趣, 讀之令人, 沆瀣生牙頰間, 崔拙翁嘗曰 '益齋半生詩法, 盡在此詩'"

33) 김성기(1990).

34) 유호진(2001)은 이 작품의 창작 배경을 충혜왕 복위 무렵에 창작된 시로 보고 왕이 악동들과 어울려 문란한 정치를 펌으로써 익재가 정치 일선에서 물러나 두문불출하고 있던 시기로 본다. 따라서 시인의 정신적 고뇌는 단순한 개인적 고민이 아니라 당대 정치현실에서의 시련과 위기 속에서 삶의 자세를 가다듬고 있었던 것으로 보고 '雪壓松'의 이미지를 시련과 고통 속에서 절조를 잃지 않는 강인함과 의연함을 담고 있는 것으로 본다. 결국 3구의 '開門'도 정신경계의 비약에 대한 갈망을 동작으로 암시하고 있다는 점을 들며 '雪壓松'을 그가 도달하고자 하는 정신적 지표라고 논한 바 있다.

이는 '어둑한 등불'과 '사미승의 잠'을 정신적 방황으로 보고, '문을 여는 손'을 정신경계의 비약으로 보기 때문이다. 양자 모두 현실상황과 작품을 연결하여 보고 있기는 하지만 다른 결론을 내리고 있다.

이 외에 숙객이 아침 일찍 눈 덮인 소나무를 보려 하는 멋스러움과, 사미승이 추워서 일어나기 싫어하는 심리가 묘한 대비를 이루고 있다고 보는 해석도 보인다.[35] 이 작품의 해석을 위해서는 이제현 시에 등장하는 시어와 이미지 등을 살필 필요가 있다. 먼저 「고정산」[36]이라는 작품은 인용된 작품과 같이 '종소리', '새벽', '소나무' 등이 등장한다. 여기에서 '배 멈추고 소나무 속의 절 어딘지 묻다가'라는 구절과 '종소리는 새벽에 천천히 구름에서 나오는구나.'라는 구절이 보이는데, 작품을 분석해보면 소나무 속 절은 시인이 지향하는 장소이며, 종소리는 시인에게 있어서 이상향의 매개물로 쓰이고 있다.

「금산사」[37]라는 작품에선 종소리가 특이하게 사용되고 있는데, '세상을 잊은 듯한 해오라기 종소리에 잠들었는데, 탑 위에 서린 용 경 외는 소리 듣는가봐'라 하여 종소리의 역할은 '망기'의 매개물, 즉 시인이 추구하는 물아일체의 경지와 부합한다. 물아일체의 정신경계란 자연과 시적 자아가 하나라는, 만물의 이법이 서로 통하고 있다는 사실을 체득한 정신 세계를 말한다. 특히, 동양에 있어서 인간과 자연의 관계는 언제나 조화와 합일을 추구하였으며, 물아일체의 경지를 심미 이상으로 꿈꾸어 왔다.[38] 자연시가 추구하는 지향점은 바로 자연과의 조화와 합일에 있다.[39]

---

35) 김건곤(1993).

36) 上揭書, 211面. 「高亭山」 "江上山如淡掃眉, 人家處處槿花籬. 停舟欲問松間寺, 策杖先窺竹下池. 帆影暮連芳草遠, 鐘聲曉出白雲深. 憑欄一望三吳小, 像想將軍立馬時."

37) 上揭書, 511面. 「金山寺」 "舊聞兜率莊嚴勝, 今見蓬萊氣像閑. 千步回廊延漲海, 百層飛閣擁浮山. 忘機鷺宿鍾聲裏, 聽法龍蟠塔影間. 雄跨軒前漁唱晚, 練波如掃月如彎."

38) 심경호 外(1998).

39) 葛曉音(2002)은 중국의 모든 산수전원시가 자연과의 조화와 합일을 추구하고 있었다고

종소리와 관련하여 「호구사에서 시월에 북으로 올라 다시 놀다」라는 작품에서도 "가마 타고 강마을로 돌아가니, 종소리가 구름 속에서 울려 나온다."[40]라고 하여 시인이 추구하는 이상향의 실현으로서의 종소리가 형상화되고 있음을 확인할 수 있다.

이와 같은 자료들을 참고하고 인용된 시의 논리 전개를 이해하면, '설 압송'은 이제현의 이상향임은 확실하다. 그것이 국권의 회복이 될 수도 있고, 높은 정신지향에 대한 추구도 될 수 있다. 역시 실경과 허경을 한 작품 내에 같이 배열함으로써 실경은 현재의 모습을, 그리고 허경은 이상 향을 표출하고 있다.

앞서 살펴본 것처럼 이제현의 자연시에는 허경과 실경이 공존하는 작 품이 많다. 물론 이러한 현상은 대부분의 한시, 그 중에서도 자연시가 특 히 그러하지만 이제현의 경우 매우 두드러지며, 그러한 작품에서 드러나 는 시인의 태도가 바로 현재의 세상에 대한 비판과 동시에 이상세계로의 갈망이 형상화된 것이라는 사실이다.

한편 그가 자연을 통해 무극을 인식한다거나 자연시를 통해 표현하고 있는 '허정 심태' 등은 유불도의 사상적 융합, 즉 융통무애한 관점을 표출 하는 것으로 성리학의 초기형태로 확인된다. 앞선 물아일체 역시 성리학 적인 그것과는 다른 것이다. 이와 같은 과정을 거쳐 그의 제자인 목은 이 색에 이르러서는 비로소 성리학적 색채가 또렷해지는 자연관이 등장한다.

하였다.

40) 上揭書, 512面. 「虎丘寺 十月北上重遊」 "閶闔城外古禪林, 生公堂前樹陰陰. 重遊髣髴三生夢, 四顧微茫萬里心. 樓閣影重山月上, 轆轤聲遠石泉深. 藍輿歸去江村路, 雲際猶聞鐘磬音."

4. 이색의 성리학적 자연관의 천발

이규보나 이제현의 자연관과는 달리 이색에 이르러서 자연관은 확연히 달라진다. 이는 고려 후기 유입된 성리학의 영향을 무시할 수 없는 것으로 보인다. 그렇다면 조선시대의 성리학과는 다른 초창기 성리학적 관점이나 태도 등은 어떤 모습이었으며, 이것이 자연시에서 어떻게 나타나고 있는지 살펴보기로 하겠다.[41]

느낌이 있어 -첫 번째 수

노란 국화가 남은 향기를 머금고
가을날 물가에 젖은 듯 밝고 밝게 피어있네
서리와 이슬은 나날이 더해가고
날리는 눈은 점점 더해져만 가네
초목은 모두 시들어 떨어져도
금빛 꽃잎은 꽃술을 토해내네
사람들을 감동시키려는 것이 너의 뜻은 아니지만
사람들은 절로 생각에 사악함이 없어지네[42]

시인이 주시하고 있는 것은 가을날 물가에 핀 노란 국화다. 이는 서리와 이슬, 그리고 눈까지 더해져 다른 초목들은 모두 시들고 말라 그 생명력을 다하고 있지만 홀로 금빛 꽃술을 토해내는 노란 국화의 생명력과 아름다움에 시인은 감동하고 있는 것이다.

그런데 여기에서 한 가지 주목되는 사실은, 시인이 이러한 자연의 모습

---

41) 이색의 자연관에 대해서는 특별한 주석이 없는 한 강동석의 논문(2006)을 참조하였음을 밝힌다.
42) 李穡, 『牧隱詩稿』 卷19, 248面.「有感・其一」"黃花含餘香, 耿耿秋澗涯. 霜露日以重, 飛雪仍來加. 草木盡凋落, 芳心吐金蕤. 感人非渠意, 人自思無邪."

을 '사무사'의 정신으로 표현하고 있다는 사실이다. 또한 여기에서 시인
이 이해하고 있는 사무사가 시론(詩論)에서 강조하는 정신이 아닌 다른 의
미로 해석되고 있다는 사실도 주목하지 않을 수 없다. 그는 한대(漢代)의
정치적 효용의 해석과도 달리하였고 주자(朱子)처럼 독자의 사무사로 보려
고 하지도 않았다. 그는 자연을 바라보는 모든 사람의 성정의 사무사로
이해하고 있었던 것이다.43) 결국, 이 작품은 「유감」이라는 시제가 말해
주듯, 늦가을에 핀 국화의 모습, 더 나아가 자연의 신비스러운 모습에 감
화한 시인의 마음을 표현한 것이라 할 수 있다.

고려시대의 문집이 상당 수 유실된 점을 감안한다 하더라도 사무사란
용어가 고려 후기에 등장하고 있다는 점, 다시 말해 성리학의 유입과 동
시에 사용되고 있다는 사실과 이러한 용어가 이색에 와서야 본격적으로
사용되고 있다는 사실은 흥미롭지 않을 수 없다. 이색은 인용된 시에서의
국화뿐 아니라 맑은 바람을 통해 사무사의 정신을 유추하고 있었으며,44)
매화를 통해서도 이를 강조하였다.45) 또한 호소(湖沼)에 핀 연꽃을 바라보
며 이와 유사한 감정을 표출하였다.46)

문제는 시인이 맑은 바람이나 국화, 매화, 연꽃을 통해 어떻게 사무사
의 정신을 읽어냈는가 하는 것이다. 맑은 바람을 제외하면, 초목이 말라
가는데도 금빛 꽃술을 토하고 있는 국화나 늦겨울에 핀 청절한 매화, 그
리고 물결 속에 새로 핀 연꽃 등에서 공통적으로 발견되는 것은 바로 자

---

43) 안병학(1999), 171面 참조.

44) 上揭書, 425面. 「淸風詩」(其一) "淸風來有時, 去也誰能追. 無心忽相触, 愛之如我私. 久闊勞我
心, 寫之以歌詩. 歌詩如淸風, 自然無邪思. 何人被琴瑟, 虜我淸風詩. (其二) 淸風在何處, 我今
思共之. 吉甫頌已久, 大雅何其衰. 子陵釣臺高, 漢鼎終亦移. 房杜敞黃閣, 継者知爲誰. 悲哉後
來者, 讀我淸風詩."

45) 上揭書, 24面. 「有感」 "窮冬吐冷蕊, 淸絶唯梅花. 梅花亦俗態, 不肯來貧家. 却恐主人惡, 浼彼
氷雪葩. 主人頗知愧, 勉矣思無邪. 無邪定何處, 香動影橫斜."

46) 上揭書, 547面. 「步屧海子傍」 "步屧隨長堤, 尋涼日將夕. 新荷映淪漪, 幽芳吐叢薄. 隔岸好樓
臺, 波間倒紅壁. 主人游不歸, 庭草凝寒碧. 徘徊久瞻望, 使我多感激."

연의 생명성이다. 속세에 물들지 않은, 고결한 생명의 탄생을 통해 이색이 사무사라는 정신을 유추하고 있었던 것이다. 이러한 이색의 자연관, 즉 자연물을 통한 도덕적 정신의 유추는 성리학적 자연관의 천발의 다름아니다. 또한 청명한 자연물을 통한 정신수양 역시 이러한 자연관을 뒷받침하는 자료라 하겠다.

> **석벽채리를 지나다 −두 번째 수**
>
> 구불구불한 높은 고개를 올라가고
> 또다시 깊은 숲을 다 지나가네
> 자규새 울음에 끝없는 눈물이 흐르고
> 푸른 산에 한없는 마음이 생기네
> 흰 바위에 걸터앉아 서로 마주보고 있으니
> 갑자기 녹음이 옮겨 가네
> 즐겁도다. 어디로 가는가
> 먼지 낀 가슴이 맑아짐에 절로 만족하네[47]

　제시된 자료는 시인이 여정 중에 갑자기 북받친 고뇌에 괴로워하다가 주변의 아름다운 자연을 통해 상쾌해진 마음을 표출하고 있는 작품이다. 수련에서 구불구불한 높은 고개를 올라간다는 표현과, 다시 깊은 숲을 지난다는 묘사는 고난을 암시한다. 여정에 대한 어려움일 수도 있고, 현실 세계에 대한 괴로움일 수도 있다. 이 같은 괴로운 심사는 함련의 묘사와 조응한다. 자규새의 울음소리를 듣고 있으니 어느새 하염없이 눈물이 흐르고, 푸른 산을 바라보고 있노라니 한없는 마음이 생긴다는 표현이 그것이다.

---

47) 上揭書, 528面.「過石壁寨里・其二」"崎嶇登峻嶺, 亦夏窮深林. 子規不盡淚, 靑山無限心. 相將踞白石, 忽爾移綠陰. 樂哉何所去, 自足淸塵襟."

그러나 이러한 괴로움도 아름다운 자연을 통해 말끔히 사라진다고 하였다. 잠깐 바위에 걸터앉아 쉬고 있는 시인에게 녹음이 옮겨가고, 이에 즐겁고 상쾌해진 마음을, 시인은 '즐겁도다, 어디로 가는가'라고 하며 현재 있는 곳에 머물기를 희망하고 있다. 특히, '자족청진금'이라는 표현에서 알 수 있듯이 시인은 세속에서의 더럽고 추한 마음이 맑게 정화되고 있어 그 기쁜 마음을 감추지 못하고 있다. 이처럼 이색은 청명한 산속의 모습을 통해 내면을 맑게 하고 있었다.

그런데 한 가지 주목되는 것은, 이색이 청명한 자연을 통해 내면을 맑게 하듯이, 그가 지향하고 있는 신선 세계나 전원이라는 공간 역시 청명한 자연을 통해 신선세계나 전원이라는 공간이 시상에 들어오고 이를 지향한다는 것이다. 물론, 이러한 시들 역시 그것이 궁극적으로 추구하고 있는 함의는 내면 수양에 있다.

청명한 자연을 통한 내면 수양과 더불어 성리학자에게 있어서 가장 중요한 것은 생명성에 대한 응시라 할 수 있다.

담 위의 풀을 읊다 −첫 번째 수

담 위가 평평한 땅도 아닌데도
너의 삶은 다른 생물과 같구나
하늘이 비와 이슬을 고루 내리니
드리운 이삭이 가을바람에 아양을 떠네[48]

시인이 마주하며 노래하고 있는 대상은 담장을 따라 조그맣게 자란 풀이다. 이는 대궐에 우뚝 솟은 소나무도 아니며, 정원에 핀 화려한 꽃도 아니다. 그는 이렇게 보잘것없는 담장의 조그마한 풀에서도 생명의 존재를

---

48) 上揭書, 203面.「詠墻上草・其一」"墻上非平地, 渠生與物同. 一天均雨露, 垂穎媚秋風."

감지하고 있었던 것이다. 다시 말해, 평평한 땅이 아닌데도 다른 생물과 똑같이 담 위에서 생명을 유지하고 있는 것을 보고 조물주의 공평함을 느끼고 있었던 것이다. 인용된 작품에서도 드러나듯이 기구와 승구에서 묘사한 자연의 질서와 법칙은 '하늘은 비와 이슬을 고루 내리네.'라고 말한 전구에 있다. 이때의 '하늘'은 바로 주재자(조물주)로서 생명력을 배양시켜 주는 역할을 하는 존재이다.

이러한 조물주에 대한 생각은 이규보의 그것과는 사뭇 다른 것임을 알 수 있다. 결구에서는 드리운 이삭의 모습을 마치 아양을 떨고 있는 것과 같다는 문학적 표현력으로 그 생명력을 더하고 있다. 역시 생명성에 대한 응시와 이를 문학적으로 형상화하고 있는 것이다.

시인은 담장 위에 돋아난 풀 뿐만이 아니라 들에 핀 꽃을 통해 자연의 공평함과 질서에 대해 언급한 바 있다.49) 여기에서 시인은 흔히 볼 수 있는 '야화'를 의도적으로 등장시킨다. 그리고 들판에 핀 이름도 모르는 꽃이라 하더라도 나무하는 노인과 아이의 시야를 밝게 하는 생명체로서 그 소중함과 아름다움을 강조하고 있다. 이를 통해 시인이 자연에 존재하는 생명의 본질과 그 안에 부귀와 존비가 존재하지 않는, 오로지 공평하고 질서정연한 자연의 법칙을 인식하고 있다는 사실을 알 수 있다. 이는 위 인용된 시에서와 같은 자연관이다.

이 밖에도 그가 생명의 본질에 응시하고 있는 작품으로는 「책충음」,50) 「유감」51) 같은 작품들이 있지만 많은 비중을 차지하고 있는 것은 아니다. 하지만 이러한 생명 본질에 대한 응시는 만물이 모두 통하고 있다는

---

49) 上揭書, 317面. 「野花」 "野花隨處不知名, 蕘叟樵童眼界明. 豈必上林爲富貴, 天公用意自均平."
50) 上揭書, 529面. 「責蟲吟」 "有蟲有蟲小如蚕, 養出軀幹天地深. 不與玄蟬蛻汚濁, 清風湛露爲腹心. 形形色色萬不齊, 父乾母坤同一忱. 所以聖人贊化育, 匹夫匹婦皆自足."
51) 上揭書, 248面. 「有感」 "緣墻有秋草, 嫩綠誠可憐. 寒日正照耀, 生意懸蒼天. 君子抱幽獨, 對之方悠然. 南山松與柏, 鬱鬱當益堅."

물아일체의 정신경계를 확인할 수 있는 단서가 되므로 의미를 지닌다고
할 수 있다. 이와 같은 물아일체의 정신은 앞선 시인들과는 사뭇 다르다.
인간과 자연의 조화를 늘 추구하였지만 이색에 이르면 청명한 자연을 통
해 자신을 수양하거나, 생명의 본질에 응시하는 송대의 성리학과 같이 보
다 구체적인 모습을 보이게 된다.

청명한 새벽에 국화를 마주하여 한 수 짓다

밤기운은 아직 청량함이 남았는데
새벽빛은 벌써 희미하게 밝아오네
국화가 찬란하게 서로 비칠 때
내 마음은 본디 기심을 잊네
담박하게 물아가 일체를 이루니
성현도 진실로 기대할만 했는데
청아한 흥과 운치는 오래 갖기 어려우니
아! 잠시 뒤에 벌써 어긋났다네
국화의 참 모습을 그리고는 싶으나
그림 잘한 이도 지금은 드물고말고
연명이 가버린 지 이미 오래거니
나는 장차 누구에게로 돌아갈까[52]

이 작품은 청신한 새벽에 국화를 마주한 시인이 세속과 관련된 일체
를 잊은 마음의 상태에서 국화가 지니고 있는 생명의 본질과 자신의 생
명의 본질이 같음을 깨닫는 물아일체에 대해 언급하고 있는 시이다. 하
지만 시인이 '청아한 흥취는 오래 갖기 어려우니, 잠시 뒤에 어긋났다'는
언급처럼, 이는 지속되기 어렵고 이러한 경지 자체가 쉽지 않음을 말하고

---

52) 上揭書, 356面. 「淸曉對菊」 "夜氣尙餘淸, 晨光已熹微. 菊花粲相照, 吾心本忘機. 淡然物我共,
聖賢端可希. 淸興持久難, 少選嗟已非. 對之欲寫眞, 善畫今又稀. 淵明去已遠, 吾將誰與歸."

있다. 즉 만물과 자신이 하나라는 생각을 하다가도 꽃의 모습을 확인하는
순간, 꽃은 꽃으로, 시인은 시인 자신으로 서로 분리되어 인식하게 되는
것이다.

이 시를 통해 확인할 수 있는 사실은 시인 자신이 형체를 잊고서 외물
과 자아, 물질과 정신이 하나가 된 물아일체라는 고도의 정신경계를 표명
하고 있었다는 것이다. 이는 유불도에서 궁극적으로 추구하는 지향점이
기도 하다. 물론 이와 같은 물아의 근원적 일체성을 강조한 시인은 다만
이색뿐만이 아닌 앞서 살펴보았던 이규보 역시 추구했던 바이다.[53]

이제현 역시 그러하며 대부분의 문인들이 추구하였던 정신경계이다. 하
지만 이색은 꾸준한 자기 성찰과 수양을 반복한 결과 고도의 정신세계에
이르게 된 것이며 이를 성리학적으로 해석하여 문학작품에 반영한 것이다.

주목되는 것은 그가 '무위, 주정, 천진, 망기, 망형, 좌망, 청녕' 같은 도
가의 내용 및 어휘를 자주 사용하고 있다는 것이다. 이는 앞서 성리학이
라는 사상이 도가와 불가의 영향 아래 생겨났기 때문이기도 하지만 이색
의 폭넓은 학문적 세계를 반영한 것이기도 하다.[54] 다시 말해, 이색의 사
상적 기저에 있었던 성리학의 특성은 다른 한편으로는 불가와 도가의 출
세간주의를 배척하고자 노력하는 동시에, 불가와 도가가 정신생활을 발
전시킨 풍부한 경험을 흡수하고 정신의 수양·발전·완성 등 여러 과제
와 경지를 탐구하여, 인문주의에 기초하면서도 종교성도 함께 지닌 정신
성을 건립하는 일이었던 것으로 해석하면 될 것이다.[55]

---

53) 박희병(1999).
54) 이색은 자신의 道家的 기풍에 대해 언급한 바 있으나, 儒者로서의 입장을 분명히 하였다.
  "仙風이 李太白과 같음을 자부하지만, 사람들은 누추한 마을의 顔回라고 하네. 다행스럽
  도다. 다행스럽도다."(『詩稿』 15卷, 168面. 「小雨」 自負仙風如太白, 人言陋巷有顔回. 自註
  －幸哉幸哉.) "옆으로 莊子와 老子의 학문을 찾다가, 멀리 주공과 공자의 말로 이어졌다."
  (『詩稿』 10卷, 87面. 「對友自詠」 三首 中 其一, "旁探莊老學, 遠繫周孔辭.")
55) 陳來, 안재호 옮김(1997), 44面 참조.

5. 고려후기 자연관의 시간적 변화

이상으로 고려후기 자연관의 변모 양상에 대해서 살펴보았다. 서두에서 언급한 것과 같이 세 작가의 자연관으로 고려 후기의 자연관을 대표하기에는 무리가 따르겠으나 당대 최고의 문인임을 감안한다면 어느 정도 대변할 수 있을 것으로 보인다. 논의된 글을 요약하는 것으로 결론을 대신하고자 한다.

이규보의 경우 자연물에 대한 호기심이 왕성하여 자연에 대한 깊은 관찰과 명칭에 대한 자신의 소견을 피력하고 있을 뿐만 아니라, 자연에 대한 아름다움을 발견하고는 이를 형상화한 작품도 많이 발견되었다. 이는 그가 자연에 대한 애정이 얼마나 각별하였는지를 입증하는 것이라 할 수 있다.

아울러 이규보의 자연관에서 특히 주목되는 것은 끊임없이 조물주와 우주에 대해서 생각해보지만 결국 허상일 뿐 자신은 절로 그렇게 생겨난 것이며 본성의 순리대로 따르겠다는 것이다. 즉, 이규보의 기본적인 자연관은 인간은 자연을 반드시 순응해야만 한다는 것과 자연의 운행은 자연히 그렇게 되는 것이라 할 수 있다.

이제현의 자연시에는 허경과 실경이 조화를 이루는 작품이 많다. 물론 이러한 현상은 대부분의 한시, 그 중에서도 자연시가 특히 그러하지만 이제현의 경우 매우 두드러지며, 그러한 작품에서 드러나는 시인의 태도가 바로 현재의 세상에 대한 비판과 동시에 이상세계로의 갈망이 형상화 된 것이라는 사실이다. 한편 그가 자연을 통해 무극을 인식한다거나 자연시를 통해 표현하고 있는 허정한 마음의 상태 등은 유불도의 사상적 융합, 즉 융통무애한 관점을 보여주고 있는 것으로 그의 높은 정신지향을 표현한 것에 다름 아니다.

이색의 자연관은 성리학적 색채가 매우 또렷이 나타나고 있다는 데 그 특징이 있다. 이는 시인이 자연을 통해 도덕적 덕목을 유추한다거나, 청명한 자연을 통해 자신을 수양하고 있다거나, 생명의 본질을 응시하며 물아일체의 경지를 추구했던 그의 작품을 통해서 확인할 수 있었다.

즉, 고려후기의 자연관은 자연에 대한 호기심과 완상적 태도, 심미성을 감지했던 이규보의 순응적 자연관에서, 본격적인 성리학적 자연관은 아니나 그 일면이 점차 드러나고 있었던 이제현을 거쳐 이색에 이르러서야 본격적으로 성리학적 자연관이 출현하게 된 것이다.

문학사적 측면에서 거시적으로 본다면 고려후기의 문학과 조선전기의 문학은 유사한 점이 많다. 하지만 그 내막을 세밀하게 고찰해보면 차이점은 여실히 드러나게 마련이다. 이는 자연관에 있어서도 예외적일 수 없다. 고려후기의 자연관이 조선전기에 적지 않은 영향을 준 것은 당연하나 시대적 상황도 다르고 문인들의 취향 역시 많은 변화가 있었던바 자연관에도 변화가 있었던 것으로 보인다. 이에 대해서는 후속 과제로 남겨 두기로 하겠다.

○

제7장

고려후기 역사를 노래한 한시의 여러 양상과 그 의미

1. 영사시의 정의와 사적(史的) 전개

"구리쇠로 거울을 삼으니 옷과 관을 바로잡을 수 있고, 옛날로 거울을 삼으니 흥망을 알 수 있으며, 사람으로 거울을 삼으니 득실을 알 수 있다." 이는 당나라 태종이 충신 위징(魏徵, 580~643)을 잃고서 세 개의 거울 중 하나를 잃고 통곡한 말이다. 인재를 잃고 통곡한 말이지만, 여기에는 역사라는 것이 현재의 거울이자 미래를 짐작케 하는 수단임을 강조하고 있다. 따라서 문인들은 과거를 교훈으로 삼고자 문헌으로 남겨 후세에 전했던 것이다.

흥미로운 사실은 역사서라는 산문으로 전하기 이전, 운문인 『시경』을 통해 이미 전해졌다는 것이다.[1] 그리고 훗날 반고(班固, 32~92)에 의해 효녀의 이야기를 오언으로 읊은 제목이 「영사」라고 하여, 하나의 장르가 만

---

1) 『시경』의 「生民」, 「公劉」, 「綿」, 「皇矣」, 「大明」 등 5편 등은 史詩의 대표라 할 수 있다. 손정인, 「고려후기 영사시 연구―이규보와 이승휴의 작품을 중심으로」, 영남대 박사논문, 1989 참고.

들어졌으니 이것이 이른바 '영사시'이다.

그런데 이 영사시는 역사에 대한 기본 지식은 물론이고, 그 지식 안에서의 거시적이며 예리한 안목, 문학적 소양과 특유의 감수성까지 더해져야 만이 비로소 지을 수 있을 만큼 창작이 쉽지 않은 면도 있다. 작자가 각 작품마다 주석을 내어 독자에게 편의를 제공하고 있다는 점은 이러한 사실을 방증하기도 한다.

이와 같은 장르가 중국에서 꾸준히 창작되었음은 말할 것도 없고, 우리나라에서는 최치원이 「변하회고」를 읊은 이래 고려와 조선조에 이르기까지 꾸준히 창작되었다. 본고에서는 고려 후기의 문인들에 한정하고자 한다. 이는 고려 후기의 역사, 문학사, 정신사 측면에서 중요한 비중을 차지하고 있다고 판단했기 때문이다. 예를 들면 이규보(1168~1241)의 「동명왕편」과 「개원천보영사시(開元天寶詠史詩)」 43수 외 여러 수, 이승휴(1224~1300)의 「제왕운기」 외 여러 수, 이제현(1287~1367)의 「비간묘(比干墓)」를 비롯한 여러 수, 최해(1287~1340)의 「사호귀한(四皓歸漢)」 외 여러 수, 이곡(1298~1351)의 영사시 27수 외 여러 수, 이색(1328~1396)의 「치이자가(鴟夷子歌)」 외 여러 수, 이첨(1345~1405)의 영사시 46수 외 여러 수, 정도전(1342~1398)의 「원유가(遠遊歌)」 등이 그러하다.

고려 후기 영사시 연구의 연구사는 다음과 같다. 손정인은 이규보와 이승휴의 작품을 그의 박사논문을 통해 세상에 알렸으며, 같은 해 이동철에 의해 이규보의 영사시가 밝혀졌다.[2] 이후 김진영과 박성규에 의해 이곡의 영사시가 해명되었으며,[3] 최두식과 곽진에 의해 이제현, 이색, 정도전 등의 영사시가 차례로 해석되었다.[4]

---

2) 손정인, 「고려후기 영사시 연구─이규보와 이승휴의 작품을 중심으로」, 영남대 박사논문, 1989.; 이동철, 「이규보 영사시 고」, 민족어문학회, 1989.

3) 김진영, 『이규보문학연구』, 집문당, 1984.; 박성규, 「이곡의 영사시연구─신흥사대부의식의 몇 국면」, 한국한문학회, 2000.

이러한 연구 성과는 개별 작가에 대한 내면의식을 비롯하여, 영사시 특징 등을 잘 밝힌 결과라 할 수 있다. 그러나 이들 전체를 아울러 통시적으로 본 글이 부족하다고 판단되어, 본고는 이를 시도해보고자 한다. 즉 선행연구 성과를 바탕으로 하여 고려 후기 전체의 영사시 테마 연구를 진행할 것이다. 이는 고려후기 여러 작가들에 의해 지어진 영사시를 분석하여 그것의 제현상과 그 동인, 의미까지 파악하는 데 목적을 둔 것이자 통시적 안목을 통해 고려후기 영사시의 특징을 명료하게 파악하기 위함이다.

2. 유가의 정통적 사관의 발현−춘추필법의 대의 강조

영사시에 있어 빠질 수 없는 부분 가운데 하나가 민족중심의 역사 계승의식이라 할 수 있다. 이는 영사시의 창작동인을 알려주는 동시에 어떠한 방식으로 글을 썼는가에 대한 해답도 줄 수 있는 대목이다.

이규보의 「동명왕편」 역시 민족적 자각을 일깨우는 작품이라는 평을 비롯하여 민족자주의식을 천발했다는 등 갖가지 수식이 붙는 작품이다. 선행연구가 있는 만큼 중언부언할 필요는 없지만[5] 영사시를 거론할 때 이 작품을 제외한 언급은 불가하므로 간략히 일부만 살펴보기로 하겠다.

동명왕편

(…전략…)

동명왕이 서쪽으로 순수할 때

---

4) 최두식, 「고려말의 영사시」, 동아대 석당전통문화연구원, 1988.; 곽진, 「여말 영사시에 나타난 역사인식의 특징」, 『한문학보』, 2000.

5) 특히 이동철의 『백운 이규보 시의 연구』 43~50面까지 기존 연구에 대한 분석이 자세히 기술되어 있다.

우연히 새하얀 고라니를 얻어
해원 위에 거꾸로 달아매고
감히 스스로 저주하기를
하늘이 비류에 비를 내려
도성과 변방을 표몰시키지 않으면
내가 너를 놓아주지 않을 것이니
너는 내 분함을 풀어다오
사슴의 우는 소리 매우 슬퍼
위로 천제의 귀에 사무쳤다
장맛비가 이레를 퍼부어
주룩주룩 회수 사수를 넘쳐나듯
송양이 근심하고 두려워하여
물결 따라 갈대 밧줄을 가로 뻗쳤다
백성들이 다투어 와서 밧줄을 잡아당겨
서로 쳐다보며 땀을 흘리었다
동명왕이 곧 채찍을 들어
물을 그으니 곧 멈추었다
송양이 나라를 들어 항복하고
이 뒤로는 우리를 헐뜯지 못하였다
(…후략…)6)

주지하듯 「동명왕편」은 고구려의 건국 신화이자, 건국시조인 주몽에
대한 영웅서사시이다. 그 가운데 인용된 부분은 『동사강목』, 『신증동국
여지승람』, 『세종지리지』 등 우리나라의 역사책에 빠지지 않고 등장하는
부분이다. 전고에 대한 이해가 쉽지 않아 문집의 소주에는 다음과 같은

---

6) 李奎報, 「東明王篇」, "(前略) 東明西狩時, 東明西狩時. 倒懸蟹原上, 敢自呪而謂. 天不雨沸流,
漂沒其都鄙. 我固不汝放, 汝可助我憤. 鹿鳴聲甚哀, 上徹天之耳. 霖雨注七日, 霈若傾淮泗. 松讓
甚憂懼, 沿流謾橫葦. 士民競來攀, 流汗相眙. 東明郞以鞭, 畫水水停沸. 松讓擧國降, 是後莫予訾.
(後略)" 『東國李相國集』 卷3, 『叢刊』 卷1, 315面.

설명이 있다. "서쪽을 순행하다가 사슴 한 마리를 얻었는데 해원에 거꾸로 달아매고 저주하기를 '하늘이 만일 비를 내려 비류왕의 도읍을 잠기게 하지 않는다면 내가 너를 놓아주지 않을 것이니, 이 곤란을 면하려거든 네가 하늘에 호소하라.' 하였다. 그 사슴이 슬피 울어 소리가 하늘에 사무치니, 장맛비가 이레를 퍼부어 송양(불비국)을 잠기게 하였다. 송양의 왕이 갈대 밧줄로 흐르는 물을 횡단하고 오리 말을 타고 백성들은 모두 그 밧줄을 잡아당겼다. 주몽이 채찍으로 물을 긋자 물이 곧 줄어들었다. 6월에 송양이 나라를 들어 항복하였다 한다."

여기에서 한 번쯤 생각해 볼 부분 가운데 하나는, 다소 황당한 이 이야기가 유가적 사관이라 할 수 있는 공자의 "불어괴력난신(不語怪力亂神)"과 어떻게 연결이 되는가이다. 왜냐하면 이규보 자신이 유자임을 누차 강조한 바 있기 때문에[7] 이러한 논리라면, 위의 작품은 유가의 사관과 위배되기 때문이다.

이를 해결하기 위해 살펴볼 수 있는 것은 우선 하늘이 주재자[天主觀]라는 인식이다. 유가에서의 하늘이란 만물을 낳는 근원이면서 동시에 만물을 키워주는 존재로 인식하기 때문에 천사상을 빼고 유가의 정통론을 언급하기란 어려운 것이다. 원문에서도 "상철천지이(上徹天之耳)"라 하여 사슴의 슬픈 울음을 들어주었기에 비를 내렸다는 이야기는 유가의 천사상과도 결부되고, 또한 「동명왕편」에서의 동명왕 자체가 신성성을 지닌 인물로의 설정이라는 점이 이를 방증한다.

다음으로는 감계적(鑑戒的) 성격을 들 수 있다. 일찍이 역사서인 『사기』와 『자치통감』에 기저하고 있는 이 성격은 역사 자체가 지나간 시간과 현재 그리고 미래를 비추는 거울이므로 이러한 성격이 강하게 작용한다

---

7) 上揭書, 380面. 「六月十七日 訪金先達轍 用白公詩韻賦之」; 383面. 「次韻趙亞卿冲見和」; 394 面. 「是日宿普光寺 用故王書記儀留題詩韻 贈堂頭」 외 다수의 작품에서 밝히고 있다.

고 볼 수 있다. 인용된 부분에서도 이러한 성격은 확인할 수 있으며 「동명왕편」 전편에 걸쳐 감계적 성격이 잘 드러나 있다.

마지막으로 교훈적(教訓的) 성격을 들 수 있다. 이는 감계를 통한 가르침을 말하는데 유가의 경서라 불리는 『시』, 『서』, 『역』의 내용이 대체로 그렇다. 「동명왕편」은 영웅이 온갖 시련을 극복하고 나라를 창업하게 되는 역사적인 서사시이다. 그렇기에 감계적, 교훈적 성격을 위해 때로는 역사 사실을 변개하기도 산삭하기도 부연하기도 한 것으로 볼 수 있다.[8]

이러한 성격 등으로 말미암아 본다면 역사를 사실 그대로 전하고 위의 성격이 빠진다면 유가의 정통론이라 보기는 어렵다는 결론에까지 이른다. 이는 공자가 포폄을 가한 『춘추』에서도 확인할 수 있으며, 훗날 사마천을 비롯한 사관들은 이를 따랐다.[9] 현재의 실록이란 한쪽에 치우친 포폄을 가했기 때문에 '사실기록' 즉 실록으로 바뀐 것이다. 그런데 여기에서 주의해야 할 점이 있다. 바로 포폄이라는 것은 사실 기록의 바탕 위에 있다는 것이라는 점이다. 사실을 기저로 포폄을 가한 것이지 사실을 차치한 사가의 포폄은 불가하다는 것이다.

소결하면 이규보의 「동명왕편」은 『구삼국사』를 읽은 후 사실을 기반으로 백성에게 감계적, 교훈적 글을 남기고자 유가의 정통론을 고수하면서 다소 변개한 서사시라 할 수 있다. 여기에는 독자들에게 자국역사에 대한 자긍심을 갖게 하는 것은 물론이고 흥미를 유발하고자 한 점과 또 자신의 문재(文才)를 과시하고자 하는 측면이 있음도 중요한 사실 가운데 하나다.

문재 과시의 측면에서 작품을 해석한다면, 「동명왕편」의 저작 시기가

---

8) 이에 대해서는 앞 손정인(1989)의 글 55~67면에 자세히 나와 있으므로 여기서는 생략한다.
9) 중국의 학자 陳桐生은 『사기의 탄생, 그 3천년의 역사』에서 "『사기』는 천도관, 사도관이 하나로 통일된 거대한 사상체계를 확립함으로써 수천 년 중국의 사관문화 정통을 종합하였다."고 주장한 바 있다.(장성철 옮김, 청계, 2004)

이규보의 나이 26세 때의 일인데, 1년 후 「개원천보영사시」도 지었으며, 시랑 장자목(張自牧)에게 「백운시(白韻詩)」를 지어 벼슬을 구하고자 하는 뜻을 피력한 사실이 있기에 민족중심의 역사 계승과는 다소 거리가 있어 보인다. 이와 같은 그의 태도는 「개원천보영사시」 가운데 「칠보산」에서 장구령(張九齡)의 문재를 부러워하거나,[10] 「미인아필(美人呵筆)」에서 임금의 총애를 부러워하는 시를 통해서도 알 수 있다.[11]

결국 「동명왕편」은 그간 평에서 '민족중심의 역사 계승의식'을 천발하고 있다고는 하지만, 위와 같은 사실을 비춰본다면 반드시 그 비중이 크다고 볼 수 있는 것만은 아니라는 결론에까지 이를 수 있다. 그렇다 하더라도 작품의 창작 동인이 어느 한쪽에 치우쳐 해석하기보다는 민족자긍심의 고취, 벼슬을 위한 창작, 무인 집권 시기의 문인의 역할 등 다양한 각도에서 해석하는 것이 온당하다고 본다.

다음은 이승휴의 「제왕운기」이다. 이 작품 또한 민족중심의 역사 계승이라는 측면에서 훌륭한 작품으로 손꼽는 글 가운데 하나다. 작품을 통해이 글의 목적과 의의에 대해 살펴보기로 하자.

제왕운기

요동에 하나의 천지가 별도로 있으니
중국과 더불어 구역은 나뉘어
큰 파도 넓은 바다가 삼면을 둘러쌌고
북쪽의 육지는 하나의 선처럼 이어졌네
가운데 사방 천 리가 바로 조선이라
강산의 승경은 이름이 천지에 뻗쳐

---

10) 上揭書, 329面. 「七宝山」 "談經漢殿惟重席, 落筆龍門只奪袍. 爭及開元張學士, 獨升七宝玉山高."
11) 上揭書, 329面. 「美人呵筆」 "丹口何須用意呵, 君恩纔煦暖先加. 謫仙才思春葩艷, 却對紅顔一倍多."

농사짓고 우물 파며 예의 바른 국가이기에

중원사람들은 소중화라 이름을 지었네.12)

주지하듯 「제왕운기」는 상권에 중국의 역사를, 하권에 우리나라의 역사를 모두 2,370자의 운문으로 쓴 글이다. 인용된 부분은 하권 첫 부분인 「지리기」 전문이다. 하권의 시작을 우리나라가 중국과 분명 다른 나라임을 규정하고 산과 바다로 둘러싸인 승경의 나라로 천명하고 있다. 또한 동방예의지국이라 하여 이를 인정한 중국인들이 '소중화'로 부를 정도로 나라는 작지만 중화에 비견됨을 아울러 밝히고 있다. 이렇듯 이 작품에는 민족중심의 역사 계승의식이 잘 드러나 있다.

이규보의 「동명왕편」이 1194년경에 창작되었으니, 여기에는 1170년 무인의 난이라는 사건이 있으며, 이승휴의 「제왕운기」는 1287년에 지은 것으로13) 1231년 몽고의 침입이 있었다. 모두 굵직한 역사적 사건을 배경으로 한 것이다. 전언한 것처럼 이규보가 벼슬하기 전에 문재를 자랑하기 위해 창작된 글이라 하더라도 분명 민족중심의 역사 계승의식이 드러나 있다는 점은 부인하기 어렵다. 이승휴의 「제왕운기」 역시 몽고의 침입으로 인한 항몽문학의 한 측면으로 보는 견해 또한 고려후기 원의 복속국에 있던 시기의 산물이라는 점을 무시할 수 없다. 그렇다하여도 두 굵직한 역사적 배경으로만 작품을 해석하기에는 다소 무리가 있어 보인다. 이에 대한 보다 구체적 증거로는 「제왕운기」 서문과 편말에 쓴 주석이다.

서문에는 "지금까지 책에 수록되지 않은 것은 우선 분명하게 익히고 본 바를 근거로 삼았고, 풍영에 전파되어 그 선한 일은 법이 될 만하고 악한 일은 경계가 될 만한 것은 곧 그 일에 따라서 춘추필법처럼 쓴 것이

---

12) 李承休, 『帝王韻紀』 「地理紀」 "遼東別有一乾坤, 斗與中朝區以分. 洪濤萬頃圍三面, 於北有陸連如線. 中方千里是朝鮮, 江山形勝名敷天. 耕田鑿井禮義家, 中人題作小中華."

13) 上揭書, 「帝王韻紀進呈引表」에 보면 "至正二十四"로 되어 있다.

다.”라고 했다.14) 또 편말에 다음과 같은 기록이 보인다. “어떤 사람이 힐
난하기를 ‘그대가 편수한 「제왕운기」는 모두가 7언으로써 일을 서술하다
가 본조에 와서 오언으로 지은 것은 무슨 이유인가? 그것은 다른 의미가
있는가?’ 하고 묻기에 ‘시작은 5언에서 시작하여 7언으로 마치는 것인데,
지금 이렇게 지은 뜻은 처음에 본조에서 일어났으므로 일어난바 시초로
마친 것이니, 대개 공자가 『춘추』를 닦은 뜻인 것이다.’ 했다.”15)

이로 본다면 이승휴의 「제왕운기」의 창작 동인과 목적이 춘추필법에
있음을 확인할 수 있고, 이것이야말로 고려시대 문인들의 사관의 기저라
할 수 있다. 이를 증명하는 또 다른 작품이 있으니, 바로 이제현의 작품
「비간묘」이다.

비간묘

주왕이 예를 갖춰 은나라 신하의 무덤 만들어 준 것은
충직으로 간언하다 희생당함을 애석하게 여기기 때문인데
무슨 일로 화양으로 말을 돌려보낸 후에는
포륜으로 채미한 사람에게 사과하지 않았을까16)

이제현의 영사시는 대략 50수 정도이다.17) 다른 문인들처럼 영사시라
는 장르로 연작을 하지는 않았으나, 중국을 세 차례 오가며 사적을 보고
지은 작품이 많으며 주제 의식이 또렷하다. 인용문은 은나라 비간의 무덤

---

14) 上揭書, 「帝王韻紀序」 “若夫今之未著方策者, 姑以彰彰耳目所熟, 爲據播于諷詠, 其善可爲法,
   惡可爲誡者, 輒隨其事而春秋焉.”
15) 上揭書, 「帝王韻紀」篇末注 “或難曰, 子之編修帝王韻紀, 皆以七言敍事, 而至於本朝, 則用五言
   者何也? 其有指乎? 答且詩之作, 始於五言, 而終於七言者也. 今夫制作之意, 始起於本朝. 故終
   之以所起之始, 蓋夫子修春秋之志也.”
16) 李齊賢, 『益齋亂藁』 卷1, 「比干墓」 “周王封墓禮殷臣, 爲惜忠言見殺身. 何事華陽歸馬後, 蒲輪
   不謝採薇人.” 『叢刊』 卷2, 509面.
17) 곽진, 「여말 영사시에 나타난 역사인식의 특징」, 『한문학보』, 2000 참고.

을 보고 이에 창작한 것이다. 독자를 위해 주석을 두었으니 다음과 같다.

"이 무덤은 위주(衛州) 북쪽 십 리쯤 되는 거리에 있다. 대개 주무왕이 만든 봉분이고, 당태종도 정관 연간에 이곳을 지나다가 친히 제문을 지어 제사했는데, 그 비석에 새긴 글자는 모두 없어졌으나 몇 자쯤은 알아볼 수 있다. 대개 이 두 임금이 다른 시대의 신하를 이토록 잊지 못한 것은 그의 충성을 장하게 여기고 그의 죽음을 불쌍히 여긴 때문이 아니겠는가? 그러나 무왕은 은나라를 이긴 후에 백이를 가벼이 여기고 태종도 요동을 정벌하던 날 위징에게 의심을 품었으니 이는 무엇 때문이었을까? 내가 이 시를 짓는 것은 역시 『춘추』에서 현자를 책비하는 의이다."

이러한 주석이 없었다면 작품을 온전하게 해석하기란 쉽지 않아 보인다. 작품의 문면을 살펴보면 비간과 백이를 애석하게 여기고 지은 작품 정도로 해석할 수 있을 것이다. 저자의 의도가 분명하게 드러나지 않을 것을 예상하고 주를 낸 것이다. 주석의 핵심은 단연 "『춘추』에서 현자를 책비하는 의"에 있다. '책비'란 훌륭한 사람에게 조그마한 잘못도 지적하여 완전무결을 요구하는 것이다. 즉 아무리 성군인 무왕이라 하더라도 백이를 찾지 않은 것이 잘못임은 언외지의(言外之意)로 드러내고 있는 것이다. 또한 시에는 언급하지 않았지만 주석을 통해서도 태종이 위징을 의심한 것은 잘못된 행동이라고 지적하고 있다. 결국 작자는 백이와 위징을 통해 무왕과 당태종의 잘못을 지적하는 춘추필법을 강조하고 있는 것이다.

이규보나 이승휴 그리고 이제현 외에 이색의 영사시에도 다음과 같은 작품이 있다. "삼분 오전은 오랫동안 전해 온 게 없으니, 산정한 공부가 전보다 훨씬 낫네. 멀리 당우의 간우로 춤춘 것을 생각하고, 다시 탕무의 전쟁 일삼은 것을 찾도. 공양씨의 깨끗함은 춘추전에 빛나고, 사마천의 호걸함은 사기에 남겨졌네. 필삭하여 춘추 짓자 기린이 절로 나왔고, 주자 강목은 하늘에 운행하는 해와 같네."[18] 또 이첨은 "세상사람 모두가 신생에 대해 평가하지만, 부모를 사랑하나 도리어 자식 죽인 누명만 더했네. 그러나 신의는 지하에서 썩지 않으리니, 춘추의 필법이 자못 분명하다네."19)라고 하였다. 이러한 작품들을 통해 고려 후기의 문인들 즉 이규보로부터 이첨에 이르기까지 한결같이 모두 유가의 정통적 사관을 고수하고 있었음을 확인할 수 있었다. 그리고 그 의미는 춘추필법의 대의를 강조한 점으로 귀결시킬 수 있을 것이다.

이제까지 춘추필법을 강조한 작품들을 살펴보았다. 그런데 이러한 작품들과 더불어 동일한 주제로 창작된 수많은 작품들이 있다. 그것은 바로 현실에 대한 비판과 세태를 풍자한 영사시이다. 이에 대해서는 장을 바꿔 살펴보기로 하겠다.

3. 현실비판과 세태 풍자—도덕적 패러다임 제시

당대의 현실비판은 시대를 막론하고 그것을 했던 자신에게 득이 되지 못한다. 오히려 잃을 것이 많을 뿐이다. 그래서 간신(諫臣)이 되기 전까지는 그 자리에 있는 사람을 비판하다가, 자신이 그 직위에 오르면 실천하지 못해 비판을 받는 경우가 허다하다.

사관 또한 마찬가지이다. 고려시대만 봐도 유천우(兪千遇)는 "최충헌의 은혜를 입었으니 어떻게 그 악을 후세에 전하겠는가?" 하면서 사적에 기록하지 않았고, 박훤(朴暄) 또한 최이(崔怡)의 공적을 과장하여 책을 내 그

---

18) 李穡, 「詠史有感」, "三墳五典久無傳, 刪定功夫遠勝前. 緬想唐虞舞干羽, 更尋湯武事戈鋋. 公羊淸映春秋傳, 司馬豪留史記篇. 筆削作經麟自出, 考亭綱目日行天." 『牧隱稿』 卷7, 『叢刊』 卷4, 44面.

19) 李詹, 「晉獻公」 "人間萬口鼎申生, 愛父還加致子名. 却信地中応不朽, 春秋一筆按分明." 『雙梅堂篋藏集』 卷1, 『叢刊』 卷6, 311面.

에게 바친 사례가 있다. 모두 학자의 곡학아세의 전형이라 볼 수 있다.[20]

하지만 학자라면 나라를 걱정하고 이를 비판하며 옳은 소리를 하지 않을 수 없다. 특히 이규보는 무인의 난이라는 특수한 상황에 있어 때로 그들을 비호했다는 비판을 받기도 했으나, 유자로서 당대 현실을 비판한 학자였으니, 두 관점이 있다는 것은 오히려 당연하다 하겠다.

성취초

홍경지 남쪽 자줏빛 풀 무성한데
맑은 향 코를 찌르니 난초와 같네
이 풀이 술을 깨운다고 말하지 마소
군왕이 여색에 취해 어두워도 깨우지 못하니[21]

작품 서두에 다음과 같은 글이 보인다. "『유사』에 '홍경지 남쪽 언덕에 풀 몇 포기가 났는데, 자줏빛 잎에 향기가 맑았다. 한 사람이 술에 취하여 그 옆을 지나다가 술이 저절로 깨어 버린 일이 있은 뒤로는 취한 자가 그 풀잎을 따서 향내를 맡으면 즉시 깨어나므로 이름을 성취초라 했다.' 하였다."[22] 이러한 부분과 작품 전체를 통해서, 시가 즉흥적으로 창작되기도 하지만 이처럼 의도적으로 소재를 골라 분명한 목적의식 아래 쓸 수도 있음을 알 수 있다. 홍경지는 당나라 현종 때 홍경궁(興慶宮) 안에 있던 연못의 이름이며, 성취초는 그 연못가에 있던 풀이다. 향기가 워낙 좋아 술에 취한 사람도 깨우게 한다는 설이 있어, 이규보가 이를 소재로 취한 것이다.

기구와 승구는 작품의 서막에 불과하고, 정작 작자가 하고픈 말은 전구

---

20) 이에 대해서는 이동철의 「이규보 영사시 고」(민족어문학회, 1989)를 참고했다.

21) 李奎報, 「醒醉草」, "興慶池南紫草繁, 淸香撲鼻似蘭蓀. 莫言此草能醒酒, 未解君王色醉昏."『東國李相國集』卷4,『叢刊』卷1, 330面.

22) 上揭書, 330面. 「醒醉草」, "遺事曰 '興慶池南岸, 有草數叢, 葉紫而芯, 因有一人醉過於草傍, 不覺失醉態. 後有醉者摘草嗅之, 立然醒悟. 故目爲醒醉草.'"

와 결구에 있다. 다시 말해 제아무리 성취초가 있다 한들 군왕의 여색을 깨울 수 없으니 아무짝에도 쓸모가 없다는 것이다. 시적 배경 자체가 당나라 현종 때이니 현종을 겨냥한 말임은 틀림없다. 자신의 며느리이자 35 살이나 연하인 양귀비에게 빠져 어진 정치는 온데간데없고 패망의 길로 접어들고 있음을 직접 드러내고 있는 것은 말할 것도 없다. 문제는 고려 후기의 영사시가 대체로 그렇듯 중국의 역사 비판이 당대 문인들에게 어떠한 의미가 있느냐는 것이다. 실제 의미가 있으려면 당연히 중국의 역사를 빌어 당대의 문제를 다루어야만 한다.

이규보의 경우도 마찬가지다. 인용된 시는 「개원천보영사시」 가운데 한 수로 이규보의 나이 27세 때, 당 명황을 중심으로 한 사실에서 소재를 취하여 43수를 읊었으니 모두 당대의 현실 문제를 다루기 위함이었다.[23]

그렇다면 이규보의 나이 27세면 1195년이 되며 고려 명종의 재위가 1171년부터 1197년까지이므로 이때가 해당된다. 명종의 집권 시기는 고려 후기 가운데에서도 매우 혼란한 시기 가운데 하나라 할 수 있다. 권력을 장악한 무신들 내부의 갈등은 말할 것도 없고 김보당(金甫當), 조위총(趙位寵)이 군사를 일으킨 일, 각지의 농민 반란, 정중부(鄭仲夫)와 아들 정균(鄭筠)에 의해 이의방이 살해되었고, 경대승(慶大升)의 실권 장악, 다시 이의민(李義旼)의 정권 장악 등 소음이 끊이지 않던 시기다. 이로 본다면 인용된 작품은 여색과는 무관하게 무인들에게 정권을 빼앗긴 무능한 정부, 혼미한 임금에 대한 통탄으로 해석됨이 마땅하다.

이규보의 이러한 작품 유형, 즉 중국의 사례를 들며 당대 현실 문제에 대해 목소리를 높이는 방식의 작품은 다른 문인들에 있어서도 마찬가지이다. 정도전의 「원유가(遠遊歌)」는 이를 대표한다.

---

23) 이에 대해서는 김진영의 『이규보문학연구』(집문당, 1984)를 참고했다.

원유가

술을 차려 손이 집에 가득하니
일어나 춤추며 먼 곳에서 노래 부르며 논다
멀리 노는 것이 또한 어느 곳인가
구주요 다시 구주로다
아침에는 동정호 물결에 노질하고
저물 때는 역수의 흐름에 배를 댄다
사방으로 돌아보아 멀리 시력을 달리면서
태평하던 시대를 상상하여 본다
(…중략…)
배회하며 옛날과 이제를 느끼다가
해가 저무니 내 수레를 돌리었다
당에 가득한 손이 흩어지지 않았으니
술을 들어 서로 주고받는다
높은 노래가 곡조를 맞추지 못하니
그대를 위하여 두 줄기 눈물을 흘리노라.24)

　정도전이 조선의 개국공신임은 틀림이 없으나 한때 고려를 위한 충직
한 신하이기도 했다. 인용된 작품은 제목만 볼 때 마치 멀리 놀러 가면서
흥회나 부르는 것 같으나 실제 내용은 이와 반대다. 지면상 많은 부분을
생략했으나 내용은 이렇다.
　전반부에서는 뱃놀이를 시작하는 흥회를 얘기하고 중국의 태평시대를
회상한다. 중반부에서는 중국 최초의 통일국이자 강대국이었던 진나라의
패망에 대해 얘기하고 있다. 후반부에서는 전반부의 흥이 슬픔으로 전환
되고 있다. 태평성대도 잘 계승하지 못한다면 곧 망한다는 진리 때문이다.

---

24) 鄭道傳,「遠遊歌」, "置酒賓滿堂, 起舞歌遠遊. 遠遊亦何方, 九州復九州. 朝枻洞庭波, 暮泊易水
　流. 四顧騁遲矚, 想像雍熙秋. (中略) 徘徊感今昔, 日晏旋我輈. 滿堂賓未散, 擧酒相獻酬. 高歌
　未終曲, 雙涕爲君流"『三峰集』,『叢刊』卷5, 290面.

이처럼 정도전 또한 영사시를 통해 우의적으로 임금이 경계해야 함이 어디에 있는지 말하고 있다. 즉 우리나라의 역사는 단 한마디 언급하지 않았지만 "어느 나라의 역사이건 그것이 곧 거울"이라는 인식이 있었던 것이다. 그렇기에 하은주의 태평한 시대도 단 한 순간에 진나라처럼 망할 수 있음을 강조하고 있다.

이와 같은 역사인식, 즉 진나라의 패망은 감계가 된다는 것은 이제현의 「사호귀한(四皓歸漢)」에서도 잘 드러난다. 그는 "포옹은 비사에 굴하지 않았나니, 차마 한나라가 진나라 꼴이 될까봐서라."[25]라고 하여 진나라의 패망을 감계로 하여 영사시를 지었던 것이다.

결국 인용된 작품 또한 중국의 역사를 거울로 삼을 것임을 강조한 작품으로 해석할 수 있을 것이다. 작품의 서두에 "공민왕이 돌아간 노국공주를 위하여 영전을 지으려고 토목의 역사가 크게 일어났으므로 공이 주나라와 진나라의 득실을 비교하여 풍자하였다."라고 하여, 이러한 해석을 확인해 주면서 동시에 구체적인 창작 의도를 보여주고 있다. 실제로 공민왕은 노국공주의 영전을 위해 무려 7년간의 토목공사를 시행한다.[26] 따라서 문인이자 사대부로서의 선택은 글을 통해 당대현실을 비판하고 군왕으로서 위정자로서의 길을 제시하는 데 있었던 것이다.

앞 두 작품이 임금에 대한 비판과 풍자였다면 다음 작품은 이규보가 지은 벼슬아치에 대한 비판이다.

기사주

연공이야 잊는 일 없었으련만
일을 기억함은 오히려 하나의 감색 구슬에 의지하네
어인 일로 후세에 벼슬하는 자들은

---

25) 李齊賢, 『益齋亂藁』卷3, "逋翁不爲卑辭屈, 未忍劉家又似秦." 『叢刊』卷2, 526面.
26) 김창현, 『신돈과 그의 시대』, 324面 참고, 푸른역사, 2006.

귀 막고 눈 가리며 일부러 모르는 척 하는지27)

여기에서 '연공'이란 당나라 현종 때의 재상 장열(張說)의 봉호를 가리
킨다. 이에 대해 작품 서두에는 다음과 같은 글이 있다. "『유사』에 '장열
이 재상이 되자 어떤 사람이 구슬 하나를 선사해 왔다. 보랏빛에 광채가
있었고 이름을 기사주라 하여, 혹 잊은 일이 있을 때 손에 들고 만지작거
리면 심신이 문득 명랑해지면서 기억이 죄다 떠오르므로, 장열이 비장해
두고 보물로 삼았다.' 하였다."

보통의 영사시에 대한 주석이 인물에 대한 설명이나 시의 의도를 알려
주기 위한 것이라면, 여기서의 주석은 단순히 '기사주'에 대한 설명뿐이다.
대개 한시가 선경후정(先景後情)이라는 형식을 취한다고 본다면, 여기서의
선경은 장열처럼 훌륭한 인물 정도 되어야 기사주가 필요하다는 것에 속한
다. 그렇다면 실제 하고픈 말, 즉 후정에 해당하는 구절은 전구와 결구이다.
벼슬하는 사람이 오히려 필요로 해야 할 기사주는 찾지 않고, 도리어 귀 막
고 눈 가리며 일부러 바보인 척을 한다는 것이다. 이는 문인으로서 위정자
에 대한 신랄한 비판이다. 특히 무인집권시대에 있어서 저와 같은 비판이
본인에게 위태로움을 초래한다는 사실은 모를 리 없지만, 이를 감내하여
표현한 것만으로도 그가 비겁한 문인은 아니었음을 방증한다.

흥미로운 것은 그가 현실비판을 넘어 위정자에게 도덕적 덕목을 갖춰
신하에 대한 예우를 갖출 것을 요구한다는 것이다. 그가 「보련소학사(步輦
召學士)」라는 작품에서 "『유사』에 '명황이 편전에서, 요원숭의 시무론을
깊이 음미하고 있었다. 마침 7월 15일이었다. 굳은비가 계속 내려 진흙이
신발을 덮었는데 임금이 근시에게, 보련을 메고 가서 학사를 불러오라고

---

27) 李奎報, 「記事珠」, "燕公遺闕想応無, 記事猶憑一紺珠. 底事後來居位者, 錮聰塗眼故昏愚." 『東
    國李相國集』 卷1, 『叢刊』 卷1, 330面.

하였다. 그때 요원숭이 한림학사로 있었다. 조야(朝野)가 다 이를 큰 영광으로 여겨 부러워했으니, 예부터 어진 이를 대우하는데 이러한 예는 없었다.' 하였다."[28]고 하여, 선비로서의 대우는 곧 어진 정치로 이어진다는 『맹자』의 사상으로까지 연결하고 있다.

이와 같은 이규보의 태도는 이제현의 작품에서도 나타나는데 예를 들면 "선비를 중히 여기고 궁한 이 가엾이 여기는 뜻 절로 깊은데, 어떻게 한 그릇 밥으로 천금을 바랐겠는가."[29]라고 하여 선비의 대우가 중함을 강조하거나, 8세로 등극한 충목왕의 스승이 되어 "옥에 흠이 있는 것은 반드시 훌륭한 장인을 기다려 쪼고 다듬은 뒤에야 보배로운 기물을 이룰 수 있습니다. 그렇듯 임금이라고 하여 어떻게 다 과실이 없을 수 있겠습니까. 반드시 훌륭한 신하의 계옥(啓沃)을 기다린 뒤에야 그 성덕을 성취시킬 수 있습니다."라고 한 데에서도 드러난다.

이처럼 고려시대 문인들은 영사시를 통해 때로는 임금에게, 때로는 위정자에게 비판과 경계, 그리고 요구사항 등을 표출했던 것이다. 또한 다음 작품과 같이 위정자의 모범을 제시하면서 하나의 기준을 마련하기도 했다.

장강묘

도정 아래 바퀴 묻고 화 풀지 못하더니
단거 몰고 곧장 광릉성으로 달려갔지
가련하구나 다섯 길 높이의 산 앞 무덤이어
장영에게만 흙을 지고 봉분하게 하였으니[30]

---

28) 上揭書, 327面.「步輦召學士」, "遺事云. 明皇在便殿, 甚思姚元崇論時務. 七月十五日. 苦雨不止, 泥濘盈迹, 上令侍御者攙步輦召學士. 時元崇爲翰林學士, 中外榮之, 自古急賢, 未之有也."
29) 李齊賢,「淮陰漂母墳」"重士憐窮義自深, 豈將一飯望千金"『益齋亂藁』卷1,『叢刊』卷2, 512面.
30) 李穀,「張綱墓」"亭下埋輪意未平, 單車直走廣陵城. 可憐五丈山前冢, 獨使張嬰負土成."『稼亭

인용된 작품은 이곡이 원나라를 가면서 장강이라는 사람의 무덤을 지나다 지은 시다. 영사시의 장점이자 매력 가운데 하나를 꼽으라면 인용된 작품처럼 잘 모르는 인물에 대한 정보라든지, 역사적 사실, 전고 등 지식 전달에 있다고 할 수 있을 것이다.

"장강이라는 사람은 순제(順帝) 때 사람이다. 그가 지방 풍속을 순찰하라는 명을 받자, 타고 갈 수레의 바퀴를 낙양 도정의 땅에 묻고서 승냥이와 늑대가 지금 큰길을 막고 있으니, 여우와 살쾡이 따위야 굳이 따질 것이 있겠는가 하고는 곧바로 당시의 권간 양기(梁冀)를 탄핵하면서 그가 속으로 임금을 업신여긴 15조목의 일을 열거하여 경사를 진동시켰다. 양기가 그를 광릉태수로 내보내자 병마를 요구하는 전임 태수들과는 달리 조촐하게 단거(單車)로 부임한 뒤에 이졸 10여 명만을 거느리고 장영(張嬰)의 군영으로 들어갔다. 장영은 기병하여 자사(刺史)와 고관을 죽이는 등 양주와 서주 일대를 장악하고 약탈하면서 10여 년간이나 위세를 부렸는데 그동안 조정에서는 그를 제어하지 못했다. 그런데 장강의 설득을 받고는 감복하여 회개하고 투항하였으며, 장강이 죽었을 때는 장영 등 500여 인이 상복을 입고 장지까지 등에 흙을 지고 와서 봉분을 했다."는 기록이 전한다.[31] 정리하면, 인용된 작품은 도적의 괴수를 찾아가 감화시켜 그들의 무리를 양민으로 돌아오게 한 치적을 노래한 것이다. 이곡의 이와 같은 작품 외에도 「홍도문학(鴻都門學)」, 「양구(陽球)」 등에서 한나라의 문풍을 비판했지만 결국 고려의 문풍을 비판하기도 했다.

이규보의 경우에는 「의죽(義竹)」이나 「설수(蔎鬚)」, 『명황잡록』 등에서 임금의 우애를 칭송하였으나 얄팍해지는 인간의 정, 즉 세태를 비판하는 데 사용하기도 하였다.[32] 또 이첨은 장백이나 위징 같은 간신(諫臣)의 충

集』 卷15, 『叢刊』 卷3, 190面.
31) 『後漢書』 卷56, 「張綱列傳」 고전번역원 웹DB 주석 참고.

언을 받아들이지 않은 위정자를 비판하기도 했다. 이처럼 고려 후기의 문인들은 중국의 역사를 읊되 거기에는 당대 현실에 대한 비판이 반드시 들어 있으며, 비판에 그치지 않고 도덕적 패러다임을 제시하기도 했다. 이는 고려 후기 문인들의 업적을 통해서도 확인할 수 있다. 곧 그들은 현실에 대한 비판에 머무르기보다는 개혁으로 이끌어 성취했다는 것이다. 이를테면 이곡이 동녀징발을 막거나 고려의 풍속을 유지시키려 황제에 소를 올린 것이 대표적이다.33) 앞서 정도전의 「원유가」가 비록 영전을 짓는 데 막지는 못했으나 문인으로서의 자신의 목소리를 내었기에 가치가 있는 것이다.

　이상으로 영사시를 통한 현실비판과 풍자 그리고 그 강조하는 바를 살펴보았다. 다음으로는 역사적 인물 묘사를 통한 작자의 처세관 표출에 대해 살펴보고자 한다.

4. 역사적 인물로의 내면 투사―우의적 처세관 표출

　전언했던 것처럼 이규보는 영사시 「칠보산」에서 장구령의 문재를 부러워하기도 했고 「미인가필」에서 임금의 총애를 부러워했다. 이 모두 자신의 심사를 투영한 것으로 해석되는데, 이는 이규보에 대한 선행연구에 따른 어느 정도의 선입관이 도입되어 돌출된 것임을 부정할 수는 없다. 어느 시대의 문학작품이건 현실과 동떨어진 해석은 있을 수 없다. 그렇다고 이상향을 노래하거나 다른 의도로 창작된 작품을 무조건 현실과 결부시

---

32) 李奎報, 『東國李相國集』 卷4, 『叢刊』 卷1, 329面.

33) 李穀, 「代言官請罷取童女書」, "竊聞古之聖王其治天下也. 一視而同仁 … 萬物育焉, 不勝幸甚."『稼亭集』 卷8, 『叢刊』 卷3, 148面.

커 해석할 수도 없음은 물론이다. 본 장에서는 이상의 두 비평방식에 유
의하여 고려 후기 영사시를 '작자와 현실'이라는 측면에서 분석해 보고자
한다.

제갈공명의 사당에 제하다

뭇 영웅들 봉기하여 천하의 일 어수선한데
홀로 경륜 껴안고 초려에 누웠었네
삼고를 받고 난 뒤 나라에 몸을 바쳤고
칠금 뒤에 출사의 모의 원대했지
목우와 유마의 재주를 그 누가 알리
윤건과 우선으로 스스로 편안히 있었지
천고의 그 충성 해와 달처럼 걸렸으니
돌아보면 위나라 진나라 단지 폐허일 뿐[34]

인용된 작품에서 노래하는 대상은 제갈공명이다. 『상설고문진보대전』의
「출사표」는 충을 지극히 드러낸 것으로 인구에 회자되는데 위의 작품 역시
미련의 "천고의 그 충성 해와 달처럼 걸렸네."에 주제의식이 드러난다.

작품의 서두는 어지러운 세상으로 시작된다. 그리고 난세에 영웅이 태
어나듯 홀로 초려에 누워 있는 주인공을 서서히 끄집어낸다. 그리고 작자
는 영웅의 일대기를 묘사한다. 삼고초려로 인한 출사, 그리고 칠종칠금,
목우유마라는 제갈공명의 재주를 중간에서 말한 뒤, 폐허가 되어 이제는
역사 속으로 사라진 위나라나 진나라와는 달리 영원히 세상 사람들에게
전해질 충성을 찬양하며 글을 마무리 한다.

그렇다면 이제현은 왜 많은 인물 가운데 제갈공명의 업적을 마치 한

---

34) 李齊賢,「諸葛孔明祠堂」, "群雄蜂起事紛挐, 獨把經綸臥草廬. 許國義高三顧後, 出師謨遠七擒
餘. 木牛流馬誰能了, 羽扇綸巾我自如. 千載忠誠懸日月, 廻頭魏晉但丘墟." 『益齋亂藁』 卷1,
『叢刊』 卷2, 507面.

편의 서사시로 묘사하고 그를 찬송하는 것일까? 충선왕을 통해 그 답을 어느 정도 해결할 수 있는데, 이는 이제현과 충선왕과의 관계가 특별하기 때문이다. 충선왕이 유배를 간 후 고려의 정치상황은 매우 나빠졌다. 고려의 국가적 독립성을 말살시키고 원나라의 내지와 같은 성(省)을 세우자는 주장도 있었다. 이러한 상황이 인용문의 수련에 해당한다고 할 수 있다.

함련과 경련은 이제현 자신의 삶에 비유할 수 있다. 귀족이 아닌 향리 출신으로서의 자신, 그리고 젊은 시절 세상을 향해 품은 원대한 꿈은 제갈공명의 경륜에 비긴 것이다. 또 제갈공명의 재주는 이제현의 재주와도 견준다. 충선왕은 왕위를 충숙왕에게 물려주고는 연경에 만권당을 짓고서 원나라 학자들과 교유한다. 그때 이제현을 불러 그들과 교유하게 하였으니, 문재뿐 아니라 언어면에서도 매우 뛰어남을 알 수 있다. 실제 이제현이 구사한 사(詞)는 다른 문인들이 함부로 짓기 어려운 것이었으며 소악부(小樂府) 역시 이제현의 손에 걸쳐 전해졌으니 장르를 넘나드는 그의 문재는 후대에도 높이 평가받는 것이었다.

미련은 글의 주제라 할 수 있다. 영사시에 회고부분이 들어가는 경우가 있는데 여기에서도 그렇다. 성했던 나라가 오늘날 비록 없지만 그가 남긴 훌륭한 업적, 그 충성만은 대대로 전해지고 있으니 제갈공명의 명성은 바로 이것에서 나왔다는 것이다. 이제현 역시 그가 고려의 충신으로 기억되고 그 이름이 길이 전해지기를 바라고 있는 것이다. 또 그가 영사시에서 노래한 인물들은 다양하지만, 예양(전국시대 지백(智伯)의 충신)이나, 비간(은나라의 충신) 등을 읊어 그들의 충성을 노래했으니 그들의 인품을 흠모하고 자신도 동일시하려는 의도도 엿보인다 하겠다.

이와 같은 영사시에서의 인물 설정과 흠모는 여러 문인들에게서도 쉽게 찾아 볼 수 있다. 이색의 경우도 그러하다.

치이자가

한나라의 용이 날아 사수가 넓어졌고
아방궁은 석 달이나 화염에 휩싸였지
당시 모사와 장수들은 몸에 상처를 입었지만
제공들은 하루아침에 높은 지위에 올랐네
산하여대라는 글자가 채 마르기도 전에
한신과 팽려가 죽었으니 누가 원한을 씻으리
당시에 자방은 미부인 같은 용모로서
『소서』라는 한 권의 책과 세 치 혀로
유후에 봉해지자 적송 따라 놀다가
눈 깜짝할 사이에 태자를 도왔지
치이자의 마음 씀이 여느 사람과 다른 줄을 알겠으니
성공하고 안 물러서면 화의 기틀 많은 것
먼저 황석공의 비결부터 알아야겠네
오호에는 연월 가득 하늘은 끝없으니
천고에 끼친 바람 불어 끊이지 않는구나35)

문인들이 처세술을 언급할 때 늘 등장하는 인물이 치이자이다. 주지하
듯 일명 범려라는 인물인데, 그는 구천을 도와 오나라를 멸한 뒤에 벼슬
을 사양하고 오호에 노닐며 치이자피(鴟夷子皮)라 개명한 것이다. 세태를
따라 가죽주머니처럼 늘었다 줄었다가 하겠다는 뜻이다. 그렇기에 죽음
도 면할 수 있었으며 여생을 편히 산 것이다.

이색이 주목하는 부분은 바로 이 점이다. 즉 이색은 범려의 회계지치(會
稽之恥)보다 그 이후 모든 것을 버리고 떠나는 인품을 노래한 데에 초점이

---

35) 李穡, 「鴟夷子歌」, "漢家龍飛泗水闊, 秦宮三月紅焰烈. 當時運籌身被瘡, 諸公一旦高閥閱. 礪山
帶河字未乾, 韓彭菹醢冤誰雪. 當時子房美婦人, 素書一篇三寸舌. 封留便與赤松游, 羽翼儲皇眞
一瞥. 乃知鴟夷用心與人別. 成功不退多禍機, 先獲黃石公秘訣. 五湖煙月天無邊, 千古遺風吹
不絶." 『牧隱稿』 卷11, 『叢刊』 卷4, 95面.

있으니, 이것은 그의 은둔지향으로도 연결되고 있다. 이는 그가 인용된 작품에서 인물들을 묘사하는 부분이라든지, 자신이 어떻게 행동해야 되겠다는 다짐을 드러내는 부분을 통해서도 확인할 수 있다.

작품 해석을 위해 크게 세 부분으로 나누어 살펴보자. 1구부터 4구까지가 한 부분인데, 진나라가 망하고 한나라의 흥성을 언급하는 대목이다. 한나라의 공신들을 언급하기 위한 부분으로 작품에 있어서 비중이 크지 않다.

다음은 5구부터 10구까지인데, 실제 예를 들어 공훈이 있다 해도 목숨이 위태로울 수 있음을 말하고 있다. '산하여대'란 공신을 봉해 주는 맹세의 말이다. "황하의 물이 띠와 같이 줄고, 태산이 숫돌같이 작게 되도록 영원히 서로 나라를 보전하여 후손에게까지 미치게 하자."는 것이다. 그러나 이러한 글이 채 마르기도 전에 한신과 팽월 같은 개국공신은 죽임을 당했다. 이 점이 바로 이색이 경계하는 바다. 또 이와는 달리 장량은 유후에 봉해진 뒤 세 치 혀로 임금의 스승이 되었으니 만족하다고 하면서 신선(적송자)이나 따라 놀겠다는 말로 이어진다. 이는 이색이 법으로 삼아야 할 바인 것이다.

마지막으로 11구부터 15구까지가 세 번째 부분이다. 앞선 인물들을 통해 자신은 어떻게 행동해야 되는지 지침을 보여준다. 즉 장량이 황석공에게 받은 『소서(素書)』에 "성공하고 나면 물러가야 한다."는 것을 교훈으로 삼고자 한 것이다.

이러한 이색의 사유는 당대 현실과 무관하지 않다. 이색은 젊은 시절 시정오사(時政五事), 시정팔사(時政八事)를 국가에 상소하여 불교의 폐단과 전제의 문란 등을 지적하며 과감한 개혁정치를 시도하였고, 교육과 과거제도의 개혁을 주도하였다. 그런데 이러한 노력에도 불구하고, 군사적 우위에 있었던 위화도 회군의 중심인물과 동조세력 등에 의해 정국은 점차

기울어갔다. 결국 목은을 시기하고 질투하는 자들에 의해 점차 그가 설
자리를 잃어가고 있었고, 결정적으로 김저(金佇)의 옥(獄)과 윤이(尹彝), 이
초(李初)의 사건으로 인하여 변안열(邊安烈), 이임(李琳)과 함께 유배를 당함
으로써 현실개혁 의지는 사실상 좌절되었다.

향리 출신으로서 문하시중이라는 종1품의 벼슬에 오른 인물이기도 하
지만, 우왕의 사부가 되고, 창왕을 옹립한 점 등 많은 고초를 겪은 그다.
결국 이러한 인생의 굴곡은 위와 같은 작품을 지은 동인이자, 그의 처세
관이라 할 수 있다. 이색의 시 가운데 귀거래시가 많은 것도 이와 괘를
같이 한다.

한편 이색의 제자 이첨 또한 영사시에서 귀거래시와 접점에 있는 작품
을 지었는데 다음과 같다.

도잠

깊은 숲속에 지친 새는 절로 돌아가야 함을 알고
산골짜기에 솟은 외로운 구름도 모두 한가롭다네
오두미를 포기하고 다섯 그루의 버드나무를 심고서
동쪽 울타리에서 국화를 따다 남산을 바라본다네[36]

문면만을 본다면 도잠의 「귀거래사」와 「귀전원거」를 압축한 형태로
보인다. 만일 그렇다면 이 작품이 지니는 의미는 없을 것이다. 따라서 도
연명의 노래를 통해 자신의 심사를 읊은 노래로 볼 수 있다. 그 근거로는
이 작품이 우왕 때, 즉 1377년부터 10년간 야인생활을 했을 때 지었을 가
능성이 있으며, 그의 작품에 귀거래 지향의 시가 많이 보이기 때문이
다.[37]

---

36) 李詹,「陶潛」, "林深倦鳥自知還, 出岫孤雲亦等閑. 五斗抛來栽五柳, 東籬採菊見南山." 『雙梅堂
篋藏集』卷1, 『叢刊』卷6, 311面.

이첨은 사관직으로 벼슬을 시작해, 오랫동안 그 자리에 있었으며, 춘추관직도 겸임하였다. 또 정언(正言)도 역임하였다. 그래서『동국사략』을 편찬하기도 했으며, 그의 작품에 군신 간의 관계를 노래하거나 충성을 노래한 시가 많다. 특히 10년간 유배의 결정적 이유는 그가 좌납헌(左納獻)으로 있을 때, 전백영(全伯英)과 이인임(李仁任)의 주살을 청하였기 때문이다. 이를 계기로 그간 모나게 산 자신을 반성하고 다시 정계에 진출했으나 1392년 다시 모반을 일으켰다는 죄목으로 다시 유배를 떠나고, 이듬해 또 왕씨의 모반사건에 연루되어 유배를 가게 된다.38) 이처럼 반복되는 유배 생활은 정계에 대한 염증과 자연에 대한 동경으로 이어져 산수와 전원을 읊거나 귀거래를 지향하는 시를 창작하게 되는 동인이 된 것이다.

이첨의 영사시에는 독특한 부분이 하나 있다. 다른 문인들이 지명이나 사건, 인물 등 다양하게 제목을 설정한 반면, 이첨은 46수 모두 인물에 한정하고 있다.39) 거거에는 한유(韓愈)의 억울한 좌천을 언급하며 자신의 억울한 유배를 드러내기도 했으며,40) 이필(李泌)에 대해 읊으며 재주는 있으나 조정과 멀리하며 한가로운 삶을 지향하는 인물을 자신과 동일시하기도 한다.41) 결국 의도를 했건 하지 않았건 이첨의 영사시는, 역사 인물을 통해 자신의 심사를 투영한 것으로 볼 수 있다. 앞서 살펴본 이규보나 이색의 경우도 마찬가지이다. 실제 다루었던 인물들 모두 자신의 심사를 투영한 것이며 이는 곧 그들의 처세관을 보여주었다.

---

37) 上揭書, 319面.「重九後與廉使金公泛舟遊於三日浦」,『雙梅堂篋藏集』卷1.
38) 이종묵,「쌍매당 이첨의 시세계」,『관악어문연구』, 2004.
39) 이에 대해 '論詩絶句'로 볼 수도 있으나, 필자는 이 또한 영사시로 봤다.
40) 上揭書, 311面.「韓愈」, "象教欺民癈痼成, 深嗟聖道一毫輕. 欲除弊事非新計, 也任藍關雪裏行."
41) 上揭書, 311面.「李泌」, "本是閑人乞得閑, 也宜從此遠朝班. 如何更管中書事, 廻首衡山未夏還."

5. 맺음말

본고는 고려 후기의 영사시를 분석하여 그것의 제현상을 비롯하여 그 동인과 의미까지 파악하는 데 목적을 두었다. 앞선 논의를 정리하는 것으로 결론을 대신하고자 한다.

고려후기 영사시의 특징으로는 우선 유가의 정통적 사관 발현을 들 수 있다. 공자가 '불어괴력난신(不語怪力亂神)'이라 말한 이래, 유자들에게 중요한 사상이 된 것도 사실이다. 그런데 유자임을 강조했던 이규보의 「동명왕편」을 보면 이와는 상충하는 면모를 볼 수 있다. 이는 공자의 사관 외에 천주적, 감계적, 교훈적 성격이 가미된 것으로 우리 민족의 자주적 정신 함양이라는 측면에서 어느 정도 변개된 역사관이라 볼 수 있다. 이 외에도 이승휴의 「제왕운기」라든가, 이제현의 「비간묘」 등의 작품 또한 이러한 성격이 강하게 드러났는데, 이들이 지니는 의미는 바로 춘추필법의 대의를 강조하는 데 있음을 확인할 수 있었다.

다음으로는 현실비판과 세태 풍자가 고려 후기 영사시에 많이 노출되고 있다는 것이다. 당대 현실을 비판하는 도구는 의인화 소설이라든지 연아시(演雅詩) 등을 통해서도 표출할 수 있었지만, 우회적 수법의 한계와 장르의 편협함 등으로 인해 영사시를 도입하기에 이른다. 이들은 대개 중국의 역사적 사실이나 인물을 통해 그것을 경계로 삼고 있으나, 실제 우리의 역사 또한 전적을 밟지 말자는 데 목적이 있었다. 그리고 그 의미는 도덕적 패러다임을 제시함으로써 사대부로서의 책무를 다했다는 데 있다.

마지막으로 역사적 인물로의 내면 투사가 하나의 특징이다. 이는 영사시만이 할 수 있는 기능이다. 즉 역사의 한 인물을 통해 우의적으로 자신의 처세관을 표출하는 방식으로, 그 인물의 특성에 자신의 심사를 투영하

여 울분을 노래하거나 앞으로 살아갈 방향을 우회적으로 읊은 것이다. 이
는 다른 장르의 작품들과 더불어 고려 후기 사대부들의 신분적 한계라든
지, 국내외로 혼란한 시대적 상황을 잘 보여주고 있는 작품으로 나름 의
미가 있다.

제8장

고려후기 유기시(遊記詩)의 내용과 주제의식

1. 고려후기 유기시의 전개

본고는 고려후기의 유기시1)를 통해 당대 시인들의 감정의 결과 그러한 시들이 의미하는 바가 무엇인지 살펴보는 것을 목적으로 한다.

고려후기의 한시를 감상하다 보면 여정을 노래한 시들이 상당수 많음을 알 수 있다. 예컨대 이규보(1168~1241)의 『동국이상국집』 제6권에는 「임진을 건너면서」, 「사평진에서 묵으며」 등 계속된 여정을 노해하거나 「8월 2일」, 「8월 3일」, 「8월 5일 도적 떼가 점점 치성하다는 소식을 듣고」처럼 시로써 일기를 쓴 작품도 발견할 수 있다. 이제현(1728~1367)은 『익재집』에서 「용주의 봉추에서」라는 작품을 시작으로, 문집 권1뿐만 아니라 전반에 걸쳐 원나라와 국내를 오가며 지은 많은 작품을 남겼다. 이

---

1) 본고에서 말하는 遊記詩란 시인의 유람이나 여정, 또는 견문에 대한 사실을 비롯하여 당시 느꼈던 인정의 세태, 풍토, 자연에 대한 감상 등을 주제로 삼은 작품을 말한다. 산수와 전원을 읊은 자연시, 사물을 읊은 영물시, 누정시, 영사시 등의 작품들과 다소 접점이 있을 수는 있지만 유람과 여정에 초점을 둔 작품들로 산문에서 산수유기로 불리는 명칭과 같은 선상에 두어 유람시와 기행시 등을 아우른 개념으로 사용하고자 한다.

는 이곡(1298~1351)의 경우에도 마찬가지이다. 그는 「난경기행」이라는 편을 두어 연경에서의 여정을 읊었을 뿐만 아니라 강화군, 자연도, 제물사, 연흥도 등 국내의 여정 또한 문집에 연이어 싣고 있다. 또 그의 아들 이색(1328~1396)은 원나라와 국내를 여섯 번이나 오가며 당시의 심사를 읊조린 것이 그의 문집에 산재해 있다. 이첨(1345~1405)의 경우, 비록 문집이 상당수 유실된 점이 있어 단언하기 어렵지만, 현재 남아 있는 두 권 가운데 한 권은 「관광록」을 두어 한 권 전체를 유기시에 할애하고 있다.

이렇듯 고려후기를 대표하는 문인들에게 있어서 유기시는 그 양적인 면에서도 적지 않고, 또 당시 느꼈던 현실인식, 개인의 감흥, 만물을 대하는 태도 등 질적인 면에서도 유의미한 작품도 있다. 물론 유기시가 고려 후기에만 드러나는 특징은 아니다. 그 이전에도 창작되었고, 그 이후에도 꾸준히 창작되었다. 굳이 고려 후기로 범위를 한정시킨 것은 그 이전의 자료는 협소하여 살피기 어렵고, 그 이후는 너무 방대하므로 우선 고려후기를 살펴본 이후에 조선전기나 후기를 살피기 위한 예비 작업이라 할 수 있다.

그간 고려후기의 유기시들이 연구되지 않았던 이유를 추정해보면, 여정이나 개인 일기로 인식되거나 혹은 장르적 적출이 아닌 내용 중심으로 연구되었기 때문으로 보인다. 그러나 본고에서는 유기시라는 장르만을 추출하여 살피는 것이 장르적 고찰을 비롯하여 그것들에 담긴 내용 및 그 의미를 파악하는 데 유리한 면이 있을 것으로 판단되어 본 연구를 시도하게 된 것이다.

2. 유적지 탐방─역사적 논변과 민풍의 관찰

유기시에 나타나는 특징 가운데 하나가 바로 명승지를 지나며 느꼈던 감정이다. 이는 국내에 한정된 것이 아니라 사행 중 역사적 인물과 연관된 장소에서, 시인이 그 인물에 대한 평가를 비롯하여 당시의 현실에 대한 소회를 밝히기도 한 것이다. 이 장에서는 이에 대한 고찰을 시도하고자 한다.

측천의 능에서

오랜 객지 생활에 만사가 귀찮지만
옛것을 좋아하는 마음만은 쉬지 않는구나
가던 말 멈추고 백성에게 말 물으며
길을 돌아 단갈을 찾았노라
(…중략…)
예부터 음이 양을 이기면
사해에 근심과 화란이 심하였네
암탉이 울자 은나라 쇠해졌고
제비가 쪼아 먹어 한나라 왕통 끊겼었지
문황이 천심을 순응하여
수많은 전쟁 끝에 왕업을 얻었는데
하루아침에 제위를 찬탈하였으니
어찌 황상의 길함을 생각했겠는가
(…후략…)2)

이 작품은 38구의 오언배율시이다. 운은 하평성 선(先)으로 일운도저(一

---

2) 李齊賢, 「則天陵」 "久客萬事懶, 好古意未歇. 停驂問遺民, 枉道尋斷碣. (中略) 憶昔陰乘陽, 四海憂禍烈. 牝鳴殷家索, 燕啄漢嗣絶. 文皇順天心. 百戰啓王室. 居然攘神器, 肯念黃裳吉. (後略)" 『益齋亂藁』 卷3, 『叢刊』 卷2, 522面.

韻到底)이다. 내용은 측천의 잘못이 그 어느 누구에게도 비할 수 없는데, 그에 대한 기록이 『당기(唐紀)』에 들어 있으니 역사 편찬자인 구양수가 잘 못했다는 것이다.

측천의 잘못을 꺼내기 이전, 시인은 하(夏)나라의 망인(亡因)을 우선 제기한다. 『서경』을 인용하여 주(紂)왕의 비인 달기(妲己)를 말하고, 전한(前漢)을 망하게 한 조비연(趙飛燕)을 각각 암탉과 제비를 통해 말한 것이다. 다음으로 문황인 당태종의 업적을 칭송하고, 국호를 주(周)로 바꾼 측천을 비방하고 있는 것이다.

이는 서문을 통해 그 의도가 명확하게 기록되어 있다. "구양영숙이 무후를 『당기』속에 넣은 것은 대개 사마천과 반고의 잘못을 이은 것으로서 그 과실이 더욱 크다. 여씨는 비록 천하를 자기 마음대로 다스렸지만 어린 아들을 내세워 한(漢)나라의 왕통이 있음을 밝혔는데, 무후는 이씨를 억제하고 무씨를 높였으며, 당나라 이름을 없애고 주나라라 칭한 다음, 종사를 세우고 연호를 정했으니, 흉측한 역적이 이보다 더 심할 수 없다. 마땅히 이것을 밝혀서 후세를 경계하여야 할 것인데, 도리어 높인단 말인가. 또 『당기』라 하면서 주(周)의 연호를 썼으니 옳다고 할 수 있겠는가? 혹자는 '일을 기록하는 자가 반드시 연호 밑에 일을 기록하는 것은 역사의 조강(條綱)으로 하여금 문란하지 않게 하려고 하는 것인데, 만약 그대의 말과 같이 한다면 중종이 폐위를 당한 뒤에는 그 연호를 빼버리고 쓰지 않을 것이니, 천하의 일을 어디에다 붙여 기록하겠는가?' 하였다. 나는 대답하기를 '노소공이 계씨에게 쫓겨나 건후(乾候)에 있을 때에도 『춘추』에 한번도 소공의 연호를 쓰지 않은 적이 없었으니, 방릉(房陵)의 폐위가 어찌 이와 다르겠는가. 역사를 저술하면서 『춘추』를 본받지 않는다면 나는 그것이 옳은지 모르겠다.'라고 했다."3)

여기에서 중요한 것이 바로 춘추필법(春秋筆法)에 대한 강조이다. 이는 유기시에만 나타나는 특성이 아니라 영사시(詠史詩)에서도 나타난다. 이제현의 영사시는 대략 50수 정도인데 「비간묘」 작품 서문에 "이 무덤은 위주 북쪽 십 리쯤 되는 거리에 있다. 대개 주무왕이 만든 봉분이고 당태종도 정관 연간에 이곳을 지나다가 친히 제문을 지어 제사했는데 그 비석에 새긴 글자는 모두 없어졌으나 몇 자쯤은 알아볼 수 있다. 대개 이 두 임금이 딴 시대의 신하를 이토록 잊지 못한 것은 그의 충성을 장하게 여기고 그의 죽음을 불쌍히 여긴 때문이 아니겠는가? 그러나 무왕은 은나라를 이긴 후에 백이를 가벼이 여기고 태종도 요동을 정벌하던 날 위징에게 의심을 품었으니 이는 무엇 때문이었을까? 내가 이 시를 짓는 것은 역시 『춘추』에서 현자를 책비하는 의이다."4)라고 했다. 이처럼 이제현은 원나라를 오가며 사적을 방문하고, 이에 대한 사관을 표출하고 있었다.

한편 이곡은 이릉대를 지나면서 다음과 같은 시를 남긴다. "나라에 몸을 바치는 것을 어려워했겠는가마는, 공을 이루게 하는 하늘의 명이 같지 않았도다. 한나라 황제가 무를 비록 좋아했어도, 비장은 제후에 미처 봉해지지 못했어라. 원군 없이 고전한 것이야 인정한다 하더라도, 살아서 항복했던 것은 그래도 수치스러운 일. 지는 햇빛 담고 있는 높은 무덤 앞에서, 이런저런 생각으로 못 떠나고 서성이네."5) 이는 『논어』에서 밝힌 바 견위치명(見危致命)을 하지 못한 이릉에 대한 냉혹한 평을 시로 드러낸

---

3) 上揭書, 卷3,『叢刊』卷2, 522面. "歐陽永叔, 列武后唐紀之中, 蓋襲遷, 固之誤而益失之. 呂氏雖制天下, 猶名嬰兒, 以示有漢. 若武后則抑李崇武, 革唐稱周, 立宗社而定年號, 凶逆甚矣, 當舉正之, 以誠無窮, 而反尊之乎, 謂之唐紀而書周年可乎. 或曰, 記事者, 必首年以繫事, 所以使條綱不紊也, 如子之說, 中宗旣廢之後, 將闕其年而不書, 天下之事, 當何所繫之哉. 曰, 魯昭公爲季氏逐, 居乾侯, 春秋未嘗不書昭公之年, 房陵之廢, 與此奚異, 作史而不法春秋, 吾不知其可也."

4) 上揭書, 509面. "墓在衛州北十許里, 蓋周武王所封, 而唐太宗貞觀中, 道過其地, 自爲文以祭, 其石刻剝落, 亦可識一二焉. 夫二君之眷眷于異代之臣者, 豈非哀其忠愍其死乎. 而武王忽伯夷於勝殷之後, 太宗疑魏徵於征遼之日者, 何耶. 因作此詩, 亦春秋責備賢之義也."

5) 李穀,『稼亭集』卷18,『叢刊』卷3, 211面. "許國身何有, 成功命不侔. 漢皇雖好武, 飛將未封侯. 苦戰知無賴, 生降亦可羞. 高臺銜落日, 爲爾故遲留."

것이다.

이처럼 사대부들은 역사 유적지를 유람하며 역사적 사변을 드러내고 있는데, 그것은 춘추필법에 대한 강조라든지, 유가의 이념 표출 등이 나타나 있음을 알 수 있다. 이뿐 아니라 유람 중 민풍을 관찰하는 모습을 유기시에서 살펴볼 수 있으니, 이색의 시를 살펴보자.

어양현에서

적적한 어양현에 이르러
내 이제 한 번 웃어 본다
세속은 와신상담의 고통을 알겠고
땅은 차가운 불모지와 접했네
고각 소리는 개원 이후에 나왔고
좋은 강산은 지정 연간이었지
흥망성쇠를 흐르는 물은 알테니
말 세우고 흐르는 물소릴 듣네6)

이 글의 제재이자 시적 배경이 되는 어양현은 당현종 때의 안록산이 맨 처음 반기를 들고 군대를 일으킨 장소이다. 그곳을 지나며 역사를 되짚어본 시인은 '적적'이라는 시어를 선택하여 표현하고 있다. 후반부에서 시인은 개원이라는 당 현종의 연호를 사용했다. 물론 현재 시인의 시간적 배경이 되는 원 순제의 연호 지정(至正)을 대를 맞추기 위해 사용한 것이지만, 여기에는 개원 연간 이후 당 천보 연간에 안록산의 반란이 일어난 것을 어느 정도 염두하고 사용한 것이다. 지정 연간이 1333년부터 1368년까지이며, 시인의 생몰년이 1328년부터 1396년까지이니 젊은 시절 원

---

6) 李穡,「漁陽縣」『牧隱集』卷2,『叢刊』卷3, 526面. "寂寂漁陽縣, 吾今一破顔. 俗知嘗胆苦, 地接不毛寒. 鼓角開元後, 江山至正間. 廢興流水在, 立馬聽潺湲."

나라를 오가면 지은 시임을 알 수 있다. 시인은 천년, 만년이 지나도 늘 그대로인 자연을 함련과 미련에 배치하며 와신상담을 비롯한 나라의 흥망성쇠를 자연은 알고 있을 것이므로 물소리를 귀 기울여 들으며 당시를 회상하고 있는 것이다. 시인의 대표작 「부벽루」의 미련 "풍등에 기대어 길게 한숨 내쉬는데, 산은 푸르고 강물은 흐르도다."[7]와도 유사한 구절이다. 비슷한 시기에 지어진 작품이며 시인의 성향을 잘 드러내고 있다.

인용된 작품에서 유의해서 봐야 할 부분은 안록산의 난이다. 시의 제목인 어양현이라는 공간적 배경, 그리고 개원 연간에서 천보 연간으로 넘어갈 때의 안록산의 난 등이 시 곳곳에 숨겨진 장치로 쓰임으로써 정사를 잘못 펼쳤을 때 나라가 위태로워지고 백성들이 난을 일으키고 있음이 주목되는 것이다. 이처럼 사대부들의 역사적 논변은 과거의 잘못된 역사를 통해 현재를 진단하고 보다 나은 사회를 만들기 위한 노력이 저변에 있었던 것이다. 그 저변은 당연히 백성의 삶과 관련이 있다. 이곡의 시를 통해 확인해 보면 다음과 같다.

흥해현 객사에 짓다 －두 수 중 첫 번째 작품

비옥한 토지 이로운 지형 어염마저 둘러 있지만
단지 걱정은 백성을 공정하게 대하지 못하는 것
오래된 관사를 어느 누가 재건할 수 있을까나
썩은 기둥 깨진 기왓장 앞 처마에 떨어지는데[8]

시의 배경이 되는 홍해현은 『세종지리지』에 따르면 경상도 경주부 영일현에 속한 곳이다. 시인은 만년에 홍해현을 지나다 느낀 바 있어 이 작

---

7) 上揭書, 529面.
8) 上揭書, 224面. 「題興海縣客舍－其一」 "田腴地利帶魚塩, 只恐臨民頗不廉. 古館何人能起廢, 腐椽殘瓦落前簷."

품을 지은 것이다. 기구를 보면 흥해현은 천혜 자연의 장소임을 알 수 있다. 시어 '지리'를 비롯하여 기구는 『맹자』의 "하늘의 때는 땅의 이로움만 못하고 땅의 이로움은 인간의 조화만 못하다"를 압축한 느낌을 준다.

그런데 돌연 승구에서는 반전을 시도한다. 천혜의 자연적 요소와 달리 백성의 근심은 '불렴(不廉)'에 있다. 즉 관리들의 청렴하지 못함을 백성들이 걱정하고 있으니 역시 『맹자』의 지리적 좋은 환경이 '인화'만 같지 못함을 재차 밝히고 있는 것이다. 후반부인 전구와 결구는 뒷부분에 힘주어 주제를 논하는 방식이 아닌 보충문 형식으로 전개하고 있다. 흥해현 객사는 썩은 기둥에 깨진 기왓장의 흉측한 모습을 하고 있으니 이 모두 정치를 잘못하고 인화를 이루지 못하고 있음을 강조하고 있다.

이 작품에 대해 시인은 다음과 같은 주석을 남겼다. "누대에 제영을 한 것은 어디를 가나 모두 그러하였다. 그런데 영덕 이남은 강산이 똑같이 수려한데도 누대가 없기 때문에, 시인 묵객이 지나가면서도 홍치를 부칠 곳이 없으니, 어찌 이에 대해 개연한 심정을 가지지 않을 수 있겠는가. 그러다 흥해에 와서 고을 형편을 살펴보건대, 양전이 눈앞에 가득한 데다 산해에서 나오는 이익도 많았는데 마을은 쓸쓸하고 관사는 퇴락하였으니, 소위 누대라는 것을 어떻게 감히 바랄 수나 있었겠는가. 그래서 슬픈 생각이 들기에 벽 사이에 절구 두 수를 남겨 민풍을 관찰하는 자에게 보이기로 하였다."[9] 이로 본다면 고려 후기 사대부에게 있어서의 유기시는 단순한 여행이나 여정이 아닌 백성을 위한 점검으로 봐도 무방할 것이다.

---

9) 李穀, 上揭書, 224面. "樓臺題詠, 往往皆是. 盈德以南, 江山自若而樓臺闕如也. 詞人墨客所嘗經過, 而託興無所, 安得不一爲之慨然乎. 及興海之爲郡, 良田弥望, 又饒山海之利, 而井邑蕭條, 館舍頹落, 敢望所謂樓臺者耶. 因惻然有感, 留二絶于壁間, 以示觀民風者云."

3. 마상(馬上)과 일기—고향에 대한 향수와 자기 성찰

안상(案上)과 측상(厠上) 그리고 마상은 예로부터 생각을 가장 많이 하는
장소로 알려져 있다. 고려후기의 유기시에 있어서 적지 않은 부분을 차지
하고 있는 작품들은 일기 형식의 시와 마상에서 지은 작품들이다. 우선
이규보의 시를 보자.

9월 23일 전주로 들어가면서 말 위에서 회포를 쓰다

북당에서 눈물 뿌리며 어버이를 작별하니
어머니 모시고 직소에 나간 옛사람에 부끄러워
갑자기 완산의 푸른 빛 한 점 보니
비로소 알겠네 진정 타향인이 된 이 몸을[10]

이규보는 32세가 되던 1199에 전주의 사록(司祿)에 보임되고 서기(書記)
를 겸한다. 당시 부모님과의 이별의 정한이 전반부에 잘 나타나 있다. 특
히 '연모지관을 실천했던 고인'이란 다름 아닌 『좌전』의 송만(宋萬)의 고
사이다.[11] 송만은 부임하는 곳에 어머님을 모시고 가서 그 가르침마저
받아 백성을 잘 다스린 인물로 유명하다. 따라서 시인은 그렇게 하지 못
한 자신을 반성하고 있는 것이다. 후반부에서 시인의 눈에 문득 들어온
것은 완산의 모습이다. 그간 실감하지 못했던 것을 지역을 보고 나니 타

---

10) 李奎報, 「九月二十三日 入全州 馬上書懷」, 『東國李相國集』 卷9, 『叢刊』 卷1, 386面. "北堂揮
涕忍辭親. 輦母之官愧古人. 忽見完山靑一点, 始知眞簡異鄕身."

11) 『左傳』 莊公 十二年秋, 宋萬弑閔公于蒙澤. 遇仇牧于門, 批而殺之. 遇大宰督于東宮之西, 又殺
之. 立子游. 羣公子奔蕭, 公子御說奔亳. 南宮牛ㆍ猛獲帥師圍亳. 冬十月, 蕭叔大心及戴ㆍ武ㆍ
宣ㆍ穆ㆍ莊之族以曹師伐之. 殺南宮牛于師, 殺子游于宋, 立桓公. 猛獲奔衛. 南宮萬奔陳, 以乘
車輦其母, 一日而至. 宋人請猛獲于衛. 衛人欲勿與. 石祁子曰, "不可. 天下之惡一也, 惡於宋而
保於我, 保之何補? 得一夫而失一國, 與惡而棄好, 非謀也." 衛人歸之. 亦請南宮萬于陳, 以賂.
陳人使婦人飮之酒, 而以犀革裹之. 比及宋, 手足皆見. 宋人皆醢之.

향의 몸이 된 것을 체감한 것이다.

이제현 또한 「마상」이라는 네 수를 지었는데 그 첫 번째 작품에서 "어찌 고향 떠나온 회포뿐이랴, 세상 길 험난해 슬픈 노래 절로 나오네."[12]라고 하는가 하면, 마지막 작품에서는 "임금님 잘 섬기려도 계책이 없고, 떠도는 나그네 머리만 희어지네. 구구한 내가 무엇을 하려고, 공연스레 또 와서 너희들을 괴롭히는지."[13]라고 하여 역시 고향에 대한 향수와 자성을 드러내고 있다.

이는 이색의 시 「마상」에 "세월은 또 방초 시절이 되어, 강호엔 흰 구름이 많은데, 인생은 정처 없이 떠돌아서, 오늘도 나그네길 저물어 가네."[14]라고 한 것과 역시 궤를 같이 한다. 동일 제목으로 그 지향점이 모두 같은 것이다.

다음은 유기시에 있어서 자주 등장하는 세밑, 그믐 등 특정 날짜에 따른 시를 창작하며 자신의 생각을 드러낸 것들이다.

임신년 11월 그믐날

낙락한 평생에 유람을 즐겨
돌아올 땐 흑초구가 해졌다네
뉘라서 완적 같이 푸른 눈으로 볼 것인가
아직 탁문군이 있어 백두를 함께 하네
책상에 있는 책은 때에 따라 읽지만
항아리에 술 없으니 누구와 의논할꼬
쓸쓸한 세밑 뜰앞에 내리는 비가
온종일 쉬지 않고 뚝뚝 떨어지네[15]

---

12) 上揭書, 517面. "豈爲去鄕國, 悲歌行路難."

13) 上揭書, 517面. "致君媿無術, 旅食驚二毛. 區區欲何爲, 亦來煩爾曹."

14) 上揭書, 528面. "歲月又芳草, 江湖多白雲, 人生蓬不定, 客路日將曛."

15) 上揭書, 531面. 「壬申十一月晦日」 "落落平生喜遠遊, 歸來弊盡黑貂裘. 誰同阮籍能靑眼, 未分文君共白頭. 案上有書時自讀, 樽中無酒與誰謀. 傷心歲暮空階雨, 竟日丁東滴不休."

임신년은 고려 충숙왕 후 원년인 1332년을 말한다. 우선 수련을 통해 시인은 삶에 있어서 유람이 어느 정도 차지하고 있었는지 스스로 밝히고 있다. 흑초구는 전국시대 유세가로 알려진 소진(蘇秦, BC.337~BC.284)이 진나라에서 흑초구가 해지도록 있다가 고향 낙양에 돌아왔다는 고사이다. 이를 빌려 자신 또한 원에서의 기나긴 생활과 여정을 빗대었다. 함련은 진(晉) 완적의 고사와 사마상여의 아내인 탁문군의 고사를 인용하여 그렇게 유람하고도 혜안을 가지지 못한 자신을 반성하고 있으며, 한편으로는 늙도록 부인과 해로하고 있음을 다행스럽게 생각하고 있는 연이다.

경련과 미련은 시인의 외로움과 쓸쓸함을 드러내고 있다. 책상 위에 펼쳐진 글이야 아무 때고 홀로 읽고 음미하면 그만이지만 대작할 지기가 없음을 표현하고 있기 때문이다. 이러한 고독은 '상심'이라는 시어로 발산되고, 또한 '세모', '떨어지는 빗방울[階雨]' 등 하락의 심상을 사용함으로써 점층되고 있다. 떨어지는 빗방울이 시각적 효과를 드러내고 있다면 대구에서의 '정동'은 '똑똑' 떨어지는 물방울의 청각적 효과를 이용한 것이다. 이는 하는 것 없이 꾸준히 가고 있는 시간을 표현함으로써 다시 또 한 해가 가고 있지만 정녕 자신은 아무것도 하지 못하는 신세와 대비되는 효과가 나타나고 있다.

이처럼 일기시의 주제와 내용은 이제현에 한정되지 않는다. 이규보의 「팔월삼일」은 "근심을 없애는 것은 진한 술에 의지하고, 병을 부축하는 것은 지팡이에 힘입는구나. 돌은 둔한 거북처럼 쭈그렸고, 봉우리는 성낸 말처럼 달리네. 바람이 없어도 소나무는 스스로 소리를 내고, 개려고 하자 안개가 먼저 오르네. 본래 구름과 물을 사랑하니, 전생이 중이 아니런가."16)라고 하여 끊임없는 자성을 하고 있음을 확인할 수 있다.

---

16) 上揭書, 351面. "陶愁憑釀醅, 扶病賴枯藤. 伏石頑龜縮, 奔峰怒馬騰. 無風松自籟, 欲霽霧先蒸, 素習愛雲水, 前身莫是僧."

다음은 우리나라의 관문이라 할 수 있는 황해도 황주군의 자비령을 넘어가며 지은 가정 이곡의 작품이다.

자비령을 넘으며

머리 돌려 송도를 보니 이미 까마득
훤당은 거기서 다시 바다 남쪽 편에
내 생애 몇 번이나 자비령 넘었던가
지금은 또 소년이나 장년도 아닌걸
쌓인 눈 속에 파묻힌 꼭대기 승방이요
찬 연무에 갇힌 황량한 숲의 역사로다
시를 지어 심우에게 부치려고 했지만
붓이 송곳 같아 종이에 붙질 않네[17]

저자는 29세에 정동성 향시에 합격하여 9년간 원나라에 있다가 37세에 조서를 받고 귀국한다. 이듬해에 다시 원에 갔다가 귀국한 후에 44세에 또 원에 간다. 49세에 귀국한 뒤 다음 해에 원나라에 갔다가 이듬해 귀국한다. 52세에 관동지방을 유람하다가 53세에 정동행중서성 좌우사랑중에 제수된다. 문집에 실린 순서, 행력, 시의 내용으로 미루어 보면 52세에서 53세에 지은 작품이다.

여러 차례 원나라와 고려를 오갔던 시인에게 고향에 대한 향수와 부모님에 대한 그리움은 어쩌면 당연한 것인지 모른다. 이는 수련에 잘 나타나 있으며, 함련은 그러한 생활에 대한 회의가 드러나 있다. 특히 경련에 쓰인 시어 '절정승방'과 '황림역사'는 유기시를 통해 드러난 시인의 감정과 서경이 잘 교융되어 있다. 즉 외롭고 쓸쓸하며 갖은 고생만 하는 시인

---

17) 上揭書, 216面. "廻首松都已杳然, 萱堂更在海南邊. 吾生屢度慈悲嶺, 此去還非少壯年. 絶頂僧房埋積雪, 荒林驛舍鎖寒煙. 題詩欲寄諸心友, 凍筆如錐不著牋."

의 여정과 그 마음이 여기에 잘 묻어나 있는 것이다. 이러한 심사는 미련
에서 더욱 확장된다. 현재 지기조차 없는 환경에서 답답한 심사를 심우(心
友)에게 하소연하고자 하지만 추운 날씨에 붓이 얼어 편지를 쓸 수 없음
을 말함으로써 추운 날씨와 지우가 곁에 없는 고독함 등이 이에 잘 표현
되고 있다.

이처럼 유기시에는 고향에 대한 향수는 물론이거니와 여정에서 느끼는
고독과 괴로움, 그리고 그 속에서 자신을 되돌아보는 감정 등이 여타의
작품보다 잘 드러나 있다는 데에 특징이 있다.

4. 별업(別業)과 자연—귀거래의지와 자연에의 동화

시에 있어서 자연은 가장 저변에 깔린 소재이자 주제에 이르기까지 한
다. 심지어 자연이 등장하지 않는 시가 없기에 자연과 한시를 동일선상에
놓는 시도도 없지 않았다.[18] 유기시에 있어서 자연물도 그러하다. 유람과
여정 중에 만난 자연은 때로는 치유의 대상이기도 하고, 심사를 투영하는
매개물로 쓰이기 때문이다. 본 장에서는 유기시에 있어서 자연을 통해 시
인이 느낀 바와 무엇을 말하고자 하는지 그 의미를 파악하고자 한다.

> **부친의 별장인 서교 초당에서 노닐며 지은 두 수 —첫 번째 작품**
>
> 봄바람이 화창한 기운 불러일으켜
> 아침 날씨가 맑고도 아름답기에
> 잠깐 서교로 나가보았더니
> 밭두둑이 비단처럼 늘어져 있네

18) 인권환, 「고려시대 불교시의 연구」, 고려대 박사논문, 1982, 207면.

토질이 본래 비옥한 데다
하물며 못 물의 수원이 풍부함에랴
(…중략…)
수레에 올라 돌아갈 줄 모르고
두건을 젖혀 쓴 채 배회하노니
먼 산 푸른 연기는 보일락 말락
석양빛은 어느새 기울어져 가네
달이 밝아서야 농막에 돌아오는데
취한 노래 우렁차 이웃 마을을 들썩이누나
상쾌해라 이 농가의 즐거움이여
이제부터 나도 전야로 돌아가야지
(…후략…)19)

유기시에 자주 등장하는 배경 가운데 하나가 바로 별업이다. 위의 작품
은 이규보가 부친의 서교초당에서 노닐며 쓴 작품으로, 주제는 농가의 즐
거움과 귀전에 있다. 특히 '춘풍, 조일, 월명, 취가, 쾌재' 등 상쾌하고 유
쾌한 어조가 주를 이루면서 농가에서의 즐거움을 노래함과 동시에 귀거
래의지를 표명하고 있음에 주목된다. 이규보는 「신곡행」을 통해 농가에
대한 감사함을 드러내고 있으며 심지어 농부를 부처님처럼 존경한다고
말하기까지에 이른 것으로 보면,20) 농가에 대한 남다른 관념을 가지고
있었음을 알 수 있다.

인용된 작품 외에도 「다시 서교 초당에서 놀다」에서 "조물이란 본래
예측하기 어려워, 홀연 검은 구름 여기저기 일더니, 번갯불이 온통 금빛

---

19) 上揭書, 307面.「遊家君別業西郊草堂 其一」"春風扇淑氣, 朝日淸且美. 駕言往西郊, 塍壟錯如
綺. 土旣膏且腴, 況復醴潭水. (中略) 乘興自忘還, 岸幘聊徙倚. 遠岫煙蒼茫, 耀靈迫濛汜. 月明
返田廬, 醉歌動隣里. 快哉農家樂, 歸田從此始. (後略)"
20) 上揭書, 142面. "一粒一粒安可輕, 係人生死與富貧. 我敬農夫如敬仏, 仏猶難活已飢人. 可喜白
首翁, 又見今年稻穀新. 雖死無所歎, 東作餘膏及此身."

으로 번쩍이고, 우렛소리가 잇달아 허공을 뒤흔든다. (…중략…) 나는 말
하노라 천지 안에, 덧없는 인생 붙어사는 것 같아, 어딜 가나 참된 내 집
은 없고, 가는 대로 가다 멈추면 그만이구나."21)라고 한 것을 보면 별업
이라는 장소를 통해 귀거래 의지뿐 아니라 인생무상을 넘어 자연과의 동
화를 시도하고 있음을 알 수 있다.

또 「북산에 놀다」에서 "중첩한 봉과 재 푸르게 공중에 닿고, 절로 들어
가는 길 실낱같이 통했다. 천천히 걸어 건이 비에 젖게 하고, 한가히 읊어
갓이 바람에 기울어도 모른다. 연지 같은 산꽃은 물들인 듯 난만하고, 한
나라 기 같은 들꽃 타는 듯 붉네. 삼척 초동이 갈피리 부니, 태평성대 모
두 이 소리에 있다."22)라고 하거나, "본래 구름과 물을 사랑하니, 전생에
중이 아닌가 하네."23)라고 할 정도로 유기시를 통해 자연관을 드러내고
있다. 다음은 이제현의 작품이다.

촉중에서 연경으로 돌아갈 때 길 위에서 짓다

말 위에 앉아 늘 촉도난 읊조리다가
오늘 아침 비로소 진관으로 들어가는구나
저물 무렵 푸른 구름 어부수에 막혀 있고
가을철 붉은 단풍 조서산에 연하였네
문자는 부질없이 천고의 한을 더하는데
공명을 누가 일신의 한가함과 바꾸랴
가장 잊을 수 없는 것은 안락 길에서
죽장과 망혜로 왕래하는 거지24)

---

21) 上揭書, 307面. 「夏遊西郊草堂」 "造物固難料, 陰雲忽紛布. 電火製金蛇, 雷公屢馮怒. (中略)
我言天地內, 浮生信如寓. 彼此無眞宅, 隨意且相住."
22) 上揭書, 325面. 「遊北山」 重峯複嶺翠磨空, 路入招提一線通. 信步從敎巾縶雨, 閑吟不覺笠欹
風. 山花染出燕脂爛, 野燒橫來漢幟紅. 三尺樵童吹革笛, 太平都在此聲中.
23) 上揭書, 517面.
24) 上揭書, 509面. 「路上 自蜀歸燕」 "馬上行吟蜀道難, 今朝始復入秦關. 碧雲暮隔魚鳧水, 紅樹秋

주지하듯 이제현은 28세의 나이인 1314년 겨울에 충선왕의 부름을 받고 원나라에 가고, 30세에는 진현관제학(進賢館提學)으로 사명을 받고 서촉에 간다. 다음 해에 원에 가서 상왕의 탄일(誕日)을 축하하기 위해 연경으로 돌아간 일이 있는데 인용된 작품은 바로 당시 지어진 시이다.

수련의 촉도난은 당나라의 시선인 이백이 촉도의 험난함을 읊은 작품을 가리킨다. 그만큼 여정이 쉽지 않았음을 직접적으로 밝힌 시어인 것이다. 이러한 여정은 함련의 어부수(감숙성의 물 이름)와 조서산(감숙성 산 이름)이라는 실제 지명을 이용하여 구름도 막혀 있고 끝없이 산이 이어 있는 모습으로 형상화 시킨다. 여기에 쓰인 시어 '모(暮)'나 '추(秋)'를 봐도 시인이 느꼈을 쓸쓸함, 쇄락함 등을 느낄 수 있다.

실제 시의 주제는 경련과 미련에 잘 나타나 있다. 즉 상왕의 탄일을 위해 글을 지으러 가는 자신의 모습은 천고의 한을 더할 것이며, 이를 통해 얻는 부귀공명이야 한 몸의 편안함만 같지 못하다고 하는 경련의 표현은 솔직한 당시의 심정인 것이다. 또 인생에 있어서 가장 편안함이란 바로 짚신 신고 미투리 짚고 왔다 갔다 소일하는 것이라는 미련을 통해, 귀거래 의지와 자연에의 동화를 확인할 수 있다.

무엇보다 이제현의 탈속적 심상은 「고향을 그리며」라는 시를 통해서도 잘 알 수 있다. 이제현은 "순채국이 양락보다 나음을 이제 알았으니, 나의 행장을 군평에게 물을 필요 없다네"[25]라고 하여 귀거래 의지를 표명한 바 있다. 또, 「아미산에 올라」에서 "푸른 구름 땅 위에 떠 있고, 밝은 해는 산허리로 굴러가네. 만상이 무극으로 돌아가니, 먼 허공은 제대로 고요하기만 하다."[26]라고 하였다. 여기에서 무극이란 모든 만물의 원리이

連鳥鼠山. 文字剩添千古恨, 利名誰博一身閑. 令人最憶安和路, 竹杖芒鞋自往還."

25) 上揭書, 508面. 「思歸」 "認得蓴羹勝羊酪.行藏不用問君平"

26) 上揭書, 507面. 「登蛾眉山」 "蒼雲浮地面, 白日轉山腰. 萬像歸無極, 長空自寂寥."

다. 따라서 우주 만상이 무극에서 나와 결국 무극으로 되돌아가는 것이
다. 결국 이제현이 시를 통해 밝히고 있는 탈속적 심상의 작품들은 곧 자
연과의 일체를 의미하고 있는 것이다.

6월 15일 서호에서 노닐며 -네 번째

어떻게 허리 꺾어 어린아이를 영접할 수 있나
고사는 대부분 팔 내젓고 미련 없이 떠나리라
호숫가엔 가을이 되자 꽃이 쉽게도 떨어지고
인간 세상엔 해가 뜨면 일이 자꾸만 생기네[27]

우선 기구를 살펴보면, 시인 이곡은 도연명의 고사를 인용하여 탈속적
심상을 초반에 배치하고 있음을 알 수 있다. 진(晉)나라 도잠(陶潛)은 팽택
현령으로 있을 때, 군에서 파견한 독우의 시찰을 받게 되었다. 아전이 도
잠에게 의관을 갖추고 독우에게 인사를 해야 한다고 하자, 도잠이 탄식하
면서 "내가 쌀 다섯 말 때문에 허리를 꺾어 향리의 어린아이에게 굽실거
릴 수는 없다."라고 하며, 즉시 수령의 인끈을 풀어 놓고 고향으로 돌아
갔다. 따라서 기구는 도연명의 고사에 의탁한 귀거래 심사의 표명이다.
승구는 기구에 대한 보충문격에 속한다. 즉 고사(高士)는 모두 벼슬에 미
련을 두지 않고 뜻을 굽히지 않는 사람이라는 자격을 부여함으로써 자신
을 투사한 것이다.

전구와 결구는 자연사와 인간사를 배치하며 인간사에 대한 회의를 표
현하고 있다. 시어 '추(秋)'와 '화락(花落)'을 통해 '숙살(肅殺)'의 심상이 쓰
이고 있음을 알 수 있다. 곧 시인의 마음을 자연과 동일시하여 숙살의 계
절인 가을을 끌어들이고, 꽃이 쉽게 진다는 표현을 통해 젊은 시절의 포

---

27) 上揭書, 198面. 「三月十四遊城南」(其四) "小兒安可折腰迎, 高士多応掉臂行. 湖上秋來花易落,
人間日出事還生."

부도 쉽게 꺾이고 있음을 표현하고 있는 것이다. 또 인간사에는 아침에 해가 뜨면 자꾸만 일이 생긴다고 하여 쉼이 없는 자신의 신세를 한탄하고 있다. 이는 앞서 이제현의 시 가운데 일신(一身)의 한가로움을 갈망하는 것과 맥을 같이 한다. 물론 결구는 당나라 무원형(武元衡)이 「여름날 밤에 짓다」에서 "밤이 깊어지니 소란도 잠시 멈추고, 못가의 누대에는 밝은 달빛만 비치누나. 맑은 안색 유지할 틈이 어디 있어야지, 해가 뜨면 일이 자꾸만 발생하니."28)를 인용한 것이기는 하다. 용사를 이용하여 심사를 대변한 것이다.

그런데 이상 열거한 세 문인의 경우 모두 당대 저명한 사대부로서 수십 년간 관직에 몸이 매인 인물들이었다. 따라서 그들의 귀거래 의지는 실제의 진은(眞隱)이 아닌 환은(宦隱)으로 이해해야 한다. 즉 이규보의 경우만 하더라도 "어느덧 은거하는 취미에 젖어, 또 이곳에 머물러 있고 싶네. (…중략…) 내일 아침 도성에 돌아가면, 또다시 생계에 얽매어야 하니. 아 말해서 무엇하겠는가, 세속의 속박 면할 길 없네."29)라고 하였고, 이제현의 경우 "글 읽는 선비들 불우한 자 많다고 누가 말했나, 늘 왕사로 인하여 맑은 놀이 많이도 하는데."30)라고 했으며, 이곡 역시 "혼자 결단할 수 있다고 누가 말하는가, 출처는 자신 마음대로 할 수 있는 게 아니네."31)라고 말했기 때문이다.

---

28) 『唐詩品彙』 卷43 「夏夜作」 "夜久喧暫息, 池臺有月明. 無因駐淸景, 日出事還生."
29) 李奎報, 『東國李相國集』 卷1, 『叢刊』 卷1, 347面. 已愜幽居趣, 又欲便成留 (中略) 明朝返都城, 又縛營生謀. 嗟哉更何言, 未免塵緣拘.
30) 李齊賢, 「八月十七日 放舟向峨眉山」, 『益齋亂藁』 卷1, 『叢刊』 卷2, 507面.
31) 李穀, 「獨坐」, 『稼亭集』 卷17, 『叢刊』 卷3, 203面. "誰言能自斷, 出處不由身."

5. 맺음말

이제까지 고려후기 유기시에 나타난 주된 소재와 그 내용에 대해 살펴보았다. 위의 내용을 마무리하면 다음과 같은 결론이 도출된다.

첫째, 고려후기 유기시에서의 주된 소재는 유적지이며, 이에 대한 주제는 역사적 논변과 민풍에 대한 관찰이었다. 주지하듯 이제현, 이곡, 이색 등은 원나라와 고려를 수차례 왕래했던 사대부들이다. 당시 왕사를 받들며 국내외 역사적 유적지를 탐방했던 그들은 이를 소재로 사용했으며, 여기에서 그들이 말하고자 했던 바는 춘추필법의 대의와 민풍에 대한 관찰이었다. 즉 역사적 인물이나 당시의 상황을 논변하면서 시비와 포폄을 가했고, 아울러 민풍을 살피는 사대부로서의 소임을 다하고자 했던 것이다.

둘째, 마상과 일기가 주된 소재로 사용되었으며, 이를 통해 말하고자 하는 바는 고향에 대한 향수와 자신에 대한 반성이었다. 여정 중 많은 생각이 들었던 장소는 역시 마상이었다. 고려후기 사대부들은 왕사로 인한 여정이든, 놀이를 위한 유람이든 이동 수단이 말이었으며 말 위에서의 소회를 시로 풀었는데, 그중 상당량은 고향에 대한 향수, 자신에 대한 회고 등이 주를 이루었다. 특히 부족한 자신을 되돌아보거나, 부모님을 그리워하는 작품 등은 주로 일기 형식으로 쓰이거나 제목이 「마상」으로 되어 있다는 특징을 가지고 있다.

셋째, 별업과 자연을 주 소재로 삼았으며, 이에 대한 주제는 귀거래에 대한 의지를 표명하거나 자연에의 동화이다. 별업은 사대부들이 일상에서 벗어난 유희의 장소이다. 공무를 잊고 벗들과 지내는 별업에서의 노님은 세속의 시끄러운 소리가 들리지 않는 곳이며, 안락함과 청신함을 주는 공간이었던 것이다. 그곳에서 시인은 때로 귀거래의 의지를 드러내었는

가 하면 더러 자연과의 동화를 시도하기도 했으니, 이것이 고려후기 유기
시의 세 번째 특징이다.

제Ⅱ부
조선시대의 문인들과 작품세계

제9장

위백규(魏伯珪) 시의 심상과 그 정신적 의미

1. 존재의 시와 심상

본 논문은 조선 후기의 문인 존재 위백규(1727~1798)의 시세계를 분석하여 거기에 내포된 심상(imagery)과 사유 방식을 포착하고 그 정신적 의미를 해명하는 데에 목적을 둔다.

『존재집』에 수록된 한시는 162제 181수로서[1] 총 24권이라는 거질에 비하면 1권이라는 소량이다. 이 때문에 존재의 문학 전체를 몇 수 되지 않는 시라는 렌즈를 통해 살펴보는 것은, 그가 창출해 낸 다양한 스펙트럼의 문학을 도출하기에 다소 무리일 수 있다. 그러나 존재가 "겨울 털옷과 여름 삼베옷 하늘에 따르며, 오십 년 동안 시만 읊노라.[2]"라고 말했던 것처럼 존재의 삶과 시는 간극이 없는 농축된 내면의식의 결과물이라 할

---

[1] 이는 本稿가 底本으로 삼은 『韓國文集叢刊』(민족문화추진회, 2000) 243卷의 數値이며, 『存齋全書』(경인문화사, 1974) 上卷에는 장편시를 비롯하여 235題 363首가 수록되어 있다.

[2] 魏伯珪, 「遺懷」, "冬裘夏葛葛因天分, 五十年來但咏詩." 『存齋集』 卷1, 『韓國文集叢刊』 243, 민족문화추진회, 1991, 23面. 이하 출전에 대해서는 모두 이를 따랐으므로 생략하고 면수만을 표기하기로 한다.

수 있다. 또 시가 지니는 특성이 그렇듯, 시는 내면의 결을 무엇보다 극명하게 드러내고 있으며 이면에는 작자의 의식지향이 가장 또렷이 드러난 장르이므로 이를 정치하게 분석해 내는 작업은 존재 문학을 더욱 입체적으로 조망해주는 논구가 될 것이다.

존재에 대한 기왕의 연구도 시문학이 주가 되었지만 안타깝게 천리시와 농민시에 국한된 점이 있다.3) 물론 존재가 성리학을 수학하여 그 지표로서 농민과 사회 전반에 관심을 갖고 적극 개입하려고 했던 실천적 의지를 문학적으로 형상화한 것은 부정할 수 없는 사실이다. 특히 당시 절대적으로 우위에 있었던 성리학적 사상과 향촌생활을 통해 형성된 강한 현실비판의식이 위와 같은 결과물로 표출된 점은 두말할 것도 없다.

하지만 시대상황이 요구하는, 이 원론적이고 범범한 논의를 심층적으로 분석할 필요가 있다. 필자는 그 논구로서 심상을 선택하였다. 형태적 심상은 시각적인 것에 속하고 물질적 심상은 정신적인 것에 속한다는 논리 하에서 정신경계의 모습을 살피기 위해 심상 분석을 선택한 것이다. 또한 존재 시에 나타난 심상은 또렷한 주제의식을 드러내고 있으며 존재의 사유를 관철하고 있다는 기미가 보인다. 이를테면 오상고절의 대명사인 매화를 자신의 울분을 토로하는 대상으로 쓰고 있다거나, 고요함 속의 소리의 울림, 그리고 트인 공간에서의 읊음 등이 무언가 전하려는 메시지가 담겨 있다고 판단되었다. 따라서 존재 시의 심상 분석을 통해 그의 시세계의 단면을 확인해 보려고 한다.

---

3) 존재에 대한 연구 성과를 간략하게 소개하면 다음과 같다. 金碩會, 「存齋 魏伯珪의 生活詩에 관한 연구」, 서울대 박사논문, 1992. 1~190면.; 위홍환, 「존재 위백규의 시문학 연구」, 조선대 박사논문, 2005, 1~122면.; 任周卓, 「魏伯珪 「농가」에 관한 研究」, 『冠嶽語文研究』 15, 1990, 245~267면.; 이향배, 「存齋 魏伯珪의 文學論 研究」, 『語文研究』 48, 2005, 171~194면.; 최상은, 「18세기 시가의 정서와 현실인식 지향-魏伯珪의 漢詩·時調·歌辭를 중심으로」, 『泮橋語文研究』 24, 2008, 53~77면.

2. 빛과 물─천리에 대한 인식

한 문인의 작품 세계를 살피기 전에 우리는 늘 그에 대한 정보를 얻으려 한다. 이는 문학과 현실이라는 두 영역이 불가분의 관계라는 사실은 말할 것도 없거니와, 작품의 창작 동인 및 사유 방식, 사상 등 다양한 영향 관계를 따지기 위함일 것이다.

> 존재공은 두 살에 육십갑자를 외웠으며, 여섯 살에는 글을 잘 지었고, 여덟 살에 역학에 몰두하였다. 열 살 이후에는 제자백가의 책을 두루 읽어 천문·지리·복서·율력·선불·병도·의약·상명·주거·공장·기교 등 학문에 널리 통하지 않은 것이 없어서 손금처럼 모두 꿰뚫어 보고 있었으니, 참으로 하늘이 주신 인재라 하겠다. 스물다섯에 구암 윤봉구 선생에게 예물을 갖추어 찾아뵙고 이때부터 예전 배웠던 것을 모두 버리고 자신을 위한 학문을 하였으며, 스승과 가까운 자리에 앉아 공부를 하며 동학들의 부러움을 샀다.[4]

등불에 대해 읊다

사물을 비추어 어둠 속일 수 없으니
붉은 마음 본래 스스로 밝았네
홀로 방안을 대낮으로 만드는데
창밖은 막 삼경을 지나는구나[5]

전자는 임헌회(任憲晦, 1811~1876)의 서문에 실려 있는 글이다. 글자의 출입이 조금 있을 뿐 존재의 연보, 행장, 묘지명 등에 모두 실려 있다. 요지

---

4) 上揭書, 3面. "公二歲誦六甲, 六歲能屬文, 八歲參易學, 十歲以後汎濫百家諸子之書. 凡於天文地理卜筮律曆仙仏兵韜疾藥相命舟車工匠伎巧之流, 靡不貫穿, 燦若掌紋, 誠天才也. 二十五贄謁久庵尹先生, 自是盡棄其故, 爲爲己學, 見詡於三席甚重."
5) 上揭書, 10面. 「詠灯火」"照物無欺暗, 丹心本自明. 獨作房中晝, 窓外過三更."

는 존재의 총명함과 박식함 그리고 범상치 않음을 칭송하는 데 있다.

후자는 이를 입증하려 아래에 적어 놓은 시이다. 시안이라 할 수 있는 시어들이 곳곳에 노출되어 작자의 의도가 명확히 확인된다. 그것은 바로 '기암(欺暗), 자명(自明), 중주(中晝), 삼경(三更)'이다. 이 시어들은 대우를 이루고 있으며 상충된 심상의 연출을 통해 작자의 의도를 노출하고 있다.

우선 등불이라는 속성은 항용 주위를 밝혀주는 사물이다. 이는 사방 곳곳을 비추고 있기 때문에 그것이 비추는 곳에서는 몰래 할 수 있는 어떠한 행위가 용납되지 않는다. 기구와 승구는 바로 이러한 등불의 본성을 간파하고 읊은 것이다. 연보와 행장에 "단심본자명(丹心本自明)"이 "단심본 본명(丹心見本明)"으로 되어 있는 것으로 보아6) "붉은 마음 본래 밝은 것을 알겠네."라는 뜻이다.

전구와 결구는 문면만을 보면 밖은 어둡지만 방안은 환하다는 것에 불과하지만, 이면에는 방안을 환히 비추는 등불을 대낮으로 치환시켜, 홀로 어두운 방에 있지만 대낮으로 생각하고서 자신뿐 아니라 다른 사람에게 속임 없이 떳떳하게 살겠다는 삶의 다짐이 들어 있는 것이다. 아마도 어렸을 적부터 수학하였던 성리학적 사유, 즉 여기에서 좀 더 구체적으로 연결해 보면 『대학』의 '신독(愼獨)' 개념이 녹아든 관념화된 작품이다. 이는 7세에 지었다고 전하는 「영성」7)이라는 작품을 통해서 확인할 수 있다. 단순히 별의 아름다움을 노래한 것이 아니라, 기운이 형체 없이 걸려 있다고 말하는 것으로 보아 비교적 어린 시절에도 사물에 대한 관념적인 태도를 지니고 있었던 것으로 보인다. 흥미로운 것은 등불이나 별처럼 속성이 밝은 것을 노래할 때 관념화시킬 뿐만 아니라 매화를 읊으면서도 천지와 우주에 대해 생각하고 있다는 것이다.

---

6) 上揭書, 520面.「年譜」; 530面.「行狀」
7) 上揭書, 10面. 各定名與位, 須氣掛無形. 參爲三光一, 能使夜色明.

매화

작은 창 열어두고 조용히 앉았으니
홀로 매화만이 내 마음 알아주리라
스스로 선천의 뜻 깨닫고 있는데
진중한 달 더욱 밝은 때라네

             － 이 시는 '매창(梅窓)'이라는 작품이다 －8)

이 작품은 '매화'를 소재로 창작했던 열여섯 수 가운데 한 작품이다. 흔히 매화라는 소재가 지니는 일반적 함의는 오상고절이다. 그러나 존재는 매화보다 국화에 이를 맞추고,9) 매화는 자신의 울분을 달래는 매개물로 이용하고 있다는 사실이 다른 문인들과 차별된다. 이는 연보에서 "존재는 천성이 매화를 사랑해서, 늘 할 말이라도 있는 듯이 마주하고 앉아 있었다. 드디어 서로 말을 주고받은 것처럼 의인화하여 글을 지었는데, '연어(然語)'라고 했다. 거기에는 본래 분노를 나타내는 우화가 많았던 까닭에, 취지가 장자나 열자의 기미를 많이 띠는 것도 개의치 않았다."10)라고 한 것을 통해 확인된다.

기구와 승구는 바로 이러한 작자의 마음을 표출한 구절이라 할 수 있다. 아무도 자신을 알아주지 않지만 유독 매화만이 자신을 알아주기에 기쁜 마음을 저처럼 표현한 것이다. 그런데 문득 국화와의 대화에서 선천(先天)의 뜻을 깨닫고 있다고 하였다.

주지하듯 선천과 후천에 대해서는 『주역』에 자세히 나오는 바, 선천은 천지 만물이 형질로 나타나기 전을 의미하고 후천은 형질이 나타난 뒤를 의미하는 것으로, 선천의 뜻을 깨닫는다는 것은 바로 하늘의 이치를 깨닫

---

8) 上揭書, 11面. "靜坐開小牖, 獨有梅君知. 自悟先天意, 珍重月明時. －右梅窓"
9) 上揭書, 17面. 培壅明窓傍枕衾, 正色弥光勝似金. 豈是春花承暖熱, 本來無改傲霜心.
10) 上揭書, 526面.

는다는 뜻이다.

결국 이 작품은 사물을 통해 울분을 달래던 작자가 이에 감흥한 나머지 천지만물이 하나의 이치에 통한다는 사실을 깨닫고 이를 읊은 것으로 이해된다. 한편 이 천리는 물이라는 사물의 관찰을 통해 깨닫기도 한다.

김 미호 어른께 올리다

광란의 물결과 온 시내 바다로 돌려보냈으니
같은 물의 줄기에도 깊고 얕은 물은 있지
거울 같은 물에 바람 자니 가을 달 밝고
평평한 호수에서야 하늘의 마음을 보네11)

전반부는 미호 김원행에 대한 칭송이다. 당대(唐代) 한유의 「진학해」에 "온갖 냇물을 막아 동쪽으로 흐르게 하고, 이미 엎어진 상황에서 미친 듯 흘러가는 물결을 되돌렸다."12)는 말을 기구에 전용한 것으로 보아, 이는 선생의 유학적 풍범을 흠모하고 존경한다는, 안부 인사 정도에 그친다.

그런데 돌연 후반부에서 작자는 천지의 근원이 물에 있음을 체인한다. 즉, 잔잔한 호수에 가을의 밝은 달빛이 비치고, 바로 여기에서 하늘의 마음을 알겠다는 것이다. 핵심 시어라 할 수 있는 '천심'을 이용하여 밝은 달빛과 연결한 방식은 앞선 작품들과 유사한 논리 구조다.

존재는 매화가 피어 있는 시내를 노래하면서도 "매화 꽃잎 떠내려간들, 뉘라서 그 근원 찾아오겠는가?"13)라고 말하기도 하고, 콸콸 샘솟는 못을 노래하면서도 "잠시도 쉬지 않는 콸콸 솟는 물, 맑고 맑아 연못에 가득 차 있네. 물고기 뛰는 것은 상관없이, 옛 모양 그대로 하늘빛을 담구네."14)라

---

11) 上揭書, 「呈金渼湖丈」 "百川歸海狂瀾急, 一水派分有淺深. 鏡面無風秋月白, 平湖方是見天心."
12) 韓愈, 「進學解」 "障百川而東之 廻狂瀾於旣倒."
13) 上揭書, 11面. 「梅澗」 "梅花雖泛去, 誰肯尋源來?"

고 말한 것은 천지의 근원을 깨닫고 이를 노래한 것으로 이해된다.

계당에서 가을밤에 흥취가 일어

시비와 영욕은 모름지기 놀랄 것도 없지
모든 일 나를 찾으니 점점 가벼움을 느낀다네
절로 있는 계산은 천고의 뜻이요
조용한 꽃과 대는 사시의 마음이라
근심하지 말아야 비로소 천지의 위대함을 알겠고
시기함이 없어야 바야흐로 세계의 태평을 알겠네
소옹의 청야음을 읊조리고 나니
창 가득 밝은 달이 꿈속에도 빛나고 있네[15)

　제목의 계당은 존재의 고향인 장흥 주변의 부계당을 말하는 것으로 위
씨 가문의 분암이 있는 장소이다.[16) 작자는 수련에서 시비와 영욕을 물
리치고 자신의 뜻대로 사는 것에 만족감을 드러내고 있다. 또 함련에서는
부계당 주위를 둘러싼 산과 꽃을, 각각 천고의 뜻과 사시사철의 마음으로
인식하고 있다. 즉 이 두 연은 천리를 깨달은 작자의 마음이 표출된 것으
로 볼 수 있다.

　이러한 인식은 경련의 '불우(不憂)'와 '무기(無忮)'라는 시어를 통해 도덕
적 삶에 대한 의지로 이어진다. 또 미련에서는 무의식 상태에서도 천리를
인식하고 이에 흥기 된 기쁜 마음을 표현한다. 여기에서 소옹의「청야음」

---

14) 上揭書, 12面.「櫏谷崔氏書齋 其五 活水塘盆菊」"活水來不息, 淨澈盈方塘. 魚躍元相管, 依舊
　　涵天光." 이 작품에서 작자는 주석을 다음과 같이 달았다. "더러운 찌꺼기들이 이미 사라
　　졌으니 큰 근본이 이에 세워졌으며 두루 만물에 응하니 고요한 마음의 본체는 그대로이
　　다.(渣滓旣盡, 大本斯立, 周応萬物, 而靜之體自若也.)"
15) 上揭書, 20面.「溪堂秋夜遣興」"是非榮辱莫須驚, 萬事從吾漸覺輕. 自在溪山千古意, 從容花竹
　　四時情. 不憂始信乾坤大, 無忮方知世界平. 誦罷邵翁淸夜咏, 一窓晴夢月分明."
16) 上揭書, 10面. "魏氏墳菴"이라는 주석이 달려 있다.

이란, "달은 하늘 한복판에 이르고, 바람은 물 위에 불어오누나. 이와 같은 청량한 경지를, 아는 사람 아마도 많지 않으리."[17]를 말하는 것으로 천리를 인식한 작자의 마음이 표출된 작품이다. 이로 보면 존재가 소옹의 학문적 영향 관계가 적지 않았던 것으로 보인다. 실제 매화를 의인화하여 대화하는 대목에서 매화가 "그대는 어찌 소옹을 공부하지 않는가?"라고 물으니 "내 앞으로 소옹을 공부하겠다."[18]라고 하거나, 소옹의 「수미음」[19]을 모방하여 「속수미음」 130수를 지은 것,[20] 또 소옹의 학문적 취향을 따른 것을 보면 이를 알 수 있다.

이제까지 등불이나 별 그리고 맑은 물 등의 심상을 통해 천리를 인식한 존재의 의식과 지향에 대해 살펴보았다. 사실 빛과 물은 소리도 없고 냄새도 없는 존재이다. 이는 성리학에서 『시경』의 "하늘이 하는 일은 소리도 없고 냄새도 없다."[21]라는 구절을 성리로 연결한 논리와 일면 일치하는 점이 있다. 말하자면 존재와 무의 접선에 있는 것들인데, 작자는 이러한 심상을 자주 등장시키고 있을 뿐만 아니라 존재를 자각하는 심상으로 소리를 이용하기도 한다.

---

17) 邵雍, 『擊壤集』 卷12. 文淵閣 四庫全書 電子版, 迪志文化出版有限公司, 1999. "月到天心處, 風來水面時. 一般清意味, 料得少人知."
18) 上揭書, 434面.
19) 주지하듯 수미음은 첫 구절과 끝 구절을 같게 하여 이어지는 시 작법을 말하는 것으로, 예를 들어 존재의 「續首尾吟」은 首聯의 出句가 '子華非是愛吟詩'로 시작하여, 尾聯의 對句 역시 '子華非是愛吟詩'로 끝난다. 또한 수련의 출구와 대구 역시 정형화된 모습을 보인다.
20) 魏伯珪, 『存齋全書』 卷上, 경인문화사, 28面.
21) 『詩經』 "上天之載, 無聲無臭."

3. 고요함과 울림—존재의 자각과 대응

존재 시의 분위기는 경쾌하거나 생동감이 넘치기보다는 고요함과 그윽함이 지배적이다. 그런데 주목할 만한 것은 그 고요함을 깨는 울림, 즉 소리가 함께 등장한다는 것이다. 이러한 시적 분위기가 자아내는 심상이 어떤 의미를 지니는지 확인하는 것이 본 절의 목적이다. 우선 창작 시기는 다르지만 제목도 같은 유사한 분위기의 작품 두 수를 인용해 본다.

속절없이 읊다

고요한 밤 산사 승려의 독경소리
짙은 서리에 자던 새 놀라 깨네
등불 돋우고 옛 사적 읽으며
쓸쓸하게 앉아 한밤 보내네[22]

속절없이 읊다

절 방에서 글 읽다가 문득 떠오르는 게 있어
저녁 종소리에 홀로 시를 읊어보네
상방의 승려가 등불 걸고 자려는데
텅 빈 누각에 바람 불고 낙엽지네[23]

우선 첫 번째 작품에서 고요한 밤의 적막을 깨는 것은 승려의 독경소리이다. 그런데 승구에서는 이와는 대조적으로 서리가 짙어 잠자던 새마저 놀라 깬다고 하였다. 이로 본다면 작자의 잠을 방해하는 요소는 분명 독경소리이며 짙은 안개와 독경소리는 같은 대상이다. 또 그로 인해 잠을

---

22) 上揭書, 10面.「漫吟」“夜靜山僧語, 霜深宿鳥驚. 挑灯讀古史, 蕭灑坐三更.”
23) 上揭書, 14面.「漫吟」“讀罷禪窓有所思, 二更鍾後獨吟詩. 上房釋子懸灯宿, 虛閣風來葉下時.”

이루지 못한 새는 작자 자신을 투영시킨 것으로 이해할 수 있을 것이다.

두 번째 작품의 공간적 배경은 선창(禪窓)이며 시간적 배경은 저녁 이경 (二更) 무렵이다. 시에서 노출하지는 않았으나 역시 고요한 주변 환경을 그려내고 있다. 여기에서도 마찬가지로 정적을 깨는 절의 종소리가 등장한다.

그렇다면 두 작품에서의 독경소리와 종소리는 무엇을 상징하는가? 이는 존재 시에 자주 연출되는 분위기와 논리 전개가 유사한 작품들을 유추해보면 자각의 목소리로 해석할 수 있을 것이다. 자신의 정체성을 되짚어 보며 이에 어떻게 대응해야 하는지 깨우치는 도구로 사용되고 있는 것으로 읽힌다. 이는 쉽게 연결될 것 같지 않은 '적막한 곳에서의 깨어남'과 '글을 읽는 작자의 행위' 그리고 '짙은 서리에 놀라 깨는 새'와 '텅 빈 누각에서의 떨어지는 낙엽' 등 시적 분위기와 움직임 등을 잘 음미해 보면 가능하다고 생각된다. 단순히 제목에 얽매여 고요한 산사에서의 푸념 정도로만 이해한다면 시로서의 의미가 전혀 없을 뿐 아니라 작자가 선택한 시어 '허각(虛閣)'이나 '엽하(葉下)' 등이 우울한 심사를 반영하고 있는 것을 놓치게 된다. 인용된 작품의 시적 분위기와 논리 전개가 비슷한 다음 작품은 이를 보완해 준다.

평촌에 묵으며

평야를 에워싼 저 달빛
마을 어귀에 가득한 강물 소리
나그네들 밤새 쉬지 않고 유람하니
물오리들 시끄러워 놀라 깨네[24]

---

24) 上揭書, 10面.「宿坪村」"月色囲平楚, 江聲満野村. 行人夜未息, 驚起水鳧喧."

달이 떠 있는 시각으로 보아 주변의 고요함은 암묵적으로 명시되어 있다. 마침 그 정적을 깨는 것은 역시 소리의 울림이다. 달빛이 에두른 평야에 어귀마다 물소리가 가득 울리고 있으니 작자의 심적 상태 또한 고요하면서도 깨어있음을 명시하고 있다.

그런데 이 분위기는 문득 행인들의 끊이지 않는 유람과 이에 시끄러워 놀라 깨는 물오리로 전환된다. 단순히 이 시의 주제를 '좋은 시절 행인들의 유람'으로 보기에는 결구의 '경기(驚起)'와 '훤(喧)'의 시어가 시 전체와의 조응이 부자연스러울 뿐만 아니라 무미건조한 시가 되고 말 것이다. 앞선 「만음」에서의 시적 흐름과 분위기 그리고 그 작품의 시어 '조경(鳥驚)'과도 분명 관련이 있다. 거기에서 자던 새를 자신으로 환원시켰던 것처럼 위의 시 역시 평촌에 묵으며 동네 사람들의 생활을 걱정했던 것이다. 이러한 해석은 그가 농민시를 상당수 창출했던 동인과도 연결될 뿐만 아니라 현실 문제에 적극 개입하려 했던 면모와도 맞닿아 있기 때문이다.

주지하듯 존재는 39세 때인 영조 41년(1765) 식년시 생원 삼등 59위로 입격한 뒤, 과거에 계속 응시하였으나 급제하지 못하다가, 68세가 되던 정조 18년(1794)에 서영보(徐榮輔)의 천거로 그의 저술과 덕행이 정조에게 알려지면서 선공감부봉사, 기장·태인·옥과현감, 장원서별제·경기전령 등을 차례로 지냈다. 향촌생활을 통하여 형성된 강한 현실비판의식은 「정현신보」25)나 봉사류26)에서 당시의 현실을 세세하고 적나라하게 비판하고 있어 그의 실학적 면모를 여실히 보여주고 있다.

느릅나무 뿌리

차디찬 부엌엔 느릅나무 삶아 겨우 연기 피니

---

25) 上揭書, 402面.
26) 上揭書, 26面.「萬言封事」; 3卷, 37面.「封事」

촌사람의 생활 정말 개탄스럽네
지금 국가의 비축식량 떨어졌는데도
고기 먹는 벼슬아치들 아무런 생각조차 안 하네[27]

제목만 보면 영물시 같지만 작품의 소재로만 사용되었을 뿐 사회비판
적인 태도가 문면에 고스란히 드러나 있다. 기구의 시어 '냉조(冷竈)'도 참
고할 만하다. 대개 한시에서 '차디찬'의 표현은 '한(寒)' 자를 많이 사용한
다. 특히 부엌을 꾸며줄 때 자주 쓰인다. 그런데 존재는 '냉(冷)' 자를 선
택하였다. 이는 단순한 글자의 변환이 아니다. 그가 산문에서도 '냉구(冷
句), 냉지화두(冷地話頭), 냉물(冷物), 냉어(冷語)' 등 '냉' 자를 자주 사용하고
있는데, 이는 중국의 문헌이나 한국문헌에서도 발견되지 않는 표현으로
존재만의 글쓰기 특징이라 할 수 있다.[28] 그리고 그 뜻은 대개 '냉소적
인', '형편없는', '쓸모없는' 등으로 사용되고 있다. 위의 시 '냉조'는 그간
먹을 것이 없어 불을 때지 않은 차디찬 아궁이, 즉 쓸모없는 부엌이란 비
판적 태도가 담겨 있는 것이다.

또 정치의 문란으로 격정된 작자는 시에서 중요시되는 리듬감이나 함
축을 배제하고는 '야인생활(野人生活)'이나 '여금국핍(如今國乏)'과 같이 산문
처럼 시를 지었다. 결구의 '육식(肉食)' 또한 이러한 감정의 연장선상에서
나온 시어인데, 물론『좌전』에 있는 말을 가져온 것이기는 하지만, 제목
의 '갈근'과 대비시켜 촌사람의 생활과 고관대작의 생활을 적나라하게 비
판하고 있다.

존재는 「유월」이라는 작품에서도 "초봄에 밭도 팔고 가축도 팔았으나,

---

27) 上揭書, 15面. 「葛根」 "冷竈踈烟煮赤楡, 野人生活盡堪吁. 如今國乏三年積, 肉食諸君念也無."
28) 『존재집』에 등장하는 이러한 표현들은 文淵閣 四庫全書 電子版(迪志文化出版有限公司,
1999)과 한국고전번역원 제공의 Web DB(http://www.minchu.or.kr)에서 검색되지 않는 것
들이다.

쌀 한 톨도 여름을 지낼 준비는 없네. 문 앞에서 세금 거두는 관리에게 말하노니, 백성들의 목숨 위해 추수까지 기다려 주오."29)라고 한 것처럼 현실 비판적 태도의 작품들이 많다. 이들은 대개 존재에 대한 깨달음과 동시에 삶에 어떻게 대응해야 하는지를 보여주는 것들이다.

하지만 존재는 그가 가진 포부를 실천에 옮기지는 못했다. 서문을 지었던 임헌회가 "공이 지은 「고축설」에 '큰 산악 깊은 산속에 백 년 된 오랜 나무가 있는데 울퉁불퉁 우뚝 솟고 영험하게 생겨, 귀신들이 수호하고 있으니 궁현·천구의 받침대라 할 수 있다. 그런데 그 나무가 해곡의 사신을 만나지 못해, 단지 절벽의 바람과 협곡의 비를 노래하듯 용트림을 하고 있다. 만약 훌륭한 재목임을 아는 사람을 만났다면, 세상 사람들은 그 것이 뛰어난 재목임을 칭찬하였을 것이다.'라고 하였는데, 이는 아마도 자신을 빗댄 것이리라."30)라고 했던 것은 존재의 삶을 잘 반영하고 있다.

결국, 실천적 학문을 강조했던 존재에게 그렇게 하지 못했던 좌절과 울분은 매화라는 매개를 통해 표출되기도 하였지만, '산'이라는 매개를 통해 마음을 정화하고 쾌활한 정신을 추구하며 위안한다.

4. 상승과 고도─쾌활한 정신지향

존재의 시에는 산을 소재로 직접 풍경을 읊기도 하고 산에 올라 감흥한 마음을 읊기도 하며 유람 중 느끼는 마음을 읊은 작품들이 많다. 여기에는 단순한 소재에 머물러 있지 않고, 상승과 고도의 심상을 통해 높은

---

29) 上揭書, 14面. "售田賣畜已春初, 一粒何曾度夏余. 爲語門前索租吏, 姑紆民命待收畬."
30) 上揭書, 3面. 「序文」 "公鼓軸說有云泰岳深山之中, 有百年老木, 航髒侊詭, 鬼守神護, 可以爲宮懸天球之簴, 未遇嶰谷之使, 只作龍吟於崖風峽雨, 若大遇則天下稱奇, 豈自況也歟."

곳에 올랐을 때의 남다른 심사를 쏟아내고 있는 것들이다.

납상정 열두 풍경

백로는 원래 모래톱에 있어야 하는데
어찌 먼 산봉우리에서 그 이름 불려오는가
세도에 기교의 일 많은 것을 싫어하여
푸른 하늘 날아올라 담박함을 스스로 거두는가?
- 이 작품은 '한 눈썹의 노봉'이란 작품이다-31)

전반부에서 작자는 아래에 있어야 할 사물이 왜 위에 있느냐며 설의법으로 작품을 전개한다. 그리고 후반부에서 이에 대해 답을 하는데, 문제는 시어 세도와 기사(機事)를 답으로 제시하고 있다는 것이다. '기교의 일'이란 『장자』에 나오는 말이지만 이를 확충시키면 바로 삿된 마음에 가려짐을 의미한다. 그렇기 때문에 백로가 있어야 할 모래톱을 벗어나 산봉우리로 올라가 그 이름이 불리는 것이며, 담박함을 누리려는 데 목적이 있다고 하였다. 즉, 작자는 노봉이라는 바위를 보면서 수주에서 비상한 백로를 머릿속으로 상상하며 그 백로에 자신을 투사시키고 있는 것이다. 세속을 벗어난 자유정신이 표출된 작품이라 할 수 있다.

이 작품의 창작 배경인 전라도 나주에는 납상정에 대해 읊은 해금 오달운의 「납상정십이경」이란 작품이 있다.32) 운자를 보면 존재가 해금의 작품을 차운한 것으로 보이는데 여기에서 해금은 노봉을 그저 풍경과 경물 즉, 아름다운 자연물에 대해 읊었을 뿐 존재처럼 세도와 연결시키지는 않았다. 역시 존재가 자연 경물을 노래할 때 순수한 자연미를 읊은 작품

---

31) 上揭書, 18面. 「納爽亭十二景」 "白鷺元宜在水洲, 如何傳號遠嶠浮. 応嫌世道多機事, 飛上晴空澹自收.-右一眉鷺峯"
32) 吳達運, 「一眉鷺峯」, 『海錦集』 卷1, 木版本, 88面. 玉女雲軿錦水洲, 手中神筆淡粧浮. 天風吹到雙眉影, 一半青山落未收.

이 거의 없고 앞서 살펴본 것처럼 자연을 관념화시킨다거나 자신의 우울
한 심사를 투영한 작품들이 많다는 사실을 알 수 있다.

그렇다면 산을 소재로 한 작품들에게서 위에 인용한 작품과 같은 시어
세도라든지 다른 작품에서 진애, 인세와 관련된 시어들이 자주 등장하고
있는데 그 이유와, 관념화된 자연을 읊고 있는 이유가 무엇인지 살펴보도
록 하자.

황지실과 함께 천관산에서 수창한 시

> 정상의 바위에 우뚝 서니 머리카락은 쭈뼛쭈뼛
> 남쪽 끝 평지는 푸른 바다와 맞닿아 있구나
> 눈을 떠보니 비로소 전날에 가려진 것을 깨닫고
> 하늘에 가까워지니 높은 곳에 올랐음을 알겠네
> 티끌을 털고 씻어내니 영겁의 업보를 갚겠고
> 풍물을 주장하니 웅대한 호기가 일어나는구나
> 정신이 속세를 벗어나면 모두 신선이 되는걸
> 연제의 어리석은 사람들 헛수고만 하였다네[33]

천관산은 장흥의 진산(鎭山)으로 알려진 수려한 산이다. 수련을 통해 우
리는 천관산의 모습을 머릿속으로나마 그려낼 수 있다. 실제 천관산에는
큰 바위가 즐비한데, 작자가 '머리카락이 쭈뼛쭈뼛해진다'는 표현을 사용
함으로써 정상의 위엄이 생동감 있게 그려지고 있다. 수련의 출구에서는
바위에서 바라본 남쪽 바닷가가 지평선과 수평선, 그리고 평지와 바다의
경계가 한눈에 들어온 장관이 연출되고 있다. 이러한 승경은 함련에서 작
자의 반성적 시선으로 바뀐다. 즉, '높은 곳에 오름'과 '전날의 잘못'이

---

33) 上揭書, 22面. 「與黃芝室冠山酬唱韻」"逈立窮巖森髮毛, 平臨南極接滄濤. 眼開始覺前時蔽, 天
近方知到處高. 洗拂塵埃酬刦債, 主張風物作雄豪. 心神出俗皆仙客, 迂士燕齊但夢勞."

대우를 이루며 지난날 부끄러운 날들이 뇌리에 스침을 말하고 있다. 이러한 작자의 태도는 다시 경련으로 이어져 반성은 곧바로 영겁의 업보를 대신하여 사라지고 천관산의 감상에 호기마저 일어난다고 하였다. 여기에서의 '티끌'은 다음 미련의 '신선'과 잘 대조되어 의미가 부각되고 있다. 작자는 속세에 구애되지 않는 정신을 갖는다면 신선 못지않은 고도의 정신경계에 들 수 있음을 확신하고 『사기』의 말을 인용하고 있다.[34]

따라서 이 작품은 존재가 자연을 매개로 하여 그간의 잘못을 반성하고 속세에 휩쓸리지 않도록 다짐하며 정신적 자유를 지향하는 데 핵심이 있다. 이러한 정신경계가 궁극적으로 지향하는 바는 역시 인간 세상에 대한 탐색이며 현실에 적극 개입하려는 성리학적 태도와 무관하지 않다.

서석산을 유람하며

빠른 바람을 날개 삼아 티끌 속을 벗어나
아득히 높은 산에 오르니 사방은 모두 같네
산천은 삼한 땅에 여기저기 널려 있고
천지는 커다란 해동에 활짝 열려있네
만학의 빼어난 경관은 모두가 조화이고
천년의 정기에 영웅을 몇이나 내었나
두 눈동자로 인간세상 묵묵히 이해하면
경륜의 많은 공부 얻으리[35]

우선 시의 제목인 서석산은 광주 무등산의 별칭이다. 서석산을 유람하며 쓴 이 작품은 앞서 "취지가 장자나 열자의 기미를 많이 띠는 것도 개

---

34) 『史記』「封禪書」에, "봉래의 안기생을 구하지 못한 상태에서, 해변가 연 나라 제 나라의 괴탄한 방사들이 몰려와 신선에 대한 일을 떠들기 시작하였다.[蓬萊安期生莫能得, 而海上燕齊怪迂之方士, 多更來言神事矣.]"라고 하였다.

35) 上揭書, 21面.「遊瑞石山」"扛出塵埃翼迅風, 逈臨穹岳四望同. 山川錯落三韓國, 天地賽開大海東. 萬壑靈觀皆造化, 千年正氣幾英雄. 雙眸領略人間世, 消得經綸多少功."

의치 않았다."라고 스스로 말했던 것처럼 장자의 기풍이 느껴진다. 특히
수련에서 산에 오르는 모습을 저처럼 표현한 것은 장자의 붕새를 연상시
키기 때문이다.

함련에서 작자는 산천과 천지를 각각 '삼한'과 '해동'으로 집중시키고
이를 바로 경륜과 연결하여 시공이 조화된 아름다운 강산을 찬미하고 있
다. 하지만 작품을 지배하는 것은 단연 미련에 있다. 존재의 사유를 가장
잘 읽을 수 있는 부분인데, 현세에서의 경륜에 삶의 무게를 두고 있는 것
과 결부된다.

결국 "진정 성현의 당대 뜻을 배우고자 한다면, 바닷가 초동목수와도
격 없이 서로 대해야 하지."36)라고 말했던 인간 평등사상이나 앞선 작품
에서 평화를 언급했던 것은 모두 경륜과 해당하는 것들이다. 역시 산을
매개로 존재가 포부를 마음껏 펼치지 못했던 울분을 달래며 세속을 초극
하려는 정신경계를 보여주는 작품이라 할 수 있다. 존재는, "그중 뜻과
기상을 그대 보고서 취한다면, 누가 인간 세상에 쾌활한 사람이던가!"37)
라고 말하거나, "어떤 쾌활한 남아인가!"38)라며 '쾌활(快活)'이라는 단어
를 자주 노출하고 있는데 이는 존재가 생각하는 맑은 정신, 고도의 정신
경계를 표현한 것에 다름 아니다.

한편 존재가 상승과 고도의 심상에서 보여준 장자적 취지라든지, 다른
곳에서 불교에 대해 읊은 작품들도 간혹 있는데,39) 이는 성리학의 특성
이 다른 한편으로는 불가와 도가의 출세간주의를 배척하고자 노력하는
동시에, 불가와 도가가 정신생활을 발전시킨 풍부한 경험을 흡수하고 정
신의 수양과 발전, 그리고 완성 등 여러 과제와 경지를 탐구하여, 인문주

---

36) 上揭書, 20面. 「感遇次第三弟伯紳韻」. "欲學聖賢當日志, 海山樵牧剩相親."
37) 上揭書, 卷1, 21面. "誰是人間快活人, 箇中意氣君看取."
38) 上揭書, 卷5, 91面. 「讀書箚義 大學」. "何等快活男兒也."
39) 上揭書, 卷1, 17面. 「參禪」, 「再參」, 「三參」.

의에 기초하면서도 종교성도 함께 지닌 정신성을 건립하는 일이라는 사실임을[40] 감안한다면 쉽게 이해할 수 있을 것이다.

5. 맺음말

이제까지의 논의를 정리하는 것으로 결론을 대신하고자 한다.

본 논문은 조선 후기의 문인 존재 위백규(1727~1798)의 시세계를 분석하여 거기에 내포된 심상(imagery)과 사유 방식을 포착하고 그 정신적 의미를 해명하는 데에 목적을 둔 것이다. 형태적 심상은 시각적인 것에 속하고 물질적 심상은 정신적인 것에 속한다는 논리 하에서 정신경계의 모습을 살피기 위해 심상 분석을 선택한 것이다. 또 존재 시에 나타난 심상은 또렷한 주제의식을 드러내고 있으며 존재의 사유를 관철하고 있다는 기미가 보였기 때문이다.

필자가 존재의 시를 살펴본 결과 우선 거기에는 밝은 것들에 대한 심상이 많이 등장함을 알 수 있었다. 별을 비롯하여 달빛, 등불, 맑은 물 같은 것들이 그것이다. 그리고 그 심상은 모두 천리에 대한 인식을 주제로 하고 있다. 물과 달빛을 연결하여 천리에 대해 읊고 있는가 하면, 물을 통해 만물의 근원을 체인하고 이를 형상화한 것이다.

사실 빛과 물은 소리도 없고 냄새도 없는 존재다. 말하자면 존재와 무의 접선에 있는 것들인데, 작자는 이러한 심상을 자주 시에 노출하고 있을 뿐만 아니라 존재를 자각하는 심상으로 소리를 이용하기도 한다. 즉 존재 시의 시적 분위기는 고요한 것이 대부분인데 그때마다 소리를 등장

---

40) 陳來, 안재호 옮김, 『宋明理學』, 예문서원, 1997, 44面.

시키고 있으며, 그것이 의미하는 것은 바로 작자 자신에 대한 존재의 자각으로 사용되고 있었다.

한편 존재의 시에는 산을 소재로 읊은 작품이 산재해 있다. 이들은 단순한 소재에 머물러 있지 않고 상승과 고도의 심상을 통해 남다른 심사를 쏟아내고 있는데 그것들의 정신적 의미는 자신의 포부를 펼치지 못한 울분을 달래며 이를 정신적으로 극복하여 쾌활한 정신을 지향하는 데 있었다.

제10장

이서구 한시에 있어서의 원한(遠閑)과 그 의미

1. 한시 비평으로서의 원한

　본고는 강산 이서구(1754~1825) 한시에 관류하고 있는 원한(遠閑)의 실체
와 그 의미를 밝히는 것을 목적으로 한다.[1]

　그간 이서구에 대한 연구는 "경제실용을 기반으로 하는 실학으로 정리
된다."[2]는 설에 이견이 없었다. 실학을 중심으로 했던 당대 문인으로서
이러한 평가는 의심할 여지가 없었던 것이다. 그러나 그와 교유했던 문인
이덕무(1741~1793)는 『청비록』에서 "강산은 소년 영재로 학문이 날로 풍
부해져서, 그가 시를 짓는 데에는 모든 경서와 사책에 근거했으며, 전

---

1) 본고에서 말하는 遠閑이란 일반적 형용사가 아닌 한시비평용어로 쓰이고 있음을 밝힌다.
2) 남재철, 『薑山 李書九의 삶과 문학세계』, 소명, 2005, 367면. 이 책에는 그간의 연구사 정
리가 상세하게 소개되어 있다. 중언부언을 피하고자 소략하게 소개하면 다음과 같다. 김
태준, 『朝鮮漢文學史』, 조선어학회, 1931, 179~183.; 최해종, 『槿域漢文學史』, 청구대학,
1958.; 정량완, 「朝鮮後期漢詩研究－특히 四家詩를 중심으로」, 서울대 박사논문, 1983.; 윤
기홍, 「朴趾源과 後期四家의 文學思想 研究」, 연세대 박사논문, 1988.; 유현숙, 「李書九의
詩世界」, 『수련어문논집』 13, 1986.; 김윤조, 「薑山 李書九의 生涯와 文學」, 성균관대 박사
논문, 1991.

서·주서·팔분·예서로 그 기품을 드러내고 초목금충으로 그 재주를
나타내어 성령으로 운용하고 감식으로 회의하여 고담하고 유결하며 고량
하고 원한(遠閑)하다.”라고 평했다. 또 중국에서 교유했던 청나라 문인 반
정균은 “강산의 오언고시는 충담하고 원한하며 왕유·위응물 문하에서
자란 사람이다. 격조는 왕사정에 비교적 더 가깝다. 칠언율시는 송체를
참작했지만 새로운 맛이 있다.”3)라고 평한 바 있다.

　당대 저명한 문사들의 저러한 평에 ‘원한’이라는 공통적 어휘가 눈에
띈다. 실제 강산의 한시를 감상해 보면 도연명이나 왕유의 시풍을 감지할
수 있고, 또 저러한 평어를 인지하기도 전에 직감할 수 있다. 뭐라 형용하
기 어려운 이때 이덕무와 반정균이 핵심을 짚어준 것이라고 할 수 있다.

　특히 강산이 조선후기 ‘한시사대가(漢詩四大家)’로 병칭되는 인물이지만,
나머지 세 사람이 서얼출신인데 반해 적출이었으며 우의정이라는 고관에
이르렀음에도 불구하고, 왜 원한의 시를 창작했는지, 원한이라는 평어가
강산 시에 있어서 어떠한 의미를 가지는지 확인해 볼 필요가 있다.

　따라서 본고에서는 이러한 문제의식을 바탕으로 이서구 한시에 있어서
원한의 실체와 의미를 고구하고자 한다.

2. 현실 공간으로서의 임천과 청한의 심태

　강산의 시에는 ‘임천(林泉), 누정(樓亭), 허주(虛舟)’ 등의 공간적 배경이
유독 많이 등장한다. 강산 시의 제목만 일람해 봐도 태반이 저들을 차지
하고 있음을 알 수 있다. 이 장에서는 이러한 시들의 형상화에 대해 살펴

---

3) 『韓客巾衍集』(國會圖書館本 OL 811.1 ㅎ155, 161面. 이하 출진은 동일하므로 면수만을 기
　재함.) “薑山五言沖澹遠閒, 王韋門庭中人. 視王漁洋格詞尤近. 七言參以宋體, 亦多新穎之思.”

보고, 그 시들이 지니는 함의에 대해 살펴보고자 한다. 우선 강산 자신을 가장 잘 드러내고 있는 작품 하나를 감상해 보기로 하자.

이른 가을 골짝의 누추한 집에 돌아와 저녁에 시냇가를 걸으며

집이 푸른 시냇가에 인접해 있어
저물녘에 시내 바람이 빠르네
숲이 깊어 사람은 만날 수 없는데
논에는 해오라기 그림자 서 있네4)

이 작품은 강산의 처지를 대변함과 동시에 그의 시작(詩作)에 있어서의 원한을 잘 드러내 주고 있는 시이다. 즉 전반부는 시인이 처한 상황을, 후반부는 시인의 심사를 표현하고 있으며 시속과의 멀어짐[遠]과 그 안에서의 한가로운 삶[閑]에 대한 희구가 나타나고 있는 것이다.

좀 더 자세히 살펴보면, 기구의 푸른 시냇가 부근의 인가는 늘 세찬 바람이 부는 곳이다. 이는 시인 자신의 현 상황을 비유한 것이다. 강산은 23세가 되던 해인 1776년(영조 52)에 이보온(李普溫, 1728~?)으로부터 과거 합격에 부정이 있었다고 탄핵을 당한 후, 8년간 은거하기 시작한다. 이 작품은 바로 당시에 지어진 것이다.5)

이러한 고독과 외로움은 전구의 아무도 오지 않는다는 '부달인(不達人)'과, 결구의 해오라기의 그림자 말고는 어떠한 그림자도 없는 '노영립(鷺影

---

4) 『愓齋集』「早秋歸洞陰弊廬 晩步溪上作」其一 "家近碧溪頭, 日夕溪風急. 脩林不逢人, 水田鷺影立. 卷1, 『韓國文集叢刊』 卷270, 6面.(이하 출전은 동일하므로 면수만을 기재함.) 또한 이 작품은 『薑山集』 64面(國立中央圖書館本 고서 3648-62-1086)에는 「晩自白雲溪 復至西岡口 少臥松陰下作三首」이라는 제목으로 되어 있다. 주지하는 바와 같이 이서구의 시문집은 『綠天之爲』, 『韓客巾衍集』, 『薑山集』, 『愓齋集』 등이 있다. 본고에서는 『綠天之爲』는 근래에 간행된 『薑山全書』(대동문화연구원, 2005)를, 『韓客巾衍集』은 國會圖書館本을, 『薑山集』은 國立中央圖書館本을, 『愓齋集』은 『韓國文集叢刊』을 참고했다.

5) 이는 연보를 통한 사실 확인일 뿐, 시의 창작 연도에 대해서는 김윤조의 『강산 이서구의 생애와 문학』(성균관대 박사논문, 1991) 117面을 참고한 것이다.

立)'의 시어를 통해서 재차 확인된다. 특히 드높게 뻗은 나무가 가득한 공간과 광활한 들판을 설정하여 인간이라고는 자신, 금수라고는 해오라기 뿐이라는 설정이 조응하여 시인의 고독한 심사를 잘 드러내고 있다고 할 수 있겠다.

이 작품에 대해 청나라 문인 이조원(李調元, 1734~1803)은 "이와 같은 공의 오언절구는 당나라의 왕유나 배적에 뒤처지지 않는다."라고 했으며, 반정균은 "신묘함은 망천(輞川)과 같다."6)라고 평한 것으로 보면 강산의 작품 가운데 수작임을 방증한다.

한편 시인이 은거했을 때 지은 시가 아니라도 서울에 거처하며 지은 「수표교절구」에서 "대보름에 도외인들 답교놀이 하는 곳은, 운종가의 첫 번째 다리 수표교 뿐. 달이 높게 떠 사람들 흩어지길 기다린 뒤에, 홀로 이곳 와서 소요함을 좋아하네."7)라고 하여 천성적으로 홀로 있음을 즐김을 알 수 있다.8)

인용된 작품과 유사한 시창작의 형상화와 이미지는 그의 문집에 산재한다. 「효기관창」에서는 "뱃사공이 찬 빗속에서 잠을 자는데, 밤새 배 안에서 말소리 들리네. 아침에 양쪽 언덕 가에는, 배 댈 곳 보이지 않네."9)라고 하여 밤새 내린 비로 강물이 불어나서 뱃사공이 배 댈 곳을 찾지 못해 막막해하는 모습을 묘사하였다. 이 외에도 「석모」라든지,10) 「비가 온 뒤 서쪽 망구로부터 백운계에 이르러 짓다」,11) 「석경」12) 등 다수의 작품

---

6) 『薑山集』 64面. "李雨村曰, 此公五絶不減唐之王裴. 潘蘭公曰, 神似輞川."

7) 『薑山集』, "都人蹋用上元宵, 只在雲從第一橋. 佇待月高人散後, 獨來此地好逍遙."

8) 이에 대해 남재철은 저서 『강산 이서구의 삶과 문학세계』(소명, 2005) 248~250면에서 답교놀이의 풍습에 대해 상세하게 밝히고 이서구 또한 점잖은 선비의 체면을 손상시킬 수 없어 북적거리는 행렬이 잠잠해지기를 기다린 뒤에 참여한, 소박한 심정과 민속놀이에 초점을 맞추어 분석하고 있으니 참고로 적어 둔다.

9) 『惕齋集』 卷1, 6面.; 『韓客巾衍集』 144面. "篙子宿寒雨, 夜聞篷底語. 朝來兩岸頭, 不見停舟處."

10) 『惕齋集』 卷1, 6面. "日落秋原上, 四山嵐氣碧. 隔溪有歸人, 柴門烟火夕."

에서 강산의 고독함, 외로움, 유원함, 한가로움 등이 발견된다. 그들 작품
에 주목되는 점 가운데 하나는 한가로움 안에 바쁨[閑中忙]을 동시에 묘사
하고 있는 개성이다.

동짓날 한가롭기에

드문드문 홰나무에 석양빛만 분주히 비추고
가을꽃은 일찍이 우물가의 향기로 덮었네
한가롭게 와서 잠시 뜨락 앞에 서 있다가
남쪽 가지 만나 절황을 보았다네[13]

우선, 시에 등장하고 있는 소재를 살펴보면 '소괴(疎槐), 추화(秋花), 정
(井), 계(階), 남지(南枝), 절황(竊黃)' 등이다. 즉 꽃과 새, 나무와 우물 등 자
연에 있는 천연의 것들이 한가로운 풍경을 그리고 있음을 알 수 있다. 그
런데도 시인은 기구에서 드문드문 있는 소나무에 햇살이 분주하게 비춘
다는 시적 상상력을 발휘하고 있다. 또 직접적인 표현을 앞서 사용하여
그러한지, 승구에서는 가을꽃의 향기가 우물 주변에 가득하다고 하여 기
구의 햇살 못지않게 꽃향기가 분주하게 주변을 덮고 있다고 했다.

전구와 결구에서는 한가하면서도 바쁜 자연 속에 시인 자신을 등장시
킨다. 한가로움에 잠시 계단 앞에 서서 가지에 앉은 새를 바라보며 자연
을 통한 치유와 마음의 안정을 노래하고 있는 것이다. 여기에서의 '절황'

---

11) 『惕齋集』卷1, 20面. 특히 이 고시의 장편 가운데 중간 부분인 "구경하며 넓은 들판 들어
가, 읊조리며 깊은 고독 달랜다. 외로운 심사 기러기에 부처보며, 속인들의 득실을 비웃
어보네. 소부처럼 귀를 씻지는 못해도, 유자처럼 발은 씻을 만하네. [延賞入曠達, 舒吟慰
幽獨. 孤抱寄冥鴻, 塵心哂蕉鹿. 匪洗巢父耳, 庶濯孺子足.]"라고 한 부분은 강산의 평소 심사
를 잘 읽을 수 있다.

12) 『薑山集』51面. "殘靄斂汀舍, 疊翠紛山郭. 歸帆掛返照, 天末櫓聲樂."

13) 『韓客巾衍集』137面.「冬日閒居雜絶」其三 "嗓參疎槐夕照忙, 秋花曾覆井欄香. 閒來小向階前
立, 邂逅南枝見竊黃."

이란 콩새[桑扈]를 지칭하는 것으로 '절지(竊脂)'라고도 부른다. 기름[脂膏]을 잘 훔쳐 먹는 까닭에 붙은 이름으로 색에 따라 '절모(竊毛), 절현(竊玄)' 등 여러 명칭으로 부른다.14)

한중망(閑中忙)은 강산 시에 있어서의 특징 가운데 하나다. 강산은 작품에서 "주홀에는 서산의 상쾌한 기운 생기고, 한가함과 바쁨이 지척 간 작은 담장에 가득하지."15)라고 했는데, 여기서 '주홀(拄笏)'은 진나라 왕휘지가 일찍이 환충(桓沖)의 기병참군(騎兵參軍)으로 있을 때, 환충이 "경이 부에 있은 지 오래되었으니, 요즘에는 사무를 잘 알아서 응당 처리하겠지."라고 했지만, 그는 아무런 대꾸도 하지 않은 채 고개를 쳐들고 홀로 턱을 괴고는 엉뚱하게 "서산이 이른 아침에 상쾌한 기운을 불러온다."라고 했던 데서 온 말로, 세속 일에 얽매이지 않고 초연히 유유자적하는 마음을 표현한 것이다. 이것만 보더라도 강산은 시속에 구애받기보다는 자연과 함께 초세(超世)하고자 한 의지를 엿볼 수 있다. 그리고 그러한 의지 안에 청한의 심태 또한 간과할 수 없는 강산의 마음임을 주목해야 한다.

> **갈천 김공과 함께 저녁에 유하정 길가에서 만나 운자를 나누어 '야광천저수' 다섯 글자를 얻었기에**
>
> 저녁 비가 텅 빈 산에 걷히자
> 서늘한 바람은 먼 들판에 분다
> 임천의 스님 저녁에 홀로 가는데
> 물 너머 사찰이 보이는구나16)

우선 제목부터 살펴보자. '금갈천(金葛川)'은 김희주(金熙周, 1760~1830)를

---

14) 『星湖僿說』卷5, 「萬物門」, 「竊脂」고전번역원 웹 참고. http://db.itkc.or.kr
15) 『薑山集』"拄笏西山爽氣生, 閑忙咫尺小垣橫."
16) 『薑山集』55面. 「同金葛川 夕訪流霞亭道上 分韻得野曠天低樹五字」其一 "夕雨收空山, 涼颸散夐野. 林僧晚獨歸, 隔水見蘭若."

가리킨다. 『척재집(惕齋集)』에는 보이지 않지만 이서구와 교유를 한 인물
이다. '유하정(流霞亭)'은 예종의 둘째 아들인 제안대군이 두모포(현 옥수동)
에 지었다고 하는 정자이다. '야광천저수(野曠天低樹)'는 당나라의 시인 맹
호연의 「건덕강에 묵으며」에 "배를 옮겨 안개 낀 포구에 매니, 해 질 녘
길손의 시름이 생기는구나. 들은 텅 비어 하늘 아래 숲과 맞닿았으니, 강
물 푸르고 달은 사람에게 내려오는 듯."17)에서의 3구를 가리킨다.18) 맹
호연의 이 작품과 이서구의 창작 방식, 이미지, 생각 등은 매우 흡사하다.
이에 반정균은 강산의 시 「강석」19)을 보고서 "당나라 시인의 생각을 깊
이 체득했다."라고 평가한 바 있다.20) 즉 맹호연의 시구를 음미하면서 강
산이 이 작품을 창작한 것이다. 특히 앞서 인용한 시에 대해서 이우촌과
반란공 또한 강산을 왕유에 비견한 것도 결코 즉흥적인 것이 아님을 알
수 있다.

　기구와 승구는 각기 텅 빈 산과 광활한 들을 배경으로 비와 바람을 등
장시켜 풍경을 읊고 있다. 강산은 또 다른 작품에서도 "산비가 저녁에 절
로 개이자, 숲 바람이 시원하게 불어온다."21)라며 동일한 표현을 사용한
바 있다. 이조원은 이 구절에 대해 "훌륭한 구절이라 깊이 생각할만하
다."라고 평하기도 했다.22) 또 동일한 구절을 여타의 작품에서도 사용한
바 있는 것으로 보아,23) 강산이 자주 사용하는 표현기법이며 이미지임을
알 수 있다.

　전구와 결구는 전반부의 고요하고 텅 비어 있는 공간에 스님과 절을

---

17) 孟浩然, 『孟浩然集』 卷4. "移舟泊烟渚, 日暮客愁新, 野曠天低樹, 江淸月近人."
18) 電子版 文淵閣四庫全書, 集部, 『孟浩然集』 卷4.
19) 『韓客巾衍集』 147面.
20) 『薑山集』 59面. "心得唐人意思"
21) 『薑山集』 32面. 山雨晚自收, 林風涼未定.
22) 『薑山集』 32面. "李雨村曰, 佳句耐思.."
23) 『惕齋集』 卷1, 20面.

삽입함으로써 무언가를 채워 넣고 있다. 그러나 역설적이게도 채우는 느낌이라기보다 고요함을 더하는 역할로서 스님과 절이 등장하고 있어 이 작품의 질이 상승하고 있다. 이는 전반부의 텅 빈 산에 비 그치자 서늘한 바람이 들판에 부는 것과도 궤를 같이 하는 형상화 방식으로 시 전체에 걸쳐 허와 실이 반복되는 것을 특징으로 한다. 인용된 작품은 총 다섯 수 가운데 첫 번째 작품으로 나머지 네 작품 또한 청한의 심태를 관류하고 있다.24) 대개 한시는 언외지의를 강조하지만 강산은 실제 작품에서 이러한 심사를 직접적으로 거론한 작품이 있으니 다음과 같다.

절구 한 수

때때로 파닥거리며 물고기 뛰어놀고
온종일 꾸벅거리는 물가의 백로 바쁘구나
그 누가 나처럼 청안함을 얻겠는가
여귀꽃 깊은 곳에 청장새 서 있다네25)

우선 시의 주 소재는 물고기와 새이다. 주지하듯 유가에서의 연비어약(鳶飛魚躍)이란 만물에 도가 있음을 형용한 말이며 시에 자주 등장하는 표현이다. 강산의 이 작품 또한 여기에서 크게 벗어나지 않는다. 다만 차이가 있다면 청아하고 한가로움을 강조하고 있으며, 청장새로 자신을 비유한 데 있다.

좀 더 자세히 보면 전반부는 때때로 뛰어오르는 물고기와 온종일 절구 찧듯, 호미질 하듯 먹이 잡기에 바쁜 백로는 자연의 모습을 묘사하고 있

---

24) 『薑山集』 55面. 其二 林樾旣蕭疎, 汀洲夏莽曠. 行人趁暮潮, 樹末孤舟放.; 其三 陂甽請新雨, 林蜩頌晩天, 荒原赴暝色, 艸徑鳴流泉.; 其四 西崦上微月, 人家夕翠低, 聞經橋北去, 葉底飛莎雞. 其五 虛閣寂無人, 墻西皁莢樹. 江天起晩樹, 烟際片帆暮.
25) 『韓客巾衍集』 141面. 「絶句」 "有時撥刺波魚戲, 終日春鋤渚鷺忙. 料得淸閑誰似我, 蓼花深處立靑莊."

다. 앞서 한중망 또한 여기에서도 표현되고 있는 것이다. 후반부는 청한의 심태를 여과 없이 드러내고 있다. 특히 여귀꽃 깊은 곳에 서 있는 청장새를 자신에 견준 것이 인상적이다.

　강산의 스승 연암 박지원(1737~1805)의 『담연정기』에 청장새에 대해 자세히 설명한 바 있다. "도랑이나 늪에서 물고기를 잡아먹는 새가 있는데 그 이름을 '도하(淘河)'라고 한다. 부리로 진흙과 뻘을 쪼고, 부평과 마름을 더듬어 오직 물고기만을 찾아서 깃털과 발톱과 부리가 더러운 것을 뒤집어써도 부끄러워 아니 하며, 허둥지둥 마치 잃은 것이 있는 것처럼 찾지만 온종일 고기 한 마리도 잡지 못한다. 반면에 '청장'이라는 새는 맑고 깨끗한 연못에 서서 편안히 날개를 접고 자리를 옮겨 다니지 않는다. 그 모습은 게으른 듯하고 그 표정은 망연자실한 듯하며, 노래를 듣고 있는 듯 가만히 서 있고 문을 지키고 있는 듯 꼼짝도 하지 않고 있다. 그러다가 돌아다니던 물고기가 앞에 이르면 고개를 숙여 그것을 쪼아 잡곤 한다. 때문에 청장은 한가로우면서도 항상 배가 부르며, 도하는 고생하면서도 항상 배가 고프다. 옛사람은 도하를 예로 들어 세상의 부귀와 명리를 구하는 것에 비유하고, 청장을 신천옹이라 불렀다."[26] 이를 통해 알 수 있듯이 강산이 추구하는 것은 부귀와 명리를 구하기보다는 하늘에 운명을 믿고 맡기며 자연에서의 유유자적한 삶을 지향한다는 것이다.

　그런데 인용된 작품에서도 그러하고 강산의 시에는 새가 많이 등장하며 또 그림이나[27] 꿈처럼 비현실 공간이 자주 사용되고 있는 것을 특징

---

26) 朴趾源, 『燕巖集』 卷1, 『叢刊』 卷252, 17面. 潢溝滀澤之間, 有食魚之鳥, 其名曰淘河. 喙淤泥而蒐蘋荇, 惟魚之是求, 羽毛趾吻, 蒙穢濁而不恥, 遑遑焉若有遺失而索之者然, 竟日而不得一魚. 有青莊者, 立於清冷之淵, 怡然斂翼, 不移其處, 其容若惰, 其色若忘, 靜如聽歌, 止如守戶, 游魚至前, 俛而啄之. 故青莊逸而常飽, 淘河勞而恒饑. 古之人以此, 喩世之求貴富名利者, 而號青莊, 爲信天翁.

27) 남재철은 이서구 한시의 특징 가운데 하나로 '시와 그림의 통합적 사고'를 손꼽은 바 있다. 上揭書, 278面.

으로 한다.

3. 비현실 공간으로서의 몽화(夢畫)와 조운(鳥雲)을 통한 자유지향

강산 한시의 또 다른 층위 가운데 하나는 현실 공간이 아닌 비현실 공
간을 묘사하는 데 있다. 특히 꿈을 소재로 하거나 그림을 시에 사용함으
로써 자신의 의중을 시에 반영하고 있어 이에 대해 자세히 살펴볼 필요가
있다. 한편 앞서 살펴본 것처럼 새를 비롯하여 나비나 구름 등의 소재를
사용하여 자신의 메시지를 전달하고 있기에 이 장에서 이를 살펴보기로
한다.

꿈을 더듬으며

강가의 높은 누각은 푸른 봉우리 마주하고
이 사이에서는 정말로 게으름을 갖는 것이 어울리겠네
물 너머의 미인은 생각 어찌 끝이 있으랴
굴원의 회사에 한은 도리어 깊어만 가네
묘에 맹세한 왕내사를 추모하고
궁경공부는 처음 정사농을 배웠지만
오늘 아침 비로소 동파의 말을 알아들어
풍우가 온 골짝에 뿌려 이제야 맛이 난다[28]

이 작품은 전에 꾸었던 꿈을 더듬으며 그 감회를 적은 것으로, 꿈에 가
탁하고 있으나 시인의 의도를 분명하게 내비치고 있는 시이다. 우선 수련

---

28) 『薑山集』 57面. 「感夢」 "江上高樓對碧峰, 此間端合着疎慵. 美人隔水思何極, 湘累懷沙恨轉濃.
　　誓墓翻追王內史, 窮經初學鄭司農. 今朝始覺坡仙語, 風雨方酣萬谷種."

에서는 자연과 합치된 자신을 표명하고 있다. 강가에 우뚝 솟은 누각, 그리고 그와 마주하고 있는 푸른 봉우리를 마치 그림으로 그리듯 묘사하고 있으며 그 안에 자신을 삽입하는 방식으로 자연과 자신을 일치하고 있다.

함련에서 시인은 문득 '미인'과 '상루'를 등장시킨다. 이는 임금을 상징하는 미인과 상강에 유배되었던 굴원의 대비를 통해 현재 시인의 심사를 반영한 것이다. '회사(懷沙)'는 굴원이 지은 부이다. 경련의 '왕내사(王內史)'는 회계내사(會稽內史)를 지낸 진(晉)나라의 왕희지를 가리킨다. 왕술(王述)이 상관으로 부임하자, 왕희지는 이것을 수치스럽게 여겨 병을 핑계로 사직하고 떠난 고사가 전한다. 또 '정사농'은 후한시대의 경학가 정중(鄭衆)을 가리킨다. 대사농의 벼슬을 지냈기에 그렇게 불렸다. 그가 명제(明帝) 때 급사중이 되어 흉노에 사신을 다녀왔는데, 배례를 하지 않아 선우(單于)에게 화를 당해 억류된 적이 있었다. 이에 칼을 뽑아 들고 맹세하며 굽히지 않았다는 일화가 전한다. 이처럼 함련과 경련에 등장하는 인물들은 한결같이 지조와 절개를 강조한 인물들이다. 선비에게 있어 굽이지 않는 신념은 매우 중요한 정신이다. 이를 배우고 지향했기에 표현한 구절이다.

그러나 미련에서는 금시작비(今是昨非)의 마음을 드러낸다. 즉 그간 자신을 구속했던 관직, 지조 등 여러 환경에서 벗어난 자유 의지가 그것이다. 특히 오늘 아침에야 비로소 동파의 말을 깨달았다고 하는 부분은 시의 여백을 고려하지 않고 그대로 드러낸 시인의 마음이다. 또 출구에서는 바람과 비가 뭇 골짜기에 퍼져 단술처럼 느껴진다고 하는 부분은 꿈이라는 소재, 배경과도 잘 어울려 시인의 바람이자 그 경계가 잘 표현되고 있다. 강산은 이 외에도 「기몽」의 제목이 몇 수 더 보이며,29) 그의 한시에 '몽

___

29) 『惕齋集』 卷1, 7面. "山雨窓間灑, 松風枕外長. 孤臣兩行淚, 中夜夢君王.; 其二 槐龍舞交翠, 金鴨歕生香. 袖裏天章在, 猶疑鸞鳳翔." 22面. "曉夢見吾弟, 傳我夢中旬. 云有會心友, 文酒共良唔. 夢裏夢人夢, 厥理定難沠. 伊人果有諸, 顔髮未曾逆. 若謂亡是公, 姓名將焉傳. 黃庭與翠柳, 語頗神理具. 以此爲吾詩, 丁寧君所作. 縱使歸之君, 匪我亦莫喻. 因玆發深省, 始覺浮生誤. 百

(夢)' 자가 50번 이상이나 쓰이고 있는 점으로 본다면 이루기 힘든 자신의 욕구를 꿈을 통해 해소하고 있음을 알 수 있다.

한편 꿈과 유사한 형상화 방식으로 그림을 소재로 한 시 또한 강산의 작품에 자주 등장하는 것으로 살펴볼 필요가 있다.

동현재의 그림을 바라보며

그림 속 가을 산은 옥당을 비추니
아계 비단 세 자 그림은 예와 황과 비슷하네
옷 풀고 다리 뻗는 건 내 일 아니지만
이와 같은 자연 속의 홍취 또한 길어지네[30]

제목의 '현재'는 명나라의 서예가이자 화가로 유명한 동기창(董其昌)을 가리킨다. 시인은 그의 그림을 보면서 가을 산과 옥당이 서로 비추고 있으니 마치 예찬(倪瓚)과 황공망(黃公望)의 그림을 보고 있는 듯하다는 평을 내었다. 원나라 말기 산수화가로 유명한 두 사람의 그림이 동현재의 그림에게서 보인다는 것이다. 그리고 갑자기 옷 풀고 다리 펴는 일이 자신의 일은 아니라는 말을 하였다. 이것이 바로 시인의 본심인 것이다. 즉 임천의 홍을 즐기며 자유인으로서 살고 싶지만 그 또한 자신의 운명이 아님을 직시한 것이다. 그러나 임천의 홍은 끝이 없다는 구절로 매듭지은 것으로 보아 진은(眞隱)은 할 수 없어도 환은(宦隱)이 자신 추구하는 것임을 알 수 있다. 강산이 남긴 제화시는 적지 않다.[31] 이들 작품은 대개 인용된 작품

年吾與爾, 孰非夢中寓. 況彼文字名, 眞是刖者屨. 我夏出狂語, 無乃夢未寤."

30) 『惕齋集』 卷1, 10面. 「觀董玄宰畫」 "畫裡秋山照玉堂, 鵝溪三尺倣倪黃. 解衣槃礴非吾事, 如此林泉興亦長."

31) 대표적인 작품으로는 「題松下讀書圖 二首」 『惕齋集』 卷1, 10面. "愛此凌雲百尺姿, 蒼然古色上鬚眉. 問君書味還何似, 政是痴人啖蔗時.; 其二 科頭箕倨任天眞, 千古英豪作座賓. 一讀一觸応快意, 休將白眼看他人.";11面. 「秋江垂釣圖」 "萬疊烟波雙鬢雪, 百年心事一糸風. 可憐當日羊裘客, 猶在君王物色中.";14面. 「題徐崍杏花書屋圖」 "何年送老此茅菴, 世事悠悠百不堪.

과 그 궤를 같이 하는 것들이다.

꿈과 그림을 소재로 한 시를 통해 확인된 것은 모두 자유를 갈망하고 있는 시인의 태도인데, 이를 구체적 사물로 드러낸 것 가운데 하나가 바로 구름이나 새를 소재로 한 작품들이다.

구름

어둑어둑 허공을 조용히 흘러
뭉게뭉게 천지에 쌓인다
천기는 가을빛 더해 가고
뭇 그림자 바람 따라 나부낀다[32]

한시에서 첩자의 사용은 흔한 일이다. 그러나 오언절구라는 제한된 글자 수에서의 첩자의 사용은 되레 낭비로 보일 수도 있다. 그럼에도 시인은 구름을 형용하기 위해 '암암(黯黯)'과 '운운(藝藝)'을 사용했다. 특히 텅비고 조용한 곳에 흘러가고 있는 어두운 모양과 천지에 가득한 모양을 표현한 수사가 인상적이다. 뿐만 아니라 전구에서 가을빛을 뜻하는 시어 '추색(穐色)'의 사용은 과감하고 독특하다. 『한국문집총간』에서는 단 한번도 쓰인 바 없고, 문연각(文淵閣) 사고전서(四庫全書) 전자판에 단 한 차례의 용례만 보이는 것으로 보면 시인으로서 개성적 표현을 위한 고심이 녹아 있다.

祗有道園詩句好, 杏花春雨在江南."; 40面. 「題林生水禽圖」 "一鷺高飛不相待, 一鷺將飛意已改. 身閑心苦莫漫猜, 水瀾天空任自在. 洲渚蕭寒夕照合, 鳲鶋濺紛鷔來集. 蘋葉浮靑蓼花紅, 付與汝曹恣噲喋. 林生作畵有餘旨, 眼前忽此秋江水. 鷺乎鷺乎且莫飛, 黃鵠一擧當千里."

32) 『綠天之爲』. 「雲」 "黯黯流虛靜, 藝藝蓄混元. 天機增穐色, 萬影因風飜." 인용문은 『薑山全書』 (대동문화연구원, 2005)에도 보이지 않고, 김윤조의 「『綠天之爲』에 보이는 강산 이서구의 초기 시의 특징」(『한문학보』 24, 2011) 논문을 참고한 것이다. 이는 『綠天之爲』의 소장이 김윤조 교수가 유일하기 때문에 필자는 책을 보지 못했고, 논문에 인용된 시를 참고했을 뿐이다.

전구에서는 구름 뒤에 햇빛을 배치하여 바람이 부는 대로 수많은 구름의 움직임을 역동적으로 그리고 있다. 고요함 가운데 바쁜 움직임을 표현해내는가 하면, 찬란한 가을빛의 색채감, 바람 따라 움직이는 역동성 등 짧은 시 안에 많은 것을 노래한 작품이다.

인용된 작품 외에도 「조운」에 "뭉게뭉게 동서로 펼쳐지고, 물고기 비늘 같은 물결무늬. 산뜻하게 맑은 해 솟아오르니, 영롱한 대모 같은 새벽 구름."이라고 했고,[33] 「달을 보고 박무릉에 가다」에서도 "영롱한 상현달, 한참 지나 구름과 함께 나오네. 백탑은 어찌 그리 높은가, 푸른 하늘 더욱더 텅 비고 넓네."[34] 등 구름을 형상화 한 작품들이 눈에 띄는데 이러한 작품들은 단순하게 자연의 한 모습을 그리고 있다는 문면적 해석보다 자유지향이라는 이면적 해석이 온당할 듯하다. 그것은 전언한 바 있는 청한의 심태 또한 이러한 작품들에서 보이고 있는데, 이는 곧 시인의 심사를 의미하고 또 '바람에 따른다', '맑은 해 솟아오른다', '푸른 하늘 더욱더 텅 비고 넓네' 등이 모두 시인이 지향하고자 하는 이상향과 맞닿아 있기 때문이다. 이와 같은 자유지향의 모습은 나비나 새와 같은 사물에 자신을 투사한 것에서도 찾을 수 있다.

자고 난 뒤에 우연히 짓다

흰화는 이슬 머금어 향기조차 무거운 듯
잎은 바람에 나부껴 초록빛도 가벼운 듯
어디에선가 나비는 훨훨 날아드니
때맞추어 꾀꼬리는 꾀꼴꾀꼴 노래하네[35]

---

33) 『綠天之爲』 "絮絮布東西, 魚鱗而浪紋. 爽然鮮日昇, 玲瓏玳瑁雲."
34) 『綠天之爲』 "玲瓏上弦月, 移時雲共出. 白塔何突兀, 碧落逾空闊."
35) 『韓客巾衍集』 126面. 「睡餘偶成」 "萱花帶露香重, 蕙葉飜風綠輕. 何處蝶歸忽忽, 是時鶯語生生."

첫 구절의 '훤화'는 대개 북당에 심는다고 하여 '어머니'를 상징하는 별칭이지만 여기에서는 그저 '꽃'이라는 뜻으로 쓰였다. 꽃에 이슬이 내렸으니 그 향은 더할 것이다. 이를 승구의 '경(輕)'과 대우를 맞추려 쓴 것이지 실제 의미는 '이슬 머금은 진한 향기'이다. 꽃 아래의 잎은 이제 돋은 듯 옅은 초록색을 띠고 있다. 이 또한 '경'으로 표현한 것이 빼어나다. 후반부에서는 앞서 색채와 달리 나비의 활동성과 꾀꼬리의 음성을 표현하고 있다. 꽃이 피고 잎이 핀 곳에 어디에선가 나비가 훨훨 날아들고, 마침 지저귀는 꾀꼬리의 노랫소리가 그것이다.

정형시를 거부한 육언시의 창작기법 또한 자유지향과도 관련이 있으며 특히 나비를 형용한 것은 장자의 물아일체를 떠올리게 한다. 강산은 「호접(蝴蝶)」이라는 작품에서 "장주가 변하여 나비가 되었으니, 물아가 모두 하나임을 알았네."[36]라고 한 것으로 보면 이러한 해석이 가능함을 보여준다. 또 「춘원즉목」에서 "새 나비 어느덧 꽃과 하나 되어, 어지러이 가랑비 속에서 날아다니네."[37]라고 하여 장자의 물아관(物我觀)을 드러내기도 했다.

나비를 형상화 한 자유지향이야 강산을 제외한 당대 문인이라면 누구나 그러할 수 있지만 학을 소재로 희작한 작품은 또 다른 층위의 한시를 보여주고 있다.

학이 우물에 떨어져 죽었기에 장난삼아 만사를 짓다

육신은 바람 타고 티끌에 떨어져 버렸지만
물과 구름 어느 곳에 그대의 넋이 머무르는가
꽃 더디고 대나무 차가운 곁에서 거문고를 탄 이후로
이로부터 한가한 거처에 한 사람이 줄었다네[38]

---

36) 『惕齋集』 28面. "莊周化爲蝶, 物我視同彙."
37) 『惕齋集』 7面. "新蝶已成叢, 紛飛細雨中."

제목을 통해 희작시임을 밝히고는 있지만 「도학」39)이라는 작품도 지은 바 있으며 인용된 내용이 유사한 점으로 보아, 현 자신의 모습과 외로운 심사가 드러난 시로 해석할 수 있을 것이다. 우선 전반부에서는, 육신은 비록 티끌과 먼지로 뒤덮인 이 세상에 버려졌을지라도, 그 정신은 물에도 구름에도 자연 어느 곳에 얽매이지 않는 유유자적함을 통해 몸은 비록 죽었으나 정신은 자연에서 영생할 것이라며 학을 위로하고 있다.

후반부에서는 학과 자신의 거처에 대해 말하고 깊은 유감을 표하고 있다. 즉 '더딘 꽃'이란 대개 국화를 상징하며 절개와 지조를 의미하고, '찬 대죽'이란 서리 속 대나무처럼 빼어난 기상을 상징하고, '거문고 연주'란 한적하고 유유한 삶을 의미하니, 임천에서 기상과 지조를 지키며 유유자적한 삶을 단적으로 드러내고 있다. 그러나 목숨을 잃은 학을 통해 지기(知己)가 없어졌음을 한탄하는 것으로 작품은 마무리 된다.

강산은 또 "젊은 시절 지기는 또 호방했지만, 오늘날은 꺾이고 쇠잔한 병든 학과 같구나."40)라고 한 바 있고, 「즉사」에서는 "가을벌레들은 푸른 꽃 시든 곳에서 지저귀고, 병든 학은 황엽 깊은 곳에서 홀로 잠을 잔다."41)고 했으며, 「아침에 창수원을 출발하여 서쪽 울령을 넘으며」에서는 "광야에 외로운 기러기 울고, 맑게 갠 하늘에 학 한 마리 나는구나."42)라고 한 바 있다. 이로 보면 강산은 학에 자신을 투영시켜 작시하고 있음을 알수 있으며, 지향하고자 하는 바는 자유의지라고 할 수 있다.

---

38) 『韓客巾衍集』 126面. 「鶴墜井死戲作挽詞」 "身逐飄風與去塵, 水雲何處駐精神. 花遲竹冷彈琴後, 從此閒居少一人."

39) 『惕齋集』, 8面. 其一 "身是遼東舊姓丁, 縞衣丹頂想儀形. 飛昇寥廓他秊事, 重見人間瘞鶴銘.";
其二 "深深書屋小園春, 留得胎仙伴此身. 竹徑花欄如昨日, 客來誰是聽琴人."

40) 『惕齋集』, 64面. 「病餘諸弟小集 和仲牧四首」 "少年志氣亦豪雄, 今日摧殘病鶴同."

41) 『惕齋集』, 65面. 「卽事」 "寒蟲相語碧花晩, 瘦鶴孤眠黃葉深."

42) 『惕齋集』, 55面. 「早發蒼水院 踰西鬱嶺」 "曠野孤鴻叫, 晴空一鶴昇."

4. 강산 시에 있어서의 원한의 의미와 그 동인

　강산의 작품「오래도록 시를 짓지 않았다가 마침 송나라 시인 육언절
구를 보고서 기쁜 마음으로 붓을 들어 겨우 두 수 짓다」와43)「겨울 한가
로이 거처하며」에서 "아침 햇살 창에 들어 따뜻한 기운 감돌자, 얇은 이
불 끼고 누워 송시를 읽노라."44)를 보면 송나라의 시를 즐겨 읽었음을 확
인할 수 있다.

　그렇다 하여도「우연히 당나라 시인의 절구 몇 수를 읽고서」라는 작품
을 통해 당나라 시인의 시를 즐겨 읽었음을 밝히고 있으며,45)「강가의 저
녁」에 대해 반정균은 "당나라 시인의 생각을 깊이 체득했다."46)라고 평
을 했으니, 당과 송을 넘나드는 폭넓은 시관을 지님과 동시에 당나라 시
에 더욱 치중한 것이라 할 수 있을 것이다. 특히, 그의 시에 왕유나 위응
물의 산수자연시가 많이 보이는 것이 바로 이를 방증한다. 또 산수자연시
의 특징 가운데 하나를 꼽으라면 단연 산수의 유원함과 전원의 한가로움
이다. 이상에서 살펴본 것처럼 원한(遠閑)이 강산 시의 특징이라 할 수 있
을 것이다.

　그렇다면 왜 강산은 산수자연을 사고의 중심에 두었으며 원한을 시세
계에 담았던 것일까? 이는 두 가지 측면에서 찾을 수 있을 것이다. 첫째
는 그의 문예적 취향을 들 수 있다. 이는 굳이 부연을 하지 않더라도 이
상에서 나타난 작품 전반을 통해 확인할 수 있는 부분이다.

　둘째는 현실 문제와 직결된 부분이다. 강산은 일찍이 부모를 잃은 슬픔

---

43)『韓客巾衍集』134面.
44)『韓客巾衍集』136面. "烘窓早旭生微煖, 臥擁細衾閱宋詩"
45)『韓客巾衍集』130面.
46)『韓客巾衍集』147面.

과 연이어 세 자식을 잃었기에 그 슬픔이 그 동인으로 작용했음을 알 수 있다. 5세가 되던 1758년(영조 34)에 모친 신씨(申氏)를 잃고, 17세가 되던 1770년에 부친 이원(李遠)마저 잃는다.

또한 15세에 결혼하여 5년 만에 첫 아이를 낳았으나 이듬해 자식을 하늘에 보내는 아픔마저 겪는다. 4년 뒤 둘째를 낳았지만 역시 이듬해 같은 일을 겪고, 다시 3년 뒤 셋째를 낳았지만 이듬해 죽는다.47) 일찍 부모를 여의고 삼남을 모두 낳은 지 1년도 채 되지 못해 저세상에 보내는 아픔을 겪었으니 그가 이 세상에 대해 적극적이거나 원망이 없을 수는 없을 것이다.

한편 강산은 23세에 이보온(李普溫)이 저자의 과거 합격에 부정이 있었다고 탄핵하여, 이후 8년간 은거생활을 한다. 강산의 시 가운데 많은 작품이 이때 지어진 것을 감안한다면 이 역시 하나의 동인으로 작용한 것으로 볼 수 있다. 특히 『강산집』이 25세에 지어졌고, 이 책의 서문에서 저자 스스로 산수 자연을 대할 때면 부모와 형제의 생각을 금할 수 없어 부득이 시로써 그 마음을 드러내었다고 했으니,48) 강산 시의 저변이 이에 있음을 확인할 수 있다.

---

47) 『薑山全書』「惕齋先生年譜」(대동문화연구원, 2005년, 783~794面 참고.)
48) 『薑山集』 3面. 「自序」 余屏居永平之席帽山下, 縣古稱多巖俯潺湲, 每秋風西起木葉初振, 悄悄焉慄慄焉, 不禁其君親兄弟之思則不得不詩出之.

제11장

옥경헌(玉鏡軒) 한시의 심상과 주제의식

1. 옥경헌의 한시

본고는 조선후기의 문인 옥경헌 장복겸(張復謙, 1617~1703)의 한시에 나타난 심상을 분석함으로써 그의 문학 지향, 사회 인식, 정신경계 등을 이해하는 데 목적이 있다.

옥경헌은 「고산별곡(孤山別曲)」의 작가로 우리에게 잘 알려져 있다. 전일환 선생이 「옥경헌 고산별곡 연구」를 학계에 보고한 이래[1] 옥경헌과 「고산별곡」에 대해 더 알려지게 되었으며, 장만식에 의해 「고산별곡」에 나타난 늙음에 대한 갈등 극복 양상이 밝혀졌다.[2]

그러나 옥경헌에 대한 연구는 연시조 10수에 한정되어서는 안 된다. 특히 문집 내에 한시가 340여 수를 차지하고 있으니, 태반에 해당하는 한시를 차치하고 인물과 작품을 논하는 것은 일부를 들어 전체를 말하는 미

---

1) 전일환, 「玉鏡軒 孤山別曲 研究」, 『국어국문학』, 1989.
2) 장만식, 「「孤山別曲」과 「續文山六歌」에 나타난 늙음에 대한 갈등 극복 양상」, 『열상고전연구』 50, 2016.

약함이 있기에 한시 연구가 우선시 되어야 할 것이다.

옥경헌의 한시에는 풍부한 감수성을 드러낸 서정시를 비롯하여, 누정이나 교유를 위해 주고받았던 화운시는 물론, 오나라 체를 본뜬 효오체시(效吳體詩), 여정을 노래한 유기시, 혼인이나 칠순잔치 등을 읊은 축례시, 계모임과 종친 모임 등을 노래한 회집시, 책을 읽고 감상하며 적은 독후감시, 시대상을 반영한 사실주의시 등 다양한 장르 및 주제 안에 연구할 만한 작품들이 산재한다.

문제는 그 작품들의 지향을 파악기가 어렵다는 데 있다. 예를 들면 한적한 농촌의 풍경만을 그대로 묘사하고 있거나 적막하고 고요한 주변의 모습만을 노래한 작품들이 많은데, 이 작품들의 메시지가 무엇인지 알기가 힘들다는 것이다. 그러나 이들의 시를 모아 자세히 들여다보면 공통분모의 심상들이 있음을 감지할 수 있다. 따라서 본고는 그러한 심상들이 옥경헌 한시가 지니는 변별점이라는 판단하에 심상 분석이라는 논구를 활용하려고 한다. 이를 통해 옥경헌의 감정의 결은 물론이고 그의 문학관과 사회관 등을 확인할 수 있을 것이다.

우선 학계에 보고가 적은 만큼 옥경헌의 생애, 문집, 사상에 대해 얼개를 전개하고 옥경헌 한시의 주된 심상들을 두 장에 걸쳐 분석하기로 하겠다.

2. 옥경헌의 생애와 사상

옥경헌은 장복겸의 호이며, 자는 익재(益哉)이다. 관향은 전북 흥성(현 고창군 북동쪽)이다. 부친은 장사랑(將仕郎, 종9품)을 지낸 첨(瞻)이고, 모친은 효령대군 2대손 석성(石城)의 증손녀이다. 7세에 모친을 여의고 외조모인 평

강 채씨(蔡氏)의 손에서 자랐다.3)

그는 거령현에 살았는데 이곳은 전북 임실군 청웅면(靑雄面)4) 혹은 장수
군 반암면(蟠岩面)5) 등 여러 지역으로 알려져 있으나 임실군 지사면(只沙面)
을 가리킨다. 이는 『옥경헌유고』의 「옥경헌기」에 "고산은 어딘고 하면,
산은 팔공산 지류에 있으며 옛 거령현이다."6)라고 하여, 고산이 임실군
지사면 팔공산 지류에 있음을 밝혔기 때문이다.

흥미로운 것은 이 '고산(孤山)'이라는 곳과, 그곳에 지은 '불고정(不孤亭)',
그리고 당호이자 자호인 '옥경헌(玉鏡軒)'의 이름이다. 「고산불고정서」에
"산은 '고(孤)'로 이름을 삼고 정자는 '불고(不孤)'로 이름을 삼은 것은, 산
은 손님을 말한 것이고 정자는 덕을 말한 것이다."7)라고 했으며, 「옥경헌
서」에서는 "객은 물과 달에 대해 아십니까? 물의 맑기가 옥과 같고, 달의
밝기가 거울과 같으니, 그 뜻이 이와 같습니다."8)라고 하여 산명과 정자
명, 당호의 유래를 밝혔다. 이는 『논어』의 '덕불고(德不孤)'에서 취했을 듯
하지만 소동파(宋, 1037~1101)의 작품 「납일에 고산에 있었는데 혜근과 혜
은 두 스님이 방문하여」에 "孤山孤絶誰肯廬, 道人有道山不孤"라고 한 것

3) 「行狀」, "公諱復謙, 字益哉. 系出興城. 有曰 諱儒, 仕高麗官廣評侍郎, 卽公之鼻祖也. (中略) 鞠
養於外祖母平康蔡氏. 『玉鏡軒 張公遺稿』, 374面. 용문인쇄사, 2006.
　　전일환 선생은 그가 6세에 부모님의 곁을 떠나 백부에게 입양된 점이라든지 '孤山'을 자호
로 삼은 점이라든지 「山中新曲」이나 「漁父四時詞」와 같은 연시조를 남긴 인물이라는 점
등의 사실로 비춰보아, 조선시대 시조 문학의 대가인 孤山 尹善道(1587~1671)의 영향을
받았다고 하였다. 전일환, 「玉鏡軒 孤山別曲 硏究」, 202면, 『국어국문학』, 1989.
4) 『世宗實錄』 「地理志」 「南原都護府」에는 "居寧－本百濟, 居斯勿縣, 新羅改靑雄縣, 爲任實
領縣, 高麗改居寧縣."라고 하였고, 『高麗史』 또한 "本百濟居斯勿縣, 新羅景德王, 改名靑雄,
爲任實郡領縣. 高麗, 更今名, 來屬."라고 하였다. (韓國古典飜譯院 웹DB http://db.itkc.or.kr
참고)
5) 정구복은 『譯註 三國史記』에서 "지금의 全羅北道 長水郡 蟠巖面으로 비정한다."고 하였다.
정구복 외, 『역주 삼국사기』 4 주석편(하), 329面, 한국정신문화연구원, 1998.
6) 「玉鏡軒記」 "孤山何, 山支於八公而古居寧."
7) 「孤山不孤亭序」 "山以孤名, 亭以不孤名, 山言客也, 亭言德也"
8) 「玉鏡軒記」 "客知夫水與月乎? 水淸如玉, 月明如鏡, 其義如斯."

과, 「적벽부」의 "客亦知夫水與月乎"를 차용했음을 알 수 있다. 아울러 옥경헌 한시의 주제가 소동파의 작품들과 유사한 점이 많은 것으로 보면 소동파의 영향이 적지 않았음을 확인할 수 있다.

한편 옥경헌은 53세에 「경술구언응」을 지어 임금에게 직언을 하기도 했고, 「구폐소」를 지어 당시의 폐단을 지적하기도 했다. 여기에서 그는 백성이 오직 나라의 근본이 된다는 신념 아래 백성의 구휼을 주장했을 뿐만 아니라 곡식을 보관하는 창고 관리의 폐단에 대해 언급하며 진대법 시행을 강조하고 있는가 하면, 사농공상(士農工商)을 언급하면서 무위도식하는 선비를 비판하고 있으며, '만사(萬事)가 인사(人事)'라는 원칙 아래 훌륭한 인재 등용을 권면하였다.9) 한시 「다시 정부사군을 모시고」에서는 "민가에서 만든 술은 관가에서 의뢰한 것, 마시기를 꽃이 필 때부터 시작하여 질 때까지 하는구나. 봄날 흥취는 술과 함께 사라졌고, 지금은 텅 빈 항아리만 흙모래 위에 엎어져 있을 뿐."10)라고 하여 관가의 부조리한 실상과 서민의 힘든 생활을 드러내기도 했다.

이처럼 옥경헌은 한시와 산문을 통해 '선비가 학문을 하는 것은 실제 생활에서 유용하게 쓰기 위함'이라는 '궁경치용(窮經致用)의 학'을 견지하였고, 이른바 '선경제후도의(先經濟後道義)', '정명사상(正名思想)' 등을 강조했던 공맹사상을 근저로 하고 있음을 알 수 있다.

이러하듯 옥경헌은 유가적 사상을 지니고 있음은 물론이고, 불가와 도가에 대해서 배타적인 태도를 취하지는 않았다. 사찰에서 많은 시간을 보냈던 그는 스님들과의 교유 또한 활발했으며 불교와 관련된 작품도 상당수 지었고,11) 도가의 은둔적 사상인 귀거래지향의 작품도 적지 않게 창

---

9) 「救弊疏」 "當今病民之政 … 以立賑貸之法 … 士則無所事於其間 … 其文武之才, 以待國家之用者, 百無一二則若是乎此輩之無益於國 …"

10) 「又陪鄭府使君」 "民家作酒賴官家, 飮自開花到落花. 春興麴生同日別, 祇今空甕倒泥沙."

11) 대표적인 작품으로는 「元會寺會集」 "單童弱馬客行遲, 紅樹靑山日暮時. 三尺古琴君可抱, 一

작했다.12) 그러나 호계삼소(虎溪三笑)의 고사를 작품에 인용한 것처럼13) 이데올로기의 포용적 태도를 취한 것일 뿐 지향이라고까지 보기에는 부족한 것도 사실이다. 이는 「지리산에 들어가는 스님을 전송하며」에 "아! 나는 세상일에 늘 마음을 두고 있어, 스님들이 이에 마음을 두지 않음이 부러웠소"14)라고 한 것과, 「언지」에 "남자의 평생 뜻한 바는, 늘 나라를 경영하는 데 있지."라고 했던 것에서 알 수 있듯 경세치용의 학을 늘 마음에 두었던 것이다.

87세에는 『소학』을 손수 써서 자손들에게 주며 "사람을 만드는 것이 책보다 더한 것이 없지만, 속유들이 읽지 않은 지 오래되었다. 그러나 너희들은 이로써 입신하는 기본을 만들고 네 할아버지가 권고한 뜻을 잊지 말라."15)고 경계했으니, 이로 보면 유자로서의 본분과 자세를 끝까지 잃지 않으려 한 인물임을 알 수 있다.

옥경헌 사후, 후손들은 1871년(고종 8)에 처음 『옥경헌유고(玉鏡軒遺稿)』를 간행하였고, 1931년에 중간(重刊)했으며, 2006년에는 한글로 옮긴 『옥경헌 장공유고』를 간행했다. 목판본으로 간행된 초간본은 현재 전주대학교 도서관에 있다.16)

壺新醸我能持. 幾年兩地空面首, 此夜諸天喜有期. 挑盡仏灯談未了, 忽驚殘月照禪枝."가 있고 이 외에도 「贈子能禪師」, 「贈雲俊老師」, 「次善輝韻」, 「贈畫師海翼」, 「次頭流僧法玲韻」 등이 있다.

12) 예를 들면 「次丁汝源江陽草堂韻」에서 "川迴眞境別, 山闢洞天幽. 卜築終焉志, 盤桓隱者流. 漁樵宜計活, 開落占春秋. 堪笑逃秦客, 桃源謾遠求"라고 하여 전형적인 은자의 삶에 대한 지향을 보여주고 있다.

13) 옥경헌은 「丁孝章邀余於山齋能師亦至」에서 "의연히 기쁘게 멀리서도 맞아 주니, 호계에서 세 분 모두 웃는 것 같네.[依然陶許遠, 三笑虎溪潯]"라고 한 바 있다.

14) 「送贈入智異山」 "嗟吾世事常關念, 羨爾空門不住心"

15) 「行狀」 "癸未春, 年八十七, 手書小學一部, 招諸孫戒之曰, 做人樣子莫大於詩書, 而俗士之不講, 久矣. 汝等須以此, 爲立身之根基無忘, 乃祖勤苦之意."

16) 본고는 2006년 문중에서 간행된 책을 저본으로 삼았다. 이는 자료를 볼 수 있는 한계성 때문이다. 목판본을 그대로 인쇄하였기에 자료를 보는 데에 무리는 없다고 판단했다. 다만 번역은 상당수의 오역이 발견되어 따르지 않았다. 예컨대 '王子猷'를 '王徽之'가 아닌

문집 구성은 1책 4권으로 구성되어 있다. 1권부터 3권까지 시이고, 4권
은 산문이다. 책 앞에는 월성(月城) 이재순(李在淳, ?~?)과 옥경헌의 후손 장
진욱(張鎭旭, 1866~1934)의 서문이 있다. 다음으로 오언절구 31제 41수, 오
언율시 51제 61수, 칠언절구 95제 140수, 칠언율시 74제 97수, 칠언배율
2제 2수 등 도합 253제 341수 등이 있다. 가사는 「고산별곡」 10수가 있
다. 4권에는 소(疏) 2편(「庚戌求言応」, 「救弊疏」), 장(狀) 2편(「敬差官道陳災等狀」,
「爲書堂學徒呈書本府」), 서(序) 4편(「孤山洞新契序」, 「花山金院長回婚宴詩序」, 「玉鏡軒
序」, 「孤山不孤亭序」), 발(跋) 1편(「詩屛後跋」), 제문(祭文) 2편(「祭宣教郎權公」, 「又」)
등이 있다.

3. 소적(蕭寂)과 파적(破寂) - 경륜와 귀거래의 갈등

옥경헌의 한시를 감상하다 보면 고요함과 적막함이 주된 심상임을 감
지할 수 있다. 흥미로운 것은 이 고요함 속에서 그 고요함을 깨는 심상이
동시에 등장한다는 데 있다. 본 장에서는 이러한 심상이 의미하는 것이
무엇인지 살피고자 한다.

(가) 침상에서 새벽에 짓다

외로운 침상 꿈꾸다 놀라 깨니
먼 마을 닭은 몇 번이나 울었나
홀연히 다듬이 방망이 두드리는 소리를 듣고
관솔불이 창문에 번쩍번쩍 밝음을 보네17)

왕자로, '堯夫'를 '소옹'이 아닌 '요임금'으로, '靈運'과 '嵇康'을 인명이 아닌 '하늘의 운명'
과 '편히' 등으로, '凌虛'를 '우뚝 솟은'이 아닌 '빈 얼음'으로, '四時景'을 '사계절의 풍경'이
아닌 '네 시의 풍경'으로 외 적지 않다.

(나) 한가로움

오동잎 떨어지는 소리 서걱서걱
달빛은 연못에 들고 밤은 적막하기만
모래톱 위 졸고 있는 새 놀라 일어나는 곳
돌다리 옆 고기잡이 불빛 가벼이 흔들린다[8]

(가)는 새벽에 깨어난 시인의 눈에 포착된 마을의 주변 풍경을 읊은 작품이다. 우선 기구에서 '고침'이라 하였으니 주변에 아무도 없는 고요하고 적막한 잠자리를 시적 배경에 둔 것임을 알 수 있다. 그리고 잠이 든 시인은 꿈을 꾸고 자신도 모르게 놀라 잠에서 깨었다. 그 잠을 깨운 것은 먼 마을의 닭 울음소리와 다듬이 소리이다. 몇 번이고 울었을 닭 울음소리와 갑자기 들리는 다듬이 소리는, 새벽을 알리는 소리이자 부지런한 아낙의 일과 시작을 각기 의미한다. 이러한 음성적 장치는 결구에서 빛으로 전환된다. 창에 관솔불이 밝게 비치고 있는 모습이 시인의 눈에 들어온 것이다. 촉급한 다듬이 소리와 강렬한 관솔불이 의미하는 것이 무엇인지 명확하지는 않지만 대중의 치열한 삶을 표현한 것으로 보이며 이를 통해 다소 나태해진 자신을 정적 속의 동적인 심상으로 표현한 작품이다.

(나)는 오동잎, 달빛, 모래톱, 새 등을 소재로 적막하고 고요한 밤의 주변 풍경을 묘사한 작품이다. 특히 연못에 든 달빛이라든지 모래톱 위의 졸고 있는 새 등은 작품의 제목처럼 한적함을 잘 표현하고 있다. 또한 기구에서 낙엽소리를 '소소(蕭蕭)'로 시작하고, 결구에서 흔들리는 불빛을 '요요(搖搖)'로 표현하여 끝을 맺음으로써 역시 음성과 조명을 파적의 심상으로 사용하고 있음이 주목된다.

---

17) 「枕上曉得」, "孤枕夢初警, 遠村鷄幾鳴. 忽聞砧杵響, 松火閃窓明."
18) 「閒適」(八首 中 其五) "梧桐葉落響蕭蕭, 月入池塘夜寂廖. 沙上睡禽驚起處, 石梁漁火影搖搖."

두 작품은 각기 새벽과 밤을 시간적 배경으로 두어 소적(蕭寂)을 묘사하고 있으며, 파적(破寂)의 심상으로 모두 소리와 빛을 사용하고 있다는 데 특징이 있다. 그런데 여기에서 한번 생각해 볼 부분은 그 파적의 심상이 무엇을 의미하고 있는가 하는 것이다. 이를 확인하기 위해 다음 시를 살펴보자.

인학사 초당의 운을 차용하여 감회를 적다

수심 깊어 잠 못 이루는데
깊은 밤 몇 시나 되었을까
반쯤 열린 창문에 초승달 보이고
깊은 숲속에는 자규새 지저귄다

자작하니 마음 편안히 해주는 술이요
한가로이 책을 드니 잠 오는 글이네
병을 앓고 난 뒤라 약은 소용없을 터
술과 책으로 그저 남은 생 보내련다[9]

수심과 걱정 속에 잠을 이루지 못하다가 술과 책을 통해 다시 잠을 이룰 수 있었다는 내용이다. 첫 번째 수는 시름에 괴로워하는 시인의 모습을 그리고 있다. 그런데 뒤척이며 잠 못 드는 고요한 밤에 창가에는 달빛이 비치고 먼 숲속에서 자규새 지저귀는 소리가 들려온다. 파적의 심상으로 '신월(新月)'과 '자규(子規)'가 사용되고 있다. 즉 앞선 시에서 닭의 울음소리와 관솔불이 한적한 마을의 상징이었다면, 이 인용된 시에서는 맑고 깨끗한 달과 깊은 숲속의 자규새의 울음소리로서 자연물인 것이다.

두 번째 수는 잠을 이루기 위한 수단으로 술과 서적이 등장한다. 시인

---

19) (其一) "耿耿愁無寐, 沈沈夜幾更. 半窓新月色, 深樹子規聲." (其二) "獨酌寬心酒, 閒按引睡書. 病餘無藥物, 持此送居諸."

은 한가롭게 술 마시며 글 읽다보니 어느덧 잠이 온다고 했다. 늙고 병든 몸은 이제 맞는 약도 없으니 굳이 나으려고 아등바등하기보다는 현재의 모습으로 남은 생을 보내겠다고 했다. 이 작품만 놓고 본다면 파적의 심상이 자연을 통한 내면 수양을 지향했기보다 자연과 어울리며 유유자적하는 삶을 지향했음을 알 수 있다. 이러한 주제와 지향은 그의 문집에서 쉽게 찾아볼 수 있다.

예를 들면 「유산록을 빌려 읽고서」에서 "봉래산과 방장산을 두루 다녀보니, 외직 나가 금성관에 누워 있는 듯. 님에게서 선유록을 빌려다 읽어보니, 뜬세상 공명이 풀처럼 보이는구나.", "구루산에서 사조는 단사법 단련했고, 동군을 따라 다시 남쪽에 벼슬했네. 다만 병이 많기에 시골 밭을 생각하여, 감히 태평시대 잊고 풀을 버리지 못하네."[20]라고 하여 경세제민의 꿈을 포기하는 듯한 작품을 창작하기도 했다.

또 「유산」에서는 "더러운 세상 오래도록 빠진 것을 얼마나 탄식했던가, 청정 지역 다행히 찾았으니 모두 함께 가 봅시다."[21]라고 했으며, 「한가롭게 짓다」에서는 "공명도 나는 한낱 티끌처럼 가벼이 내던지고, 원래가 운명이 부귀한 사람은 아니네. 거처한 곳은 시냇물과 산이 있는 맑은 곳, 사철 단풍이 있어 정신을 수양하네."[22]라고 하여 마음의 안정을 꾀하는 장소로서 강호자연을 택했음을 알 수 있다.[23]

심지어 "세상사 모두 허망한 일, 인생 어찌 오래 살려는가."[24]라고 하

---

20) 「借讀遊山錄」 "踏遍蓬萊方丈山, 一麾來臥錦城官. 從公借讀仙遊錄, 浮世功名視草菅.", "句漏丹砂謝眺山, 却從東郡轉南官. 只緣多病思田里, 敢忘明時不棄菅."
21) 「遊山 其一」 "塵世幾歎長汨沒, 清區幸得共追隨"
22) 「閒中雜詠」 "功名放我視輕塵, 骨相元非富貴人. 築室溪山瀟灑處, 四時風丹養精神."
23) 또 「次丁汝源江陽草堂韻」에서는 "川迥眞境別, 山闢洞天幽. 卜築終焉志, 盤桓隱者流. 漁樵宜計活, 開落占春秋, 堪笑逃秦客, 桃源謾遠求."라고 하여 전형적 은자의 삶을 지향하기까지 했다.
24) 「感興」 "世事皆虛事, 人生豈久生."

여 인생무상을 언급하는가 하면, 「옥경헌설작」에서는 양주학(楊州鶴)의 고
사25)를 인용하며 신선을 노래하기도 했고 인생을 남가일몽(南柯一夢)에까
지 비유했다.26) 이상의 작품들을 통해 옥경헌의 한시에는 귀거래 지향이
적지 않음을 확인할 수 있다. 그렇다고 하여 옥경헌을 은둔처사나 강호자
연의 시인으로만 국한할 수는 없다. 이는 만년에 쓴 다음의 작품을 통해
확인된다.

늙음을 탄식하다

천성이 못나 세상과 더불어 어긋났지만
강호에 사는 삶 또한 잘못이구나
술 마시고 시 읊음도 사물의 부림에 해당하니
입 다물고 기심을 잊는 것만 못하네27)

삶에 대한 회고가 담겨 있는 작품이다. 기구는 '세상위(世相違)'라고 한
시어를 통해서도 알 수 있듯 세상과 맞지 않은 불우한 자신의 입장을 밝
힌 구절이다. 승구는 강호처사에 대한 평으로 전원에 은거하며 유유자적
하는 삶 또한 옳지 않음을 말하고 있다. 결국 기구와 승구를 통해 무능력
과 회피 모두 잘못을 인정한 말로 앞서 귀거래 지향과 벼슬을 하지 못함
에 대한 자신의 입장을 밝힌 것이다. 전구는 전형적인 강호은자의 취미인
음주와 작시(作詩)에 대해 비판하고 있다. 그는 「연못 누각에서 느낀 바 노
래하다」에서 스스로 "술 마시는 벽이 있어 좋은 술만 찾고, 시재는 오언

---

25) 양주학의 고사란, 옛날 네 사람이 각자 자기의 소원을 말하는 중, 한 사람은 楊州刺史가
   되고 싶다고 하고, 한 사람은 많은 재물을 얻기를 원하고, 한 사람은 학을 타고서 하늘로
   오르고 싶다고 하였는데, 이 말을 들은 한 사람이 "나는 허리에 십만 貫의 돈을 두르고,
   학을 타고서 양주로 날아가고 싶다."라고 말했다는 이야기가 전한다.
26) 「玉鏡軒設酌」 "楊州跨鶴世無多, 梅室開樽興若何. 玉骨橫斜香吐萼, 金盃盈溢緣生波. 諸君搖筆
   裁新句, 上客乘酣發浩歌. 須趁桑楡行樂耳, 人生百歲夢南柯."
27) 「歎老」 "疏慵曾與世相違, 林下謀生計亦非. 對酒吟詩還物役, 不如緘口坐忘機."

을 좋아했지."28)라고 했으며, 「반룡사」에서도 "산천의 가장 빼어난 곳을,
왕래하는 것 또한 풍류라네."29)라고 할 정도로 술 마시는 것, 시 짓는 것,
산천 자연을 즐기는 것 등 풍류를 즐기는 사람으로 자처하였다. 하지만
이 모두 사물에 부림을 당한 것이라 하여 전구에서 평가한 것이다. 그리
고 결구에서는 그러한 사물의 부림에서 벗어나고자 정신경계의 지표를
'좌망기(坐忘機)'에 둔 것이다.

옥경헌은 「선달 이자수에게 부침」에서 "이선달에게 은혜를 갚으려면,
어느 때 한번 벼슬에 오를까. 황폐한 전원에 묻혀 사니, 처자식은 배고프
고 춥고.", "타향살이 삼 년 고생도 많아, 머리에는 서리 내린 듯 살짝 하
얗네. 어떻게 하여 이 작은 녹봉으로 경영하며, 방랑하다 성안에 들어가
는 사람 될까."30)라고 했다. 뿐만 아니라 「술회」에서 "일 없이 해만 보내
다 칠순에 가까웠으나, 누가 나의 품은 경륜을 알아 줄 이 있는가. 허공에
돌돌이라 쓰는 오늘날 풍속에 아파하며, 책을 활짝 펴고서 옛사람을 흠모
하네. 영웅은 몇 번이나 칼을 뽑아 등불아래에서 어루만졌나, 미친 도모
로 시대를 향했으나 꿈속에서나 펼쳤지. 대궐문 너무 높아 뛰어넘기 어려
우니, 이로부터 남아 출신하지 못한 것 한하네."31)라고 했으니 출신하지
못한 것을 평생 한으로 여겼음을 알 수 있다. 또 만년에 「용헌영류를 차
운하여」를 지어 "오래된 나무에 찬 눈을 치우니, 뿌리 깊은 곳 칩룡에 가
깝네. 임금의 칭예 받을 좋은 나무는, 올 겨울부터는 봉식될 것이라."32)
라고 하여 늘그막 출사의 꿈을 드러내기도 했다.

---

28) 「池閣述懷 中 其四」 "飲癖耽賢酒, 詩材喜五言"

29) 「蟠龍寺」 "溪山最奇絶, 來往亦風流."

30) 「寄李先達子遂 二首」 "爲報李先達, 何時得一官. 田園就蕪沒, 妻子任飢寒", "旅食三年苦, 霜
毛兩鬢新. 如何營寸祿, 浪作入城人"

31) 「述懷」 "無事行年近七旬, 有誰知我抱經綸. 書空咄咄傷今俗, 開卷嘐嘐慕古人. 雄釼幾抽灯下
撫, 狂圖時向夢中陳. 君門迢遆金難躍, 自恨男兒未出身."

32) 「次藋軒咏柳」 "老幹排寒雪, 深根近蟄龍. 蒙君譽嘉樹, 封植自今冬."

이로 본다면 파적의 심상이 자연에서의 유유자적한 삶에 대한 안주라
기보다는 금시작비(今是昨非)의 의미로도 쓰인 것을 알 수 있다. 따라서 옥
경헌을 전형적인 강호자연의 은둔처사로만 보는 것도 온당치 않다. 즉 옥
경헌의 지향은 진은(眞隱)이나 경륜(經綸) 어느 한 쪽에 있지 않았고 그 중
간쯤의 형태에서 꾸준히 방황하는 모습에 있음을 알 수 있다. 이러한 동
인이 그의 문집에 구체적인 사건으로 단 한 차례도 언급된 바가 없으므로
단정할 수는 없지만, 그가 살았던 시대적 상황으로 미루어 본다면 적지
않은 국내외 상황이 영향을 주었을 것으로 추정될 뿐이다. 즉 국외의 정
묘호란과 병자호란, 국내의 유효립(柳孝立)의 난, 광해군 폭정, 정쟁 속 당
쟁의 심화, 그리고 관료들의 부패가 극심했던 점 등 굵직한 사건이 그것
이다. 이러한 상황 속에서 옥경헌은 출신의 꿈을 갖고 노력했으나 번번이
좌절되어 저와 같은 심적 갈등을 표출한 것으로 보인다. 따라서 이를 초
극하기 위한 선택으로 인용된 시의 결구처럼 '좌망기'와 같은 정신경계를
표명했으며, 이러한 정신경계의 형상화는 그의 시에 있어서 다양한 심상
으로 드러나고 있으니 상승과 하강, 시속(時速)과 한산(閒散) 등이다.

4. 상하와 속한(速閒)―낙극애생의 초극

대개 한시에서 높은 정신을 추구하거나 가슴속 포부를 드러내기 위해
상승의 심상을 사용하기도 하고, 죽음을 암시하거나 좌절을 드러내기 위
해 하강의 심상을 쓴다. 또 빠른 시간 속에 어떻게 삶을 살 것인가에 대
한 고민은 시속(時速)의 심상을, 빠른 시간 속 여유를 찾는 한산(閒散)의 심
상 등이 이에 해당한다. 옥경헌의 시에서도 이러한 다기한 심상들이 쓰이
고 있으니, 본 장에서 그 구체적 형상화와 의미에 대해 살피고자 한다.

(가) 무송정

유월 소나무 그늘과 대숲 사이에
작은 정자 높이 솟아 허공을 가로질렀네
높은 곳 올라 사람의 뼈까지 맑게 하니
가슴 열고 북풍을 기다리지 않아도 된다네[33]

(나) 꾀꼬리와 소쩍새에 대해 읊다

금의 입은 귀공자와 망제의 혼
마을의 푸른 버들은 화원에 떨어지네
대낮 쉼 없는 울음에 봄은 장차 끝나려 하고
밤에 슬피 우니 달은 어둑해지려 하네
서촉에서 두보에게 절을 하려 장차 머물고
동창에선 이백의 술동이로 술 한 잔 하리
괴로움과 즐거움 서로 반대라 말하지 마소
무정하면 누굴 원망하고 은혜를 품겠소[34]

(가)와 (나)는 각각 상승과 하강의 심상을 대표하는 작품들이다. 우선
(가)는 무송정에 올라 느낀 상쾌한 마음을 노래한 작품이다. 시적 배경이
유월인 것으로 보아, 시인은 늦여름 매서운 더위에 시달렸을 듯하다. 따
라서 소나무와 대나무가 내어준 그늘은 더위를 식혀주는 매개체로 쓰인
것이다. 그 사이에 작은 정자 하나가 허공에 우뚝 솟아 있다. '고출'과
'허공'이라는 상승의 심상은 자연물에서, '상기'와 '청인'의 심상은 시인
의 마음을 표현한 것임을 알 수 있다. 이러한 시원함은 굳이 북풍을 기다
릴 필요가 없을 만큼 겨울바람처럼 매우 시원하다며 작품을 마무리 짓고

---

33) 「撫松亭」 "六月松陰竹影中, 小齋高出架虛空. 登臨爽氣淸人骨, 不待開襟向北風."
34) 「咏鸎鵑」 "公子金衣望帝魂, 綠楊門巷落花園. 綿蠻白晝春將暮, 嗚咽淸宵月欲昏. 西蜀且停工部
拜, 東窓須酌謫仙樽. 休言苦樂聲相反, 任是無情孰怨恩."

있다.

(나)는 낮에 우는 꾀꼬리와 밤에 우는 소쩍새를 연속 배치하여 고락(苦樂)이란 반대가 아니듯 저 둘 또한 형틀만 다를 뿐 같은 것임을 천명한 작품이다. 수련의 '망제'는 소쩍새를 가리킨다. 옛날 촉나라에 이름이 두우(杜宇)이며, 망제(望帝)로 불린 임금이 있었는데 그가 죽자 소쩍새가 되어 봄철이면 밤에 슬피 운다는 전설이 있다. 따라서 망제는 소쩍새이며, '귀한 옷 입은 이'는 꾀꼬리임을 알 수 있다. 이는 함련에서 우는 주체를 낮과 밤으로 나누고 있기 때문에 그러하다. 즉 시인은 낮과 밤에 우는 두 새를 시의 소재로 사용하고 있는데, 이는 미련에서의 고(苦)와 낙(樂)을 암시하는 소재이기도 하다.

대구에서는 '버들 늘어짐'을 '낙(落)'으로 표현한 것이 절묘하다. 이는 함련의 시어 '장모(將暮)'와 '욕혼(欲昏)'과 잘 조응하기 때문이다. 즉 꾀꼬리의 울음소리에 장차 아름다운 봄날이 끝남을 아쉬워하고 소쩍새 구슬피 우는 밤에 하루가 지남을 아쉬워하고 있으니 시각적 측면만이 아닌 공간적 측면의 하강 심상을 잘 활용하고 있음을 알 수 있다. 그러나 시인은 이러한 아쉬움이 관념을 어디에 두느냐에 따라 다르다고 하며 이를 초극하려는 의지를 보여준다. 미련의 '고락이란 서로 반대가 아니다'라는 말이 그렇다. 이는 제목에서 낮에 우는 아름다운 꾀꼬리와 밤에 구슬피 우는 소쩍새를 대비했던 것처럼 괴로움과 즐거움 또한 서로 반대가 아님을 표방하고 있는 것이다. 이른바 '낙극애생의 초극'이라는 정신경계를 드러낸 것이다.

옥경헌 시에 있어서 상승의 심상은 「구일등불고정」에 "맑은 가을날 나뭇잎 떨어지니 슬픈 마음 생기기 쉬워, 억지로 높은 곳에 올라 술잔을 잡으려 하노라."[35]라고 한 것처럼 슬픔을 초극하기 위한 수단으로 쓰이는 것도 있고, 또한 「호상정」에서는 "호숫가 새로 지은 정자 기세는 나르는 듯, 올라 보니 세상을 잊고 또 귀가도 잊게 하네. 바람 앞 뭇 버들은 깃발이 펼쳐진 듯, 구름 밖 온갖 봉우리는 말이 굴레를 벗는 듯."36)라고 한 것처럼 자유에의 갈망으로 쓰이고 있다. 슬픔을 넘어 고난을 극복하고 자유로 향하는 것들이 이에 해당한다고 할 수 있다.

한편 하강의 심상은 「설(雪)」에 "눈은 뜨락 소나무 눌러 세가 꺾으려는 듯, 시냇가 옆집에 손님들은 하얀 눈 감상하네. 바람 부니 옥가루가 허공에 날리고, 휙휙 차디찬 소리에 술잔 떨어뜨린다."37)라고 한 것처럼 역시 속세 초극의 의미를 내포하고 있는 작품들도 있고, 반면 「술회」에서는 "복사꽃은 비 온 뒤라 바람 없어도 떨어지고, 용모는 새봄 되자 병 없어도 쇠해졌네. 술은 근심을 잊으면 되니 현인 또한 괜찮고, 시는 뜻을 말할 수 있으니 졸렬하다 사양하랴."38)라고 하여 인생의 슬픔을 형상화 한 작품들도 적지 않다. 특히 시속을 근심하고 외로움을 토로하는 작품들이 많은데 이를테면 다음과 같은 작품이 그러하다.

감흥을 적음 −오체를 모방하여

산사람의 이름을 누가 있어 알리오
느지막 풍류를 몇 번이나 즐기겠는가
덧없는 인생의 빠름은 아침이슬 같고
세상일의 실타래는 마치 꼬인 실타래 같지
걱정을 잊으려 바야흐로 술잔에만 의지하네
흥을 보내며 애오라지 장단사를 읊조리지
아아양양 백아의 곡조는 연주하지 마시게
사해에 지금 종자기가 없으니

35) 「九日登不孤亭」 "淸秋木落易生哀, 强欲登高把酒盃."
36) 「湖上亭」 "湖上新亭勢欲飛, 登臨忘世又忘歸. 風前萬柳旗舒脚, 雲外千峰馬脫羈."
37) 「雪」 "雪壓庭松勢欲摧, 溪堂携客賞皚皚. 衝飄玉屑迷空外, 颯颯寒聲落酒盃."
38) 「述懷 其六」 "桃花雨後無風落, 容鬂春來不病衰. 酒是忘憂賢亦可, 詩能言志拙何辭"

「遣興 效吳體」

山人名字有誰知(○○○●●○○) 老境風流能幾時(●●○○○●○)

浮生倏忽若朝露(○○●●●●○) 世事紛絮如亂糸(●●○●●●○)

忘憂正賴淺深酌(○○●●●●●) 遣興聊憑長短詞(●●●●●●○)

峨洋莫奏伯牙曲(○○●●●○●) 四海如今無子期(●●○○○●○)

오체(吳體)는 요체(拗體) 가운데 하나이다. 시인이 의도적으로 평성의 자
리에 측성을 쓰거나 측성의 자리에 평성을 쓰는 것을 요체라고 한다. 그
가운데 율시 중 고조(古調)이면서 실대(失對 – 짝을 이룬 구절에서 출구의 2번째
글자와 4번째 글자는 대구의 2번째 글자와 4번째 글자의 평측이 서로 반대가 되어야
하지만 이를 어긴 것을 실대라고 함)와 실점(失粘 – 짝을 이룬 구절 두 연에서 위쪽
대구의 2번째 글자와 4번째 글자는 아래쪽 출구의 2번째 글자와 4번째 글자의 평측이
서로 같아야 하지만 이를 어긴 것을 실점이라고 함)이 많아 근체시의 격률에 맞
지 않는 작품이 있는데 이를 오체라 부른다. 당의 두보나 송의 황정견의
시에 간혹 보이는데 한국한시에서는 많이 창작되지는 않았다.[39]

우선 인용시 수련의 '산인'은 시인 자신을 지칭한다. 만년에 즐기는 풍
류는 언제까지 즐길 수 있을지 알 수 없는 상황이 현 자신의 모습인 것이
다. 함련에서는 생을 뒤돌아보니 뜬구름 같은 삶이 마치 하루와 같이 훌
쩍 지나갔음을 안타까워하고 있다. 그리고 안타까움 속에는 어지럽게 꼬
인 실타래처럼 세상과 어긋난 시인의 심사가 있다. 경련에서는 이러한 근
심과 걱정은 술과 시로 달랠 수 있다고 말하고 있다. 함련과 경련은 근체
시 평측과 맞지는 않지만 대우를 잘 맞추어 작품의 수준을 끌어 올리려는
노력이 보인다. 미련에서는 백아와 종자기의 고사를 이용하여 자신의 심

---

39) 韓國古典飜譯院 웹DB의 『韓國文集叢刊』을 검색해 보면 金宗直, 李恒福, 李民宬, 金尙憲,
鄭弘溟, 崔鳴吉, 南龍翼, 金壽恒, 李宜顯, 許薰, 郭說, 金止男, 鄭俒, 南正重 등 모두 17수가
전부이다.

사와 주제를 담고 있다. 즉 인생의 덧없음과 상시지탄(傷時之歎)이 작품의 주제라 할 수 있다.

인용된 작품뿐 아니라 옥경헌 한시에는 시속(時速)의 심상을 보이는 작품에 세상과 어긋남을 주제로 한 작품들이 많다. 「술회」에서 "인간 만사 모두 의도대로 안 되는데, 누가 가을 서리 보내 살쩍 주변에 뿌렸는가."[40]라고 하거나, 「눈유정」에 "젊은 시절 잘 꾸려도 늙어 이룬 것 없어, 시골에 집 지어 촌사람들과 함께 사네. (…중략…) 더러운 세상 시비 소리 귀먹은 지 오래되었고, 흰 머리에 따르는 곳마다 화평함을 느낀다네."[41]라고 한 작품들은 대표적이라 할 수 있다. 여기서 주목되는 것은 시어 '화평'이다. 그는 시속을 체감하며 세상과 어긋남을 노래하면서도 그 안에서 화평을 찾고자 부단히 노력했으며 그 화평 안에 다시 한가로움을 노래한 것이 특이하다.

한가함 속의 느낌

앉아 고등 같은 봉우리 마주하고 푸른 시내 굽어보니
속세의 인연 다 사라지니 다시 또 한가로움에 시름하네
눈 내리고 달 비추니 산음의 흥취가 생각나서
다시 일엽편주로 적벽에서 노님을 추억한다
천고의 이름들은 우주에서 머무르지만
백 년의 내 몸은 하루살이에 부쳐본다
유유히 지난 일을 무엇하러 묻는가
술잔 앞에 한 번 웃고 쉬면 그만인데[42]

---

40) 「述懷」 "人間萬事皆違意, 誰遣秋霜灑鬂邊."
41) 「嫩柳亭」 "少年身計老無成, 卜築林泉混野氓. (中略) 塵世是非聾已久, 白頭隨處覺和平."
42) 「閑中感興」 "坐對螺鬟俯碧流, 俗緣消盡又閑愁. 因思雪月山陰興, 更憶扁舟赤壁遊. 千古姓名留宇宙, 百年身世寄蜉蝣. 悠悠往事何須問, 且向尊前一笑休."

작품에서 흥미로운 부분은 수련이다. 출구에서 우러러 산을 대하고 숙여 물을 대하니 속세에 얽혀 있던 마음이 소진됐다고 했다. 그러나 대구에서는 '우한수(又開愁)'라고 하여 또다시 한가로움에 시름한다고 했다. 이는 어떠한 근심과 걱정이 아니라 한가롭고 여유로운 생활 속에서 무엇을 하고 보낼지에 대한 배부른 근심인 것이다. 이에 대한 답은 '인(因)'으로 시작되는 함련에 있다. 즉 한가롭기 때문에 눈도 내리고 달이 비치는 풍광이야말로 자연과 하나 되어 즐기기에 더욱 좋은 환경이라 말하고 있다. 시인은 과거 일엽편주로 유유자적했던 때를 떠올리며 다시 푸른 물줄기를 따라 뱃놀이를 즐기고 있는 것이다.

경련에서는 경륜을 지향하여 만세에 이름을 드날렸던 과거의 훌륭했던 인물들과는 달리, 자신을 하루살이에 비유하고 있다. 미련에서는 지난날의 일이란 더 말할 것이 없고 그저 술 한 잔 마시고 웃으면 그만이라 말하며 시를 매듭짓고 있다.

작품에 쓰인 시어들 '진(盡), 벽(壁), 월(月), 산(山), 주(舟), 적벽(赤壁), 유(遊), 기부유(寄蜉蝣), 존(尊), 소(笑)' 등은 모두 소동파의 「적벽부(赤壁賦)」에 나오는 것들이다. 시어뿐 아니라 인용시의 주제 또한 「적벽부」와 사뭇 다르지 않다. 즉 「적벽부」가 인구에 회자되는 대작이라는 평가가 '낙극애생의 초극'을 주제로 삼고 있는 것처럼, 인용된 작품 또한 시속(時俗)과 시속(時速)의 괴로움 속에 한가로움과 마음의 안정을 찾아 인생의 참된 즐거움을 찾자는 데 있다.

이처럼 옥경헌의 한시에는 상승과 하강, 시속과 한산의 심상들이 많은데 이들의 주제의식은 대개 낙극애생을 초극하려는 데 있음을 알 수 있다.

5. 옥경헌 한시의 창작 동인과 특징

이제까지 옥경헌 시에 나타난 심상과 그 주제의식에 대해 살펴보았다. 옥경헌의 시에는 고요하고 적막한 심상의 시들이 많다. 그런데 그 정적을 문득 깨는 심상들도 아울러 등장한다. 때로 소리로, 더러는 밝은 심상으로 표현되기도 하는데, 그것이 지니는 의미는 중의적이다. 즉 하나는 현실 정치에 대한 적극 개입으로 나타날 때도 있고, 하나는 은둔 지향으로 나타나기도 한다. 다시 말해 세상과 어긋난 심사를 그리면서도 늘 마음 한편에는 벼슬에 대한 갈망과 궁경치학(窮經致學)을 그리고 있는 것이다.

작품에 구체적 사건을 언급하지 않았지만 옥경헌이 살았던 당시는 정묘호란, 병자호란, 유효립난, 당쟁, 관리들의 부패 등 굵직한 인해(人害)가 산재했다. 이러한 상황 속에서 자신이 무엇을 할 수 있는가에 대한 고민이 상충적인 심상으로 드러난 것이다. 그리고 그곳에서 옥경헌은 현실 정치에 적극 개입하는 것도 아니고 그렇다고 강호에 은거하여 지내는 것도 모두 옳지 않다고 했다. 이로 본다면 옥경헌을 실학자나 도학자, 은둔 지향의 강호 처사, 풍류 시인 어느 한쪽으로 보는 것은 온당치 않음을 알 수 있다.

또 다른 하나 심상의 축은 상승과 하강, 시속(時速)과 한산(閒散)의 이미지이다. 정자나 산을 소재로 하여 상승의 심상을 그리고 있는 시들은 대개 노쇠한 자신의 마음을 안정시키는 것들이다. 반면 꽃이나 달을 소재로 삼아 하강의 심상을 그리고 있으나 결국 노쇠함과 좌절 등을 초극하는 데 쓰이고 있음이 주목된다. 흥미로운 것은 그가 시에 사용하고 있는 시어들과 주제가 소동파의 「적벽부」와 흡사하다는 것이다. 즉 「적벽부」가 '낙극애생의 초극'을 주제로 삼고 있는 것처럼, 시속(時俗)과 시속(時速)의 괴로움 속 한가로움과 마음의 안정을 찾아 인생의 참된 즐거움을 찾자는 데 옥경헌 한시의 주제가 담겨 있다.

이상의 심상들은 모두 역설적이며 상충이 강하게 나타나고 있다는 데 특징이 있다. 즉 사상적으로는 유가와 도가가 상충하는가 하면, 문학적으로는 서로 반대되는 심상들을 반복하여 투입해 자신의 감정의 선을 드러내고 있는 것이다. 내용뿐만 아니라 시어의 선택에 있어서도 중의적이며 역설적인 것을 사용하여 감정을 절제하면서도 이면의 주제를 탄력적으로 운영하고 있어 문학의 질을 높이려는 노력을 엿볼 수 있다.

제12장

추연(秋淵) 권용현(權龍鉉)의 삶과 시문학

1. 20세기 한문학

본고는 근대의 한문학자인 추연(秋淵) 권용현(權龍鉉, 1899~1988)의 삶과 그의 문학을 조명하는 것을 목표로 작성되었다.

한문학은 그 종식을 대개 구한말로 보는 견해가 있다. 창강(滄江) 김택영(金澤榮, 1850~1927)과 매천(梅泉) 황현(黃玹, 1855~1910)은 그 문학사적 위상으로 인해 많은 연구가 진행되었고 이들을 한문학의 종점으로 보는 견해가 지배적이었던 것이다.

그러나 이후, 석릉(石菱) 김창희(金昌熙, 1844~1890), 회당(晦堂) 장석영(張錫英, 1851~1925), 소눌(小訥) 노상직(盧相稷, 1855~1931) 등도 적지 않은 문집을 남겼으며, 추연 권용현을 비롯하여 고당(顧堂) 김규태(金圭泰, 1902~1966), 영좌(潁左) 신억(辛檍, 1902~1976) 등도 많은 문집을 남기고 한문학을 전승했다. 심지어는 최근 몇 년 전, 사라져 가는 전통 유월장(踰月葬)을 지내어 각종 미디어에 소개되었던 화재(華齋) 이우섭(李雨燮, 1931~2007) 또한 『화재문집』(27권, 속집 17권)을 간행하여 21세기 초기까지 한문학이 전수되고 있었음을 입증하고 있다.

그렇다면 한문학의 종식은 구한말이 아닌 한참 뒤로 설정되어야 하며, 실제 여전히 진행 중이라는 결론을 도출할 수 있을 것이다. 이에 본고는 '20세기 한문학의 외연과 확장'이라는 큰 틀 안에서 그간 연구가 진행된 적 없는 추연 권용현의 삶과 문학에 대해 연구하고자 한다.

앞서 열거한 많은 문인 가운데 추연을 연구하고자 하는 이유는 다음과 같다.

첫째, 근대 한문학자 가운데 가장 많은 문집을 남겼다는 것이다. 이는 20세기 한문학을 살펴볼 수 있는 좋은 여건을 가지고 있음은 물론이다. 둘째, 방대한 분량에도 불구하고 아무런 연구가 진행되고 있지 않은 데 있다. 셋째, 추연의 시에는 다양한 스펙트럼의 작품들이 존재한다. 즉 20세기에 흔치 않은 도학시(道學詩)로부터 신문물인 비행기를 타고 지은 작품 등 다양한 소재와 주제를 한시로 표현하고 있기에 이를 살펴보고자 한다.

아울러 단순한 미지의 영역에 대한 확장에 그치지 않고, 실제 작품을 감상하다 보면 분명 그 이전의 시기와는 다른 문학적 지향이 있음을 발견하게 되고, 당시 시대상 또한 분명 다른 변별점이 보인다는 점이 본고의 연구 목적인 것이다. 이에 20세기 한문학이 그 이전과 어떻게 다르며, 당시의 시대정신 또한 밝히고자 한다. 이는 창강, 매천, 석릉, 회당, 소눌 등의 연구에 이어 20세기 한문학을 알리는 데 일조는 물론, 그 문학적 변별점을 찾는 데에도 다소 도움이 될 것으로 기대된다.

2. 생애 및 문집

(1) 생애

추연 권용현 선생의 본관은 안동이다. 고조부는 영하(永夏)이고, 증조부는 병준(秉準)이며, 조부는 도희(度熙)이다. 부친은 재직(載直)이며 호는 만송(晚松)이다. 모친은 초계 정씨(鄭氏) 방윤(邦潤)의 따님이다.

추연은 고종 기해(1899) 11월 23일, 경상남도 합천군(陜川郡) 초계면(草溪面) 유하리(柳下里)에서 출생하였다. 꿈에 용의 상서로움을 보고서 '용현'으로 이름을 삼은 것이다. 자(字)는 문현(文見)이며, 호는 추연(秋淵)인데, 이는 잠룡(潛龍)의 뜻을 취한 것이다.

어렸을 때 부친으로부터 천자문을 익혔고, 10여 세에 이미 사서(史書) 및 제자서(諸子書)를 두루 읽었고 시와 문을 지을 줄 알았다. 족형 각재공(覺齋公)이 붕산산방(鵬山山房)으로 데려가 공부하니 더욱 학문에 정진할 수 있었다.

14~15세에는 조부와 조모의 상을 연이어 당했는데, 당시 부친을 잘 모시면서 예를 행하고 응대하는 일을 이른 아침부터 늦은 밤까지 삼가 조시하여 행했다. 부친 만송공(晚松公)이 예서(禮書)를 읽는 일을 따라 곁에서 『가례증해(家禮增解)』와 『상례비요(喪禮備要)』 등의 책에 실린 여러 학설을 연구하여 따라야 할 것들을 결정하고 시행할 수 있는 것들을 밝혀 적절한 내용을 기록하여 『상례쇄록(喪禮鎖錄)』이라는 책을 엮었다. 20세가 되지 않은 시기에 책을 엮은 것을 보더라도 문재(文才)가 드러나며, 학자로서의 자질을 지니고 있음을 알 수 있다.

20세(무오년, 1918)에는 계화도(界火島)에 있었던 간재(艮齋) 전우(田愚, 1841~1922)를 찾아가 뵙고 심성의 뜻에 대하여 질문과 강론을 하며 그 속뜻에

대하여 잘 듣고 잠시라도 잊지 않아 실천에 옮겼다. 이때 기록을 남겼는
데 『기문록(記聞錄)』이 그것이다. 당시 왜인들이 만동묘(萬東廟)의 향사를
저지하니 영남의 여러 유생이 항의하여 향사를 받들 계획으로 만동묘로
나가기로 했는데, 추연도 부친의 명으로 참여하였다. 이때 여러 선비가
왜인들에 의해 구류되고 심문을 당해 향사를 받들지 못하고 물러 나오게
되자 선비들과 함께 원통한 마음을 삼킨 채 화양동을 나왔다. 이어 우암
(尤庵) 송시열(宋時烈, 1607~1689)의 유상(遺像)에 참배하는 것과 화양구곡(華陽
九曲)을 보고 많은 것을 느꼈다.

한번은 밤에 율곡(栗谷) 이이(李珥, 1536~1584)를 만나 이끌어 주는 꿈을
꾸고는 더욱 분발하여 힘쓰면서 숭모하는 마음을 가졌다. 또 마을 뒷산
이름이 운현산(雲峴山)이고, 마을 이름이 유화(柳華)인 것을 따라서 서실 이
름을 '운화당(雲華堂)'이라 하여 운곡(雲谷, 朱子를 말함)과 화양(華陽, 尤庵을 말
함)을 숭모하는 뜻을 드러내었다. 그리고 "이윤을 지향하고, 안자를 배우
며, 운곡을 조술하고, 화양을 숭앙한다."라고 하는 "志伊學顔祖雲宗華"라
는 여덟 글자를 써서 벽에 붙이고 스스로 공부를 하니, 주변의 많은 선비
가 글을 지어 그 뜻을 기렸다.

25세(癸亥, 1923), 제문을 지어 간재선생의 기상(朞祥)에 나가 곡을 하고
그 제자들 석농(石農) 오진영(吳震泳), 흠재(欽齋) 최병심(崔秉心), 덕천(德泉) 성
기운(成璣運) 등 여러 명과 강론하고 질정했다. 이어 호서(湖西)의 결성(結城,
현 충남 홍성군)으로 가서 지산(志山) 김복한(金福漢, 1860~1924)을 찾아뵈었다.
수십 일 동안 머물러 있으면서 많은 것을 배웠다.

또 나라에서 단발령(斷髮令)이 내리자 "외로운 성이 모두 적의 침입을
받았는데, 패전한 군사들은 어디로 가야 하나. 차라리 모래밭에 나뒹구는
뼈가 될지언정, 어찌 종신토록 오랑캐가 되겠는가."라고 시를 지어 스스
로 굳은 의지를 나타냈다. 늘 왜인들을 피하여 깊은 산속으로 들어갈 계

획을 가지고 있었으나, 부모님께서 연로해 결행하지 못하고 조용히 기다리다 재앙이 조금 느슨해지면 매번 아름다운 산수를 찾아 유람하며 쌓인 울분을 달랬다. 가야·두류·금산 등의 승경을 벗들과 약속하여 두루 구경하면서 가슴 속의 회포를 풀었다. 또 선성(宣城, 현 예안)·복주(福州, 현 안동)·동도(東都 현 경주) 사이에서 선현들의 유적들을 두루 관람하였으니, 이는 세상의 도가 무너진 것을 가슴 아파하면서 옛날을 그리는 데서 나온 것이다.

47세(乙亥, 1945)에 광복이 되자, "오늘의 일은 비록 한때의 좋은 일이지만 우리의 힘에 의하여 얻은 것이 아니라 서양의 힘을 빌려 된 것이니 반드시 서양에 예속되어 그들의 지휘를 받고 그들의 법을 준수해야 할 것이다. 이는 이적(夷狄)을 물리쳐 금수를 불러들인 데에 불과하다. 어떻게 우리 선비들이 발을 들여놓을 곳이 있겠는가."라고 하였다. 또 송산(松山) 권재규(權在奎, 1870~1952)에게 편지를 올려 물 밑에 잠긴 용은 위로 올라가지 않는 것이 이 시대를 살아가는 데 유용함을 논했다.

52세(庚寅, 1950)에 남북한이 싸워 미국과 소련이 제어하자, "외세에 의지하여 자신들은 서로 해치고 있으니 이는 이웃 도적을 불러 스스로 그 집안과 나라를 무너뜨린 것과 무엇이 다르겠는가. 이 모두 서양이 빌미를 제공한 것이다."라고 했다. 문인들이 서사(書舍)를 지어 수양할 곳을 마련해 주어 '태동(泰東)'으로써 편액을 삼았는데, 어쩌면 그 지역의 이름으로 연유한 것이고 또 동양의 도술(道術)을 지키겠다는 뜻을 붙인 것이다. 이로부터 선생은 귀를 닫고 세상의 일에 대해 들으려고도 하지 않았다.

어느 날 비병(痺病)이 생경 인사(人事)를 거의 살피지 못했다. 근 80세(戊午, 1978)에 이르러 사람들 모두 위급하다고 여길 때, 제자 안덕민(安德旻)이 잘 모셨다.

90세(戊辰, 1988) 11월 19일 세상을 떠났다. 중국의 황면재(黃勉齋, 黃幹)가

주부자[朱熹]를 장례 치른 것에 따라 유월장(踰月葬)으로 치르고, 뒷산 임좌(壬坐)의 언덕에 묘소를 마련했다.1)

　이상의 생애를 정리해보면, 추연은 전우, 김복한 등을 사사하며 성리학을 비롯한 여러 공부를 했다. 그 공부는 서실 벽에 쓴 여덟 글자를 통해서도 알 수 있듯이, 뜻은 선비로서의 지절을 중시했고, 사상은 유가를 숭상했음을 알 수 있다.

(2) 문집

　추연의 문집은 44권으로 구성되어 있다. 권1에 부(賦)는 1수, 시는 217제 297수, 권2부터 권8까지는 서(書)가 261편, 권9부터 권11까지 잡저(雜著)로 묶여 있는데, 여기에는 설(說) 17편, 의(義) 11편, 논(論) 6편, 해(解) 1편, 록(錄) 2편, 기(紀) 2편, 도(圖) 2편, 난(難) 4편, 칙(則) 2편, 의(疑) 2편, 일기(日記) 2편, 권12부터 권15까지 서(序) 257편, 권16부터 권21까지 기(記) 351편, 권22는 발(跋) 17편, 명(銘) 40편, 잠(箴) 6편, 찬(贊) 14편, 송(頌) 1편, 사(辭) 8편 등이 있고, 권23에는 상량문(上梁文) 54편, 권24에는 축문(祝文) 22편, 제문(祭文) 52편, 뇌사(誄詞) 1편, 애사(哀辭) 4편, 권25에는 신도비(神道碑) 12편, 비(碑) 26편, 권26부터 권28까지 비(碑) 160편, 권29에는 묘지명(墓誌銘) 24편, 권30부터 권34까지 묘표(墓表) 347편, 권35부터 권43까지 묘갈명(墓碣銘) 484편, 권44에는 행장(行狀) 17편, 전(傳) 10편이 있다. 부록으로는 추연의 행장과 묘갈명이 있다.

　여기에서 주목되는 부분은, 운문이 산문에 비하여 현저하게 적고, 산문 가운데에는 편지글, 서문, 기문이 다수인데, 특히 묘도문자라고 불리는 비문이 문집의 반을 차지하고 있다는 데 특징이 있다.

---

1) 『秋淵先生文集』附錄 「行狀」 123~125面 參照.

3. 시세계—도학적 천리시와 청한적 유기시

(1) 도학적 천리시(天理詩)

추연은 「화양동」이란 제목으로 부(賦) 한 수를 지었고, 이어 「자경(自警)」(「외천(畏天)」, 「천복(天夏)」, 「일성(日星)」)을 지었다. 화양동은 우암 송시열의 학문적 사상을 흠모한 것이며, 자경편은 성리학에서 중히 여기는 천(天), 명(命), 성(性)에 관해 노래한 것이다.

> **스스로를 경계하며**
>
> 하늘이 네게 본성을 부여했으니
> 바로 인과 의이니라
> 오직 의와 인만이
> 바로 인간의 기강이 된다
> 너는 중대하다 말하지 않았는가
> 그런데도 너는 어찌 곡망하느냐
> 천명이 너무도 크게 드러나니
> 너는 하늘을 두려워하지 않을 수 있겠는가[2]

사구체(四句體) 고시(古詩)로 보이지만 5구에서 갑자기 오언으로 늘어난 자유형식의 고시이다. 내용은 제목에서도 밝히고 있듯이, 천명이란 어느 곳에서도 숨겨지지도 않고 훤히 드러나는 것이기에 감히 두려워하지 않을 수 없다는 것이다.

우선 1, 2구에서는 하늘이 인간에게 부여한 본성을 인의로 말하고 있다. 이는 『맹자』 수장(首章)에 속하는 것과 같은 것으로 인간의 본성 그 자

---

2) 『秋淵先生文集』 卷1. 「自警」 中 「畏天」. "天賦汝性, 曰仁曰義. 維義與仁, 是爲人紀. 汝不云重大, 汝胡梏亡. 天命孔顯, 汝不畏天."

체를 인의로 규정하고 있는 것이다. 시를 지음에 있어서, 문집을 편찬함
에 있어서 이를 처음에 두었다는 것은 그가 지향하고자 하는 바가 무엇인
지 밝히고 있는 것이다. 그리고 3, 4구에서는 다시 한번 오직 인의가 인
간에게 벼리가 되는 것으로 강조하고 있으니, 역시 『맹자』 수장에서의
"인의이이의(仁義而已矣)"로 매듭을 짓는 수미상관법(首尾相關法)을 시로 옮
겨놓은 듯한 느낌을 강하게 받는다.

그런데 5, 6구에서는 곡망(梏亡), 즉 인간의 욕심으로 인하여 인의를 상
실하고 있음을 자각하고 있다. 다시 말해 인간의 삿된 욕심으로 인해 선
한 본성이자 그 단서가 되는 인과 의를 망각하고 있음을 반성하고 있는
것이다. 7, 8구에서는 다시 천명이란 광대하고도 은미한 것이니 두려워하
지 않을 수 없다는 주제로 맺고 있다. 한 작품 안에 『대학』, 『중용』, 『논
어』, 『맹자』 등 사서가 집약하여 녹여내고 있는데, 이는 한시뿐만 아니라
산문에서도 흔히 사용하고 있는 수사이다.[3]

다음은 즉사시(卽事詩)의 성격을 지닌 「우감」이라는 작품인데, 이러한
제목의 작품들이 작가의 지향성을 보다 또렷이 드러낸 것들이 많다.

우연히 느낀 바 있어

다른 가르침은 원래 사이비이니
높은 재주 가진 인물도 예로부터 속임 당했다네
털끝만큼도 삼가지 않는다면 천지가 뒤바뀌니
살펴 가려야 하며 세밀하게 살펴야 한다네[4]

---

3) 추연은 주리론에 대해서 언급할 때에도 이와 같은 수사 방식을 사용하고 있다. 『秋淵先生
文集』 卷9, 「主理難 上」, 舜禹之相授曰允執厥中, 孔顔之相授曰克己復禮, 大學言止至善, 中庸言
擇善, 其曰執日復日止日擇, 無不示人以下手之方準的之地也.
4) 『秋淵先生文集』 卷1. 「偶感」 "異敎元來似是非, 高才從古見多欺. 毫差不謹乾坤易, 審擇須要察
細微."

칠언절구(七言絶句)인 이 작품 또한 추연의 시세계를 잘 보여주는 작품이라 할 수 있다. 우선 1구의 시어 '이교(異敎)'는 『논어』의 이단과 같은 말이다. 공자 당시로 보면 양묵(楊墨)에 불과하지만 작가의 시대적 배경으로 보면 양묵은 말할 것도 없고 노장(老莊)을 비롯해 불가(佛家), 동학(東學), 천주교(天主敎), 개신교(改新敎) 등 유가를 제외한 모든 사상을 사이비(似而非)로 본 것이다. 그렇기에 2구에서는 정신을 바짝 차리지 않는다면 제아무리 훌륭한 재주를 지녔다고 한들 이교에 빠질 수밖에 없으며, 실제 그러한 사람이 부지기수라는 것이다.

3구는 2구에 대해 부연한 구절이다. 즉 털끝만큼의 실수가 생긴다면 그 차이가 천 리나 되는 것처럼 천지가 뒤바뀜을 강조하고 있는 것이다. 그렇기에 미세하고 은미한 데에 이르기까지 살피지 않을 수가 없다는 4구로 작품을 마무리 짓고 있다. 3구에서 굳이 눈에 보이는 천지를 보이지 않는 개념의 '건곤(乾坤)'으로 변개한 것은 호리(毫釐)를 역설하기 위함이며, 뒤의 4구에서의 '심택(審擇)'과 '찰세미(察細微)'를 강조하기 위한 것이다.

인용된 작품 이외에도, 추연은 자경편의 「천복」 기이(其二)에서도 "추위와 더위 오고 가며, 해와 달 번갈아 빛나네. 구부렸다 펴졌다 사라졌다 소멸했다, 그 이치 속이기 어렵다네. 때에 맞게 막힘과 큼이 있고, 도에는 성함과 쇠함이 있다네. 천 년 만 년 끝나도록, 능히 제자들은 학문에 힘쓰거라. 밝은 하늘 반드시 회복될 것이니."[5]라고 했으며, 「일성」 기삼(其三)에서도 "아득한 흰 구름이, 하늘 끝에 떠가는구나. 끝없는 우주 안에, 장차 어디로 가야 하나. 오직 성인의 도만이, 오직 내가 법으로 삼을 곳이니, 죽을 때까지 맹세하노라 다른 곳에 나아가지 않겠노라고"[6]라고 했다.

---

[5] 『秋淵先生文集』卷1.「天夏」其二. "寒暑往來, 日月迭輝. 屈伸消長, 厥理難誣. 時有否泰, 道有盛衰. 千秋萬世終, 能弟子勉學, 皓天必復."

[6] 『秋淵先生文集』卷1.「日星」其三. "悠悠白雲, 浮天之涯. 茫茫宇內, 將安之兮. 惟聖之道, 實維我儀之. 死矢靡他"

이로 본다면, 추연은 우주 자연의 섭리 안에서 인간의 본성을 깨닫고 이를 실천하고자 부단히 노력했음을 명확하게 알 수 있다. 이러한 시적 지향이 유의미하게 보이는 것은 추연 이전 시대인 실학의 정신이 반영된 작품이라든지, 구한말의 현실 정신이 반영된 작품들과는 그 층위를 달리하고 있기 때문이다. 내용뿐 아니라 형식에 있어서도 사언을 쓰다가 오언을 한 구에 배치하는 수사는 바로 추연 시의 특징 가운데 하나라 할 수 있다.

그렇다면 이러한 도학적 천리시를 창작한 배경이 무엇인지에 대해 살피지 않을 수 없다. 추연은 일찍이 선생 간재에게 "무오년 모월 모일, 용현은 삼가 재배하여 간재선생님에게 편지를 올립니다. 문하생 용현은 삼가 일찍이 이런 말씀을 들었습니다. '도가 천하에 있으니 일찍이 사라지지 않고 그 사람에게 달려 있어 어둡고 밝음이 있다. 그러므로 그 사람에게 도가 있다면 그 도가 밝고 그 사람에게 도가 없으면 그 도가 어둡다. 이른바 그 사람이 반드시 벼슬을 하여 세상을 어루만지는 데 있는 것은 아니라는 것이다. 비록 세상에 만나는 바가 없어 물러나 궁핍한 산에 거처하며 바닷가 궁벽한 곳에 있다 한들 성현의 도는 궁한 곳에도 있는 것이다. 또 책에 이러한 것들이 드러나 있어 발휘되고 있으니 성인의 학문을 전수하여 전해 지킴으로써 후세에 알린다면, 이는 도가 힘입어 밝아진다. 그 공이 어찌 한 시대에 베풀어지는 것과 견줄 수가 있겠는가?' (…중략…) 저는 궁핍한 마을에서 늦게 태어나 재주도 없고 학문은 얕아 벼슬을 하기에는 부족합니다. 그러나 곧 그 마음에 품은 뜻은 일찍이 도를 구하는 데 있지 않은 적이 단 한번도 없었습니다. 그 원하는 학문은 낙민과 담파에 일찍이 두지 않았던 적도 없었습니다.7)"라고 편지를 보낸

<hr/>

7) 『秋淵先生文集』卷1,「上田艮齋先生」, "戊午月日, 龍鉉謹再拜, 上書于艮齋先生. 門下龍鉉, 竊嘗聞道之在天下, 未嘗亡而其在人者, 有晦明故, 其人存則其道明, 其人亡則其道晦, 所謂其人者, 非必進爲而撫世, 雖無所遇於世, 而退處窮山絶海之浜, 抱聖賢之道, 而存諸窮. 又著之於書而發揮之, 授之於學者而傳守之, 以詔後世, 則此道之所賴以明, 而其功, 豈一時之施爲比哉. (中略)

바 있다.

이 글을 통해 추연의 학문적 지향, 평소 생각하고 있는바 등이 명확하게 드러난다. 앞부분은 추연이 평소 공부한 바이며, 뒷부분은 이에 따른 추연의 학문적 지향이다. 즉 추연은 어려서부터 했던 공부를 '상문(嘗聞)'으로 압축하여 편지를 작성하고 있는 것이다. 벼슬에 나아가 사람들을 구제하는 것[兼善天下]이야 더할 나위 없이 좋고 반드시 해야 할 일이지만, 시대가 허락하지 않고, 천명이 어쩔 수 없는 것이라면 부득이 궁한 곳에 서라도 성인의 도를 듣고 실천하는 것[獨善其身]이야 말로 시대를 넘어 뛰어난 업적이자 선비로서의 길이라는 것이다.

이렇듯 평소 공부한 바를 선생에게 알리고, 뒤이어 자신 또한 이를 따르고 있으며 구체적으로 어떤 공부를 지향하는지 밝히고 있다. 서울이 아닌 시골에 태어나 남들보다 특별한 재주도 없고 뛰어난 학문은 갖추고 있지 않지만, 일찍이 낙민(洛閩, 程子와 朱子)과 담파(潭巴, 李珥와 宋時烈)를 흠모하고 있음을 밝히고 있는 것이다.

우리나라에서 주자학의 신봉이야 말할 것도 없지만, 성리론에 있어서는 제각기 달리 하고 있는 것은 두말할 것도 없다. 이기이원론(理氣二元論)을 바탕으로 하는 성리학에서, 우주 만물의 궁극적 실재를 이(理)로 보는 이황(李滉)의 학설을 많은 학자들이 계승하여, 이(理)와 기(氣)가 어디까지나 두 가지이지 한 가지가 아니며, 기는 결코 상존하지 않고 생멸하는 것이라고 보았고, 나아가 이는 항존불멸하는 것으로 기를 움직이게 하는 근본 법칙이며, 능동성을 가진 이가 발동하여 기를 주재한다고 주장했던 것이다.[8]

그러나 추연은 「주리난(主理難)」 상, 중, 하 세 편을 지어 이를 반박했으

龍鉉窮僻晩生, 才菲學淺, 不足以有無. 然乃其志, 則未嘗不在於求道也. 其願學, 則洛閩潭巴也."
8) 허남진, 『조선 전기 이기론』, 서울대학교 철학사상연구소, 2004.

니, 조선 후기 감쇄되어가던 성리설을 다시 화두에 올린 20세기 한문학의 새로운 지평을 열었다고 평가할 수 있을 것이다. 이것이 바로 추연의 시가 지니는 특징이자 유의미한 작업인 것이다.

그는 "그 '주리설'이라는 명칭은 아름답지만 실상을 따져본다면 마땅하지 않다. 그 주리설의 말들은 고상하지만 실제 행위를 펼쳐서 보면 절실하지 못한 것이 있다. 성현의 말 가운데에는 이러한 말이 없다. 순임금과 우왕이 서로 전수하고 받은 것은 '그 가운데를 잡아라.'이며, 공자와 안자가 서로 전수하고 받은 것은 '자기의 욕심을 이겨 예로 회복하라.'이며, 『대학』에서 전한 말은 '지극한 선에 이를 뿐이다.'이며, 『중용』에서 전한 말은 '선을 가려라.'이다. 그 '집(執)', '복(夏)', '지(止)', '택(擇)'은 착수하여 지표가 되는 곳으로서 사람들에게 보이지 않은 것이 없으니, 곧장 인심을 가리켜 인간의 본성을 보여줘 부처를 완성하는 등의 허탄하고 황당한 말로써 드러낸 것은 없다. 근세의 유학자들은 주리설을 거의 학문의 종지로 삼으려고 하니, 나는 이해할 수 없다. 이(理)라는 것은 무엇인가? 본연성의 오묘한 것이며 당연한 법칙이다. 곧 순임금께서 말한바 중(中)이며, 공자께서 말씀하신 예(禮)이며, 증자·자사께서 말씀하신 선(善)이다. 모두가 각각의 사물 가운데 자연히 있는 것이자 절로 있는 것이고 털끝만큼이라도 인위적인 것을 용납되지 않는다. 어찌 사람들은 그것을 주관한다고 바라며 또한 어찌 사람들은 얻은 바로써 주관할 수 있다는 말인가?9)"라고 말한 바 있다. 이처럼 추연은 주리론을 비판했다.

---

9) 『秋淵先生文集』 卷9, 「主理難 上」 其名則美矣, 求諸實而無當, 其言則高矣, 施諸爲而不切者. 聖賢之言, 無是也. 舜禹之相授曰允執厥中, 孔顔之相授曰克己夏禮, 大學言止至善, 中庸言擇善, 其引執曰復曰止曰擇, 無不示人以下手之方準的之地也, 非直旨人心見性成仏等之虛遠恍惚而無所執著也. 近世儒者, 喜爲主理之說, 頗欲以此爲學問宗旨則吾惑焉. 夫理者何也? 本然之妙也, 當然之則也. 卽舜所謂中, 孔子所謂禮, 曾子子思所謂善, 皆事事物物中天然自在 而不容毫髮人僞者也, 豈待人主之, 亦其人之所得以主哉.

특히 「주리난(主理難) 상」에서는 용학논맹(庸學論孟) 사서에 근거하여 '집(執), 복(復), 지(止), 택(擇)'이라는 말로 귀결하고는 성현의 말에 '주리(主理)'는 없음을 입증하고 있다. 또 「주리난(主理難) 중」을 통해 주리와 그 맥을 같이하면서도 결을 달리하고 있는 심학(心學) 역시도 철저히 부정하고 있음을 알 수 있다.[10]

정리하면 추연은 하늘이 부여한 성(性)이라는 것은 이(理)이자 심(心)이니 이것은 하나이며 둘이 아니고, 또 무엇보다도 그 주관하는 주체가 따로 있는 것이 아니라 마음을 주관하는 것이 이(理)이며 마음 자체가 이(理)라는 것이다. 그리고 그것은 인위적으로 되거나 하는 것도 아닌 바로 하늘이 부여한 고유성이자 자연적 현상으로 봐야 한다는 것이다.[11]

(2) 청한적(淸閑的) 유기시[12]와 신문물의 접촉

추연의 한시에는 유독 유기시가 많이 보인다. 이는 다만 시뿐만이 아니

---

10) 오늘날 주리설을 말하는 자들은 '나의 마음이 곧 理이다.'라고 한다. 그렇다면 이른바 主理라는 것은 곧 마음을 주로 한다는 것이니, 마음이라는 것이 그 주관이 된다는 말인가? 마음이라는 것은 하나이지 둘이 아니다. 스스로 주를 삼은 것이지, 주관이 되려고 한 것은 아니라는 것이다. 오늘날 '마음을 주로 한다.'라고 한다면, 마음이 과연 스스로를 주관한다는 말인가? 주가 됨을 당한다는 말인가? 주관하는 것과 주관을 당하는 것은 과연 하나인가 둘인가? 또한 몸을 주관하는 것은 마음이고, 마음을 주관하는 것은 理이니, 마음이 理가 된다고 말하는 것은, 이는 몸이 마음이 된다는 말과 같은 것이 된다.[『秋淵先生文集』卷9, 「主理難 中」 "今之爲主理之說者, 曰吾之心卽理也. 然則其所謂主理者, 乃所以主心也, 心其可得以主者耶. 心者一而非二者也, 自爲主而非見主者也. 今曰主心則心果自主者耶, 見主者耶. 爲主者與見主者, 果一耶二耶. 且主於身者, 心也. 主於心者, 理也. 謂心爲理, 是猶謂身爲心也."]
11) 이 외에도 雜著篇에 추연의 소견이 잘 드러난 글이 산재한다. 인용된 「主理難」을 비롯하여 「人道心說」, 「本然氣質說」, 「四端七情說」, 「太極陰陽動靜說」, 「氣質說」 등 20세기 한문학에서 쉽게 논의되지 않았던 주제들에 많은 부분을 다뤘다는 데에 의의가 있다.
12) 유기시라는 장르가 따로 정립된 것은 아니며, 오늘날 遊覽詩와 같은 개념이다. 다만 유람시와 다른 것은 산수 유람으로 기인한 작품보다 주로 日記 형식이나 日程 가운데 들린 곳을 기록의 형식으로 남긴 것을 뜻하는 용어로 본고에서는 쓰인 것이다.

라 그의 산문 산수유기 또한 적지 않은 양을 차지하고 있는 것으로 보면, 그가 성리학을 숭상하면서도 늘 자연과 함께하며 그 안에서 문학적 소재를 찾고, 삶의 위안을 삼았던 것으로 확인된다.

화림동을 가던 중간에

천천히 봄 풍경 찾으며 걷다가
풍광이 어우러져 눈에 들어오는구나
시냇가는 버들 머금고 푸르며
산은 꽃을 안고 붉구나
물은 산에 의지해 흘러가고
길이 나무 사이에 통한다
맑은 감상에 끝없이 기쁘지만
도리어 해가 지는 것이 아쉽구나[13]

제목의 화림동은 경상남도 함양군의 육십령에 있는 곳이 아니라 충청남도 금산군에 있는 곳이다. 시의 전후를 살펴보면 모두 화양동과 유관한 충청남도 지역이기 때문이다. 동네 이름으로 봐도 '꽃처럼 아름다운 동네'임을 알 수 있다. 봄놀이의 즐거움이야 남녀노소를 막론하고 좋으며, 한시에서도 좋은 소재가 된다. 추연 또한 화림동을 지나다 문득 눈에 들어온 좋은 봄풍경에 마음을 뺏긴 것이다. 그래서 천천히 걸으며 봄 풍경을 감상했으며 자연의 아름다운 색, 햇볕, 나무, 풀, 꽃, 새 등 모두 잘 어울려졌음을 수련에 담아 표현하고 있다.

함련과 경련은 근체시의 법칙에 맞게 대우를 잘 맞춰 봄의 풍광을 그려내고 있다. 즉 시냇가와 산, 버들과 꽃, 푸름과 붉음을 함련에서 잘 그

---

13) 『秋淵先生文集』 卷1. 「花林洞途中」 "緩步尋春景, 風光眼界融. 溪色柳含綠, 山容花照紅. 水依崖上去, 路在樹中通. 淸賞歡無極, 却嫌日已窮."

려내고 있으며, 물과 길, 바위 위, 길 중간, 가고 통함을 경련에서 짝을 맞춰 잘 그려내고 있는 것이다. 미련에서는 하루의 해가 지고 있어 더 이상의 감상이 불가함을 아쉬워하고 있다.

작품은 어떠한 전거에도 의지하지 않았고, 자연을 도학적 관념마저 주입시키지 않은 순수한 자연미를 노래하고 있는 것으로 보인다. 이는 앞에서 보인 도학시와는 결이 다른 것이며 현실인식까지도 배제된 순수 자연시로 보인다. 자연의 동적인 모습도 보이지 않고, 마치 정지된 듯한 한 폭의 그림을 그리고 있으며 느긋하고 한가롭기까지 하다.

> **금사담**
>
> 금사담에는 텅 비어 하나의 물체도 없고
> 오직 차가운 물에 달만이 있도다
> 무이산 천년 뒤에도
> 가을빛은 맑고 흠결 없구나[4)]

금사담은 화양구곡 가운데 제4곡이다. 금사담 물가의 큰 반석가에는 암서재(巖棲齋)가 있는데, 이곳에서 우암은 정계 은퇴 후 학문을 닦고 제자들을 가르쳤다. 금사담을 지나다 느낀 바 있는 추연은 여기에서 시 한 수를 남겼는데 이 영물시의 특징은 바로 맑고 티 하나 없는 이미지를 담고 있다는 데 있다. 우선 기구는 암사담의 모습이다. 공(空) 자와 무(無) 자가 잘 조응하며 암사담의 텅 빈 맑고 깨끗한 이미지를 그리고 있는 것이다. 승구는 이처럼 아무것도 없는 곳에 유독 있는 것이라고는 차가운 물에 비친 하늘에 뜬 달을 묘사하고 있다. 실제로 그 안에는 아무것도 존재하지 않지만 하늘에 떠 있는 밝은 달만이 금사담을 비추고 있는 것이다.

---

14) 『秋淵先生文集』 卷1. 「金沙潭」 "潭空無一物, 惟有寒水月. 武夷千載後, 秋色淨無缺."

전구에서는 갑자기 무이산을 등장시킨다. 이는 우암이 숭모했던 주자를 시공(時空)으로 가져온 것이다. 즉 무이산 아래에서 학문을 닦고 제자들을 양성했던 주자처럼, 화양동에서도 그렇게 했던 우암을 칭송한 것이다. 여기에서의 천년이라는 시간은 관용적으로 쓴 오랜 시간을 뜻하기도 하고, 실제 우암이 썼던 시 「파곡」의 "무이는 천년의 일, 오늘 이곳에서 분명하구나"[15]를 차용한 것이기도 하며, 전언한 것처럼 우암을 칭송한 구절이기도 하여 모두 중의 가능한 해석들이다. 결구는 승구의 한(寒) 자와 맞닿은 가을[秋]이 등장한다. 앞선 차가운 분위기에서 이젠 맑은 가을빛이 등장하고 이 시의 핵심어라 할 수 있는 무결(無缺)을 놓음으로써 맑고 깨끗한 가을을 묘사하고 있다.

한편, 한시에 등장하지 않았던 비행기를 타고서 지은 시는 20세기 한문학에서만 볼 수 있는 작품으로 매우 흥미로운 작품이다.

비행기를 타고서

상쾌하게 몸은 하늘 반쯤 날아올라 있고
허공과 바다는 서로 이어져 하나의 빛깔로 섞여 있다네
열자가 바람을 탔다는 말이 예전부터 있었으니
지금 상황으로 옛날을 본다면 맞느냐 틀리느냐[6]

추연은 노년인 신유년(1981) 초여름에, 족군(族君) 휘원(輝遠)과 진학우(秦學愚), 안덕민(安德旻) 등과 더불어 제주도 여정을 시작한다. 인용된 시는 여정에 앞서 제주도행 비행기에 올라 느낀 바를 지은 작품이다. 한시에서 제목이 「비행기를 타고서」이니 매우 생소할 수밖에 없다. 지금으로부

---

15) 宋時烈, 『宋子大全』 卷2, 『叢刊』 13面. "武夷千載事, 今日此分明."
16) 『秋淵先生文集』 卷1. 「乘飛機」 "冷然身在半空飛, 空海相連一色迷. 列子御風曾有語, 以今視古是耶非."

터 삼십여 년의 작품이니 시대로 보면 그리 이질감이 느껴지지 않지만, 한시로써 감정을 표출한 작품으로 보면 동시대 동질감은 전혀 느껴지지 않는다.

우선 1구에서 추연은 비행기에 오른 자신의 모습을 표현하고 있다. 시어 '냉연(冷然)'은 3구의 '열자어풍(列子御風)'을 염두에 둔 표현이다. 즉 『장자』「소요유(逍遙遊)」의 "열자가 바람 기운을 타고 하늘 위로 올라가서 기분 좋게 보름 동안쯤 마음대로 돌아다니다가 돌아온다."라는 말을 전용한 것이다. 따라서 3구의 열자가 일찍이 한 말이란 바로 이를 가리키기도 한다. 2구는 허공에서 문득 창밖을 바라본 모습을 형용한 것이다. 하늘과 바다가 맞닿아 교묘한 빛을 띠고 있는 것을 시어 '미(迷)'로 표현한 것이 빼어나다. 무어라 형용하기 어렵기 때문에 '혼미하다'로 표현한 것이다. 그리고 문득 열자의 고사를 떠올렸으며, 지금 자신의 관점에서 옛날 열자가 바람을 타고 하늘을 올라간 것이 바로 이런 것이 아니었을까 하면서 작품을 매듭짓는다.

이 작품 외에도 추연은 「유기행(遊記行)」이라는 편을 따로 두고 「숙서귀포」, 「정방폭포」, 「천지연폭포」 등 제주도의 승경과 당시의 감정을 읊은 작품들이 8편이나 된다. 그 외에도 「금천도중」, 「입계화도」, 「유매화령」, 「상가야상봉」, 「알도산서원」, 「무열왕릉」, 「포석정」, 「불국사」, 「욕해운대」, 「등용두산」 등 전국을 두루 유람하며 지은 시들이 많다. 이들 작품들은 시사를 아파하거나 유적에 대한 탐방을 남긴다던지 시제(詩題)에 맞는 주제를 선택하고 있는 것은 사실이지만, 그 중간에는 인용된 시들이나 「유음(有吟)」[17]과 같은 작품을 남겨 한가롭고 맑은 이미지를 유기시에 담아내고 있었다.

---

17) 『秋淵先生文集』 卷1, "伽倻擬訪洞中靈, 未到胸衿已覺淸. 不是探眞成性癖, 偏憐缺界有同聲."

4. 맺음말

이제까지 추연 권용현의 생애와 문집 그리고 시문학에 대해 살펴보았다. 이상의 내용을 정리하고 매듭을 지으면 다음과 같다.

추연은 고종 기해(1899), 경상남도 합천군 초계면 유하리에서 출생하였고, 90세(戊辰, 1988) 11월 19일 세상을 떠났다. 일찍이 간재 전우에게 학문을 배운 적이 있었으며, 운화당이라는 서재를 짓고 "이윤의 뜻을 품고, 안자의 학문을 배우며, 운곡 주자를 조술하고 화양 송시열을 종주로 삼는다."라고 한 것을 보면, 그의 학문적 지향점이 이윤처럼 '청(淸)'을 지향했고, 안자처럼 청빈을 흠모했으며, 주자의 학문을 으뜸으로 삼고, 우암의 학설을 받아들였음을 알 수 있다.

추연의 문집은 44권으로 구성되어 있다. 권1에는 시가 수록되어 있고, 나머지 43권에는 산문이 수록되어 있는데, 시는 천리시와 유기시가 주를 이루고 있으며, 산문은 누정기와 서발문 그리고 묘지명이 주를 이루고 있다.

본고에서 다룬 천리시는 이전시대인 실학자나 중인의 현실시와도 다른 층위를 지니고 있는 것이기에 의미가 있다. 즉 목릉성세 이후 쇠퇴하고 거론조차 되지 않던 천리에 대해서 진지하고도 심도 있게 쓴 작품들이라는 점에서 유의미하다.

또 유기시는 청한(淸閒)의 색채가 짙은 작품이 산재한다. 이는 그가 일제 강점기시대로부터 6·25동란에 이르기까지 곡절을 많이 겪은 데에 따른 정신적 지향으로 해석된다. 아울러 신문물인 비행기를 타고 적은 한시는 인상적이다. 이는 그간 한시에서 보이지 않는 제목, 내용 등을 보였기 때문이다. 아마도 20세기 한문학의 외연과 확장에 가장 잘 맞는 작품이 아닌가 한다.

이처럼 추연의 시에는 목릉성세에나 어울릴법한 천리시를 비롯하여 근대 비행기의 탑승을 주제로 한 작품에 이르기까지 다양한 소재와 주제가 담겨 있다. 그러나 한편에는 그러한 작품이 소수에 불과하다는 한계를 지니고 있으며 특히 운문에 비해 산문이 압도적으로 많다는 것이다. 이에 후속연구로는 산문, 그 중에 기문이나 묘문만을 따로 적출하는 것이 온당할 것 같다.

제13장

조선 전기 자연관과 그 변모 양상
―관각문인을 중심으로

1. 조선 전기의 관각문인들과 자연관

　조선전기의 시들을 읽다 보면 동일한 자연을 노래한 듯 보이지만, 그 안에는 다양한 스펙트럼의 자연관이 분명 존재하고 있음을 확인할 수 있다. 아울러 그 결을 자세히 들여다보면 당시 현실사회에 비친 작가의 심사까지도 확인할 수 있다.

　당연한 말이지만 문학은 작가의 사상, 현실인식 그리고 자연과의 관계를 통한 다양한 사고의 축적에서 비롯된다고 할 수 있다. 특히 그 가운데에서도 시문학은 그 발상이 자연에 원천을 두거나, 자연을 소재로 시상을 전개하는 경우가 많다. 결국 이러한 논리는 작자의 내면세계가 자연과 맞닿아 표현되고 있음을 의미하며, 이것이 바로 그 내면의 결을 밝히는 하나의 열쇠로 작용한다는 결론에 이르게 된다. 본고는 바로 이러한 사유를 기저로 조선 전기의 자연관과 그 변모 양상을 통해 당대 문인들의 현실인식과 내면세계를 밝히고자 하는 데에 목적을 두었다.

기실 이상의 문제의식 안에는 한국한문학 내에서의 자연관 내지 자연미에 대한 사적 전개가 미흡하다는 판단이 한 몫을 하고 있다. 이를테면 소미교일의 『중국문학과 자연미학』[1]이나 갈효음의 『중국의 산수전원시』[2]라는 연구 성과가 있다. 이들은 각각 일본과 중국의 학자가 내놓은 자연관의 사적(史的) 탐색이다. 하지만 여전히 한국한문학에서의 자연미학에 대한 고구는 다소 미흡하다고 할 수 있다.[3] 따라서 한국한문학사에서의 자연관에 대한 탐색이 시급하며, 본고는 이를 성취하는 데에 있어서 조금이라도 도움이 되고자 한다.

위에서 제시한 목적을 달성하기 위해서는 우선 조선 전기 문인들의 문집을 두루 읽고 장악해야 함은 말할 것도 없다. 하지만 시간과 지면상의 이유로 범주를 부득이 축소할 수밖에 없어 우선 관각문인에 한정하고자 한다. 이유는 조선 전기의 자연관을 살펴보면, 관각파와 사림파는 현저한 차이를 보이고 있기 때문이다. 특히 후자의 경우 그들의 자연관은 도학과 연결되기 때문에 같은 선상에 놓기 어렵다. 따라서 본고에서는 관각파 문인으로 대변되는 정도전, 권근을 시작으로 김수온, 서거정, 이승소로 일변되는 군, 정사룡, 노수신으로 이루어진, 세 층위로 나누어 그들의 자연관을 살피고자 한다.

이러한 연구 범주와 방법은 당연히 본고가 지니는 한계인 동시에 약점이 될 수밖에 없다. 그렇다 하여도 이상에서 제시했던 인물들이 당대를 대표할 만하다는 점, 아울러 동시대 서로 교유를 통해 자연관을 드러내고

---

1) 小尾郊一, 윤수영 譯(1992).
2) 葛曉音, 김영국 譯(2002).
3) 자연관이나 자연시에 대표적인 연구는 다음과 같다. 박성규(1982, 2002), 유호진(2001), (2002), 심경호 외 6인(1998). 이 외에는 가사나 시조문학에 나타난 자연관을 연구하였거나, 철학분야에서 주자학적 자연관과 연관된 것을 연구하였을 뿐 조선전기 시인을 대상으로 한 자연관 분석은 보완할 필요가 있다.

있다는 점 등은 한계와 약점을 극복하기에 가능하다고 판단되었다. 모쪼록 필자가 설정한 이상의 문제들이 밝혀져, 한국한문학사에서의 자연관의 변모양상을 밝힐 수 있는 데에 보탬이 되었으면 한다.

2. 변화의 자연계 목도와 현실주의─정도전, 권근

　정도전(1342~1398)과 권근(1352~1409)의 한시 작품은 당대 전후의 문인들에 비하면 소략한 편이다. 그들이 남긴 자연시4) 역시 손에 꼽을 정도로 분량이 적어 몇 작품을 통해 자연관을 확언하기는 무리다. 하지만 이 소수 작품들에 나타난 성향과 그 지향점, 작자의 내면 의식 등은 다른 주제의 작품보다 명확히 드러난다. 따라서 이를 통해 그들의 자연관과 현실인식을 살피는 데에는 무난하다고 생각된다. 우선 정도전이 매화를 소재로 창작한 작품을 통해 그 자연관과 정신지향을 살펴보기로 하겠다.

　　매화를 읊다
　　궁음에 천지가 막혔으니
　　어느 곳에서 봄빛을 찾을 것인가
　　가련하구나 몹시 마르고 여윔이여
　　그래도 빙상을 물리치기에는 넉넉하구나5)

　매화를 소재로 자신의 심사를 투사한 작품인지, 매화의 속성을 언급한

---

4) 본고에서 말하는 자연시란 자연에 대한 본질이나 아름다움, 또는 전원생활의 정취를 시의 중심제재로 삼고 있는 작품을 말한다. 즉 山水詩와 田園詩를 중심으로 하며, 작품에 따라서 題畵詩, 詠物詩, 遊覽詩 등을 포함할 수 있다.
5) 鄭道傳, 「詠梅」『三峰集』卷1, 『叢刊』卷5, 297面. "窮陰塞兩間, 何處覓春光. 可憐枯瘦甚, 亦足卻冰霜." 이하 같은 책이므로 책은 생략하고 면수만을 기재한다.

것인지 모호하다. 전자라면 답답한 현 심사를 노래하며 밝은 날이 오기를 기대하는 작품으로 해석할 수 있을 것이며, 후자의 경우 매화의 상징인 오상고절(傲霜孤節)을 노래한 작품으로의 해석이 가능할 것이다.

보다 정확한 해석을 위해 정도전이 매화에 대해 읊은 다른 작품을 통해 알 수 있는데, 우선 매화를 소재로 지은 열 수 가운데 일곱 번째 작품을 보면, "오랜 세월 이별했다 이제 와 보니, 초초하게 검정 옷을 입었군 그래. 풍미 있음을 알면 족하지, 옛 얼굴 아니라고 묻지 마오"6)라고 하여, 입신출세한 자신을 '묵매'로 변환시켜 남들에게 자신을 비난하지 말 것을 당부하고 있다.7) 주지하듯 묵매는 입신출세하여 주변에서의 비난하는 말로 쓰인다. 자신이 늘 꿈꾸던 강남의 꿈을 이루게 되어 예전에 알고 지냈던 사람들에게 한 말이다.

여덟 번째 작품에서는 "해마다 눈서리를 펴고 있으니, 봄빛의 광영을 알 길 없구나."로 맺고 있는데, 그 주석에, "살펴보건대 뒷사람의 평에 이는 세상을 은둔하는 뜻이라 하였다."8)라고 되어 있어, 그것이 바로 귀거래의지를 표명한 것임을 알 수 있다.

두 작품만 예를 들었지만 「영매」 10수 전체를 보면 정도전 삶의 전반적인 모습이 고스란히 녹아있음을 쉽게 알 수 있다. 그가 입신하기 전 모습을 비롯하여 존귀한 자리에 올랐을 때의 모습, 그리고 은둔의 모습까지가 순차적으로 드러나 있는 것이다.

이를 통해 알 수 있듯이, 정도전이 매화를 소재로 하여 읊고 있는 작품에서는 자연의 변화와 그 자연 속에 있는 인간, 인간 속에서도 바로 자신을 이면에 놓고 있다. 아울러 이것은 현실인식과 연결된다. 따라서 인용

---

6) 上揭書, 297面. 「詠梅」 "久別一相見, 草草著緇衣. 但知風味在, 莫問容顔非."
7) '墨梅'에 대해서는 이곡의 작품에서도 그 특색을 추출할 수 있다. 李穀, 『稼亭集』 卷15, 晴窓寫出照潭姿, 頃刻春風漲墨池. 已分明妃愁畫面, 謫仙休怪玉顔緇. 『叢刊』 卷3, 192面.
8) 上揭書, 297面. 「詠梅」 "縷玉製衣裳, 啜氷養件靈. 年年帶霜雪, 不識韶光榮."

된 작품 역시 매화를 소재로 그 특성을 노래하는 듯하지만, 그 이면에는
자신의 답답함과 그 울분을 토로한 작품으로 해석해야 마땅할 것이다. 이
러한 현실인식에 대한 투사는 매화뿐 아니라 구름을 노래한 작품에서도
드러난다.

구름

> 뜬구름은 그 모양이 너무 변해
> 표연히 걷을락 펼락 하기도 하며
> 한가히 먼 봉우리 둘러보고
> 가늘게 맑은 달을 감싸기도 하지
> 아슬아슬 바람과 함께 멀어지고
> 아득아득 비와 서로 잇대기도 해
> 숨은 선비 찾을 줄 또한 알아서
> 아침에 동천으로 들어오는구나[9]

　시에서 구름이 지니는 전통적 이미지는 대개 부모님에 대한 그리움, 이
별의 정한, 이룰 수 없는 이상향 등 다양하게 표출되지만, 작품에서 보듯
위의 인용문은 이와 같은 것들과 무관하게, 오롯이 구름의 변하는 성질에
초점을 맞추고 있음이 주목된다.

　수련에서는 우선 구름의 변태성에 대해 언급하고, 이는 다음 두 연에
이르러서 더욱 구체적으로 묘사된다. 즉 봉우리와 달을 감싸는 구름, 바
람과 비를 잇대기도 멀어지기도 하는 구름의 성질에 대해 노래하고 있는
것이다.

　그런데 다음 연에 이르러서는 앞서 언급한 구름의 성질을 돌연 숨은

---

9) 上揭書, 315面.「雲」"浮雲多變態, 舒卷也飄然. 閒繞遙岑上, 纖籠淡月邊. 迢迢風共遠, 漠漠雨
　相連. 亦解尋逋客, 朝來入峒天."

선비를 찾을 줄도 안다고 하였다. 자연에서의 모습에서 인간계로의 접촉을 시도한 것인데, 여기에서의 숨은 선비란 바로 작가 자신을 투사한 것임을 쉽게 알 수 있다. 앞서 살펴보았던 매화를 소재로 한 시에서도 알 수 있듯이, 입신을 꿈꾸던 한 단면이 위의 시에서도 표출되었다.

흥미로운 것은 그의 작품에서 부분적으로 드러나고 있는 사라지는 것에 대한 아쉬움의 이미지이다. 예를 들면, 뜨락 앞의 국화를 노래한 작품이라든지,10) 버들에 대해 읊은 작품에서, "적막한 높은 다락 언덕이라면 황량한 옛 역사 주변이구나. 저무는 사양을 견디다 못해 늦매미 소리를 띠고 있다오."11)라고 하거나, 해질녘에 대해 읊으면서도 "물빛 산빛 해맑아 연기와 비슷한데, 객지 심정 해 저무니 더욱더 처량하구나."12)라고 하여 자연에 대한 경외와 더불어 사라지는 것에 대한 아쉬움을 동시에 표출하고 있다.

이처럼 정도전은 변화하는 자연계를 목도하며, 사라지는 것에 대한 아쉬움을 시세계에 담고 있는데, 이는 그가 살았던 시대 즉 여말선초(麗末鮮初)의 급변하는 정세 속에서 자신의 입지와 나라의 안위 등과 맞닿은 형상화 방식으로 이해된다. 왜냐하면 비교적 순탄한 출세의 길을 걸었던 그가, 공민왕이 시해되고 우왕(禑王)이 즉위하면서부터 시련이 닥치기 시작했는데, 이때부터 유배와 방랑으로 연속된 시기를 보내고 또한 역성혁명의 원대한 경륜을 가다듬으며 자연을 대했기 때문이다.

이를 확인할 수 있는 작품이, 당시 함영 소나무에 제한, "아득한 세월에 소나무 한 그루, 몇만 겹 푸른 산속에 생장했구나, 잘 있다가 다른 해에 서로 볼는지, 인간을 굽어보며 묵은 자취 남겼구나."13) 작품이다. 이

---

10) 上揭書, 290面.
11) 上揭書, 298面. "牢落高樓畔, 荒涼古驛邊. 不堪斜日暮, 更乃帶殘蟬."
12) 上揭書, 317面. "水色山光淡似煙, 羈情日暮倍悽然"
13) 上揭書, 308面. "蒼茫歲月一株松, 生長靑山幾萬重. 好在他年相見否, 人間俯仰便陳蹤"

시는 「용비어천가」에 등장하는 이성계와 만날 때 쓴 작품으로 유명하다. 정도전은 태조를 쫓아 함주 막사로 갔는데 이때, 태조가 동북면도지휘사(東北面都指揮使)로 있었다. 태조의 호령이 엄숙하고 대오가 질서정연한 것을 보고 그가 은근히 말하기를 '참 훌륭합니다. 이런 군대라면 무슨 일인들 못하겠습니까.'라고 하니, 태조가 그 뜻을 묻자, 정도전이 거짓말을 하였는데, '동남방의 근심인 왜적을 칠 수 있다는 뜻입니다. 군영 앞에 노송한 그루가 있으니 소나무 위에 시 한 수 남기겠습니다.'라고 하고서 위의 시를 남겼다는 것이다.14)

사실 위와 같은 글이 없다면 이 작품을 해석하기란 참으로 어려웠을 것이다. 앞서 매화를 소재로 창작한 작품처럼 소나무의 속성을 읊은 듯하지만 여기에는 작가 자신의 현실 인식이 드러나 있으며, 특히 마지막 구절을 '인간이란 굽어보면 묵은 자취인걸'이라고 번역하기도 하는데, 필자가 보기에는 주체가 소나무이어야 하며 언젠가 사라질 것에 대한 아쉬움을 표명한 작품으로 보인다. 이처럼 정도전의 자연관은 자연을 바라보면서 자신을 위로하고 심적 안정을 취하기보다는 자연의 변화와 인간 세상의 변화가 크게 다르지 않음을 인식하고 이를 형상화하였다.

다음으로 권근의 작품에 대해 살펴보고자 한다. 우선 정도전과 마찬가지로 매화를 소재로 창작한 작품을 살펴보기로 하겠다.

궁전의 매화 -두 번째 수

유령에도 봄이 왔으니 눈은 이제 보기 힘들듯
가지 위 얼음옥은 절로 둥글둥글 하구나
행여 강적을 불어 떨어지게 하지 마시오
임금님 길이길이 웃음 띠고 보시도록15)

---

14) 한영우(1987), 24面 참조.
15) 上揭書, 25面. 「宮梅」 "庚嶺春生雪欲殘, 枝頭氷玉自団団. 莫令羌笛還吹落, 長得天顔帶笑看."

기구에서의 '유령'은 본래 중국 강서성의 산명으로 매화의 명소이다. 여기에서는 궁전의 매화가 마치 유령의 매화와 같이 아름답다는 말이다. 작가는 이 아름다운 매화 끝에 살짝 언 눈을 '빙옥'으로 표현하며 아름다움을 표현하고 있다.

후반부에서는 '행여 강적을 불어 떨어지게 하지 마시오'라고 하여, 아름다운 생명을 말함과 동시에 바람에 떨어질 수도 있는 상황을 말하고 있다. 강적은 일종의 호가로서, 이백의 「취적시(吹笛詩)」에, "황학루에서 옥 피리 부니, 오월 강성에 매화가 떨어지네"를 생각하여 작가가 쓴 것이다. 앞서 보았던 사라지는 것에 대한 아쉬움이 미세하게나마 드러나고 있는데, 이러한 표현 방식과 주제는 그가 매화를 소재로 읊은 다른 작품에서도 확인할 수 있다.16)

흥미로운 점은 임금님께서 이 매화 보기를 희망한다고 말한 부분인데, 신하로서의 충성심을 보인 부분이다. 이러한 주제의식은 '해바라기'를 소재로 한 작품에서 보다 명확히 확인할 수 있는데 이 부분이 바로 권근의 시세계를 이해하는 하나의 단서가 된다.

해바라기를 사랑하여 읊다

거칠고 주변없는 양촌 늙은이
그 어찌 꽃나무를 길러나 봤겠는가
다만 저 담 밑의 해바라기가
한 포기 절로 나서 잘 자랐었지
비이슬에 젖고 또 젖어
줄기가 똑바로 꼿꼿이 솟아
붉은 꽃은 스스로 해에 비치고
푸른 잎은 능히 발을 호위하는구나

---

16) 대표적인 작품으로는 「南氏宅梅花」 3수가 이에 해당된다. 上揭書, 33面.

피고 지는 것에는 차서가 있어
아래서 시작하여 위로 오르네
하찮은 물건도 이치를 아니
군자는 속으로 짐작 있겠지[17]

해바라기를 슬퍼하여 읊다

여름철 모든 꽃은 다 지고
뜰 밑의 해바라기 홀로 곱구나
스스로 지극한 성품이 있어
언제고 태양 따라 기울이니
양촌옹은 고요히 서로 대하여
밤낮으로 태평을 노래한다네
해와 달이 바퀴를 멈추지 않아
서늘한 가을바람이 갑자기 부네
쇠잔한 꽃송이 벌써 시드니
나로 하여금 감상에 젖게 하네
원컨대 본 뿌리만은 보존하여
이듬해 봄빛을 기다려 다오[18]

제목부터 이목을 집중시키는데, 한 작품은 "해바라기를 사랑하여 읊다"이고, 한 작품은 "해바라기를 슬퍼하여 읊다"이다. 연이어 두 작품을 지었다는 점, 아울러 제목을 상반하여 하였다는 점 등은 분명 또렷한 의도가 엿보이는 작가의 개성이다.

우선 전자의 작품부터 살펴보면, 전반부는 해바라기의 속성에 대해 읊고 있으며, 이는 흥함을 의미한다. 저절로 생겨나 잘 자라고 있다는 속성

---

17) 上揭書, 31面. "鹵莽陽村翁, 何曾養花木. 只愛墻下葵, 一種自生育. 雨露所需濡, 莖幹逐挺直. 紅葩自向日, 綠葉能衛足. 開落亦有序, 上下相繼續. 物微理固然, 君子當默識."
18) 上揭書, 31面. "夏燠百花盡, 庭葵獨姸芳. 自有至性在, 的的向太陽. 陽翁靜相對, 日夕歌時康. 義和不停馭, 忽此商飆涼. 殘葩已云萎, 使我生感傷. 願言存本根, 以待回春光."

과, 은택을 입었기에 꼿꼿이 솟고 있다는 부분이 그러하다. 하지만 이 작품에서 "피고 지는 것은 차서가 있어, 아래서 시작하여 위로 오르네"라고 한 부분에서 자연의 순리와 변화를 목도한 것으로 볼 수 있으며, 후자의 작품에서 "해와 달이 바퀴를 멈추지 않아 서늘한 가을바람이 갑자기 부네"라고 한 부분과도 조응한다.

또 마지막 부분에서 "군자는 속으로 짐작하겠지"라고 하여, 앞서 살펴본 정도전의 작품에서 "숨은 선비 찾을 줄도 또한 알아서"라는 구절과 매우 유사함을 알 수 있다. 변화하는 자연계의 목도와 동시에 때가 있어 자신도 나라를 위해 한 몸 바치고자 하는, 경세제민이라는 현실 인식을 내비치고 있는 것으로의 해석도 가능하다.

후자의 작품은 전자의 작품과 마찬가지로 해바라기의 속성을 노래하고 있지만, 동시에 쇠함을 노래하고 있다는 데에 차이가 있다. 즉 지극한 성품을 지님과, 언제고 태양을 따라 기울이는 점이 해바라기의 속성을 말하고 있다. 한편 "해와 달이 바퀴를 멈추지 않아, 서늘한 가을바람이 갑자기 부네."라고 한 부분은 바로 쇠함을 노래하고 있다. 이는 시어 잔(殘), 위(萎) 등을 통해서도 잘 표현되어 있다.

위의 작품 이외에도 매화를 읊은 작품에서, "내일 아침 바람 불면 다 질까 하여, 술병 차고 달 아래 찾아왔노라."[19]라고 하거나, 또 "저 수풀엔 상기도 녹다 남은 눈 있는데, 봄소식은 맨 먼저 유령에서 전해주네."[20]라고 하여 사라지는 것에 대한 아쉬움을 표출하고 있다.

또 달에 대해 읊은 「화월음」에서는 "저 달은 이지러질 때가 있지만 이 마음은 변경이란 전혀 없다오."[21]라고 하여 변화하는 자연계에 비해 자

---

19) 上揭書, 33面. "明朝直恐風吹盡, 有意携壺月下來"
20) 上揭書, 33面. "前林尙有消殘雪, 春信先從庾嶺來"
21) 上揭書, 44面. "彼月有時缺, 此心無變更"

신의 충심은 변하지 않을 것이라는 현실 인식을 반영한 구절도 보인다. 이는 앞서 살펴본 해바라기를 소재로 읊은 작품과도 조응하는 것으로 나라를 위한 충심은 변함이 없지만 자연의 변화처럼 언젠가는 물러설 수밖에 없는 현실을 반영한 시구다.

물론, 그가 남긴 자연시가 다 그런 것은 아니다. 소나무를 보며 소나무의 지절을 노래한 작품도 있으며,22) 매화의 아름다운 향에 취한 감성을 드러내기도 하였으며,23) 국화의 절조를 찬미한 작품도 있다.24) 이로 본다면 그가 읊은 자연물과 주제는 절개로 함축할 수 있는데, 그 작품들 내에도 변화의 자연계, 그리고 사라지는 것에 대한 아쉬움 노래한 부분을 곳곳에서 볼 수 있다. 인용된 작품에서도 확인할 수 있었지만, 「오월삭일식」25)라든지, 「구월삭일식」26) 같은 작품은 한결같이 변화의 자연계 목도와 깊은 관련이 있고 이것들은 모두 현실 인식과 직결되기도 한다.

지면상 다수의 작품을 다루지 못했지만, 필자가 살펴본 정도전과 권근의 자연시에는 변화의 자연계에 대한 목도에 그 초점을 맞추고 있음을 확인할 수 있었다. 물론 이러한 자연관은 유자로서 지니는 『주역』에서의 자연관이라는 범주에서 본다면 크게 벗어나지 않는다. 하지만 변화하는 자연계, 흥쇠를 반복하는 자연을 통해 자신의 삶을 투사하고 있다는 데에 그 특징이 있다고 하겠다.

특히 자연의 아름다움이나 이를 통한 위로보다 작가 자신의 현실 인식을 작품에 깊게 넣어 형상화하고 있음이 주목된다. 이는 고려 후기 성리학의 유입으로 인해 자연을 수련의 대상, 혹은 치유의 대상물로 보는 자

---

22) 上揭書, 26面.

23) 上揭書, 26面.

24) 上揭書, 107面. 「癸未九月晦 奉香宿馬山驛 其夜有雨 朝至碧蹄驛 墻菊盛開」.

25) 上揭書, 54面.

26) 上揭書, 80面.

연관과 변별되는 점이다.[27] 이러한 변별점은 관각문인으로서 동시기이지만 다소 후속세대라 할 수 있는 김수온, 서거정, 이승소과도 변별되는 특색이기도 하다.

3. 화평한 자연의 주목과 감성주의―김수온, 서거정, 이승소

관각문인의 제2세대라 불리는 김수온, 서거정, 이승소는 한문학사에서 매우 비중이 큰 인물들이다. 그렇기에 활발하게 연구가 이뤄졌지만, 그들의 자연관에 대한 연구는 사실상 소략하다. 이들의 시세계와 거기에 표명된 자연관에는 분명 공통분모가 존재한다. 이 공통분모를 살펴보기 위해 우선 김수온(1410~1481)의 자연관에 대해 살펴보기로 하겠다.

매화 꽃 핀 창문의 흰 달빛

오래전부터 매화를 좋아하는 벽이 있었는데
이로 인해 달도 사랑하는 정이 생겼네
어떠하리 오늘 같은 이 밤에
모두가 맑은 빛을 즐겨 보는 것이
깨끗한 빛은 하늘가의 달그림자요
자욱한 기운은 매화나무 위의 향기일세
초연히 굽어보고 우러러보는 것을 이루었으니
혼연히 옥경에 앉은 듯한 기분을 느끼도다[28]

이 작품은 주석에서도 밝히고 있듯이, 창작 배경이 비해당이다. 비해당

---

27) 강동석(2009).
28) 金守溫, 『拭疣集』 卷4, 「梅窓素月」, 『叢刊』 卷9, 112面. "久有憐梅癖, 仍含愛月情. 何如今夜裏, 供得一般淸. 皎潔天邊影, 浺濛樹上馨. 超然成俯仰, 渾覺坐瑤京."

은 안평대군의 호이자, 그가 거처했던 곳이다. 여기에서 안평대군은 수많은 문인과 교유했는데, 그중 한 명이 김수온이었던 것이다. 그는 48수에 달하는 작품을 여기에서 남겼는데, 여기에는 그의 자연관이 잘 나타나 있다.29)

인용된 시에서 풍기는 전체적인 분위기는 문면에서 드러나듯이 편안함을 느낄 수 있을 만큼 화평하다. 여기서는 앞서 살펴보았던 정도전과 권근의 작품처럼 삶의 우환이나 괴로움은 찾아볼 수 없다.

제목에서부터 시작된 소월(素月)을 비롯하여 각 구마다 사용한 시어 모두 화평함을 상징하는 것들이다. 또한 '벽(癖)'이라는 글자는 대개 좋지 않은 뜻을 내포한 글자이지만, 이마저도 좋은 의미의 버릇으로 바뀌는가 하면, '공몽(溟濛)'의 기운으로 인해 '요경(瑤京)'에 도달한 몽환적 분위기마저 자아낸다.

이러한 시적 분위기는 화평함에 그치지 않고 원만함으로도 이어진다. 이는 삶에 대한 자세이기도 하자 시인의 인생철학이다. 비해당 48수의 소재를 통해 이를 확인할 수 있다. 그가 지은 비해당 48수의 소재는 삼았던 홍시, 귤, 석류, 포도 같은 것들이다. 물론 대부분 과일의 모양이 그러하기도 하지만, 이는 삶의 자세, 그가 추구하는 처세관과 무관하지 않다는 것이다. 이러한 시적 형상화 방식은 화평함과 만나 다른 분위기를 연출한다.

이를테면, "둥근 과일은 가지에 무겁게 달려 있고, 붉은 옷은 햇빛에 무르녹게 번쩍거리네."30)라고 하거나, "산 집에 가을바람이 느지막하게 이르니, 둥근 귤의 누른빛이 찬란하구나."31)라고 한 구절이 그러한데, 이

---

29) 안장리(1997).
30) 上揭書, 115面. "圓顆擎枝重, 禎袍耀日濃"
31) 上揭書, 115面. "山室秋風晩, 金丸燦爛黃."

들의 시를 자세히 들여다보면 형상과 색상, 장소와 느낌 등을 조합한 문학적 형상화 방식을 읽을 수 있다.

인생의 우환이야 어느 누구인들 없을 수 없지만, 김수온 시에서는 최대한 배제되어 있다는 데에서 그의 시적 특색을 찾을 수 있다. 이는 한시에서 소재로 가장 많이 사용되고 있는 구름을 통해서도 드러난다.

목멱산[남산]의 갠 구름

갠 구름이 목멱산을 가로질러
산봉우리에서 나와 바로 유연히 떠 있네
가고 오는데 스스로 뜻은 없으니
동쪽이나 서쪽이나 어찌 치우침이 있겠는가
옷이 되기도 하고 다시 개가 되기도 하고
눈이 되었다가 또 솜 같이 되기도 하고
때로 우택으로 남쪽 밭을 적시기도 하고
짙은 어둠에 우레 채찍으로 번쩍거리네[32]

우선 작자의 눈에 띈 구름은 수련의 묘사와 같이 비 갠 하늘에 떠 있는 한가한 구름, 목멱산을 가로질러 유연히 떠 있는 모습이다. 함련에서는 구름의 모습이 아닌 그 속성에 대해 언급하고 있다. 대개 도연명 이후 무심으로 대변되지만, 작가는 구름을 무의(無意)로 치환하여 불편불의(不偏不倚)한 고상함으로 연결하고 있다.

작품의 전환이라 할 수 있는 경련에서는 산의 옷이 되기도 하고, 작게는 개의 모습이 되기도 하며, 겨울에 내리는 하얀 눈처럼 보이기도 하고, 이불의 솜처럼 보이기도 한다고 했다. 두보의 "天上浮雲如白衣, 斯須改變

---

32) 上揭書, 116面. 「木覓晴雲」 "晴雲橫木覓, 出岫正悠然. 去住自無意, 東西寧有徧. 爲衣夏爲狗, 如雪又如綿. 時因澤南畝, 濃黑閃雷鞭."

成蒼狗"를 점화(点化)하여 글에 잘 녹여내고 있다. 미련에서는 관료답게 '우택'을 도입하여 민생을 걱정하는 태도마저 읽힌다. 한 작품 안에 선경후정(先景後情)을 포함하여 희학과 재치, 그리고 관료로서의 모습까지 두루 보인 작품이라 할 수 있겠다.

한편 그가 "구름에는 부침이 있고 달에는 회명이 있는데, 그것은 원래 저 허공의 밝음만 못하다."[33]라고 한 시구에는 앞서 언급했던 정도전과 권근의 자연관과 차이를 보인다. 그는 자연의 변화에 초점을 맞췄다기보다는 저 허공의 밝음에 주목한 것으로 앞서 언급했던 밝음, 화평함에 더 주목한 것이다.

또 "봄이 오기 전의 고운 빛이라 모두 알고 있지만 눈 내린 뒤에 꽃이 필 줄은 누가 알았으랴."[34]라고 하여, 시듦에 대한 안타까움이 아니라 겨울에도 아름다운 빛을 뿜어내고 있는 동백에 대한 찬탄을 표현하고 있다. 시리고 아픔, 사라짐과 꺼짐보다 그 안에서의 생명력을 노래하고 있다.

시어의 사용도 눈에 띈다. 김수온의 시에는 '갑제'나 '화각'이 빈번하게 쓰이고 있는데 이 역시 다른 문인들과 변별되는 특징이다.[35] 이러한 시어의 빈번한 사용은 전대(前代) 사대부 문학에서 농민이나 민생을 늘 생각하며 지었던 시작(詩作)과는 다른 것으로, 관각문인 그 가운데에서도 여유로움과 풍족함을 마음속에 담아 그려내고 있는 것으로 읽힌다.

소결해 보면 김수온의 자연관은 어떠한 철학적 사상 내지 단순한 아름다움에 있는 것이 아니라 자연의 화평함, 원만함, 화려함에 초점이 있으

---

33) 上揭書, 112面. "雲有浮沈月晦明, 從來未若大虛淸"

34) 上揭書, 113面. "共識春前艶, 那知雪後花"

35) 대표적인 작품으로는 다음과 같은 작품들이 있다. 金守溫, 『拭疣集』 卷3, 『叢刊』 卷11, 397面. 「開成重卿任 洪応之応 與里人輪辦賞春之宴 戱呈」 "甲第笙歌樂未央, 聞說城南頻宴會", 上揭書, 397面. 「次時化驛壁上古人詩」 "見甲第輪蹄闆, 一朝勢去庭草綠", 「衿川新亭」 "細川流入小地平, 上有新成畫閣明", 「春官獨坐 示同官李正郎」 "深簷畫閣肅陰陰, 柳塢秋生爽氣侵"

며, 이는 비해당 48수를 비롯하여, 여타 자연을 대상으로 하고 있는 시에
서 보이는 두드러진 특성이라고 할 수 있겠다.

다음 서거정(1420~1488)의 자연관에 대해서 살펴보기로 하자. 한국한문
학에서, 그 가운데 한시사(漢詩史)에서 서거정이 남긴 방대한 양의 한시는
독보적이라 할 수 있다. 그중 자연관을 살펴볼 수 있는 작품은 「고목도」
를 비롯한 300여 편이 넘는 제화시(題畵詩)와 연작 영물시(詠物詩) 43수를
통해 잘 드러난다. 그 가운데 한 수를 예로 들어 보자.

장미

한 해의 봄놀이에 장미꽃 피는 시절이 왔으니
시렁 가득 피어 스스로 지탱 못하네
몇 번이나 맑은 향기가 나비를 힘들게 하는가
십분 요염한 빛이 새끼 거위를 능가하는구나
물가에 비친 그림자는 마음을 먼저 설레게 하고
빗속에 핀 자태는 완상하기 점점 좋더라
무르녹은 동녘 바람이 끝없이 불어오니
뜨락 가운데에 말없이 서서 시를 재촉한다[36]

수련에서는 장미에 가지가 지탱하지 못할 정도라는 과장법을 이용하여
장미 가득 핀 시절을 그려내고 있다. 이러한 과장법은 함련으로 이어져,
꽃에서 뿜어 나오는 향기에 나비가 힘들 정도이며, 그 요염한 빛이 새끼
거위를 능가한다고 하였다. 향기를 맡고 날아가다 다시 돌아와 또 맡고,
반복하는 나비의 모습을 시어 '번(煩)'으로 표현하고, 장밋빛의 고움을 새
끼 거위의 노란털보다 아름답다고 하여 '투(妬)'라는 시어를 사용하였다.

---

36) 徐居正, 「薔薇」 "一年春事到薔薇, 滿架離披不自持. 幾陣淸香煩蝶使, 十分濃艶妬鵝兒. 水邊照
影心先惱, 雨裏繁開賞漸宜. 爛熳東風吹不盡, 半庭無語要催詩." 『四佳集』 卷4, 『叢刊』 卷10,
282面.

노란빛과 붉은빛의 대조, 나비와 거위의 자연물을 대조하며 과장법과 대
조법을 잘 사용한 구절이다.

아름다운 장미의 모습은 이제 물로 다가선다. 경련에서는 첫 글자 '수
(水)'와 '우(雨)'를 이용하여 하나는 물가에 비친 장미의 모습, 다른 하나는
우중에 비친 장미의 모습을 묘사하며 그것을 완상하면서 떨리는 시인의
모습을 묘사하고 있다. 그리고 미련에 이르러서는 끝없이 불어오는 봄바
람, 그리고 그 안에 서서 시를 지을 수밖에 없는 주변 경관에 대해 묘사
하고 있다.

시에서 사용되고 있는 소재 장미는 아름다운 모습[利点]과 그 이면에 자
리 잡고 있는 가시[害点]가 동시에 존재한다. 따라서 다른 꽃에서 볼 수 없
는 개성이 분명 존재하며, 이것이 문학적 소재로 사용되었음은 말할 것도
없다. 특히 이 가시라는 장미의 특성으로 인해 많은 문인들은 경계의 대
상으로 이 장미를 삼았다. 「화왕계」라는 작품을 통해서도 그러하거니와,
고려 후기를 대표하는 문인 이규보는 이러한 특성을 잘 파악하여 그의 처
세관을 드러낸 작품을 창작하기도 하였다.37)

하지만 인용된 시에서의 장미는 이러한 장미의 특성을 철저히 배제하
고 있다. 가시라는 장미의 해로운 점보다도 이점을 우위에 두어 묘사하고
있는 것이다. 이러한 그의 시작(詩作) 성향은 그가 선(選)한 『동문선』에 수
록된 작품을 살펴봐도 알 수 있다.38) 가시라는 해로운 점보다 아름다운
장미의 모습에 더 초점을 맞추고 있는 것이 그의 시관(詩觀)인 것이다. 이
러한 시관은 자연물이 대상이 아닌 민생을 대상으로 한 작품에서도 확인
할 수 있다.

---

37) 李奎報, 『東國李相國集』 卷3, 『叢刊』 卷2, 165面.
38) 徐居正 外, 『東文選』, 李塏, 「薔薇」 香浮一院影沈沈, 蝶舞蜂顚不自禁. 我亦未堪幽興惱, 苦唫
    終日坐花淫.

그가, "풍년이라 쌀과 기장 마을마다 풍족한데, 온 마을이 서로 친해 문도 닫지를 않고, 닭 잡아 막걸리 마시며 담소를 즐기다가, 취하여 황혼 달 아래 부축해서 돌아가네."[39]라고 하였는데, 이 작품은 원래 고려시대 의 문인 안축(安軸, 1282~1348)이 지은 「삼척서루팔영」[40) 가운데 한 작품을 차운한 것이다. 여기에서 안축은 민생을 살피고 그들의 아픔을 노래하고 있음에 초점을 맞추고 있으며, 그의 제자인 이곡(李穀, 1298~1351) 또한 동 일한 제목에 유사한 내용을 남겼다.[41]

반면 서거정은 인용된 시에서와 같이 다른 작품을 남겼다. 우선 두 작 품과 가장 대조를 이루는 부분은 첫 번째 구절이다. 시작을 '풍년'으로 한 것이 그렇다. 이러한 넉넉함은 다시 '족(足)'과 조응하고, 다음 구절에서는 '상종(相從)'으로 연결되어 넉넉하고 인심 좋은 마을 풍경으로 묘사되고 있다. 그렇기에 마을 사람들은 술 마시며 담소를 나누고 취하는, 그야말 로 이상적인 민생의 삶을 노래하고 있다. 안축의 원작과 이를 차운한 이 곡의 작품이 관료들의 횡포와 민생의 고단한 삶을 노래한 것과는 대조적 인 작품이다.

초승달

산꼭대기 초승달이 흡사 멀금한 낫 같은데
짐짓 이렇게 휘영청 내 주렴을 비추는구나
다음날 명경으로 바뀐 모양을 보거든
백발로 마주해도 정히 꺼릴 것 없으리[42]

---

39) 徐居正, 「三陟竹西樓八詠稼亭韻」, "豊年禾黍足村村, 里閈相從不閉門, 白酒黃鷄饒笑語, 歸來 扶醉月黃昏."『四佳集』卷2,『叢刊』卷10, 253面.

40) 安軸,『謹齋集』卷1, 傍山煙火占孤村, 竹下紅桃臥守門. 力稽田夫皆惜日, 戴星服役返乘昏.『叢 刊』卷2, 462面.

41) 李穀,『稼亭集』江上青山山下村, 太平煙火不關門. 居民豈識江山好, 早起營生直到昏.『叢刊』 卷3, 223面.

42) 徐居正, 上揭書, 267面. "山頭新月似磨鎌, 故此暉暉照我簾. 明日翻成明鏡看, 白頭相對定無

초승달을 본 심회를 가감 없이 쓴 작품이다. 산머리에 뜬 초승달을 방금 같은 낫에 비유함이 인상적이다. 초승달 빛이 보름달에 비해 밝지 않겠지만 '휘휘(暉暉)'라는 시어를 사용하여 다소 과장하여 작가의 주렴에 밝게 비치고 있음을 본 선경(先景)이다.

후반부에서는 언젠가 바뀔 보름달로의 모습을 미리 그려본다. 그리고 아무리 밝은 보름달이라도 사람의 백발이 거기에 비치지는 않을 것이라는 말로 작품을 끝맺는다. 보름달이나 그믐달을 소재로 하지 않고, 초승달로 소재로 삼고 있다는 것, 희망적이고 밝은 이미지를 시에 주로 사용하고 있다는 점 등은, 그가 시에서 추구하고자 하는 것이다. 이는 앞서 인용된 작품들에서도 확인할 수 있었고, 지면상 인용하지는 못했지만, 그가 남긴 작품들 「문경현팔영」,[43) 「영물」 43수, 그리고 제화시 300여 수가 대개 그러하다.

그렇다면 왜 서거정은 이렇게 여유롭고 아름다운 면모만 부각하여 시작(詩作)을 하였던 것일까? 사실 서거정 한시의 자안(字眼)을 찾으라고 한다면 단연 '한(閑)'이라 할 수 있다. 그가 「한적」이라는 작품에서 "한적함은 삼생의 소원이거니와, 풍류는 백세의 미치광이라."[44)라고 했던 것처럼, 한적함과 풍류는 그의 삶에서 가장 중요한 요소임은 두말할 여지가 없다. 따라서 때로는 어렵고 힘든 삶이라 하더라도 늘 한적함과 풍요로움, 풍류를 즐기자는 그의 삶의 가치관이 시관에 작용한 결과라 할 수 있다.

다음으로 이승소(李承召, 1422~1484)의 자연관에 대해서 살펴보기로 하겠다. 김수온과 서거정에 비해 이승소에 대한 연구는 소략하다.[45) 하지만 그가 창작한 자연을 대상으로 한 시에서는 그 지향점이 또렷하기에 보이

嫌."
43) 上揭書, 250面.
44) 上揭書, 286面. "閑適三生願, 風流百歲狂"
45) 김혜숙(1996)의 발표 이래, 조영호(2003), 이정규(2012) 등이 있다.

며 이전 두 사람들의 자연관, 시관 등과 함께 언급하기에는 무리가 없다.

> **중양절에 높은 곳에 올라 -첫 번째 수**
>
> 붉게 물든 석양 저녁 풍경 고운 때
> 국화가 나를 맞이하니 높은 곳 올랐다네
> 높은 곳 올라 아름다운 천년 고을 바라보니
> 아득 멀리 만 리 밖 하늘 끝은 창망하고나
> 물새들은 찬물 위로 오르고 다시 떨어지고
> 산 구름은 산 앞에서 끊기고 또 이어지네
> 하늘과 땅 이로부터 우리들 받아들여
> 돈 받지 않고 무한히 단청 꾸며 보여주리[46]

앞서 서거정의 작품과 비슷한 묘사방식이 수련에 표현되어 있다. 그런데 그보다 한 층 더 '낙일(落日)'과 '홍(紅)'의 시어가 조응하여 '선(鮮)'을 만들어 낸 방식은 시간과 색채라는 두 요소를 잘 혼합하여 아름다운 구절을 만들었음이 진일보하였다. 수련의 출구는 국화를 보러 찾아간 시인을 피동으로 만듦으로써 자연과의 조화, 아름다운 자연과 동화되고픈 심사를 잘 표현한 부분이라 할 수 있다.

함련에서는 시공을 추가하여 아득히 먼 하늘 밖과 높은 곳에서 바라본 천년 고을을 마음껏 그려 보이며, 경련에서는 천지의 커다란 공간 안에서 다시 물새와 산 구름의 행위를 묘사하고 있는데, 이 대우가 인상적이다. 즉 천년의 땅과 만 리의 하늘, 그리고 물새와 산 구름의 행위는 평범한 듯 보이는 수사방식이지만, 자연스럽게 녹아 미련으로 이어지고 있음에 그 특징이 있다. 천지의 용납 속에서의 인간, 그리고 그 안에 아름다운 모

---

46) 李承召,「重陽登高」 "落日拖紅晚景鮮, 菊花迎我上層巓. 登臨佳麗千年地, 目極蒼茫萬里天. 水鳥浮沈寒鏡裏, 山雲斷續翠屛前. 乾坤自是容吾輩, 無限丹靑不計錢." 『三灘集』 卷1, 『叢刊』 卷11, 379面.

습을 보고 있는 시인 자신으로 이어지고 있는 것이 인상적이다.

이 작품에서의 자안을 꼽자면 '선(鮮), 영(迎), 려(麗), 창망(滄茫), 용(容), 무한(無限)' 등이 될 것이다. 아름답고 풍요로운 자연, 무한한 경지에서의 인간과의 조화가 시인이 말하고자 하는 주제로 파악된다. 대개 중양절과 관련된 시의 주제가 고향을 그리워하는 마음이나, 술에 취해 지난날 괴로움에 대한 것들이 많은 반면, 이승소의 시에서는 원만함과 화평함으로 이어지고 있다.

이러한 시작(詩作)은 본문에 인용하지는 않았지만 그 두 번째 작품에서도 동일하게 표출된다.[47] 작가는 붓을 들자 삼천 수의 시가 절로 지어지고, 산과 구름의 기묘한 풍경, 한없이 찾아오는 즐거움을 노래하고 있다. 다만 이승소의 자연시가 앞서 살펴본 문인들과의 변별점을 찾는다면 인용된 작품에서와 같이 천지의 조화 그리고 그 내재 된 인간과의 조화, 잔잔함과 고요함이 주를 그리고 있다는 데에서 찾을 수 있을 것이다.

담담정의 열두 풍경 중 양화의 가을 달

이슬이 장공을 씻으니 달은 너무도 밝고
나루에는 사람 없고 저녁 조수는 잔잔하구나
섬계의 그 높은 흥은 의연히 그대로인데
하늘과 물 서로 합쳐 한결같이 드맑구나[48]

이 작품의 배경이 되는 담담정은 앞서 김수온의 시적 배경이 되었던 비해당과 마찬가지로 안평대군과 관련 깊은 곳이다. 첫 구를 보면, 이슬

---

47) 上揭書, 379面. 九日登高有所思, 滿林紅葉正離披. 詩成筆下三千首, 花挿頭邊一兩枝. 天作高山龍虎壯, 雲開雙闕畫圖奇. 百年行樂知多少, 好向樽前倒玉卮.
48) 上揭書 385面. 「楊花秋月」"露洗長空月正明, 渡頭人靜晚潮平. 剡溪高興依然在, 天水相涵一樣淸."

이 내린 뒤 선명히 보이는 달을 시인은 '세(洗)' 자를 이용해 절묘하게 표현하고 있다. 이 구절이 시각을 표현했다면, 다음 구에서는 시각과 청각을 통해 조용한 풍경을 묘사하고 있는데, 그가 다른 시에서 "해 저문 뒤 물결 자고, 바람은 또 잔잔한데."49)라고 한 것처럼 그의 시 가운데에는 잔잔함과 고요함이 주로 묘사되고 있음을 특징으로 하고 있다.

작가는 다시 자연만을 묘사하는 것이 아니라 자연 속에 내재 된 인간을 바라본다. 비록 인간의 어떤 행위나 구체적인 묘사는 표현되어 있지 않지만, '섬계의 높은 흥'으로 표현된 이 구절은 비해당에서 안평대군을 비롯한 시인들의 모임을 말하고 있으며, 아름다운 자연이 제공한 인간의 작은 행위를 묘사하고 있다. 시의 여백, 즉 언외지의(言外之意)를 잘 표현한 구절로 평가된다.

이제 작가의 시각은 다시 자연으로 돌아가 천지의 조화를 말한다. 하늘과 물이란 바로 천지의 다른 표현이며, '상함(相涵)'은 바로 천지자연의 조화를 말한다. 마지막으로 "한결같이 푸르다"라는 자연 전체의 묘사는 단연 돋보인다. 하늘도 맑고 물도 맑다는 말은, 시인이 묘사하고자 하는 양화의 가을 달을 볼 수 있는 맑은 하늘, 그리고 그 달이 비친 맑은 물을 모두 함께 묘사한 것이라 할 수 있다.

한 가지 더 흥미로운 것은 이 시에 사용된 '명(明), 평(平), 청(淸)'이 비록 운자에 해당하지만 맑고 깨끗한 자연을 그리고자 선정된 운자라는 점이다. 이를 보더라도 이승소의 시관, 자연관이 여기에 있음을 확인할 수 있다.

이 외에도 서자원 집의 꽃을 읊은 작품을 보면, "나부산에 사는 시선 눈과 서리 자태요, 해 저물어 날 차갑자 대 가지에 기대는구나. 푸른 깃

---

49) 上揭書, 385面.「淡淡亭十二詠 西湖帆影」, "日暮波恬風又熟, 片帆歸帶落霞紅"

새 우는 속에 향기로운 꿈을 깨니, 그림자는 뜰에 가득하고 달은 서산에 질 때로다."50)라고 하여 뜨락에 핀 매화의 아름다움을 신선계에 비하다 가도 꿈을 이용해 인간계로 끌어오는 수사를 사용하기도 한다.

또 송골산을 묘사함에 있어서 "바라보니 창연하여 만고 지난 모습인데, 안개 이내 자욱하여 있고 없는 사이라네. 웅대하게 멀리 서려 티끌세상 격하였고, 높이 하늘 속에 들어 새도 넘기 어렵다네."51)라고 하여 세상과 격한 깨끗하고 고결한 장소를 그려내기도 한다. 이는 진 내한의 「화화쌍 로도에 제하다」 시에 차운한 작품에서 "깨끗한 빛 진흙 속에 있어도 물 아니 들고, 빙설같이 높은 의표 티끌세상 벗어났네."52)라고 말한 시구와 조응하는 것으로 늘 인간세상과 격한 깨끗한 자연을 동시에 그려내며 내 면의 맑음을 추구하는 작자의 심사를 읽을 수 있다.

결국 이승소의 자연시는 앞서 소개한 김수온과 서거정처럼 원만함, 풍 족함, 깨끗함은 공존하고 있으며, 이보다 한 단계 더 나아가 인간세계와 격한 티끌 하나 없는 맑고 깨끗한 자연을 동시에 묘사함으로써 자신이 추 구하고자 하는 내면의식도 아울러 표출하고 있다.

이상 김수온, 서거정, 이승소 세 인물의 자연시를 살펴보았다. 이들 작 품의 분위기는 한적함, 화평함, 화려함, 풍족함, 깨끗함 등으로 대표할 수 있을 것이다. 이를테면 이승소의 작품 등에서 풍기는 시적 분위기인 한적 함은 서거정의 그것과 연결되기도 하며, 소재에 있어서도 답답한 새장 속 의 비둘기가 아니라 화려한 비둘기를 묘사하는 방식, '청풍, 화풍, 화각, 화당, 갑제' 등의 시어들만 살펴보더라도 이들의 시관은 다른 시기의 시

---

50) 上揭書, 383面. 「西湖帆影」 "羅浮仙子雪霜姿, 日暮天寒倚竹枝. 翠羽啼殘香夢歇, 滿庭疎影月 西時"

51) 上揭書, 390面. 「松骨山」 "一望蒼然萬古顏, 煙嵐滃洞有無間. 雄盤幾里塵區隘, 高入層宵鳥道 難."

52) 上揭書, 388面. 「次陳內翰題荷花雙鷺圖詩」 "淤泥淨色元無染, 氷雪高標迥脫塵"

인들과 변별되는 특징을 가지고 있다.

이들의 다음 세대라 할 수 있는 호소지(湖蘇芝) 삼가는 이와 비슷한 자연을 노래한 듯 보이지만, 그 안을 자세히 들여다보면 역시 자연을 묘사하는 방식, 바라보는 관점이 다소 다름을 확인할 수 있다.

4. 호방한 자연의 주시와 유미주의 ― 정사룡, 노수신

정사룡(1491~1570)의 한시사적 위치에 대해, 허균이 "우리나라의 시는 중묘조에 들어 크게 이루어졌다. 용재 상공이 처음 창도하자 눌재 박상, 기재 신광한, 충암 김정, 호음 정사룡이 나란히 같은 세대에 나타나 밝게 빛나고 맑게 울리니 천고에 충분히 칭찬할 만하다."[53]라고 말한 것에서도 알 수 있듯이, 조선 전기 굵직한 대가 가운데 한 사람이다.

하지만 이제껏 정사룡에 대한 연구가 다른 문인들에 비해 활발하지 못했는데, 그것은 아마도 황정견과 이상은, 이하를 배운 기이하고 험벽한 풍격으로 정의되는,[54] 난해함 때문으로 보인다. 이를테면 한국한시에서 많이 차운한 시 가운데 하나인, 부벽루에 적힌 작품을 차운한 시는 이와 같은 맥락에서 이해할 수 있을 것이다.

부벽루에서 안분 시에 차운하여

기인이야말로 지상의 신선이 아닌가
만사를 편안하게 하늘에 맡길 뿐이니
두 눈엔 무성한 경물이 펼쳐져 있고

53) 許筠, 『惺所覆瓿藁』, 卷25, 說部. "我朝詩, 至中廟朝大成, 以容齋相倡始, 而朴訥齋祥, 申企齋光漢, 金沖庵淨, 鄭湖陰士龍, 並生一世, 炳烺鏗鏘, 足稱千古也. 『叢刊』卷74, 462面.
54) 이종묵(1995), 290면 참고.

술 한 잔 앞에는 울창한 강산이 있네
기린의 도상은 참으로 엉성하고
어조의 동행은 본래 우연일래라
승경에 며칠 머무른들 이상하게 생각마소
소매 펄럭이며 가는 곳마다 이리저리 다닐테니[55)]

첫 구에 등장하는 기인이란 세상과 잘 어울리지 못한 채 홀로 외로이 살아가는 사람을 뜻하는 말이다.[56)] 첫 구부터 범상치 않은 시어로 시작한 시는 뒤의 '선(仙)'과 조응하고, 뒤 구절 "만사를 편안하게 하늘에 맡길 뿐이다"로 귀결된다. 여기에서 하늘에 만사를 맡긴다는, 즉 운명론, 자연 순응론을 엿볼 수 있다.

이러한 시선은 두 눈 가득히 펼쳐진 경물과, 한 잔 술 앞에 놓은 울창한 강산을 묘사로 이어진다. 출구는 광활한 자연을 묘사한 반면, 대구는 자신의 술잔 앞에 자연을 가져다 놓음으로써 확장과 축소, 자연과 인간을 보이지 않게 대비시켜 놓고 있다.

그런데 다음 연에서 작가는 기린의 도상이 엉성하다고 하였다. 이는 '소(疏)' 자를 통해 기린 도상을 거는 일은 자신과 무관하다는 정도로 이해하여도 무방할 것으로 보인다. 또 다음 구인 물고기와 새의 동행이 본래 우연이었다는 말은 자연과 함께할 운명은 아니었으나 우연히 자연 속에 묻힌 자신의 현 모습을 묘사한 것으로 보인다.

마지막 연은 승경에 더 머물고픈 시인의 마음을 표현한 것인데, '변승천(抃勝踐)'이란 시어가 특이하다. 뛰어난 풍경을 발자취로 쓸고 다닌다는

---

55) 鄭士龍, 「浮碧樓 次安分韻」 "畸人不是地行仙, 萬事休休只任天. 景物依依雙眼裏, 江山鬱鬱一尊前. 麒麟圖像眞疏矣, 魚鳥參行本偶然. 莫怪留連抃勝踐, 行裾隨處動遭牽." 『湖陰雜稿』 卷2, 『叢刊』 卷25, 59面.
56) 『莊子』 「大宗師」에 "기인이란 사람들과는 잘 어울리지 못해도 하늘과는 서로 짝이 되는 사람이다."는 말이 나온다.

표현은 그가 시인으로서의 면모뿐 아니라, '기고초발(奇古峭拔)'로 평가되
는 이유를 잘 설명해 주는 것으로 보인다.[57)]

한편 시에서 '휴휴(休休), 의의(依依), 울울(鬱鬱)' 등의 첩어(疊語)를 사용함
으로써 호방한 자연을 더욱 실감 나게 표현하고 있으며, 전언한 것처럼
시각의 퍼짐과 오그라듦을 동시에 입체적으로 묘사하는 수사 방식도 주
목된다. 이처럼 호방한 자연에 대한 주시와 노래는 그의 시세계에 주를
이루는데 그 호방함 속에서의 인간의 고독함 역시 다른 한 축을 이룬다.

> **후대에서 밤에 홀로 앉아**
>
> 안개 낀 물가 모래벌판은 끝간 데를 모르겠고
> 천길 높은 데에 흐르는 연못물은 깊도다
> 산 나무 함께 울며 바람 갑자기 일고
> 강물 소리 갑자기 커지는데 달은 외로이 걸렸네
> 평생의 괴로움 누구에게 의지할까를 알겠는데
> 늘그막에 머뭇거리니 절로 불쌍하구나
> 관복 입고 배 띄워 저 멀리 떠나가
> 고래 탄 사람에게 높은 하늘 물어나 볼까나[58)]

밤에 누대에서 홀로 앉아 외로움을 토로한 작품이다. 전체적인 묘사 방
식과 주제가 전작과 크게 다르지는 않다. 외로움은 끝없이 펼쳐진 모래와
천길 높이 솟은 누대, 그리고 그 아래 한없이 깊은 연못물로 대변하고 있
다. 하지만 이러한 외로움을 더욱 배가시키고 있는 것은 갑자기 인 바람
과 외로이 걸린 달이다. 강물 소리가 커지고 있을 때 외로이 하늘에 걸린

---

57) 洪萬宗, 『小華詩評』 "鄭湖陰士龍, 奇古峭拔, 一世萎累之氣, 可與唐之長吉義山, 并較才力云."
　　이종묵(1995), 290면 참고.
58) 鄭士龍, 「後臺夜坐 其二」 "煙沙浩浩望無邊, 千仞臺臨不測淵. 山木俱鳴風乍起, 江聲忽厲月孤
　　懸. 平生牢落知誰藉, 投老逃遺只自憐. 擬着宮袍放舟去, 騎鯨人遠問高天." 『湖陰雜稿』 卷3,
　　『叢刊』 卷25, 81面.

달은 외로운 시인의 심사가 절정에 달한 상황을 잘 말해주고 있다.

후반부로 들어선 시는 직설적인 표현으로 외로움을 토로한다. 평생의 괴로움을 의지할 곳은 다름 아닌 자연이다. 즉 귀거래 의지를 표명하고 있으나 관료로서 그렇지 못하는 심정을 노래하고 있다. 귀거래 의지는 관료라면 누구나 표출하고 있는 심사 가운데 하나다. 실제 귀거래를 노래하고 귀거래 하는 인물이 있는가 하면, 몸과 마음이 따로 마음만 노래하고 있는 환은(宦隱) 인물도 많다. 정사룡의 경우 실록이나 지인 이선(李選)의 기록에서 확인할 수 있듯이, 정사룡은 관직에 대한 끈을 놓지 않으려 부단히 노력한 인물이었다.[59] 그렇기에 앞서 인용된 작품처럼 이 작품에서도 호방한 자연을 묘사하면서도 자연과 함께 하고픈 의지를 동시에 묘사하고 있는 것이다.

물론 정사룡은 연산군의 폭정과 사화(士禍)를 경험하긴 했지만, 이 시기는 전반적으로 안정된 체계를 유지할 수 있었으며, 비교적 체계적인 언론 제도 및 농업 정책의 뒷받침으로 문화 홍륭의 기초를 다딜 수 있었던 시기였기 때문에,[60] 완연히 현실을 부정하며 좌절의 비분과 강개의 정을 시에 투사하지는 않았다. 그렇기에 그의 시에는 환은을 표현한 시가 많다.

한편 "백팔 번의 위험한 길 백 번 굽은 시내, 석양 가에는 소슬한 푸른 소나무만. 산속 기이한 일들 오늘날 여전하니, 나귀 타고 시 읊으며 잠도 잊어보네."[61]라고 읊은 작품을 보면 그의 시가 여느 유람시와 다른 점을 쉽게 발견할 수 있다. 대개의 유람시가 주변 풍경을 읊으며 심사를 표출

---

59) 『朝鮮王朝實錄 宣祖修訂實錄』 卷4, 3년 庚午 4月 1日(戊戌) 16번째 기사 "自少酷慕豪富, 營産致饒, 侈美自奉, 不恤人言."; 李選, 『芝湖集』 卷5, 「鄭湖陰事蹟」, 『叢刊』 卷143, 419面 "自少酷慕富貴, 營産致饒, 侈美自奉."

60) 윤채근(1990), 7面 참조.

61) 上揭書, 45面. "百八危途百折川, 蒼松蕭瑟夕陽邊. 山中奇事有今日, 驢背吟詩失醉眠."

하고 있는 데 반해, 이 작품은 주변 경관을 묘사하고 있는 듯하지만 그 이면에는 복잡한 내면이 얽혀 있어 이해하기가 쉽지만은 않다. 이러한 정사룡의 시재는 앞서 언급했던 기고초발(奇古峭拔)과도 당연히 맞닿아 있으면서도, 그가 시에서 자주 언급한 천진(天眞)과 천간(天慳)이라는 시적 재주와 무관하지 않다.

그는 일찍이 "양귀함이 도연명에 있음을 오래전에 알았으니, 천진을 빌리려 해도 나의 성긆이 부끄럽네."62)라고 말한바 있다. 시적 재주에 대한 겸사인데, 주목할 점은 바로 이 '천진'이라는 시어의 사용이다. 그가 모두 4번이나 쓴 이 '천진'이라는 시어는 '천간'이라는 시어와 함께 봐야 한다. 실제 천진보다 이 천간이라는 시어를 더 많이 사용했는데, 이는 고려시대에 쓰였던 뜻과 다르다. 그가 사용한 천간은 천진의 뜻과 통하는 것으로 그의 시재(詩材)를 달리 사용한 것이다. 이는 호음이 시에 대해 끊임없이 탐색하고 새로운 시를 만들고자 노력한 것으로 이해된다.

결국 앞서 살펴본 것처럼, 그는 호방한 자연에 대한 묘사를 치밀하게 배열시킨다거나 새로운 시어를 사용하는 등 천부적인 재능을 지닌 인물이며, 주지하는 것처럼 강서시파(江西詩派)의 영향 아래 탄생한 결과물이기도 하다.63)

정사룡과 더불어 호소지(湖蘇芝) 중 한 인물로, 노수신(1515~1590)이 있다. 그는 한국의 두보로 칭할 만큼 시로써 명성이 대단한 인물이다.64) 문학뿐 아니라 사상사적 측면에서 정제두(鄭齊斗)보다 양명학에 더 일찍 눈을 뜬 인물로 평가받고 있다는 점 등은 더욱 한문학사에서 중요하게 살피는 이유다.65)

---

62) 上揭書, 68面. "久知良貴在陶漁, 欲仮天眞愧我疏"
63) 정사룡이 강서시파의 영향을 받았다는 연구는 그간 꾸준히 발표된바 있다. 대표 저서로는 이종묵(1995)이 있다.
64) 洪大容, 『湛軒書』外集 卷1, 「與秋書」 "本國以來, 如朴挹翠, 盧蘇齋, 俗稱東方李杜"

다시 짓다

높이 솟아 트여 있는 저 누각이여
바다와 인접해 편안히 있는 저 창
부처가 오느라 뱃전엔 안개 짙고
신선이 떠나니 혈풍이 서늘하구나
약수는 삼천리나 되고
은하수는 열두 굽이인데
많은 갈림길 어디에 있나
머리 들면 하나의 하늘 광활할 뿐인데[66]

우선 작가가 있는 곳은 해안가 높이 솟은 누각이다. 난간에 기댄 채
바다를 바라보고 있음을 서두에서 표현하고 있는데, 대개 수련에서 대구
를 쓰지 않는 점을 감안한다면, 철저한 대우, 글자의 쓰임 등이 예사롭지
않다.

다음 연에서는 돌연 부처와 신선을 등장시킨다. 그리고 이들의 등장과
함께 짙게 퍼지는 안개와 서늘히 부는 혈풍은 신성함을 넘어 신비감마저
감돌게 한다. 그리고 전설상으로만 존재한다는 약수와 인간 꿈의 상징인
은하수를 넣음으로써 그 효과를 증대시킨다.

작가가 이 작품을 통해 하고 싶은 말은 마지막 두 구절에 있다. 수많은
길, 광활한 우주도 결국 한 하늘 아래 존재하는 것이며, 이는 이를 바라보
고 있는 인간의 마음속에 모든 것이 있다는 것이다.

높은 누각에서 바라본 바다, 그곳에서의 신비함, 그 광활한 우주라 하
더라도 가만히 침잠하여 생각해보면 결국 인간의 마음속에 삼라만상이
모두 있다는 고도의 정신경계를 표현한 시라 할 수 있다. 이렇듯 호방한

---

65) 신향림(2005).
66) 盧守愼, 「又題」 "臺榭凭高敞, 窓櫳逼海安. 仏來船霧重, 仙去穴風寒. 弱水三千里, 銀河十二灘.
多岐在何處, 擧首一天寬." 『穌齋集』 卷1, 『叢刊』 卷35, 71面.

자연에서 인간으로의 시선 회귀는 노수신 시가 표방하는 것 중 하나다.

바다를 바라보며

한없이 펼쳐진 우리나라 동해 바다
처음 하늘이 열리고 텅 비어 있는 땅
감히 웃어보노라 호걸한 서주의 노인이여
구구히 기러기 먹으며 어떻게 지내시는가[67]

끝없이 펼쳐진 바다를 '미망(微茫), 대(大), 무여(無餘)'의 수사를 동원한
것은 글자 수가 제한된 한시에서 다소 낭비처럼 보이기도 하지만, 바꿔
생각해보면 시만이 지니는 독특한 성질로서 의미 확장의 표현 역시 쉽지
않음을 의미한다. 또 1구와 같이 천지개벽을 2구에서는 저렇게 표현하고
있는데, 특히 '해(解)' 자는 개성이 강한 시어다. 3구와 4구에서는 호방한
자연에서의 시선이 다시 인간에게 향한다.

이 작품 제목에는 "상안문점(上鴈門帖)"이라는 주석이 있어 금강산 유람
중에 지은 작품임을 알 수 있다.[68] 이 작품 전후에 「수미암」, 「마가연사」
같은 작품이 있는 것만 봐도 안문점이 금강산에 있음을 알 수 있다.

주목할 점은 노수신의 작품에 유독 높은 곳에 올라 탁 트인 공간에서
의 호방한 자연을 노래한 작품이 많다는 데 있다. 「등단발령령」, 「향로봉」,
「사미봉」 등이 그러하다. 이는 전대의 시인들에게서 보이는 매화나 구름
등의 소재와는 다른 것들이다. 물론 두 자연물 자체를 비교하는 것이 무
리일 수 있지만, 실제 작품을 살펴보면 소재가 그러하다. 그리고 그 작품
들을 살펴보면 인용된 시처럼 호방한 자연의 묘사와 함께 모호한 전고,

---

67) 上揭書, 71面. 「望海」 "微茫左海大無餘, 始解天浮地亦虛. 堪笑西州老豪傑, 區區食鴈問何如."
68) 南孝溫, 『秋江集』卷5, 「遊金剛山記」, 『叢刊』卷16, 91面. 循大藏峯而西, 五石峯在右, 九土
　　峯在左, 而洞水南注, 沿流而下, 挾右山腰, 陟一大岾, 名曰雁門岾, 雁門峯之南枝也.

새로운 시어의 사용을 특성으로 하고 있다.

노수신은 "한 번 돌아보니 풍연은 푸른 근교에 퍼져 있고, 매번 시심(詩心)은 더욱 호방해짐을 깨닫네."[69]라고 하거나, "편지나 소장을 쓰는 것은 나의 일이 아니니, 시를 지어 물상의 화려함을 읊는다네."[70]라고 말한 바 있다. 인용된 시 역시 호방한 자연에 대한 주시와 철저한 수사가 주를 이루고 있다.

한편 「백련」은[71] 이정(李楨, 1512~1571)의 작품 「백련」과 한 글자도 빠지지 않고 같다.[72] 누구의 작품인지 정확히 확인할 수는 없다. 다만 기구와 승구는 매처학자(梅妻鶴子)로 유명한 송나라의 은자 임포(林逋)의 시 「산원소매」를 그대로 차용한 구절이며, 노수신의 작품 「영매십이절」[73]에서도 다시 똑같이 쓰인 점만 확인되는데, 개성 강한 시인이 왜 같은 구절을 두 번이나 사용했는지 정확하지는 않지만, 빈번한 전거의 사용이라든지 기자(奇字)의 사용이 그의 시가 지니는 특성으로 본다면 정사룡과 마찬가지로 강서시파의 영향이 아닐까 조심스럽게 추측할 뿐이다.

이처럼 정사룡과 노수신의 문학은 서거정 이래 성리학의 문학 논리와는 다른 맥락에서 형성되어온 사장(詞章)의 전통에서 이해되어야 한다.[74] 아울러 김수온과 서거정, 이승소와는 다른 맥락이라는 점이 자연시를 통해 확인된다. 즉 그들의 문학 저변에는 소위 해동강서시파라 불리는 문학 담당층의 문학논리 아래 이해될 수 있는데, 그것은 모호한 전고의 사용, 기자의 빈번함, 의경의 치밀한 배치 등을 통해 알 수 있었다.

---

69) 上揭書, 175面. 「晩眺 有感」 "一覽風煙通莽蒼, 每回詩胆覺增豪"
70) 上揭書, 127面. 「病中有懷 寄韓諫議」 "書疏非吾事, 裁詩詠物華"
71) 上揭書, 276面. "疏影橫斜水淸淺, 暗香浮動月黃昏, 却嫌朱夏風流絶, 故被芙蓉奪得魂."
72) 李楨, 『龜巖集 續輯』 卷1, 『叢刊』 卷33, 478面.
73) 上揭書, 79面.
74) 이동환(1983).

5. 맺음말

한시는 대개 작가의 개성보다도 전통적인 문학적 유형을 선호한다. 즉 사적인 생활을 읊기보다는 자연을 대상으로 시작(詩作)을 하였으며, 이것이 보편적 유형이 되어버린 것이다. 하지만 이 보편적 유형에는 다양한 층위가 존재하며, 거기에는 보이지 않는 작가의 개성 돌출이 또렷함은 물론이다.

본고에서는 바로 이 한시 전통 문학적 유형을 다룬 자연시를 중심으로, 그 가운데 조선전기 관각파 문인들의 자연관과 그 형상화 방식, 내면의식 등을 고구하고자 작성되었다. 그 결과 정도전과 권근은 변화하는 자연계의 목도와 현실주의, 김수온과 서거정 그리고 이수온은 화평함과 원만함에 주목한 감성주의, 정사룡과 노수신은 호방한 자연을 노래한 유미주의라는 결론을 내렸다.

작품의 분석과 유사 작품을 통해 자연관과 그 변모 양상을 확인한 점은 나름의 장점도 있지만 다소 당연한 결과에 그친 점, 지문의 제약으로 인해 많은 작품을 활용하지 못하여 비약적인 논리가 보이는 점, 개념이 모호한 점 등 단점도 적지 않게 노출되었다. 이는 훗날 개별 연구를 시도할 때, 혹은 도학파 문인들의 자연관을 밝힐 때 수정을 거듭할 것이다. 모쪼록 여전히 부재한 한국한시사에서의 자연관의 변모양상에 관한 연구에 일조되기를 바랄 뿐이다.

제14장

「만망(晚望)」과 「고봉산재(高峰山齋)」의 저자 문제

1. 두 작품과 글자의 출입

연구자가 문집을 강독하다 보면 다소 어색한 문장을 발견할 때가 있다. 이때 원문 또는 텍스트를 확인하고자 '한국고전번역원 웹DB'을 살피는 데 여기에서 동일 작품에 대한 또 다른 저자를 발견할 때가 종종 있다.[1]

예를 들어 최경창(1539~1583)의 한시 「만망」에서 '泰華到茅茨'을 보면서 '태화'가 태화산 내지 태산과 화산을 지칭하는 것인데 해석이 매끄럽지 않고, 그렇다고 '커다란 꽃'으로 보기에는 무리가 있어서 시어를 검색하면 기대승(1527~1572)의 「만망」이 보이는 경우가 그러하다. 문제가 되는 두 작품을 열거하면 다음과 같다.

---

[1] 예를 들면, '文章指南'을 검색하면 金宇顒(1540~1603)의 「文章指南跋」과 柳夢寅(1559~1623)의 「文章指南跋」이 동시에 보이는데, 글을 살펴보면 몇 글자의 출입만 보일 뿐 거의 같은 글로 확인된다. 이 문제에 대해서 강동석은 「「文章指南跋」의 작자와 주제의식」(『어문연구』 90, 2016)을 통해 저자가 유몽인임을 밝힌 바 있다.

「저물녘에 바라보다[晚望] 其一」	「저물녘에 바라보다[晚望]」
봄꽃은 초가집에도 피었고	태화는 초가집에까지 이르고
삼봉에 석양빛이 머물렀네	삼봉에 석양빛이 머물렀네
가을날 홀로 지팡이 짚고 섰노라니	가을날 홀로 지팡이 짚고 섰노라니
맑은 이슬이 옷깃을 적시누나	맑은 이슬이 옷깃을 적시누나
春華到茅茨　三峯住夕暉 秋天獨倚杖　白露濕人衣 －『高峰集』「補遺」	泰華到茅茨　三峯住夕暉 秋天獨倚杖　白露濕人衣 －『孤竹遺稿』「五言絶句」, 『叢刊』 卷5, 6面.

「저물녘에 바라보다[晚望] 其二」	「고봉의 산재에서[高峰山齋]」
옛 고을에는 성곽도 없고	옛 고을에는 성곽도 없고
산 서재에는 수풀만 우거졌네	산 서재에는 수풀만 우거졌네
쓸쓸히 관리들 흩어진 뒤에	쓸쓸히 관리들 흩어진 뒤에
차가운 다듬이 소리 물 너머에서 들려오네	차가운 다듬이 소리 물 너머에서 들려오네
古郡無城郭　山齋有樹林 蕭條人吏散　隔水擣寒砧 －『高峰集』「補遺」	古郡無城郭　山齋有樹林 蕭條人吏散　隔水擣寒砧 －『孤竹遺稿』「五言絶句」, 『叢刊』 卷5, 5面.

　글자의 출입은 각 작품에 '춘(春)'과 '태(泰)', '도(擣)'와 '도(搗)' 한 글자씩
을 제외하고는 모두 같다. 문제는 「만망」 두 수가 기대승의 작품으로 알려
져 있고, 「만망」의 두 번째 작품이 「고봉산재」라는 제목으로 최경창의 대
표작으로 학계에 소개되고 있다는 것이다.[2]

　이러할 때면 저자가 누구인지를 명확하게 확인해야 하며, 무엇보다도

---

2) 전관수의 『한시 작가・한시 사전』(1122면, 국학자료원, 2007)과 원주용의 『조선시대 한시
　읽기－(하)』(44面, 이담, 2016)에도 최경창의 작품으로 해설되어 있다.

현상보다 그 원인에 주목할 필요가 있다. 따라서 본고는 이러한 문제의식을 바탕으로 두 작품의 저자를 밝히고 그 동인이 무엇인지 밝히는 것을 목적으로 작성되었다.

2. 『고봉집』 「보유」와 『명가필보』에 근거한 기대승 작

『고봉집』은 1629년(인조7) 고봉의 손서이자 선산 부사 조찬한(趙纘韓)이 선산에서 목판으로 3권 3책을 처음 간행했으며, 현재 국립중앙도서관(한-46-가189)과 연세대학교 중앙도서관(811.97 기대승-고-판)에 소장되어 있다.

이후 『논사록(論思錄)』, 『존재만록(存齋謾錄)』, 『양선생왕복서(兩先生往复書)』, 『양선생사칠이기왕복서(兩先生四七理氣往复書)』, 『별집부록(別集附錄)』 등을 추가하여 간행되었다. 그러다가 2007년 『국역 고봉전서』을 간행하다 문집에 누락된 시 가운데 『명가필보』에 실린 2수와 『고봉선생유묵』에 실린 5수, 「고봉선생신도비명」, 「월봉서원묘정비명」을 추가 번역한 것이다.[3] 이때부터 「만망」이 주목되기 시작했으며 유물전시관에서도 볼 수 있게 된 것이다.

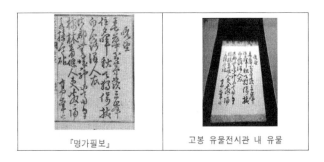

| 『명가필보』 | 고봉 유물전시관 내 유물 |

---

3) 강대걸, 『고봉집(高峯集)』 解題 – 한국고전번역원 제공.

　　기대승의 작품이라고 인정하게 된 『명가필보』는 백두용(1872~1935)이
1926년에 한남서림(翰南書林)이 간행한 대표서적이다. 실제 서명은 『해동
역대명가필보』이며, 우리나라의 역대 필적 700점을 모아 6권으로 묶은
책이다. 편자인 백두용은 책 서두에 자신의 모습을 넣어 자부심을 드러내
기도 했고, 또 당시 신문사에서도 이 책의 간행 사실을 크게 알리기도 했
다. 실제 백두용에 대한 평가는 호의적이며, 학식이 높고 저술까지 하던
재야의 지식인이자 학자적 풍모를 보이던 전문 서적상으로 알려져 있다.

『명가필보』내 백두용 모습　　　동아일보 1926년 4월28일자 3면.

　　『고봉집』「보유」에 "이 시는 『명가필보』에 수록된 고봉의 시를 보충
해 넣은 것이다."라고 주석을 넣은 것을 보면 공신력이 적지 않은 듯하다.

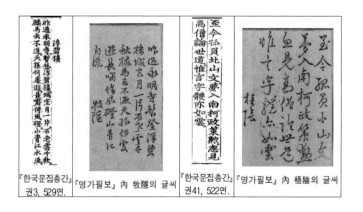

『한국문집총간』　　　『명가필보』內 牧隱의 글씨　　　『한국문집총간』　　　『명가필보』內 梧陰의 글씨
권3, 529면.　　　　　　　　　　　　　　　　　　　　　　　권41, 522면.

실제로 필자가 『명가필보』에 실린 여러 작품을 문인의 문집과 확인하고 대조해 본 결과 거의 모든 작품이 실려 있었지, 다른 사람의 작품을 글씨로 남긴 사례는 발견되지 않았다.4) 따라서 이로 본다면 『명가필보』도 하나의 자료가 될 수 있음이 증명된다.

3. 『고죽유고』와 『학산초담』에 근거한 최경창 작

『고죽유고』는 처음 『최백집』이라 하여 최경창과 백광훈의 합집 형태로 이루어졌다. 이에 대해서는 정확히 알 수 없으나 저자가 죽은 뒤인 1583년에서 고경명이 죽은 1592년 사이에 발간되었던 것으로 추정할 뿐이다. 또 저자의 시문이 병란 중에 대부분 산일되고 약간의 가장본만이 남아 있어, 손자 최진해(崔振海)가 이 가장본을 바탕으로 하고 『최백집』 등에서 유문을 수집하여 불분권 1책으로 편차하였다. 이것을 1683년 진해의 막내아들 최석영(崔碩英)이 회양 부사로 나갔을 때 저자의 생손(甥孫)인 이민서(李敏敍)의 도움을 받아 목판으로 간행하였다. 초간본은 현재 규장각(奎581), 연세대학교 중앙도서관, 국립중앙도서관(한45 - 가23), 간송문고 등에 소장되어 있다.

한편 저자의 시집이 그 명성에 비해 늦게 발간된 이유에 대해서는 서문을 비롯한 부록문자가 모두 송시열, 이민서 등 서인의 손에서 나왔다는 점이나 저자 자신도 서인으로서 동인인 허봉, 이산해 등과 사이가 좋지 않았던 점 등을 들어 서인 집권기인 17세기 말에 이루어진 것으로 보는 견해도 있을 뿐 모두 정확하지는 않다.5)

---

4) 여기에는 필자의 無知로 인해 脫草하지 못하여 문집의 작품과 확인해 보지 못한 작품도 적지 않다.

「고봉산재」와 「만망」이라는 제목의 작품들은 모두『고죽유고』「오언절구」 앞부분에 있는 작품들이다. 문집에 실렸다는 것만으로도 저자임이 확인된 셈인 것이다. 또 당대 문학을 담당했던 중요 문인 가운데 한 사람인 허균(1569~1618)은『학산초담』에서 "가운은 「제고봉군산정」에서 '古郡無城郭, 山齋有樹林. 蕭條人吏散, 隔水搗寒砧.'"라고 했으니,6) 이로 본다면「고봉산재」가 최경창의 작품임을 방증하는 것이라 하겠다.

그런데 여기에서 한 가지 짚고 넘어가야 할 부분 가운데 하나가 바로 제목이다. 제목에 표기된 '군산정'은『해동역사』제58권 「예문지」 중국 「문(文)」 5에 다음과 같은 기록이 있다.

> 배가 섬으로 들어가자 연안에서 깃발을 잡고 늘어서 있는 자가 100여 명이나 되었다. 동접반이 서신과 함께 정사, 부사 및 삼절의 조반을 보내왔다. 정사와 부사가 접반에게 이첩하여 국왕에게 도착하였다는 것을 알리기 위한 서장을 보내니, 접반이 채방을 보내어 정사와 부사에게 군산정으로 올라와 만나 보기를 요청하였다. 군산정은 바닷가에 바짝 다가서 있었으며, 뒤에는 두 봉우리에 의지하고 있었는데, 그 두 봉우리는 서로 나란히 우뚝 서 있어 수백 길이나 되는 – 정각본에는 '수백인(數百仞)'이 '수인(數仞)'으로 되어 있다. – 절벽을 이루고 있었다. 문밖에는 관청 건물이 10여 칸 있고, 서쪽의 가까운 작은 산 위에는 오룡묘와 자복사가 있었다. 또 그 서쪽에는 숭산행궁이 있었고, 좌우전후에는 주민들의 집 10여 호가 있었다.7)

위의 기사로 본다면, 군산정은 고군산 반도에 있는 것으로 보이며, 시의 기구에 있는 '고군'은 옛 고을이 아닌 고군산일 가능성이 있기 때문이다.

---

5) 오세옥,『고죽유고』해제, 한국고전번역원 웹DB.
6) 許筠,『惺所覆瓿藁』第26卷 附錄『鶴山樵談』
7) 韓致奫,『海東繹史』第58卷 「藝文志」 중국 「文」 5. 한국고전번역원 웹DB.

이상 2장과 3장에서 『고봉집』과 『고죽유고』, 『명가필보』와 『학산초담』 등 각 문집과 방증하는 자료를 통해 본다면 두 문인 모두 각자의 작품이 되고 만다. 하지만 분명 한 사람의 작품이므로 시어 및 유적을 통해 저자를 밝히면 다음과 같다.

4. 시어, 유적, 판본을 통해 밝힌 기대승 작

(1) '태(泰)' 자의 오기와 '도(搗)' 자의 변환

우선 필자가 처음에 의문을 품었던 '태화' 부분이다. 태화는 '화산'이라고도 하며 중국 섬서성 화음현 남쪽 진령산맥 중 가장 높은 산을 지칭한다. '태화(太華)'라고도 쓴다. 또 태산과 화산을 합칭하는 말로 쓰이기도 한다. 따라서 최경창의 '泰華到茅茨'는 시 전체와 전혀 어울리지 않는다.

그렇다면 산명이 아닌 '커다란 꽃' 내지 '아름다운 꽃' 정도의 일반적 해석으로 볼 수 있는가 하는 문제로 넘어간다. 『한국문집총간』을 모두 보면, 이러한 용례는 발견되지 않는다. 따라서 이러한 시어로 사용할 가능성은 매우 낮다고 볼 수 있다.

특히 기대승의 「만망」에 사용된 '춘(春)' 자가 '태(泰)' 자와 비슷하기 때문에 최경창의 오기일 가능성이 제기된다. 또 대개의 문집이 연대순으로 편찬됨을 감안한다면 최경창의 작품 「등남악」이 9세에 지었으니, 최경창이 기대승의 작품을 모작했을 가능성은 더욱 커진다.[8]

---

8) 崔慶昌, 『孤竹遺稿』, 「登南岳 九歲作」, 『叢刊』 卷5, 5面. "蒼翠終南嶽, 崔嵬宇宙間. 登臨聊俯瞰, 江漢細潺湲."

다음은 기대승의 '도(擣)' 자 사용이다. 「만망」의 두 번째 작품에서, 기대승은 '도' 자를 사용한 반면, 최경창은 「고봉산재」에서 이 글자를 '도(搗)' 자를 썼다. 기대승은 문집에서 '도(擣)' 자를 세 번이나 사용했고,9) '도(搗)' 자는 한 번도 사용하지 않았다. 반면, 최경창은 '도(擣)' 자를 한번, '도(搗)' 자도 한 번 사용했다.10) 이는 논거가 될 수 없으나 획수를 줄이려 간자를 사용하는 경우가 많기 때문에 '도(擣)' 자가 앞서 쓰였을 가능성을 배제할 수는 없다.

그 외에 '성곽(城郭)'의 시어를 기대승의 경우 두 번을 사용했지만, 최경창의 경우에는 한 번도 사용하지 않았다.11) 또, '수림(樹林)'의 경우에는 각각 한 번씩 사용했다.12) '소조(蕭條)'의 경우에는 기대승이 한 번,13) 최경창이 두 번을 사용했다.14) '격수(隔水)'는 최경창만 두 번을 사용했다.15) 이는 다른 시어의 사용을 통해 저자 확인은 불가능함을 암시한다.

(2) '고봉'과 '산재'

두 번째로 필자가 의문을 품었던 것은 제목에 관한 것이다. '고봉'을 '지명' 또는 '호(號)'로 보느냐, 아니면 단순히 '높은 봉우리'로 보느냐는

---

9) 奇大升, 『高峰集』, 卷2, 「祭朴致道文」, "殞心如擣, 涕流橫臆.", 『續輯』 卷1, 古詩(失題) "堪嗟玉兎勤擣藥, 藥成只足勞其躬.", 「思人」 "玉階勤擣藥, 桂樹幾秋風"

10) 崔慶昌, 『孤竹遺稿』, 「御題擣紈」, 『叢刊』 卷50, 18面. "誰家搗紈杵, 一下一傷情."

11) 奇大升, 『高峰集』, 卷1, 「用光牧韻」, "一杯聊夏借紅顔, 久知城郭眞多事.", 「友人以書相招 答以絶句」 "城郭如今有隱君, 自慚無計挹蘭薰."

12) 奇大升, 『高峰集』, 卷1, 「湖堂次友人韻」 "風烟落日無留影, 嫩葉披披翳樹林.";崔慶昌, 『孤竹遺稿』, 「到廬」, 『叢刊』 卷50, 56面. "貧居西崗遠, 依依樹林翳."

13) 奇大升, 『高峰集』, 卷1, 「山堂寒日」 "蕭條歲欲窮, 凍泉時自汲."

14) 崔慶昌, 『孤竹遺稿』, 「因李益之北歸 寄朴觀察(民獻)」, 『叢刊』 卷50, 17面. "一路經灾疫, 蕭條似亂離.", 「次寄玉峯」, 『叢刊』 卷50, 21面. "岐峯梓木今成拱, 人事蕭條政不堪."

15) 崔慶昌, 『孤竹遺稿』, 「早行長峽」, 『叢刊』 卷50, 10面. "林鴉飛盡曙烟起, 隔水人家猶掩扉.";「代權相(轍) 次華使漢江樓韻」, 『叢刊』 卷50, 23面. "銀峯隔水淸暉逼, 琪樹迷空暝色收."

문제이다. 우선 고봉에 대해 『신증동국여지승람』 제6권과 제11권의 「경기」와 「고양군」을 보면, 고봉현, 고봉성산 등이 보인다. 실제 기대승의 본관이 행주(고양의 옛 이름)이므로 이와는 가장 잘 부합된다.

또 충남과 전북에 각각 고봉산이 있는데, 충남은 차치하더라도 고창의 고봉산은 앞서 허균이 말한 군산과 가깝게 있기 때문에 전혀 무관하지 않다. 그러나 『해동역사』에는 두 봉우리라고 되어 있으나 시를 보면 '세 봉우리'로 표기되어 있기 때문에 이곳으로 보는 것도 무리이다.

한편 최경창의 시에는 「경성을 출발하여 고봉관에 묵으며 벽 위에 있는 시를 차운하다」라는 시가 있다.16) 여기에서의 고봉관은 경성을 출발한 지 얼마 떨어지지 않은 곳이기 때문에 고양일 가능성이 가장 많다. 만일 최경창의 작품이라면 이곳에서 지었을 가능성도 배제할 수는 없을 것이다.

다음 '산재'에 관해서는 기대승만 한 수가 전할 뿐, 최경창의 시에는 등장하지 않는 시어이다. 기대승은 「우성(偶成)」이라는 작품에서 "여러 날 산재에 있으면서, 번잡을 벗고 경쾌하게 지냈네. 낮이 기니 봄기운 가득하고, 지경이 고요하니 선의 뜻 충분하네, 더운 바람 가랑비 보내오니, 고운 풀 날마다 돋아나네. 우연히 이러한 조화를 느껴, 아득히 깊은 정을 머금노라."17)라고 했다. 이것은 기대승 연보에 따르면 "계묘년(1543) 선생 17세에 책을 싸 들고 산재로 갔으니, 때는 벌써 초여름이었다."18)라고 한

---

16) 崔慶昌, 『孤竹遺稿』, 「發京城 宿高峯館 次壁上韻」, 『叢刊』 卷50, 21面. "一騎今朝發上都, 西歸風雨滿前途. 天涯糊口身將老, 客裡逢秋肺不蘇. 萬里功名違壯志, 十年鉛槧愧眞儒. 寂寥空館無人間, 愁對青灯永夜孤."

17) 奇大升, 『高峰集』, 卷1, 「偶吟」 "累日寄山齋, 釋紛聊自輕. 晝永春氣滿, 境靜禪意盈. 暄風將微雨, 幽草日日生. 偶此感物化, 緬然含深情."

18) 奇大升, 『高峰集』, 「高峰先生年譜」.

기록과 맞닿아 있다. 즉 시어뿐 아니라 연보에 따르면 실제 기대승은 산재로 책을 싸 들고 가서 학문에 매진한 기록이 보인다.[19]

따라서 제목 「고봉산재」는 '높은 봉우리 산속 집'이 아닌 '고봉 기대승의 산재'가 가장 타당하다는 결론이 도출된다.

(3) 판본의 온전성 여부

앞서 살펴본 『고봉집』의 경우 그 판본이 확실한 데 반해, 『고죽유고』는 "저자의 시문은 병란 중에 대부분 산일되고 약간의 가장본만이 남아 있었는데, 손자 최진해가 이 가장본을 바탕으로 앞서 말한 『최백집』 등에서 유문을 수집하여 불분권 1책으로 편차하였다. 이것을 1683년 진해의 계자(季子) 최석영이 회양 부사로 나갔을 때 저자의 생손인 이민서의 도움을 받아 목판으로 간행하였다."라고 한 부분이 있었다. 즉 병란 중에 대부분 산일되었기 때문에 그 문집이 온전하지 않음을 알 수 있다. 다시 말해, 초간본의 형태의 온전성 여부가 문집의 정확도를 좌우하기 때문에 『고죽유고』의 불온전성은 곧 「고봉산재」와 「만망」이 최경창의 작품이 아님을 방증하는 것이다.

5. 맺음말

그간 우리 학계에서는 「만망」과 「고봉산재」를 최경창의 작품으로 인지하고 또 대표작이라고까지 언급하기도 했다. 이는 병란 중 산일된 문집을 후손이 엮는 과정에서 생긴 착오이다. 당대는 부득이한 상황이었으나,

19) 선양위원회 편저, 『고봉이야기』, 41面. 도서출판 사람들, 2014.

현재 연구자들은 많은 자료를 볼 수 있고, 검색 가능한 시대에 살고 있기 때문에 이를 바로 잡을 필요가 있다. 이상 살펴본 기대승의 작품 「만망」 두 수가 12년 후배인 최경창의 문집에 「고봉산재」와 「만망」이라는 제목으로 알려진 경우가 그러하다.

그 근거로는 첫째, 시어의 쓰임이다. 최경창은 「만망」에서 '泰華到茅茨' 라고 했고, 기대승은 '春華到茅茨'라고 했다. 여기에서 '태화(泰華)'는 태산과 화산, 태산, 큰 꽃 등 다양하게 해석이 가능하지만, 기대승의 '춘화(春華)'의 오기로 보인다. 이는 문맥도 그러하며 최경창의 문집이 연대순으로 편찬되었다는 가정 아래 10세 이전의 작품으로 추정할 수 있기 때문이다.

둘째, 시어 및 발자취를 통해 확인 가능하다. 제목의 '고봉산재'가 '높은 봉우리에 있는 집'으로 해석되기에는 뭔가 석연치 않은 점이 보인다. 또한 '산재'라는 시어도 그러하다. 최경창은 '산재'라는 시어를 사용하지도 않았지만, 기대승의 경우 연보에 따르면 산재에 들어가 학문에 전념했다는 기록도 있으며, 행주(현 고양시)에 살았기 때문에 고봉을 호로 삼은 것 또한 결정적 단서가 될 수 있다.

셋째, 문집의 온전성에 의해 확인 가능하다. 기대승의 『고봉집』은 그 초간본의 형태가 온전한 데 반하여, 최경창의 『고죽유고』는 병란으로 인해 초간본이 산일되었다. 또한 최경창의 「고봉산재」의 작품이 허균의 『학산초담』에는 「제고봉군산정」이라는 제목으로 실려 있으며, 이 작품의 배경이 되는 '군산정'과 작품이 실제 맞지도 않는다. 반면, 『명가필보』에는 '고봉 작'이라는 유묵도 보일뿐만 아니라 『명가필보』에 실린 작품들을 살펴봐도 위작일 가능성이 매우 낮기 때문이다.

이상의 사실들을 살펴봤을 때, 최경창의 문집 『고죽유고』에 실린 「만망」과 「고봉산재」는 기대승의 작품 「만망」 두 수의 작품으로 확인된다.

제15장

「문장지남발(文章指南跋)」의 작자와 주제의식

1. 유몽인과 김우옹의 「문장지남발」

본 글은 「문장지남발」의 저자를 확인하고 작품의 내용과 주제의식을 밝히는 데 목적을 두었다.

한국의 지식학 계보를 탐색함에 있어서 유실된 문헌을 탐색하는 작업은 유의미한 일이다. 그 실체의 유무를 떠나 서발문을 비롯한 여타의 글을 통해 문헌이 소개됨으로써 현존하지는 않지만 당대 문화와 문학을 동시에 살펴볼 수 있기 때문이다.

『문장지남』도 이와 관련이 있다. 이 책은 조선시대 최유연(1587~미상)이 편찬했지만 현전하지가 않아 그 실체를 확인할 수 없었다. 그러나 유몽인(1559~1623)의 『어우집』과 김우옹(1540~1603)의 『동강집』에 각각 「문장지남발」이 실려 있어 책의 저자와 내용 등을 확인할 수 있으니 다행이 아닐 수 없다. 다만 두 문집에 수록된 글이 다소 글자의 차이가 있으며, 동일한 글이 두 작자일 수 없기 때문에 확인이 필요하다.

아울러 이 「문장지남발」은 다른 산문과 비교할 수 없을 만큼 많은 전고가 쓰이고 있는 것을 특징으로 하고 있으며, 또렷한 주제의식이 담겨 있기에 자세히 살펴봐야 한다. 한 작품에 대한 상세한 이해는 작가에 대한 이해로 이어지며, 작가에 대한 이해가 기반이 되어 다시 여타의 작품을 해석할 수 있기 때문이다. 따라서 본고에서는 단락별로 내용과 전고, 그리고 주제의식 등 자세한 분석을 시도하고자 한다.

한편 『문장지남』은 대한제국 당시 최재학(崔在學, ?~?)[1]의 한문교재로 편찬된 것도 있다. 그 내용이 조선시대의 최유연이 편찬한 책과 유사한

---

1) 최재학에 대해서는 인물 정보가 자세하지 않다. 김형목은 『대한제국기 야학운동』(경인문화사, 2005, 269面)에서 "최재학은 서북학회의 평의원으로 활약한 인물이다. 그는 서북학회의 함경도·평안도 일대 普昌學校支校 설립을 위한 순회강연에 가담하였다. 1908년에는 李昌植·趙重吉 등과 국민야학교를 설립하고 교사로서 활동하기에 이르렀다. 그는 대한협회 평의원과 대한학회 찬성원으로서 활동하는 등 교육운동에 적극적이었다. 서부 양영학교장으로 취임과 사립학교 교사로서 자원 등은 그의 교육에 대한 관심도를 반증하는 부분이다."라고 했다.

정우봉은 논문 「근대 계몽기 작문 교재에 관한연구—『실지응용작문법』과 『문장지남』을 중심으로」(한문교육연구 28, 2007)에서 『綠眼境』, 『憲機』, 『대한매일신보』, 『한국독립운동사자료7』, 『백범일지』 등 다양한 자료를 통해 그의 생애를 재구한 바 있다.

이송희는 『대한제국기의 애국계몽운동과 사상』(국학자료원, 2011)에서 서우학회의 주축 인물, 대한협회 활동에 참여한 인사, 사범학교의 설립 조력자, 민족산업진흥 운동자 등 다양한 자료를 통해 그를 소개하고 있다. 하지만 여전히 생몰년을 비롯한 다양한 자료를 통해 재조명이 필요한 인물이다. 다만 李沂가 지은 「實地応用作文法序」에 "최재학이 관서 출신이며 저작시 나이가 30세 정도"라고 한 것을 바탕으로 본다면 『實地応用作文法』이 1909년에 출간된 책이므로 30년을 제하면 대략 1879년이 된다. 또 김구와 관련된 자료에서 "그 후 평양으로 가서 학문으로 이름 높은 克菴 崔在學의 소개로 대보산 영천암의 주지가 되어 부모와 함께 생활하였다."(『백범 김구의 사상과 독립운동』, 신용하, 서울대학교, 2003, 18面)라고 했으니, 당시 김구의 나이 24세(1899)임을 감안하면 대략 비슷한 나이가 된다.

최씨의 본관은 慶州, 全州, 海州, 江陵, 耽津(康津), 隋城(水原), 朔寧(漣川), 和順, 草溪, 永川, 江華, 忠州, 朗州(靈巖), 東州(鐵原), 水源, 牛峯(金川), 通川, 陽川, 開城, 龍州, 興海, 楊州, 永興, 永川 등등 모두 36개이기에(李樹建, 『韓國의 姓氏와 族譜』, 서울대출판부, 2004년, 201面) 족보를 통한 인물탐색이 우선시 되어야 할 것이다. 필자는 처음 최유연이 해주 최씨이므로 최재학을 그 후손이 아닐까라는 의구심에 『해주최씨대동보』를 확인해 봤다. 최재학이 활동한 당시의 연배를 확인해 본 결과 모두 3인이 나오지만 구체적인 활동이나 호가 나오지 않아 동일한 인물로 확인할 수는 없었다.

본 논문에서는 논외의 문제이므로 여기에서는 자세히 다루지는 않는다. 그러나 실제 적지 않은 관계가 있을 가능성을 열어두고 좀 더 확인해 볼 필요가 있다.

부분이 적지 않기 때문에 그 상관관계도 파악해 볼 필요가 있다. 물론 최유연의 『문장지남』이 유실되어 이러한 유추가 온당하지 않을 수 있지만, 「문장지남발」을 통해 그 수록 내용을 보면 두 책의 유사성을 확인할 수 있으며, 어떠한 영향이 있었는지 확인하는 작업도 유의미한 일이 될 것이기에 같이 살펴보고자 한다.

2. 「문장지남발」의 작자와 『문장지남』의 편찬자

전언한 것과 같이 「문장지남발」은 유몽인의 문집 『어우집』 권6과 김우옹의 문집 『동강집』 권16에 각각 실려 있다. 우선 판본의 글자 차이를 살피고 글 안의 내용을 단서로 저자를 밝히고자 원문을 다음과 같이 제시한다. 단락 구분은 독자의 이해를 위해 필자가 임의로 나눈 것이다.

昔(者)黃帝與蚩尤戰於涿鹿之野, 蚩尤能作大霧, 黃帝作指南車克之. 指南所以定一方反四方, 指其趨向者也. 余觀夫(夫字 無)天下多岐路, 行役者一失其方, 則窮年跋涉, 只頓車弊馬, 不知其所當止. 今夫人以尺度推天測地, 一失於毫釐星雨(雨), 則其末之謬, 終至於千國萬里之邈迥, 故冥行者貴得鈯頭(路).

項羽失道陰陵, 田父紿曰左, 左乃陷大澤. 愚夫欲適楚而北轅曰, 吾車馬良, 吾韉靮鞦鞢幹新, 不知愈行而愈(行而愈 無)遠於楚. 盲人獨騎瞎馬, 夜半(半夜)前臨大池, 不知不(不字 無)數步澮於中淵. 越人抱嬰兒投之河曰, 其父善游, 不知兒不學游. 故失多岐之路, 孰知釋老馬而隨其後, 得九曲之珠, 孰知因蜜螴(蟻)而穿其糸. 是以胡廣失其姓(胡廣失其姓 無), 胡寅失其父, 朱壽昌失其母, 魏徵失其弟, 朱買臣失其妻, 燕客失其墳, 窮子失其宅. 中流遇颺(颺)而昧其向者, 或入於鬼谷(國), 或入於鮫室, 或入於猓人之鄉, 或入於黑齒之邦, 或入於烏鬚之國, 皆失其方也.

文章亦猶是也. 自古爲文章者, 恒若岐路之非一. 老仏失於虛無, 莊子失於誕譎, 司馬相如失於遲, 枚皐失於捷, 揚雄失於險, 劉向失於異. 學子方者流於莊周, 學馬史者不失於縱逸則失於齷穴, 學韓子者不失於弛慢則失於忽略. 或至王莽簒僞禮以亂周禮, 劉歆著美新以害子雲, 漢儒述(迷)禮記及黃庭經以亂聖仙諸經, 此皆眩其方以謬其趨向者也.

間或有無書不讀, 汎博而無不該, 脣腐而齒疏, 眦昏而鬢素, 照螢而穿壁, 未知歸宿於何所. 至於精(攻)窮一書, 得其要妙者, 指約而操博, 力省而功多. 夫子之韋編三絶, 尙矣無以議. 揣摩得之陰符, 太玄得之周易, 歐陽脩得之韓文, 蘇東坡得之戰國策, 子長得之老莊左史, 而誣稱得之名山大川, 退之得之莊子, 而僞托儒家曰學孟子而爲之, 蓋因天下書無窮, 非聰明所遍(徧)及, 必須或專門一家, 或略抄諸書而得功居多焉. 此粗得指南, 不失於遊方者也.

若余者, 方洋(羊)無邊, 墒埴冥途, 獨(猶)立大霧之天地, 昧東西南北之趨, 登太行而摧輪輻, 涉湖海而捐桴筏, 烏足刺口於作者之話言. 適因流徙西湖, 與崔上舍有淵爲隣並. 斯人(也字 有)聰明英偉, 翹楚於詞林. 朝夕講劘(磨), 遂與爲忘年之歡. 仍示余以一書, 目曰文章指南. 蓋自選莊子史漢文選韓柳諸大家名編. 總大一卷, 鍾王筆法, 珠琲欄干, 一見便不忍釋于手也. 空其左請余跋, 不料狂僭, 傳之瞽言云.

유몽인의 글을 기준으로 했으며, 괄호는 김우옹의 글을 표기한 것이다. 대체로 글자의 차이가 많지 않음을 알 수 있다. 차이가 나는 부분이라면 어조사의 출입 — 이를테면 '야(也)' 자의 유무 — 이라든지, 뜻이 통하는 글자 — 예컨대 '야반(夜半)'과 '반야(半夜)', '정(精)'과 '공(攻)' — 등이 대부분 쓰였기 때문에 같은 글이라 할 수 있다. 다만 다음의 세 가지의 경우에는 명확한 차이가 있기에 우선 이를 통해 작자를 확인하고자 한다.

첫째, '성우(星雨)'와 '성량(星兩)'이다. 앞 문장이 '今夫人以尺度推天測地'이므로 하늘의 별을 헤아리고 땅의 물을 헤아린다는 의미로 '우(雨)' 자가 마땅하다. '우(雨)'와 '량(兩)'이 비슷한 글자이기에 필사 과정에서 착오가 있었던 듯하다.

둘째, 유몽인의 글에는 '胡廣失其姓'이라는 말이 있으나 김우옹의 글에는 없다. 뒤의 '胡寅失其父'와 다소 유사하여 김우옹의 글에는 빠진 듯하다. 다소 정밀한 부분을 확인할 수 있는 부분이다.

셋째, '劉歆著美新以害子雲, 漢儒述(迷)禮記' 부분이다. 대를 보면 앞이 '저(著)'이므로 뒤에 '술(述)'이 오는 것이 맞다. 역시 글자가 유사한 '미(迷)'가 쓰인 것으로 보아 필사 과정에 오류가 있는 것으로 보인다.

이제 추론이 아닌 실제 "마침 서호로 옮겨와 상사 최유연과 이웃이 되었다."라고 한 저자를 통해 단서를 유추하면 다음과 같은 결론이 도출된다. 우선 시간적 배경이다. 최유연이 1587년생임을 감안한다면 1540년생인 김우옹보다는 1559년생인 유몽인과의 교유 가능성이 가장 크다. 다음으로 공간적 배경이다. '서호'가 그것이다. 유몽인의 연보에 따르면 "1608년(선조 41) 유몽인의 나이 50에 도승지가 되었다. 선조가 승하할 때 내린 유교를 칠대신(七大臣)에게 전했는데, 이 일에 연루되어 이이첨 일파의 탄핵을 받아 서호에 퇴거하게 된다."라고 표기되어 있다. 여기에서 「문장지남발」이 유몽인의 것임을 확인할 수 있다. 즉 김우옹은 1603년에 생을 마쳤으며, 연보나 그의 문집에 '서호'에 관한 언급이 없기 때문이다. 시간적, 공간적으로 김우옹과 무관함을 알 수 있다. 결국 「문장지남발」은 유몽인의 작품이 되며, 유몽인의 손에 들어간 것이 1608년 이후임을 확인할 수 있다. 어떻게 해서 김우옹의 문집에 유입되어 전해지고 있는지 알 수는 없으나 유몽인의 글이라는 사실은 분명하다.

그렇다면 『문장지남』의 저자인 최유연은 어떠한 사람인지 간략히 살펴보기로 하겠다.

본관은 해주(海州)이고, 자는 성지(聖止) 또는 지숙(止叔) 등이며, 호는 현암(玄巖) 또는 현석(玄石)이다. 1621년(광해군 13) 신유별시에 장원으로 합격하였으며, 1623년(인조 1) 계해개시문과(癸亥改試文科)에 갑과 2등으로 급제하여 다음 해 주서(注書)가 되고, 지평, 부승지를 거쳐 승지에 이르렀다. 1638년에는 모친의 병을 이유로 체직을 청하였다. 1644년(인조 22) 도교

부흥에 대한 상소를 올리고 소격서의 복치를 주장하여 사간원이 그의 삭
탈관직을 건의하는 상소를 올리기도 하였다.2) 저서로는 1675년(숙종 1)에
간행된 『현암고(玄巖稿)』가 있다. 훗날 이조판서 이현일(李玄逸)은 다음과
글을 남겼으니 인물됨을 알 수 있다.

> 인조 때 효자 최유연이란 자가 있었는데, 9세 때에 집안의 소비가 마침내
> 순화군(조선 선조 6번째 왕자)에게 죄를 지었으므로, 순화군이 크게 성을 내
> 어 가장을 매우 급하게 체포하니 집안사람이 모두 놀라 두려워했습니다. 최
> 유연이 그 부모에게 고하지 않고서 곧바로 순화군의 처소로 나아가 자세히
> 변론하면서 말의 뜻이 정성스럽고 측은하여, 순화군의 노여움이 풀어져서
> 일이 그치게 되었으므로 사람들이 모두 어려운 일로 여겼습니다. 장성해서
> 는 효행이 남보다 뛰어나서 부모를 공경하고 봉양한 일이 지극했습니다.
> (…후략…)3)

이로 보면 어렸을 때부터 당차고 야무졌으며 특히 효행에 능했다는 평
이다. 아울러 유몽인은 발문에서 "이 사람은 총명하고 빼어난 인물로 문

---

2) 『仁祖實錄』 22년 甲申(1644)에 「경복궁을 옮기는 것, 소격서 혁파, 천거법의 시행, 탐관 오
리의 수탈」에 관한 전 승지 최유연의 상소문」이 있다. "신은 들으니 新羅의 地師 道詵이
漢城이 酉坐卯向으로 방위가 놓인 것을 보고 첫째가는 명당이라 했다고 하는데, 오늘날의
仁慶宮이 바로 그렇습니다. 이로써 보면 景福宮은 法宮으로 이미 올바른 방위를 얻지 못했
으니, 昌德과 昌慶은 모두 그 지엽으로서 결코 王者의 집터가 아닙니다. 그런데 일찍이 다
른 곳으로 거처를 옮길 것을 건의한 자가 없었으니, 이것이 신이 이해할 수 없는 첫 번째
일입니다. 우리나라에서는 昭格署를 두어 皇天上帝에게 제사를 지냈는데, 이것을 폐지한
이유는 반드시 『春秋傳』에서 말한 魯나라의 卜郊(거북점을 쳐 郊祭할 날짜를 가려 정하는
것) 때문일 것입니다. 그러나 祖宗이 이미 거행한 성대한 의식을 참으로 섣불리 폐할 수는
없습니다. (…후략…) 臣聞, 新羅地師道詵見漢都以酉坐卯向定方位, 稱以第一明堂, 今之仁慶宮
是也. 由此觀之, 景福法宮, 旣非得其方位, 則昌德、昌慶, 皆枝葉也, 決非王者第宅. 曾未有建議
移御者, 此臣之未解一也. 我國有昭格署, 以祀於皇天上帝, 其所以廢之者, 必因≪春秋傳≫ 魯之
卜郊也. 然祖宗已行之盛典, 固不可輕廢(後略)"
3) 『肅宗實錄』 20년 甲戌(1694). "仁祖朝, 有孝子崔有淵者, 九歲時, 家中小婢, 適獲罪於順和君.
君大恚, 捕家長甚急, 家人皆驚怖、有淵不告其父母, 徑詣君所, 辨析該詳, 辭旨懇惻. 君怒解, 事
得已. 人皆以爲難. 及長, 孝行卓然.(後略)"

장을 짓는 자들 가운데에서 빼어나다.”라고 했으니 문장 또한 능한 인물
이라 하겠다.

한편 조선의 최유연이 편찬한 『문장지남』은 『장자』, 『사기』, 『한서』,
『문선』, 한유, 유종원 등 대가들의 유명한 편을 묶은 책이다. 대한제국의
최재학이 편찬한 『문장지남』 또한 이와 크게 다르지 않다.4) 두 책은 단
순한 동일서명이지만 수록된 목차와 발문의 내용을 통해서 비슷한 점이
많음을 알 수 있다.

아쉬운 점은 우리나라의 대표적인 선집 『상설고문진보대전』의 목록과
크게 다르지 않다는 점이다. 즉 한국한문학에서의 선집류가 한유와 유종
원에 치중하는 약점을 드러내고 있다는 한계가 이들 책에서도 보이고 있
다는 것이다.

다행스러운 점은 최재학이 『장자』와 『한서』, 『문선』을 빼고 중국문인
들 사이에 고려와 조선의 문인 네 분(李穡, 李崇仁, 權近, 鄭招)을 추가했다는
것이다. 후대에 사대주의에서 벗어나 민족적 자긍심을 표출하고자 하는
의지가 엿보인다는 점에서 그 의의를 찾을 수 있을 것이다.

---

4) 구성은 우선 論文으로 理論(朋党論(歐陽修), 辨奸論(歐陽修))과 政論(縱囚論(歐陽修)), 經論(春
秋論(蘇洵)) 그리고 史論(留侯論(蘇軾), 范增論(蘇軾)), 說文은 師說(韓愈), 蜜蜂說(權近), 捕蛇者
說(柳宗元), 愛蓮說(周惇頤)으로, 傳은 史傳 伯夷列傳(司馬遷), 家傳 方山子傳 (蘇軾), 托傳 梓
人傳(柳宗元)으로, 記門은 遊記 鈷鉧潭西小邱記(柳宗元), 事記 諫院題名記(司馬光), 岳陽樓記
(蘇軾), 遊記 喜雨亭記(蘇軾), 雲錦樓記(李穡), 桂陽自娛堂記(李奎報), 政事堂記(李華)로, 序門
[文−여기부터 門 자로 표기되어 있음]은 送李愿歸盤谷序(韓愈), 送董邵南序(韓愈), 酷吏傳序
(司馬遷), 題門은 題干峯詩藁後(李崇仁), 三綱行實跋(鄭招), 弔古戰場文(李華), 驅鰐魚文(韓愈),
祭十二郎文(韓愈), 書門은 報燕惠王書(樂毅), 上于襄陽書(韓愈), 上樞密韓太尉書(蘇軾), 贊門은
孔子世家贊(司馬遷), 頌門은 伯夷頌(韓愈), 銘文은 陋室銘(劉禹錫)으로 되어 있다. 이는 최재
학의 한문작문법을 위한 중등교육용 교과서인 『實地応用作文法』과 체계가 거의 같다.

3. 「문장지남발」의 내용 분석

「문장지남발」은 다른 여타의 글보다 상당히 많은 전고가 있어 글의 이
해가 쉽지 않다. 작자에 대한 연구는 한 작품의 천착에서부터 가늠할 수
있기 때문에 가급적 자세하게 글을 파헤쳐 이해하는 것이 좋다. 앞서 임
의로 나눈 단락을 기준으로 번역하고 분석해 보면 다음과 같다.

【1】 옛날 황제와 치우가 탁록의 전야에서 전쟁을 할 때 치우가 큰 안개
를 만들었으나 황제가 지남거를 만들어 치우를 물리쳤다. '지남'이란 한 방
향을 정하여 사방을 알 수 있게 하여 향할 곳을 가리켜 주는 것이다. 내가
보건대 천하에 갈림길이 많으니 길 가는 사람이 그 방향을 한 번 잃으면 한
해가 다 가도록 산을 넘고 물을 건너도 단지 수레가 고장이 나고 말이 지칠
뿐이며 그 마땅히 그칠 곳을 알지 못한다. 지금 사람이 자를 가지고 천지를
헤아릴 때 터럭만큼이라도 한 번 눈금을 잃으면 그 끝의 오류는 천 국 만
리의 멀어짐에 끝내 이를 것이다. 그러므로 어둠 속을 가는 자는 돗바늘의
끝처럼 안내자를 얻는 것을 귀하게 여긴다.

우선 작자는 '지남(指南)'의 유래를 밝히고 그 소중함을 아울러 언급함
으로써 서명인 『문장지남』이 왜 합리적인지 말하고 있다. 주지하는 바이
지만 '황제(皇帝)'와 '치우(蚩尤)'는 전설상의 인물이다. 치우가 큰 안개를
일으키며 탁록(涿鹿) 판천(阪泉)에서 난을 일으키자, 황제가 지남거를 만들
어 이를 무찔렀다는 이야기가 전한다. 이렇듯 지남의 유래를 밝히고 다음
으로 그것에 왜 중요한지 자세히 사례를 들고 있다.

특히 짧은 글 안에서의 탄탄한 기승전결이 주목되는 부분이다. 즉 황제
와 치우의 고사를 시작으로 지남에 대한 전고를 사용하고[起], 지남에 대
해 정의를 내리며[承], 행인의 방향과 천체의 측량이라는 실제 생활에서의

비유를 통해 논리의 타당성을 부연하고[轉], 마지막으로 지남의 소중함을 언급하여 단락을 맺고 있다[結]. 말미의 원문 '술두(銶頭)'는 돗바늘 끝을 가리키는데 대우를 본다면 '명행자(冥行者)'와 관련이 있을 듯하나 자세하지 않아 '안내자' 정도로 보인다.

【2】 항우가 음릉에서 길을 잃어 농부에게 물어보니 (항우를) 속이면서 '왼쪽입니다.'라고 하여 왼쪽으로 가니 곧 큰 연못에 빠졌다. 어리석은 남자가 수레의 멍에는 북쪽을 향하면서 남쪽으로 가고자 하며 '나의 수레와 말은 훌륭하며 나의 뱃대끈과 가슴걸이와 밀치끈은 새것이다.'라고 하지만 가면 갈수록 초나라와 멀어짐을 알지 못한다. 맹인이 홀로 애꾸눈 말을 몰며 한밤중에 큰 연못 앞에 임하며 몇 걸음 안 되어 연못에 빠짐을 알지 못했다. 월나라 사람이 어린아이를 안아 그를 강물에 던지며 '그의 부친은 헤엄을 잘 친다.'고 하지만 그 아이가 헤엄을 배우지 않았음을 알지 못하는 것이다. 그러므로 수많은 갈림길을 헤맬 때 누가 늙은 말을 풀어 그 뒤를 따라감을 알며 구곡의 구슬을 얻었을 때 누가 꿀과 개미로 그 실을 꿸 것을 알았겠는가. 이 때문에 호광이 그 성을 잃었고, 호인은 부친을 잃었고, 주수창은 그 모친을 잃었으며, 위징은 그 동생을 잃었고, 주매신을 그 처를 잃었으며, 연객은 그 무덤을 잃었고, 궁자는 그 집을 잃었다. 중류에서 구풍을 만나 그 방향을 잃으면 때로는 귀신의 계곡에 들어가고, 때로는 이무기의 집에 들어가며, 때로는 나체인 사람들의 마을에 들어가고, 때로는 검은 치아를 가진 사람들의 나라에 들어가며, 때로는 검은 수염을 가진 사람들의 나라에 들어가니 모두가 향할 곳을 잃은 것이다.

두 번째 단락은 지남을 알지 못한 사례를 나열하고 있다. 우선 항우의 사면초가 고사를 비롯하여[5] '남원북철(南轅北轍),[6] 맹인할마(盲人瞎馬),[7] 월

---

5) '陰陵'은 항우가 垓下에서 한나라 군사들에게 포위됐다가 탈출하여 달아난 곳인데, 이곳에서 한나라 군대의 추격을 받아 최후를 맞이한 곳이다. 항우가 농부에게 길을 물으니 농부가 '왼쪽'이라고 속여 큰 연못에 빠지게 된 것이다. 『項羽本紀』

6) 전국시대 위나라 왕이 조나라 한단을 공격하려고 하자 다른 나라에 사자로 가던 季梁이

인포아(越人抱兒),8) 노마지지(老馬之智),9) 구곡주'10) 등이 쓰였으며, 호광, 호인, 주수창11), 연객12), 위징, 주매신 등의 인물에 대한 말과 『법화경』 「신해품」에 나오는, 보물은 바로 눈앞에 있는데도 이를 알지 못한다는 비유, 『산해경』에 나오는 '귀국(鬼國)', 그리고 인어들이 사는 곳인 '교실(鮫室)' 등 많은 수많은 전고를 활용하여 지남의 중요성을 강조하고 있다. 유몽인의 박학을 드러내 보이는 면이 없잖아 보이는 부분이다.

【3】 문장 또한 이와 같다. 예로부터 문장을 짓는 사람들 가운데 갈림길

중도에 급히 왕을 찾아가 "지금 왕께서는 나라가 큰 것과 군대의 정예함을 믿고 한단을 공격하여 땅을 넓히고 명성을 떨치려고 하는데, 왕이 이렇게 움직일수록 왕업에서는 멀어지는 것입니다. 이것은 초나라로 간다고 하면서 북쪽으로 가는 것과 같습니다."라는 말이 있다. 『戰國策』

7) 桓玄, 顧愷之, 殷仲堪이 모여 한담을 나누다가 한 사람이 "장님이 눈먼 말을 타고 한밤중에 깊은 못가에 이르기."라는 실수를 저지르는데, 은중감이 한쪽 눈이 보이지 않았기 때문이다. 『世說新語 排調』

8) '越人抱甕兒投之河'는 강가를 지나가는 어떤 사람이, 다른 또 다른 이가 어린아이를 끌고 와 강물에 던져 아이가 울고 있는 것을 보고 그 이유를 물으니 "이 아이는 그의 아버지가 헤엄을 잘 칩니다."고 하니 "그 아이의 아버지가 비록 헤엄을 잘 치더라도 그의 자식이 어떻게 갑자기 헤엄을 잘 치겠습니까?"라고 말했다. 『韓非子』

9) 춘추 시대 齊나라의 管仲과 隰朋이 일찍이 桓公을 수행하여 孤竹國을 정벌했는데 봄에 길을 떠났다가 겨울에 오면서 길을 잃었다. 이에 관중이 "늙은 말의 지혜를 쓸 만하다." 하고 늙은 말을 풀어 놓아 그 뒤를 따라가다가 마침내 길을 찾게 되었다. 『韓非子 說林』

10) '因蜜蟻而穿其糸'는 공자가 陳나라에서 困厄을 당해, 九曲珠(구멍이 꼬불꼬불하게 뚫린 구슬)에 실을 꿰게 되었는데, 방법을 몰라서 망설이던 차에 어떤 여인이 비결을 가르쳐 주므로 공자가 곧 깨닫고는 개미허리에 실을 묶은 다음 그 구멍에 꿀을 묻혀서 개미를 통과하게 하여 실을 꿰었다고 한 고사에서 유래한 것이다. 『祖庭事苑』

11) '朱壽昌'은 宋나라 때 사람이다. 아버지에게 버림을 받고 내쫓긴 어머니와 어려서 헤어져 종적을 모르고 지낸 50여 년 동안 하루도 어머니를 생각하지 않은 적이 없고 술과 고기를 먹지 않았으며 남과 이야기할 적에는 항상 눈물을 흘렸다. 그러다가 끝내 벼슬을 버리고 어머니를 찾아 나서 同州 지방에서 어머니 劉氏를 찾았다. 이때 어머니는 70여 세였고, 党氏 집안으로 再嫁하여 몇 명의 자녀를 두고 있었다. 주수창은 어머니와 그 형제들을 모두 데리고 와서 효도와 우애를 극진히 하였다고 한다. 『宋史 朱壽昌列傳』

12) '燕客'은 전국 시대 자객 荊軻를 가리킨다. 연나라 太子丹의 부탁으로 그의 원수를 갚아 주기 위해 비수를 숨긴 채 진왕을 죽이려고 자객으로 가며 노래하기를 "바람은 쌀쌀하고 역수는 차갑기도 해라, 장사가 한 번 가면 다시 돌아오지 않으리." 하고 떠났다. 『史記 刺客列傳 荊軻』

에서 길을 잃은 듯한 자들이 한둘이 아니었다. 노자와 부처는 허무함에서 잃고, 장자는 허탄함에서 잃으며, 사마상여는 더딤에서 잃고, 매고는 민첩함에서 잃으며, 양웅은 험벽함에서 잃고, 유향은 특이함에서 잃었다. 자방을 배운 자는 장주를 따르고, 사마천의 『사기』를 배운 자는 방종함에서 잃지 않으면 거칠고 한가로움에서 잃으며, 한비자를 배운 자는 느슨함과 오만함에서 잃지 않으면 소략함에서 잃었다. 심지어 왕망은 거짓 예를 지어 『주례』를 어지럽혔고, 유흠은 「신미」를 지어 자운을 해쳤고, 한나라 유자들은 『예기』와 『황정경』을 지어 성인들과 선인들의 여러 경서를 어지럽혔으니, 이 모두 그 방향을 잃어 그 방향을 잘못한 것이다.

세 번째 단락은 문장에서 길을 잃은 자들에 대한 예들이다. 노자, 장자, 부처는 모두 허(虛)에서 길을 잃었음을 강조한 뒤, 오랜 시간 「자허부」를 지었던 사마상여와 반대로 민첩하게 글을 지었던 매고(枚皐)를 비판하고, 『태현경』의 저자인 양웅의 험벽함과 『설원(說苑)』의 특이함을 보였던 유향을 비롯하여 장량, 사마천, 한비자, 왕망, 유흠, 양웅 등 당대 문장으로는 내로라하는 문인들까지 비판을 하고 있다.

핵심은 사상의 귀착점을 찾지 못해 편학하거나 정수를 이해하지 못한 데 있다. 심지어 유자들이 지은 『예기』 또한 선인과 선인의 여러 경서를 어지럽힌 책으로까지 봤다. 따라서 문장을 잘 짓기 위해서는 그 지침이 되는 글을 살펴야 한다는 것이다.

【4】 간혹 읽지 않은 책이 없고 두루두루 넓어 갖추지 않은 것이 없는 자가 있는데 입술이 부르트고 이가 빠져 눈은 침침하고 살쩍은 희며 반딧불로 비추고 벽을 뚫고 책을 본 자도 있다고 하지만 그들이 어느 사상으로 귀착하는지는 알지 못하지만 한 책을 정밀하게 궁구하여 그 오묘한 곳을 터득한 자는 지귀는 간략하고 조수는 해박하며 노력은 적으면서 효과는 크다. 공자의 '위편삼절'에 대해서는 최고의 경지이므로 더 비판할 것이 없지만,

췌마는 『음부경』에서 얻었고 『태현경』은 『주역』에서 얻었으며, 구양수는
한유의 문장에서 터득하고 소동파는 『전국책』에서 터득했으며, 자장(사마
천)은 노자, 장자와 『좌전』과 『사기』에서 터득하였으나 명산과 대천에서 얻
었다고 속여 말했으며, 한퇴지는 장자에서 터득하였지만 거짓으로 유가를
빌려 '맹자를 배워 터득했다'라고 말한다. 대개 천하에는 책들이 끝이 없어
총명함이 두루 미칠 수 없는 것이기에 반드시 모름지기 때로는 일가만을 오
로지 전공하거나 때로는 여러 책에서 대략 가려 뽑아야만 효과를 보는 것이
많은 것이다. 이는 '지남'을 대충 얻어 나아갈 방향을 잃지 않은 것이다.

네 번째 단락은 앞 단락의 편학의 반대 개념으로 박학의 폐단과 더불
어 귀착점을 잘못 찾아 변명하는 이들의 폐해에 대해 언급하고 있다. 주
목되는 부분은 '읽지 않은 책이 없고 입술이 부르트고 이가 빠지며 눈은
침침하고 살쩍은 희어 반딧불로 비추고 벽을 뚫고 책을 본 자라 할지라도
하나의 정수가 되지 못하는 책을 읽는다면 그 학문과 문장은 헛된 것이
다.'라고 한 부분이다. 때로는 일가만을 전공하거나, 혹은 여타의 학문과
사상의 핵심을 취하는 것이야말로 효율적이라는 대안을 제시하고 있다.

【5】 나와 같은 자는 정처 없이 방황하며 허둥지둥 어두운 길을 헤매며
홀로 큰 안개가 가득한 천지에 서서 동서남북 향할 곳도 모른 채 태항산에
오르면서 수레를 버리고 넓은 바다를 건너면서 뗴를 버리니 작자의 논의에
어찌 족히 시비를 따지겠는가. 마침 서호로 옮겨와 상사 최유연과 이웃이
되었다. 이 사람은 총명하고 빼어난 인물로 문장을 짓는 자들 가운데에서
빼어나다. 아침저녁으로 학문을 갈고 닦으니 마침내 그와 더불어 나이를 잊
고 사귀는 벗이 되었다. 이에 내게 한 책을 보여주며 지목하여 『문장지남』
이라 했다. 대개 『장자』, 『사기』, 『한서』 『문선』 한유, 유종원 등 대가들의
유명한 편을 선별한 것이다. 모두 크게 한 권인데 마치 종요와 왕희지의 필
법으로 아름답게 쓴 것으로 한 번 보면 곧바로 손에서 차마 놓을 수 없는
것들이다. 그 왼편을 비워두고서 나에게 발문을 청하니 어리석고 주제넘음

을 헤아리지는 않고서 어리석은 말을 전한다.

마지막 단락은 『문장지남』의 저자와 그 내용에 대해 밝히고 있다. 앞서 밝힌 바와 같이 『문장지남』의 편찬자는 최유연이며 때마침 그와 이웃이 되어 그 책을 얻어 볼 수 있었다는 것이다. 책의 내용은 『장자』를 비롯한 제자서와 역사서, 선문류, 당송고문 등 대가들의 글을 취합한 것이다.

흥미로운 것은 앞서 유몽인이 지적했던 장자, 사마천, 한유 등 모두 어느 정도의 폐단이 있었다고 지적했던 인물들의 글이 『문장지남』에 수록되고 있다는 사실이다. 다소 모순된 논리일 수 있으나 잘 헤아려보면 그들의 문학이 다 잘못된 것은 아니며, 어떠한 글은 폐단이 있기 때문에 작가의 글 가운데 가장 좋은 글을 취하여 보는 것이 효과적이라는 앞선 논리와 부합되는 말로 이해하면 될 것이다.

4. 「문장지남발」의 주제의식과 의의

『문장지남』이라는 책은 서명 그대로 문장을 짓기 위한 참고서이다. 정선된 좋은 글을 익혀 문장을 쓰는 데 도움을 주고자 최유연이 편찬한 책인 것이다. 유몽인은 서호에서 유배 중 이웃인 최유연을 만나고 그를 통해 우연히 이 책을 접한다. 당대 문장가로 저명한 그였기에 최유연은 그에게 발문을 부탁하였고, 유몽인은 자신의 문학관과 문장론을 허심탄회하게 적은 글이 바로 「문장지남발」이다.

그간 유몽인에 대한 연구는 참으로 다기하게 다루어져 왔다. 『어우야담』은 말할 것도 없고,[13) 산문과 한시 내에서의 다양한 주제에 대해서도 연구되어 왔다.14) 또한 우언과 사상을 주제로도 많은 연구가 이루어졌으니 그 실체가 이제 어느 정도는 밝혀졌다고 볼 수 있다. 이 가운데에는 적지 않은 연구들이 유몽인의 장자적 사유나 심지어 신선사상까지 이르렀다고 말하고 있다.15)

하지만 「문장지남발」에는 노자와 장자, 불가 등 공맹을 제외한 사상에 대해 우호적이지 않음을 확인했다. 특히 "노자와 부처는 허무함에서 잃고, 장자는 허탄함에서 잃었다."는 말과, "공자의 '위편삼절'에 대해서는 최고의 경지이므로 더 비판할 것이 없다."라고 한 것을 보면, 그의 문학이 다른 여타의 작품을 통해 장자적 사유나 형식 등을 취한 면은 있겠으나 이 글을 통해 그 사상적 귀착점은 아니라는 사실을 확인할 수 있었다.

또 문장에 있어서도 그간 최고로 평가받았던 사마천을 비롯해 한유, 소동파 등 많은 문인들도 비판에 대상에 넣었다. 그리고 "대개 천하에는 책들이 끝이 없어 총명함이 두루 미칠 수 없는 것이기에 반드시 모름지기 때로는 일가만을 오로지 전공하거나 때로는 여러 책을 간략히 베껴야 효과를 보는 것이 많은 것이다. 이는 '지남'을 대충 얻어 나아갈 방향을 잃

---

13) 신상구, 「『於于野談』의 창작배경과 문체적 특징, 國際言語文學 10, 2004.; 염원희, 「『어우야담』에 반영된 민속 문화」, 『한국의 민속과 문화』 12, 2007.; 김진선, 「『어우야담』 평결에 나타난 유몽인의 현실인식 연구」, 『高鳳論集』 42, 2008.; 신익철, 「『어우야담』의 서사방식과 초기 야담집으로서의 특성」, 『정신문화연구』 33, 2010. 외 다수.

14) 申翼澈, 「柳夢寅의 文章觀과 散文의 特徵」, 『泰東古典研究』 11, 1995.; 금동현, 「柳夢寅 散文理論의 構造와 意味 : 이른바 '秦漢古文派' 論理에 대한 再檢討를 겸하여」, 『韓國漢文學研究』 34, 2004.; 金愚政, 「유몽인 산문에 있어서 자득의 의미와 실현양상」, 『東洋學』 40, 2006.; 이승수, 「유몽인의 연행 체험과 중국 인식」, 『東方學志』 136, 2006.; 안득용, 「柳夢寅 散文에 나타난 孤獨의 양상과 그 의미」, 『어문논집』 68, 2013.; 곽은정, 「柳夢寅 漢詩에 보이는 '蓬'을 통한 자아 형상화」, 『東洋學』 59, 2015. 외 다수.

15) 조석래, 「어우 유몽인의 문학에 나타난 신선사상」, 『韓國學論集』 12, 1987.; 金相日, 「柳夢寅이 본 불교인과 불교」, 『韓國仏教學』 35, 2003.; 안세현, 「조선중기 한문산문에서 『장자』 수용의 양상과 그 의미」, 『韓國漢文學研究』 45, 2010.; 전상모, 「유몽인 『어우야담』의 장자적 서예비평」, 『한국학논집』 60, 2015.; 임유경, 「於于 柳夢寅의 寓言 研究 국내학술기사」, 『이화어문논집』 35, 2015. 외 다수.

지 않은 것이다.”라고 말한 부분을 통해 범람하는 서적과 정보 속에서 좋은 글을 읽어야 한다는 점은 물론이고 일가를 전공하여 그 정수에 도달할 것을 당부하고 있는 점은 유몽인 문학론의 핵심으로 파악된다.

이와 관련하여 유몽인의 『대가문회』에 대한 선(選) 양상이 여기에서 확인된다. 주지하듯 『대가문회』는 「좌전」, 「국어」, 「전국책」, 「사기」, 「한서」, 「한문」, 「유문」 등의 편으로 이루어져 있다. 앞서 「문장지남발」에서 언급한 일가만을 오로지 전공해야 함이 이 선집을 통해 드러나고 있는 것이다. 즉 『좌전』 가운데 정수만 되는 것을, 『국어』 가운데 정수만 되는 것을 가린 것이다. 또한 선진고문 외에도 한유와 유종원의 글을 상당량 게재함으로써 일가를 전공하도록 편찬한 것이다. 이렇듯 「문장지남발」에는 유몽인의 사상적 귀착점과 동시에 그의 문학관이 또렷이 나타나 있는 것이다.

한편 이 「문장지남발」에는 한국지식학 계보에 있어서 사라질 수 있는 자료를 제시하고 있다는 데 의의가 있다. 그간 『문장지남』은 대한제국 당시의 한문교재로서의 역할을 해 왔던 최재학의 책에만 관심이 있었다. 그러나 이 책에 수록된 내용을 토대로 『상설고문진보대전』 이후 중국 선집의 공백을 어느 정도 메워주고 있었음을 확인할 수 있었다.

마지막으로 「문장지남발」은 글쓰기 형식의 표본의 제시할 수 있을 정도로 탄탄한 구성을 보여주고 있다. 지남에 대한 유래[起], 지남을 잃은 사례[承], 문장에서의 실례[轉], 『문장지남』의 작자와 내용[結] 등 또렷한 주제의식과 빈틈없는 구성력을 갖추고 있어 서발문의 한 표본을 제시하고 있다는 데 의의가 있다.

5. 맺음말

이상 「문장지남발」의 작자와 내용 그리고 주제의식과 그 의의 등에 대해 살펴보았다. 「문장지남발」은 유몽인의 문집 『어우집』과 김우옹의 『동강집』에 각각 실려 전해진 글이다. 그런데 글자의 차이와 저자와의 관계 확인을 통해 유몽인의 글임이 증명되었다.

아울러 이 글에는 유몽인의 사상과 문학론이 또렷이 드러나 있다. 즉 노불보다 유가를 사상적 우위에 두었음이 명시되어 있고, 문학은 일가만을 전공하여 그 정수에 도달해야 한다는 논리를 전개하고 있음을 확인했다. 그의 선집 『대가문회』는 이와 같은 그의 선(選) 양상을 방증한다.

필자는 대한제국시대 최재학이 편찬한 『문장지남』과 조선시대 최유연의 『문장지남』이 단순히 동일서명이 아닌 매우 밀접한 관계가 있지 않을까 하는 생각으로 본 연구를 시작했다. 문제는 최재학이라는 인물에 대해 자세하지 않고, 또 조선시대의 『문장지남』이라는 책도 부재한 데 있었다. 두 불확실성을 「문장지남발」이라는 연결고리를 통해 밝히고자 했으나 의도한 대로 성취하지 못하였다. 그렇다 하여도 한 작품에 대한 정치한 분석과 유몽인의 선 양상을 밝힌 데에 다소의 의의가 있다고 할 수 있을 것이다.

제16장

『청학집(靑鶴集)』 내 한시의 두 국면

1. 도교사와 『청학집』

한국한문학사에 있어서 도교사의 비중은 많지 않다. 대략이나마 소개하면 한국 도교사는 최치원의 「난랑비서(鸞郎碑序)」, 김시습의 「수진(修眞)」, 「복기(服氣)」, 「용호(龍虎)」, 「남주(南越)」 등의 논설문, 정렴(鄭磏)의 『용호비결(龍虎秘訣)』, 한무외(韓無畏)의 『해동전도록(海東傳道錄)』, 홍만종(洪萬宗)의 『해동이적(海東異蹟)』, 작자미상의 『단서구결(丹書口訣)』, 권극중(權克中)의 『참동계주해(參同契註解)』, 이의백(李宜白)의 『오계일지집(梧溪日誌集)』, 전집류의 신돈복(辛敦復)이 지은 『도가직지독조경(道家直指獨照鏡)』, 최성환(崔瑆煥)이 편집했다고 하는 『각세신편팔감강목(覺世新編八鑑綱目)』, 강헌규(姜獻奎)가 편찬한 『주역참동계연설(周易參同契演説)』 등이 있다.[1] 이러한 빈약함 속에서 문헌을 찾고 그 안에서 의미를 부여하는 일이란 결코 쉽게 용인되기 어려울 듯하다.

---

1) 이상에서 열거한 자료는 鄭在書의 『韓國 道敎의 基源과 始作』, 42~54面(이화여대출판부, 2006)을 참고하였다.

그런데 사료로 활용되거나 도교사를 언급함에 있어서 많이 인용되는 책이 『청학집』이다. 다소 전기적(傳奇的) 요소를 많이 포함하고 있을 뿐만 아니라 스토리와 삽입시의 구성은 김시습의 『금오신화』를 연상케 한다. 차이가 있다면 전기적 요소에 치중이 많은 『금오신화』와는 다르게 『청학집』에는 임진왜란이라고 하는 실제 사건이 있어 사실과 허구를 넘나들고 있다는 점이다.

따라서 본고에서는 우선 『청학집』의 진위 여부에 대하여 먼저 살펴보고, 다음으로 『청학집』 내의 한시를 중심으로 살펴보고자 한다. 이는 도교서 내의 한시 연구가 부재하기도 하지만, 작품 내의 사실과 묘사보다 한시에 그 감정의 결이 더 잘 나타나 있으며 도교인의 내면을 살피기에 좀 더 용이하다고 판단했기 때문이다.[2]

2. 『청학집』의 진위 문제와 그 의의

문헌을 발굴하고 연구하는 데 있어서 선행되어야 할 작업은 아마도 진위 문제가 아닌가 생각된다. 위서[3]로 간주하고 연구하는 문헌에 대해서는 문학적으로는 연구할 가치가 있다고 볼 수 있으나 사료로 활용하는 것은 문제가 아닐 수 없기 때문이다. 『청학집』에 등장하는 인물에 대한 정보가 그러한 예라 할 수 있다. 즉 현재 알려진 인물 정보 가운데 『청학집』을 인용하는 경우가 적지 않은데, 『청학집』이 19세기에 창작된 위서라

---

2) 『청학집』에는 모두 93편의 한시가 수록되어 있다. 이 가운데에는 적지 않은 분량의 단구도 포함되어 있다.

3) 여기에서 말하는 위서란 당대의 작가가 창작하지 않은 작품으로, 후대의 어느 작가에 의해 허구적 요소에 사실을 가미하여 마치 당대의 문인이 창작한 것처럼 꾸며진 글을 말한다.

주장하는 논의도 제기된 바 있기 때문에[4] 이 문제에 대해서는 좀 더 적극적으로 살필 필요가 있다.

우선 이 작품의 저자는 조여적(趙汝籍)이다. 그에 대해서는 그 어느 곳에서도 정보를 확인할 수 없다. 다만 본문에 "余家兄汝軼"[5]이라는 구절이 있으므로 '여(汝)' 자가 항렬임을 알 수 있으니 이를 통해 추적할 수 있을 뿐이다. 『세종실록지리지(世宗實錄地理志)』 소재 군현토성(郡縣土姓)의 조씨(趙氏) 본관의 수를 살펴보면 31곳이나 된다.[6] 그러나 실제 우리가 확인할 수 있는 『한국계행보(韓國系行譜)』를 살펴보면, 26개의 조씨 본관 계보를 확인할 수 있는데, 여기에서 '여(汝)' 자 항렬이나 조여적이란 이름은 확인할 수 없다. 물론, 16개의 본관은 시조만 기재되어 있을 뿐 계보가 자세하지 않은 점도 무시할 수는 없지만,[7] 조여적이라는 인물에 대해 확인할 수 없으니 이 책의 진위 여부 또한 불분명한 것은 부정할 수 없다. 저자에 대하여 그 정보가 밝혀지지 않았다고 하여 위서라 단정할 수는 없을 것이다. 이는 저자가 가명을 사용했을 가능성도 있기 때문이다. 그러나 다음과 같은 사실로 비춰보면 재고의 여지가 있다.

첫째, 『청학집』에 등장하는 인물들의 실존 여부이다. 조여적의 형인 조여앙이 토산(兎山, 황해도 금천군) 군수까지 역임하였음에도 그 자취를 어느

---

4) 김용철은 민족문학사연구소 월례발표회에서 "『靑鶴集』: 19세기 서사의 한 행방"이라는 주제를 가지고 논문을 발표한 바 있다. 이 논문에서 논자는 『靑鶴集』이 『靑邱野談』 등 3대 야담집 이후의 산물일 것으로 보이며 동시에 근대전환기 다른 위서들과 동일한 조형의 장에서 만들어졌을 것으로 추정된다고 하였다. 아울러 그는 한국에서의 대표적인 위서들로 주로 19세기에서 20세기 초반에 걸쳐 창작된 『桓檀古記』나 『揆園史話』 등 이른바 민중도교 계열 서책들이 주류를 이룬다고 하였다. 논자는 『靑鶴集』을 야담집으로 규정하고 있는 것이다. 또한 『靑鶴集』에서 한 번 모임에 온갖 이야기가 모두 나오는 것이 19세기 변란 주모자들의 모임에서 그 원형을 두고 있음을 그 근거로 제시하고 있다.

5) 趙汝籍, 『靑鶴集』(아세아문화사, 1976), 172面. 이하 출전은 같으므로 면수만을 기록하기로 한다.

6) 李樹建, 『韓國의 姓氏와 族譜』, 서울대출판부, 2004, 201面.

7) 朴能緖 撰, 『韓國系行譜』, 1980. 1383面부터 1494面까지 참고.

곳에서조차도 확인할 수 없으며, 『청학집』에 등장하는 인물들 역시 그 존재를 확인할 수 없다. 『청학집』의 이명(異名)은 『운학선생사적(雲鶴先生事蹟)』이다. 이사연(李思淵)이라는 인물을 중심으로 이야기를 전개하고 있는데, 이사연 또한 그 자취를 찾을 수 없다. 그 이외에 이언휴(李彦休－金禪子, 字 弘道, 號 松棲), 이혜손(李惠孫, 別稱 百愚子), 조현지(曹玄志－別稱 梅窓) 등 모두 그 실체를 확인할 수 없다.

둘째, 저자는 '문정천왕(文政天王)'이라는 연호를 사용하고 있는데, 이는 시대가 맞지 않다. 즉 '문정천왕'은 1818년부터 1830년까지에 이르는 일본 인효천황(仁孝天皇)의 연호이다. 물론 '文正'으로 표기된 책도 있지만[8] 이 또한 책의 배경과 전혀 맞지 않는다.

셋째, 이원익(李元翼)과 관련된 일화 역시 사실을 확인할 수 없다. 편운자가 안악으로부터 용강을 지나갈 때 이원익 등은 왜군과 평양에서 싸워 패배하여 말은 쓰러지고 거의 잡힐 지경에 이른다. 편운자는 우리나라의 대신으로 구하지 않을 수 없다고 하여 부적을 물에 잠근 후 뿌려 왜인들을 물리쳤다는 이야기가 등장한다. 당시 이원익은 편지를 보내 감사를 표하기도 했다고 하였는데,[9] 이원익이 생명의 은인에 대해 문집 『오리집(梧里集)』에 일절 언급이 없다는 점은 다소 이해하기 어려운 면이 있다.

넷째, 당시 여성의 일상생활에 대한 자세한 묘사이다. 본문에서는 고부간에 바둑을 두고 있는 장면이 있다.[10] 만약 이 글이 17세기의 글이라면 당시는 성리학이 절정을 이룬 시기로서 이러한 상황을 묘사하는 데 있어

---

8) 필자가 텍스트로 하고 있는 『靑鶴集』은 아세아문화사에서 1976년에 출판한 것이다. 또 다른 판본은 고려대학교 소장본으로 그 필사년도는 알 수 없다. 고려대학교 소장본에서는 文政을 '文正'으로 표기되어 있어 차이가 있는데, 이는 1466년을 가리키므로 이 글과 또한 맞지 않다.

9) 上揭書, 174面. "片雲子自安岳 (中略) 元翼札略 '頃枉高蹤救, 此焚溺中命迄今感謝. 玆以一道格物, 仰溷第願保全一方之民.' (中略) 倭人辟易自退."

10) 上揭書, 193面. "與蒼岩居, 常論文圍棋, 其情分非他姑婦之類也."

쉽지 않았을 것이며, 그러한 모습이 문헌으로 남긴 글을 보기 어렵다는 점에서 신빙성을 갖지 못한다.

다섯째, 역사적 사실에 대한 묘사 부분과 한시가 다른 문헌에서 볼 수 있다는 점이다. 본문에는 중국 각 나라의 흥망성쇠를 논하는 부분이 등장한다.[11] 그런데 여기에서 작자는 많은 부분을 『산당사고(山堂肆考)』를 모사하였다.[12] 물론 작자가 박식하여 이러한 역사적 사실이 서술됐을 가능성이 있으나 『산당사고』와 글자의 출입이 거의 없는 점은 문제로 지적된다. 또 중국의 문헌뿐 아니라 이제신(李濟臣)의 『청강선생후청쇄어(淸江先生鰍鯖瑣語)』의 내용도 상당수 있어 표절 시비에서 자유롭지 못하다.[13] 즉 중국 명나라 말엽에 나온 『산당사고』, 중조 선조 연간의 『후청쇄어』와 글자 출입이 적다는 것은 당대보다 훨씬 뒤에 나온 서적임을 방증한다.

마지막으로, 문집 내에 산재한 비사실적 요소이다. 도교서의 특징이기도 하지만 신선의 전신이었다고 하거나, 예언이나 꿈이 그대로 맞아 떨어지거나, 천연두를 없애기 위해 부적을 물에 띄어서 복숭아 가지에다 가로 네 번 세로 다섯 번을 뿌리니 환자들이 즉시 쾌차하였다는 이야기, 뱀이 약초를 물어다 준 일 등 사실과 거리가 있는 이야기들이 산재해 있다.

이상 제시된 점으로 미루어 보면 『청학집』은 사료(史料)로서 활용할 것이 아니라 문학적 접근에 주목할 필요가 있다는 판단 아래 다음과 같이 한시를 중심으로 도교인의 내면을 분석해 본다.

---

11) 上揭書, 211面.
12) 『山堂肆考』138卷.「滅國之報」宋太祖, 以乙亥命曹翰取江州, 後三百年乙亥, 呂師夔以江州降. 元以丙子受江南李煜降, 後三百年丙子, 帝顯爲元所虜, 以己卯滅漢, 混一天下, 後三百年己卯, 宋亡於厓山, 宋興於周, 顯德七年, 周恭帝方八歲亡於德佑, 元年少帝止四歲至於諱顯. 顯德二字, 又同廟號亦曰, 恭帝周以幼主亡宋, 亦以幼主亡. 周有太後, 在上禪位於宋. 宋亦有太後, 在上歸附於元. 何其事事相符, 豈亦報応之說耶.
13) 花潭의 시와 趙龍門의 시, 유몽인의 시 등이 모두 『淸江先生鰍鯖瑣語』에 나오는 글이다.

3. 닫힌 세계의 제양상─유자의 경계, 선계 지향, 예언

역사를 열린 세계와 닫힌 세계로 보는 관점은 의미 있는 일이다. 열린 세계로 본다면 닫혀 있는 동아시아가 보이기도 하지만, 닫힌 세계로 보면 오히려 열린 동아시아가 보이기도 하기 때문이다. 현재 우리는 당대 주목 받았던, 열린 세계의 인물들이 서술한 것만을 통해 정보를 얻는다. 따라서 때로는 왜곡되었거나 편향된 시각이 있을 수 있다. 닫힌 사회에 있던 사람들의 역사의식이나 사상 또한 우리는 주목할 필요가 있으니, 그것은 다양한 시각을 통한 문화의 다면성을 확인하는 작업이기도 하다.

> 지인의 마음과 행적은 본래 하늘과 같은데
> 작은 지혜들은 구구하게 한쪽 끝에서 막히는 것
> 공연히 초헌과 예복이 구속된다 말하지만
> 누가 알랴 성시가 바로 임천임을
> 배는 급한 물을 만나면 돌리기 어려우며
> 말은 먼 길에 오르려면 채찍질을 받아야 하니
> 성과 경은 진실로 용이하게 얻는 것이 아니거든
> 그대의 아름다운 글귀를 외우고 보니 그러한가 묻고 싶네14)

이 작품은 조용문이 화담 서경덕에게 화답한 작품이다.15) 우선 수련은, 화담이 중천에 서서도 부끄러움 없음을 말하니 이에 대해 도교의 지인(至

---

14) 上揭書, 152面. "至人心迹本同天, 小智區區滯一邊. 謾說軒裳爲桎梏, 誰知城市卽林泉. 舟逢急水難回棹, 馬在長途合受鞭. 誠敬固非容易做, 誦君佳句問其然."

15) 화담의 시는 다음과 같다. "몸을 중천에 세워도 부끄럽지 않으니, 흥취가 맑고 조화로운 경지에 들어가서이지. 내 마음이 경상을 박하게 여김이 아니라, 원래 평소의 뜻이 임천에 있어서라네. 성과 명의 학업은 여유 있게 칼날을 놀리고, 현묘한 기관을 잘 수렴하도다. 경을 위주로 하는 공부는 바야흐로 하늘을 대하는 듯하니, 창에 가득한 바람과 달은 스스로 유연하구나. [將身無愧立中天, 興入淸和境界邊. 不是吾心薄卿相, 從來素志在林泉. 誠明事業恢遊刃, 玄妙機關好着鞭. 主敬工夫方對越, 滿窓風月自悠然.]" 上揭書, 152面.

시)을 등장시키고 동천(同天)으로 답했다. 곧 지인의 마음과 행동은 하늘과
같은 것이며 이는 인위적인 것이 아닌 자연스러움을 강조한 것이다.

함련은, 화담이 경상의 자리보다는 임천을 지향했음에 대해 성시(城市)
가 곧 임천(林泉)이라 말하고 있는 구절이다. 경련은 현묘한 세계에 이르
지 못했다는 화담의 말에 대한 충고이다. 특히 현묘한 기관을 깨닫지 못
하고 있는 화담과는 달리, 도인 백우자(百愚子)는 천기를 깨달은 인물로 묘
사하고 있으니 유학자와 도교인의 경지를 확연히 구분하고 있음을 알 수
있다.

미련은 성과 경의 공부를 정진한다는 화담의 말에 대해 본래 쉬운 일
이 아니기에 왜 그러한지 묻겠다고 했다. 문면을 보면 자칫 화담을 인정
하는 듯 보이지만, 이면은 화담에 대한 반박이자 경계의 작품이다. 작품
뒤에 "경계하는 뜻이 있다."라는 말을 기록한 것으로 보아 유자의 시를
가져다 도인의 관점에서 하나하나 반박하고 충고한 시임을 알 수 있다.

이 일화는 『연려실기술(燃藜室記述)』에도 전한다.16) 이로 본다면, 실제
전하고 있는 사실임을 알 수 있으며, 또한 도학자인 화담과 이와 반대의
성향을 지닌 도교인의 내면을 닫힌 세계의 관점에서 확인할 수 있다. 이
처럼 『청학집』은 위서이지만 실제 있었던 사실에 어느 정도 기초하고 있
다는 데 그 특징이 있음도 주목된다.

한편 인용된 시처럼 도교인들의 유자에 대한 비판과 경계뿐 아니라 선

---

16) 『燃藜室記述』 9卷, 中宗朝故事本末, 中宗朝, 遺逸 "이와 같은 시를 지어서 소매 속에 넣고
서 화담을 찾아보고, '可久의 시를 보니 시도 매우 誠明 사업이 이미 이루어져서 아득히
하늘에 이르렀도다. 가구의 학문이 이 경지에까지 도달하였으니 어찌 우러러보지 않겠는
가.' 하였다. 이에 화담은 종시 변명하여 자기가 지은 것이 아니라고 하여 용문도 드디어
화답하는 시를 내보이지 않았다. 그 뒤에 『花潭集』이 간행되었는데 이 시가 그 속에 있
고 글 제목에, 「贈趙景陽」하였으니 경양이란 용문의 字이다. 그 시를 전하여 믿을 수 없
는 것이 이와 같았다. 용문의 아들 孔賓 등이 일찍이 들은 화담의 변명을 가지고 李濟臣
에게 '실상은 지금 재상 아무개가 젊을 때 호기로 이 시를 지어 희롱삼아 화담의 글이라
고 했다.'고 하였다. 『鰍鯖瑣語』"

계 지향이나 동경의 작품 또한 쉽게 발견할 수 있는데, 내용은 비슷하여
도 그 형식에서 달리했으니 살펴볼 가치가 있다.

> 그윽한 시내는 찰랑거리며 저 이끼 낀 섬돌을 스치는데
> 하늘에 솔바람이 있고 땅에는 영롱한 담석이 있네
> 산호처럼 하얀 물은 마치 물꽃처럼 차게 떨어지고
> 산 위의 깨끗한 달은 물에서는 쪽빛과 녹색으로 퍼지네
> 주변에 뭇 봉우리에는 새벽바람이 불어 마치 제비가 노래하는 듯하고
> 바람에 엉킨 풀이 누우니 들판의 정자까지 이르네
> 십 리 밖 석양에 날아 왔다 갔다 하는
> 한 마리 제비는 꽃밭과 연기 속을 가로지르네
> 마음껏 높이 날다가 띠풀과 대나무 사이를 오가는데
> 시골 마을에 어찌 왕씨 사씨의 고당이 필요한가[17]

이 시는 제목이 표기되어 있지 않아 그 핵심을 알기 어려우나, '유간,
산월, 군봉, 야정, 모죽' 등의 시어들과, 그것들을 수식해주는 여러 표현
을 통해서 그윽한 시골 마을의 풍경을 묘사한 경물시임을 알 수 있다. 형
식에 있어서는 8언 10구로 창작되어 전후를 네 자로 끊어 노래한다면,
『시경』과 같은 느낌을 받는다. 운자는 일운도저(一韻到底)가 아니다.

먼저 시인은 '유간(幽澗)'이라는 시어를 사용하여 작품을 전개하고 있다.
그런데 '찰랑거리는 시내'나 '물꽃처럼 차게 떨어지고'와 같은 구절이 등
장하는 것으로 보아 그윽한 시내 한편에는 폭포는 아니더라도 물이 떨어
지고 있음을 알 수 있다. 또 4구의 '산 위의 맑은 얼굴 달은 물에서 쪽빛
과 녹색으로 퍼지네'와 같은 구절을 통해서도 알 수 있듯이 전혀 물결이

---

17) 上揭書, 227面. "幽澗泉搖拂彼苔磴. 上有松風玲瓏潭石. 珊瑚雪淙水花寒落, 山月淨容藍膏綠
液. 左右群峰曉風燕詩, 風颷戾草綿綠野亭. 十里斜陽飛去飛來, 一占玄禽穿花跟烟. 縱意高翔路
慣茅竹, 村巷何須玉謝高堂."

없는, 다시 말해 첫 구절의 '유간' 같은 공간이 있음을 알 수 있다. 그러
므로 이 시에서는 잔잔한 물결과 그 물결에 떨어지는 물 등 동적이면서
정적인 물의 움직임이 서로 공존하고 있다.

　이제 시인은 근처의 봉우리로 시선을 옮긴다. 그곳에서 들리는 바람 소
리를, 시인은 '제비가 시를 짓고 있는 듯하다'는 착상을 펼친다. 정취를
느낄 수 있을 정도로 바람 소리마저 좋게 들린다는 것이다. 실제로 시인
은 제비를 등장시켜 그 봉우리에서건 어디에서건 십 리 밖 석양을 왔다
갔다 날며 꽃들이 만개한 곳과 안개가 자욱한 곳을 자유롭게 지나다니고
있는 모습을 노래하고 있다. 짐짓 시인의 자유정신을 이 제비를 통해 드
러내고 있는 것으로 보인다.

　마지막 연에서는 작자가 앞선 경물들을 통해 말하고자 하는 바를 직설
적으로 표현하고 있다. 제비가 날아다니고 있는 곳은 '모죽(茅竹)'이다. 이
는 육조시대의 고관대작인 사씨나 왕씨의 집에 있는 것이 아니다. 세속에
서 멀리 떨어져 있는 그윽한 시골 마을과 어울리는 것이다. 따라서 시인
은 시골 마을에 그런 집은 필요 없다고 하며, 은자가 머물러 있는 풍경,
그리고 그곳에서 자유를 만끽하고 있는 자신의 모습을 그리고 있다. 결국
이 작품은 그윽한 시골 마을의 풍경을 읊으며 세속과 단절된 은자의 한가
로운 모습을 주제로 하고 있다.

　인용된 작품은 위한조(魏漢祚 - 청학산인)를 비롯한 여덟 명의 선인들이
연회를 베풀며 각각 한 수씩 읊은, 모두 아홉 수 노래 가운데 한 작품이
다. 이들 모두 내용에 있어서는 인적이 드문 공간, 즉 신선 세계를 비유적
으로 그린 그윽한 자연을 묘사하면서 동시에 그러한 곳을 동경하고 있으
며, 형식에 있어서는 오칠언 같은 정형시를 거부한 고시의 형식을 취하고
있다는 것이다. 이를 종합해보면, 세속 혹은 규범에 얽매이지 않으려는
도교적 사고가 나타나 있음을 알 수 있다.[18)

주지하듯, 도교는 고대의 민간신앙을 기반으로 하여 신선설을 그 중심
에 두고, 거기에다 도가, 역리(易理), 음양, 오행, 침술, 의술, 점성 등의 논
법 내지 이론과 무술적인 신앙을 보태고, 그것을 불교의 체재와 조직을
흉내 내서 뭉뚱그려진, 불노장생을 주요한 목적으로 삼고 현세의 이익을
추구하는 것으로 특징 지워진 종교이다.[19] 그렇기에 그들은 늘 신비함,
즉 초탈의 경지를 노래하곤 한다. 그 대표적인 예가 바로 미래를 예언한
것이라 할 수 있다.

> (1)
>
> 용산에서 해가 한낮인데 문에 귀가 있고
> 건천에선 가랑비 내리는데 아무도 없네
> 청계의 버들빛은 해마다 푸른데
> 사람들은 봄바람에 거닐며 두견새 우는 봄이라네[20]
>
> (2)
>
> 다섯 말이 문 앞에서 요란하니
> 호수와 산의 경치 볼만하도다
> 강 속에 물이 없는 곳
> 배 건너기가 매우 편안하네[21]

사실 이 두 작품은 시 자체만으로는 이해하기 쉽지 않은 작품이다. 두
작품 모두 '어떤 나그네'와 '홍수(洪修)'라는 기인(奇人)들에게 각각 받은 시
이다. 시와 본문의 내용을 통해 우리는 한국 한시에 있어서 파자시(破字詩)

---

18) 작품은 「四仙臺詩」, 「黃柏行」, 「松子落吟」, 「蘇津蒲引」, 「前山春歌」, 「長相思漫」, 「竹露滴
吟」, 「黃柏行」, 「洞口雲」 등이 있다.
19) 車柱環, 『韓國의 道敎思想』, 동화출판공사, 1984.
20) 上揭書, 182面. "龍山日中門有耳, 乾川細雨侍無人. 淸溪柳色年年綠, 人踏東風杜宇春."
21) 上揭書, 184面. "五馬門前鬧, 湖山景可觀. 河中無水處, 舟渡自然安."

를 확인할 수 있다.

먼저 (1)의 작품부터 살펴보기로 하자. 이 시를 받은 사람은 '박형(朴衡)'이라는 사람으로, 성품이 인자하고 남 도와주기를 좋아하는 사람이었다. 그런데 하루는 남루한 차림의 나그네가 찾아와 그의 집에 묵게 되면서 박형의 앞날에 대해 자세히 이야기하던 중 시를 지어 준다. 그 일이 있고 난 뒤, 박형은 부모와 형제 그리고 처자의 상을 당하고 집도 망하게 된다. 그러자 산림을 유랑하던 중 하루는 용산(지금의 용인)에 도착하자 순간 예전에 나그네가 준 시가 생각난다. 그러므로 첫 구절의 '문에 귀가 있다는 것'은 바로 '문(聞)'을 의미하는 것임을 알 수 있다. 박형은 다시 건천사라는 곳을 어떤 사람에게 물으니, 그는 숲속 가랑비 흩날리는 곳을 가리켰다. 그리고 그 절에 묵게 되었는데 노승이 청계동을 방문하기를 권하고, 박형은 그곳에 가서 진사 유서(柳絮)라는 사람의 사위가 되어 부자가 된다. 또한 근처에 인답현(人踏峴)이라는 산에 올라 주위를 살피던 중 동쪽 산기슭 가운데 두견화 한 떨기가 피어 있어 선친의 묘를 그곳에 이장한 뒤 자손이 크게 번창하고 대대로 벼슬도 하였다는 이야기가 전한다. '건천사'라든지 '인답현' 등 나그네가 지어준 시의 장소와 부합하며, 또한 그가 예지한 대로 따뜻한 봄날이 된 것이다.

이와 같은 시의 장치, 즉 파자는 (2)의 시에서도 그대로 적용된다. 강속에 물이 없으므로 배가 편히 건넌다는 3, 4구는 상식적으로는 도저히 이해하기 어려운 구절이다. 그런데 앞의 시와 같은 원리를 적용해 보면, '하(河)' 자 가운데 '수(水)'를 빼면 '가(可)'만 남고, 이 '가(可)' 자와 다음 구절에 있는 '주(舟)'를 결합하면 '가(舸)' 자가 됨을 알 수 있다. 결국 작가는 '홍가(洪舸)'라는 사람을 등장시켜 그 사람의 포계(褒啓)로서 호서관찰사로 승진한 이야기를 해주고 있는 것이다. 두 작품 모두 기인들 즉 도교인들의 예지적 능력을 잘 드러낸 작품들이다.

이 외에도 작자는 작품의 많은 부분을 이러한 이야기로 채우고 있다. 부여국이 머리 하나에 몸이 둘인 붉은 까마귀를 얻으니 고구려 문무신황이 두 나라를 병합할 징조였다는 이야기를 시작으로 백제의 온조왕, 아신왕, 신라의 선덕왕 등 삼국시대의 이야기와 고려, 조선에 이르기까지 매사에 징조가 있기 마련이라는 논리를 펴고 있다.22) 이러한 논의는 닫힌 세계에서 행해지는 온갖 신비로운 일들로 오직 도교인들만이 할 수 있다는 우월성 표출로 쓰인 것이다.

4. 열린 세계로의 접근 시도─임란의 개입, 경세의식의 표출

앞 장에서 도인들의 예지적 능력에 대해서 살펴보았다. 그런데 여기에서 한 가지 흥미로운 점은 그들이 10년도 못 되어 병란이 있을 것이라고 예언하는 부분이다.23) 임진왜란 같은 병화, 그리고 실제 사건은 도교서에서 흔히 다루지 않는 현실 문제이다. 또한 도인들은 임란을 예견하는 데 머무르지 않고 애국심마저 표출하고 있는 점도 주목된다. 즉 그들은 무정부주의가 아니며 현실참여에 대한 의지를 표출하고 있는 것이다.

임진왜란에 대한 자세한 서술과 등장인물의 태도에서 그 구체적인 증거를 포착할 수 있으니, 한국 도교서의 특징이 드러나 있는 부분이 바로 이것이다. 작자는 왜국의 장수들에 비해 결코 뒤지지 않는 우리나라의 문인 및 장수들을 차례로 묘사한다.24) 이를 시작으로 편운자가 가족들을 이천 구봉동에 옮기고, 다시 평양을 지나다가 그곳에서 제찰사 유성룡이

---

22) 上揭書, 177面. "凡事吉凶, 莫不先動者. (中略) 果生毅宗明宗神宗."
23) 上揭書, 159面. "不出十年, 倭亂乎."
24) 上揭書, 162面. "金蟬子曰 (中略) 朝鮮抑又何患乎."

군량미를 거두어 모으고 있다는 소식을 듣고서는 편운자 또한 "나도 나라의 백성인데 모른 체 할 수 없다."라고 한 부분이나 "이제 반드시 왜적을 평정하고 조선을 회복할 것입니다."[25]라고 말하는 부분 등은 모두 현실을 개입하는, 즉 닫힌 세계에 머물러 있는 그들이 열린 세계와의 접근을 시도하는 부분이라 할 수 있다. 또 여덟 명의 선인 가운데 벽락자(碧落子)와 취굴자(翠窟子)가 창작한 작품에서는 경세의식이 표출되기도 하니 다음과 같다.

> (1)
>
> 가을 기러기 나니 북풍이 높이 불고
> 오산에 낙엽 지니 오산이 조그맣고
> 석두성의 왕기도 오래도록 쓸쓸하네[26]

> (2)
>
> 난이 텅 빈 산에 자라는데 모든 풀이 덮어
> 싹과 줄기가 짤막하니 포기를 이루지 못하네
> 언제나 고상한 사람의 사귐을 얻어
> 봄바람 부는 넓은 화원에다 잘 심을까[27]

작품 (1)은 벽락자라는 선인이 지은 「추안가(秋雁歌)」이며, (2)는 취굴자라는 선인이 지은 「영란시(詠蘭詩)」이다. 먼저 벽락자의 시를 살펴보자. '추안(秋雁), 북풍(北風), 냉락(冷落), 소조(蕭條)' 등의 시어를 통해서도 알 수 있듯이 쓸쓸한 분위기가 전체를 장악하고 있다. 그렇다면 왜 이렇게 쓸쓸한 분위기를 연출하고 있는 것일까? 이에 대한 해답으로 우선 석두성(石頭

---

25) 上揭書, 174面. "今必平倭復朝鮮矣.", "我亦臣民, 豈可恝視."

26) 上揭書, 207面. "秋雁飛北風高, 吳山冷落吳山小, 石頭王氣久蕭條."

27) 上揭書, 207面. "蘭在空山衆艸蒙, 芽莖短短不成叢. 何時得托高人契, 好種春風九畹中."

城)이라는 곳이 어느 곳인지 알 필요가 있다.

이곳은 일찍이 전국시대에 초나라의 금릉읍이었던 곳으로 삼국시대인 229년에 오나라의 손권(孫權)이 건업(建業)이라고 개칭하여 이곳에 도읍을 정한 뒤부터 강남의 중심지로 발전한 곳이다. 그러한 천연의 요충지가 이제 초라한 모습을 지니고 있음을 벽락자는 아쉬워하고 있는 시임을 알 수 있다.

다음 취굴자가 읊은 시를 살펴보면, 역시 가을 기러기 못지않게 외롭게 자라있는 난을 안타까운 마음으로 노래하고 있다. 쓸쓸한 텅 빈 산에 고귀한 난이 자랐으나 모든 풀이 덮고 있어 그 빛을 드러내지 못하고 있다. 그렇기에 작자는 난을 돋보이게 할 수 있는 곳, 즉 봄바람 부는 넓은 화원에 심어지기를 간절히 희구하고 있는 것이다. 그것은 곧 고상한 사람의 사귐을 얻어 출세하기를 바라고 있는 비유로 해석이 가능하다. 특히 '언제나 고상한 사람의 사귐을 얻어 봄바람 부는 넓은 화원에다 잘 심을까'라고 한 부분은 이를 직접적으로 언급하고 있다. 이렇듯 두 작품에서 알 수 있듯이 두 선인은 도교인으로서의 탈속적 사고의 이면에 경세의식이 있다. 그렇기에 이 작품을 들은 스승 위한조(청학상인)는 "아직도 때를 도와 공을 세울 뜻이 있구나."라고 평한 것이다.

한편 이러한 주제의식과 관련한 다음 작품은 주목할 만하다.

> 얼레빗으로 빗고 참빗으로도 빗어
> 천 번 훑어내니 이가 어느덧 사라졌구나
> 어떻게 하면 만 길 되는 큰 빗 구하여
> 백성의 이를 모조리 훑어 없앨까나[28]

---

28) 上揭書, 156面 "木梳梳了竹梳梳, 梳却千廻蝨已除 安得大梳長萬尺, 盡梳黔首蝨無余."

이 작품의 저자는 이유(李愈)이며, 자는 퇴부(退夫)이고, 호는 유두자(流頭子)이다. 지리산 자초동(紫草洞)에 은거했으며 날마다 천 번씩 머리를 빗는 인물로 언급하며 시를 소개했다.

기구에서는 한시에서 꺼리는 중자(重字)를 무려 네 번이나 사용했다. 하나는 명사로 하나는 동사로 썼다고 해도 스물여덟 글자 속에 생각을 압축해야 하는 시에서의 중자는 다소 과한 느낌을 준다. 승구에는 이[蝨]가 등장한다. 탐관오리일수도, 자연재해일수도, 어려운 경제활동일수도, 개인 사정일수도 모든 것이 다 가능하다. 시에서 사용할 수 있는 모든 중의적 의미를 가질 수 있다.

전구에서 시인은 만 길이나 되는 큰 빗을 구하고 싶다고 했다. 그 이유는 결구에서 밝히고 있듯이 백성에게 쓰고 싶어서이다. 즉 백성에게 해가 되는 모든 것을 없애고자 했으니 경세제민의 포부를 밝힌 시이다. 작품 끝에 조여적은 "비록 일사(逸士)라 하지만 경세의 재주가 있어서 대추꽃이 열매 맺고 뽕잎 먹은 누에가 실을 뽑는 데에 비해 손색이 없다 하겠다." 라고 했으니 경세의식의 표출은 의심할 것이 없다.

이 시는 『성소부부고(惺所覆瓿藁)』 제25권에도 보인다. "윤 사문 면이 사명을 받들고 호남으로 떠나 어느 산을 지나가는데 산속에 초가집이 있었다. 거기서 한 늙은이가 나무 아래에서 다리를 뻗고 앉아 있었고 책상 위에는 책 한 권이 놓여 있었다. 펴 보니 늙은이가 다가와서 빼앗으며, '되지 않은 작품이라 남의 눈에 보여 줄 수가 없소.' 하는 것이었다. 그래서 겨우 첫머리에 쓴 빗을 읊은 시만을 보았는데 다음과 같았다. '얼레빗 빗질하고 참빗으로 빗질하니, 빗질 천 번 쓸어내려 이는 벌써 없어졌네. 어찌하면 만장 길이 큰 빗을 얻어다가, 백성들의 물것을 남기잖고 쓸어낼꼬.' 그 이름을 물었더니 대답을 하지 않고 도망가 버렸다고 한다."29) 또 유몽인의 시 「영소(詠梳)」에도 "나무 빗으로 빗고 대나무 빗으로 빗어, 천

번을 빗어 내리니 이가 다 없어졌도다. 어찌하면 길이 만 길이나 되는 큰 빗 구해서, 백성들 머리 다 빗어 이를 모두 없앨 수 있을까."30)라는 시가 있으니, 시의 저자는 더욱 알 길이 없다. 문제는 왜 굳이 도교서에 이러한 경세제민의 의식을 표출하고 있는가 하는 점이다. 바로 이 점이 『청학집』의 특징 가운데 하나로서 도교인들의 경세의식의 표출이다.

한편 이를 주제로 하는 유응부(兪応孚)의 시와31) 하륜(河崙)의 시를32) 소개하면서 두 시 모두 장상(將相)의 기운이 뚜렷하다고 칭송하기도 했으며, 김석철(金錫哲)의 시,33) 임제(林悌)의 시를 기재하여34) 모두 걸사(傑士)라 칭송한 작품들도 있다. 이들은 모두 유명 인사들로 경세제민의 표출은 말할 것도 없으나, 다음 작품에서 드러난 의식은 주목할 만하다.

덕을 닦고 인을 좋아하면 사람이라 말할 만하니
꽃비녀와 옥패물은 몸에 편치 못하네

---

29) 尹斯文勉奉使湖南, 造一山中有草屋, 一老翁樹下縶博, 几有一卷, 展看則就奪之曰, 鄙作不堪入眼, 僅見首題詠梳詩曰 '木梳梳了竹梳梳, 梳却千回蝨已除. 安得大梳長萬丈, 盡梳黔首蝨無餘.' 問其名, 不對而遯去.

30) 柳夢寅, 『於于集』卷2. "木梳梳了竹梳梳, 亂髮初分蝨自除. 安得大梳千萬尺, 一梳黔首蝨無餘." 『叢刊』卷63, 340面.

31) 上揭書, 167面. "장군의 인의가 오랑캐를 진압하니, 국경 밖에 전생 사라져 사졸이 조네. 긴 낮 빈 뜰에 볼 것이 무엇인가, 날랜 매 삼백 마리 다락 앞에 앉았네 [將軍仁義鎮夷蛮, 塞外塵淸士卒眠. 晝永空庭何所玩, 良鷹三百坐樓前.]" 이 시는 李濟臣의 隨筆集『淸江瑣語』에 기록되어 있다.

32) 上揭書, 167面. "십리에 뻗친 뽕밭과 삼밭은 우로에 젖어 있고, 산수 간에 술잔 잡고 구름 노을 속에 늙어 가네. [十里桑麻深雨露, 一盃山水老雲煙]"

33) 上揭書, 167面. "백마는 한가히 울며 버들가지에 매어 있고, 장군은 일 없어 칼집에 칼을 꽂네. 나라 은혜 갚기 전에 몸 먼저 늙으니, 꿈에 밟는 관산에 눈 녹지 않았네. [白馬閑嘶繫柳條, 將軍無事劍藏鞘. 國恩未報身先老, 夢踏關山雪未銷.]" 이 또한 『淸江瑣語』에 기록되어 있다.

34) 上揭書, 167面. "갑속에는 간성검이 들어 있고, 주머니에는 귀신을 울릴 시가 있네. 변방의 모래에 금갑이 반짝이고, 관산의 달빛은 홍기를 비치네.[匣有干星劍, 囊留泣鬼詩. 邊沙暗金甲, 關月照紅旗.]" 이 시는 「送李評事」라는 시의 일부이다. 전문은 다음과 같다. "朔雪龍荒道, 陰風渤海涯. 元戎掌書記, 一代美男兒. 匣有干星劍, 囊留泣鬼詩. 邊沙暗金甲, 關月照紅旗. 玉塞行応遍, 雲臺畵未遲. 相看豎壯髮, 不作遠遊悲."

기름진 밥과 봉록은 내 오히려 두려운 것
위로는 왕법이 있고 아래로는 백성이 있네35)

이 작품은 취미정이 양양원(襄陽院)으로 부임할 때 그 부인인 광주 김씨
가 지은 것이다. 김씨는 용모가 추하여 자신의 호를 창암(蒼岩)이라고 했
는데『가례』,『예기』,『논어』,『효경』을 배워 대의에 통달한 인물이라 평
하고 있다.36)

작자는 이 작품을 단순히 경세제민 의식을 드러낸 데 그치지 않고 그
경세제민의 근본에는 덕과 인이 있음을 밝히고 있으니 여타의 글과는 변
별된다. 즉 기구에서 말하는 '거덕(據德)'과 '호인(好仁)'을 지녀야만 인간이
라 말할 수 있는 것이니, 승구의 자신의 몸에 걸친 패옥은 이보다 못한
것이라 단정하고 있다. 또 전구에서 고량진미나 봉록 또한 두려운 것이라
했다. 이는 미련에서 밝힌바 상하의 법도와 지위체계 때문이라 하였다.
조선시대의 한 여성의 손에서 나와 세상에 전해졌다고 보기에는 무리가
있는 작품이나 도교서이기에 가능한 것이다.

아울러『청학집』내에는 도인들이 "남아가 태어나 명성을 떨치지 못하
고 재능을 품은 채로 죽는다면, 이는 자기의 도리를 다한 것이 아니며 불
우한 일이니 그대는 당연히 빨리 가서 강한 나라의 명신이 되거라. 때를
놓치지 말라."37)라고 하거나, "이제 새로운 천자가 나올 터이니 너희 셋
은 마땅히 도가의 한가로운 일을 버리고 역사에 길이 전해질 공명을 도모
하라."38)는 말들을 통해 열린 세계로의 접근을 확인할 수 있다.

---

35) 上揭書, 159面. "據德好仁可謂人, 華簪宝珮莫安身. 脂膏俸祿吾還畏, 上有王章下有民."
36) 上揭書, 159面. "翠屛夫人光州金氏, 以貌醜, 自號蒼岩, 習知家禮記論語孝經, 通大義."
37) 上揭書, 227面. "男兒生, 不成名, 含光湮沒者, 非好做道理也. 乃不獲之事, 子當速去, 爲強國名
臣."
38) 上揭書, 227面. "今新天子出, 三子當去道家之閑逸, 以圖竹帛之功名."

현실문제에 관여하는 도교인들의 태도는 생각에 머무르지 않고 직접 행동에 이르기까지 한다. 이를테면, 채하자(彩霞子)라는 선인이 효부(孝婦)인 오씨 부인에게 수십 개의 은덩어리가 있는 곳을 가르쳐 주는가 하면, 고을의 인색한 부자인 원사직(袁士直 - 別稱 袁猪)의 쌀 60섬을 가져다 오씨 집에 놓고 떠나기도 한다.39) 이는 도인들로서 현실과 동떨어진 공간에서 신선의 흥취를 즐기는 것이 아니라 현실에 개입하여 어려운 사람들을 돕는 장면이다. 물론 어떠한 중요한 철학이라도, 동양뿐 아니라 서양 모두 철학 사상의 발생이든지 모두 하나의 근본 동기와 뜻, 즉 구인(救人), 구물(救物), 구세(救世)가 있다고 하지만,40) 이와 같은 장면 묘사는 분명 중국 정통 도교의 보편적 특성이라고 보기는 어려울 것이다.

한편 닫힌 세계의 인물들에게서 나타난 역사적 사실 및 문학적 시각도 주목할 만하다. 여기에서는 크게 두 가지로 확인할 수 있는데, 첫째는『청학집』에서 언급된 수많은 문인들과 그 평가이며, 둘째는『청학집』에 등장하는 임진왜란 중 일화가 그것이다.

먼저, 저자는 송서의 말을 빌어 삼한시대부터 조선 중기까지 수많은 문인들을 언급한다. 설총, 최치원, 박인량 등을 말하고 과거제도를 받아들여 글을 짓게 했다는 고려시대의 문인들, 김열을 위시하여 김극기, 이규보, 최자, 이색 등을, 조선시대의 변계량, 김종직 등 거의 시화집에서나 다룰 법한 내용을 많은 부분에 걸쳐 할애한다.41) 그리고 다음으로 허난설헌이나 이옥봉 그리고 신순일의 처를 비롯한 시에 능한 여류시인까지 거의 빠짐없이 언급하고 있다. 실제 우리들이 알고 있는 문학을 담당했거나 문학사에서 중요하게 거론되는 인물 이외에도 많은 인물이 등장한다.

---

39) 上揭書, 214面. "彩霞片雲, (中略) 取袁家米六十斛, 置於吳家而去."
40) 方東美 지음, 남성호 옮김,『원시 유가 도가 철학』, 288面, 서광사, 1999.
41) 上揭書, 234面. "東國文雅 (中略) 誠可貴也."

또 임진왜란 중 그 일화를 소개하는 부분에서는 날짜와 인물 그리고 지명 등을 매우 자세하고 정밀하게 기술함으로써 일종의 역사서를 방불케 한다.[42] 도교의 역사를 서술하는 부분에서도 그렇거니와 각 시대마다 있었던 인재들을 소개하는 부분이 그렇다. 저자는 동명왕 때의 무골을 비롯하여 이사부, 을지문덕, 장보고, 등 삼국시대부터 조선조까지 방대하게 인물을 열거하고 있다. 뿐만 아니라 왜환(倭患)에 대한 기술도 이와 같은 방식을 취하고 있다. 신라 남해왕 때부터 시작한 왜환을, 고려를 거쳐 조선 때까지를 열거하고 있다. 게다가 중국, 서북지방 오랑캐의 침략도 자세하게 열거한다. 단군왕 때의 남이왕의 침범과, 위만시대, 그리고 고종 때의 침략, 몽고의 침략 등을 군사의 침략 수와 도독부 설치 수 등을 상세하게 서술하고 있다.

후자의 예에서 우리가 포착해야 할 부분은 인물에 대한 정보나 수치에 있지 않다는 데 있다. 저자는 일본 및 중국의 침략을 언급하면서 이렇게 왜환과 오랑캐의 침략이 심한 데에도 우리나라 사람으로 일본 땅 혹은 중국 땅에 감히 들어가 한 번이라도 싸웠다는 소리를 들어본 적이 없으니, 그 까닭이 무엇이냐며 묻고 있다. 천운이 줄고 땅이 편협한 것이며 인품이 못나 그러한 것이냐며 도리어 비아냥거리듯 현실세계, 즉 열린 세계에 대해 비판을 하고 있는 것이다. 이렇듯 『청학집』에서는 앞서 언급한 것처럼 현실에 가담하는 모습을 보여주고 있다.

그러나 한편으로는 물외지인(物外之人)으로서의 도교적 태도를 보이고 있으니, 이것이 바로 그들의 한계인 것이다. 이를테면, 앞서 언급한 바와 같이 위선생이 이원익의 생명을 구하고 난 다음의 위한조의 태도가 그렇다. 훗날 이원익은 몰래 임금께 고하여 단천군수로 제수하는 사령장을 받

---

42) 上揭書, 170面. "翠窟子曰 (中略) 未聞一將一卒之踰山海關侵中者, 何也."

아서 오대성을 시켜 편운자 선생을 뵙고 그것을 전하게 한다. 그 후 다시 함경관찰사를 선생에게 주어 가등청정(加藤淸正)을 제어하려 하니 위한조 선생이 자리에 앉아 계시다가 웃으며 "속세를 떠난 기러기가 어찌 속세의 곡식밭에 내려앉으려 하는가?"라 말하였다. 그러자 편운자는 오대성과 거래를 끊고 아주 자취를 감추었다.43) 이처럼 이들은 학식과 재주가 있으면서도 현실에는 참여하지 못하는 한계를 보이고 있다.

또 우리나라의 인재들을 논하다가 갑자기 일곱 선인을 그 뒤에 배치하여 그들의 뛰어난 재능을 강조한다. 그들은 스스로 자신들 가운데에도 쓸모 있는 사람들이 꽤 있다고 하면서, 깊게 헤아리고 멀리 계략하며, 안위를 살피고 승부를 결정하며 정사를 분별하고 진퇴를 아는 것은 벽락자만한 사람이 없다고 하며, 이어 여섯 명의 재능을 차례로 얘기한다. 그러나 청학상인은 "우리나라의 풍속에는 귀한 것은 숭상하고 천한 것은 억압하는 풍속이 심하다. 아름다운 것을 표창하고, 착한 것을 포상하는 것은 모두 명문귀족으로부터 나왔다. 그래서 산속에 묻혀 사는 사람들은 인멸되어 버렸다."44)라고 하였다. 이 또한 도인들이 열린 세계로 나오지 못하는 한계를 드러내고 있는 것이다.

5. 『청학집』과 도교

이상의 논의를 통해 『청학집』 내 한시의 두 국면을 확인했지만 결국 모습만 다를 뿐 같은 결론에 도달하고 있음을 알 수 있다. 즉 도교라는

---

43) 上揭書, 174面. "片雲子 (中略) 自此絶吳大成, 益自晦迹."
44) 上揭書, 151面. "東俗, 崇貴抑賤之習甚矣. 至於旌美襃善, 皆出於名家貴族, 而山林之人, 湮滅 無名者."

한 종교로서 정통성과 체계를 갖춘 중국과는 달리, 유교가 확고하게 자리 잡았던 우리나라에서는 때로 선계를 지향하며 닫힌 세계로의 지향을 보이기도 하지만, 때로 현실에 개입하여 이를 해결하고픈 의지를 드러내고 있음을 확인하였다.

한국의 도교서는 그 양이 많지 않다. 아울러 도교서라 명명할 수 있는 자료에서의 한시라는 장르는 더더욱 찾아보기 어렵다. 그러한 의미에서 『청학집』은 한국 도교시를 살펴보는 데 있어서 다소 유용한 자료라고 판단되었다.

물론 여기에는 도교와 아무런 상관없는 성리학자 서경덕의 작품을 끌어들이는가 하면, 많은 분량이 단구로만 되어 있어서 시 전체의 윤곽을 확인할 수 없는 작품도 많기 때문에 도교시의 윤곽을 과연 또렷하게 드러내는가 하는 문제가 있을 수 있다.

그렇다 하여도 여기에 등장하는 아홉 명의 선인들의 작품이나 파자시, 예언시 등은 여타 문집에서 찾아보기 힘든 작품이며 이를 통해 그들의 내면을 조금이나마 살펴볼 수 있었다. 아울러 그들의 지향점과 한국 도교인의 모습을 확인할 수 있었다.

제17장

영주시(詠州詩)를 통해 본 전주의 양면성

1. 지역연구와 전주

본고는 한국 역대 문집에서 영주시(詠州詩),[1] 그 가운데 전주지역을 노래한 작품을 중심으로 그곳을 어떻게 바라보고 있는지 조망하는 데 목적이 있다.

지역연구라는 말에 대해, 에드워드 사이드(Edward W.said)는 '추악한 신조어(ugly neologism)'라는 용어를 사용할 정도로 그 창작 배경에는 '강한 공간'을 지향한 미국이 자리 잡고 있었다고 했다. 이전 어떤 시기의 아랍, 페르시아, 몽골 등이 만들어냈던 세계관을 지역연구라고 부르지는 않고, 제2차 세계대전 전후의 세계 정치 동향과 밀접하게 연결되어 발달했다는 것이 일반적이며, 이후 차츰 그 학문적 체계를 갖추었다고 했다.[2]

그 후 지역연구의 목적과 영역을 체계화하기 위해 정치학·사회학·

---

1) 본고에서 말하는 詠州詩는 전통 한문학에서의 '題詠'과 유사개념이며, 또 이와 관련이 있는 '樓亭題詠詩'를 보다 확장한 것이다. 즉 한 고을 내에서 府, 廳, 館, 樓, 閣 등을 노래함으로써 그 지역에 대한 특성과 감정을 잘 드러낸 작품 일체를 말한다.

2) 야노 토루 엮음, 아시아지역경제회 옮김, 『지역연구의 방법』, 전예원, 1997, 21面.

인류학 등 기존의 학제 내에서 하나의 과학적 입장을 수용한 후, 그러한
입장이 지향하는 연구목표와 방향에 입각하기도 하고, 이에 사회학의 지
역연구 혹은 현상학적 지역연구 등 학문적 체계를 수립하려는 시도가 끊
임없이 이루어졌다.3) 그리하여 이제 지역연구는 학문의 보편적 현상으로
자리매김하게 되었다. 물론 이 지역연구는 공간뿐만 아니라 시간적 연구
도 당연히 포함되어야 한다.

이러한 현상은 한문학에서도 수용되어 문화학적 지역연구, 그 가운데
문학에서 활발한 연구가 진행돼 수많은 논문이 세상에 나오게 되었다. 지
면의 한계상 일일이 열거하기 힘들 정도로 한문학 내에서 지역연구는 이
미 가속화되었고 다기한 연구가 진행되었다.

이에 필자는 인간 감정의 결이 잘 드러나고 여백의 미(美)마저 잘 어우
러진 한시라는 장르를 통해 지역연구를 시도하고자 한다. 이는 보이는 사
실에 충실하기보다 보이지 않는 감정의 결을 통해 느끼는 지역에 대한 마
음이 한시에 잘 담겨져 있다고 판단했기 때문이다. 과장될 수도 폄하될
수도 있는 가능성이 없지 않지만, 오히려 솔직한 심사가 한시에 더 투영
되어 있다고 본 것이다.

그리고 그 가운데 왕도로 칭송받았던 전주지역에 한정하고자 한다. 이
는 시인의 눈에 비친 전주가 다양한 모습으로 확인되었기 때문이며, 또
전주에 대한 연구를 진행하면서 그간 알려졌던 잘못된 사실을 바로잡고
싶은 부분이 발견되어서이다.

이에 본고는 우리나라의 역대 문인들이 전주를 어떻게 바라보았는지
어떻게 인식하고 어떠한 감정을 갖고 있었는지 살펴보고자 한다.

---

3) 이상환·김용진 외 지음, 『지역연구 : 영역·대상·전략』, 형설, 2002, 26~27면.

2. 번화와 쇠퇴의 도회

주지하듯, 전주는 본래 백제의 완산이었다. 비사벌 또는 비자화라고도
했다. 신라 진흥왕 16년(555)에 완산주를 두었다가, 동왕 26년에 주(州)를
폐지하고, 신문왕 5년(685)에 완산주를 다시 설치하였다. 신라 경덕왕 15
년(766)에 지금의 이름으로 바꾸어 구주(九州)를 완비하였다. 신라 효공왕
때 견훤이 여기에 도읍을 세우고 후백제(後百濟)라고 했고, 고려 태조 19년
(936)에 신검(新劒, 후백제 2대 왕)을 토벌하여 평정하고 안남도호부(安南都護
府)라고 했다가 23년에 다시 '전주'라고 했다.4) 그러나 조선시대 문인들
에게 여전히 완산부로 친숙했고, 특히 전주객사의 편액 '풍패지관'으로
인하여 풍패가 더 익숙한 지명이 되었으니, 다음의 시를 보면 이를 확인
할 수 있다.

완산부

반반하게 번화한 온전한 도읍지
그 형승은 남쪽 지방 가운데 으뜸
삼국시대 말엽 땅을 나눠 지키다가
신령한 분에 의해 온 상서가 열렸네
당나라로 치면 농서의 고장이요
한나라로 말하면 풍패의 고을이라
누각은 높아 구름 기운과 통하니
오색의 광채를 길이 볼 수 있구나5)

인용된 시는 조선조 한문사대가 가운데 한 명인 계곡(谿谷) 장유(張維,

---

4) 李荇・洪彦弼,『新增東國輿地勝覽』, 卷27.; 李肯翊,『燃藜室記述』, 卷16 참고
5) 張維,『谿谷集』卷28,『韓國文集叢刊』卷92, 449面.「完山府」"槃槃一都會, 形勝冠南方. 割據
當三季, 神靈啓百祥. 唐家隴西郡, 漢代沛豊鄉. 樓閣通雲氣, 長瞻五色光."

1587~1638)의 작품이다. 그가 나주목사로 좌천되어 가는 길에 전주에 들러 지었다. 전언한 바와 같이 제목의 완산부는 본래의 이름이었지만 저자의 시대로 비춰보면 전주의 옛 이름이다.

우선 수련은 전주의 찬란한 모습을 여백의 미(美) 없이 그대로 드러내고 있다. 출구에서는 첩자(疊字) '반반(斑斑)'을 사용하여 아름답고 정갈하며 화려한 모습을 형용하고 있다. 다음 '일도회'에서의 '일(一)'은 '일(壹)'로도 가능한 해석이지만 '동(同)'과 '전(全)'의 뜻을 모두 지닌 글자이므로 중의적 해석 또한 가능하다. 즉 '반반한 하나의 도시'로 풀어도 되지만 '반반한 온전한 도시'로 보아도 무방하다. 특히 제목의 '완주(完州)'와 훗날 '전주(全州)'는 모두 '온고을'이라는 뜻이기 때문에 오히려 후자의 풀이가 온당해 보인다. 다음 대구는 출구와 호응하여 빼어난 풍광[形勝]이 남쪽 지방 가운데 으뜸이라며 여과 없이 칭송하고 있다.

다음 함련은 완산부의 역사를 신라시대로부터 고려, 조선에 이르기까지의 전 과정에 대해 노래하고 있다. 시어 '당삼계'란 삼국시대 말엽을 뜻하며, '할거'는 삼국이 땅을 서로 차지하고 있음을 의미한다. 그런데 대구에서 '신령스러운 분에 의해 길상이 열렸다.'라고 했으니, 이는 전주 이씨인 이성계(李成桂)가 고려 말에 태어나 조선을 건국한 것을 의미한다.

경련에서는 조선 건국을 우리나라에만 국한하지 않고 당고조 이연(李淵)에게 견준다. '농서군'은 이연의 출신지 농서 '성기(成紀)'를 말한다. 또 대구에서는 당나라를 넘어 중국의 정통 왕조로까지 언급되는 한나라까지 소급하여 그 정통성과 공을 기린다. 특히 '풍패'라는 시어를 쓴 것은 한고조 유방이 처음 군사를 일으킨 곳이자 패현 풍읍 출신이므로 이렇게 표기한 것이다. 이것이 후대에 제왕의 고향을 일컫는 말로 쓰이게 된 것은 주지의 사실이다.

실제 오늘날 전주 객사에는 '풍패지관'이라는 편액이 걸려 있는데, 이는 명(明)나라의 사신 주지번(朱之蕃, ?~1624)이 쓴 것이다. 현재 서울 서대문의 독립문 자리에는 과거 영은문(迎恩門)이 있었는데 이 편액도 그가 썼다. 명나라 예부우시랑(禮部右侍郎)의 관직에까지 올랐던 그가 전주에까지 와서 '풍패지관'을 쓴 것은 바로 송영구(宋英耈, 1556~1620)와의 인연 때문이다.

임진년(1592)에 정철(1536~1593)은 송영구를 종사관(從事官)으로 삼았다. 송영구는 정언(正言)과 지평(持平)을 거쳐 성절사(聖節使)의 서장관(書狀官)이 되어 북경에 간 적이 있었다. 당시 과거로 인해 낙심하던 주지번에게 송영구는 많은 도움을 주었고, 훗날 진사에 합격한 주지번은 송영구가 익산에 거주한다는 소식을 듣고 그를 찾으러 가던 중 전주 객사에 들려 이 편액을 써 주었던 것이다.[6]

일찍이 고려시대의 문인 이규보(李奎報, 1168~1241)가 사록겸장서기(司錄兼掌書記)로서 전주목에 부임한 적이 있었는데, 재임 중 어느 날 전주객사에서 머물며 감회를 노래한 적이 있었다.[7] 시의 내용이 전주의 풍경과는 무관하지만, 당시 전주객사가 있었고 12~3세기의 자료를 통해 확인되고 있음은 다행이다. 한편 전주객사는 1473년(成宗 4)에 전주서고(全州書庫)를 짓고 남은 재료로 개축(改築)하였다고 하며,[8] 이후 주지번의 편액으로 인하

---

6) 주지번과 송영구의 관계에 대해서는 전자자료 사고전서(四庫全書)에 자세히 나오지 않고, 주지번의 사신 기록인 『奉使朝鮮稿』(徐兢 著, 김한규 옮김, 『使朝鮮錄』, 소명, 2012) 또한 나오지 않는다. 현재 인터넷상에 나와 있는 자료가 대체로 일치하기는 하지만 그 출처에 대해서는 자세하지 않기 때문에 참고로 적어 둔다. 朱之蕃, 『使朝鮮稿』 웹자료(www.baidu.com) 검색.; 『國朝人物考』 卷51, 「牛栗從游親炙人」.; 益山市廳 웹자료(www.iksan.go.kr) 등 참고.

7) 李奎報, 「全州客舍夜宿 書禑懷」, 『東國李相國集』 卷9, 『韓國文集叢刊』 卷1, 387面. "一般男子有枯榮, 堆皐撑胸意未平, 盡日營中猶曲膝, 五更窓外自呼名.「其二」狂言屢發眉堪炙, 褊愼難消瘦欲生. 百計覓瘢難屈膝, 寸心長共水爭淸."

8) 문화재청 홈페이지(www.heritage.go.kr)에는 성종2년(1471)으로 표기되어 있다. 그런데 근거도 밝히지 않을 뿐만 아니라, 『朝鮮王朝實錄』를 참고하면, 1473년이 맞다. 또 홈페이지에는 "서의헌을 고쳐서 객사를 지었다."라고 했는데, '서의헌'이 아니라 '西翼軒'이 옳다.

여 오늘날에 이르기까지 풍패지관으로 불리게 되었다.

군도로서의 칭송은 마지막 미련에 이르러 절정에 이르게 된다. 풍패지관의 누각은 높지 않음에도 그 기상이나 정기가 높아 저 높은 하늘에 있는 구름과 통한다고 했으며, 길이길이 오색의 찬란한 빛을 볼 수 있다고 했다. 출구의 누각은 땅을 상징하며, 구름은 하늘을 의미한다고 본다면, 이것은 바로 천지 즉 음양을 상징한다고 볼 수 있다. 그리고 대구의 오색은 오행과 견줄 수 있기 때문에, 음양오행의 정기가 이 풍패지관에 잘 서려 있음을 칭송하고 있는 것이다.

저자인 장유가 군도를 중국과 견주었다면, 150년 전의 문인 이승소(李承召, 1422~1484)는 이보다 더 소급하여 전주를 칭송한 것이 있으니 다음과 같다.

전주 부윤을 전송하며

완산의 아름다운 고을은 옛날 명성의 고을이라
용과 범이 웅크린 듯 울울하게 서려 있도다
정령 쌓여 보호하고 지켜주니 기운 아름답고
때에 따라 발설하니 곧은 상서 이루는구나
선리 뿌리 서리는 게 이 고을에서 비롯되어
대를 이어 맑은 그늘 우리나라를 덮었다네
신풍 땅의 닭과 개야 어찌 족히 견주겠는가
충후함이 저 빈풍과는 다르지가 않으니
천년토록 성조들을 모신 사당 있고
만물은 무고하니 신령들이 보호하고 있다네
연기 만 리나 피고 뽕과 삼은 빽빽하고

『完山誌』에 "좌우에 翼室이 있다. 동쪽이 높고 서쪽은 낮으며, 동쪽은 넓고 서쪽은 좁다. [左右翼室. 東高西卑, 東闊西陋]"라고 기록되어 있다. 뿐만 아니라 최종희, 성재만의 논문 「조선시대 객사의 입지 및 배치 조경적 특성－벽제관 전주객사 금성관 진남관을 중심으로」(한국전통조경학회지 29, 2009) 외 다수의 글을 참고해 보면 '서익헌'이 맞다.

　　격양가를 부르면서 강구에서 노니네

　　인물들이 번화하긴 한 지방에서 으뜸이니

　　태평스러운 기상을 누가 능히 그려내랴

　　조정에서는 왕업의 터전임을 생각하여

　　지주는 꼭 어진 대부 선발하여 제수하네

　　군후께서 선발되어 금도장을 찼고

　　꼿꼿하고 재주 높아 문무를 두루 갖췄네

　　부임하는 소리에 간사한 관리 간담 깨졌고

　　지역민들 고무되어 서로 다퉈 환호한다

　　난새와 봉새가 탱자나무에 깃들었다 말하지 마라

　　구만 리를 나는 붕새는 세상조차 비좁다 하니

　　양춘에 발 달려 깊은 어짊 퍼져가니

　　마른 뿌리 병든 잎들 모두 밝게 소생하네

　　어찌 오직 집들만이 서로 다퉈 축하를 하겠는가

　　믿음이 돼지와 물고기에게 미치는 걸 다시 보게 될 것이라

　　임금께선 다시 남쪽 돌아보는 걱정 없고

　　벗들은 또 더불어서 서로 장도를 기약하지

　　정사가 완성되어 훗날 재상으로 돌아올 땐

　　서로 맞이하며 다만 술병 두 개만 있을 것이라[9]

　　제목의 전주부윤이 누구를 지칭하는지는 자세하지 않다. 다만 시 전체에 관류하고 있는 중심 내용이 전주에 대한 칭송이며 그곳을 관장하는 부윤이야말로 훌륭한 인재라는 칭찬으로, 찬송과 송서의 기능을 충실하게

---

9) 李承召,「送全州府尹」『三灘集』, 卷9,『叢刊』卷11, 468面. "完山佳麗古名都, 龍虎盤踞多鬱紆. 畜靈壅祐氣佳哉, 有時發洩爲貞符. 仙李盤根肇此鄕, 赫葉淸陰庇東隅. 新豊雞犬何足擬, 忠厚不與閭風殊. 聖祖千年有祠廟, 物無疵癘神所扶. 煙火萬里桑麻稠, 扣腹擊壤遊康衢. 人物繁華冠一方, 太平氣象誰能摹. 朝家念此王業基, 地主必授賢大夫. 君侯応選佩金章, 倜倘才高文武俱. 先聲已破姦吏胆, 四民鼓舞爭歡呼. 莫道鸞鳳枳棘棲, 鵬摶九萬隘九區. 陽春有脚布深仁, 枯荄病葉咸昭蘇. 豈惟室家爭相慶, 更見信及豚魚孚. 君王無夏南顧憂, 朋親且與期長途. 政成他年催入相, 相迎只有雙玉壺."

표현하고 있는 작품이다.

모두 30구로 이루어진 이 시는 크게 두 부분으로 나누어지고(1구~14구; 15구~30구), 작게 다섯 부분(1구~6구; 7구~14구; 15구~20; 21구~26구; 27~30구)으로 나눌 수 있다. 크게 보면 전반부는 전주지역의 칭송이며, 후반부는 전송하는 사람에 대한 위로와 칭찬이다.

세세하게 살펴보면, 첫 번째 부분은 예로부터 아름답고 이름이 난 고을의 전주에 용과 범이 자리를 잡고 있다며 명성과 지세를 동시에 말하고 있다. 이 중 '선리(仙李)'라는 시어는 '선(仙)'으로 표상되는 노자[李耳]가 이씨의 시조로 추앙받음을 말하고, 이성계에 이를 견준 것이다.

두 번째 부분은『서경잡기』등에 나오는 고사를 인용하여 지역에 대한 찬사를 하고 있다. 즉 한 고조가 천하를 통일한 후 아버지를 모셔와 태상황으로 대접했지만, 고향인 풍읍을 잊지 못하자 궁궐에 풍읍을 똑같이 재현했는데, 풍읍의 닭과 개도 자기 집을 찾아갈 정도였다는 것이다. 결국 이러한 재현은 본뜰 것이 없지만 충후함만큼은 빈풍과 동일하다는 것이다.

세 번째 부분은 송시(送詩)의 목적에 맞게 떠나는 자에게 위로와 칭찬을 하고 있다. 특히 훌륭한 사람을 발탁했다고 말하는 부분과 간사한 관리들의 간담을 깨뜨린다는 부분은 전주 부윤의 재덕(才德)을 간접적으로 드러내는 부분이라 할 수 있겠다. 시어 '선성(先聲)'이란 사신의 행차가 도착하기에 앞서 미리 통지하는 것인데, 여기서는 새 부윤이 부임한다는 소식이 멀리 전해지는 것을 의미한다.

네 번째 부분은 세 번째 부분의 보충문에 속한다. 탱자나무나 가시나무처럼 좋지 않은 나무에는 봉새나 난새 같은 신령스러운 새가 깃들지 않는다고 했으니, 전주 부윤을 봉새와 난새에 비유하고 전주를 신령스러운 곳에 견준 것이다. 아울러 출구에서는 전주 부윤을『장자』의 붕조에까지 견주어 그의 뜻을 담기에는 천하조차도 비좁다고 했다. 또 『주역』의 「중부괘(中孚卦)」「단사(彖辭)」를 인용하면서, 성실한 정사는 돼지와 물고기까지도 알게 된다고 했으니, 모두 전주부윤에 대한 극찬이다.

　마지막 부분에서는, 임명권자인 임금은 아무런 걱정이 없을 것이며 전송하는 벗들까지도 장도(壯途)를 기약한다고 했으니, 훗날 업무를 잘 수행하여 재상에까지 오르기를 바라고 있다. 그리고 다시 보는 날에는 축하하는 술잔 두 개가 있을 것이라며 송별하는 아쉬움과 기대를 드러내고 있다. 이처럼 이 작품은 전주지역이 왕도로서의 아름다움을 지녔음을 말하고 그곳을 다스리러 가는 사람에 대해 칭송과 위로를 동시에 잘 드러내고 있다.

　이상에서 살펴본 두 작품은 모두 전주지역에 대한 성(盛)과 그에 대한 칭송이다. 하지만 자연을 비롯하여 인간에 이르기까지 만물에 성만 있는 것은 아니다. 당연히 쇠(衰)가 있다. 전주지역 또한 왕도로서 칭송받고 번화한 거리였지만 영원하지는 않았다. 그 이유가 때로는 전쟁이기도 하였고 학정이기도 했다. 작품을 통해 시인의 눈에 비친 전주의 쇠락한 모습을 살펴보자.

풍남루에서

높다란 새 성첩은 구름 속 끝까지 들어가고
견훤의 옛터에 나란히 옆에 우뚝 서 있지
인심의 화합을 잊고서 요새에만 의지한다 말하지 마소
백성의 입막음이 강물보다 어려운 줄 어찌 알리오
제때가 아닌데 농사철 일손을 빼앗아 어려움 면치 못하니
기한 정한 힘든 노동에 모두가 절구공이처럼 바쁘네
언제나 나는 조헌납에게 부끄러워라
『춘추』는 원래 금성탕지를 귀하게 여기지 않았으니10)

저자는 조현명(趙顯命, 1690~1752)으로 조선조의 문신이다. 전라감사를 거쳐 영의정에까지 오른 인물인데, 그가 본 전주의 모습은 앞서 살펴봤던 시와는 극명하게 다르다.

우선 시의 주제는 『맹자』의 "천시는 지리만 못하고, 지리는 인화만 같지 못하다."로 볼 수 있다. 곧 천혜의 좋은 고을이라고 하더라도 고을 사람들의 화합하지 못하는 모습에 대해 질책하고, 아울러 화합을 저해하는 요소로 학정(虐政)을 지적하고 있다.

좀 더 살펴보면, 우선 수련은 주제를 잘 드러내기 위한 장치로 쓰이고 있다. 즉 전주의 영험한 모습을 앞서 묘사하고 뒤에서는 쇠락한 모습을 드러내고자 한 것이다. 새로 지은 누각의 첩을 '신첩(新堞)'으로 표현하였고, 이것이 길게 뻗쳐 마치 하늘의 구름에까지 닿는다고 했다. 또 '대치견훤'이라고 하여 견훤의 고을로 이어진 전통과 영험함을 동시에 표현한 것이다. 실제 풍남문에서 남쪽을 바라보면 동고산이 보이는데 이곳이 바로 견훤의 왕궁터이다. 조선전기의 문인 성현(成俔, 1439~1504)은 『용재총화』에서 "전주는 견훤이 차지하였던 곳이나 오래되지 않아 고려에 항복하였는데, 지금도 고도의 유풍이 남아 있다."라고 했다.11) 수련에 이어 함련에서는 '인화'와 '지리'를 말하면서 전언한 『맹자』의 고사를 끌어오고 있다. 또 대구에서는 백성의 입막음은 하천의 둑을 막는 것보다 힘들다고 했으니, 역시 맹자의 대민관(對民觀)을 보충하고 있다.

경련에서는 함련에 이어 힘든 백성의 삶을 직접 언급하고 있다. 절대 뺏어서는 안 되는 농사철을 나랏일에 이용하여 마치 절구공이가 쉬지 않고 찧고 있듯 백성을 부역에 이용하고 있는 현실을 비판하고 있는 것이

---

10) 趙顯命, 『歸鹿集』 卷2, 『韓國文集叢刊』 卷212, 52面. 「豊南門樓」 "峥嵘新堞入雲長, 對峙甄萱舊壘傍. 妄謂人和憑地利, 寧知民口甚川防. 非時未免三農奪, 刻日偏勞萬杵忙. 終始吾慚趙獻納, 春秋元不貴金湯."
11) 成俔, 『慵齋叢話』 卷1, "全州爲甄萱所據, 不久降于高麗, 至今有古都遺風."

다. 이는 인화하지 못하는 전주의 현실을 묘사한 것이다. 미련에서 시인 이 조헌납에게 부끄럽다고 말한 이유는, 문인으로서 이 현실을 헌납에게 직접 고하지 않고 이렇게 글로 남기는 모습 때문이다. 대구에서는 춘추대 의로 표명되는『춘추』에서조차도 '금탕(金湯-천혜의 요지)'을 귀하게 여기지 않는다고 했으니, 역시 경련과 잘 조응하여 지리보다 인화가 중요함을 말 하고 있다.

풍남문루는 현재 한옥마을 초입, 전동성당 맞은편에 위치하고 있으며 풍패지관과 더불어 전주의 상징적 건물이다. '명견루'라고도 부른다. 일 찍이 조현명은「명견루기」를 적으며 "전주부성을 세운 것은 바로 우리 태조대왕께서 거의 회군한 해에 있었던 일로서, 관찰사 최유경이 그 일을 주관했다고 한다. 그런데 이미 오랜 세월이 지나오면서 성은 허물어지고 흔적마저 없어지게 되었다. 이는 언제나 위급한 상황이 닥치면 위봉산성 을 대피할 곳으로 여겼기 때문으로, 여기 전주는 버린 땅이 되어 성을 다 시 손질하려는 사람이 없어서이다."[12]라고 했다.

이로 보면 전주의 홍성이 쇠퇴로 접어든 시기는 양란을 기점으로 추측 되며 특히 다른 지역에 비해 그 쇠퇴 속도가 느리지 않았던 것으로 보인 다. 그리고 인용된 시를 통해서도 알 수 있듯이 외적 요소인 병란보다도 내적 요소인 인화(人和)를 행하지 못했던 정사가 있었음을 확인할 수 있다.

---

12) 趙顯命,『歸鹿集』卷8,『韓國文集叢刊』卷213, 97面. "府城之設, 在我太祖大太祖大王, 擧義 回軍之年, 觀察使崔有慶, 實主之云, 旣歷年久, 壞敗無余地, 蓋以威鳳城爲早晚緩急之歸視, 此 爲棄地而未有肯修葺者故也."

3. 풍류와 정적의 회지

앞서 전주를 번화와 쇠퇴가 공존하는 공간으로 보았다면, 이 장에서는 그 공간이 풍류와 정적의 장소로 묘사되고 있음을 조망하고자 한다. 이를 위해 우선 조선 말, 일찍이 지절의 선비로 칭송받았던 매천(梅泉) 황현(黃 玹, 1855~1910)의 작품을 감상해 보자.

전주

겹겹이 관문을 다 지나니 만마관 웅장하고
칠봉산 푸른 산빛은 들 서쪽으로 툭 트였구나
황량한 성곽에 돌이 흰 것은 난리를 겪어서이고
원묘의 구름이 붉은 것은 왕조의 발상지라서이지
난리로 불탄 뒤에 병무를 다시 일으키고
나그네 시 읊조림에 나라의 근심이 수시로 생긴다
남천교 푸른 물 봄빛은 예전 같고
버들개지 바람 따라 이리저리 흩날리는구나[13]

인용된 작품은 『매천집』 제3권 「기해고」 안에 수록되어 있다. 기해년에 쓴 것이니, 1899년 매천의 나이 44세 때이다. 수련에 등장하는 만마관이 언제 축조되었는지 자세하지는 않지만 『실록』에 등장하지 않고 『승정원일기』 고종대에만 보이는 것으로 보아 19세기에나 축조된 것으로 보이며, 위치는 남원에서 전주로 가는 슬치재(현 남관면)이다. 매천의 고향은 광양이다. 그러므로 남원에서 전주로 들어갈 때 반드시 들렸던 곳이다. 대구의 '칠봉'은 오늘날 전주의 중심에 자리 잡고 있는 완산칠봉을 말한

---

13) 黃玹,「全州」,『梅泉集』卷3,『叢刊』卷348, 449面.「全州」"過盡重關萬馬雄, 七峯低翠野西通. 荒城石白經蛮触, 原廟雲紅記沛豊. 戎務更興兵燹後, 國憂時入旅吟中. 南橋水綠春如舊, 吹去吹來柳絮風."

다. 매천의 눈에 비친 웅장한 만마관과 아름다운 색을 띠고 있는 칠봉산을 묘사한 것이다.

그런데 돌연 함련에서 '황성(荒城)'이라는 시어를 사용함으로써 왕도로서의 가치가 몰락됨을 표현한다. 그리고 그 돌이 하얗게 된 데에는 수많은 전란이 있기 때문이라고 했다. 주지하듯, 시어 '만촉(蠻觸)'은 『장자』에 나오는 말로 "달팽이의 왼쪽 뿔 위에 나라를 소유한 자가 있는데 촉씨라고 하고, 달팽이의 오른쪽 뿔 위에 나라를 소유한 자가 있는데 만씨라고 한다. 수시로 서로 땅을 다투어 전쟁을 하여 엎어져 죽은 시체가 수만 명이나 되었고 도망가는 적군을 쫓아서 보름이나 지난 뒤에 돌아왔다."라고 한 데서 유래한 것이다. 즉 장자는 전쟁이 이처럼 하찮은 것인 줄을 안다면 그 전쟁을 할 일이 없음을 비유적으로 말한 것이다. 이를 인용한 매천의 마음 또한 하찮은 전쟁으로 말미암아 황폐해진 전주를 안타깝게 보고 있다. 대구의 '원묘(原廟)'는 태조의 영정(影幀)이 모셔져 있는 경기전을 지칭한다. 이로 보면 함련에서는 왕도로서의 모습과 전란으로 황폐해진 도읍을 동시에 묘사하고 있음을 알 수 있다.[14]

경련은 함련과 비슷한 구조와 심사를 보이고 있다. 병란 이후에도 꾸준히 병무를 돌봐야 하니 그것은 국가의 책무이자 의무이다. 그리고 시인 개인적으로 시를 읊조리는 일을 하고 있지만 나라에 대한 근심은 끝이 없다고 했다. 미련에서는 남천교의 풍경을 묘사하고 있다. 남천교의 푸른 물과 봄빛, 바람에 따라 한들거리는 버들개지를 보면서 자연의 가변(可變) 속에서 불변(不變)의 법칙을 노래하고 있다.

매천은 일찍이 「관수당기」에서 "나는 젊은 시절 과거를 보러 상경할

---

14) 한 신문사에서는 '남도기행'이라는 제목 하에 여러 작품을 소개하고 있는데, 그중 이 작품을 여기에서 끊어 두 작품[二首]처럼 해석하고 있다. 하지만 운자도 一韻到底이며, 근체시로서의 對偶도 잘 맞고 있으니 한 작품으로 보는 것이 맞다. 한국매일 http://www.hankukmail.com/newshome/detail.php?number=32259&thread=21r03r06r01.

때 전주를 경유한 적이 몇 번 있었다. 그런데 만마관(萬馬關)에서부터 전대 속 같은 좁은 길을 40리나 걷다가 남천교에 이르러 서쪽을 바라보면 하늘에 맞닿은 끝없는 들판이 펼쳐지는데 그때마다 언제나 가슴이 탁 트이면서 좁은 길을 걷던 괴로움이 한순간에 풀리곤 하였다. 하지만 시가는 인파가 매우 많고 인가가 다닥다닥 붙어 있어 즐겁게 감상할 만한 아름다운 정경이 별로 없었다. 게다가 그곳 풍속은 부유함을 믿고 흥청거리는 통에 교활하고 완악하다고 알려져 있고, 국내의 젊은 부랑자들이 술에 취해 흥분하면 종종 눈을 부라리며 목숨을 건 싸움을 벌이곤 하였다. 그래서 숨을 죽이고 식당에 들어가서는 서둘러 밥을 몇 술 뜨고 바로 말을 타고 떠나는 걸 다행으로 여길 정도였는데, 이런 경우가 한두 번이 아니었다."15)라고 했다.

이를 통해 인용된 시에 등장하는 만마관의 위치, 남천교의 모습 등이 모두 해석된다. 또 19세기 말과 20세기 초의 전주의 모습도 알 수 있다. 곧 인파가 많았고, 전주 주변에 산과 바다 등이 가까웠고 땅이 비옥해 풍속 또한 날로 쇠퇴하고 있었음을 확인할 수 있다. 그렇다 하여도 부랑자들도 많았고 특히 노니는 사람들이 많이 들렸기 때문에 풍류 또한 발달할 수 있었음을 알 수 있다.

완산의 남천교를 지나면서

호남의 제일성이요 풍패의 고을
수양버들 그늘 속에 무지개다리 건넌다
귀하신 풍류객이 서로 다퉈 나와

---

15) 黃玹,「觀水堂記」,『梅泉集』卷1,『叢刊』卷348, 545面. "余少日計偕上京師, 路出全州者, 前後凡幾度, 每自萬馬關四十里行夾袋中, 及到南川橋西望, 天野無際, 衿胸豁然, 頓釋行役局促之苦, 然市井嗔咽, 人烟叢沓, 無可以聘目賞心者, 且其俗席富而溢, 以刁頑聞, 國中少年游冶, 或杯酒失驪, 往往眄眦決軀命, 故屛息投店邸, 忽忽飯數匙, 旋挿鞭去, 自以爲幸, 如是者數矣."

가장 좋은 맑은 바람 밝은 달밤을 노래하네16)

저자는 남원 출신의 여류작가 김삼의당(金三宜堂, 1769~1823)이다. 그가 집에다 글씨와 그림을 가득히 붙이고 뜰에는 꽃을 심어 '삼의당'이라고 했다.

앞서 살폈던 시들과는 대조적으로 비장함이나 호방함은 찾아보기 어렵고 아기자기하며 한가로움이 전해지는 작품이다. 우선 기구에서는 전주를 상징하는 '제일호남'과 '풍패'라는 시어를 사용했다. 지금도 전주 입구의 '호남제일문(剛菴 宋成鏞 書)'과 전주 중심의 '풍패지관'이 자리 잡고 있으니 전주를 상징하는 시어로써 한 구를 장식하고 있다. 다음 승구는 남천교의 모습을 묘사하고 있다. 강가에서 흩날리는 수양버들과 그 곁에 있는 홍교(虹橋)를 묘사함으로써 동적이미지와 색채이미지를 동시에 표현하고 있다. 마치 한 폭의 그림을 그리는 듯한 묘사로 표현한 것이다.

전구에서는 전환을 시도하고 있다. 즉 호남의 제일이며 왕도의 고을에서 수양버들 드날리고 무지개다리에 오르니 흥이 나지 않을 사람이 없을 것이며, 아무나 그 풍광을 읊는 것이 아니라 귀한 손님들이 앞다퉈 노래를 한다고 했다. 그리고 그 내용은 바로 결구에 등장하는 '청풍'과 '명월'이다. 그런데 앞에다 시어 '최호(最好)'를 둠으로써 전주의 승경이야말로 가장 좋은 시재(詩材)가 된다고 했다.

인용된 작품 외에도 동계(東溪) 박태순(朴泰淳, 1653~1704)은 「풍패관」이라는 작품에서 "번화로운 완산부는 우리나라의 으뜸이라, 산천은 맑고 고운 한 폭의 그림이라네. 귀족 관료 자손들이 말 달리던 성첩인데, 성조가 일으켰던 왕조의 신묘가 남아있구나. 달빛은 매화 대숲 우거진 집집마다 어

16) 金三宜堂, 「過完山南川橋」. 「過完山南川橋」 "第一湖南豊沛邑, 垂楊影裏駕虹橋. 風流貴客爭相出, 最好淸風明月宵." 이는 『全州讚歌』(전주문화재단, 2012, 95面)에 보인다.

렸는데, 피리 소리 풍류 얼린 비단옷 입은 기생들. 오나라 사람들 늘 강남 풍류를 말하지만, 강남이 이곳보다 낫단 말을 하지는 못할 것이네."17)라고 했다. 여기에서 전주의 풍류를 오나라 강남에 견준 것이 특히 인상적이다. 이로 보면 당대의 전주가 풍류로서 명성이 자자했음을 알 수 있다.

한편 풍류와는 대조적으로 정적의 공간으로 인식되기도 했으니 작품은 다음과 같다.

한벽당에서

한 굽이 시내와 산의 경치 뛰어나
오십 주에 다시 없음을 알겠구나
성과 가깝고 또 더욱 고요하니
이곳이 바로 가장 깊고 그윽한 곳임을 알겠네
술잔을 거듭 들며 달을 맞이하는데
얇은 옷에 문득 가을이 옴을 알겠네
이제 나는 곧 관직을 사임할 것이니
누가 다시 이 누각을 보호할 것인가18)

한벽루는 전주 교동의 중바우(별명 중바위, 僧巖山) 기슭 절벽에 있는 누각이다. 조선의 개국을 도운 공신 월당(月塘) 최담(崔霮) 선생이 1404(태조 8)에 별장으로 세운 건물이기 때문에 '월당루'라고 했다. 훗날 물이 돌에 부딪쳐 흩어지는 광경이 마치 '벽옥한류' 같다고 하여 '한벽당'이라고 명명한 것이 거의 정설처럼 굳어지고 있다.

---

17) 朴泰淳, 「完山敎坊歌」, 『東溪集』 卷5, 『叢刊』 51, 186面. "完府繁華擅海東, 山川明麗畵圖同, 公孫羅馬餘殘堞, 聖祖興龍有閟宮. 煙月千家梅竹塢, 笙歌百隊綺羅叢. 吳人每說江南樂, 未必江南勝此中."

18) 洪錫輔, 「寒碧堂」. 一曲溪山勝, 無知五十州. 近城還靜寂, 得地最深幽. 酒重爭邀月, 衣輕忽似秋. 今吾將納節, 誰複護玆樓. 洪錫輔(1672~1729)의 자료는 『韓國文集叢刊』에 나오지 않고, 『全州讚歌』에 보인다.

인용된 시의 저자는 수은(睡隱) 홍석보(洪錫輔, 1672~1729)이다. 1706에 문과에 급제하여, 검열·전적·교리·홍양현감을 역임하고, 1718년에 전라도 관찰사가 된 인물이다. 당시 전주에 부임하여 여러 곳을 두루 다니다가 임기 말에 한벽루에 올라 느낀 심회를 이 작품에 담아내었다.

우선 수련에서는 한벽당에 올라 전주천의 한 물줄기와 중바우를 보고 전국 어디에서도 볼 수 없는 승경이라고 했다. 그런데 돌연 함련에서는 성과 그 거리가 가까운데도 오히려 가장 고요한 곳으로 한벽당을 묘사하고 있다. 앞에서 살펴봤던 남천교와 가까운 곳에 이 한벽루가 자리하고 있으니, 풍류가 넘치는 곳이지만 오히려 또한 매우 고즈넉하고 정적인 곳임을 밝히고 있는 것이다.

경련에서는 정막하고 고요한 이곳에서 풍류를 즐기지 않을 수 없었기에 거듭 술잔을 들며 대월(對月)에 심취하고 있음을 표현하고 있다. 이 달은 대구의 시어 '추(秋)'와 조응하며, 점점 더 한기가 찾아오고 있음을 말해 준다. 또 고요하고 조용한 분위기와도 잘 호응하고 있다. 미련에서는 곧 관직에 물러난다면 이 누각을 누가 보호해 줄 것인지 걱정하며 글을 마무리한다.

이 밖에도 이후선이 지은 「죽수정」이라는 작품을 보면 전주의 적적함을 엿볼 수 있고,19) 이선복의 작품 「완산객관신정봉정경기전성재랑」 등에서도 전주 지방의 고요함을 엿볼 수 있다.20) 이처럼 전주는 풍류의 고을이자 동시에 고적함의 공간으로도 묘사되고 있다.

---

19) 李厚先,「竹藪亭」, "誤落紅塵鬢已稀, 齊門操瑟與時違. 淵明始覺歸來是, 伯玉方知四十非. 重理石田聊卒歲, 更尋沙鳥永忘機. 傍人莫說三公貴, 我有溪邊一釣磯. 寂寂幽居晝掩扉, 忽驚冠蓋倒裳衣. 從來病拙元宜散, 莫怪明年早賦歸."
20) 李善夏,「完山客館新正奉呈慶基殿成齋廊」, "旅食江南歲已新, 殘杯冷炙客懷辛. 遙想齋廊閑寂處, 明窓靜几養精神."

4. 전주의 양태와 특수성

이상에서 살펴본 것처럼 시인들의 눈에 비친 전주의 모습은 왕도로서의 신령스럽고 번화한 모습으로 묘사되고 있는가 하면, 쇠퇴한 모습으로 묘사되기도 했다. 즉 이승소의 「송전주부윤」, 장유의 「완산부」, 노사신의 「제남정」 등의 작품을 통해 전주가 왕도로서의 칭송과 번화한 도회지임을 확인했고, 조현명의 「풍남문루」, 「명견루기」 등의 작품을 통해 전주의 쇠락한 모습을 들여다봤다. 한편 삼의당 김씨의 「과완산남천교」, 매천 황현의 「전주」, 수은 홍석보의 「한벽당」 등의 작품을 통해서는 풍류와 정적의 공간으로 인식된 전주의 모습도 확인했다. 이러한 결과는 어떻게 보면 만물에 적용될 수도, 온 지역에 적용될 수도 있다. 하지만 조선을 건국했던 태조의 관향이라는 점과 풍족한 자연환경에서 기인한 점이라는 사실에 비춰보면 그 특수성을 인정하지 않을 수는 없다.

필자는 본 연구를 진행하면서 '문화재청'을 비롯하여 '전주시청', '익산시청' 등 국가기관에서 제공하는 잘못된 정보가 적지 않음을 확인했다. 정보 제공에 대한 출처가 불명확한 것은 말한 것도 없고, 심지어 표기에 대한 오류도 적지 않았다. 또 '신문사'를 비롯하여 지역사회에서 낸 여러 책에서 작품을 소개하면서도 잘못된 정보를 제공하는 것을 확인했다. 독자들에게 풍성한 정보를 제공하고 있어 그 가치는 높게 평가되어야 마땅하지만, 기왕에 제공하는 정보에 대해서는 정밀한 확인과 신중한 판단이 수반되었으면 한다.

제18장

「계하사목」의 번역과 내용
—정성교의 「계하사목」을 중심으로

1. 계하사목이란

본고는 정성교(丁聖教, 1832~1902)[1]의 「계하사목」에 대해 탈초와 번역 그리고 그 구성과 내용 및 특징을 설명하는 데 목적이 있다.

「계하사목」이란 나라에 공이 있는 인물의 후손에 대하여 부당한 대우, 이를테면 천민의 대우를 받는다든지 혹은 부역에 시달리는 경우, 임금의 재가(裁可)를 받아 충훈부에서 이를 시정하도록 바로잡아 주는 등사 문서이다. 국립중앙도서관의 전자 자료를 보면 1783년(정조7)에 발행된 것으로부터 시작하여 1887년(고종24)에 발행된 것까지 모두 22종이 보인다. 글의 내용도 거의 비슷하며 초서가 혼용된 글이 많다.

그런데 근래 후손들이 집안에 「계하사목」을 보유하고 있기는 하지만 무슨 내용이며, 왜 집안에 이 글이 소장되어 있는지 몰라 각 기관에 의뢰

---

1) 정성교의 생몰년과 가계, 「계하사목」 원본 등은 충남에 거주하는 나주 정씨 정규선 선생의 도움으로 작성되었음을 밝혀 둔다.

하는 경우도 많고, 심지어 문중에서 번역은 했지만 오역이 적지 않게 보인다. 따라서 본고는 이를 해결하기 위해 나주 정씨 정성교의 「계하사목」을 선택하였다. 이는 다산 정약용의 방손이기 때문에 다른 「계하사목」에 기재되어 있는 사람들보다 인지도가 있어서이며, 여타의 「계하사목」보다 판본의 글자를 알아보는 데 용이하며, 관인이 선명하여 위서 논란에서 벗어날 수 있기 때문이다. 따라서 이를 온전하게 번역한다면, 이를 준거로 여타 「계하사목」의 체제와 내용을 알 수 있을 것이기에 연구를 진행한 것이다.

2. 탈초(脫草)와 번역

(1) 원문과 탈초

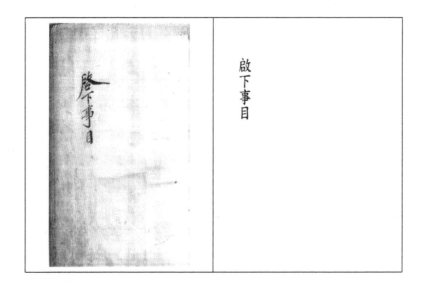

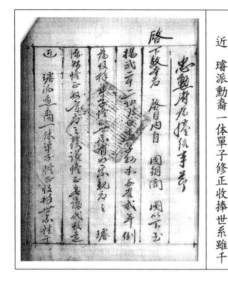

近　璿派勳裔一体單子修正收捧世系雖千

源錄修正敦寧府之族譜修正無論代數

爲收捧單子修正世系有如宗親府之　璿

揚武二十二功臣正勳子孫等每當式年例

啓下教本府　啓目內自　國朝開　國以下至

忠勳府爲謄給事節

則多般執頉瞞告本官不可修單之意論報

色吏輩不知法例之所重正勳子孫少有嫌端

祖宗朝成憲堅如金石是白去乙各邑鄉所

文祭告　天地安實而藏之　麟閣此乃

裔共享綿遠與　國朝同終始之意作爲誓

百代不可廢閼者乃是山河帶礪爰及苗

如乎近來各邑修單上送的知其正勳子孫

踏印三鄉所着名上送者法意實非偶然是

一各邑功臣子孫世系單子自其地方官着名

所色吏刑推懲礪爲白齊

若有如前之弊是白去等當該守令罷職鄉

本府以絶其先蔭驅入賤役殊非法意此後

去等當該地方官依事目罷職本府行關不卽

段另加嚴自其官修單上送者混侵身役是白

舉事目行關勿侵則該邑守令無意舉行此後

定他役殘疲勳裔不堪安堵景像可矜本府枚

曾蒙 朝家德意前官繞已頉役者旋復充

而監色輩不遵 朝令侵責軍役甚至於

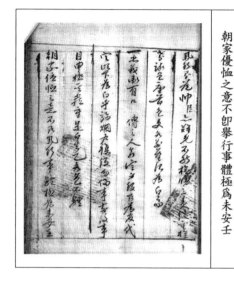

朝家優恤之意不卽擧行事體極爲未安乎

目申極其嚴重是白去乙各邑不體

定頉下爲白乎旀烟戶雜役勿侵事前役事

一忠義衛有口　傳之人前定身役卽爲官代

考該邑座首色吏各別重治爲白齊

擧行則道帥臣亦難免不能檢飭之責從重推

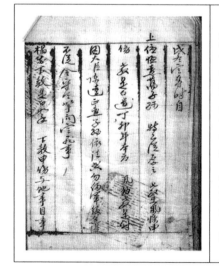

榻前下敎是白如乎　下敎申飭與他事目事

不從令守令拿問定罪事

因大臣陳達正勳子孫依法典勿侵軍役怠慢

飭　敎是白遣丁卯年本府　擧動敎是時

上優恤勳舊子孫　特下從厚之　敎出擧條申

戊冬定奪時自

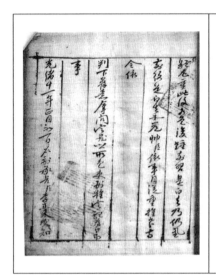

體尤重此後各邑復踵前習是白去乃仍置

前役是白去等道帥臣依事目從重推考守

令依

判下辭意拿問定罪鄉所色吏刑推定配爲白齊

事

光緒十一年正月初一日右副承旨臣李正來次知

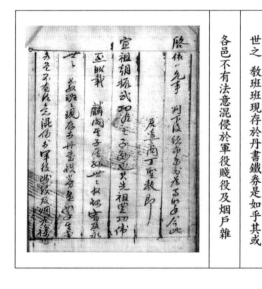

啓依　允事　判下後頒布京外爲有如乎今此

居動裔丁聖教卽

宣祖朝振武功臣之子孫也其先祖豐功偉

烈昭載　麟閣其子其孫世世收錄宥及永

世之　教班現存於丹書鐵券是如乎其或

各邑不有法意混侵於軍役賤役及烟戶雜

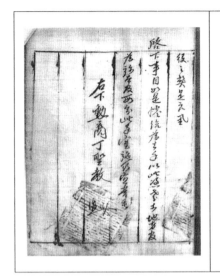

役之弊是良置

啓下事目如是膽給爲去乎以此憑考於地方官

爲旀本官段知此奉審施行宜當者

右下勳齋丁聖教

光緒十三年二月日

忠勳府

(2) 번역

忠勳府爲謄給事. 節啓下敎本府啓目內, 自國朝開國以下, 至揚武二十二功臣,
正勳子孫等, 每當式年, 例爲收捧單子, 修正世系, 有如宗親府之璿源錄修正, 敦
寧府之族譜修正. 無論代數遠近, 璿派勳裔一體, 單子修正, 收捧世系, 雖千百代,
不可廢闕者: 乃是山河帶礪, 爰及苗裔, 共享綿遠, 與國朝同終始之意, 作爲誓文,
祭告天地, 安宝而藏之麟閣. 此乃祖宗朝成憲, 堅如金石是白去乙. 各邑鄕所色吏
輩, 不知法例之所重, 正勳子孫, 少有嫌端, 則多般執頉, 瞞告本官, 不可修單之
意, 論報本府, 以絶其先蔭, 驅入賤役, 殊非法意. 此後若有如前之弊是白去等,
當該守令罷職, 鄕所色吏, 刑推懲礪爲白齊.[2]

   충훈부[3]에서 등사하여 주다. 이번 임금께서 재가하여 내리신 본부(충훈
부) 계목의 내용은 이렇다. 개국공신 이하로 양무공신까지 22공신[4] 정
훈[5]의 자손들은 식년[6]마다 으레 단자[7]를 거두어 세계(世系)를 수정하니,
이는 마치 종친부[8]에서 선원록[9]을 수정하고 돈령부에서 족보를 수정하

---

2) 탈초를 비롯하여 원문 번역은 온전히 필자가 다 한 것은 아니다. 난해처와 오독은 물론
   각주에 있는 참고자료에 이르기까지 한국고전번역원에 근무하고 있는 변기일 선생에게
   자문을 구했다.
3) 충훈부 : 조선시대에 공신의 책봉이나 사후의 禮葬 등 자손들의 처우에 관한 여러 사무를
   맡아보던 곳이다.
4) 개국공신……공신 : 개국공신은 조선 개국에 공을 세운 裵克廉 등에게 1392년 8월에 내린
   功臣號이고, 양무공신은 영조 때 이인좌의 난을 평정한 吳命恒 등에게 내린 공신호이다.
   그 사이에 定社·佐命·靖難·佐翼·敵愾·翊戴·佐理·靖國·定難·光國·平難·扈
   聖·宣武·淸難·靖社·振武·昭武·寧社·寧國·保社 등 20의 공신호가 있어 도합 22
   이다.『典律通補 別編 功臣名號』
5) 정훈 : 正功臣을 의미한다. 정공신은, 중종반정 시의 정국공신이 107명인 경우를 제외하고
   는 각 등급에 약간 명씩 도합 몇십 명에 불과하다. 그러나 준공신(準功臣)이라 볼 수 있는
   原從功臣은 각 등급마다 수백 명 이상으로 모두 몇천 명씩 된다.『대전회통연구 이전편』,
   한국법제연구원, 1993, 238~240면 참고.
6) 식년 : 子·卯·午·酉의 해를 말한다. 과거시험이나 호구조사 등을 시행한 해이다.
7) 단자 : 사람의 명단이나 물품의 목록을 적은 문서이다.
8) 종친부 : 세종 15년에 諸君府를 개칭한 것으로 역대 국왕의 御眞을 奉安하고 의복 등을 보

는 것과 같다. 세대 수의 멀고 가까움을 따지지 않고 왕실의 후손과 훈신의 자손들은 모두 단자를 수정하고 세계를 거두니, 비록 천백 세대가 지나더라도 폐지하거나 빠뜨리지 못하는 것이다. 바로 태산이 숫돌처럼 닳고 황하가 띠처럼 마르도록, 이에 후손에게까지 미쳐 아득한 후대까지 함께 누리면서 국가와 처음과 끝을 함께 한다는 뜻을 엮어 맹세하는 글을 만들어 천지에 제사 지내고 어보를 찍어 기린각[10]에 보관하게 한 것이다. 이는 바로 열성조의 성헌[11]으로 쇠와 돌처럼 굳은 것인데, 각 읍 향소의 관리들이 법례의 중히 여기는 바를 모르고, 정훈의 자손들이 조금이라도 혐의의 단서가 있으면 다방면으로 트집을 잡아 본관에 거짓으로 고하고 단자를 수정할 수 없다는 뜻을 본부에 논보함으로써 그 선조의 음덕을 끊어버리고 천한 부역에 몰아넣었으니, 법의 취지를 지나치게 잘못 시행한 것이다. 이후로 만약 예전과 같은 폐단이 있으면 해당 수령은 파면하고 향소의 색리는 형장을 써서 추문하도록 한다.

一, 各邑功臣子孫, 世系單子, 自其地方官, 着名踏印, 三鄕所着名上送者, 法意實非偶然是如乎. 近來各邑, 收單上送, 的知其正勳子孫, 而監色輩不遵朝令, 侵責軍役, 甚至於曾蒙朝家德意, 前官纔已頉役者, 旋復充定他役, 殘疲勳裔不堪安堵, 景像可矜. 本府枚擧事目, 行關勿侵, 則該邑守令無意擧行. 此後段, 另加嚴「飭」[12], 自其官收單上送者, 混侵身役是白去等, 當該地方官, 依事目罷職, 本

관하며 국왕의 친척을 통솔하는 관아이다.

9) 선원록 : 왕실의 족보를 말한다.

10) 기린각 : 원래 한나라 선제가 누각을 짓고서 공신 11명의 像을 그려 이 閣上에 건 것을 말하는데, 여기서는 태조가 개국공신을 3등급으로 구분하여 상을 내려 공신각에 화상을 걸어 찬양한 것을 비유한 것이다. 즉 충훈부를 말한다.

11) 성헌 : 이전에 문서로 만들어서 공포한 국가의 법이다. 『서경』 「열명 하」에 "선왕이 이루어 놓은 법도를 잘 살펴서, 길이 허물이 없도록 하십시오.[監于先王成憲, 其永無愆]"라고 하였다.

12) 飭 : 저본에 없는데, 문맥과 여러 용례를 살펴 보충하였다. 국립중앙도서관 소장 古6022

府行關不卽擧行, 則道帥臣, 亦難免不能檢飭之責, 從重推考, 該邑座首色吏, 各別重治爲白齊.

　　하나, 각 읍의 공신 자손들의 세계 단자를 그 지방관이 서명하고 관인을 찍고 삼향소[13])에서 서명하고 올려보내게 한 것은 법의 의도가 진실로 우연이 아니다. 최근 각 읍에서 단자를 거두어 올릴 때 그 정훈의 자손임을 분명히 알고 있으면서도, 감색[14])들이 조정의 명령을 따르지 않고 군역을 물린다. 심지어 예전에 나라의 은덕을 입어 전임 관리가 군역을 막 면제해 준 자를 곧장 다시 다른 부역으로 돌려서 충당하니, 쇠잔하고 피로해진 훈신의 자손들이 편히 지낼 수가 없어 그 모습이 불쌍히 여길 만하다. 그런데도 본부에서 일일이 사목을 들어 침해하지 말라고 공문을 보내면 해당 수령은 거행할 뜻이 없다. 이후에는 별도로 엄하게 신칙하여 그 관리가 단자를 거두어 올려보낸 자에게 신역을 뒤섞어 물린다면, 해당 지방관은 사목에 의거하여 파직하고, 본부의 공문을 즉시 거행하지 않으면 도신과 수신 또한 검사하고 신칙하지 못한 책임을 면하기 어려울 것이며 엄중하게 추고하니, 해당 고을의 좌수와 관리들은 각별히 엄중하게 다스리도록 한다.

　　一, 忠義衛有口傳之人, 前定身役, 卽爲官代定頉下爲白乎旀, 烟戶雜役勿侵事, 前後事目, 申極其嚴重是白去乙, 各邑不體朝家優恤之意, 不卽擧行, 事體極爲未安. 壬戌冬定奪時, 自上優恤勳舊子孫, 特下從厚之敎, 出擧條申飭敎是白

　　-226-241, 古2102-14-48 (전자자료)

13) 삼향소 : 조선 초기, 향리를 규찰하고 향풍을 바로잡기 위해 지방의 품관들이 조직한 자치기구이다. 座首 1인, 別監 2인을 三鄕所라고 했다.
14) 감색 : 관청에서 돈이나 곡식 등의 출납을 맡아보던 관리 감관과 아전인 색리를 합쳐서 말한 것이다.

遣. 丁卯年, 本府擧動教是時, 因大臣陳達, 正勳子孫, 依法典勿侵軍役, 怠慢不
從令守令, 拿問定罪事, 榻前下教是白如乎. 下教申飭, 與他事目, 事體尤重, 此
後各邑, 夏踵前習是白去乃, 仍置前役是白去等. 道帥臣依事目, 從重推考, 守令
依判下辭意, 拿問定罪, 鄕所色吏, 刑推定配爲白齊事.

하나, 충의위[15]에 구전[16]으로 임명된 사람에게 이전에 정해진 신역은
즉시 관청에서 대신할 사람을 정하여 면제해 주며 상민의 잡역에 동원하
지 말도록 앞뒤의 사목에서 거듭 엄중하게 밝혔는데, 각 읍에서는 조정이
넉넉하게 돌보아 주는 뜻을 체찰하지 않아 즉시 거행하지 않으니 일의 체
가 매우 온당하지 않다. 임술년 겨울 조정에서 결정할 때, 임금께서 훈구
자손들을 넉넉하게 돌보아 주어 후하게 대우하는 교서를 특별히 내려 거
조[17]를 내어 신칙하였다. 그리고 정묘년에는 본부에 거동하실 때, 대신이
진달하는 말로 인하여 정훈의 자손들을 법전에 의거하여 군역을 물리지
말게 하면서 태만하여 명령을 따르지 않는 수령은 잡아다 신문하여 죄목
을 정하도록 탑전에서 하교하였다. 하교하여 신칙한 일은 다른 사목과 일
의 체가 더욱 무거우니 이후로 각 읍에서 다시 전날의 폐습을 되풀이하거
나 이전의 신역을 그대로 놔두면, 도신과 수신은 사목에 의거하여 엄중하
게 추고하고, 수령은 주상께서 판결하여 내린 내용에 의거하여 잡아다 신
문하여 죄목을 정하고, 향소의 색리는 형장을 써서 죄를 추문하고 유배지
를 정하도록 한다.

---

15) 충의위 : 조선시대 忠佐衛에 속해 있는 곳으로, 공신의 자손으로서 承重된 사람들로 구성
된다.
16) 구전 : 정식 절차를 거치지 않고 임금이 구두로 승정원을 통해 명령을 전하는 것을 말한
다. 口傳政事 또는 口傳下教라는 용어로 주로 쓰인다.
17) 거조 : 擧行條件의 준말로, 신하들이 연석에서 진달한 말 중에 朝報에 낼만 한 것을 승지
가 뽑아서 조보에 반포하는 것을 말한다.

光緒十一年正月初一日, 右副承旨李正來次知, 啓依允事判下後, 頒布京外爲
有如乎. 今此居勳裔丁聖敎, 卽宣祖朝振武功臣之子孫也. 其先祖, 豊功偉烈, 昭
載麟閣. 其子其孫世世收錄, 宥及永世之敎, 班班現存於丹書鐵券是如乎. 其或各
邑, 不有法意, 混侵於軍役賤役及烟戶雜役之弊是良置, 啓下事目, 如是謄給爲去
乎. 以此憑考於地方官爲旀, 本官段知此奉審施行宜當者. 右下勳裔丁聖敎. 光緒
十三年二月 日 忠勳府.

광서 11년(1885) 1월 1일, 우부승지 이정래가 담당하여[18) 임금께 올리
고 임금께서 아뢴 대로 윤허한다고 판결하여 내린 뒤에 서울과 지방에 반
포하였다. 지금 이 어느 지역에 살고 있는 정훈의 자손 정성교는 바로 선
조대 진무공신[19)의 자손이다.[20) 그 선조는 위대한 공렬이 기린각에 밝게
실려 있어 그 자손들을 대대로 녹을 기록하고, 용서함이 영원토록 이어지
게 하라는 하교가 단서철권에 또렷이 드러나 보존되어 있다. 혹시라도 각
읍에서 법의 취지대로 하지 않고 군역과 천역 및 상민의 잡역에 뒤섞어
침해하는 폐단이 있더라도 「계하사목」을 이처럼 베껴 써서 주니 이 사목
으로 지방관에게 증빙으로 삼을 것이며 본관도 이를 알아 받들어 살펴 시
행해야 할 것이다. 이상과 같이 훈신의 자손 정성교에게 내린다. 광서 13
년(1887) 2월 어느 날 충훈부에서.

---

18) 담당하여 : 원문 '次知'는 '담당하다'의 뜻이다.
19) 진무공신 : 1624 인조 2년 이괄의 난을 평정하는 데 공을 세운 張晩·鄭忠信 등 29명에
   게 내린 공훈이다.
20) 정성교는……자손이다 : 선조대는 선무공신이기 때문에 본글을 등사하며 착오가 있는
   듯하다. 즉 진무공신이 아니라 선무공신이 맞으며, 실제 『宣武原從功臣錄券』을 보면 선
   조인 정란기가 수록되어 있다. 『선무원종공신녹권』은 임진왜란 때 공을 세워 선무원종
   공신에 책훈된 분들에게 공신도감에서 발급한 공신증서로 1604년의 선무공신에 들지 못
   한 분들을 대상으로 1605년(선조 38) 4월 총 9,060인을 녹훈한 것이며, 이 문서는 대상이
   많은 관계로 따로 교지를 주지 않고, 활자로 인쇄된 책자의 형태로 발간 배부되었다. 규
   장각 소장본, 국립도서관 소장본 등이 전해지고 있으며, 1981년 대구의 태교연구사에서
   영인본을 간행하였다.

3. 구성과 내용 및 특성

(1) 구성과 내용

위의 번역을 바탕으로 「계하사목」의 구성은 크게 세 부분으로 나누어 볼 수 있다.

처음 부분은 서문(誓文)이다. 먼저 임금의 재가를 강조하고, 다음으로 「계하사목」의 위상을 밝히고 있다. 그리고 의의를 서술하며 마지막으로 향소의 관리들에 대해 경고하는 것으로써 서문을 마무리한다.

두 번째 부분은 조칙을 두 개의 조목으로 나열하여 그 내용을 상세하게 서술하고 있다. 우선 하나는 계목을 시행하지 않는 사례와 이를 엄벌로 다스릴 것에 대한 경고이다. 즉 각 읍의 공신 자손들의 세계 단자를 그 지방관이 서명하고 관인을 찍고 삼향소에서 서명하고 올려보내도록 했는데, 각 읍에서 단자를 거두어 올릴 때 그 정훈의 자손임을 분명히 알고 있으면서도, 감색들이 조정의 명령을 따르지 않고 군역을 물리는 폐단을 지적하고 있다. 심지어 예전에 나라의 은덕을 입어 전임 관리가 군역을 막 면제해 준 자를 곧장 다른 부역으로 돌려서 충당하는 사례도 발생하고 있음을 지적하고 있다. 이를 시행하지 않고서 신역을 뒤섞어 물리면 벌로써 다스릴 것을 경고하고 있다.

다른 하나는, 실제 사례를 들고 역시 추문의 내용 또한 자세하게 적고 있다. 충의위에 구전으로 임명된 사람은 이전에 정해진 신역을 즉시 관청에서 대신할 사람을 정하여 면제해 주며 상민의 잡역에 동원하지 말도록 앞뒤의 사목에서 거듭 밝혔다고 했다. 하지만 각 읍에서는 조정이 넉넉하게 돌보아 주는 뜻을 살피지 않아 즉시 거행하지 않으니 일의 체가 매우 온당하지 않다는 것이다. 그리고 임술년과 정묘년 하교를 말한 뒤, 각 읍에서 다시 전날의 폐습을 되풀이하거나 이전의 신역을 그대로 놔두면 엄벌로 다스릴 것이라고 하여 조목을 상세히 서술하고 있다.

세 번째 부분은 발급대상에 대한 등급(謄給)이다. 대개 "이 지역에 살고 있는 정훈의 자손 ○○○는 바로 ○○공신의 자손이다."라고 하여 그 명분을 자세하게 밝혀준다. 그리고 위의 조목과 유사한 방식으로 문서의 공신력을 드러내어 증빙 자료로서의 기능을 확인시켜 준다.

(2) 특징

그 특징으로는 우선 공문서이기 때문에 이두(吏讀)가 적지 않게 사용되고 있다는 점이다. 예컨대 "節(지위) 이번/이때"을 비롯하여, "敎(이시, 이신) 이신/하신", "段(단) 은·는 段置(단두) 딴도/것도/일도", "是白去乙(이솗거늘) 이옵거늘(是去乙의 높임말)" 등이 그것이다.

다음 특징으로는 등사 과정에서 오기(誤記)가 발생할 수 있다는 것이다. "宣祖朝振武功臣"처럼 '선조'를 기재하고도 '진무공신'이라는 잘못을 저지른 것이다. 문제는 바로 이 오기가 "정당한 발급문서인가?"라고 하는 여지를 남겨 놓는 데 있다. 즉 오기를 인정한다고 하여도 선무공신에조차 들지 않고 선무원종공신에 들어간다는 것이다. 이 선무원종공신은 9,060인을 녹훈한 것이니, 이들의 후손을 일일이 다 찾아서 문서를 발급해 주었다고 하기는 어려운 측면이 발생한다. 혹자는 "정성교의 조상은 선무공신이 아니라 선무원종공신이므로 그가 정훈의 후예라고 할 수는 없으며, 이 문서는 정성교의 집에 정당하게 발급되었다고 볼 수 없다."라고 말할 수 있을 것이다. 요컨대 사실 여부를 확인하기 어려운 점을 들어 위서라는 주장도 충분히 제기될 수 있음은 물론이다.

그러나 후손에 따르면 당시 정성교 집안에서는 문서가 유실되어 관청

에 소를 올려서 문서를 발급받았다고 한다. 문서에는 매 장마다 관인(官印)
이 있고 또 관인을 장마다 간인(間印)하고 있다. 아울러 당시 책임을 맡았
던 '우부승지 이정래'를 명확하게 밝히고 있는 점 등을 본다면 위서로 단
정하기에도 어려운 측면도 분명히 있다. 그렇다면 정훈 외에도 공신에게
까지 문서가 발급되었음을 이를 통해 확인할 수 있다.

4. 정성교 「계하사목」 의의

본고는 그간 학계에 보고된 바 없는 「계하사목」에 대하여, 번역에 중
점을 두고 체제와 내용을 소략하게 밝힌 글이다.

우선 「계하사목」이란 나라에 공이 있는 인물의 후손에 대하여 부당한
대우를 받지 않도록 임금의 재가(裁可)를 받아 충훈부에서 발급하는 등사
문서이다. 구성은 크게 세 부분으로 이루어져 있다. 첫째, 충훈부의 서문.
둘째, 두 개 조목의 조칙. 셋째, 발급대상 등이 그것이다.

특징으로는 이두가 적지 않게 사용되었다는 점과 오기(誤記)가 있다는
점이다. 오기로 인하여 위서 논란이 있을 수 있으나, 관인(官印)을 매 장마
다 찍은 점, 관인을 장마다 간인(間印)한 점, 담당자의 신분을 명확하게 밝
힌 점 등을 통해 논란을 불식시킬 수 있다.

진위 여부를 떠나 본고는 종래 논의가 없었던 문서에 대해 다루었다는
데에 의의를 두며, 다른 「계하사목」에 대해 정치하게 밝히는 것은 차후에
논의를 이어나가도록 하겠다.

참고문헌

원전

權　近, 『陽村集』, 『韓國文集叢刊』 7, 민족문화추진회.

權龍鉉, 『秋淵先生文集』, 泰東書舍, 1990.

金守溫, 『拭疣集』, 『韓國文集叢刊』 9, 민족문화추진회.

金宇顒, 『東岡集』, 『韓國文集叢刊』 50, 민족문화추진위원회.

金宗直, 『靑丘風雅』, 亞細亞文化社, 1983.

奇大升, 『高峰集』, 『韓國文集叢刊』 40, 민족문화추진위원회.

金壽恒, 『文谷集』 卷2, 『韓國文集叢刊』 133, 민족문화추진회.

盧守愼, 『蘇齋集』, 『韓國文集叢刊』 35, 민족문화추진회.

李肯翊, 『燃藜室記述』 卷16.

李書九, 『薑山全書』, 대동문화연구원, 2005.

李書九, 『薑山集』, 國立中央圖書館本, 고서 3648－62－1086

李書九, 『惕齋集』, 『韓國文集叢刊』 270, 민족문화추진회.

李書九, 『淸脾錄』 國立中央圖書館本 한고朝45－가108－1－2.

李書九, 『韓客巾衍集』 國會圖書館本 811.1 ㅎ155.

李承休, 『動安居士集』, 『韓國文集叢刊』 2, 민족문화추진회.

李　集, 『遁村雜詠』, 『韓國文集叢刊』 3, 민족문화추진회.

李　荇・洪彦弼, 『新增東國輿地勝覽』 27.

朴泰淳, 『東溪集』 卷5, 『韓國文集叢刊』 51, 민족문화추진회.

徐居正, 『四佳集』 卷45, 『韓國文集叢刊』 11, 민족문화추진회.

宋時烈, 『宋子大全』, 『韓國文集叢刊』 108, 민족문화추진회.

安　軸, 『謹齋集』, 『韓國文集叢刊』, 민족문화추진회.

王鏡軒, 『王鏡軒 張公遺稿』, 용문인쇄, 2006.

魏伯珪, 『存齋集』, 『韓國文集叢刊』 243, 민족문화추진회.

柳夢寅, 『於于集』, 『韓國文集叢刊』 63, 민족문화추진위원회.

李　穀, 『稼亭集』, 『韓國文集叢刊』 3, 민족문화추진회.

李奎報, 『東國李相國集』, 『韓國文集叢刊』 1~2, 민족문화추진회.

李　塈, 『松窩雜說』, 『大東野乘』 11, 朝鮮古書刊行會, 1909.

李　穡 『牧隱文稿』, 『韓國文集叢刊』 5, 민족문화추진회.

李 穡, 徐居正 選,『牧隱詩精選』, 서울대학교 규장각 소장.

李 穡,『牧隱詩稿』,『韓國文集叢刊』3~4, 민족문화추진회.

李 選,『芝湖集』,『韓國文集叢刊』143, 민족문화추진회.

李承召,『三灘集』,『韓國文集叢刊』11, 민족문화추진회.

李 楨,『龜巖集 續輯』,『韓國文集叢刊』33, 민족문화추진회.

李齊賢,『益齋亂藁』,『韓國文集叢刊』2, 민족문화추진회.

張 維,『谿谷集』卷28,『韓國文集叢刊』92, 민족문화추진회.

鄭道傳,『三峰集』,『韓國文集叢刊』5, 민족문화추진회.

鄭士龍,『湖陰雜稿』,『韓國文集叢刊』25, 민족문화추진회.

鄭麟趾 外,『高麗史』, 민족문화추진회.

曹 伸,『謏聞瑣錄』, 아세아문화사, 1990.

崔慶昌,『孤竹遺稿』,『韓國文集叢刊』50, 민족문화추진회.

韓致奫,『海東繹史』, 민족문화추진회, 1996.

許 筠,『惺所覆瓿藁』,『韓國文集叢刊』74, 민족문화추진회.

黃 玹,『梅泉集』,『韓國文集叢刊』348, 민족문화추진회.

국립중앙박물관 전자자료「啓下事目」古2102-193-28

국립중앙박물관 전자자료「啓下事目」古6022-226-241

국립중앙박물관 전자자료「啓下事目」古2102-14-48

국립중앙박물관 전자자료「啓下事目」古6022-242

국립중앙박물관 전자자료「啓下事目」古6022-193-219

국립중앙박물관 전자자료「啓下事目」古2102-120

국립중앙박물관 전자자료「啓下事目」古2102-121

국립중앙박물관 전자자료「啓下事目」古6022-150

논저

강재철,「牧隱詩 研究-特히 四君子詩에 主眼하여」, 단국대 석사논문, 1981.

고혜령,「14世紀 高麗 士大夫의 性理學 受容과 稼亭」, 이화여대 박사논문, 1992.

고혜령,「李穡 文學 研究-「東文選」 소재 傳을 중심으로」, 서울대 석사논문, 1989.

곽 진,「牧隱 李穡의 詩에 대한 一研究-특히 풍속시를 중심으로」, 성균관대 석사논문, 1983.

곽 진,「牧隱 李穡의 風俗詩 小考」,『민족문화』13호, 1990.

곽은정,「柳夢寅 漢詩에 보이는 '蓬'을 통한 자아 형상화」,『東洋學』59, 2015.

국사편찬위원회 編,『한국사』19~21, 1981.

금동현,「柳夢寅 散文理論의 構造와 意味 : 이른바 '秦漢古文派' 論理에 대한 再檢討를

겸하여」, 『韓國漢文學硏究』 34, 2004.

김경수 외 공동 집필, 『동서양 문학에 나타난 자연관』, 보고사, 2005.

김경수, 「李穡의 文學思想」, 『漢文學論集』 9, 단국한문학회. 1991.

김경수, 진성규 옮김, 『국역 동안거사집』, 한글터, 1995.

김남일, 「李穡의 歷史意識」, 한국정신문화연구원 한국학대학원 석사논문, 1989.

김동민, 「동중서 춘추학의 천인감응론에 대한 고찰」, 『동양철학연구』 36, 2004.

김상일, 「柳夢寅이 본 불교인과 불교」, 『韓國佛敎學』 35, 2003.

김석회, 「存齋 魏伯珪의 生活詩에 관한 연구」, 서울대 박사논문, 1992.

김성기, 「고려한시연구」, 서울대 석사논문, 1978.

김왕규, 「惕齋 李書九의 詩世界」, 『한문학논집』 7, 1989.

김우정, 「유몽인 산문에 있어서 자득의 의미와 실현양상」, 『東洋學』 40, 2006.

김윤조, 「薑山 李書九의 生涯와 文學」, 성균관대 박사논문, 1991.

김은미, 「둔촌 이집의 시문학 연구」, 이화여대 석사논문, 1995.

김정인, 「둔촌 이집의 시 연구」, 『동양고전연구』 4, 1995.

김종진, 「안축의 시세계」, 『泰東古典硏究』 10, 1993.

김진경, 「韓國 辭賦의 史的 展開에 관한 硏究」 고려대 박사논문, 2004.

김진미, 「牧隱 李穡 序跋文 硏究」, 경북대 석사논문, 2003.

김진선, 「『어우야담』 평결에 나타난 유몽인의 현실인식 연구」, 『高凰論集』 42, 2008.

김진영, 『이규보문학연구』, 집문당, 1984.

김창경, 「이규보 「개원천보영사시」에 나타난 역사 인식과 형식미」, 『동양한문학연구』 15, 2001.

김창현, 『신돈과 그의 시대』, 푸른역사, 2006.

김태준, 『朝鮮漢文學史』, 조선어학회, 1931.

김현덕, 「이색의 傳연구-입전 동기 및 대상을 중심으로」, 『세종어문연구』 5 · 6, 1988

김현숙, 「牧隱의 佛敎詩 硏究」, 인하대 석사논문, 1999.

김현용, 「이곡의 죽부인전(竹夫人傳) 소고-여말 문학에 나타난 대(죽) 상징의 문제」, 『겨레어문학』, 1983.

김형목, 『대한제국기 야학운동』, 경인문화사, 2005.

김혜숙, 「이승소의 생애와 시」, 『한국한시작가연구』 2, 1996.

남궁원, 「개화기 글쓰기 교재 『實地応用作文法』과 『文章指南』 연구」, 『한문고전연구』 12, 2006.

남재철, 『薑山 李書九의 삶과 문학세계』, 소명, 2005.

마종락, 「稼亭 李穀 生涯와 思想」, 『한국사상사학』 31, 2008.

목은연구회 편, 『한중목은이색연구 : 牧隱李穡思想 韓中學術大會 論文集』, 예문서원, 2000.

목은연구회, 『牧隱의 생애와 사상』, 一潮閣, 1996.

문정자, 「牧隱 李穡의 仏敎認識-文을 중심으로」, 『漢文學論集』 13, 1995.

박 희, 「牧隱 李穡의 시문학 연구」, 세종대 박사논문, 1994.

박 희, 「牧隱詩 硏究」, 『세종어문연구』 3·4, 1987.

박금규 외, 『전주찬가』, 신아출판사, 2012.

박기홍, 「李穡의 漢詩 연구」, 홍익대 석사논문, 1994.

박능서 찬, 『韓國系行譜』, 1980.

박동환, 「둔촌 이집의 시문학 연구-교유시를 중심으로」, 동국대 교육대학원 석사논문, 2002.

박성규, 「李奎報 詩에 나타난 自然觀」, 『한국학논집』 9, 1982.

박성규, 「李奎報 漢詩의 硏究」, 고려대 박사논문, 1982.

박성규, 「이곡의 영사시연구-신흥사대부의식의 몇 국면」, 『한국한문학연구』 26, 2000.

박성규, 「河西 金麟厚의 自然詩 硏究」, 『한문교육연구』 18, 2002.

박성규, 『고려후기 사대부 문학 연구』, 고려대출판부, 2003.

박성규, 『이규보연구』, 계명대출판부, 1982.

박세인, 「海錦 吳達運 詩의 현실적 경향 연구」, 『고시가연구』 17, 2006.

박완식, 『中庸』, 여강, 2005.

박종훈, 『韓客巾衍集』, 문진, 2011.

박희병, 『한국의 생태사상』, 돌베개, 1999.

서경보, 「한국한문학작가론-3.이색론」, 『論文集』 14, 1981.

서은영, 「둔촌 이집 한시의 연구」, 고려대 교육대학원 석사논문, 1995.

선양위원회 편저, 『고봉이야기』, 도서출판 사람들, 2014.

손정인, 「고려후기 영사시 연구-이규보와 이승휴의 작품을 중심으로」, 영남대 박사논문, 1989.

손정인, 「이제현의 영사시논과 영사시」, 『대동한문학회지』 16, 2002.

송재소, 「가정 이곡의 「동유기」에 대하여」, 『한국한문학연구』 24, 1999.

송희준, 「演雅體 漢詩에 대하여」, 『安東漢文學論集』 6, 1997.

신경주, 「牧隱 李穡의 「有感」詩에 대한 연구」, 영남대 석사논문, 1992.

신두영, 「牧隱 仏敎詩 硏究」, 단국대 석사논문, 1986.

신상구, 「『於于野談』의 창작배경과 문체적 특징」, 『國際言語文學』 10, 2004.

신용호, 『이규보의 의식세계와 문학론연구』, 국학자료원, 1990.

신익철, 「柳夢寅의 文章觀과 散文의 特徵」, 『泰東古典研究』 11, 1995.

신익철, 「『어우야담』의 서사방식과 초기 야담집으로서의 특성」, 『정신문화연구』 33, 2010.

신천식, 「牧隱家學의 成立과 理念-種德·種學·種善의 生涯와 活動을 中心으로」, 『人文科學研究論叢』 25, 2003.

신천식, 「牧隱의 生涯와 思想」, 『明知史論』 11・12, 2000.

신천식, 『牧隱 李穡의 學問과 學脈』, 一潮閣, 1998.

신향림, 「노수신 시에 나타난 사상 연구」, 고려대 박사논문, 2005.

심경호 外 6人 共同研究, 「韓國文學에 나타난 韓國人의 自然觀 研究」, 『韓國學論集』 32, 1998.

심경호, 『漢詩의 世界』, 문학동네, 2006.

안득용, 「柳夢寅 散文에 나타난 孤獨의 양상과 그 의미」, 『어문논집』 68, 2013.

안병학, 「서거정의 문학관과 『동인시화』」, 『한국한문학연구』 16, 1993.

안병학, 「性理學的 思惟와 詩論의 展開 樣相」, 『民族文化研究』 32, 1999.

안세현, 「조선중기 한문산문에서 『장자』 수용의 양상과 그 의미」, 『韓國漢文學研究』 45, 2010.

안영훈, 「高麗末 士大夫文學 研究 1−李穡의 思想과 文學觀」, 『高凰論集』 16, 慶熙大學校 大學院, 1995.

안영훈, 「李穡 文學研究−生涯와 文藝意識을 중심으로」, 경희대 석사논문, 1993.

안장리, 「匪懈堂48詠詩의 八景詩的 特性」, 『연민학지』 5, 1997.

어강석, 「牧隱 李穡 文學 研究」, 한국학중앙연구원 박사논문, 2005.

여운필, 「둔촌 이집 연구」, 『동양한문학연구』 10, 1996.

여운필, 「李穡의 詩文學 研究」, 서울대 박사논문, 1993.

여운필, 「『牧隱詩稿』의 사료적 가치」, 『신라대학교논문집』 52, 2003.

여운필・성범중・최재남 공역, 『譯註 牧隱詩稿』, 월인.

염원희, 「『어우야담』에 반영된 민속 문화」, 『한국의 민속과 문화』 12, 2007.

원주용, 「근재 안축 시문에 나타난 신의의 양상 고찰」, 『동방한문학』 45, 2011.

원주용, 「牧隱 李穡 散文 研究」, 성균관대 박사논문, 2005.

위홍환, 「존재 위백규의 시문학 연구」, 조선대 박사논문, 2005.

유광진, 「李穡의 文學論」, 『誠信漢文學』 4, 1993.

유광진, 「牧隱 李穡의 詩文學 研究」, 성신여대 박사논문, 1992.

유광진, 「牧隱의 自然詩考」, 『한문고전연구』 1, 1988.

유현숙, 「李書九의 詩世界」, 『수련어문논집』 13, 1986.

유호진, 「고려후기 사대부 한시에 나타난 정신지향에 대한 연구」, 『민족문화연구』 39, 2003.

유호진, 「李穡 詩 연구−도학 성향의 작품을 중심으로」, 고려대 박사논문, 1999.

유호진, 「牧隱 李穡의 文學觀」, 『漢文學論集』 17, 1999.

유호진, 「益齋 自然詩에 나타난 虛靜의 心態와 優雅美」, 『한국고전문학연구』 19, 2001.

유호진, 『李穡 詩의 藝術境界와 그 精神的 意味』, 경인문화사, 2004.

유호진, 『한국 한시의 인생 이상』, 태학사, 2006.

윤기홍, 「朴趾源과 後期四家의 文學思想 研究」, 연세대 박사논문, 1988.

윤채근, 「정사룡 시의 일연구」, 고려대 석사논문, 1990.

이강수, 『노장철학의 이해』, 예문서원, 2005.

이경영 譯, 『국역 둔촌선생유고』, 광주이씨종친회, 1992.

이광정·이중구, 『國譯 牧隱先生年譜』, 韓山李氏大宗會, 1985.

이기동, 『韓國 性理學의 源泉』, 성균관대학교출판부, 2005.

이동철, 「이규보 영사시 고」, 『어문논집』 28, 1989.

이동철, 『백운 이규보 시의 연구』, 국학자료원, 1994.

이동환, 「牧隱에게서의 道學思想의 文學的 闡發－賦와 文에서의 경우」, 『한국문학연구』 3, 2002.

이동환, 「조선 후기 문학사상과 문체의 변이」, 『실학시대의 사상과 문학』, 지식산업사, 2006.

이동환, 「『동문선』의 選文방향과 그 의미」, 『진단학보』 56, 1983.

이병혁, 「牧隱詩의 後人評說考」, 『詩話學』 3·4, 2001.

이상현 공역, 임정기 옮김, 『國譯 牧隱集』, 민족문화추진회.

이상환·김웅진 외 지음, 『지역연구 : 영역·대상·전략』, 형설, 2002.

이송희, 『대한제국 말기 애국계몽학운동과 사상』, 국학자료원, 2011.

이수건, 『한국의 성씨와 족보』, 서울대출판부, 2004.

이수환, 「牧隱 漢詩研究－吟雨詩를 中心으로」, 고려대 석사논문, 1977.

이승수, 「유몽인의 연행 체험과 중국 인식」, 『東方學志』 136, 2006.

이영휘, 「牧隱 李穡의 賦 研究」, 『한국어문학연구』 40, 2003.

이우영, 「近代 啓蒙期 漢文 敎材 研究－『文章指南』을 중심으로」, 성균관대 석사논문, 2010.

이은순, 「李穡의 研究」, 이화여대 석사논문, 1962.

이의강, 「근재 안축의 시문에 투영된 성리학적 사유체계」, 『한문학보』 13, 2005.

이정규, 「三灘 李承召 題畵詩의 形象化 양상－畵意의 표현방법을 중심으로」, 『인문학연구』 86, 2012.

이종묵, 「쌍매당 이첨의 시세계」, 『관악어문연구』, 2004.

이종묵, 『해동강서시파연구』, 태학사, 1995.

이종복, 『牧隱漢詩選』, 以會文化社, 1999.

이종은 역주, 『海東傳道錄, 靑鶴集』, 普成文化社, 1986.

이종은, 「도가의 한시 연구－청학집을 중심으로」, 『동아시아문화연구』 11, 1987.

이택동, 「한국 영사시의 장르론적 연구－고려 후기·조선 전기 작품을 중심으로」, 서강대 박사논문, 1996.

이학원, 「목은 이색 원유학기의 시 연구」, 공주대 석사논문, 2000.

이한복, 「牧隱 李穡의 詠史詩 연구」, 고려대 석사논문, 1994.

이향배, 「存齋 魏伯珪의 文學論 硏究」, 『語文硏究』 48, 2005.

이혜순, 「牧隱 李穡의 題畫詩 試考」, 『韓國文化硏究院論叢』 52, 1987.

이희권 역, 『완역 完山誌』, 신아출판사, 2009.

이희재 역, 『국역 둔촌선생유고』, 대아프로세스, 1990.

인권환, 「고려시대 불교시의 연구」, 고려대 박사논문, 1982.

임유경, 「於于 柳夢寅의 寓言 硏究 국내학술기사」, 『이화어문논집』 35, 2015.

임종욱, 「둔촌 이집의 시에 관하여」, 『어문연구』 16, 1988.

임종욱, 「牧隱 李穡의 君子詩 硏究」, 『仏敎語文論集』 3, 1998.

임주탁, 「魏伯珪 「농가」에 관한 硏究」, 『冠嶽語文硏究』 15, 1990.

임채룡, 「牧隱漢詩小考」, 『論文集』 2, 順天大學校, 1983.

장만식, 「「孤山別曲」과 「續文山六歌」에 나타난 늙음에 대한 갈등 극복 양상」, 『열상고
　　　전연구』 50, 2016.

전상모, 「유몽인 『어우야담』의 장자적 서예비평」, 『한국학논집』 60, 2015.

전일환, 「玉鏡軒 孤山別曲 硏究」, 『국어국문학』, 1989.

정　민, 『한시미학산책』, 솔, 1996,

정구복 외, 『역주 삼국사기』 4 주석편(하), 한국정신문화연구원, 1998.

정도상, 「둔촌 이집 한시의 연구」, 충남대 석사논문, 1995.

정도상, 「演雅體詩 考察」, 『漢文學論集』 16, 1998.

정량완, 「朝鮮後期漢詩硏究－特히 四家詩를 中心으로」, 서울대 박사논문, 1983.

정우봉, 「근대계몽기 작문 교재에 대한 연구－『實地応用作文法』과 『文章指南』을 중심으
　　　로」, 『한국한문교육연구』 28, 2007.

정우상 외 옮김, 『국역 근재선생문집』, 순흥안씨삼파대종회, 2004.

정재서, 『韓國 道敎의 基源과 始作』, 이화여대출판부, 2006.

정재철, 「牧隱 李穡 詩의 연구－그 思想的 志向의 探究」, 고려대 박사논문, 1997.

정재철, 「목은 시에 있어서 易理의 형상화」, 『韓國漢文學硏究』 26, 2000.

정재철, 『李穡 詩의 思想的 照明』, 집문당, 2002.

정정숙, 「李穡 散文의 一考察－記의 양상과 내용분석을 中心으로」, 『漢城語文學』 21,
　　　2002.

정정숙, 「이색 산문 문학 연구」, 단국대 박사논문, 2004.

조석래, 「어우 유몽인의 문학에 나타난 신선사상」, 『韓國學論集』 12, 1987.

조여적, 『靑鶴集』, 아세아문화사, 1976.

조영호, 「이승소의 한시를 통해 본 15세기 관료의식의 한 국면－애상적 인생 성찰과
　　　귀거래 의식을 중심으로」, 『한국한문학연구』 32, 2003.

조용제, 「牧隱의 漢詩硏究－特히 그의 自然觀을 中心으로」, 고려대 석사논문, 1981.

조현욱, 「西北學會의 關西地方 支會와 支校」, 『한국민족운동사연구』 24, 2000.

조현욱, 「西北學會의 愛國啓蒙運動 I」, 『한국학연구』 5, 1995.

조호룡, 「牧隱詩 硏究」, 계명대 석사논문, 1985.

주갑신, 「목은 이색의 불교시고」, 동국대 석사논문, 1994.

주경렬, 「고려중기 자연시 연구」, 고려대 박사논문, 2004.

지영재, 『『서정록』을 찾아서』, 푸른역사, 2003.

최광범, 「高麗末 漢詩 風格 硏究」, 고려대 박사논문, 2003.

최광범, 「이집 시의 풍격」, 『고려말 한시의 풍격과 문채미』, 한국학술정보, 2005.

최두식, 「고려말의 영사시」, 동아대 석당전통문화연구원, 1988.

최두식, 「여·송 영사시 비교연구」, 동아인문학회, 2001.

최상은, 「18세기 시가의 정서와 현실인식 지향─魏伯珪의 漢詩·時調·歌辭를 중심으로」, 『泮橋語文硏究』 24, 2008.

최용수, 「안축과 그의 자연관」, 『배달말』 22, 1997.

최재남, 「牧隱 李穡의 賦와 律文으로서의 賦의 樣式的 性格」, 『語文敎育論集』 10, 1988.

최해종, 『槿域漢文學史』, 청구대학, 1958.

하정승, 「둔촌 이집 시의 품격 연구」, 『고려조 한시의 품격 연구』, 다운샘, 2002.

한국사상연구회, 『조선 유학의 자연철학』, 예문서원, 1998.

한영우, 『정도전 사상의 연구』, 서울대학교 출판사, 1987.

한영철, 「목은의 遊覽詩 연구」, 수원대 석사논문, 2002.

한정수, 「고려후기 災異地變과 王權」, 역사교육 99, 2006.

허경진, 『牧隱 李穡 詩選』, 평민사 2005.

허남진, 『조선 전기 이기론』, 서울대학교 철학사상연구소, 2004.

홍기표, 「牧隱 李穡의 유학사상 연구─牧隱 性理說의 사상사적 위상과 관련하여」, 성균관대 석사논문, 1994.

홍상훈, 『漢詩읽기의 즐거움』, 솔 출판사, 2007.

홍성욱, 「이곡 산문의 연구─성리학적 이데올로기의 실천을 중심으로」, 『돈암어문학』 11, 1999.

홍영의, 『高麗末 政治史 硏究』, 혜안, 2005.

황재국, 『가정 이곡의 한시 연구』, 보고사, 2006.

갈효음, 김영국 역, 『중국의 산수전원시』, 계백, 2002.

두보, 『杜詩詳注』, 中華書局, 1979.

방동미, 남상호 옮김, 『원시 유가 도가 철학』, 서광사, 1999.

서복관, 권덕주 옮김, 『中國藝術精神』, 동문선, 2000.

소미교일, 尹壽榮 譯, 『中國文學과 自然美學』, 서울, 1992.

야노 토루 엮음, 아시아지역경제회 옮김, 『지역연구의 방법』, 전예원, 1997.

엄우, 김해명 외 옮김, 『滄浪詩話』, 소명, 2001.

왕국영, 『中國山水詩研究』 聯經出版事業公司, 臺北, 1986.

유협, 최동호 옮김, 『문심조룡』, 민음사, 1994.

장립문 외, 안유경 외 옮김, 『理의 哲學』 예문서원, 2004.

진동생, 장성철 옮김, 『사기의 탄생, 그 3천년의 역사』, 청계, 2004.

진래, 안재호 옮김, 『宋明性理學』, 예문서원, 1997.

황영무, 『中國詩學』, 互流圖書公司, 1968.

후외려 외, 박완식 옮김, 『宋明理學史』, 이론과 실천, 1993.

히라카와 아키라, 이호근 옮김, 『인도불교의 역사』, 민족사, 2004.

전자자료

文淵閣 四庫全書 電子版, 迪志文化出版有限公司, 1999.

http://db.itkc.or.kr/

http://www.baidu.com

http://www.dlibrary.go.kr

http://www.hankukmail.com

http://www.heritage.go.kr

http://www.iksan.go.kr

http://www.korea5000.com

저자 강동석

고려대학교에서 석사·박사 학위를 수여하였다. 저서는『논어역보』,『맹자』,『고문진보』,
『이곡 문학의 종합적 이해』,『한국한문학의 감상과 이해』,『대학 중용 강의』가 있으며, 역
서로는『국역 존재집』권1,『영좌문집』권1(공역)이 있다.

한국한문학의 전개와 탐색

초판 1쇄 인쇄 2019년 11월 21일
초판 1쇄 발행 2019년 11월 28일

저 자 강동석
펴낸이 이대현
편 집 권분옥
디자인 최선주

펴낸곳 도서출판 역락
주소 서울시 서초구 동광로 46길 6-6 문창빌딩 2층
전화 02-3409-2058, 2060
팩스 02-3409-2059
등록 1999년 4월 19일 제303-2002-000014호
이메일 youkrack@hanmail.net
역락홈페이지 http://www.youkrackbooks.com

ISBN 979-11-6244-443-6 93810

이 도서의 국립중앙도서관 출판예정도서목록(CIP)은 서지정보유통지원시스템 홈페이지(http://seoji.nl.go.kr)와 국
가자료종합목록 구축시스템(http://kolis-net.nl.go.kr)에서 이용하실 수 있습니다. (CIP제어번호 : CIP2019044506)